蕾書坊

陈彦小说三部曲·插图本

西京故事

陈彦 著

陕西师范大学出版总社

图书代号：WX19N0917

图书在版编目（CIP）数据

西京故事：插图本/陈彦著. —西安：陕西师范大学出版总社有限公司，2019.7（2021.10重印）

（陈彦小说三部曲）

ISBN 978-7-5695-0588-7

Ⅰ.①西… Ⅱ.①陈… Ⅲ.①长篇小说－中国－当代 Ⅳ.①I247.5

中国版本图书馆CIP数据核字（2019）第044630号

西京故事（插图本）

陈　彦　著

出版统筹	刘东风　穆　涛
策划编辑	王雅琨
责任编辑	王丽敏　张　姣
责任校对	刘　定
装帧设计	介　桑
插图绘制	马河声
出版发行	陕西师范大学出版总社
	（西安市长安南路199号　邮编：710062）
网　　址	http://www.snupg.com
印　　刷	陕西龙山海天艺术印务有限公司
开　　本	710mm×1020mm　1/16
印　　张	31
插　　页	2
字　　数	488千
版　　次	2019年7月第1版
印　　次	2021年10月第3次印刷
书　　号	ISBN 978-7-5695-0588-7
定　　价	58.00元

读者购书、书店添货或发现印装质量问题，请与本公司营销部联系、调换。

电话：(029) 85307864　85303629　传真：(029) 85303879

一

天哪，山外原来是这个样子。客车从山隘豁口七弯八拐，一钻出来，罗甲成的眼睛就直了，他想象过多种山外的景致，也听说西京城的所在地，是八百里平川一望无际，但想象毕竟是想象，真的面对这样一个所在，他还是惊呆了。这完全是一个做梦都梦不出来的广阔世界。他分明闻到了来自西京城的一种气味，这种气味带着浓浓的芳香，甜腻、油润，瞬间就把山间的那种淡淡的青草味儿弥漫得无影无踪了。

父亲罗天福看了儿子甲成一眼，又看了比儿子目光更呆滞的妻子淑惠一眼，脸上掠过了一丝小得意。这地方他是来过几次的，第一次还是在十几年前，那时他当民办教师，县上为了表彰先进，把他和一群受嘉奖的人一起拉到西京城，美美逛了一趟。也就是那个时候，他暗暗下决心，一定要让两个孩子将来都来这里念大学，也让他们都好好活一回人。

女儿甲秀争气，前年考上了，分数之高，在县上都摇了铃了。怪他保守，只选了西京城的头牌高校，没敢再往高处想，结果分数出来，才感觉志愿报得有点亏欠。好在女儿很满足，反复说这是她最满意的选择，做父亲的才感到些许安慰。女儿是他亲自送到西京城的。

有了女儿的成功蹚路，他和儿子甲成的信心也就大增，两年时间，起早贪黑，终于把儿子也盘成器了。

罗天福看着嘴巴微微张大、目光朝着四野搜寻不已的儿子，感到一阵惬意。儿子咋看都是那号有出息的种，要个头有个头，要模样有模样，看上去结结实实的，又考上了这样的名牌学校，一生的大样儿就算出来了。

这狗日的，脑子比他姐活套，才上高中时有点贪玩，学习不在最前边，结果看到姐姐考了那么好的成绩，一下有了压力，后两年一年比一年学得好。填写高考志愿时，他甚至还想过北大、清华。罗天福一再提醒，让他还是稳当些，他有点不太相信儿子的估分。最后，甲成还是选择了姐姐选择的学校。分数一出来，比姐姐还高两分，罗天福又觉得有些亏欠。好在这次他只是提醒，

没像对女儿那样,简直是大包大揽地直接定事,志愿没报准但是学校已经很好了。女儿乖,大小事从没抱怨过父母,儿子就不一样了,他甚至感到这狗日的越来越有了牛脾气,啥事都还得顺着毛摸。幸好甲成对这个结果也算满意,他也就更感到心满意足了。说实话,他特别希望的就是姐弟俩都在一所大学读书,相互也好有个照应。这个大学的牌子也就够亮了,还想咋呀?咋想都已是一件给祖宗几代出尽风头的事了。

罗家一凤一龙都考上重点大学的事,在县上可是出了大彩了,领导在大会小会上讲,说罗家是山垴垴上的人,家里也不富裕,却教出了一双好儿女,是全县人民的楷模。县电视台采访,乡长还专门到家里看望、发红包,总之,自甲成拿到通知书后,家里的红火事就没断过。但红火是红火,毕竟是两个人读大学,钱也是个硬通货。大家的关心,说到底是一阵子的事,而四年的日子,却是要他罗天福拿肩膀去硬扛的。守在山里,守在他的塔云山,这个钱是咋都凑不够的。因此,他在儿子考上大学的那一刻,就毅然地决定:进城打工!

这个想法他已经产生两年了,在女儿甲秀进西京上学时,他就有这种打算,当时还特别去几个工地看了看,也跟从塔云山出来的人见了面,想摸摸路数。但那时不行,因为甲成正上高中。在甲成上高三时,他借着看望女儿,又来了一次西京城。那次他去女儿打工的饭店,无意中接触了一个打饼的师傅,两人闲聊了几句。得知这活儿能干,就有意跟女儿流露了他的意图,说:"等甲成考上大学,如果也能来这座城市,我就跟你娘一起来打工挣钱,供你们上学,一家人也好在一起有个照应。你注意一下,有合适的地方了,给我说一声。"甲成按他的意思考进了这个城市,女儿也刚好给他找到了一个合适的地方,他就率领一家人来了。

淑惠既激动又害怕别人听见似的悄声说:"还有这好的地方,一走几十里一脚平的路哇!"

罗天福不无得意地:"你当是,八百里都是这样一脚平哩。"

罗甲成说:"要把咱那塔云山放在这里就值钱了。"

罗天福:"那倒是。"

老家塔云山其实也是一个很有名的地方,明朝万历年间,就有人在上面建庙,据说清代发展规模最大时,上面有好几十间房,同时能容纳好几百香客。

这是一个儒释道合流的山头，上面既有观音菩萨殿，也有太上老君堂，更有能给儿孙祈求功名的孔老夫子庙。观音菩萨殿就建在塔云山最高的一个山头上，菩萨是用山顶石头雕刻而成的，与山连成一体，然后又盖起一座四面悬空的庙宇，搭一铁索桥上去，很是有些鬼斧神工的感觉。阳光下，从山下看上去，石灰刷的普通得不能再普通的白墙，却是金碧辉煌的，所以也叫金顶。远远近近的香客们都说，塔云山的神灵验得很，连湖北、四川都有很多人来烧香还愿。淑惠每逢初一、十五，也是必到的香客，昨天早上，她还专门去庙上，请了一尊观音菩萨左缠右绑地放在包袱里了。据说县上最近正在加大塔云山旅游项目的开发力度。他们虽然也算塔云山人，但塔云山面积很大，附近山脉连带几条沟，都叫塔云山，人家开发，其实与他们这条沟的人没有多大关系，但塔云山的名望，还是使他们对外都愿意称自己是塔云山人。

罗甲成说："爹，我在网上查了，西京城有八百多万人哩。"

淑惠直咂嘴："我的天哪！"

长途客车在渐渐接近城市，楼房慢慢多了起来。城市的新鲜感，让罗甲成不由自主地把头伸出窗外，更好奇地打量起这个城市来。罗天福明显感到了儿子的兴奋。有些晕车的淑惠，却感到一种不适应，她下意识地朝罗天福身上靠了靠。罗天福用手把妻子的腰揽了揽，他突然感到了一种莫名的茫然。说实话，这么多年，无论是当民办教师，还是当村支书，他都没有过这种感觉。但今天，尤其是在离西京城越来越近的时候，他感到了一阵阵的虚空，面对这个庞然大物，几天前，甚至几十天前的那种坚定仿佛渐渐在消散。罗家的西京梦到底能做成什么样子，他现在连一点底都没有。他突然想到了他家屋后的那个风洞，从儿时起，他就和伙伴们进去探测过，直到现在也没弄出个究竟来，那真是一个深不见底的洞啊……

二

罗甲秀这个暑假只回去待了几天，帮母亲拆洗被褥，又下地帮父亲收了黄豆、苞谷，就赶回城里了。她要勤工俭学，还要为家里租房子。按父亲的要求，她不仅帮家里找到了打饼的饭店，而且将要租的房子提前也谈妥了。

房子是她做家教的主东家的，是一个住了几百口人的大杂院。

这一块过去算是郊区，这几年突然发展得被城市包围了起来，并且越来越呈白菜心状。主东姓西门，叫西门锁，据说往祖上追溯几十代，还是这个老城看守西门的门官。当然，没人替他家去考证，也只能是爷给爹说说，爹给儿子说说而已。不过西门家现在日子也过得不赖。本身有几间老房，西门锁他爹又干过十几年村委会主任。村里搞过一个铁木业社，后来又改成三合板厂，再后来改成钢筋厂，三折腾两折腾，亏损得不行，不得不折价变卖，西门锁他爹近水楼台先得月，一把抓到手上。厂子虽然垮了，这地皮却跟孙猴子翻跟头一样往上蹿个不停。

既然已是城市的白菜心，据说规划中这儿是一个大广场，大家就都等着拆迁补偿那一天的到来。可说了几年，又有人说市里嫌拆迁成本太高，没了动静，西门家就把原来的破厂房，改成了一百多间简易房，做了出租房。这个城中村，土著只有一千多口，近几年光农民工就住了几万人，几乎家家户户都把能腾挪出来的地方，给租了出去。西门家的一大片破厂房自然是派上了大用场。

甲秀给西门锁的儿子西门金锁做家教，觉得这儿房租比较便宜，人口又多，饼不愁卖，就选了这个地方。房紧张，一直腾不出来，好不容易有个修鞋的四川师傅走了，甲秀就急忙交了半年的定金。

房是一间，在一楼，后边还带了半间储藏室，爹娘进出干活也方便，除了潮湿外，在甲秀看来，再没有比这更合适的地方了。四川师傅昨晚一搬走，她连夜就进来收拾，屋里已经脏得下不去脚了，直到天亮才收拾得有些眉目。腰实在酸痛得不行，她刚说出门直直腰，吸吸新鲜空气，就见房东家两口子和另外一个被打得头破血流的女人从房里跑出来了。

那个被打得满头是血的女人在前边跑，西门锁的妻子郑阳娇手里抓着一根木棍在后边追。那条叫虎妞的贵妇狗，更是一边锐叫着，一边四个蹄子换得密如一道白色瀑布似的，穷追不舍。西门锁前后阻挡着妻子，郑阳娇还是又一棍嘭地打在了那个瘦女人窄窄的脊背上。西门锁终于抢下了棍子，同时一下子把郑阳娇拽倒在地上，那个瘦女人才乘机抱着头溜掉了。虎妞又猛追咬了一阵，直到那女人看不见，才汪汪乱叫着返回来。郑阳娇倒在地上，又是哭又是闹的，院子一下聚拢来几十号人。西门锁想拉她回房，她是越拉越来劲，不仅拳打脚踢起西门锁来，而且还不顾家丑外扬，把刚才家里发生的事全广播了出去。

原来西门锁家开着麻将场子，一天二十四小时都有人在这儿耍牌。郑阳娇昨晚回娘家去了，她娘家就在北关，本来今天她侄女订婚，她说好下午回来，可没想到昨晚两家人把事谈崩了，她说她眼皮也跳得出奇，觉得家里有事，一早就回家来了。谁知家里还真出了鬼了。她走时两摊子麻将正打得红红火火的，按惯例最起码要打到第二天早上，谁知昨夜早早就都散伙了。过去在这儿租过房的一个开发廊的"妖精"，却留下来跟西门锁过夜。早上郑阳娇轻手轻脚进门时，两人还在床上不知开展第几次运动，反正把床都运动得离开原地一尺远了，被子枕头胡乱扔了一地，光用过的避孕套就四个，郑阳娇头一下炸了。最让郑阳娇感到屈辱的是，两人一边疯狂运动还一边"砸刮"她，说她太胖，动作不灵活，没女人味儿……

甲秀实在听不下去了，早早回到房里关上了窗户。外面的租住户也没有几个愿意劝解的。因为大家平常就不喜欢郑阳娇这个"母老虎"。闹了一阵，西门锁到底还是把郑阳娇弄回家去了。

甲秀又收拾了收拾，估摸爹娘他们快到了，就去车站接人了。

三

西门锁把郑阳娇勉强弄进屋，郑阳娇就开始砸东西，几乎是见啥砸啥，除了自己的化妆用品和梳妆台外，砸得没有保留下一处完整的，把两人的结婚照也用剪子剪了。虎妞吓得缩在沙发底下，圆睁两眼静观其变。它知道，每逢这个时候，只有占据有利地形，才能免遭飞来横祸，沙发底下，算是再安全不过的地方了。西门锁一直站在门口一动不动，任她撒泼，他知道这时再挡也没用，并且越挡越糟糕。这也是郑阳娇一贯的闹法，反正你西门锁有钱，有钱咱就砸。砸了几回，西门锁也就懒得添置更好的家当了，彩电还是几年前的国产货，郑阳娇几次说弄个进口的，他是只说不办。直到今年春节，儿子金锁实在闹得不行，说要玩游戏，他才去买了个大液晶回来，今天招上事儿了，郑阳娇进门第一个目标就是它。她顺手从门口操起凳子，一下砸过去，一股青烟一冒，价值一万五千多块钱的东西就玩儿完了。反正不管你咋砸，他都不予理睬，郑阳娇终于下了最后的狠招，跑到厨房，拿起一桶精炼油，一下泼到那张折腾得不成样子的床上，用打火机点着了枕巾，眼看就要酿出大祸，西门锁不得不一床被子捂上去，把火灭了。

郑阳娇果然越发动起真格的来，直接冲进厨房，拿出菜刀，就要拼命。西门锁想她咋都不会真砍的，没想到，她还真的砍下来了，一刀砍在西门锁的脖子上。西门锁还光着上身，那血就如注地喷了出来，先是溅了郑阳娇一脸，郑阳娇吓蒙了，她本来是砍狗日肩膀的，没想到西门锁一闪，刚好砍到脖子上。她被西门锁脸上的愤怒和眼中的仇恨惊呆了。她还从来没有见过西门锁的这种怒相和眼神，加之四溅的血水，她感觉一座烧红的山崖就要崩塌了。

虎妞也终于忍不住汪汪叫了起来。

西门锁说："闹够了没？再砍呀，我早都不想过了，砍呀！你个杂种今天不把我砍死就不是你郑家的种。"

西门锁本来就胖，加之赤裸着上身，高大威猛的样子，又处在血糊淋荡的状态，郑阳娇又不知这一刀到底致命程度如何，就有些腿脚发软了，刀先当的一声掉在地上，接着就顺地一卧，哭得死去活来了。

西门锁向侧边穿衣镜里看了看，那个血人样儿，把自己也吓了一跳。他急忙撕开一件白T恤衫，把脖子包了起来，然后就自己出门去医院了。

西门锁也觉得自己今天特别窝囊，干这事咋能让母夜叉逮个现行。也真是出了奇了，家里这麻将摊子从来都是一打一夜到天亮，有时甚至一打几天几夜，昨晚到半夜时分，就突然有人为一个炸弹是否是从尾墩子上杠上来的发生了争执，争着争着，牌往锅里一推，账都没算利索，就脸红脉子粗地结束了。桌上的人是骂骂咧咧不辞而别了，可一直在西门锁身后"钓鱼"的温莎却磨磨蹭蹭留了下来，其实刚才打牌时，她就没少以踩脚、掐腰的方式，给西门锁传递暗号，当然，那是为了赢牌。可那种暧昧动作，却也给了西门锁许多来自赢牌以外的享受。有些默契是说不清道不明的，在那些暧昧动作的铺垫下，等人走后，他们几乎没有用任何语言，就抱在一起，运动在一起了，并且是那样如鱼得水。温莎过去是开发廊的,后来不知怎么就不开了,说是做了什么经纪人,反正一天吃喝玩乐还不愁钱花。谁家打麻将,她最爱在后边"垂钓",基本上是旱涝保丰收。也不知今天被郑阳娇打得怎么样了,那一棍从头上下来可是不轻。他忍着疼痛给温莎拨了个电话,温莎没接。出租车把他拉进了就近的医院。

大夫问是怎么受伤的,他编了个谎说,是让一个酒疯子砍了。大夫还是好奇地问,谁咋一早就喝成这样了?西门锁胡乱支吾说,他们好像喝了一夜。

幸好没伤着主动脉,包扎了一下,大夫就让他回家。他问,不需要住院吗?大夫说不需要。其实他特别想躺在这里,十天半月的,看她郑阳娇怎么弄,没想到这事让她一刀砍得还有点转败为胜了。要不然还真不知怎样了结呢,这下好了,也算是扯平了。

医院不让躺,走出医院大门,也不知向何处去,他第一次体验到有家难回的滋味。脖子上有伤,也没法到朋友那儿去溜达,怕问了难回答。想了想,他干脆去宾馆登记了一间房,一摊泥一样软瘫在了床上。

四

罗天福被女儿甲秀接进西门家院子时,第一眼就看见了院子中间的那棵大树。淑惠和儿子甲成也都看呆了。甲秀介绍说,这是一棵唐槐,已经有一千三百多年历史了。树身有几人合围那么粗,树冠高大,荫天蔽地。一个大斜枝因年代久远,虽生犹衰,因斜度过大,自身已无力支撑,而不得不搭上一个粗大的树撑,帮衬着它不屈的生命。树的主干部分一边看似强大粗壮,其另一边,已是朽啮一空,洞中足可藏下十几个孩子。树是仅靠半边薄薄的肢体艰难维系生命的。

罗天福放下担子,先是被树牢牢吸引,团团转着打量树的情状。他为树上的几个吊瓶所疑惑。甲秀介绍说,这是给树打吊针呢。还有给树打吊针的?这在他还是第一次见。淑惠和甲成听了也觉得十分稀罕。他这一生就爱树,老家那两棵六七百年的紫薇树,是他这次进城最难割舍的生命。他招呼甲秀、甲成和淑惠一起伸开手臂，测量树的合围，结果四个人还没把树干拢住，一家人深深感叹着唐槐的神奇。罗甲成不由自主地飞起一脚踢到树干上，那是一个山里孩子激动和爱的一种独特表达方式，没想到，立即引来了一个老头的责难。

老头看上去有七八十岁，须发洁白，脸色红润，气血充盈，着一身古铜色唐装，行走十分洒脱利落。只有注重养生的人，才可达到如此飘逸出世的境界。

甲秀急忙给父亲介绍说，这是东方雨老爷爷，也租住在这个院子，据说是专门为保护这棵树住到这里的，吊针就是他打的。罗天福一听陡生敬意，立即给老人道了歉。甲秀也急忙给老人介绍父亲、母亲和弟弟，说初来乍到，还望老爷爷见谅。老人冲他们笑了笑，就背上喷桶，爬到梯子上给树冠打药去了。

甲秀把爹娘领到那间租住的房子，一股湿气、霉气扑鼻而来。罗天福想到过住房条件差，但没有想到会这么差，不仅房小而且窗户也小得出奇，几乎钻不进一个人的身子，就是一个透气孔而已。后边带着的那个储藏室，更是又矮又黑又潮，门敞了一天一夜，气味还是刺鼻难闻。

甲成忍不住说："这咋住人呢？连咱家牛圈都不如。"

罗天福急忙制止他："甭胡说。出门了么。"

甲秀解释说："城里房实在太贵，就是平房好一点的，一间一月都得六七百。这一间半，一月就五百块，再不好找了。"

罗天福看女儿为难的样子，急忙打圆场说："好着呢，能有个落脚的地方就成。"说着，先打开了行李包。

一家人就开始收拾起来。

母亲先从一直拃在肩上的包袱里，小心翼翼地拿出了那尊在塔云山金顶菩萨殿里开过光的瓷菩萨，到处比对着，找不到合适的地方。

罗天福向甲秀和甲成努努嘴，偷笑着说："连菩萨都寻不下地方给你娘站班了。"

甲秀和甲成全乐了。甲秀急忙帮娘挪那张缺了一条腿的破旧条桌，缺了腿的那一角是用一摞砖垒起来的，这是这间房里唯一的家具，另外就是一张硬板床。娘把菩萨摆到了条桌上，又从提包里拿出香炉和香，点燃，虔诚地插上后，就跪在地上，又是磕头又是祷告："求菩萨保佑我们心想事成，多多挣钱，让两个娃都把大学念成器。还要保佑老罗家老少平安！"

罗天福笑着说："恐怕得先把锅灶摆开，给菩萨弄点吃的，跟我们一路颠簸，也饿了一天一夜了，该讲些实惠了。"

罗甲成也笑娘说："你那是山里的菩萨，到城里管不管用，还得靠时间来检验呢。"

娘一边让甲成闭嘴，一边虔诚地把头磕得嘭嘭作响。

这时，一个头发染成棕红色的小子拿着个摄像机跑进来，大喊一声："都甭动，该干什么干什么，拍电影了。"

一家人愣在了那里。

甲秀急忙喊叫："金锁！爹，娘，这就是房东家的孩子金锁，我就是给他做家教呢。"

金锁："老太太屁股再撅高些，磕头，磕呀！"

正磕头的甲秀娘被闹得不知所措。

金锁："你屁股再撅高些，只管磕你的头，我拍我的。"

甲秀说："金锁，别闹了。这是我娘，我爹，这是我弟。"

金锁看看甲成对他一脸不屑的样子，就说："哟，你这T恤是假名牌，十几块钱一件，还不快脱了扔了，我一见谁穿假的，就恶心得想吐。"

见这娃说话咋这神气，一家人都蒙了。

甲秀急忙缓和气氛："金锁，你看我家才搬来，到处都凌乱着的，小心把衣服弄脏了。"

金锁说："我不怕，我给咱帮忙。"

甲秀说："不用不用。"就想把他往出请，谁知金锁根本就没有走的意思。

罗天福就亲昵地问了一声："娃多大了？"

金锁听不懂方言，问："你说啥？"

甲秀说："我爹问你多大了。"

金锁满口胡诌地："八十还差六十四，你自己算去。"

罗天福呵呵一笑："那就是十六么。"

罗天福像亲热乡村那些孩子一样，下意识地抚摸了一下金锁的头，谁知金锁抬手一掌打在罗天福的胳膊上说："甭动,脏手。"

罗天福那只手难为情地僵在了半空。

这时,罗甲成对这个碎崽娃子已经没有任何好感了,手痒痒的就想还一巴掌。

可在这个环境中始终娇惯受宠,从来就不懂顾忌别人感受的金锁,全然洞察不出小房中的火药味,还在继续推演着自己的情感、兴趣逻辑。他突然得意地说:"甲秀姐,你来看看我昨天拍的电影。可精彩了!嘻嘻。"

金锁按了按摄像机的快速退回键,一组画面出现了,那上面竟然是罗甲秀,是甲秀给他补课的镜头。金锁招呼大家都来看。罗天福、淑惠、甲秀只好配合着凑了上去。一看是甲秀,淑惠也招呼甲成近前看看,她已发现了甲成心头的那股火气,狠狠捏了捏甲成的手。甲成勉强凑到前面,斜着眼朝摄像机睃了几下。

金锁:"注意,精彩的镜头要出现了,是美国大片的拍法。"

大家眼睛一下给直了,原来是金锁从斜上方拍到了甲秀的乳沟和几乎大半个乳房。甲秀哇地尖叫一声,害羞地蒙上了眼睛。金锁还在得意地张扬着:"比美国明星凯特·温斯莱特的乳房还美,我也要拍大片,把甲秀姐彻底打出去……"

还没等金锁把话讲完,甲成就是一个反剪鸡翅,把金锁的一只嫩胳膊扭上了脊背。只听他哎哟一声,就痛得跪在了地上。罗天福、淑惠、甲秀急忙把甲成的手掰开。金锁哇哇地卧在地上大哭大闹起来。

罗天福六神无主地不知该怎么应对。甲秀哄又哄不下。小房与西门锁家紧紧相连着。郑阳娇很快听见了金锁的哭声,几乎像一头母狮子一样扑了进来。虎妞紧跟着也跑来了。

郑阳娇扑进门时,金锁正躺在地上打滚。

虎妞忽地就扑进金锁怀里了。

郑阳娇恶狠狠地问:"咋回事?"

大家都不知怎么开口。

郑阳娇的声调更高了:"都哑了,谁欺负我娃了?"

甲成没好气地:"你问他自己。"

金锁指着罗甲成:"他打我了。"

郑阳娇："啊，你还打人哪？哪里来的野种？"

甲秀急忙解释："阿姨，这是我弟，这是我爹，我娘。"

郑阳娇说："你不是说你一家都是老实本分的山里人么，咋一来就打起人来了？打狗也得看个主人吧，你真个是不想活了是不？"郑阳娇说着顺手操起一根擀面杖就要揍罗甲成。罗天福一把挡住说："东家，东家，你听我说，娃打人确实不对，我给你赔礼道歉了。"

罗甲成又气呼呼地嘟哝了一句："啥货嘛，人不打也要遭雷打呢。"

郑阳娇更是气不打一处来："咋的个话，那你再打呀，有种再打呀！"

罗天福和淑惠同时阻挡着儿子。

郑阳娇本来一早就窝了一肚子火，这下又遇见这样一个山里的铁壳核桃，气得把无名火一下发了出来。她就不信，治不了自己的花心男人，还砸不烂几颗山里的铁核桃。也不知哪里来的那么大劲，几乎是一股脑儿把罗家的行李从房里扔了出去："走！马上都给我滚，我这不收揽打人凶手。"

金锁看事情闹大了，又不想让甲秀走，就爬起来拍拍屁股上的灰说："做啥呀？我是跟人家耍呢。真的，人家没把我咋。"

闹腾了半天，没想到儿子扑哧一声，把皮球气给放了，更是气得郑阳娇不知如何是好，从来没对儿子动过手的她，终于恶狠狠地照金锁屁股踢了一脚，然后气冲冲回房去了。虎妞还不走，又被气头上的金锁踢了一脚，才汪汪叫着跑开了。

东西给门口扔了一河滩，罗天福也不知是该往回捡，还是该收拾了走人。没想到初来乍到，就遇上这样难堪的事情，他看了看甲秀，甲秀也不知如何是好地长叹了一口气。还是金锁先搬起了行李，说："姐，你们就住这儿，有我呢，没人敢把你咋。"

甲成气呼呼地说："你倒算个辣子。走，爹，咱们重找房，这就不是人待的地方么。"

罗天福又看了看甲秀。

甲秀不无委屈地说："这阵儿到哪去寻房啊？这房也是我看了好多家才定下的。就是找，也不可能马上有现成的呀！"

金锁又央求说："姐，你们就住吧，我妈要是再寻麻烦，看我的。"

罗甲成不耐烦地:"去去去!"

金锁还赖着不走,甲成恶狠狠地朝他跟前靠了靠,吓得他赶忙溜走了。

甲成说:"爹,咱们还是另找地方住吧。"

甲秀说:"城里找房哪有这么简单啊!"

甲成突然对姐有了意见:"我真服了,你能给这样的半吊子做家教。"

甲秀说:"其实这娃也并不坏,太小,有些不懂事。"

"还不坏,还要咋样坏?"罗甲成一脚踢在了那扇破门上。

罗天福说:"甲成,不是爹说你,啥事不能忍,非要动手动脚的,你为啥要扭人家娃的胳膊?"

"没扭断都是饶了他。"

罗天福气急地斥责道:"野蛮。你以为这是在乡下,你们随便耍,随便拧,城里娃骨头嫩得跟啥一样,拧断了你能赔得起?"

罗甲成还想争辩,娘立马用手捂住了他的嘴。

僵持了一会儿,甲秀问:"爹,你看咋办?"

罗天福果断地:"先住么咋办?我们交了钱的,又不是白住她的房。人出门了,啥能都不敢逞,啥亏都得学着吃,啥苦都得学着受。实在不成了再说吧。来,往回搬。"

淑惠和甲秀又帮着罗天福把郑阳娇扔出来的东西搬了回去。

罗甲成气得闷在一旁,始终未动手。

五

郑阳娇回到房里,又号啕大哭起来。虎妞好像有些不知所措地坐在一旁静静看着主人。她哭着一把将虎妞抱在了怀里。这个家已经让她身心俱疲了。除了狗始终对她忠心耿耿外,丈夫丈夫花心难改,儿子儿子冥顽不化,看起来啥都不缺,可实际上,好像哪一样都过得不如人。她已经有些绝望了。

十八年前,她认识了西门锁,那时西门锁有妻子,还有一个女儿。西门锁的爹既是这个村的村委会主任,还兼着村办企业的董事长、总经理,在这一片算是数一数二的大人物。家里一天到晚都摆着麻将摊子，一家人什么也不干就能吃香的喝辣的。郑阳娇高中毕业，没考上大学，也懒得找工作，反正村里发的卖地钱，已经够吃够喝了。无形中，也就卷到了这种成天以打麻将为生的属于城中村的独特生活方式里。那些年手特别红，加之自己年轻漂亮，臭男人们总爱跟自己打，少不了有献殷勤、放通牌的，反正一个月下来，总要赢个万儿八千的，一年一年，就这样晃荡过去了。她不是文庙村的人，但却在朋友的一次引荐后，特别爱到文庙村来打牌，她觉得这个村子的人比她们村子的人大气一些，尤其是西门锁，够爷们儿，她要是输了，他还会悄悄塞给她一沓票子，每每让她乘兴而归。也不知咋的，就慢慢上了西门锁的船，先是在牌桌上眉来眼去，后来就陷入了他的感情生活，再后来，西门锁就跟他前妻离婚了。他们结婚也是迫不得已，那时她已怀上金锁五个月了，西门锁逼着让她做掉，她坚决不干，无奈之中，西门锁才走了离婚这步棋。结婚十六年，可以说是提心吊胆地过了十六年。她几乎天天都防着那些来打牌的女人，防着与西门锁有任何蛛丝马迹的可疑异性，可防着防着，前几年还是出过几回事。好在她没捉奸在床，也就眼不见为净了。但这次，是实实在在看见在自己的床上翻云覆雨，一想到那一幕，她就感到头爆裂般的疼痛。从来没有得过心脏病，今天心脏也绞痛个不停，她真不知该怎么办了。

　　离婚吧，太便宜狗日西门锁了，他可能正求之不得呢。十六年前结婚那阵，这一片地皮上的家财可能也就值四五百万，现在有人估计，只要城中村改造，国家至少得给西门家补偿二十多套房，值几千万块钱。他老子也在前几年喝酒喝死了，这一切都是他一人的了。郑阳娇想，她要是提出离婚，上午离，下午狗日的就能娶一打嫩的回来，这是绝对不能做的蠢事。可要立马缓解，也太窝囊了，受了这样的羞辱，他不主动赔情，以后就更是暗无天日了。她有些后悔不该砍那一刀，本来极其有理的事，结果弄得输了八分。她知道西门锁的脾气，这一刀是万万不好原谅的。也不知伤到什么程度，西门锁一直关机，联系不上。越联系不上，她越是感到有些惶恐，没底。号啕大哭一阵儿，似乎什么也没释放出来，相反，又把焦躁不安的情绪带动起来了。

　　金锁终于回来了，昨晚在网吧泡了一夜，所以大清早家里发生的一切他并不知道。进门见砸了一河滩，就知道是爸妈又上演武打片了。他有些习以为常地叨咕了一句:"下一回该请香港的洪金宝来设计动作了。"

郑阳娇见儿子金锁回来,眼泪止不住大坝溃堤般地汹涌而下。问他为啥不开机,他说他手机没电了,其实是怕父母打扰,昨晚早早就关机了。郑阳娇毫不隐讳地把他老子昨夜犯下的滔天罪行给儿子讲了一遍。金锁蒙在了那里。

郑阳娇说:"儿子耶,你昨晚要是在家守着,你那个荒唐老子也不至于干出这样的勾当啊!"

郑阳娇还后悔,昨晚怎么连狗都领回娘家了,让西门锁完全逃脱了监控。虎妞这条贵妇狗可是非常精明的,平常除了它自己,还有他两口和儿子金锁,是任谁也上不了这张床的。她已做过无数次试验,只要不是家里这三个人,谁挨一下床边,都是要被它狂吠乱咬到离开才能罢休的。要是它昨晚在,还能允许这对狗男女如此翻江倒海、胡作非为一夜?

金锁虽然很爱爸爸,但在这个大是大非的问题上,还是爱憎分明的。这个家里,绝不能出现另一个女人,这是原则问题。他从小就知道,他和母亲是这个家里的不速之客,无论如何,都不能再有不速之客来搅乱这个家庭。

郑阳娇也是心乱无计了,把儿子像一根救命稻草一样紧紧抓着不放,说:"儿子耶,你这回可要跟妈妈站到一边呀,不然我们就会被赶到门外了。"

金锁也不知哪来的那么大勇气,突然像个顶天立地的男子汉似的说:"放心吧,有我呢。不过,我也有个条件,你必须对甲秀姐他们一家人好。"

郑阳娇愣了一下。

金锁说:"甲秀姐讲课讲得好,没有她我就不上学了。"

郑阳娇说:"好,好,妈一定对那一家人好。"

六

当夜幕降临的时候,这个叫文庙村的社区便像数万安静的细胞被激活了一样,突然鼎沸起来。从村口牌楼,直到大小街巷的神经末梢,都在哗哗抖动着。无论是在附近打工的,还是在附近大学上学的,都回到了这个逼仄逼仄的空间里,寻求着生命的一夜栖息。

本来街道就窄，这时各种摊贩也挤了出来，很多地方，几乎不侧起身子是无法通过的。初来乍到的人也许不信，这么小的城中村，竟然住着五万多外来人口。只有深入村社的皱褶里，才能明白生命原来是可以以这种密集的方式相互依存的。所有的楼房都是又细又高的宝塔形状，一座塔与一座塔之间，又都很难找到分离的界线。尽管谁都知道塔楼的建筑质量是值得怀疑的，但如果真的有一座倒塌了，大家又都绝不怀疑其他塔楼对它的扶助支撑作用。很多年前就有人说这儿要拆迁，谁家的建筑面积大，自然补的就多，因此，家家户户都把自己的占有量放到最大化。地面是插不进一根针了，空中也很难见到一线天。这样的密度，才保证了一千五百多村民对五万多外来人口的放量接纳。

村子已经完全社区化了，一个人除了上中学、大学，或是看大病、死亡火化需要出村子，否则，一辈子龟缩在这里，都可以吃、穿、用不愁地生活下去。小超市、杂货铺、粮油店、小旅馆、托儿所、饭馆、发廊、诊所、澡堂、足浴室，甚至包括修脚的、钉鞋的、文眉的、打耳洞的，无所不包，连公安、银行、税务、工商都有派出机构，日夜理事。

罗天福带着淑惠、甲成走了一圈，不说震撼，面对这大的世事，也是有些惊悚和茫然。

西门锁家就在这个城中村的北头，是占地面积最大的一个院落，所谓文庙村，就是这个村曾有一座孔庙，而孔庙的位置就在西门锁家院落的北头。"文革"中，庙里该拆除的"四旧"都拆完了，只剩下个空壳，20世纪80年代初建厂房时，把它弄成铁木业社锤铁桶的作坊了。后来变成钢筋厂，这里又用作堆放杂物的库房了。如今全部厂房已改建成一百多间简易房，分了上下两层，多数住着农民工，也有大学生，还有发廊女、洗脚女、歌厅服务人员等。有的四人一间，有的夫妻租住，有的干脆拖家带口，连老人带孩子都挤在了这十几平方米里。

相比之下，罗天福倒是觉得自己租住的这一间半房还算宽敞。

就在郑阳娇扔东西走了以后，一家人一直处在一种不愉快中，可过了不到两小时，她又殷勤地一手抱着虎妞，一手提着半个西瓜，过来问这问那的，好像两小时前什么也不曾发生过。并且还话中捎着话说，她今天心情不好，其实她还是欢迎罗家来入住的。这都是金锁撺掇的。她要跟金锁结成统一战线，金锁让她来回话，她也只好硬着头皮照金锁的意思来做了。

郑阳娇这一来，也算是给罗家安营扎寨下了台阶。依她先前的态度，罗天福还真是想尽快重找个地方。既然人家下话了，罗天福也就把心放下了。他将家里一切都安置妥当后，就出门把整个村子的情况熟悉了一下，还选了一个打饼、卖饼的好位置，准备明天就把摊子摆出来。甲秀又领着他，到一个叫古都饭庄的地方，跟厨师长见了面。这儿一天要一百个千层饼。千层饼的手艺，还是他当民办教师时，跟一个学生家长学的。甲秀进城上学，他每次都要给她准备一提兜，放一个月都不坏。这里面确实有点秘方。甲秀也是无意间让厨师长尝了一下，厨师长就认为这个东西很好，顾客一定会喜欢。考虑到一天打一百个收入太低，甲秀就想让爹娘白天再在村里支个摊子，她估摸着一定好卖。一旦不行，就再想办法，反正她相信爹娘那双勤劳的手，是没有什么事做不成的。

一切都弄妥当了，天也黑了，甲秀和娘把长面也擀好下到锅里了，就听房外唐槐下，开始唱秦腔了。罗天福向门口一望，树下黑压压围了一片人。甲成先捞起一碗面，拌了鸡蛋臊子，又用筷子别了一疙瘩油泼辣子，就急急火火一边调面一边跑出去看热闹了。甲秀说，西京城到处都是秦腔窝子，一到晚上就都唱开了。这一摊子是这个院子里打工的自娱自乐呢。罗天福也是个秦腔迷，一听这声音就来劲，也急着胡乱给一碗黏面上浇些臊子，就跑出去了。甲秀赶紧给娘捞了一碗，让娘也去看热闹。

这个秦腔自乐班已经有好几年了，主心骨是看护唐槐的东方雨老人，他能拉一手好板胡，而这块土地上的人，几乎个个都能吼几句秦腔。

今天第一个开唱的是一个叫破锣的油漆工，嗓子有点沙哑，但唱得浑厚有力，有点秦腔大花脸的做派。破锣今天把工钱要下了，老婆刚又给焖了一大碗红烧肉，吃得浑身都是劲，就唱起了秦腔黑头最难唱的《斩单童》里的"呼唤一声绑帐外"。

罗天福觉得特别过瘾。尤其是唱到最后，破锣竟然也能跟专业演员一样，把"将爷押在法场上——"翻高一个八度，顿时赢来满堂彩。罗天福只顾高兴，也跟着拍手呢，手中的那碗黏面就啪地掉在了地上。

院子确实热闹，这阵儿几百人基本都回来了，洗衣的，做饭的，在水龙头上冲澡的，听戏的，红火得就跟街市一样。对于过惯了乡村生活的罗天福、淑惠、罗甲成来说，这样的夜晚确实带来了另外的新鲜和刺激感。他们都有些兴奋，在塔云山，几年唱一回大戏，也没有如此热闹，而生活从今天开始，就一直是这样的戏剧场面，他们都有些心理准备不足，罗天福甚至觉得心脏的跳动都在加速。

也就在这天晚上，罗天福还听到一个离奇的案子。说这个村还有一个古戏楼，几个月前，戏楼上供奉的一尊戏神的眼睛突然被挖了。据说，这个戏神是清代人雕刻的，有人说是梨园领袖唐明皇，还有人说是清朝乾隆时期一个轰动京城的秦腔泰斗魏长生。反正也没有正式记载可考，也就任人猜测了。过去从来没人觉得那对眼睛值钱，直到被人盗走，才传出来，说那对眼睛是纯金的。派出所已经查了几个月也没有啥线索。案子还在办，也不停有人被叫去调查的，据说这个院子一些年龄在三十五岁左右、个头在一米七五上下的人，都被叫去按过手印、脚印。一个与罗天福年龄差不多大小的老哥悄声告诫他，少打听少议论这事，一打听一议论，警察就把你黏住抖不利了。

院子里人们在唱戏、听戏、谝闲传，甲秀一直在房里收拾着锅灶，突然，金锁抱着一个大榴梿进来了。甲秀知道这种水果的味道，特别臭，但据说营养价值特别高，价钱也很贵。甲秀硬不要，金锁不依不饶地要留下，甲秀也只好让留下了。但甲秀也是在今天才发现，这个娃看自己的眼神有些不对，不像是这个年龄应有的那种纯净。她尽量回避着这种神色，可金锁似乎越来越有些肆无忌惮了。如果几天前她能咀嚼出这种眼神的别样意味，也许她就不会租他家的房子了。这会儿，金锁又有些黏黏糊糊的，看甲秀眼睛直勾勾地，这时候了，还缠着要叫她补课，她说明天补，他还不行，正闹呢，甲成送碗回来了。甲成不知咋的，一见这小子气就不顺。金锁更像是老鼠见了猫一样，甲成一个眼神还没扫射到位，就吓得拔腿溜掉了。

甲成说："他又来干啥？"

甲秀说："人家娃来送水果呢。"

"少理这瞎尻。"

"你别老是这样偏头偏脑的，人家可是房主。"

"掏钱住房，谁还看他脸哩。"

甲成说着又出去了。

这时，甲秀听见郑阳娇站在门口大喊起来："能不能别吼了，烦死了，这是城市，不是乡村，天天唱，唱，还有完没完。"喊完，嘭地甩上了门。

外面唱声停了下来。

罗天福、淑惠、甲成都回来了。

甲成说："这女人咋跟疯子一样，一会儿冷一会儿热的。"

娘说："别瞎说。女人是你叫的？谁还没个心烦的时候。"

甲秀把榴梿剥开，想让都尝尝，一股臭味弥漫出来，一家人都直想吐。甲成知道是金锁送过来的，二话没说，一把捧起来，直接就扔出去了。

这一夜，甲秀和娘在里间的床上，拉了半夜家常。

外间地铺上，父子两人都翻来覆去地睡不着。

罗天福在回忆着这一天。以前来过三次西京城，都算是过客，而这次，是来长住，他计划是四年，等甲成大学毕业就回去，那时他也刚好六十岁。他在想着他的千层饼，不知能不能打开局面，这牵扯到两个大学生能不能完成学业的问题。在乡下要挣这么多钱，实在是太难了。这几年塔云山出来打工的人不少，都还混得可以，有的还挣了大钱，回去把小汽车都买下了。当然，也有混不下去，两手空空回去，骂城里人大瞎尻，打不过交道的。骂是骂，该出去的还在往出走。他不当民办教师后就想出来，结果又被选成村支书，要不是有大学生村干部接替，他还真走不出来呢。这下好了，总算是走出来了。他始终相信，只要有一双手，只要肯起早贪黑地干，就没有什么事是干不成的，又不是让自己发射神舟六号，哪还有个靠手艺挣钱挣不成的？今天尽管房东一开始就给了个下马威，他那一阵儿也真准备挪地方，可后来房东态度又变了，并且他听甲秀说，房东家今天出了大事，这个女人还能在人前晃荡，也算不容易。要是放在山里，哪个女人遇见这种事，早喝了敌敌畏、老鼠药，或者寻绳上吊了。人也得理解人呢。不过他也看出来了，这个女人是不怎么好打交道的。好在这个地方他还真的很满意，啥都有，方便。文化生活也好，他一生就爱听个戏，竟然戏天天晚上就在院子里唱，挺带劲儿的。尤其是那一棵唐槐，让他想起了老家的那两棵老紫薇树。那两棵老紫薇，也是有几百年的历史了，虽然比唐槐矮，却也是几人合抱粗，算是老罗家的宝贝了。这次出门，他有好多牵挂，除了老娘外，就是那两棵宝贝树。这几年，塔云山附近的大树都快被人挖完卖完了，他一直觉得可惜得很，可也没办法，山里人穷，急着用现钱，人老几辈子种的好树，说卖就卖了。他家这两棵紫薇树，也一直有人惦记着，从开始几千元，到后来几万元，再到现在几十万元，他都没卖。长了几百年的树，经历了好几辈人，无论怎样，不能在他手上败葬了。至于脚下人将来要败，那是他们的事，反正他这一辈子得护住。这次来西京，看到一千三百多年的唐槐还活着，并且专门有人看护，他就更觉得自己没卖老紫薇是对的。越想越多，越想越乱，越想就越睡不着。他听见儿子甲成也在翻来覆去。

甲成也在回想着这一天。

一切都跟他想象的有距离。尤其是租住的这个地方，让他感到很不舒服。包租婆话难听、脸难看，那儿子也不是省油的灯。姐姐前几天回去，一直说租住的这个地方怎么好怎么好，没想到来了是这样的。他是第一次进这样的大城市，过去只在县城上过高中，想不来大城市的大，也想不来大城市的生活境况。今天一天的生活，让他对大城市的印象是：一个饼子摊得很大的乡村集镇。这里住的基本都是乡下人，吃的穿的跟乡下人区别也不大，说话、办事方式跟乡村更是相差无几。而唯一认识的城里人郑阳娇、金锁，还给他留下了极坏的印象。他是主张搬到别的地方去住的。可爹娘都是些啥事都能忍的人，就让他们先忍着吧，反正明天他就要到学校报到去了。他对那所学校还是充满了向往。自姐姐考上这所大学后，他感到他们一家人在家乡的地位都大大提升了。他在县中，几乎经常听到老师和同学对姐姐的夸赞。自那时起，他就下定决心，一定要考上比姐姐更好的学校，最起码也不能落在姐姐的后面。也从那时起，他的学习成绩就真的一路飙升了。虽然估分时有点保守，但最终能上姐姐所上的大学他也是满意的。几乎所有人都说，老罗家的两个孩子是彻底改变命运了。他爹这几天也反复说，看来知识改变命运这句话要在罗家应验了。自收到录取通知书后，爹娘就要他放稳当、谦虚些，还要顾及人家没考上大学的人的感受。他在人前就憋着劲儿，只有在没人的时候，才不由自主地唱几句，甚至跳几下。有一天，他甚至借上山砍柴，还专门到塔云山最高的峰巅上，放开背诵了王勃的《滕王阁序》，真是痛快极了。今天，自客车钻出山沟的那一刻起，他的激动情绪就一直在心头萦绕着，这才叫广阔天地，他坚信自己一定会在这里大有作为的。那一刻，他甚至暗暗说：西京城，我来了，我罗甲成来了，我要从这里鹏程万里了。

突然，郑阳娇的号啕大哭声又传来了，是歇斯底里的。那条狗也叫得有些哀戚。一家人都竖起了耳朵，这哭声和狗叫声在半夜传来，让人感到一种不祥和不安。

七

西门锁一天都关着手机，半夜一点多了，他打开手机看了一下，郑阳娇的电话就端直打进来了。他立马又把手机关了。他看见儿子金锁也给发了信息，问他怎么样了，人在哪里，要来看望。他没有回，也不想回。他知道，这阵儿金锁也会跟郑阳娇站到一起。就像那条狗，平常对他也怪好的，可在看守异性这个问题上，好像很是通晓郑阳娇的心思。就连打牌，它也会坐在他与异性的中间，脚下稍有接触，它立马就会发出汪汪的叫声。他还故意试了几次，可以说屡试不爽。他甚至怀疑虎妞是被郑阳娇特殊培训过的。

今天虽然被砍了一刀，无家可归了，但他也感到特别的轻松，有一种无法说清的自由感。在宾馆躺了一天，看一会儿电视睡一会儿觉，饿了，要份简餐，直接送到房里吃，吃了又睡。尤其是手机关了，就如同与世隔绝了一样，要放在平常，手机一会儿不在身边，就感觉快活不下去了。可今天，关了手机，屏蔽了与这个世界的一切关系，反倒有了一种从未有过的超脱感。似乎好多年都没有过过这种轻松自在的日子了。他也试着用宾馆电话给温莎打过几次电话，一直关机着。也不知她被郑阳娇那几棍打得伤势如何，他一直有些担心。温莎到底住在哪里，想去看一下也没个地方。看看表，快深夜两点了，窝了一天，他突然想出去转转，这阵儿料也不会碰见什么熟人。

让他没想到的是，这半夜了，街上行人还是熙来攘往，也不知都忙些什么。一家又一家的歌厅、洗浴中心门口，仍是车辆拥堵，人声嘈杂。这让他突然想起了自己老爹还活在人世时的生活，他和村里一帮小子，两天当一天过，成几十个小时不睡觉，也不困，东街串，西街遛，看足球，唱KTV，光着膀子喝啤酒，一喝就是一通宵。有时遇见个漂亮妞，一跟就是大半天，也没把人家咋，反正就好这一口，跟着愉快。小学升初中没考上，老爹掏钱让上了；初中升高中又没考上，老爹又寻情钻眼掏钱让上了；大学实在考不上，第二年复读补考，甚至比第一年还少了十八分，气得老爹端直脱下皮鞋，砸了他一个鼻青脸肿。那时家里一切有老爹，真是啥心都没操过，好像天生就是个大玩家。即使第一次结婚后，这种日子也没咋改变。要说改变，那就是老爹突然去世，这一摊子一下撂给自己，从此就逛荡不成了。尤其是二婚以后，简直是越过越窝囊，越活越没啥意思。

他和郑阳娇初认识时，那种感觉真的是很好，她明显比自己妻子漂亮、精明，说实话，开始并没想到会闹到结婚这步田地，就是眉来眼去的，在一起玩玩而已，最后竟然玩出这么大的麻烦。自郑阳娇入主西门家后，他的生活与精神自由度就大不如前了。也许是她更清楚婚姻的脆弱，因此，对他的监管，几乎不亚于监所看管犯人的看守。也不能说她不爱自己，可那种爱，真的让他有些喘不过气。几乎没有了自己的任何空间，有女人甚至当他面开玩笑说，西门大官人现在可成贾政了，只怕被蚊子叮一口，郑阳娇也是要验公母的。当然，盯得再紧，老虎也有打盹的时候。越看得紧，越想试着出轨，过去也只是被抓了些蛛丝马迹，这回是抓了个人赃俱在，他也不知这件事会怎么收场。如果真离婚，不能不说是一种解脱。但他了解郑阳娇，她是绝对不会离的，可不离会比离了更难受，郑阳娇那种喜欢折磨人的脾性，真是让他受够了。

他突然想到了前妻，他觉得是那样对不起她。前妻赵玉茹，原来是村里幼儿园的老师，算是吃公家饭的，毕业于省幼儿师范。老爹当村委会主任时，在整个村子里选儿媳，就看上了这姑娘，非要撮合着娶回来。他开始并没看上，觉得没啥特点，说穿了，就是长得不漂亮，他喜欢那种特别漂亮的。可自己毕竟只是个城中村村委会主任的儿子，特别漂亮的是这个时代的稀缺资源，哪里能轮得上自己，一个一个眼看着就飞了。再回过头看，又觉得赵玉茹还挺顺眼的，就同意家里把婚结了。赵玉茹是贤妻良母型的，几乎对自己连一句重话都没说过，两年过去，为自己生了一个女儿，老爹给起了个名字叫西门映雪，文绉绉的，是取自"囊萤映雪"的典故。老爹反复解释说，人家车胤和孙康家里那么穷，靠萤火虫和积雪照明读书，都成了大事了，咱家这好的条件，竟然出不了个下功夫读书的。他把希望寄托在了孙女身上。没想到，半路杀出个郑阳娇，怀上金锁后，不依不饶，赵玉茹不得不带着映雪离开了。他至今都感到难过的是，赵玉茹竟然没提任何要求，只要女儿，不索家财。时隔这么多年，好多人还都说这女人是个傻瓜。她离婚后，就申请调离了这个村的幼儿园。他心里觉得过意不去，也曾偷着去看过几次，赵玉茹都表示不见。女儿对自己也很冷淡，他曾故意到孩子上学的地方看过无数回，孩子一见他就躲。时间长了，加之郑阳娇也看得紧，一切也就渐行渐远了。

他突然想去看看她们母女。他知道是不可能见上的，但他还是想去看看。哪怕是到她们身边坐一坐。他拦了个出租。已经有很长时间没有去过了。车七弯八拐，走了大概有半小时，才到那个幼儿园，家属区也在院子里，大门紧锁着，他就在门口坐了下来。

他坐了很久很久，这二半夜的，自然也不可能看见赵玉茹和映雪，但他此时就需要这样近距离地坐坐。

黑暗处传来一声呼吸似乎被猛然阻断了的鼾声，仔细一看，是个要饭的正在梦乡。

他突然眼中涌起一汪泪水，酸酸的，这是他活了几十岁不曾有过的。他强忍着眼泪，可更多的泪水却止不住哗哗地流了出来。

八

当姐姐甲秀把甲成领进大学校门时，甲成本来想装出一点见过世面的老到，可面对这样一个置身大森林般既旷邈而又幽深的环境，还是有些瞠目结舌。尽管姐姐曾多次讲到这所学校，可和置身其中的感觉还是两码事，似乎一草一木都浸润着文化与学理。原始森林甲成也是见过的，但那里呈现出的就是闭塞、沧桑、无序和荒蛮，而这个森林里却充满了创造、包容、有序和整洁的现代文明。他尤其喜欢那不经意间竖立于草丛中的一个又一个人物雕塑，那都是曾为这所学校创造过辉煌的教育大家和学术大家，那种尊严感，让一个初进学术大门的人，既生敬畏与神圣感，也生目标与方向感。总之，他很喜欢这个环境。他一下从昨天的失望中反弹了起来，这才是他梦寐以求的都市，这才是他苦苦奋斗，希望挣脱乡村，而最终跻身的那种文明。

有姐姐领路，报名很顺利，姐姐又很快把他领进了新生宿舍。在宿舍的楼道里，姐姐顺手捡起了几个空易拉罐，用脚踩了踩，塞进了自己随身带着的大帆布包里，这让甲成很是诧异，他问："姐，你捡这干啥？"

姐说："满地乱扔多不文明。"

姐姐是特别爱讲卫生的人，在家里就爱整洁，他弄脏弄乱的一切，从小就是姐姐帮着收拾打扫干净的。看来她在这里仍保持着这个习惯。

走进宿舍，四个床位已有三个被占了，剩下一个自然就是自己的了。宿舍只有两个同学在，姐姐主动跟人家打了招呼，并把甲成介绍了一下。

那两个同学，一个叫朱豆豆，是山西的。一个叫孟续子，是山东孟子故乡的。

姐姐把一切安顿好后就走了。罗甲成从各自桌上的摆设看到，他比人家差了一样东西——电脑。朱豆豆是手提的，孟续子是台式的，两人都在电脑前忙乎着，他就感到了一种难堪。他有一把旧二胡，是父亲用过的，但声音很好。他也会拉几首曲子，本来是一门才艺，他想可能会有展示的机会，可他看见，那位没见面的同学，给床里挂了一把锃光瓦亮的小提琴，把他那把土不拉几的二胡比得失去了特色。他想把姐姐给挂好的二胡取下来，又觉得反有此地无银三百两之嫌。他独自站到窗前，向远处眺望着，那风景咋看就大不如前了。他还发现，无论是自己的穿着还是带来的日用品，以及衣柜里挂的衣服，都比人家有着不小的差距。他还明显感到，人家两人也是刚认识的，却好像有了许多共同语言，说的都是网上那些他不太明白的事。无形中，开学第一天自己就有种被边缘的感觉。窗户前站久了，也有些不自然，他就上到床上，翻开《三国演义》看了起来。

过了一会儿，另一位同学也回来了，是母亲陪着的，买了许多水果和小吃，硬招呼着，让大家围拢来坐一坐。甲成见那两位同学都停下了手中的事，围坐在一起了，也不好推辞，就从上铺下来了。

这位同学叫沈宁宁，是从甘肃来的。

他的母亲特别热情，一口一个孩子们孩子们的。从她不无技术处理的介绍中，大家听出来，沈宁宁的爸爸是一个副市长，那位母亲还专门强调了副厅级,不是县处级,沈宁宁阻止了几次,母亲还是说个不停。罗甲成对级别这类东西全无概念,那两位同学也是应付性地噢噢噢着。介绍完了她认为必须给大家介绍清楚的所有情况后,她又问起了朱豆豆和孟续子。从他们各自的回答中得知,朱豆豆的爸爸是一个煤矿老板,用朱豆豆的话说,老爹是挖煤的,可那种嘴上的贬损,无疑含着某种实际的褒义。孟续子是一个中学校长的儿子,对孟子颇有研究,因此,给儿子取了这么个很有理想色彩的名字。还不等到问甲成,他已经有些不自在了。在这种"晒爹"的场合,一旦亮出来,就意味着自己比别人矮了几分。过去在县中上高中时,就面对过这种游戏。那时他几乎是理直气壮地告诉别人,自己的父亲是农民,因为,他的光彩在于:一个农民的孩子,学习成绩是在重点班的前三名位置,而许多干部子弟和大款的孩子,却只能蹲在普通班对他刮目相看。但今天这些优势都没有了,能考到这里的,都是学习成绩顶呱呱的学生。他好像有了一种衣服将被人在大庭广众之下剥尽的感觉。无论咋不情愿,还是剥尽了。他没有隐瞒,也没有夸大其词,就是农民,父母都是地地道道的农民。他也没有说父亲还当过民办教师,也没有说父亲还当过村支书,这一切在这个场合说出来,更显得软弱无力。大家都噢噢噢地应承着,并都说农民好,农民好哇,可那夸赞的背后,明明掩藏着一种歧视。而这种歧视将伴随他走过大学四年的生活。他感到有些精神吃力了。

沈宁宁的母亲走后,三个人又相互交流起电脑软件来,罗甲成从宿舍走了出来。他很想回到文庙村,告诉父亲,恐怕得给自己买一台电脑,但又觉得开不了口。他知道,连学费都是爹娘四处凑下的。这几年他和姐姐上学,几乎掏空了全部家底,这个口是万万不能开的。电脑毕竟不是非有不可的,姐姐也是上到大二时才买了个二手货,还是自己勤工俭学挣下的。他相信自己迟早会有这个的,但不是现在。他坚强地告诫自己,必须挺住,不能跟任何人攀比,要比就比学习。他坚信,自己在学习成绩上是会走在前边的。只要这个站住了,所有面子都会挽回来的。

他突然又有了勇气,他加快了脚步,他想绕着校园走一圈,这是自己的校园。他用了整整四十分钟,沿校园围墙走完了一圈,再次踏进大门时,心里又说出了那句话:我来了,我罗甲成来了!他觉得自己有一种绝对的力量,能从这里起飞！他咬咬牙说："我坚信！"这句话甚至出声了。

九

罗天福终于按计划开业了，打饼摊子支在了郑阳娇家院门外。是一个门拐角，既不影响人过路，也还算聚人气。这是甲秀租房时就给西门锁打过招呼的。为了靠实，罗天福还亲自又给郑阳娇说了一次，郑阳娇只是说，别弄脏了大门口，也没明显说反对的话，这就开张了。这里是个三岔路口，进进出出的人不少，尤其是一早一晚，能有数千人来来回回。罗天福昨天晚上在这儿偷偷数人时，就暗想，有十分之一的人光顾，就把活咥了。果然，今早把摊子一支好，饼贴在锅里还没翻身，就有人等着要吃。第一锅出了十二个，竟然一抢而空，罗天福和淑惠一下信心大增。翻饼时，淑惠手忙脚乱的，甚至把大拇指右侧，烫起了小拇指蛋大个泡，只顾数钱了，也忘了痛。一早上下来，卖了一百五十七个。今天是为了先让人知道，造点影响，几乎不赚啥钱，可有了这个开端，罗天福就来了精神。尤其是有一个老头吃了以后，赞不绝口，说他明天还来，连回头客都有了，两口子心里偷着乐。

淑惠还专门给东方雨老人拿了两个，老人硬要给钱，淑惠急得直往外跑，但老人还是把钱送来了。淑惠本来还想给东家郑阳娇送几个尝尝，又怕人家嫌弃，就没敢敲门。这两天郑阳娇好像很少出门，有时能听见她在家发脾气，摔东西，甚至哭，男主人一直没见回来。只有金锁出出进进的，今天早上去上学时，淑惠还硬给金锁塞了一个千层饼，金锁说他拿的有什么汉堡，坚决不要，推来让去的，饼还跌到地上了，弄得淑惠怪没趣的。

没人时，罗天福掰开一个饼，两人自己品尝起来。又酥又脆，一掰，酥渣掉一地，核桃芝麻的香味也充分释放了出来，他们对今天打饼手艺的初次亮相还是挺满意的。要说这手艺罗天福已经学下几十年了，当初那个教给他的家长，也是看到他对自己孩子好，才把这手艺传给他的。据说这手艺是他爷家传下来的。在清朝末年的时候，塔云山脚下曾是一条商道，从汉江那边运货进西京城，这条道是必经之路。整天都有好几十匹骡马商队经过，还有一群一群的挑夫，把货运出运进。有脸面的商人，就吃这种千层饼，普通挑夫则吃干锅盔。千层饼极能放，大热天的，一月两月也不坏，即使几十里无人烟，只要有山泉，拿出来就着吃，都是有油有盐的美味佳肴。后来，这个商道不知怎么就衰败了，据说是有了更直线的距离。塔云山由此就彻底被商业文明所遗忘了。这种千层饼手艺，几乎也就失传了。那几年，罗天福即使学下了，也很少有机会做，一是没有白面，二是没有油料、核桃、芝麻，还有好几种保质大料，也极其金贵，寻常人家哪里是随便吃得的。只有到过节了，才做一点打个牙祭。乡上有贵客来了，也曾多次把他接去，给客人亮过手艺。没想到，时过这么多年，这手艺竟然派上用场了。罗天福有些感念起那个教给他手艺的已经死去的学生家长来。

中午的时候，整个村子里都走空了，只剩下一些老人，在屋檐下或太阳坡打个麻将、摸个雀儿牌啥的。罗天福和淑惠也换着回房躺了躺。到下午五点以后，村子就又火了起来。好像比早晨出去的人还多似的，所有巷子通道都拥满了人。有一阵，罗天福感到要不是炉子有火，恐怕连打饼的锅灶都要挤塌了。趁下午空闲时，他们也打了一百多个放在那里，没想到，招不住卖，不一会儿盛饼的筛子就空了。现打现卖，多数人没耐心等，好多生意就溜脱了。尽管这样，两个人还是忙得汗珠跌成八瓣，连擦拭的时间都没有。也许是中午清闲时水喝多了，罗天福尿胀得两条腿一个劲儿地往一块撮，可生意纠结得实在脱不了身。他是一忍再忍，直到人潮松泛下来，他才朝厕所跑，又不敢大步跑，最后到底还是没夹住，丢了人了。收摊子时，他告诉了淑惠，淑惠笑得手中的箩筛都跌到地上了。

甲秀今天也是开学第一天上课，她想着爹娘今天第一次出摊儿，也不知怎么样，就早早从学校赶过来了。赶到时，门口只剩下炉子没往回抬了。父女两人小心翼翼地往回运着。这炉子也算是特殊材料做成的。外面是一个大铁桶子，里面是用铁匠铺的炉灰泥成的，一旦弄坏，一时半会儿还真不知到哪儿寻去。边运炉子，甲秀一边问爹咋样，罗天福有些神秘地说："你猜。"

"看爹的神气一定是发财喽！"

罗天福呵呵一笑说："差不多。卖了毛五百块哩。"

"哇！"

罗天福急忙示意甲秀别声张。等把炉子运进房后，一家人急忙关了门，凑到一起算起细账来。

罗天福和淑惠报账，甲秀一一细算着。

罗天福："面粉八十斤，一斤两块八，八十斤二百二十四块。"

淑惠："精油八斤，一斤七块半，八斤是六十块。"

甲秀算出来说："二百八十四。"

罗天福又报："猪油两斤，咱自家炼的，就算十五块。"

淑惠说："胡说，我给你十五块你再给我买两斤。"

罗天福说："行行，就算十块钱一斤，再加二十。"

甲秀又算出来了："三百零四。"

罗天福："核桃仁四斤，一斤二十六块，你算。"

甲秀说："一百零四，加起来是四百零八。"

淑惠说："两斤芝麻十六块。"

甲秀："四百二十四。"

"木炭三十斤，咱自家烧的，就按三十块算。"罗天福说。

甲秀："四百五十四。"

"基本就这些了吧？"罗天福看看淑惠。

淑惠说："八大香料不是钱？清明雨前茶末不是钱？"

罗天福说："那些要算总账哩。"

甲秀问："娘，今天一共收了多钱？"

淑惠说："四百八十七。"

罗天福："你不是说快五百了么？"

淑惠说："这不就是快五百了么。租房的成本还没往里摊哩。"

罗天福："这么说这红火的生意还做赔了？"

淑惠："你以为呢。"

尽管如此，一家人还是十分高兴地你一言我一语着。反正说明这千层饼是有市场的。三人又合计了一下定价的问题。甲秀说，从后天开始，给饭店那边也开始供货，那边价位高些。反正经过今天的试水，罗天福心里是有底了。他感觉，这么大胆地决定一家人都进西京城来打工，看来是决定对了。

甲秀把学校那边的事给爹娘说了一下，甲成晚上也说要过来，她没让。她还说到电脑的事，她想给甲成也买个二手的，两千块就能买个不错的。

罗天福问："非要这东西不可吗？"

甲秀说，同学都有，甲成没有，会让他感到自卑的，再说对学习也确实有用处。

罗天福就果断地说："那就买。"

甲秀说她勤工俭学还攒了点钱，由她买，家里不用管。

罗天福对淑惠说，把家里还剩下的那一千块拿出来。支持娃学习么，是正事，没商量。

这时，金锁跑了进来。

金锁说："甲秀姐，到我家给我辅导作业走。"

甲秀说："你妈不是说从下个月再开始吗？"

"不，我现在就需要你辅导。"

罗天福总感到这个娃眼睛里有一种说不清的东西，但他相信甲秀会把握住事情分寸的。

甲秀被金锁硬缠走了。淑惠说："这娃是不是像咱那儿老辈子说的，犯有花痴病呢？"

罗天福说："还小哩，也许是不懂事。"

"我看这娃不好调教，恐怕甲秀要受作难哩。"淑惠说。

外面的秦腔自乐班又开始了。东方雨老人的板胡先亮了几声，然后又是破锣先开了台。罗天福本来累得有些困了，一听戏开始了，一下来了精神，拿起板凳就出去了。淑惠收拾完屋子，给菩萨上了三炷晚香，磕了头，禀告了今天的事情，又托付托付明天需要照应的事，也拿上凳子听戏去了。

十

甲秀跟金锁进门时，郑阳娇穿着粉红色睡袍，正躺在大红色沙发上做面膜，一张湿漉漉的白纸紧贴着发福的圆脸。一双眼睛和一对鼻孔从几个圆洞中露出来,如果是夜半突然遇见这样一张脸,还真有些阴森可怖呢。

虎妞卧在沙发前向女主人张望着。

甲秀近前打了一声招呼:"阿姨好。"

郑阳娇欠了欠身子:"噢,好。"

甲秀发现,郑阳娇的眼里布满了血丝,完全是一种血红色,明显是严重失眠和哭泣引起的。

郑阳娇说:"金锁知道学习了也好,可不敢再像他那个老子了,一屋都出这样的货,他西门家也就该砸锅倒灶了。"

金锁不想听他妈唠叨,努努嘴,示意甲秀赶快进他房去。

甲秀刚要进,郑阳娇又说话了:"哎,你这几天也没碰见过金锁他爸?"

甲秀:"没有。"

郑阳娇自言自语地:"也没听院子里谁说看见过?"

甲秀回答说:"没有哇。"

郑阳娇骂了一句:"死到哪里去了呢?去吧去吧。"

甲秀感到这几句话既是像问她,也像是在自问。她甚至觉得郑阳娇有些神经兮兮的了。她走进了金锁的小房间。

虎妞跟了进来,金锁用脚把它踢了出去,然后关上了房门。

甲秀感到有些不舒服地说:"把门开着吧,这多憋闷。"

金锁说:"我讨厌容嬷嬷唠唠叨叨的。"

甲秀一笑:"你咋给你妈安了这么个恶名?"

金锁说:"讨厌得很,我爸就是让她唠叨坏的。她不见天唠叨,我爸能跟别的女人好吗?你想想。"

甲秀没想到,一个十六岁的孩子,竟然能说出这样的话来。

金锁继续说:"女人要温柔,要乖巧,不能跟母夜叉似的。姐,你看你的性格多好,又腼腆,又温柔,人又长得好看,你看看我给你拍的镜头。"

金锁还没打开摄像机,门砰的一声被推开了。郑阳娇贴着那张面膜,真的跟鬼一样站在了面前。虎妞紧跟着。

郑阳娇问金锁:"你到底给你老子发信息了没?"

金锁没好气地:"发了。"

郑阳娇："你让你姐帮忙再编一个信息，就说我得重病马上要死了，让他立马回来。把话说重些，越重越好。"

郑阳娇说完，把门又啪地甩上，出去了。

金锁嘟哝着："神经病，容嬷嬷。"然后又指着摄像机里的影像说："你看，你看，多美呀！"

甲秀看见镜头里全是自己的形象，所有其他人不是只有下巴，就是只有额头，或是只有半边脸。反正镜头始终只对着她，连他的爸妈，也没有一个成形的样儿。甲秀也真是在金锁的镜头里，看到了自己的美。

金锁说："姐，我准备拍电影呀，将来要当卡梅隆，拍《泰坦尼克号》，拍《阿凡达》。拍你，就叫《甲秀》。"

甲秀说："好了好了，别闹了。"

金锁说："谁闹呀，真的，我将来准备当电影导演呀。"

"那是以后的事，现在得好好学习。"甲秀说。

"你不信到网上看去，世界上好多成功人士都没上过大学，比尔·盖茨上了半截就退学了。"

"那毕竟是少而又少的特例。要做成功人士，上学打好基础是必需的。"

金锁突然青春萌动地说："姐，只要你好好辅导，我就好好学。"

甲秀一看见孩子这种眼神，就又害怕起来了，急忙说："来，咱们开始学习。"

金锁："好，姐说干啥就干啥。"

书本还没摊开，门又嗵地被推开了。郑阳娇又给脸上涂了一层黑色矿物质，像老戏里的包公一样杵在了门口，那对血红的眼睛被衬托得更加殷红。

虎妞又跟了进来。

"信息发了没？"

金锁说："发了。"

"我看看。"

"发了就删了。"

郑阳娇："你要也跟着你老子一起哄老娘，你可小心着。"

说完又拧身走了。

金锁气得起身把四处乱嗅的虎妞提起来扔了出去，狠狠把门甩上了。

只听房外郑阳娇喊叫："摔死呢摔。"

虎妞也对着门狂叫了几声。

甲秀越来越不适应这家里的一切了，她给金锁辅导了一会儿，见金锁根本心不在焉，不住地动摄像机，她警告金锁说："你再乱拍我，我就不给你辅导了。"

金锁只好说："好好好，不拍不拍了。"

金锁说不拍了，就又双手撑住下巴，直勾勾盯着甲秀，让甲秀更感难堪。甲秀辅导了一会儿，知道是白浪费时间，估计金锁连一句也没听进去，就借故家里有事，起身要走。金锁一挡再挡，甲秀还是拉开门离开了。

甲秀走到客厅时，郑阳娇正在做腹肌运动，虎妞坐在她的腿上。仰卧起坐对于一个发胖的女人来说，明显是特别吃力的一件事情。她见甲秀出来，急忙招呼说："哎甲秀，帮我把腿压一下。"

甲秀走到沙发前，帮郑阳娇压住了一双肥腿。郑阳娇一起，一躺，动作十分笨拙艰难。甲秀看着那副漆黑的鬼脸，想笑，但忍住了。不知咋的，郑阳娇一个起来的动作没有成功，明显是腹肌力量不足，嘭地倒下去，竟然哇地哭了起来，吓了甲秀一跳，还以为是自己腿没压好。

甲秀怯生生地挪到郑阳娇头边，抽了几张卫生纸，帮她擦起眼泪来。

甲秀："阿姨，咋了？不是哪儿扭了吧？"

"没有，娃呀，你看当女人有什么好处呀，你还不懂呀，男人这个动物可是没有几个好东西呀！你姨也年轻过，漂亮过，也曾是方圆几十里的帅哥杀手，可这才几年，你姨就老了，就讨人嫌了。活着真累，真没意思呀！真的，一点意思都没有哇……"

郑阳娇越哭越厉害了。她似乎实在找不到哭诉对象了，面对甲秀这么个明显不合适做哭诉对象的人，也要忍不住哭诉一番。

甲秀劝说着，也感到这些劝说是苍白无力的，因为这些生活还不能与她的生活系统和语言系统对接起来。但她还是善意地劝说了几句，诸如要保重身体，不要多想，一切都会好起来的之类的话，郑阳娇看这孩子确实不是诉说对象，因为这时，她最需要一个能够跟她一起，深揭痛批臭男人劣根性的资深怨妇，而这孩子，明显是个门外汉。她把甲秀放走了。

甲秀走出门，有一种如释重负的感觉。她这阵儿特别后悔给爹娘租了这里的房，可爹娘似乎已经喜欢上这地方了，让她有些不知如何是好。以后将怎么面对金锁，面对这一家人，真是个难题了。她是既不喜欢郑阳娇，又觉得郑阳娇阿姨可怜，尤其是今天，她甚至觉得郑阳娇简直是活得太可怜了。都说西门家是这个村子最有钱的人，可家庭主妇竟然是这样一种境况，说出来大概都不会有人相信。但甲秀是实实在在体味到了一些苦不堪言的东西。她看见爹娘偎依在一条短短的板凳上看戏，娘的头微微靠在爹的肩上，爹用手轻轻在娘的腿上拍着戏的节奏，她突然感到了一种说不清的人生满足。甲秀给娘轻轻打了声招呼，就回学校去了。

没能留住甲秀的金锁，十分失落地躺在床上给老子发起了信息：

爸，你在（再）不回来就要出人命了。妈要自杀，我都从绳子上救下两回了，在（再）上吊我可就没办法了。

金锁准备发，觉得还不够狠，就又补了两句：

她要真上吊了，你就等着进局子吧！

金锁又从网上下载了一个戴手铐的犯人的照片，越看越满意，手指头一点，发出去了。

十一

西门锁前天夜里在那个幼儿园门口直待到大天亮，他是想看看女儿。女儿映雪一早会从幼儿园出来去上学。女儿今年就上高三了，听说学习特别好，是重点高中的重点班。西门锁曾多次表达要看孩子的愿望，赵玉茹都以孩子学习紧张为由，要他别添乱，阻挡了。他也曾多次打电话，想给她们母女一点资助，也被赵玉茹回绝了。总之，她是要扎出一副西门锁与她赵玉茹、赵映雪——听说孩子姓已改了——已经没有任何关系的势。可这份亲情总是难以割舍，并且越来越搅动得他不得安宁。他也曾多次到孩子的学校门口探望，孩子见了他，总是跟陌路人一样，即使擦肩而过，也从不回头多看一眼。他也没指望一清早在这里能跟孩子搭上话，就是想看看，看一眼也就行了。可这天早晨，他到底没见着。也许是孩子已经在学校寄宿了，反正直到九点钟还没见映雪出来。

他怏怏地离开幼儿园，又回到宾馆，一头栽倒在床上，呼呼睡了起来。一觉醒来，已是下午三四点钟了。打开电视，尽是些不想看的节目。他又打开手机，有金锁两条信息，一条是："爸，你在哪里？回电话。"还有一条是："爸，回来吧，别乱跑了。"他看了不知咋的很是生气，不仅冷冰冰的，而且还有一种儿子教训老子的口气，让他十分不快。还有一些狐朋狗友问候的信息，里面不乏调侃的词句，有的干脆黄得不能看，看来这事已被郑阳娇广播得只差《美国之音》没报道了。信息还没看完，就有电话进来，他又把手机关了。

他又想到了温莎。越没有消息越让他担心，那几棍的后果，一直是他心中的一块病。他用宾馆电话又拨了一次温莎的电话。竟然通了，但没人接。他又连着拨了几次，那边接了，但没有说话。

西门锁："说话呀！听不出我的声音了吗？你还好吗？说话呀！"

电话又挂断了。

越是这样，他心里越急，该不会出了什么事吧。他又拨通了电话。

"我是西门锁。说话呀，几天都联系不上。"

过了一会儿，那边说话了，是温莎。

"还跟我联系干吗？"

"你的伤严重吗？"

那边停顿了一会儿，传来了抽泣声。

西门锁问："你在哪儿？"

"你问这干吗？"

"我来看看你。"

"不用了。"

"那你方便过来吗?"

"你在哪?"

"宾馆。"

里面又停顿了一会儿,问哪个宾馆。

西门锁告诉了她具体地址和房间号。那边突然扑哧一声笑了。

西门锁问笑啥。那边没有说,只说知道了,就把电话挂了。

说心里话,西门锁并不想见她,那天事后,他也一直在后悔,他感到这个女人也是个很有心计的人,要真用起心思来,绝不亚于郑阳娇。他现在特别不喜欢这种女人,觉得自己缠不直,交不过。可那天晚上,情欲还是把他对这种女人的防线,轻易突破了。要不是因为她带着伤离开,他是绝不会主动再与她联系的。但因为这事受了伤害,他就有了责任,就不能不联系,不关心。

大概过了几分钟,有人敲门,他从门上的透视孔里一看,竟然是温莎。

天底下的事也真是太巧了。原来温莎那天走出文庙村,也是到他包扎伤口的那个医院去处理的伤口,虽然没有伤着骨头,却缝了好几针。医院让住了两天院,就说可以回家调养了。她又不好意思回租住房去,就径直住到医院对面这个宾馆里来了,也是为了换药方便。西门锁在五层,她竟然就在六层。

她一进房,见西门锁脖子上也缠着绷带,就问是咋回事。西门锁原原本本地告诉了她。她就一屁股坐在了西门锁怀里,并像是要为他疗伤似的亲吻起来。

西门锁感到自己身上低级动物的本能还是多了些,温莎一坐上来,他就有些缺乏抵抗力地激情澎湃起来,上不上就在一个翻身之间。但他到底还是强力克制住了自己,他觉得再也不敢往深卷了,再卷恐怕也会抖不利手的。他故意装作疼痛地哎哟了一声。温莎问咋了。他说脖子伤口痛得很,借机就把温莎从怀里丢到了床上。温莎伸手把他那儿美美捏了一把,他又痛得哎哟了一声。他偷偷打开了手机,这时候,他特别需要来一个重要电话,好借机开溜。要是再在这个宾馆卷几天,恐怕麻烦就大了。

手机一次跳进来几个信息,他匆匆浏览了一下,儿子金锁那条信息,一下让他目瞪口呆了。他怎么就没想到郑阳娇会上吊呢?以郑阳娇的性格是绝对不会走这条路的,他想她只会下狠劲儿折磨他,直到承认错误,服服帖帖,下跪求饶,俯首称臣。她怎么会自杀呢?不过他立即又为这件事后怕起来。一切皆有可能，郑阳娇什么事干不出来呢？他立即把信息让温莎看了。

温莎将信将疑地说："不可能吧？"

西门锁说："咋不可能？我得回去。真的出了事，于你也不好。"

温莎觉得金锁肯定是吓唬他爸的，目的是好让他回去。但又不敢阻挡，万一郑阳娇是真要自杀呢？那时自己还真脱不了干系。就说："你看着办吧。"

西门锁坚定地准备回去了。一来是怕郑阳娇出事，二来也真是怕温莎烂到手里。现在一切放心，她的伤势不重，他就把今早顺便去银行取的一万块钱，全部塞给了温莎。取钱本来也是为去看她的。温莎也没推辞，也没说接受，钱放在床上，西门锁就出门了。

他打了个出租，端直跑回家，结果看见郑阳娇正在跑步机上跑步。脸上敷着一张面膜，只露出黑洞洞的眼睛和鼻孔。虎妞见他回来，一个箭步就冲到了他怀里。他知道上当了，放下虎妞，转身就往外走，郑阳娇忽地一下扑过去，双手抱住西门锁的腿，号啕大哭起来。

"西门锁，你今天把我杀了吧，你把我杀了吧。我真的不想活了哇！"

已经睡下了的金锁，也从房里出来了。

"金锁，还不去给你爸拿刀，快让你爸把妈砍了吧。我活着还有什么脸面，还有什么意思呀！"

金锁二话没说，直接走到门口，把门一反锁，拿了把椅子，嗵地坐在上面，一言不发地堵住了西门锁的去路。

虎妞好像也明白了一切似的，坐在了金锁脚前，也是一副守卫大门的架势。

一场家庭谈判整整进行了半夜。先是郑阳娇混闹，西门锁一声不吭。等郑阳娇闹乏了，西门锁才开始说话。他也承认自己出轨不对，但更把平常不敢说、不愿说的话，都一股脑儿倒了出来。"母老虎""母夜叉"，甚至"牢头""狱霸"这些尖刻词都用上了。他最后干脆摊出了这样的硬牌：反正轨也出了，你郑阳娇看着办。日子还想过了，就得"痛改前非""脱胎换骨""重新做人"，不想过了，那就继续"旧病复发""屡教不改""老调重弹"，狗急了是要跳墙的，犯人逼急了也是会越狱的。郑阳娇尽管也不停地辩驳、反扑，但也真是害怕西门锁借机跳槽了，男人四十还一朵花呢，这狗日的又有钱，又有身体，还有吸引女人的老油条秉性，搞不好还就真的给放生了。她也就硬一下的软一下，推一下的就一下，反正最终算是把一场危机暂时化解了。

一直坐在门口椅子上的金锁，其实早睡着了，他已听惯了这种乏味的"二人转"，没有什么新鲜玩意儿。不过他也知道自己朝这儿一坐的分量。虎妞也撑不住早睡过去了。

这一晚，虽然危机化解了，西门锁还是睡在了沙发上。他有点暗自得意，闹了一场，毕竟家庭民主还是得到了推进。他感到郑阳娇今天软了许多，他又在暗暗同情起她来。毕竟是自己犯了作风问题，本该自己下不了台的，结果反而借机打击了她的嚣张气焰，也真算是塞翁失马焉知非福了。

狗汪地叫了一声，好像是郑阳娇把它从床上踢下去了。他知道她心里还是窝着许多无名火的。

十二

甲成也有电脑了，虽说是二手货，但又没人知道是从二手货市场买来的。他说是自己来时忘了带，家里才捎来的。不过他对电脑还是有些陌生，一开始同宿舍几个同学交流电脑时，他总是躲得很远，自从自己有了电脑，才想着往跟前凑。朱豆豆曾看过他的电脑，说太陈旧了，早该扔了，满脸不屑的样子。从此以后，有了不懂的地方，他就自己琢磨，绝不再请教他们中的任何一个人。

开学不几天，就产生了班干部，甲成做梦都没想到，班主任会提名他做学习委员。原因是他的高考分数全班第一。这使他在宿舍有些长脸。可这一天，他明显感到沈宁宁、朱豆豆、孟续子更加团结了，并且跟他的语言更少了，下午，朱豆豆好像还请他们出去吃饭了，神秘兮兮的，好像故意瞒着自己。但他心里感到了一种踏实。他觉得自己是能凭实力在这里站住脚的。

班长叫童薇薇，是童教授的女儿。童教授是这个学校非常有名的教授，也给他们带哲学课。虽然只接触了几次，但罗甲成对童薇薇特别有好感。

因为都是班干部，接触的机会就多了起来。罗甲成也特别喜欢和这个班长接触。童薇薇属于那种特别随和的人，一般长得漂亮、气质好的女孩，都有些高傲和矜持，但童薇薇似乎与众不同。也许是见的世面多了，她似乎不与任何人设什么防线，一切都大大方方、自自然然的。是知名教授的女儿，又占本校子弟的地利优势，但她却没有一点颐指气使的毛病，并且罗甲成感到，童薇薇对自己特别尊重，也特别欣赏，几次夸奖他说："你是我们班最棒的！"这让他很是受用。连童教授也特别关注起他来，第一次上哲学课，童教授与学生一一进行认识交流，当他自报家门罗甲成时，童教授竟然很是欣赏地重复了一句："你就是罗甲成，好！"这个"你就是"再没有给别人用过，说明童薇薇给他特别介绍过自己，或者自己的学习成绩已为老师所了解。总之，在这个班上，在这个学校，他都活得有些理直气壮了。

可有一天发生的事，还是让他突然耳朵发烧，脸颊发烫了。

他初进学校的那一天，见姐姐捡拾地上的空瓶子，以为是做环保、讲卫生呢，没想到，姐姐还真是在捡垃圾卖钱。这是他做梦都没想到的事。有一天开班会时，他曾听辅导员说，这个学校有不少贫困生，都能够自立自强，说有的学生甚至靠捡垃圾勤工俭学。他咋都没想到这会是说自己的姐姐。他是去姐姐的宿舍找她时，无意中听同学说，姐姐去捡垃圾了。他的头嗡地一下给炸了。那是黄昏时分，他急忙奔到校园一些有垃圾桶的地方，果然见到姐姐在低头捡拾。他飞起一脚踢翻了那个垃圾桶，姐姐一下怔在了那里。

"丢人不丢人？我们真的就贫困到这一步了吗？"

甲秀不知该如何回答弟弟的责问。

甲成步步紧逼："你这几年一直告诉家里说在勤工俭学，原来挣的是这种丢人钱？与其丢这种人，我们还来这儿上的什么学？我都不知你咋想的。"

甲秀慢慢平静了下来。

甲秀说："我想的可能比你多。我在走这一步时，第一次做完，可能比你更恨我自己，可最后还是这样做了。为什么？为生活，为了不失去自己，为了赢得真正的尊严。"

"捡垃圾还有尊严？罗甲秀，你别再编织什么尊严的谎言了，你把罗家人的脸丢尽了，如果苦苦奋斗，从初中升高中，从高中进大学，就是为了到西京来捡垃圾，你何不留在塔云山放牛、喂猪、砍柴、拾粪，为人生儿育女呢？"

"我正是为了改变自己才拾垃圾。"

"你正是因为拾了垃圾,而从此不要再奢谈什么改变。"

甲秀还想解释:"甲成……"

"你不要再说了,只要你还在捡垃圾,任你说啥也是徒劳的。一沟里、一乡里,甚至一县里人,都以我们姐弟为榜样,原来你已堕落成这个可怜相,你让我还有什么脸面从这里走出走进,你让我还咋在这儿读大学呀!"

"甲成……"

"别说了,姐,这事没有任何商量。你必须从现在开始,结束这种卑贱的谋生方式,你若不听,我会立马从这个学校消失,你就等着瞧吧!"

甲成说完,怒气冲冲地跑了。

甲秀已经软瘫在地上,她能受任何人的鄙视、贱看,但她受不了弟弟这一番如芒刺扎心般的指斥怒喝。她离开了垃圾桶,连装垃圾的袋子也没有力气捡起。她失魂落魄地向湖边走去。

暮色下,湖水中荡漾着远处路灯的微光。树影中,有三三两两的情侣在窃窃私语。甲秀坐在一个长条椅上,任眼泪从眼角一直流淌到脖根。

她在回忆两年前,父亲领着她第一次来西京上学的情景。那时她也是踌躇满志的,在走出大山的那一刻,她感到自己是要鱼化龙、蛹化蝶了。可就在走进校门的第一天,她就感到了自己与这个世界的差距。父亲为了让孩子缩小这个差距,一步步把她驮到这个平台上,可他怎么也想不到,一个从社会最底层奋斗上来的弱女子,在这里所经受的物质与精神的双重历练是怎样的惊心动魄啊!就在她走进宿舍的那一刻,她拿着生活日用品,父亲驮着她的红漆木箱子——她敢说,那是塔云山上最讲究的箱子。可当看见其他三个女孩的装束打扮、一应用具后,她和父亲驮着东西,半天不知往哪儿插脚。她们分明闻到了父亲身上的汗味,尽管出于礼貌,没有直接捂住鼻子,但那种乜斜的眼光,却让她一下就懂得了生命的层级与差距。父亲很客气地拿出他最拿手的千层饼,三个同学没有一个去接的,甚至都推辞着从宿舍跑出去了。父亲是明白人,他一下就知道了女儿以后的难场。他紧紧抓住甲秀的手说:"娃呀,不管啥事都忍着点,要实在忍不住了,你就给爹打电话,爹来看你。"也就在那一刻,她才第一次发现,才五十多岁的父亲,已经是腰弯背驼了。也就在那一刻,她还发现,父亲过事过节才穿的好裤子已经磨烂了,屁股肉都快露在外边了。他把几千块钱血汗钱,让娘缝在裤腰上。在他小心翼翼拿出那一沓钱时,她就在暗下决心,再不能在爹娘鹭鸶一样干瘪的腿上剔肉了……

当第一次拾垃圾后,她就是跑到这里来痛哭流涕的,她难以想象爹娘知道自己是以这样的方式挣钱时,会是一种什么心情。也有同学知道她家里贫寒,撺掇她去歌厅做三陪小姐的。她跟着去过一次,当一个胖乎乎的男人准备动手动脚时,她才懂得是怎么回事,她愤然挣脱了。她也尝试去餐馆端过盘子,可那太浪费时间,与学习冲突太大,只能寒暑假期间干一两个月。唯有拾垃圾,得空便做,举手之劳。开始她也没想到会那么去做,可当有一天自己从宿舍楼清理垃圾,无意间卖给拾破烂的,竟然赚了二十几块钱时,这事一下提醒了她,那天晚上,她开始了第一次拾荒。成果是那么显著,没费什么力气,也没费多少时间,竟然有了十几块钱的收入,够三天的伙食费。她先是感到一阵羞耻,甚至跑到湖边,长时间清洗自己的双手,但最终她还是坚持了第二次、第三次……

入学的前半年,都是一种给自己定位的过程。开始她也想争个硬气,活得跟别人一样光鲜。可这种生活需要金钱支撑。就连买一个发卡,也是有天壤之别的。同宿舍一个同学,一个玫瑰发卡就价值三百多块,你能去攀比吗?人家一双皮鞋一千多块,而自己的是价值三十多块的合成革。衣服和化妆品这些女性的独特用品,更是无法去探究,就连毛巾、牙膏、牙刷这些普通生活用品,价格也是有巨大差别的。生活就是这样残酷,要把同等年龄、同等学力、同等青春的人抟放在一起,然后又血淋淋地撕开彼此之间的距离,让你去尝试无法忍受的痛楚。她那时也曾几次想打电话向父亲开口要钱,想买别人都有的电脑,想买别人都有的手机,她还看上了一件她认为自己穿上绝不亚于班上任何一位美女的毛衣。可一想到父亲那条已遮不住羞丑的裤子,她就把电话又放下了。她坚定了拾荒的信心。她觉得自己必须把生活欲望降落到与自己经济水平相适应的高度,否则,会抑郁,会神经,会愤青,会走火入魔。也就是这样一次心理大调整,反而使自己变得自在起来,从容起来,愉悦起来。真实地活着,反倒与同宿舍的几位同学关系也调整好了。开始她们鄙视她、排斥她,时间长了,她们就慢慢接受了她的真诚存在,当有人嘲笑她们宿舍人捡垃圾时,这些同学就会群起而攻之,甚至还在微博上发出了这样的赞语:罗甲秀是这个大学最美丽的女孩儿。

弟弟甲成考上大学后，甲秀真是为弟弟高兴，可也十分担心。她知道甲成的争强好胜，更知道甲成的人生期许。她最担心的是甲成经受不住人生落差的重击，因而，她在想方设法缩小着他与同学们的差距。她已拿出全部积蓄，为他买了二手电脑，再凑一凑，还准备在近几天再给他买一个手机。反正别人有的，她都想让弟弟也有。她希望让弟弟平稳度过这种巨大落差感带来的波动期。没想到弟弟毫不领情，她要再说那电脑是靠拾荒买来的，他一定会立即把电脑扔进垃圾箱，她深深感到了不被弟弟理解的委屈和痛苦。

秋天的夜晚，稍一起风，便透出阵阵凉意。她在想，是不是得停止拾荒了，既然弟弟这么敏感，这么反对，如果再拾下去，一定会惹出事来的。甲成的脾气她是知道的，拗犟起来，是什么事都能干出来的。她终于决定了，为了甲成，再不拾荒。与其靠拾荒给他挣得一些物质补充，不如按他的精神需求终止拾荒。

甲秀突然感到一阵轻松。

往日这个时候，她一般都会忙着分拣收拾集中起来的垃圾，几乎没有很好地来湖边呼吸过这么美好的空气，观赏过这么美妙的夜景。今天她才知道，原来学校还有这么美好的地方。其实这地方过去她也是常来的，不过精力都集中在一个又一个垃圾箱上了。

甲秀从长条椅上站起来，顺着湖边向前走着，微风轻轻吹着她的长发，她突然感到，一种女性的美，也在自己身上弥漫着。

十三

罗天福第一天卖饼确实亏了，经过反复计算，对用料、价格都做了适当调整。第二天出摊，就有人说闲话了，那种火爆场面也有所减退，一共卖了三百多个，以后几天，这个数字就基本固定了下来。要按这个收入，给人家交了房租，别说支撑两个娃上学，大概连老两口的嘴都顾不住。他们开始给饭店加工饼了。

饭店的饼，一早要，他们得连夜加班打。一百个饼，前后需要三个小时，他们基本上是早三点起床，打到六点，然后再出摊，打着散卖。一连几天下来，老两口确实觉得有点撑不住，可一算细账，收入还可以，也就有了下苦的动力。晚上睡不够，只好中午换着回去眯瞪一会儿。那天中午罗天福刚睡着，就听有人喊失火了。先以为是在梦中，吓得咋都醒不来，胸口像是压着块大石头，好不容易醒过来才发现，是真的失火了。楼上电线失火了。

平常住了二三百人的院子，这阵儿其实连十个人都不到。房东家西门锁、郑阳娇在，还有就是罗天福和淑惠。罗天福爬起来时，还看见东方雨老人也在忙着叫火警。楼上有一个小伙子拉肚子没出工，再就是破锣的媳妇旺夫嫂今天也在家歇着，说是来例假了。每个月破锣会硬让她睡两天。

电线是从二楼过道开始着起的，一路燃烧过去，几乎把一层楼的线路都烧着了。虽然西门锁赶紧拉了电闸，燃烧仍在继续。有两间房里都起了火花。西门锁眼疾手快，连着两脚踹开两间租房，这时，罗天福和那位拉肚子的小伙子，把水龙头递上了二楼。罗天福继续帮着西门锁灭火，那个拉肚子小伙子看上去都拉得快失人形了，可当看见二楼墙拐角又冒起一股火焰时，还是一个鹞子翻身，就拿着一床被子捂了上去。旺夫嫂和淑惠用两只水桶，楼上楼下地传递着。郑阳娇还穿着睡衣，满院咋呼指挥着，不时也给旺夫嫂和淑惠帮一把手。东方雨老人看见着火的电线恰好烧着了唐槐的一个斜枝，便拿来一根长竹竿，一直把那个斜枝向安全的地方硬别着。

这时，火警来了，但几辆大车咋都进不了院子，只是呜呜呜地在远处啸叫着，两辆指挥车倒是钻了进来，后边还跟着电视台的。很快，几十个消防武警全副武装冲上二楼，不一会儿，火就全部扑灭了。院子迅速聚集起数百围观的人群。电视台的人借机采访个不停。淑惠和罗天福帮着救火时，摊子上打好的十几个饼不翼而飞了。淑惠看救火的人多了，就急忙到大门外护住摊子。拥出拥进的人流，几次差点把摊子挤翻了。

原因很快查清楚了，是电线老化引起的火灾。这一下麻烦也来了，整个下午，政府的人来了一拨又一拨，据说最大的官都到副市长了。电视新闻不一会儿也播报了。很快，上边就有了整顿要求，最后甚至连罗天福家的火炉子都被收走了。

罗天福和淑惠一下沮丧得不知如何是好。

甲秀晚上过来了，见状，也一下没了主意。正在一家人被突如其来的城门失火，殃及池鱼的事件打击得晕头转向时，破锣的媳妇旺夫嫂端着一大老碗肉臊子面，吸溜得呼呼噜噜地串门来了。

旺夫嫂："还没吃呢？"

一家人霜打了似的点了点头。

旺夫嫂说："惠姐，没事。你们是还没摸住窍道，摸住窍道了，就啥事都顺了。就说今天吧，也怪我，一阵忙乱，忘了给你们点窍。你看着上边人来了，还不赶紧收摊子，人家失火了，你还把火炉子摆在路中间，这不是寻着招祸吗？以后凡遇见这号事，尤其是上边来人检查的事，就得赶紧把摊子往没人的地方拉，越快越好。让人家拉扯住的都是手脚慢的、脑子进了水的。啥事都是一阵风就吹过去了。你看着今天阵势这么大，放心，少则三日，多则一个星期就烟消云散了。这么多人得吃得喝得挣钱，领导也不能把人嘴都吊起来么。现在搞和谐哩，这大的村子，好几万张外来的嘴，不和谐，还不把这一块吵翻了？检查整顿，抹光搪平，那都是面子上的事。里子是该咋整还咋整，捏住了、糊住了口才是真。明天不是光你们一家卖不成饼了，村子里凡生火的主儿，都在整顿之列，你们想想，这号事还敢弄个十天八天的？那不是热锅洞里刨栗子，寻着烧手哩么？上边人也都是睁一只眼闭一只眼的。你说这文庙村，无论是吃的、喝的，包括拉的，还有防火的、安全的，哪一样能合格、达标了？要合格要达标就得把村门封了，把人统统都赶出去，那号打了脸还充不起胖子的事，瓜子才干呢。检查整顿的人，只要把自己的手抖利了就行，这号地方，你以为人家是想天天来呀？放心吧，你们不着急，村上还着急呢。整得过了，人都不在这儿租房了，他们还喝风屙屁呀！我跟破锣才来时，也招过这样一回祸，卖过卷煎饼，也是头一个星期，就遇上大检查，连煎饼鏊子都让人家甩到三轮车上拉走了。气得我当下就卧在地上大哭起来。后来也是有人点窍，说没事，以后眼尖腿快些就成了。晚上破锣回来，直接去找管事的，给人家拿了一条烟，就把鏊子拿回来了，我一看，拿回来的鏊子比咱过去的还好。自那以后，也老有检查整顿的，反正没整到咱头上。再后来，我是不想干这个了，太累，起早贪黑的，破锣也心疼我，就跟他到外边揽活干去了。我刚给破锣都说好了,他跟村上干部熟,一会儿就给你们要炉子去。你们也刚好休息几天,等风声一过,该干啥干啥。没事,绝对没事。"

旺夫嫂水泼不进地说了足有一小时,直到破锣在楼上喊了,说他要出去,旺夫嫂才拿着老碗走了。果然,没过多长时间,旺夫嫂就神秘兮兮地来说,炉子说好了,晚上连夜搬,但得晚一会儿,免得惹麻烦。晚些时候,破锣果然领着罗天福和甲秀就把炉子搬回来了。看来事情确实没有想象的那么严重,罗天福又长长松了一口气。

整顿第一天,村子里确实干净了。街面上的所有摊子都不见了。这次失火事件虽然没有造成重大损失,但后果确实不堪设想。如果再晚一点发现,一旦火引着一间房子,那整座厂房都有可能毁于一旦。

西门锁家几乎成了超市,人来人往的,一拨检查的走了又来一拨,只见西门锁和郑阳娇不停地往出送人。

罗天福和淑惠静静窝在房里,生怕引起别人的注意。淑惠还特别用东西把炉子掩盖着,一旦有人来查,连谎话都编好了。今天也是有时间,她已经三次匍匐在地,给观音菩萨汇报着未来需要关照的一些事情。罗天福终于有时间打开来时带的一本《论语》。书都翻烂了,那还是他爷手上留下来的。据说塔云山脚下的沟道还是南北重要商道时,他爷作为富商儿子的陪读,上过好几年私塾。后来还教过几年私塾。到父亲这一辈,还保持着耕读传家的风尚。他家在"文革"前,堂屋还刻着这样一副对联:"数百年人家无非积善,第一等好事还是读书。"到他这一辈,塔云山人几乎都只念了个小学,但他父亲那么穷,还是硬撑着让他读完了高中。这本《论语》是他那一年到西京来,专门跑了几家书店才买下的。因为,他清楚地记得在他爷的遗物里,曾有这样一个旧刻本,父亲还专门交代过,说让他要好好保存,可"破四旧"时,他还是拿出来烧了。这一直成为他的一块心病,老辈子留下来的遗物其实也就这一件。那时他看不懂,自重新买下这本书后,无论当教师,还是做村支书,闲暇时分,他都会拿出来翻翻。翻着翻着,就觉得有意思了。甚至当教师、当村支书、当家长,都觉得说啥做啥有了依据。宋朝有个叫赵普的宰相说:"半部《论语》治天下。"他觉得那话是有道理的。进城快十几天了,一页都没顾上翻。刚好人家整顿,借空档,他又翻了起来,这一翻就是大半天,越看越有滋味，连淑惠把面端到跟前，都忘了吃，是东方雨老人突然来叫他，他才合上书本起身出门的。

原来东方雨老人要给树身空洞里填塞混凝土。据说过去就填塞过，可能是水泥质量问题，好多地方都裂开了。前一段时间，东方雨老人雇人把混凝土一点一点掏出来了。前几天，老人请来几个专家，专门给树会诊了大半天，提了一系列保护方案，其中再次给树心空洞处充塞混凝土，就是保护方案的一部分。东方雨看罗天福没事，就叫他帮忙干这活。一干就是三天，先是去拉水泥，拉沙子，第二天又给树的上上下下、里里外外修剪腐枝，喷洒药物，然后就开始填树身。没想到树的内空有那么大，整整用了十袋水泥才填满。东方雨对罗天福干的活很满意，一回给开了五百块工钱。罗天福不要，说是这几天总是没事，又是帮忙护树，咋能要钱呢？老人很严肃地把他推走了。罗天福拿钱的手有些颤抖，回到房里，淑惠也觉得给得有点多。但东方雨老人总是那副不由分说的神情，他们也只好收下。这天晚上，罗天福拧开了进城带来的一坛自酿的苞谷酒，淑惠给炒了四个鸡蛋，两人坐下美美喝了一顿。他们楼上正好住的是破锣两口子，本来淑惠是想让老罗请那两口子下来喝几盅的，结果楼上的架子床早早就有了节奏由慢到急的响动。楼板不隔音，上边弄啥都能听得显显的。开始罗天福不相信自己的耳朵，后来跟淑惠仔细辨别，才断定就是那种声音。头几天还觉得有些怪，十几天过去了，他们也习惯了。每每上边床一响，老罗就跟淑惠打趣地说：又要天塌地陷了。这才隔了几天没响，今天就响得格外刺耳。突然，嘭的一声，好像是什么东西闪断了，端直掉在了楼板上，然后那种声音就不见了。罗天福想说什么，淑惠嘘的一声制止了。她担心楼上能听见他们说话声。

整顿果然如旺夫嫂说的来了，紧紧张张走了四五天过场，公安上还抓了两个偷下水道井盖的，一个是从这个院子二楼抓走的，一个是从另一个院子抓走的，然后，就慢慢恢复正常了。先是有人试着摆出了摊子，见没人管，晚上所有摊子就出齐了。罗天福到底胆小，是到大家都出摊的第二天早上才摆出来的。刚一摆出来，就听有人瓮声瓮气地喊："检查的来了，还不快撤！"

淑惠腿都快吓软了，两口子正准备拖起炉子跑呢，旺夫嫂笑得腰都直不起来地出现了。原来是她故意捏着鼻子喊着吓他们的。

淑惠:"你呀!"

旺夫嫂说:"这下可以了,可以了。不要啥技巧,腿脚灵活,能跑就行。你们算是出师了。哈哈哈。"

太阳又从东边升起了,人潮也从各个暗角涌流出来了。

一天的日子又开始了。

十四

罗甲成最近还是有点春风得意的感觉,这个感觉来自童薇薇的欣赏。

童薇薇与他是前后桌,无论学习还是班上的事,都特别爱跟他交流。他有时甚至有些不相信,对他这么好的是不是童薇薇。自己是什么给童薇薇留下了好印象呢?想来想去,觉得还是学习。他是这个班高考的第一名,截至目前,学习也没有能出其右者。已经好几次了,老师的提问,也只有他的回答最圆满。有一天,他回答完,童薇薇甚至悄悄为他竖起了大拇指。他的心里在刹那间,涌动起了滚滚热流,他被一种十分美好的东西击中了。

他开始特别注意起自己的仪容仪表来。过去从不在镜子跟前停留的人,现在突然变得见镜子就想理理头发,整整领口袖口。他知道,自己的衣着在这个班上,明显是最次的一个,但学习成绩的自信,使自己有了忽略这些外物的勇气。他想,大学是学习的地方,自己在学习上能够处于领先地位,还有什么是值得自卑的呢?初来乍到时的畏缩感在渐行渐远,那种低声下气的乡巴佬做派,是他在极力调整改变的生命形态。总之,罗甲成在努力化蝶。

他突然特别爱吹口哨,先是吹乡间小调,后来就吹上了《泰坦尼克号》的主题曲《我心永恒》,音不是很准,几乎无时无刻不在回响,连蹲厕所也传出这种五音不全的鸣叫,同宿舍的几个人就有些受不了了。先是孟续子用棉球塞住了耳朵,后是沈宁宁放大了音响。罗甲成感到了这种暗中较劲,自然是不甘示弱,也就跟着提高了"啸叫声"的分贝。"啸叫声"是孟续子给罗甲成所制造声音的基本定位,朱豆豆每每在这种声音出现时,就会故意把他的音箱弄得刺耳地锐叫一声,几个人便会会心地大笑起来。这对罗甲成明显构成了新的刺激,那种"啸叫声"就会不绝于耳地持续制造,直到自己感到乏味或胜利了为止。

宿舍的气氛,在短短一个来月的时间,就变得有些紧张了。罗甲成无形中被推到了另外三人的对立面。起因是吹口哨,似乎还不是,在吹口哨之前,罗甲成就感到了一种压抑。他觉得那三个人都有一种莫名的优越感。似乎在相识的那一刻,就把自己固定在了另外一个平台上。从衣着到电脑,尽管姐姐很快也让自己有了一台,但从他们鄙夷的神情中,分明看到了"二手货"以及"二等公民"位置的不可改变。他必须争这口气,这是他一直都在告诉自己的信念,他不比谁差,他不比谁低贱,他甚至觉得自己的智商远在他们之上,他没有理由在他们跟前低三下四,他是这个班上的尖子生,理该获得应有的尊重。尤其是童薇薇的高看,使他坚定了不落人后的信心。他有时甚至感到朱豆豆、沈宁宁、孟续子是在嫉妒自己,嫉妒自己的学习成绩,嫉妒"班花"童薇薇对自己的特别"优待"。权且叫优待吧,因为他还不能断定这里面更深层的意味。他也注意到朱豆豆、沈宁宁,甚至包括有些狡黠的孟续子,还有几位男同学,也都对童薇薇有过殷勤的"热黏",但童薇薇总是表示出一种不偏不倚、不冷不热的感情中庸,这更让他感到一种满足。如果说有时他与朱豆豆、沈宁宁、孟续子在宿舍角力,能够突然停歇下来,那肯定是想到了童薇薇,一想到童薇薇对自己的好,他就觉得与这些人老搞"拉锯战"的意义就不大了。

一天晚上,学校请来了一个信息工程专家做学术报告,报告题目是"云计算时代正不期而至"。听报告的人很多,他来得有点晚,正愁找不下座位,只见童薇薇远远地招呼起自己来。原来她身边刚好空着一个位置,他感觉这个位置是她专门为自己占下的。坐在那里,他明显感到了同班许多男生的嫉妒眼神。他还有意留意了朱豆豆、沈宁宁、孟续子,他们全然一副无所谓的神情,越是这样,他越觉得那是他们装出来的。所谓云计算,就是比现在的互联网更超前的一种技术,按专家说,进入这个时代,人只与遥控器打交道,连存款都不用去银行了。你要看世界任何一个地方的博物馆,也只是点击一下,你甚至可以要求看到法国罗浮宫中《蒙娜丽莎》微笑的局部。你还可以看到台北故宫博物院中毛公鼎里的那四百九十九个篆字,并且可以任意放大其中一个,以满足你仔细分辨研究的需要。只要你愿意,你可以一下拉近澳大利亚昆士兰的黄金海岸,在那里观察金子一般的绵绵细沙。只要你高兴,你也可以立即进入美国科罗拉多大峡谷,并且是以一个游客的身份置身其中,你可以轻松地感知到峡谷中的每一片树叶,甚至每一个飞溅的浪花。下班前,你就可以调好小车里的温度,不像现在,冬天是一下跌进冰窖,夏天是刺地塞进火炉。家里的一切装备,更是比买一个机器人都方便。你可以远程操控一切,在下班的路上,就可以启动煮米饭、蒸蛋羹、煎牛排的装置,连洗澡水也可以调到最适当的温度,当你走近家门时,门会自动为你开启。总之,一切都能链接到你的手机键盘上,轻轻一按,你就能得到你想要得到的一切。专家还开了一句玩笑说,当然,有关你太太的程序,在这个时代,可能还不能完全令你满意,她可能仍然处于比互联网时代更失控的状态。惹得大家哄地大笑起来。打比方,讲笑话,也挺热闹,可一涉及技术层面的问题,就有些太前卫,太抽象,加之专家表述时稍有些"口吃",大有"一肚子蝴蝶飞不出来"的感觉,他就越听越糊涂了。当然,真正让他犯糊涂的原因可能还是童薇薇。坐在她身边,他更多听到的是她均匀的呼吸声。他几乎在下意识地配合着她的每一个动作,只要她胳膊活动需要,他可以把自己的骨架收缩得很小,充分预留出空间,让她自由自在地伸展。报告结束后,童薇薇跟他一起走出学术报告厅。他当时实在想邀请一下,希望她能跟自己在校园里走走,但到底没有勇气开口,就跟童薇薇分手了。不过那种兴奋感却使他在她离开后热血涌顶,几乎是加特林的百米冲刺速度,直奔湖边,连续几个侧身翻,险些跌进湖里。他跳跃着,奔走着,"啸叫"着,他要很好地消受一下这个夜晚如此美妙的光景。

可他万万没有想到的是,他在这里又遇见了拾垃圾的姐姐。她还在躲躲闪闪地拾着垃圾。他一下火冒三丈,几乎连杀了她的心思都有。他一把抢过装垃圾的袋子,扑扑通通,把垃圾天女散花般地撒了一地。

他像一只狮子般地暴怒了。

"你说过不再做这丢人现眼的事,为什么还要干?"

"爹娘进城打工,很不顺利,我得帮他们。"

"走!"

"干什么去?"

"见爹娘走。"

"见他们干什么?"

"他们还有什么必要打工,打工的结果就是让女儿拾垃圾,他们打工的意义是什么?"

"甲成,你以为我想这样干?你也回去看看爹娘的可怜劲儿,他们都是为了谁呀?"

"如果他们的可怜劲儿就是为了换取你的拾垃圾,那才是他们真正的悲剧。"

甲秀无奈地说:"甲成,我们都降落几度生活着吧,爹娘一天起早贪黑,红汗淌黑汗流的,一月仅能挣一两千块钱,我拾荒,一个月好的话也能挣一千多块。我也不想这么做,但家里现在的状况,让我不能选择更优雅高洁的生活方式。"

"那我走,立即离开这个学校。"

罗甲成说着就向远处跑去。

罗甲秀拼命在后边追赶着。本来甲成上一次为这事跟她发生冲突后,她有一个多礼拜没有再捡过垃圾。可最近连续去看了父母的艰难谋生方式后,她又悄悄重操旧业了。她觉得自己如果不能帮父母一把,晚上睡在床上咋都不踏实。梦中几次看见父亲累得直不起腰,有一次,她甚至梦见父亲的腰又断了。父亲的腰是断过一次的,那是她和弟弟在县城上高中的时候,父亲为了给他们凑生活费,背了一背篓红薯到乡上集市去卖,那天下雨路有点滑,狠狠摔了一跤,翻了几个跟头,幸亏一个树杈挡着,才没跌下崖底,但腰摔断了,整整在床上躺了半年。直到现在,一下雨腰还痛得翻不了身。也许是女儿心更细些,她总觉得能帮父母一点就应该多帮一点。爹娘对他们心重,只要他们能好,把命都愿意搭上,但也不能就这样任由他们去贴上老命吧?这次又开始捡垃圾,她也一直注意着,尽量顾及甲成的面子,每晚几乎都是很晚了才出来的,可还是被甲成撞见了。她知道甲成的脾气,犟起来了,挡住他的墙都能推倒的。上次既然说过不再捡,今天自然是不好过这一关了。但无论如何不能让他离开学校,也无论如何不能让父母知道自己捡垃圾的事。她知道他们会伤心的。父亲是个乡村读书人,也是特别顾及体面的。这些年虽然自己已被生活所累,顾不了许多了,但对于自己一双读书的儿女,却是十分呵护并唯恐失却了体面的。

她终于追上了甲成,跑得心都快蹦出来了。她死死拉住了甲成的膀子。

"你就别耍这犟脾气了,你要到哪去?"

甲成气呼呼地说:"我还能在这儿上学吗?姐姐是捡垃圾的,家里已贫困到这一步了,我们还有一点做人的尊严吗?"

甲秀说:"我跟你理解的尊严不一样,我理解的尊严是自食其力。"

甲成愤怒地说:"太苍白了。捡垃圾就叫自食其力?那我宁愿回到塔云山去挖地。"

甲秀只好说:"好了,我不跟你争这些了。我保证再不捡了,行不?"

"我看你已经习惯成自然了,已经不觉得捡垃圾是丢人的事了,这是最可悲的。"

甲秀隐忍着内心的痛楚,她不想跟弟弟去争论这些事。也许再过一年、两年,弟弟就会自然降落人生的一些刻度。她也是一步步把双脚踩实在这块大地上的。大学第一年,她学会的最重要的一个词就是:面对。一切都必须面对,稍一虚飘,就会真正失去本性,变得虚伪做作起来,痛苦也会加倍产生。除非你的人生彻底变轨,以一切非正常的手段去谋取你所希冀的那个生活标准和刻度,否则,你就休想正常活下去,这就是她几年来的生命体验,也是她最终能面对拾荒而不觉得有多丢人现眼的原因。但这一切现在都似乎无法给弟弟讲清楚,有些事,非亲身经历是不能参透洞晓的。她也觉得现在说什么都是苍白无力的,只有用时间去告诉他一切。她只是希望他能好好安下心来读书,另外,她需要特别叮咛他,自己拾垃圾的事千万不能告诉爹娘。

罗甲秀几乎是有些讨好巴结地拿出了她为他买的一个二手手机。本来是准备过几天给他的,因为过几天是甲成的生日,但今晚她还是拿了出来。让她十分伤心的是,甲成手一揉,把她手中的手机揉出老远。甲成恶狠狠地说了一声:"不要!"然后扬长而去了。这声不要,内里分明藏着对一种肮脏东西的鄙夷和唾弃。弟弟的激愤,再次深深刺伤了她的心。

跟他无法正常交流,只好从网上给他留言。甲秀写了很长一段话,写了父母的含辛茹苦,写了儿女应尽的孝心,也写了自己对生活的一些认识。当然,最重要的是要告诉他,再不会让他看到捡垃圾的事,必须稳住他的心。另外,要他无论如何不能把这事告诉爹娘。她等了半晚上,并且不断地催他回话,她是怕他真的耍起牛脾气,一旦离校出走就麻烦了。学校这事常有发生,有些孩子很自尊,但也很脆弱,有时为一点很小的事就出走了,她怕甲成也会落入这个套子。好在最后甲成终于回话了,虽然只四个字,但很平和:"你休息吧!"她才放下心来。

这一夜,甲秀翻来覆去地睡不着。自爹娘和弟弟来了以后,她本已稳定下来的生活轨道,似乎又变得摇摇晃晃起来。她担心爹娘的千层饼生意是否能够为继,一旦失败,对爹娘的打击可就太大了。同时,她还十分担心弟弟甲成的心态,在各种诱惑和比对中,他能最终找到自己的定位吗?她甚至隐隐感到一种不祥,弟弟是会出点什么事的。这样一想,她身上就冒出一阵阵冷汗。这些冷汗,并不比当初她来大学,面对生命的巨大层级和落差时,所冒出的那些冷汗少。

十五

自西门锁出轨被郑阳娇捉奸在床后,虽然没有酿成颠覆性的灾害,但毕竟两人还是别扭得咋都睡不到一张床上了。一个多月过去了,两人还是分床睡着。郑阳娇从出事那天起,就把贱人们用过的被单、被罩、枕头、枕巾,甚至连床头的卫生纸,都统统剪碎烧了。睡了两个晚上,老做噩梦,就搬到客房睡去了。那房是给打牌人准备的,有些人候场,前半夜就在这儿先眯瞪眯瞪。大床上有时就只睡着虎妞。西门锁一直窝在沙发上。他突然觉得这个地方睡觉挺好的,半夜想啥时开电视就可以随便开。他爱看足球,过去老受郑阳娇的限制,半夜一动就挨骂,这下好像到了解放区,想咋开就咋开,想咋看就咋看。加之也没有了"交公粮"之累,不知咋的,这几年他特别怕跟郑阳娇做爱,一做爱就闹不愉快,迟早都听她嘟囔,有时刚有点兴趣,就被她嘟囔得人困马乏了,从来就没有个温柔的时候,做还不如不做,不做反倒少摩擦。总之,有因祸得福的感觉。郑阳娇越来越觉得这不是个办法,长时间疏远下去,岂不自毁长城?她也想主动努力,缓和一下,夫妻嘛,一场爱做的,也可能就恢复既往秩序了。可自己咋都开不了口,毕竟是他出的轨,理应他先低头,主动套近乎,可这个猪,偏偏心安理得地睡沙发,看电视,喝啤酒,打游戏,活得反倒挺滋润。她觉得无论如何都再也不能这样继续下去了，得行动了。她终于先把那张罪恶的床卖了。并且当天就拉回来了一套新床，是红木的，价值六万多块。这一天，她对西门锁都是笑眯眯的，说话也装出许多温柔来。这些温柔的话，都是通过虎妞这个媒介物传递给西门锁的。虎妞这一天多吃了半斤猪肝。西门锁知道，自己民主自由的好日子已经不多了。

果然，这天晚上，郑阳娇安排金锁去他姥姥家了，她早早就锁了门，把房里所有刺眼的灯都关掉，只留着一些粉色的，自己先沐浴打扮一番，然后对西门锁轻声说："洗个澡吧。"

西门锁非常清楚洗澡的意思。从生理需要讲，他还真的不想要，怪了，这一个多月来，几乎想不起这事了。可郑阳娇能主动给这个台阶，今晚无论如何得下，毕竟是自己的错，又没打算离婚，这日子要过，恐怕也就不能这样长期鏖战下去。一切都按郑阳娇安排的往下走，洗了澡，郑阳娇还给一人准备了一杯红葡萄酒，喝了酒，就跟着郑阳娇进了卧室。

卧室里粉红粉红的，西门锁有种新婚入洞房的感觉。并且新郎还有一种羞涩感。

虎妞吃得饱饱的，早就卧在了新床的中央。郑阳娇一把把它抓下来，推出了门外。

咯噔一声，好久没有关过的卧室门，又严丝合缝地关上了。

郑阳娇今天把那张床便宜卖给了破锣。旺夫嫂开始咋都不同意，嫌床不干净。破锣说，这床要到家具城去买，少说也得万儿八千的，郑阳娇几乎是当破烂处理了，只要二百块，岂能不要？任旺夫嫂咋反对，破锣还是把床搬上楼了。结果一拾掇好，睡上去还真不一样，旺夫嫂胖乎乎的身子，躺上去闪了几下，满意地笑了。这天晚上，这个院子里，不仅西门锁家换了新床，破锣家也换了新床，西门锁跟郑阳娇恢复了家庭的某种秩序感，破锣跟旺夫嫂却是新婚一般地享受着新床的舒适受用。

旺夫嫂说："你可千万别跟主东家的男人一样噢。"

破锣："除了你，连母蚊子我都不许上这张床。"

"嘻嘻嘻，我现在就给你逮几个做妃子。"

"你逮你逮你逮你逮……"

"你看人家会享受不？这好的床，这好的日子，不知他们还都胡折腾啥呢？"

破锣说："说他们做屎呢？集中精力。"

楼下罗天福和妻子还在打千层饼，楼上破锣家的运动，明显没有了昔日烂床板的吱吱呀呀声，但由于楼板不隔音，也不平整，物体与物体的接触，还是发出了有节奏的响声。罗天福和淑惠相互看着，会心一笑，故意把擀杖和饼都弄出了更大的声音。

最近的生意还不错，村里的客户基本固定下来了。为了拉住更多的客源，他们还开发了普通烧饼，这个比千层饼明显卖得多，能天天吃千层饼的人还是少数。但这样一来就忙了许多，从早上出摊，到晚上收摊，基本都没空闲时间。加之饭店那边又增加了生意，一天由一百个增加到一百五十个，弄得他两口一天到晚，就只能休息四五个小时。

都快十一点了，甲秀又过来了。明天星期六，她是来帮忙的。

甲秀拿出一个手机交给爹说："爹，我给你买了个手机。"

罗天福说："要这干啥？"

"联系着方便么。"甲秀说。

"贵得很吧？"

"便宜，二手货，才二百块钱。"

娘说："那也是个大钱哪！"

甲秀说："万一有个事，我怕你们联系不上我。我原来是给甲成买的，他不要，你们先用着吧，我回头再给他买。"

罗天福说："他要要了，就把这个拿去，再别花冤枉钱了。"

甲秀说："你就用吧爹。"

甲秀给罗天福教起了使用方法。娘已经把房子收拾得差不多了。甲秀帮着烧了洗脚水，又用盆盛了，端到爹娘跟前，帮着脱了袜子，她发现，爹娘的脚都有些肿，一压一个坑。她心疼地给他们一点点搓着洗着，爹娘就算起了今天的细账。刨过成本，能净落七十多块，两人很是满足地笑了。

爹洗完脚，刚上床，甲秀说帮忙捏几下背，还不到一分钟，就响起了鼾声，跟炸雷似的，把娘都惹笑了。甲秀说，爹是太累了。甲秀跟娘搭脚睡，把娘的脚揽在怀里，使劲儿用手搓娘的涌泉穴。她从网上看到，说常搓涌泉穴，

能养生、保健、防五十多种疾病。其中腰腿酸软无力、失眠多梦、神经衰弱、头晕、头痛、耳鸣、大便秘结这些毛病，娘都是有的。俗话说：若要老人安，涌泉常温暖。甲秀搓着搓着，娘也睡着了。但甲秀咋都睡不着，她觉得这样没明没黑地干，爹娘迟早是要累垮的。这个家，该忧心的事是越来越多了，爹娘的身体，甲成的执拗，但她又毫无办法。想着想着，也不知是什么时候睡着的，早上醒来，发现爹已在揉面，娘给菩萨烧的香都快燃掉一半了。娘在炒芝麻、核桃仁。她一看时间，是凌晨四点一刻。

甲秀说："起这么早呀？"

娘说："再迟，那一百五十个千层饼就打不出来了。"

甲秀帮爹揉起面来。一边揉，爹就聊起了甲成。

爹问："甲成咋样？学习能跟上吗？"

甲秀说："甲成学习绝对没问题，要不然咋会让他当学习委员呢？"

爹说："唉，甲成迟早要敲打呢。过去我还能敲打上，现在就有些够不着了。他学习就这么忙吗？一两个星期都不回来一次。"

甲秀打圆场说："他们新生，学习任务自然重些。"

爹说："你要常敲打着，看着他进了大学门，我还是有些不放心，太犟，好认死理。"

甲秀本来想说点什么，欲言又止。她不想再让爹操过多的心，就说："放心吧，我会的。"

第一锅千层饼很快下到锅里了，房里立即香气四溢。甲秀深深呼吸了一下，说："嗯，香。"

娘说："你爹还在搞科研呢，这几天又给里面放上了杏仁和腰果，弄得料快比面多了，烤熟拿起来，轻轻一抖就一包糟，太酥，太脆，真快成'落口消'了。"

爹说："这个好吃。"

甲秀问："算过成本吗？"

爹说："这回算好了，赚头不大，但绝对赔不了。创牌子还是第一位的。做生意就要讲个牌子、信誉哩。为啥人家过去开个小摊摊，一开人老几辈子，几十年、几百年地不倒灶，就是牌子、信誉在起作用呢。现在你只见人三天两头地放炮开业，三天两头又关门换主儿，都是太猴急了，总想一口吃个大胖子，这使不得。我们是准备在这至少干四年哩，咱得把根基扎牢了，有了信誉呀，你娘这个财迷才好点票子哩。这个比求财神管用。"

娘乐了，说："你爹就能糟践我。快，锅煳了，快翻。"

甲秀抢着把十几个饼齐齐翻了个遍，一不小心，果然就翻烂了两个。真的是太酥了。

爹还不住地说好好好，就要这样酥酥的好，翻饼是要有技术哩。爹一边翻着，还一边给娘讲起了庄子的寓言《庖丁解牛》，爹说，关键在于了解牛的结构，然后才能游刃有余，这翻饼跟庖丁解牛是一样的活儿，关键在于对饼子结构习性烂熟于心。三人一边打着翻着，罗天福又讲起了庄子的另一个寓言故事。罗天福说，孔子有一回到楚国去，经过一个树林，看见一个驼背老汉在用竹竿粘蝉。

娘喊："锅又煳了。粘的那蝉有啥用，能吃？能喝？"

爹说："你这就是典型的小人谋食。人还有精神生活哩嘛。光知道吃，光知道喝。"

甲秀听爹娘抬杠，就忍不住笑了。她最喜欢爹娘这种不急不恼、不温不火，你说榔头，我偏说墙头的顶牛抬杠了。千般生活意味和情趣便油然而生。

爹一边小心翼翼地翻着饼子，一边继续讲着庄子的驼背老人粘蝉。他说，老汉粘蝉就跟拿手在地上拾柴火那样方便。

娘又说话了："不知拾那么多有啥用。"

爹说："这不是庄子要研究的问题。庄子要研究的是道，你懂不懂，道，淑惠同志？"

娘："是倒水，还是倒茶？"

爹直摆手说："我不对牛弹琴了。我只给甲秀讲。"

甲秀急忙迎合地："你讲，爹。"

罗天福抿了一口茶说："孔子问，老先生的手真灵巧呀，这里面有什么门道吗？老人回答说，当然有门道了。我在竹竿上先放两个弹丸，经过五六个月的练习，就不会掉下来。那么粘蝉失手的次数就会很少了。如果练到垒上三个弹丸不掉时，那么粘蝉失误的概率也就是十分之一了。如果再继续练习垒放五个弹丸也不掉下来时，那么粘蝉就跟在地上拾粪一样简单了。老人说，我每次粘蝉时，身体站在那里一动不动，就像竖着一根木桩。我伸出竹竿立着，就像一根干枯的树枝，无论天底下怎么热闹，我心中只有蝉，身体和心都纹丝不动，哪能扑不到蝉呢？"

娘又插话了："你的意思是让我们都驼了背去做枯树桩子？"

罗天福说："老孺子不可教也。这个寓言是告诉你，用心专一，精神集中，技术老到，饼就翻不烂。"

娘说："快翻，锅又香了。"

三个人一齐下手，给一锅饼又翻了个身。

罗天福一边擀千层饼一边很郑重地说："哎，甲秀，爹有一个愿望，啥时你们学校有水平特别高的老师讲国学了，能不能让爹也去听一回？爹讲了几十年国文，不知跟人家的水平差多远哩。爹特别想听听高水平的讲课，也算是爹的一个梦想吧。"

淑惠报复地："恐怕也是对牛弹琴哩。"

甲秀笑着说："一定，爹。"

这时，院子陆陆续续有人起来了。旺夫嫂先拿着一个痰盂下来倒尿了。

旺夫嫂用鼻子使劲儿嗅了嗅，喊道："淑惠姐，你家今早打的饼好香呀，给我拿两个。俺老汉就爱吃你家的饼。"

淑惠："来了。"

淑惠用包装纸包出两个热腾腾的千层饼来，交给旺夫嫂。旺夫嫂一手提着痰盂，一手拿着还烫手的千层饼，就跑着上楼了，边跑边回头说："一会儿我就拿钱下来。"

淑惠说："哎呀，看说得皮薄的，邻里邻居的，吃两个饼还要的啥钱呢。"

东方雨老人也早早起来了，在打太极拳。打完拳，也来买了两个千层饼。罗天福感念着老人家对自己的好，那天给唐槐灌水泥，没叫别人，三天挣了五百块，咋说都不收钱，但老人家总是说一不二，每次买饼从不拖欠一分钱。

天已经粉粉亮了，甲秀起身把给饭店打的一百五十个饼送走了。

一群又一群即将出门干活的人，都在院子水龙头下抢着洗起脸来。

这时，郑阳娇也起来了，这可是少有的稀奇事。郑阳娇出去买了两袋豆浆,回来又要了两个千层饼,说西门锁一早就喊叫饿了。说这话时,明显有一种人逢喜事的兴奋。

郑阳娇刚准备进门呢,突然嗅出了一阵尿臊味,就对着满院子人喊了起来:"哎,昨晚谁又在这儿乱尿了。我可给你们说,我今天就给这儿安一根电线,谁要再掏出来乱尿,把你那玩意儿打坏了,概不负责。"说完回房嘭地关上了门。

大家相互看着笑了笑。有人就开玩笑说:"你小心你那玩意儿,本来就小,电一打,回去老婆还以为是粘了个蚕蛹。"

大家笑着出工了。

罗天福和淑惠也把摊子移到了大门口。

十六

罗甲成终于在宿舍与同学爆发了一次比较尖锐的冲突。

都是些鸡毛蒜皮的事,可最后差点大打出手。

先是为一双臭袜子的事,罗甲成晚上跑完步回来,把有点潮湿的袜子放在窗台上晾着,朱豆豆直接捂着鼻子用卫生纸掐着袜子角,扔到窗台外的阳台拐角去了,说是臭得熏人,并警告罗甲成,以后臭袜子不能朝这儿放,这是风口,得考虑宿舍的空气质量问题。后来他们不知咋的,又探讨起了这个城市的PM2.5监测问题,孟续子甚至说,只要有罗甲成的袜子在,这个城市的PM2.5监测就休想达标。罗甲成先还是笑笑地忍着,袜子被扔了,自己又捡回来洗了,晾在了那里。开PM2.5监测的玩笑,他也没恼,还是笑了笑。可后来为抽水马桶没冲的事,朱豆豆几乎恼羞成怒了,这时,冲突终于爆发了。

罗甲成确实小便后忘了拉下水,这事同宿舍人已警告过他几次,他也在努力改变着,可今晚到底还是忘了。其余人在家里早已养成习惯,可他,是到这里才用上抽水马桶的,开始甚至大便后都不知怎么处理,现在容易忘记的,一般是小便以后。今晚实在是因为那双袜子,竟然忘了这道工序,让朱豆豆抓了个正着。朱豆豆也太不给人面子,端直把他从上铺拽下来,甚至揪住领口,把他弄到抽水马桶前，恶狠狠地像是要开现场批斗会。他觉得自己错了，开始也还是忍着，不想发作，可朱豆豆越发地来劲了，竟然说他是还未开化的野人，还说跟他住一个宿舍，算是倒八辈子血霉了，一下激起了他的怒火，本来被人拉着拽着的滋味就不好受，还揪着领口，他恼羞成怒地使劲儿用手一扳，把朱豆豆扔出了老远。

朱豆豆："你想咋，你想咋，莫非还想打人？"朱豆豆说着就往前冲。

罗甲成毫不示弱地扬起了愤怒的拳头。

沈宁宁和孟续子急忙上前阻挡。

沈宁宁说："手下留情，手下留情！"

孟续子把罗甲成扬起的拳头硬扳了下来。

孟续子说："有话好说，弟兄们，有话好说。"

罗甲成分明感到他们的感情是有倾向性的。

这时，朱豆豆已拨起了电话，他是在叫辅导员来处理问题的。很快，辅导员来了，朱豆豆就竹筒倒豆子似的把罗甲成数落了个没完。

朱豆豆说："我们不是嫌弃他咋的，老师您说，这能不能一块儿住？脚臭不说了，袜子总该常洗常换吧？鞋臭得把人能熏死。经常不拉马桶下水，您说怎么住？最可气的是，动不动就吹口哨，那个刺耳，那个难听，那种啸叫，那种超分贝，是可忍孰不可忍！老师，求您把我调到别的宿舍吧，我求求您了，要不然我会抑郁的。"

辅导员让大家都坐下来，平心静气地说说。罗甲成自始至终一言未发。沈宁宁和孟续子虽然不似朱豆豆那么尖刻，但也话里藏话，句句掷地有声，核心意思是，罗甲成必须改变乡里人的生活习惯。尤其是不要人为地制造对抗摩擦，比如那种"啸叫声"，那几乎是万恶之源，令人十分生厌。孟续子不知在哪里读的野史，甚至举例说，春秋战国时，有一场战争就为诸侯会盟时，有人大不敬地放了一个屁，两国就大打出手了。他还特别强调了一句，声音是不敢胡乱制造的。

辅导员最后让罗甲成说说，罗甲成到底没有开口。他说什么，说什么也无用，在他看来，那就是歧视，从走进这个宿舍就没有停止过的歧视。他穿着最低档的皮鞋，一双仅三十五块钱，才买下穿一个小时，里面就汗湿完了，完全不透气，臭气从那个时候就开始了，除非把它扔了。可朱豆豆、沈宁宁都穿着上千块钱一双的进口皮鞋，孟续子也是几百块钱一双的，这事能给谁说去？抽水马桶的事，他真是在努力改变，他甚至还写了一个字条贴在床头，当然，不是直接去说，而是用了古希腊阿波罗神庙的那句箴言："认识你自己。"他是真的想改变这个习惯，可今天还是忘了。也都因为那双袜子，朱豆豆也太欺负人了，竟然端直就把袜子扔到阳台拐角放垃圾的地方了。总之，一切都来自差别，这是他们始终有摩擦和今天直接发生冲突的根本原因。他不愿说出这种让他感到矮人一等的差别，他只想通过自己的默默改变，让这种差别尽快缩小，甚至彻底消失。他等待着辅导员的发落。可辅导员并不像他想象的那么尖锐。甚至辅导员最后还批评了朱豆豆，说他扔了同学的袜子是错误的行为。还说他揪着人家的领口，从上铺拉到卫生间，是粗暴的行为，主观上是为了集体卫生，客观上造成了比宿舍卫生更可怕的人际关系危机，应负主要责任。她还特别强调，大学生活，除了学好知识外，更重要的是要学会处理好人与人之间的适当关系。关于调房问题，辅导员断然拒绝了，她说，人都在矛盾中生活，一有矛盾，就逃避，不想法化解，这个大学就是再扩大十倍，也满足不了大家的居住愿望。当然，她也批评了罗甲成，要他注意卫生习惯，尽量多跟同学们交流沟通，要融入大学的现代生活。算是各打五十大板吧。朱豆豆气得乎乎的，辅导员走了，还在嘟哝说："缺乏基本的是非判断。"沈宁宁和孟续子劝了劝，就各自玩电脑了。

罗甲成从宿舍走了出来。

他独自一人走上了操场的塑胶跑道。这时，很多宿舍已经熄灯了，跑道上也空无一人，他就一人静静地走着，走了一圈又一圈，他在回味着开学以来的大学生活。由开始的踌躇满志，到渐渐地"认识自己"，心灵不断受到刺激震动，直到今天第一次与同学公开发生冲突。他感到自己有些身心疲惫了。虽然辅导员是直接偏向着自己的，但那里面分明包含着同情弱者的成分，现在想来，这恰恰是他最不能接受的东西，但一切就这样扑面而来了。过去在山里，在县城中学，他一直感到自己是强者，在县中，即使是县长的孩子，也都敬着他三分，因为他总是在前三名徘徊，而县长的公子，却是在二十几名转悠。在这里，他虽然仍是班上的最高分，可好像衡量标准已经完全多元化，他反倒有一种傻子的感觉。他甚至变得越来越敏感。学生们有很多时髦的网络语言，比如把又丑又差劲的男生叫"青蛙"，把相同的女生称作"恐龙"。开始他不知道是咋回事，后来有人把关于"青蛙"和"恐龙"所谓的"对诗"发在了他的QQ里。

某女吟曰：
昨夜操场漫步
见一"青蛙"摆酷
呕吐　呕吐
只有拿头撞树

某男吟曰：
昨夜操场摆酷
见一"恐龙"撞树
恐怖　恐怖
可怜了那棵树

他开始也觉得好笑，可后来发现，同学们所指的"青蛙""恐龙"，多是比较贫困、土气、营养不良的学生，他就再也笑不起来了。每每有人说起，他还会面红耳热一番，生怕是在比喻自己。有人称某女为"恐龙"，他还生怕是在说他姐姐。尽管姐姐和自己都是"一表人才"，这是家乡人对自己和姐姐的普遍评价，自己也还是有这个自信的。但在这里，一切审美判断都超乎寻常，他就有些犯糊涂了。当别人再把"青蛙""恐龙"当笑话说，有的甚至敢拿来自嘲时，他就感到很是不安了。最近网上又传出了男女新的审美标准，好男儿是"高富帅"，差男儿是"矮穷矬"；好女人是"白富美"，差女人是"土肥圆"。意思很明确，好男人是那些高大、富贵、帅气者，差男人是矮小、贫穷者，那个"矬"字，既可当猥琐、短粗、蠢笨讲，也可以当挫败、挫伤、挫折讲，虽然自己也是一米七五的个头，既不算矮，也不算矬，可自己贫穷，一下便跟这个被时代所嘲弄的男人群体所锁定了。他也想到了姐姐，姐姐虽然算不上白皙、富贵、美丽，但也绝不在肥胖、浑圆之列，可一个土气的"土"字，也就把她钉在"土肥圆"的丑陋柱石上了。每每想到这一切，他就感到一种挠心与无助。很多时候，他甚至觉得只有童薇薇对自己还可以，在童薇薇眼里，他甚至没有看到过任何关于等级、贫困、弱势群体这些斜视的杂质，在那双纯净的眼睛里，他看到的是人生的希望，看到的是自己的人格与尊严。一想到童薇薇，他甚至立即能抛却一切不愉快，并快速升腾起一股奋斗与改变的激情。他想，只有改变，通过学习改变一切让他无奈和憎恶的东西，除此别无选择。他在这时，还绝对相信着知识改变命运的至理名言。

他快速向前跑去。他觉得自己有朱豆豆们没有的东西，那就是学习的恒心、毅力和智慧。学习必须永远领先。人生也许暂时输在了起跑线上，但他还有追回来的时间和勇气。他加快了脚步。

在空寂的操场上，昏黄的灯光下，罗甲成奔跑着，一圈又一圈……

十七

自郑阳娇换床那天起，西门锁感觉整个生活又进入了老一套，那些打牌的又慢慢来了。不过女的来得少了，郑阳娇迟早跟防贼一样，觉得不舒服，好像谁都会看上她的男人，真个是世上男人死完了。男人们反倒觉得西门大哥可爱了，只要郑阳娇不在，就会跟西门锁开玩笑，有人干脆就叫他西门大官人。这个姓在过去是不怎么受人尊敬的，不过好像现在不同了，报纸上说，有几个地方还正争着西门庆的故里呢，看来西门大官人在这个时代已不是什么不受人待见的角色了，不过西门锁听着总还是嫌别扭，每每有人不怀好意地喊起西门大官人来，他总是伸出个中指，"贼贼贼"地一顿乱骂。

那事以后，温莎也给他发过几回信息，有一回差点让郑阳娇逮着，他是蹲在厕所回的信息，正回呢，郑阳娇却装着找东西进来了一趟，他当时反应快，一下将手机别进了裤头里，算是躲过一劫。总之，一切都恢复了正常秩序。就是最近突然上边来找麻烦的多了些，先是警察来了几趟，还是为戏楼丢失那对金眼珠的事，好像有了什么新线索，重点怀疑起他们这儿曾住过的几个农民工,那几个人都走了,说是去了广州,具体去哪儿谁也不知道。但办案人问得很细,拼命让他回忆他们的长相和生活细节,他和郑阳娇还真的没注意过,院子迟早住几百号人,除了收房租,收水电费,几乎很少与这些人打交道,长相都是模模糊糊地记了个大概,生活细节几乎无从谈起,但公安上就是死缠着不放,让他们都有些烦了。随着公安上又一轮大调查、大取证,关于那对金眼珠的传说,便又生发出好多新的情节来。这个城市丢失的可能有远比这对金眼珠贵重的东西,但由于一些文化人的瞎吵吵,好像这对眼珠就是啥大得不得了的事,一个有数百年文化积淀的秦腔老祖宗的眼珠子被人挖了,这还了得。其实这对眼珠子,西门锁是再熟悉不过的。在他小的时候,几乎天天爬上戏楼去玩,攀上戏神的肩膀,给戏神眼睛塞石子,糊泥巴,那也是家常便饭。那眼珠子他们也抠着玩过,他记忆中好像是连着的,要能抠下来,他们早抠下来了,还能等到现在让贼惦记。可那眼珠子还就是被人挖了,留下两个黑咕隆咚的大洞,一下搅得文庙村几个月都没安宁过。

在公安机关找眼珠子的同时,街道办也忙活着天天来调查农民工子女上学的有关问题。有个副主任叫贺冬梅,原来就是这个村的支书,后来当了街道办的副主任。郑阳娇特别不爱这个女人,贺冬梅当支书时,总是与她家过不去,收拾过她家赌博,还为她冬天用凉水泼湿农民工被褥的事,逼着她给农民工道过歉。她至今还觉得委屈,那个农民工欠她半年房租,咋都要不回来,泼水也是万不得已的事。可贺冬梅偏偏就当众出了她的丑。贺冬梅调到街道办,郑阳娇还放过炮,以示送瘟神。她想街道办离村里远了,这下啥事也管不着了,没想到,这个贺冬梅最近还三天两头地往文庙村跑,并且把重点就放到她家院子了,这让她和西门锁都很是闹心。不过郑阳娇专门打听过,街道办有三个副主任,贺冬梅就排名第三,没啥权。在贺冬梅第一次来的时候,郑阳娇就适时地把她的这份不屑传递给了贺冬梅。不过贺冬梅好像很不在意似的,见了谁都很客气,俨然一副亲民的样子,这让郑阳娇觉得十分可笑。

贺冬梅在这个院子,跟东方雨老人接触最多,据说,这次引起上边重视的就是东方雨老人的一封信。这封信里详细讲了农民工子女上学难的问题。这个院子的几百个农民工,带来了几十个孩子,有半数上不了学,有的就又被领回去了。破锣的儿子,就是在这儿混了一年多,没地方要,才送回老家去的。

郑阳娇特别不喜欢东方雨老人，但又不敢表现出来，老汉在院子里威信很高，看树，护树，既不拖欠房租，也不拖欠水费，还真不好对人家发作。但老汉就像一双眼睛，似乎无处不在地盯着自己。农民工们下工了，就爱聚集到他的身边，听他拉板胡，自娱自乐唱秦腔。老汉八十多岁了，来龙去脉都不是太清楚，好像也没有晚辈，郑阳娇和西门锁试着问过几次，老汉都用话岔开了。这几天贺冬梅来，倒是跟老汉打得火热，郑阳娇一知道贺冬梅原来是东方雨一封信引来的，就对这个老汉又来了气。

公安上来搅一阵，贺冬梅又来搅一阵，金锁学习成了班上倒数第一，学校又来搅一阵，西门锁和郑阳娇的头真的给大了。其他事都好应付，唯独金锁的事，咋都应付不过去，老师不停地叫去开会，有时一坐就是大半天。人越多，老师越想方设法刮你的鼻子伤你的脸。郑阳娇去了几回，实在撑不住了，就怂恿西门锁去，西门锁也实在觉得脸没哪放了，就再一次跟郑阳娇商量着，还是得请甲秀来加紧辅导。要不然，班主任说了，以后班上的最后一名，家长来开会时，就直接把人领走算了。

甲秀自上个月再没给金锁辅导了。一来金锁贪玩，好几次约好的上课时间，他都回不来。他回来了，甲秀又没在，阴差阳错的，就干脆算了。其实更重要的是，金锁有一段时间太黏糊，甲秀故意疏远了他。郑阳娇也觉得金锁看甲秀眼神怪怪的，也有不再想让甲秀辅导的意思，这样，三凑六合的，就彻底耽误了下来。没想到，仅一个多月时间，就从倒数第三名，又溜到倒数第一名了。西门锁和郑阳娇都觉得丢不起人，就又来托罗天福叫甲秀了。

星期五晚上，甲秀刚好又过来帮忙打饼，罗天福就把郑阳娇来找的事说了。甲秀有些为难地："又辅导啊！"

罗天福和淑惠也知道甲秀不想辅导的原因，但也都劝她说，还是去帮帮吧，东家都来几回了。甲秀只好又去了。

郑阳娇比任何时间都更亲热地把甲秀一把拉到沙发上，又是削苹果又是冲咖啡。连虎妞都比平日温顺了许多，见主人殷勤，也前后癫狂着，直接就上到甲秀的肩膀上，舔起了甲秀的脸，弄得甲秀极难受地把狗硬压在了沙发上。

西门锁不停地给金锁打电话，催他快回来。金锁直到快十点多，才挎着个摄像机从外面回来。他见甲秀，说不清的有一种心虚，甲秀尽量装作一切正常的样子。说实话,给金锁辅导,效果真的是值得怀疑的,因为金锁根本就没有任何学习的心思,讲什么也白搭。讲着讲着,老毛病又犯了,两个眼睛盯着甲秀直犯傻,气得甲秀直想合起书本走人。还没学一会儿,他又翻拾起了他的摄像机,说最近又在拍电影,是反映城市流浪狗的,精彩得很,说着就要甲秀过来看镜头。这时西门锁进来,一把没收了摄像机,并照尻子踢了金锁一脚,金锁大喊一声:"坚决反对家庭暴力!"气得西门锁又是一脚:"反对你妈的!"甲秀也很严肃地说了他几句,他才勉强学了一小时。

甲秀从西门家走出来时,院子里的秦腔自乐班已经散摊了。唯有自己的爹娘,还在哪哪哪地打着饼。已是深秋了,饭店要的饼,晚上打,早上送也可以,爹娘也就改在晚上加班了。甲秀帮爹揉起面来。爹问辅导得咋样,甲秀如实说了。爹说,娃可能还没开窍呢。又问甲成最近的情况,甲秀觉得甲成最近学习很用功,多数时间都泡在教室和图书馆,罗天福连声说:"好,好,好,只要在用功,就有希望。"

罗天福揉面的双手更有劲了。

十八

罗甲成最近确实在发愤图强,很少回宿舍,图书馆几乎占下了固定位置,连管理员都很快认识他了,每每见他来,都很是欣赏地打声招呼。他突然发现这个地方很好,既学了知识,又避免了与同学的冲突,有点世外桃源的感觉。自那次辅导员调解后,宿舍的气氛从本质上并没改变多少,大家该干啥还干啥,不过,罗甲成确实有惹不起躲得起的回避退让,晚上只回去睡个觉,磕碰也就自然少了。

图书馆能吸引住他的另一个原因,是童薇薇也爱在这里读书查资料。他俩开始还在不同的桌子学习,后来就自然坐到了一起。不知咋的,童薇薇对他们宿舍发生的事,几乎全都知道。她没有发表过多评论,但有一次,童薇薇突然对他说,其实换一个角度,也许就会觉得那几个同学也是很可爱的。罗甲成愣了一下,但童薇薇没有把这个话题继续下去。无论怎样,反正童薇薇对自己一直很好。越来越多的迹象表明,童薇薇对自己是有好感的。自己总是显得很孤独,无论干什么,都不愿跟别人在一起,不是讨厌谁,而是骨子里害怕别人厌弃自己。譬如在图书馆学习,是童薇薇主动坐到自己一个桌上的。又譬如在食堂吃饭,是童薇薇经常穿过好多饭桌,径直来到自己桌上,跟自己一起吃的。还譬如那天全班出去参加课外活动,他上车就坐到最后一排,旁边位子始终空着,童薇薇上来,用目光一扫,端直就走到最后,坐在了自己身旁。再譬如那天上体育课,全班学游泳,自己真不想下水,典型的"旱鸭子",塔云山最大的水塘,水就齐腰深,自己的蹚水本事还不如那一群水牛。但童薇薇硬是教会了自己,并且不像别的同学那样,一边教着一边嘲笑着别人"笨猪""蠢驴""呆熊""旱鸭子"的。童薇薇特别注意,不出任何风头,让自己悄无声息地进入了会游泳的行列。凡此种种,不一而足,反正一切都在证明着童薇薇对自己的那些好。他感到很满足,每每至此,他就觉得阳光灿烂,万里无云。他觉得自己活在希望里,也就渐渐淡忘了在宿舍的那些不快。他的学习成绩更是独领风骚,几乎门门课的老师都在表扬。童教授甚至把他的作业拿出来,让全系的学生传看。他感受到诸多嫉妒的目光,朱豆豆、沈宁宁、孟续子的眼中都有,这是让自己最得意的光束,因为他信奉"宁让人憎恨,不让人同情"。

　　一场秋雨竟然连续下了十几天,连学校操场边的花坛都下塌陷了。这一天,天刚露出一点笑脸,学校的大礼堂,就迎来了一场特别热门的学术报告。报告人是一个在海内外具有很高学术地位的国学大师。礼堂内外都挤满了人。罗甲成早早占了二排的好位置,童薇薇就坐在他旁边。甲成咋都想不到,在大礼堂二十五排以后的过道上,爹爹罗天福也坐在那里,那是一个另外增加的折叠马扎,是甲秀给他准备的,甲秀就陪坐在爹爹身旁。

　　甲秀说:"看见没,爹,那不是甲成?在第二排中间位置。"

　　罗天福探起身向前看了看,太远,视线有些模糊。

　　甲秀又指了指,罗天福终于看见了。

　　罗天福高兴地说:"狗东西还弄了那么好个位子。"

　　甲秀问:"要不要见见?"

　　罗天福说:"一会儿结束再说吧。"

　　罗天福安心坐了下来。这一段下连阴雨,生意特别不好,饼是打打停停,收几个零钱,真正是只能顾住嘴。淑惠急得牙都上火了。可甲秀说,学校请来了顶尖级的国学大师,罗天福还是两腿一拍,端直来听课了。他没有惊动甲成,只是远远地望着儿子,看到他一副认真求学的样子,心里就觉得特别高兴踏实。甲成不像女儿甲秀在爹娘跟前那样贴肉,平常也很少到他们住的地方去,他能理解,甲成是见不得西门锁一家人的那种神气。偶尔回去几次,也是吃了饭就走,尽量不与西门家人照面。另外,男孩子毕竟野些,只要他在好好学就行,家里也不指望他帮啥忙的。他也很少到学校来,他隐隐感到,甲成不像甲秀,太好面子,好像不喜欢让更多人见到自己,他也就不来给娃扫这个面子了。

能置身这个辉煌的殿堂,罗天福感到十分激动,他甚至双手都在不住地颤抖。他教了十几年书,就盼着把一拨一拨的孩子,最终送到这样的地方来。可塔云山人老几辈,含辛茹苦,到头来,能送进这样名校的,只有他罗天福的一儿一女。其余的,最后能上个中专、大专,或是二本、三本的,就算烧了高香了。他们的前途命运,不是他这个小学教师所能决定的,虽然他对他们每个人都寄予了"鱼化龙""蛹化蝶"的殷殷期望。甲秀和甲成最终的"蟾宫折桂""金榜题名""寒门出魁星""鲤鱼跳龙门",不能不带给他巨大的自豪和骄傲。是两个孩子呀,这个大学能有几个家庭,是能先后送两个孩子进来的?有这样一对儿女,罗天福还算贫寒吗?他脑子里一直闪现着我有两个孩子在这里风光着的念头,他有点想流泪,但忍住了,他忍住的是一个成功父亲的喜泪。

学术报告开始了。

在一阵掌声中,国学大师登台了,今天竟然惊动了"一把手"校长,是校长亲自主持报告会。校长介绍了大师的基本情况,许多头衔和荣誉,都是罗天福不曾听说过的。大师先谦虚了几句,先是反对称他为大师,说他就是一个普普通通的大学中文教师,俗称"教书匠",大师的帽子太大,也太正经,给他戴着有点"沐猴而冠"的味道。大家哄地笑了。罗天福也笑了。没想到,这么大的教授也称自己为"教书匠",还自嘲为猕猴,一下打破了神秘感。不过,此"教书匠"和他这个彼"教书匠"可就不是一回事了。此"教书匠"是头顶金色穹盖,足踏红色地毯,手扶紫木讲坛,面对"龙门"学子;而彼"教书匠",却是头顶石板茅房,脚踏土坑泥坯,手扶三腿课桌,面对痴愚蒙童。他坚持教学十几年的教室,是由生产队的牛棚改建的,房里搭满了屋撑,下雨时,讲台上甚至是用一块油布遮着展开教案和课本的。有时雨实在太大,就由甲秀和甲成用棍顶着雨布讲,地上积水有时能有半尺深,都是学生走了,他和淑惠、甲秀、甲成才一桶一桶往出舀。直到前几年建希望小学,才把牛棚拆了,而这时公办老师来了,他也离开了学校。

大师今天讲的是"传统儒学在当下的尴尬复元",大师还一再解释说,是第一次开始那个"元",元旦、元日、元月、元典的"元",不是原来那个"原"。在罗天福的记忆中,这两个字的意思好像差不多,可大师一再强调,那肯定就有人家的意思在里面。大师讲到了孔子、孟子、朱熹、王阳明,甚至还有清朝的戴震,也涉及老子、庄子,甚至佛家的六祖慧能。这些名字罗天福都是知道的,所以有一种特别的亲切感。大师在讲孔子周游列国时,好像自己跟着跑过一样,连孔子的表情、哀叹,都栩栩如生地表现了出来。尤其说孔子被围困在陈国、蔡国之间,那没能生火做饭的七天七夜时,大师的感情完全沉醉到当时的氛围中,他说弟子们都饿得前胸贴住后背了,孔老夫子还用手指敲打着枯木,吟唱着神农氏时代的歌谣,尽管自己也饿得手无缚鸡之力,连敲击枯木的节奏都不准了,但那种精神上的悠然淡定,仍然鼓励着弟子们继续游说的勇气。大师说到这里,话锋一转:今人还有这种信念和勇气吗?教授评不上就罢课了,更别说七天七夜没人给饭吃,还能继续传道解惑、为人师表?大家又是一阵热烈的掌声。

大师在讲孟子时,重点说的是孟子的知识分子骨气。孟子最强大的力量,就是他的"我善养吾浩然之气"。大师说,这个"浩然之气"在我看来,其实就是做人的尊严和人格的平等。有人说孟老夫子是个好辩的人,你说一句,他能说一百句,并且说得逻辑缜密,水泼不进。不管你是君王、诸侯、达官、富豪,在他那里,统统都是需要反复教诲的庸才蠢子。他多次批评时局,教训那些自以为是、刚愎自用的当权者,以致在他死后一千多年,明太祖朱元璋还把他的话视为反动,下圣旨要把孟子的牌位从孔庙撤走,并最终删除了其中对帝王大不敬的所有章句,形成了明代一个独特的《孟子》"阉割本"。司马迁说,孟子也曾周游列国,不得志后,退而"作孟子七篇"。孟子的不得志,不是没人识货，没人用，而是太讲原则，所以"终不得志"。在齐国时，他担任过一段时间的客卿，但发现齐王根本没有虚心求教于他的意思，便连俸禄都没领就走了。今天的知识分子能做到这些吗？只要给钱，给位子，给一顶"二尺五"的高帽子，又有几个是能持守住价值标准和原则的呢？说我们始终建立不起自己的价值观，知识分子都是这样一个唯利是图的群体，何况他人？皮之不存，毛将焉附乎？

掌声愈来愈热烈。罗天福听得出了一身冷汗，原来大学讲堂是这样敢见思想锋芒的地方，他屏住呼吸，听得更加入神了。

大师还谈到了朱熹的《近思录》，谈到了王阳明的《传习录》，还谈到了德国一个哲学家康德，还有一个什么海德格尔，这些都是罗天福不曾听说过的名字，甲秀低声给他解释了半天。学术报告进行了两个半小时，大师不仅把传统儒学梳理了一遍，还讲到了新儒学的发展与创新，最后集中讲到了西方世界和东方世界目前所面临的诸多经济社会问题，并慨然断言，东方的传统儒学，将会给危机四伏的当今世界，带来意想不到的"峰回路转"与"柳暗花明"。罗天福听着不住地点头，虽然他对世界并不了解，但他始终觉得"仁义礼智信"和"温良恭俭让"那一套，活到啥时候都是管用的、靠得住的。

最后是自由提问阶段，没想到甲成竟然几次举手，终于成功，他提了这样一个问题："我有一个老师，始终信奉'仁义礼智信'和'温良恭俭让'那一套，但他活得比谁都穷困潦倒。您说危机四伏的当今世界，真的能从东方传统儒学中寻找到'柳暗花明'的路径吗？我很怀疑。"

罗天福一下瞪直了双眼，这不明明是在说自己吗？甲秀也听出了甲成话中那位老师之所指。

大师不紧不慢地回答说："这正是我今天演讲题目中'尴尬'二字已经回答过的问题。如果我们现在谈论传统儒学，已经不觉得尴尬，那我就没有必要到处奔走游说了。'仁义礼智信'和'温良恭俭让'自身并不产生穷困潦倒。换句话说，穷困潦倒不是东方儒教文化圈的社会专利和必然衍生品。西方社会也正在一浪高过一浪的经济危机中，泛滥起一股又一股穷困潦倒者的控诉强音。而儒家文化的'中庸''温良''谦让'，包括道家文化的'守弱''处下''不争'，恰恰是这个过度强调竞争，从而离心离德、恐怖盛行、战火四起的社会的不二润滑剂。我们呼唤社会关系的缓和，呼唤人际、国际竞争的适度，唯有儒家文化最完整、最全面、最深刻、最前卫地阐明了这一点。当然，我说过，现在是一个十分尴尬的认识过程，要想完全走出这种尴尬，整个人类社会可能还将在无序竞争中，付出更加惨重的代价。"

后面的提问，也大多涉及对传统文化的将信将疑。罗天福慢慢站了起来。他觉得自己今天真正是享受到了一席精神盛宴。但同时，罗甲成的最后提问，也让他看到了自己在儿子心目中的可怜形象。自己就真的穷困潦倒了吗？这是他此前不曾有过的感受。在他看来，自己是塔云山精神上最富有、生活上努一把力也能过得去的有福之人，怎么在儿子心目中就潦倒了呢？他突然感到了自己与儿子之间的距离。难怪儿子很少去他们打饼的地方，除了不想见东家那几个人以外，难道没有不想见自己的成分？他有些泄气地走出了大礼堂。

甲秀拿着马扎在后面跟着。甲秀问："爹，见甲成吗？"

罗天福说："不见了，我得回去了。"

父女俩走着，罗天福一句话再没说。

甲秀一直把爹送出学校大门外，爹招招手走了。甲秀看见爹的身子是越来越弯曲了。

十九

一场连阴雨后，天虽然晴了，可白花花的早霜，一下就把西京带进了冬天。罗天福和淑惠一早起来，在风口上站了一会儿，脸就跟刀削一样的痛。也许是冷了，生意又清淡不少，打一锅饼卖半天，站着不动，浑身就越发冷了。罗天福戴了火车头帽子，穿了棉袄、棉窝窝，还套了耳套，他耳朵最怕冻，一冻就长冻疮。淑惠也包了头巾，穿了棉袄、棉窝窝，看上去就有点另类。城里人好像早不穿这个了，连进城务工的人也早没有了这种打扮，可他们两口子只带了这身冬装来，要换又得钱，也只好将就了。罗天福见有人老看他们，就故意减少抬头，只揉面、擀面，反正面是越揉越擀越筋道，动着也暖和。淑惠就围着锅台翻饼，尽量不往别处看。

突然传来一阵发笑声，是郑阳娇出来买豆浆呢。郑阳娇看着他俩团团转地细细打量着。

郑阳娇笑得有点岔气地："你俩是张艺谋雇来拍电影的吧，咋这身打扮？"

罗天福呵呵笑着说："图暖和哩。"

"哈哈哈，好，也许还是个推销手段呢。大商场门口都有怪收拾瞎打扮的推销员，有的还弄成马戏小丑的模样呢。就这样好，就这样挺好，还是一道风景。哈哈哈。"郑阳娇说着笑呵呵地走远了。

淑惠和罗天福尴尬地相互望着。

罗天福说："管她说啥，咱一把年纪了，还怕啥？暖和，甭冻出病来就成。"

一会儿，金锁出来去上学，见他们这模样，哇一声，激动地就从包里拿出摄像机，从各个角度拍了半天，说是比电影上的服装都真实。毕竟是东家的孩子，也不好说啥，要拍就让他拍去。

金锁走了，罗天福说："你今天去买件城里人穿的袄子吧，免得人笑话。我无所谓。"

淑惠半天没说话。

罗天福知道，今早这事，是伤了淑惠的自尊。在塔云山，他们一家人虽然不是穿得最好的，吃得最好的，可迟早干干净净、利利朗朗的，从来还没遭人笑话过。没想到城里和乡下有了这么大的差距，突然换季，把人就换得转不过向了。

一会儿，东方雨老人又来买饼了。他提了很大一个塑料袋，交给罗天福说："这是我过去穿过的袄子和大头鞋，那时胖一些，现在瘦了，放着也是放着，能穿了也免得糟蹋了。"

还不等罗天福说什么，老人拿着饼，放下钱就走了。

罗天福心中穿过一阵暖流，同时也泛起一阵酸楚。自己年过半百，从没被人施舍过，今天是破了例了。好在是东方雨老人，一个在他看来，是有着与自己父母一样年龄和德望的老人，接受起来也还算是说得过去。

中午，他借故说出去走走，到一个小百货店，给淑惠看了一件袄子，要一百八十块，最后杀价杀到七十。还给淑惠买了一双里面带毛的黑帆布鞋。他一再问，这个穿着不土气吧？店主说，人家村支书他妈都穿呢，他才下狠心买了拿回来，鞋最后砍到五十五。淑惠见一次给自己花了一百多块，心里不踏实，就美美数落了他一阵，嫌挣的没有出的多，嫌他大手大脚，还一再让他退了。罗天福也把她数落了一阵说："也该穿点好的了，顾娃，也得顾顾自家。"

说着说着，他们就想起了甲成的袄子。上学前，淑惠专门给做了三面新的袄子，里面的棉花，还是罗天福专门到县上称的，绝对的一等品。可那个样式，甲成肯定是穿不出来了。城里好像已经没人穿那种土气的东西了。他们觉得这是个事，不能把娃面子丢了，更不能把娃冻着。下午人少的时候，他们俩赶紧去更大的百货店，给甲成买了一件价值三百八十块钱的袄子，原价标的六百八，光砍价砍了快一个小时，走了又回来，回来了又走，折腾了好几趟，最后看实在是没缠头了，才下的狠心。货拿在手上，又反复咨询售货员，问大学生穿着合适不。售货员说这袄子没搞活动时卖上千块呢，断码了，才降的价，搞促销活动，又打了五折，学生穿，绝对够时尚的。淑惠又反复检查了所有的接头、缝子、领口、袖口、纽扣、拉链，最后还拿到亮处，透着光，仔细看了看里面的丝绵是否匀称、没假。不放心，中途又换了两件，比了又比，觉得完全称心了，才咬咬牙买下的。

罗天福给甲秀打了个电话，让她给甲成说，看他晚上能不能来一趟，周末么，一起吃个饭。甲秀答应说行，淑惠又赶紧去割了一斤肉，买了些韭黄，回来就包起了饺子。

天快黑时，甲秀先来了，罗天福问甲成咋没来，甲秀说他开完班会就来。

甲秀看今天天气变化了，给爹娘一人买了一条围巾，也给甲成买了一条。罗天福就问，哪来这么多钱？甲秀说，做家教攒下的。罗天福和淑惠都说，让她攒着，别乱花了，围脖这东西是可有可无的。甲秀说，西京冷，风利，爹和娘都有颈椎病，受风了就容易犯。

过一会儿，甲成就来了。果不其然，甲成宁愿单穿着夹克，也没有套上那件手工缝的三面新的袄子。罗天福分明看见他冻得脸上青一块紫一块的。儿子的心思他还是摸得比较透的。

罗甲成硬撑着，说自己一点都不冷，可一进房，就把手伸到了炉子里。

后来干脆把屁股也贴到了炉子上。甲秀在下饺子，母亲就把新买的袄子拿了出来，让甲成试试。甲成开始说不要，母亲硬给套在身上，一看，挺合身，也挺洋气的，好像有不少学生都穿着这种样式和颜色，他也就欣然接受了。

一家人很难聚在一起吃顿饭，今天外面奇冷，屋里有打饼的炉子，暖融融的，热腾腾的饺子再一端上来，气氛就格外润泽温馨。淑惠问了问学校食堂的饭菜，罗天福问了问学习情况，都说得轻松而又融洽，关起门，一家人好像都觉得是回到了塔云山的老房子里。但这种气氛很快就被金锁打破了。

金锁是抱着半纸箱子旧鞋破门而入的，纸箱子上落满了灰尘。

金锁说："哎，我家鞋都是好好的，买了新的旧的就没人穿了，我挑了几双里面带毛的，现在正好穿。"

金锁说着就一双一双往出拿。先给甲秀递一双，又给甲秀娘拿一双，再给罗天福塞一双，最后，拿了一双递给了罗甲成，罗甲成一掌将鞋打出老远，连带着把金锁摔了个趔趄。

罗天福急忙制止："甲成！"

完全是出于一片好心的金锁被弄蒙了，气得昏头昏脑地喊了一句："你脑子是进水了吧？我看是进鼻了。"

罗甲成："滚！"

金锁被吓得一弹，嘟嘟哝哝出去了："脑子让蜂蜇了。"

罗甲成迅速拿起那箱旧鞋，一股脑儿扔了出去。

罗天福和淑惠拦都没拦住。

罗天福说："你这是干啥？"

罗甲成："太欺负人了。"

娘说："我看那孩子也是好心。"

罗甲成："还好心，狗日骨子里就把我们没当人。碎碎的个货，就眉高眼低的，想给咱施舍呢。"

罗天福说："你也不能看人家谁都跟咱过不去么。"

罗甲成嘭地把碗一放，起身就准备往出走。

娘说："甲成，你爹跟你说话呢，你还能把碗板得嘭一下，给谁发邪呢？"

罗甲成压抑地说："对不起，爹，我走了。"

甲秀:"甲成……"

罗甲成还是冲出了房子。他是真的不喜欢走进这个院子,他特别见不得房东家这个蠢驴儿子的傻样儿。什么玩意儿,十六七岁的人了,在他看来,智商还不及他上小学时的程度,不知道张狂啥?仗着有几个臭钱,好像也高人一头,大人一膀子似的,他就想给那碎尿竖个中指。今天幸亏没见郑阳娇,他更见不得那个女人那一脸凶巴巴的横肉。他想,他要是再待下去,准会弄点什么事出来的。

甲秀跑了很远才撵上甲成,她把新买的袄子给弟弟穿上了。她想劝弟弟回去,跟爹娘多在一起坐会儿,没劝住,只好任他去了。

甲秀回来,见爹娘一碗饺子没吃完,都放下了,劝他们再吃,都没人再动筷子。

甲秀说:"爹,娘,都别生气了,喝口饺子汤吧!"

罗天福说:"我是担心甲成这犟脾气呀!今天我看得好好的,金锁这娃,绝不是欺负人来着,你不要,也不是这样个不要法呀!"

外面的秦腔自乐班又开始了。那么冷的,还是有人想吼几句。

今天的开场戏是《三娘教子》。

罗天福那么大的戏瘾,今晚却没有一点想去听的意思。甲秀为了给爹消气,就硬拿着板凳,让娘也劝着,才把爹送出去。出门时,甲秀还专门给爹娘围上了新围脖。

二十

快放寒假时,西京城下了一场大雪,积存有半尺厚,据老西京说,这么大的雪,几十年都没见过了。

离春节也只有二十几天了,学校期末考试也基本进行完了,学生们就渐渐轻松活跃起来。订火车票、订机票、订长途客车票的,啥时出发,在哪里过年,几乎见面都问的是这事。

罗甲成还是依然故我地进教室,进图书馆,好像这一切都对他没啥影响。回家不回家，是爹说了算，车票啥的有姐姐张罗，自己跟着走就是了。期末考试他又获了个大满贯，门门全优，有人甚至讽刺说：这傻子是要逼咱们跳楼了。

泡图书馆的人也越来越少了，许多特别熟悉的面孔都不见了。连童薇薇这几天也不来了，他觉得有点奇怪。薇薇父母都在学校，过春节也不存在大迁徙的问题，怎么会不来呢？他特别在意薇薇的细小举动，哪怕是一点在别人看来微不足道的变化，都让他要想几十个为什么。他没有任何勇气去主动向童薇薇发起什么进攻，他能做的，就是适应薇薇的一切需要，尽量做得让薇薇对自己能持续产生好感就行了。再往下的事，他也就不敢想得太多太深了。在骨子的最深处，他甚至还有那么点信心，但他知道，这需要时间，需要时间来充分证明，罗甲成是不比任何一个所谓的"高富帅"逊色的。反正班上已经有几对初恋的苗子，孟续子把他们称为"第一批探险家"。那些"高富帅""白富美"，似乎都在被纠缠着，朱豆豆、沈宁宁甚至已在"多重啮合的困境中游走"（孟续子语），但童薇薇似乎有"只可远观，而不可近狎焉"的庄严肃穆，以致至今还不曾有"探险家"贸然闯入。他知道，之所以还没人说他和童薇薇怎么样，那是因为所有人都觉得这是不可能的，虽然还没人公开把他打入"矮穷矬"的行列，但把他和童薇薇直接从感情角度联系起来，似乎还没有这种可能。他也曾怀疑过朱豆豆、沈宁宁、孟续子们对他在这方面的嫉妒，但时间长了，他也发现，这不能不说是自己的某种臆断。

童薇薇最近到底在干什么呢？再不来图书馆了？他仔细回忆了自己最近的所有言行，好像没有什么冒犯她的地方呀。他觉得他在童薇薇的问题上，越来越提心吊胆了。正在他感到郁闷的时候，童薇薇来了。

童薇薇穿了一件大红色羽绒服，围了一条雪白的围巾，头上还戴了一顶手织的粉色贝雷帽，两个脸蛋冻得红扑扑地跑了进来。一进门，就直奔罗甲成跟前，喊叫着："快，甲成，给我暖暖手，我刚堆雪人，手快冻掉了。"

童薇薇说着，就把一双冰手塞进了罗甲成的手心。罗甲成犹如遭电击一般，既冷又兴奋地、由松及紧地，并且是越来越紧地握住了童薇薇的手。他多么希望童薇薇有一种别样的反应啊，可她好像就是手冷，就是需要取暖，除此再无任何思想情感夹杂，这让他有点失望和沮丧。他也很快调整了心理，尽量变得跟薇薇一样，心净如雪起来。他第一次这样近距离地接触童薇薇，并且是双手紧紧地握在一起，但也就在这一刻他发现，童薇薇也许对自己根本没有啥，因为从她的面庞，到紧紧握住的软绵得跟缎面一样的小手，都没有释放出丝毫他所希望的那种感觉。面对她那双一眼就能探到底的纯净眸子，他甚至有了一种肃然起敬感，那握着的手，就慢慢失去了钳子一般的想夹碎的蛮力。

手握了足有一分多钟，罗甲成正说给她好好揉搓一下，活活血，童薇薇已经抽出去了。她借了一本康德的《纯粹理性批判》，说是寒假准备好好啃一啃，这是她爸爸推荐的书，说是寒假他可以辅导阅读。

罗甲成想问她最近几天怎么没来图书馆，但到底没有开口。最后还是薇薇自己说出来了。她说她和父母春节可能要到贵州去，这几天跟妈妈去准备了一些东西。

罗甲成好奇地问："你们老家不在贵州吧？"

童薇薇想了想说："有亲戚在那儿。"

罗甲成就再没好多问。

童薇薇借了书就走了。他又坐了一会儿，就觉得图书馆今天是特别的冷清。他也去问管理员，还有《纯粹理性批判》没有，管理员说借完了，他就借了一本《康德传》。无论怎样，他得跟童薇薇保证有相同的话语系统。

他也早早离开了图书馆。

学校的雪景真的很美，到处都见学生在堆雪人，打雪仗。他也顺着最长的那条梧桐大道，咯吱咯吱地踏着积雪，漫无目的地向前走着。突然，孟续子趔趔趄趄地跑过来说："快回宿舍吧，朱豆豆到处找你呢。"

朱豆豆找我干什么？罗甲成好奇地想。

孟续子说："朱豆豆他爸来了，说一定要请同宿舍的人吃顿饭。"

罗甲成说："我不去，我还有事呢。"

孟续子说："看，这就是罗兄你的不是了。"

孟续子爱把所有同学都称兄，即使比自己小的，也是这样尊称一番，很古雅。

孟续子说："人家他爸一直在宿舍等着，说今天咱宿舍一个都不能少。人家本来是准备把全班一鞭子吃的，后来说人不齐才算了的。罗兄你要不到，朱豆豆的面子可就搁不住了。搞不好他爸还以为他儿子跟你有啥大不了的过节。咱们一直都很好不是吗？你和朱豆豆为袜子发生的那点小事，你老兄恐怕也早都忘了吧？你看，人家专门让老弟来当信使，这个面子给不给，你瞧着办噢。"

罗甲成是真不想去，他见过朱豆豆他爸，他特别不喜欢他爸那种神气，说啥都爱带一句"钱不是问题"。加之自跟朱豆豆闹过那场后，他们几乎很少说话。朱豆豆倒是一副满不在乎的样子，可他不能忘记朱豆豆对自己的那种伤害。孟续子又反复开导，动之以情，晓之以理，说着说着，居然被积雪滑倒，跌了个狗吃屎，被罗甲成一拐一拐搀起来后，罗甲成到底还是答应去了。

朱豆豆他爸选的的确是西京城最豪华的酒店，罗甲成一进大厅就差点儿滑倒，再往里走，几乎不敢迈腿。地板是玻璃的，玻璃底下是一池清水，清水上漂着洁白的莲花，莲花里养着五彩缤纷的海鱼。罗甲成总有一种怕把玻璃踩碎的感觉，步子迈得特别慢，越控制越不稳，一不小心，又差点滑倒，是孟续子扶了一把，才没当场丢人。但他明明看见，朱豆豆和沈宁宁在暗中窃笑。他突然想起了《红楼梦》里初进大观园的刘姥姥和那个瓜不唧唧的板儿，自己此刻就是那种可笑极了的形象。

朱豆豆爸爸也确实点了一桌特别好的菜，一人一份佛跳墙，他爸还专门解释说，一份就六百六。一人还有一个汤盅，里面漂着一根冬虫夏草，一盅就三百八。吓得罗甲成直咂舌头。喝的茅台也是近两千块钱一瓶的。这种盛情也确实让罗甲成有些感激。加之一开始碰杯，朱豆豆就算没有赔情地给自己赔情了。

朱豆豆也学着孟续子的口吻说："罗兄，小弟有不周到的地方，还请多原谅，我先干了，一切都在酒里了。"

朱豆豆说着，就一饮而尽了。他也跟着喝下了那一满杯。开始气氛很融洽，大家似乎忘记了半年来的所有不快，一人都跟罗甲成碰了一杯，好像自己反倒成了今夜主角似的。席间充满了杯酒释前嫌的大丈夫豪情。可当喝到第二瓶时，朱豆豆他爸的一些酒话，就把罗甲成刺激得面红耳赤了。

朱豆豆他爸说："豆豆，钱不是问题，你只要学习好，爸这一切还不都是给你攒下的？爸没念啥书，可有财运，别人开不下去的煤矿，爸当烂摊子收拾过来，就一发不可收拾了。钱不是问题。"

沈宁宁看朱豆豆他爸喝得有些多，就想制止，可他爸又给自己满满倒了一茶杯，咕咕嘟嘟，几口就喝下去了。

在罗甲成看来，这个父亲，钱虽然不成问题，但素质远在自己父亲之下。他心头突然掠过了一丝优越的感觉。不过，这酒店也确实热得让罗甲成有些出不来气。别人早已脱了外套，穿着薄薄的毛衣，朱豆豆甚至只穿了件长袖T恤。可罗甲成怎么都脱不下外套来，因为里面姐姐织的毛衣，两个胳肢窝都穿出了拳头大的洞。他没想到酒店温度会这么高。

朱豆豆他爸说："钱不是问题。豆豆，你不能光顾自己，心里得有同学着。钱不是问题。"说着，他那双猩红的眼睛就直勾勾盯上了罗甲成，那眼神里分明有一种同情和怜悯。

他爸说话已经有些前言不搭后语了："甲成，是叫甲成吧。叔都听说了，你和你姐都考上了这所名牌大学，好，好哇，这才叫有出息。他朱豆豆能考上这大学，算什么本事，钱不是问题，我给他请最好的老师，上最好的中学，在学校跟前买的房，请的最好的厨师，他狗日考不上，能对住谁？可你，你们姐弟俩，听说你姐，连垃圾都捡，还吃过别人剩下的馒头，你爹娘打饼，给你们挣学费，我听了，当时眼泪就……就下来了……"

孟续子、沈宁宁和朱豆豆几次阻拦都没拦住。他爸甚至越说越来劲："怕啥？叔过去也可怜过，没当老板，给别人挖煤时，也吃过别人的剩饭，也捡过别人扔下的垃圾。叔苦过……苦过哇……"说着，甚至牛一样号啕大哭起来。

罗甲成这时已恨不得有个地缝能钻进去。他已听不清朱豆豆他爸在说啥，在哭啥，他满脑子只想着，都不知这帮人背后已经把自己说成啥了。他想站起身来，可身子不听使唤，咋都站不起来。也觉得这时站起来走，那是更煞风景、更丢面子的事。他只觉得浑身跟在热水里浸泡着一样，所有内衣都湿漉漉地缠裹着还在冒汗的躯体。

朱豆豆他爸还在连哭带诉地："钱不是问题，叔现在钱不是问题。不就是臭钱吗？纸，沾满了各种病菌的纸，你以为是啥好东西？叔平常不带钱，都是秘书拿着，我要带，就放在鞋底，过去穷时，放在鞋底是怕人偷，现在放到鞋底是嫌臭。真的很臭，不信你们看看，叔现在脚底就垫着这臭东西。"

说着朱豆豆他爸就脱了鞋。

朱豆豆也觉得有些丢人，赶忙给他爸又穿上了。

他爸又盯住罗甲成说了起来："娃，钱不是问题。你和你姐的学习费用，叔可以全包了……钱不是问题……"

罗甲成终于站起来了，他极力克制住愤怒情绪："谢谢！"然后快步走了出去。

外面不知什么时候又飘起了鹅毛大雪，罗甲成也辨不清东南西北地就走进了雪地。他的第一感觉是，好像一块烧红的铁板，被突然扔进了冰冷的水里，那是一种挣脱了烈火烹炙的生命转机。他好像听见后面孟续子在喊叫罗兄罗兄的，但大雪已把所有人都掩盖在天地浑然一体的茫茫白色中了。他真希望世界永远就是这个样子，谁也看不清谁，谁也不知别人是怎样生活着的。他的泪水从心底一点点流淌出来，任由它恣肆着、淫浸着，很快，冰雪就要把它冻成冰凌了。他似乎感到，这两道冰凌已经从眼眶，一直连接到内心最深处了。

二十一

一场连续几天的大雪，把年关陡然拉近了。文庙村的几万农民工，几乎是在几天中，就走掉了一多半。剩下的，都是等着讨工钱的。一群又一群农民工，都聚集在院子的各个角落，商量着讨薪的对策。西门家院子里的几百口人，也还剩下四十几个，罗天福听见他们一直在商量怎么能堵住老板，经过反复侦查，发现老板好像一直躲在一个洗浴城。那个洗浴城非常豪华，进去一次一人得一百六。他们咬咬牙，准备集体认了，然后凑了六百多块，派四个精壮劳力，以洗澡的名义打进去，然后把老板弄住，其他人在门口接应。接应人提前不能露面，等里面发出信号后，再靠近洗浴城，以免过早暴露，打草惊蛇。有人问拿不拿刀，经过反复商议，认为还是不拿的好，不拿刀不输理，拿了刀就说不清了。必须文明讨薪。方案商量了又商量，然后在晚上，集体行动去了。罗天福见他们走时，有一种慷慨悲壮感。

生意是一日比一日清淡，饭店那边也把一日一百五十个千层饼，减到五十个了，说都在忙年，吃的人明显少多了。罗天福跟淑惠商量着，就这两天也准备收拾摊子，回去过年了。本来说一家人一道走，可甲秀突然来说，甲成提前回去了。罗天福也不知这个犟牛瘟是咋回事，说走那天还下着大雪呢，就连夜离开了学校。

  这几天罗天福心里一直打着来回，开年到底还来不来？他跟淑惠用几个晚上把细账算了一下，来西京城五个多月，吃、喝、房租、水电都刨过，能净赚九千多块钱。明年上半学期两个娃的生活费用大体有了着落。罗天福觉得还是来划算。可甲秀觉得爹娘太辛苦，还是不想让他们再来了。商量不到一块儿，罗天福就决定，先办年货，算走算看吧。

  说是办年货，其实就是合计着回去咋给邻里乡党亲戚们买礼品的事。不管咋说，是到西京城做事来了，加之两个娃上大学，人家也都没少破费。三合计四合计的，就得一两千块花，淑惠有些心疼，到底花不花？想来想去，罗天福觉得还是得花，再紧巴也不能连个人情世故都不要了。两人在附近百货店和各种小摊摊，整整转了两天，货比三家，最后基本都办齐了。大包包小蛋蛋地提回来一分，就剩六家啥都没准备了，两人一夜都翻来覆去地睡不着，咋想都觉得不合适，虽然那六家平常走动少了些，可人家对他这一家人，也从来都没有过二心，只有一家为地畔子闹过点小矛盾，那也都是过去的事了，人家也认错了，罗天福就尤其强调，得给人家备一份。第二天，他俩就又去弄了六份礼，回来掂着看着，才算是称了心。

  这时，文庙村民工讨薪的事，也突然闹得升级了。

  那天西门家院子一群讨薪的，下了那么大功夫，白花了六百多块，四个人进去，刚跟正按摩的老板照了一面，老板就被洗浴城的保安保护走了，虽然大门口有人堵着，却不知洗浴城有暗道，老板竟然从暗道溜进地下室跑了。他们本想找保安的事，但看那阵势，恐怕不是人家的对手，就自认倒霉地出来了。本来就没钱，还贴了本，一群人就有些躁动不安了。玩命地干了一年，天天哄着说今年还有奖金，临了正常谈好的工钱都拿不上。说是金融危机，你危机了我并没有少流一滴汗哪！再说，你有钱在洗浴城赌博、按摩、泡小姐，就没钱给下苦人开血汗钱？！大家越说越想越来气，有人一脚踢到一辆停在路边的宝马上了，宝马的自动报警器就哇哇哇地乱叫唤起来。老板也开的是原装进口宝马，所以有人这阵儿一见这车就来气。

本来就窝着一肚子火，回到院子，又遇上郑阳娇催房费、水电费，一群人更是心焦火燎地不知如何是好。承头的就跟郑阳娇讲情况，郑阳娇咋都不听，说他们骗她，一个月一个月地往后推，这下推到年根儿下了，还不兑现还想咋？郑阳娇放了狠话说："不交钱谁也别想回去过年。"罗天福看见，一群二三十岁的郎当小伙子，被工钱、房钱困得霜打了似的，顺墙根畏畏缩缩蹲了一长溜。罗天福想着，幸好自己还没被人拖欠钱。饭店是一星期结一次账，甲秀都搞得利利朗朗的。平常也有赊了饼，再不提起的，那多半也是忘了，他从不觉得那是故意赖账。这些小伙子出门打拼一年，一分钱拿不回去，内心的挠搅他是清楚的。因为他知道那些家庭还有多少人在巴望着出门人带回的希望。他觉得自己也没有别的能耐帮他们，就和淑惠熬了一锅稀饭，烙了一锅烧饼，也算是让大家暖和暖和身子。

这事当天晚上就有了转机，据说是东方雨老人给上边打了电话，晚上八点多，贺冬梅就带着社区的人来了，一家一家了解情况。第二天，区上、市上，都有人来，还有很多媒体。整个文庙村的欠薪情况都上了报纸、电视。电视台甚至有记者跟着讨薪人，直接曝光了几个欠薪老板的不良形象。政府还就此专门发了通告，硬性规定了几条拖欠农民工工资的处罚条例。有些老板立马想法解决了问题，有些仍是"生不见人，死不见尸"。西门家那一群民工，就始终没有等回老板的信息。据说一家人跑到三亚过年去了。最后是贺冬梅代表政府，一再表态，说年后一定帮大家讨回来，并临时给大家一人救助了一千元路费，让大家先回去过年。郑阳娇为房费的事喊叫得不行，非要让大家从那一千块钱里拿些出来交房租，不然不让走。贺冬梅又劝了劝，说他们都会回来拿工钱的，拿了工钱，一定补上房租就是了，这事她可以担保。最后是西门锁出来说话了，郑阳娇才让那群无奈的人悻悻然走了。

人都快走完了，罗天福还没拿定主意，开年到底还来不来？要不来，就得彻底打包，要再来，回去就简单了。甲秀也放假了，她还是主张让爹娘开年不要再来了。仅半年光景，她已经觉得爹娘要这样长期耗下去，身体是吃不消的。淑惠也担心罗天福的身体，其实罗天福最担心并犹豫的，还是淑惠的身体。甲秀两头扯拉着，恐怕也耽误学习。正拿不定主意的时候，破锣和旺夫嫂又回来了。一进腊月，他俩就去外地贩米贩菜了。从湖北把大米拉回来，又从农科城杨凌把蔬菜、干鲜果运出去，来回几倒腾，浑浑地赚了一个整数。旺夫嫂说，看罗大哥和淑惠姐人好，实诚，明年一定把他们也带上。当淑惠说，明年来不来还没拿定主意时，旺夫嫂几乎是把罗天福一顿臭训："这还用掂量？你们真个是让山里的洋芋糊汤把眼睛给糊实了，还不赶紧出来挣钱，还圈在那深山老林准备成仙哪？在城里就是捡垃圾都比乡下划算，你还打这来回，真是榆木脑袋，瓜实了。"

罗天福被旺夫嫂数落一顿，来回摸了摸自己的头，倒是觉得蛮舒心的。这番话让他瞬间下了决心。家有千口，主事一人，罗天福把大腿一拍，这事也就定了。耗在塔云山，一年也挣不下九千块。何况，他们的生意基本固定了下来，并且有越来越好的趋势。再说，那么大张旗鼓地进城来了，半年就灰溜溜地回去，也不是他罗天福的脾性。甲秀看爹坚定了，也就没再坚持，在她看来，爹娘愉快高兴，比什么都重要。

淑惠问换地方不，罗天福觉得还是不换的好。也许是住惯了，觉得一切都很顺手。尤其是老顾客都在这一片，放弃了，再经营起来不太容易。至于郑阳娇这个人，院子几百号人几乎都不咋喜欢，但他却并不特别反感。人么，谁没个脾性毛病，咱不惹她，蜂还能自己跑到家里来蜇人？

事情定下了，罗天福就准备把明年上半年的租金，提前给郑阳娇交了。他听郑阳娇喊叫几回了，说开年租金要涨，年前交，还可以商量。罗天福想，年前交年后交，总是一交，交了钱，打饼的家具放在这儿也就气强了。罗天福就让甲秀去交钱。甲秀交钱时，郑阳娇没少说热情体己的话，好像给了甲秀好大面子似的。

郑阳娇说："看在你的分上，就收个原价吧，别人可是绝对弄不成的噢。哎，明年给咱金锁再好好努一把力，要求不高，不落倒数前三名就成。"

郑阳娇说是给甲秀优惠了，其实甲秀知道，年前交费的，都是这个价。郑阳娇还一再叮咛，让不要给任何人讲，讲了她不好做人。其实满院子人，除了不再会有人给她郑阳娇讲外，其余的，相互早都通过气了。

一切都办妥帖了，一家人就准备回塔云山了。回塔云山的这天早晨，西京城在化雪，满城人都在铲除积雪，清扫垃圾。他们乘坐的长途客车里面人满为患，外面脏乱不堪，连人带车，一路晃晃悠悠离开了西京城。

二十二

罗甲成那天晚上从酒店出来，茫然在雪地里走了很长时间，他不想再见任何人，他尤其恨姐姐甲秀，他觉得甲秀把自己的人丢完了，几乎没办法再在这个学校读书了。他赶在朱豆豆、沈宁宁和孟续子回来之前，回到宿舍，取了东西，给辅导员写了张请假条，说大雪封山，需提前离校，就直接去车站了。

车站虽然冷，但挤满了候车人。他在一个角落站着，希望弄到一张票，但票贩子手中的票，几乎都要高出票价的一半。他在等待着，听旁边人议论说，有些车要开时，票贩子怕把多余票烂在手上，也会把价降下来的。他就等着，反正到明早还有的是时间。终于，他在候车室找到了一个长条椅的缝隙，勉强能塞进去半边屁股，就把另半边屁股闪在空中揳了进去。揳着揳着，有人撑不住，就放弃了座位，罗甲成才算正式坐进去。数百人拥着的车站，谁也不认识谁，空气虽然差点，但这种平等感，让罗甲成很是自在。也不知啥时，就迷迷糊糊睡着了。

突然，他的肩膀被谁狠狠拍了一下，醒来一看，是初中时的同桌蔫驴，大名叫郭存粮。他家一共弟兄三个，名字都起得很怪，他大哥叫郭存金，外号黑驴，二哥叫郭存银，外号是叫驴，他被大家叫了个蔫驴。蔫驴一直念不进书，初中念完，就跟黑驴、叫驴一起出去挖煤了。罗甲成上高中时，蔫驴的大哥郭存金就在一次煤矿事故中，把命搭上了。矿主逃了，最后是政府把人找回来，勒令给郭家赔了二十万。叫驴从此说啥也不再去煤矿了，就在塔云山折腾起养殖来，一时养荷兰鼠，一时养果子狸，用他的话说，赚的没有赔的多。蔫驴也远离了煤矿一段时间，但又没有来钱路，转来转去，还是觉得挖煤合算，挖得好，一月能净落三千多块，最后还是又回到私人煤矿挖煤去了。今天也是回塔云山过年呢，没想到，竟然遇上了老同学罗甲成。

蔫驴又是高兴又是羡慕地拉着罗甲成的双手说："你可给咱同学撑面子了，把人活大了，你这才叫活人呢。我们一班，甚至塔云山几条沟里的人，就算你和你姐把人活成了。"

罗甲成也不知说什么好，就被蔫驴拉到候车室旁的一个小饭馆，要了一盘花生米、一盘鸡爪子，还要了两个卤猪脚，又买了一瓶十几块钱的白酒，两人就喝了起来。蔫驴过去可从来没有这么多的话，在班上即使被人踹一脚，吭都不吭一声。欺负得狠了，也是他哥黑驴或叫驴来把人教训一番，自己从来都没反抗过。今晚话特别多，说他把甲成佩服得五体投地，最后酒喝多了，甚至要跟甲成提前"攀贵"，说自己将来有了儿子，必须认甲成做干爹，还说自己这一生可能就这样蔫干尿了，娃大了，罗甲成发达了，可不能不认这个穷同学。

罗甲成在西京城一个破旧不堪的长途客车站旁，找到了一种叫尊严的东西，虽然这种尊严与他半年前来西京追梦时所期盼的那种尊严有很大的距离，但毕竟还是看到了自己在别人心目中存活的价值。蔫驴劝，他也就喝，两人你来我往的，就都喝高了。直到烂醉如泥，又相互搀扶着，在街道上东倒西歪地胡转了一通。等酒醒时，天也亮了。两人从候车室的后墙根爬起来时，浑身都冻硬了，相互揉了揉、搓了搓才站起来。一看，行李没了，想起是不是在酒馆里，去找，结果老板说绝对拿走了，说他俩当时喝醉了，落下行李，老板还专门把他们叫回来，把行李挎在他们脖子上和肩上拿走的。罗甲成也隐隐糊糊记起有这事，也就不好再怨谁。好在甲成包里只有几件普通生活用品，还有那件用不上的新袄子。蔫驴虽说有些东西，但人老出门，也就混得精了，钱在内裤里藏着，他把裆那一块拍得啪啪响地说："正经东西都在呢，要不在，那就连蛋都被人一起挖走了，呵呵。"蔫驴跑到厕所掏了些出来，又在候车室旁的小超市里，给爹娘和亲戚买了几样礼品。然后又给甲成和自己买了两张高价票，两人就一路说着谝着回了塔云山。

塔云山的山水虽然也被大雪覆盖着，但当罗甲成走进村子时，好像所有的人和物，都为他眉开眼笑了。先是几条熟悉的狗，几乎是忽地一下，就扑到了他的身上，他家的大黄，端直把舌头伸出来，一下又一下地舔着他的脸。他们一家走后，大黄是奶奶照看着的，半年光景，大黄是明显瘦了一圈。很快，村里人知道甲成回来了，就都出门来打招呼。那些有孩子的人家，就直唤着娃们的名字，要他们麻利出来见甲成哥，说是塔云山的榜样回来了，有的干脆把他叫文曲星。娃们就跟见啥大人物似的，一圈一圈围住了甲成。甲成走到哪里，他们就跟到哪里，嗷嗷地吃喝着，跟着走一趟，好像就沾了灵气并光荣了许多似的。蔫驴有点酸不叽叽地说："你狗日的简直活得跟天神下凡差不多了。"蔫驴是跟着甲成一块儿进村的，人们只是顺便问声回来了，就再没人搭理。他虽然跟着甲成，却被娃们的包围圈，一点点挤到外面去了。甲成这阵儿觉得特别后悔，回来应该给兜里装点糖果什么的，面对这样一片热情，自己是少了点思想准备。

奶奶没想到孙子会突然站到她身边，想着他们一家人是该回来了，但没想到会这么快。甲成拥抱了一下奶奶，奶奶就用两只手一个劲儿搓着他冻红的脸蛋和耳朵，那动作还像小时候那样柔和，他觉得在奶奶面前，他始终就没长大过。奶奶问他爹娘和他姐咋没回来，罗甲成支吾着说，这几天就回来了。奶奶立马给打了八个荷包鸡蛋，让甲成美滋滋地吃了一顿。在甲成记忆中，他是从一个荷包蛋吃起的，那时才上小学一年级，考了一百分，奶奶的奖赏就是一个葱花荷包蛋。后来随着年龄增长，荷包蛋也在增加。直加到八个，多了实在吃不动了，才固定下来。罗甲成觉得，即使是朱豆豆他爸弄的佛跳墙和冬虫夏草汤，也远没有奶奶的葱花荷包蛋美味可口。接下来的日子，是东家请了西家请，光亲戚都吃不过来。家家都已不把他当孩子看，而是当希望，当荣耀，当楷模，甚至当英雄看，罗甲成受伤的心灵，似乎很快得到了修复。他在故乡找回了自己。

罗天福和淑惠、甲秀过几天也回来了，村里又是一阵骚动。家家都出来打招呼，甚至连七八十岁的老人，也让孩子们搀着、扶着，要出来见天福一面，跟天福拉拉手。罗天福和淑惠也考虑得十分周到，几乎是家家有礼，人人有份，就连跟上来的孩子，也都有糖果、气球、冰糖葫芦啥的。无论是罗老师，还是罗支书，还是天福，还是老罗，都让这个村子，平添了一份喜悦、温馨和亲情。

罗天福未进门，就带着淑惠、甲秀先到上房见母亲了。

罗天福也突然有了点孩子似的腼腆："娘，我回来了。"

淑惠和甲秀也紧接着给婆婆、奶奶打了招呼。甲秀孩子似的偎到了奶奶怀里。

罗天福问候着："娘，身体还好吧？"

老人高兴地说:"好着哩,好着哩。你老姐,你弟,你弟媳,还有孙子们,都孝顺得很,我身体也硬朗着哩,一顿还吃一老碗,呵呵呵。"

老人朗然的笑声,感染着一家人,罗天福鼻子有点酸酸的。

罗天福在半年前准备出门打饼时,其实心里最放不下的就是老娘。老娘已是七十多岁的人了,父亲去世早,老娘说是单另过着,但他在家时,基本都是他和淑惠招呼着的。老娘是个特别明事理的人,知道天福家有两个孩子上大学,日子特别紧巴,听说天福有出门打工挣钱的想法,就一直劝着让他们走。罗天福开始咋都下不了决心,后来老姐和弟弟也都说让他放心走,娘有他们招呼,罗天福又做了详细安排,才动身走的。出去半年,罗天福给娘打过几回电话,娘每次都是乐呵呵的,一切都很好的样子,让他安心在外挣钱,总说抓娃要紧,他也就一直没回来。其实他心里知道,老娘没有这个儿子在身边,是要掉多少福分哪!日子是一点一滴的日子,幸福也都在那一点一滴里面,老娘在一点一滴里失去了大儿子的关爱,那种幸福,又是怎样一种不完整的幸福呀!

晚上,他和淑惠招呼给娘洗了脚,他又给娘剪了手指甲、脚指甲,让娘试了新买的衣裳,然后,就偎在娘的脚头,听娘拉家常。娘从她的那片菜地说起,下半年先是收了上百斤辣子,吃了有十几斤,给大姐和天寿弟他们吃了一些,其余的都晒成干辣角子了,都给天福他们留着哩。还说春上天福帮忙栽的那些茄子、西红柿、四季豆,收成都不错,吃不完的,还做了西红柿酱,等着他们回来品尝呢。娘还养了一头猪,腊月初八就杀了,给大姐和天寿他们一家一个前腿带蹄髈,都是二十多斤。两个后腿留着等他们回来过年吃。娘还养了一群鸡,说下半年下了有一百多斤鸡蛋,她没舍得吃,都卖了,现在土鸡蛋贵得很,她说她也给两个娃攒了几百块学费……罗天福听着听着,就偷偷地抹开了眼泪。娘和他一直拉话拉到早上鸡叫,娘又起身给热炕洞里簇了一炉火,母子俩才躺下睡了。

早上,不知哪家嗵嗵嗵放了几声火药冲子,惊醒了罗天福。罗天福一看,娘早起身在灶上忙着煮肉了。

罗甲成昨夜一直在同学家聊天、打牌、找感觉。早上回来时,爹和娘也没问他提前离开学校的事,好像一切都很正常一样。罗天福也是看着再有三天就是年三十了,不想再提不愉快的事,只是让甲成这几天多给奶奶和大姑、天寿叔家帮帮忙，别尽贪玩了，也就再没提说其他事。

整个塔云山的人几乎都回来了，村子立马有了生机。加之孩子们早早就忍不住开始放鞭炮了，年节的气氛就更加浓烈了起来。村里人都问，罗老师今年还给大家写对联吗？过去年年都是罗天福写的，从没人买印的对联，大家都说，印的对联没有罗老师的字写得活泛、好看。罗天福便在中午时分，把摊子摆出去了。有人问，罗老师今年写对联还不收钱吗？现在外村写对联都收钱呢。罗天福说："我这字，谁能看上，还给搭根烟哩。"罗天福果然给写字的八仙桌上是放着几盒烟的。一村人就跟他过去当村支书时一样，有事没事，都凑到他跟前来了。

很快，大红对联就摆满了院里院外、房前屋后，塔云山红红火火的大年好像就正式开始了。

二十三

西门锁家院子基本走空了，只剩下三个民工没回去，一个是媳妇被人贩子拐跑了，回去没法给老丈人家交账的。还有两个是要不下工资，准备春节期间，到老板家堵人的。

西门锁准备把院子好好清理打扫一下，再把所有内外墙粉刷一遍，好多农民工连被褥碗筷都带走了，说是明年还来住，没有交房租，他知道那都是空话。为了开春能租个好价钱，每年春节时，都给院子美个容，也算是惯例了。那三个农民工住着也是没事，他就跟他们商量好价钱，让他们里里外外地粉刷打扫起来。在查看其中一个房间时，他发现，那间住过八个农民工的大房子，墙壁上题着这样一首歪七扭八的打油诗：

　　狗日老板西门锁，
　　偷鸡摸狗胡日戳。
　　房租贵得坑死爹，
　　断电掐水赛阎罗。

> 最恨郑阳娇包租婆，
> 满腹坏水比夫多，
> 话比屎臭脸难看，
> 等着迟早要招祸。

过去虽然也见过这样一些骂他和郑阳娇的歪句子，厕所里甚至还画着他乱搞的漫画，但竟公然用红色笔写到住过的房里，这还是第一次，很是有点武松打虎后，题名"打虎者武松"的味道。他先用水擦了擦，才让那三个农民工进去刷涂料。

郑阳娇先是为狗美美忙了两天，那天一清早，她就去宠物美容会所排队，直等到中午十一点，才把虎妞交到美容师手上。前后用了七个多小时，里里外外，给虎妞整了个改头换面，焕然一新。先是修剪毛发，然后剪指甲，刮脸，在剪指甲的时候，还差点把虎妞弄了个大出血。因为狗指甲中间有血管，稍不留神，就会酿成大祸。谁知那个美容师在工作过程中，竟然敢接电话，一剪刀剪下去，差点没弄出事来。郑阳娇当时就提出严重抗议，直到美容院负责人换了美容师，并赔礼道歉，亲自操刀打理，才算平息了一场风波。剪完洗完后，又给虎妞染发、烫发。直把虎妞的头顶烫成"大爆炸"，把耳朵、尾巴、四蹄，全都染成金黄色，她才把狗从美容会所抱出来。第二天，又专门去宠物超市，给狗买了个新窝，还买了个两平方米的狗房。又给狗买了两身衣服、两套皮靴（一红一白），再给狗买了一身蜘蛛侠衫和一套蝙蝠侠衫，想来想去，觉得虎妞毕竟是个女孩儿家，就又给买了一套羊毛裙。然后，还给虎妞买了香波、沐浴乳、香水，再买了一些美国进口狗粮和德国进口狗钙片，还买了一根磨牙棒，才算把狗过年的事办理完。

第三天，她又把西门锁和金锁一起弄到大商场，一人买了一身衣服，包括皮鞋、裤头、袜子，上下里外一人一身新。西门锁说，现在过年谁还穿新的。金锁干脆来了句："坎头子才穿新衣服过年呢。"不管咋说，郑阳娇还是都买下了。她自然也少不了要给自己买几套。自西门锁与那贱人东窗事发后，她就特别注意收拾打扮，钱也是花得比过去大方了许多。当然，再大方也只是对自己而言，就连给自己爸妈买件羊毛衫，也都是要硬挤到搞活动的商场，买那些比平常便宜一半的积压货。

一切都置办齐了，郑阳娇还去银行换了些新钱，准备给娃们压岁用。

西门锁招呼着收拾了院子，郑阳娇回娘家辞年去了，留着金锁和虎妞跟西门锁在一起。金锁是个尖尻子，五分钟都坐不住，一听见外面有动静就想往外跑，这几天到处都是鞭炮声，金锁也就自然在外面胡逛荡的时候多。虎妞确实被收拾好看了，虽然绝对的聪明美丽，但西门锁发现这家伙事事向着郑阳娇，也就有些不待见。他无聊地逗虎妞玩了几个"金鸡独立""鲤鱼打挺""饿虎扑食"的动作后，温莎来了个信息，他就有所防范地把它踢到一边去了。

温莎先是来了一个空白信息。

他回了个感叹号。

温莎就来信问："最近好吗？"

他回答："凑合。"

温莎："过年在西京吗？"

他回："还能到哪儿去。"

温莎："不去外地逛逛？"

他答："没心情。"

温莎："心情咋了？"

他说："也没咋。"

温莎："噢。我去普吉岛啊。"

他问："普吉岛是啥地方？"

温莎："泰国呀，你连这都不知道，亏你还是大老板。"

他说："我还真的不知道。很少去外地。"

温莎："陪我出去逛逛吧，我很郁闷。"

他有点傻眼地停了一会儿，回答说："我实在走不开，对不起！"

温莎的话就有点硬了："你就只顾你自己。"

他回话说："实在对不起。以后有机会再说。"

温莎："哼！"

他就不想再发了，可过了一会儿，温莎的信息又来了。

温莎:"我最近身体不好,看病把钱花完了,能借我一点钱吗?"

西门锁的眼睛直了。但他不能不回。

西门锁:"需要多少?"

温莎:"一万吧,够普吉岛旅游一趟就行了,我想散散心。"

西门锁想了想,回答了两个字:"好吧。"

温莎问:"我咋拿?你能来一趟吗?"

西门锁问:"你在哪?"

温莎:"不行咱们还到那个宾馆见。"

西门锁觉得是无论如何都不能再见了。他就回信说:"对不起,管理太严,无法出门,请理解。能否给个银行卡号?"

温莎:"好吧。"

温莎发来了卡号。西门锁去给账上打了一万,然后快快地回来,就又想起了自己的发妻赵玉茹和女儿赵映雪。他突然决定,无论如何都要给她们母女弄点钱。要不然,整个良心都受到谴责了。看来看去,就是自己的发妻和女儿最应该得到自己的钱,可她们竟然分文不要,这使他过于难堪,也过于纠结。他必须在这个春节,把这笔钱送到她们手中。女儿映雪,明年高考,他必须尽一点父亲的责任。他这样一想,就又去银行办了一个卡,给卡上放了十万块钱。这都是他私下收旧账攒下的。他就拿着这个卡,去找赵玉茹了。他想,这次无论赵玉茹让不让他进门,他都要冲进去。他有一百个理由来看望她们。他几乎想好了所有应对复杂局面的话语,可当他鼓足勇气,真的走进那个幼儿园大门时,门房师傅告诉他,赵老师带着女儿去外地旅游了,过年不回来。

他又一次傻愣在幼儿园门口,久久地,不想离开。

手机铃响了,是郑阳娇的,她已从娘家回来,不见了西门锁,就跟疯了样地追问西门锁在哪里。西门锁说在街上。

"哪条街上?"

西门锁胡乱说了一条街。

郑阳娇:"我马上来。"

西门锁说:"我马上回来呀你来。"

西门锁说着,就狠狠地把手机挂了。任郑阳娇再打,都懒得接。他在往回走,但脚步放得很慢,郑阳娇越是催,他越是走得慢。他觉得自己的生活已糟糕透了。

二十四

除夕一早,罗天福就把甲成喊起来,说今天事多得很,咱们先把自家几对灯笼糊了,对联贴了,免得一会儿人都来画灯笼,自家都顾不上了。

塔云山过春节,家家都是要挂灯笼的。除夕挂上去,正月十六过后取下来。有的是当年用竹篾扎,当年用,当年烧。罗家从爷爷辈开始,就讲究用好灯笼,木头都是上好的木料,木匠也是上好的木匠。做的镂空雕花灯笼,很是讲究。每年用过,都要用红布包了,放到楼上干爽通风处吊着,以备来年再用。

罗甲成起来时,爹已经把灯笼从楼上取下来,红布都卸了,排了一溜,糨糊也打好了,就等着甲成糊纸了。一共四对,小学门口一对,奶奶门口两对,自家门口一对。小学那一对是爹在学校当民办教师时置下的,比一般家庭的都大一号。爹不当老师了,新来的老师是外乡人,寒假早早就走了,过年的灯笼就还是由他张罗着挂起,点亮。奶奶爱灯笼,那还是爷爷在的时候,就喜欢点两对灯。别人门口的灯,都是画着蝙蝠、"招财进宝"的铜钱、银锭子、仙桃之类的,蝙蝠代表着福分飞来,铜钱、银锭子既代表财,也代表禄,仙桃自然是代表寿了。福禄寿财都有了,来年的梦想也就点亮了。爷爷从来不给灯笼上画这些,他每年都是自己写,自己画,白白的灯笼纸上,画的是梅兰竹菊,写的是仁义礼智信、温良恭俭让。"文革"那些年不让写这个了,据说爷爷也给上面写过"为人民服务"之类的话,反正从来不写"对主生金""财门大开"这些俗语。爷爷说,"想金银,混账人",一个家族如果日夜都梦想着发财捞钱,那就是一个混账家族,迟早是要倒大霉的。爷爷去世后,这手艺自然就由爹继承了,爹也写得一手好字,画的梅兰竹菊,也是让塔云山人啧啧称奇的。爹有一年,也曾给灯笼上画过几个蝙蝠、仙桃和"招财进宝"的铜钱,奶奶就发话说,以后不要画这个,你老子在阴间不喜欢,他说过于祈福祈寿求财,是要坏门风的。人只能惜福惜寿惜财，不敢点亮灯笼求福求寿求财，那会招祸的。

甲成初中二年级时，罗天福就再不在灯笼上写写画画了，他说该把这一切都交给甲成去锻炼了。因此，几年下来，罗甲成也会画梅兰竹菊，会写仁义礼智信之类的好多古语了。别人看罗家门口挂着这样的灯笼，出了甲秀、甲成这样的文曲星，也就都不写福禄寿财之类的俗语了，也都请木匠打了好灯笼，来找甲成和他爹写耕读传家之类的古训，因此，每年除夕，罗天福和罗甲成就得给一沟的人写灯笼、画灯笼，有一年，直忙到天快黑，自家灯笼还在楼上没取下来。

连续几年在灯笼上的变化，塔云山的灯笼就在附近几个村子出名了。乡上文化站的刘站长，甚至还要把这推广到全乡、全县。家家都有一对好灯笼，这成了塔云山的新风尚。其实也有能写能画的，可都希望请罗家父子来写来画，也是为了图个吉利。在塔云山人看来，只有罗家是真的要大富大贵了。其余人再挣多少钱都不顶啥，富而不贵，贱命依旧。

今年由于动手早，当亲邻提着灯笼来求写画时，罗家的都已糊好、写好、画好，高高地挂在门头上了。今年来的灯笼特别多，有几家的灯笼都用的是香樟木做的。有的还把外村亲戚的灯笼都拿来了，说是明年家里有参加高考的，万请罗老师或甲成帮帮忙。当近百对灯笼写完画完时，罗天福和甲成几乎都困得直不起腰了。

罗甲成在写画的过程中，心里一直很复杂，山里人拼命追求的用读书改变命运的梦想，他和姐姐是两个尝试者，但他们怎么也想不到，尝试者是以什么样的心灵痛楚，在城市苦苦挣扎着的呀！他甚至在想，如果让自己再做一次选择，他会不会也选择蔫驴式的生活，或者是大奶式的生活。大奶也是他的一个初中同学，男的，那时爱赤膊过夏，两个胸肌特别发达，同学就给取了个外号叫"大奶"。大奶初中上完，就跟爹学了泥瓦工，到处给人盖房子，十八岁就娶了媳妇，今年才二十二岁，都已经是两个娃的爸了。他这几天去大奶家玩，觉得一家人无忧无虑的，日子过得很是富足滋润。

罗甲成正胡思乱想呢，爹又喊叫去上坟。他就又跟爹和姐姐一道去了后坡垴。

罗家的祖坟在鹰嘴岩下的平坝上，离院子有半里地，父亲年年修葺打理，整个坟园苍松翠柏环绕，绿树成荫，即使是严寒深冬，大地霜冻，坟园里的成百棵老树，仍是郁郁葱葱，霜杀不蔫，雪压不垮。罗天福每年清明，必领所有罗氏后辈，奠酒祭祀，扫墓挂清。大寒时节，必然给祖坟清除杂草，培添新土。春节时分，更是要带后辈烧纸上香，并禀告一岁的收成。甲成给坟头点上煤油灯，甲秀和爹爹开始烧纸。爹爹边烧纸边禀告说：

"不孝儿天福，给爹、给爷、给祖上禀告了，孙儿甲成，秉承你们的恩惠，刻苦用功，好学上进，考上国家重点大学，山乡一片赞扬。他与孙女甲秀一道，给你们争光长脸了。天福今年为你们孙儿学业，举家远离你们，大寒时节，只有天寿为你们守孝祭奠，培土御寒，天福不孝了！"

罗天福说着，就五体投地给祖坟一一磕起头来。

甲成想笑，但没敢笑出声。爹爹年年都要带他们来烧纸、磕头、禀告，过去确有一种神圣感，但今年，罗甲成突然觉得有些不怎么和谐。是与什么不和谐呢？罗甲成也说不上来，反正就是觉得有些严肃不起来。严肃不起来也得磕头，磕了头，放了鞭炮，三人回来，又给两棵老紫薇树磕头奠酒。

两棵老紫薇树就长在后檐沟的护坡上，一棵直径有两米多，四人合围抱不住。去年有城里来乡间搜买大树的主儿，是个行家，认定两棵树龄都在六七百年左右。当时人家要一棵给三十万买走。罗天福一口回绝，说这是祖业，一百万也不卖的。每年过年，两棵树都是要享受罗家香火，并要贴对联的。今年的对联，罗天福就是这样写的，上联：七百年根深叶茂风吹不动；下联：一千岁花密枝繁雨打犹红；横批是：恩泽永年。

罗甲成知道爹今年拟这副对联的用意。去年他就试着说过，不行了把老紫薇树卖一棵，惹得爹一顿臭骂，说再没啥卖了。他就再没敢提说这事。今年回来，他几次在老紫薇跟前转悠，觉得卖一棵，可能是罗家目前解决经济困境的最佳方法。可爹这副对联，似乎已给了他响亮回答。

面对老紫薇树，爹仍跟在祖坟那一样，虔诚地磕头，虔诚地上香，虔诚地祭酒，就好像是面对着罗家两位健在的祖上。奶奶也出来给大树敬酒了，还是跟爹一样地磕头，一样地上香，一样地祭酒，磕头时甚至不准人搀扶，动作恭敬得犹如两棵老树的小孙女。

奶奶爬起来后说："咱家祖祖辈辈还混得像个人，就靠两棵老树保佑着的。村里人都说，罗家出了两个文曲星，都是这两棵树在照应哩。现在连外村的娃，考试前，都要来摸摸这两棵树哩。老树活成精了，啥都知道，我年年夏天在树下乘凉，一睡着，老树就跟我说话哩。也怪，一醒来就忘了。今年有一回说的我还记得，老树说，你个碎女子，走路别疯疯癫癫的，小心你的碎脚丫子。我醒来，说回房去给茶壶续水哩，竟然就叫水把脚指头烫了这大两个泡，你说神不神？"

两棵树被奶奶说得神奇得就跟真人一样活着似的，连甲成也不得不表示出几分敬畏来。

除夕夜的团圆饭，是在奶奶家吃的。奶奶是个很开明的人，身体也硬朗，平常大家都各吃各、各住各的，逢年过节，她是一定要张罗着在一起过的，并且都要在她那儿过。今年除夕夜饭，一进腊月，她就在筹办，先是杀猪，接着又是做芝麻核桃糖，酿醪糟，打点心，炸馃子，炸红苕圆子，杵糍粑的。反正塔云山传统的吃喝，她是置办得应有尽有。淑惠回来后，婆媳俩商商量量的，煮肉、杀鸡、煎鱼、做扣肉、蒸碗、包子，又在土吊罐里熬黄豆猪蹄汤，炖绿豆羊肚羹。等到年三十这天，天福的老姐、天寿的媳妇，都来上灶帮忙，晚上一大家子二十几口人，往两个八仙桌上一围，甲成到大门口放一挂鞭炮，团圆饭就其乐融融地开始了。

罗天福跟老姐家和天寿家都很和睦。两家的娃过去上学时，罗天福就跟招呼甲成、甲秀一样，虽然最后那两家孩子都没甲秀、甲成考得好，但也都上了大专、二本、三本学校，与其他家庭比起来，也都算是走在前边了。加之老母亲从中聚敛缝合，三家始终都没有闹过大的矛盾。罗天福虽然上边还有老姐，但始终在尽一个长子的责任，既能为其他两个家庭付出，大事小情的，也敢说敢管，老姐、姐夫、天寿、弟媳，也都服，也都听，用他们的话说，人家天福情长，把事都做到那儿了。

吃完团圆饭，淑惠和天寿媳妇还有大姐她们一道，就拿了香表，去塔云山金顶菩萨庙烧香去了。金顶看着不远，其实要走到跟前也得一个多钟头。

大年初一早上，奶奶起来，先让每个人都去抱一捆柴火回来，是取红火兴旺的意思。淑惠、天寿媳妇她们敬香回来，刚好赶上抱柴火。罗甲成是被奶奶揪着耳朵扯起来去抱柴的,在他看来,这是一件十分荒唐可笑的事。抱完柴火,奶奶又拿了一盆煮好的鸡食去管待鸡去了。按照祖传风俗,塔云山从初一到初十,每天都要主祭一种牲畜或一种食物的,人被夹杂在其中,分别是:一鸡,二犬,三猪,四羊,五牛,六马,七人,八谷,九豆,十麦。奶奶每天都会根据管待的对象,给准备最好的食物祭品。初一早上把鸡管待完后,还把几家子聚到一起,吃了一顿肉饺子,然后才让分锅立灶,各吃各的。从初二开始,塔云山的"磨盘会"就开始了。"磨盘会"就是请春客,几乎家家都要轮一遍。一般都是一家一个主事的去。但今年,只要请罗家,几乎都要罗天福把甲秀、甲成带上。特别是那些有孩子上学的人家,觉得这是一次很好的现场教育机会。甲秀总推托,说是要在家陪奶奶和娘,甲成就跟爹一道,几乎走遍了几面山的人家。

罗甲成长这大,第一次享受到人生如此真切快意的尊重,虽然只是在小小的塔云山,但也足以唤起他某些自信和自强的意识。他知道,这一切都因为他考上了塔云山人过去想都不敢想的名牌大学。如果说在突然返回塔云山的头几天,他还有一种退坡思想,甚至觉得蔫驴、大奶那种活法也未必就不是一种好活法,自己也未必不可以去尝试,那么此时此刻,他自强不息、必须出人头地的意识,就再一次被唤醒了。他必须学下去,必须改变自己,让这种尊重,向更广阔的地方延伸。他突然觉得为了这种改变,一切都是可以忍受的,朱豆豆、沈宁宁、孟续子们的不屑,也必将在自己的改变中改变。他想到了童薇薇,想到童薇薇时他甚至有了一种别样的兴奋。在那所自己梦寐以求的大学里,还有一个对自己特别好的人,尽管不像是男女之间的爱,但这种可以转换成一切感情的特别好感,像塔云山家家户户都要点起的灯笼一样,点亮着自己充满了希望的心灵。

罗甲成本来想跟父亲再谈谈卖一棵紫薇树的事,他想把姐姐捡拾垃圾的事告诉父亲,让父亲去选择,但他到底没有开口,他觉得无论如何,还得持守住姐姐不让告诉父亲的底线。父亲的那副对联,还有奶奶关于树的那些近似神话的话语,也让他彻底打消了卖树的念头。

无论怎样,这个春节还是让他捡回了许多半年中眼看就要失去的东西,那些东西是信心,是勇气,也是曾经强烈活跃在他心中的希望和梦想。过了正月十五，当父亲又准备带着一家人重返西京时，他也悄悄收拾好了再次出发的行装。

二十五

一个年过得西门锁浑身困乏。那摊麻将从除夕之夜打起，几乎就没散过摊。日夜全部颠倒了，迟早都是昏昏沉沉的。手也臭，揭上手的炸弹，几回都让别人杠走了，郑阳娇骂他说，手是摸了尼姑的屄了。后几天他也就没兴趣打了，也懒得看，就歪在电视机前，把一百多个频道，一按几个来回。实在没啥看了，就让金锁去租了十几个武打片，还有《金刚葫芦娃》之类的动画片，父子俩津津有味地看了几天。他觉得这也是个好办法，起码还能把金锁困在屋里，免得出去乱跑惹事。除夕之夜一家人是去郑阳娇家吃的饺子，回来几天也没开过灶，一直在附近一个餐馆订餐，电话一打，要啥很快就能送来，但时间长了，吃啥都是一个味儿。这天，郑阳娇又叫来一桌菜，有姜葱焗虾仁、铁板牛仔骨、剁椒深海鱼、蒜香羔羊排之类的，往桌上一摆，金锁就喊叫说，我一看就想吐。把整块的肉拿给虎妞吃，连虎妞也只是闻闻就扭头离开了。

正月十五过了，打牌的人慢慢少了，郑阳娇就说起了买车的事。他们家前几年也有一辆本田，西门锁老开着出去"招蜂引蝶"，郑阳娇一气之下就给卖了。现在看来，也确实不方便，出租车越来越难挡，郑阳娇每回一趟娘家，都要折腾好半天打不上车。再说金锁上学也比过去远了，不接送，出门就寻不见人了。文庙村几乎家家都有车了，并且有些家庭都是好几辆了。自己没有，郑阳娇也觉得说不过去。去年春天，郑阳娇专门去学过开车，驾照也拿上了。正准备买车的时候，就遇上了西门锁阴沟翻船的事，两人一闹腾，这事就搁下了。经过半年多的修复，郑阳娇也基本认了卯了，当然，迟早也少不了要指东说西、指桑骂槐、指狗骂猪一番，反正见不得人提哪家女人不正经的话，只要提起，哪怕是电视里的人物和情节，她也会把人家"贱人""骚货""野鸡"地乱骂一通。每每至此，西门锁都跟犯了大错的孩子一样，满脸通红恨不得把嘴脸往裤裆一夹，等着话题快点转开。不过最近郑阳娇也有些收敛，她发现，西门锁在她跟前变得越来越深沉了，有时一天都没有一句话，好像生怕哪句话撞上了她的"骚货""野鸡"话题，自讨没趣，自取其辱。同时，她也发现，他好像是越来越不认她的卯了，这是一个很可怕的信号，俗话说，人最怕仰脸的婆娘低头的汉，男人一旦变得低头不语，深不可测，啥招不接，也就不好驾驭了。她也在调整自己，包括买辆车，也是想没事了拉他们父子出去兜兜风什么的，反正总不能一年四季都圈在屋里收房租、打麻将，日子是得调节调节了。

她说买车，西门锁也没说不买，也没说买。等她问得急了，就说买么。这样，一家人就在正月十六去了一趟车市。没想到车市人拥挤得比文庙村平常上下班时的人还多，尤其是品牌车，人就挤不到跟前去。郑阳娇一直想买辆原装进口宝马，好不容易挤进去，一问，提货得半年以后。到底交不交定金？她以商量的口气问西门锁，西门锁装作没听见，就没接她的茬。她就自己决定，从卡里给人家划走了十五万元。

从车市出来，郑阳娇说一家人到海鲜城吃顿海鲜，金锁却闹着要吃日本料理。日本料理那儿也是人满为患，他们足足排了一个小时的队才吃上。

吃了饭，一家人回到文庙村村口时，西门锁说自己还想转一会儿，让他们娘俩先回去。郑阳娇立马就起了疑心，说她也想再转一会儿，要么一路。西门锁脸一变，很是没好气地说："什么意思？你是把我当犯人看了是不？"

郑阳娇急忙说："好好好，你转你转，金锁，陪你爸转去。"

说着郑阳娇就走了。

金锁今天跟家人在一起，也憋了一天了，正愁没机会自由一会儿呢，就跟爸说："都自由，都自由好不好？我回去保证不说。"

西门锁："去去去。"

金锁都跑远了，又折回头说："我妈一会儿肯定要打电话，我就说你跟我在一起打游戏，你可别自己露馅了。"

金锁消失在人流中了。

西门锁胡乱往前走了一会儿，就突然决定，再去看看赵玉茹她们母女回来没。

好不容易打上一辆车，跑了半个多小时，他甚至有种预感，觉得还是无缘见面的,谁知老门卫告诉他:"赵老师今天一早回来了,这会儿可能就在家。"

他感到一阵慌乱,那么想见,但真的能见时,脑子里还是一个见与不见的问题。离婚后,他已经几次来见赵玉茹了,赵都很冷淡,完全跟陌路人一样。他怕再吃闭门羹,在院子里很是徘徊了一阵。赵玉茹家灯是亮着的,他甚至还看见了女儿走动的身影,但他没有勇气走上五楼,去敲那间房门。有时觉得要见她们母女的愿望是那么迫切,信心是那么坚定,理由是那么充分,可当真的要见时,又觉得一步都迈不出去了。总之,他觉得自己亏欠她们母女的太多太多,有时简直就觉得自己不够·个男人,更别说父亲。他摸了摸一直藏在内衣口袋的那张有十万块钱的卡。

他到底还是走上去了,当坚定了今晚必须见时,几乎是快步冲上去的。他敲响了赵玉茹的门。

里面答话的是女儿映雪:"谁呀?"

西门锁又变得有些怯火地:"我。"

映雪:"你是谁呀?"

我是谁?西门锁不知如何回答。

西门锁说:"门开了就知道了。"

里面没有了声音。

好在这是老房子,门上没有窥视孔。西门锁心跳得嗵嗵嗵地,静静等待着里面的回应。

里面换成赵玉茹的声音了:"你谁呀?"

西门锁想了想,还是如实回答了:"西门锁。"

里面又没有了声音。

过了一会儿,赵玉茹在里面说:"你来干啥?走吧。"

"让我进来说句话吧!"

"说吧,能听见。"

"让我进来说吧!"

"对不起,不方便。"

"玉茹,我来看看女儿总是合情合理的吧。"

"那也得她同意。"

西门锁几乎是央求地："映雪，你就开开门，让我看看你吧，大过年的，我也跑了好几趟了。"

只听里面有关另一道门的声音。

赵玉茹说："她进房去了，不想见你，你快走吧！"

西门锁就再不知说什么好了。但他无论如何都不愿意就这样离开这里，今天咋都得见她们母女一面，他的想法很坚定。他也不说走，也不说不走，就这样坐在门口的台阶上，静静地等待着机会。

过了大概有半个小时，女儿映雪把门开了一道缝，正向外窥视呢，他就强行挤进去了。

赵玉茹有些生气地："看你有意思没意思。"

西门锁啥话也不说，把房子打量了打量，就自己坐下了。

映雪又回到自己房里去了。

赵玉茹忙着在缝一堆布娃娃，要开学了，可能是给孩子们准备的。

房间很小，是那种特别老式的旧房子，两室一厅，说是一厅，大概就够放台彩电，再能放两只沙发，一张供三四个人吃饭的圆桌。圆桌平常是收起来靠墙放着的。彩电还是老式鼓肚子的那种。房里十分简洁朴素，但样样收拾得井井有条，一尘不染。主人似乎特别好用纯白色，不仅门帘、窗帘、桌布、沙发扶手、靠背方巾、电视机罩是用白布做的，就连水瓶、口杯垫也是白色的。西门锁坐在沙发上，有一种很不自在的感觉，不仅觉得不请自来不自在，这种洁白无瑕，也使自己十分的不自在。

西门锁没话找话地说："房有多大面积？"

赵玉茹冷冷地："没算过。"

西门锁："我看能有三四十平方。"

赵玉茹没有接话，还是在缝她的布娃娃。

西门锁说："也不倒口水喝。"

赵玉茹起身给他倒了一杯水。

赵玉茹说："对不起，没茶，我们都只喝白开水。"

西门锁忙说："行行，能行。"

又没话了。

西门锁说:"映雪今年就要高考了。"

赵玉茹还是没有答话。

西门锁试探着问:"我能给你们母女买套大点的房吗?"

赵玉茹:"不用,这房足够住了。"

西门锁说:"玉茹,虽说我们离了婚,可映雪毕竟是我们共同的孩子,有事,也总得让我搭把手吧。"

赵玉茹说:"那你问她自己需要不,她需要我不挡。"

西门锁就起身去敲映雪的门,映雪到底没有开。

西门锁说:"你也给孩子说说吧,她还不是听你的。"

赵玉茹说:"孩子十八岁了,她有脑子,我现在从来不替她拿任何主意。"

过了一会儿,西门锁又说:"听说映雪学习很好。"

赵玉茹:"是的吧。"

"你辛苦了,拉扯她真不容易。孩子上学是很淘气费力的一件事。"

"我可从来没费过啥力,我天天只是让她多玩会儿,这是我说得最多的话。"

西门锁不知说什么好了。

他多想在这里多坐会儿,甚至永远坐下去,但赵玉茹始终是那种冷冰冰的神情。在他记忆中,她始终就是一个很内向的女人,温柔体贴,连一句过头的话都没对他说过。即使在他和郑阳娇的事出了以后,她只是用哭声告别一切,也没有对他有过什么超常的举动。平常话虽不多,但一切都考虑得十分详尽周到。那时他有些像现在的金锁一样,整天在外面瞎逛荡,她从幼儿园回来,把一切都收拾得不用他操任何心。那时父母也都健在,他们对赵玉茹也十分满意。他后来甚至想,自己就是让赵玉茹这个好女人纵容娇惯坏的。

一切都过去了,过去得竟然那么快,转眼离婚都十六七年了。曾经那么珠圆玉润的赵玉茹,眼袋也垂吊下来了,鱼尾纹已布满了眼角,他甚至看见了她双鬓闪动的白发。他心中掠过了一阵辛酸。

他终于鼓起勇气,掏出了那张准备了好久的银行卡。

他说:"玉茹,孩子要高考了,给她买点营养品吧。"

赵玉茹立马把脸变了："这是什么意思？这算怎么回事？孩子根本就不认你，你留下这什么意思？"

西门锁急忙说："就买点营养品的钱。"

赵玉茹说："孩子粗茶淡饭的，营养已经足够了，快拿走吧！"

西门锁还要往茶几上放，赵玉茹郑重地说："西门锁，你就给孩子留点做人的尊严吧！"

西门锁放卡的手，一下停在了空中。

赵玉茹再次下逐客令："你走吧，孩子在学习呢，她需要安静。"

西门锁不知是怎么走出门的，当他还没摸清方向时，身后嘭的一声，那扇门就既坚决果断又冰冷无情地关上了。

二十六

元宵节一过，文庙村就沸腾起来了。一批又一批农民工，肩扛背驮着各种行李工具，摩肩接踵地走进文庙村来，寻找栖息之地了。

西门锁家院落，几乎在一个礼拜之内，就住满了人。多数是新来的。去年没有讨到工钱的那批人，早早就来了。据说去海南过年的老板也回来了，街道办的贺冬梅去找过他几次，他也把困难说了一大堆。并说他的钱，还都是政府部门和事业单位欠下的，都要等到今年预算下来了才能付款。贺冬梅不信，还真去调查了几个单位，确有其事，不过老板也在借机夸大其词。她硬催着给农民工一人付了一部分，并答应剩下的五月底以前结清。不过老板也有条件，要求他们必须继续干活，否则就难以保证。大家分析，这也是老板在耍手段，害怕今年招不下工，故意把人吊欠着。

那两个春节直接就没回去的农民工，把老板倒是堵在家里了，但由于他们感到自己身单力薄，犯了大忌，一人腰里别了把杀猪刀，有一个还专门亮出半截吓唬人呢，人家就端直报了警，除夕夜就被铐到派出所了。老板硬说有杀人动机，要求逮捕判刑。所长听了他们的陈述，干了一年，到头一分钱拿不上，还戴了手铐，倒是蛮同情的。所长也有乡下穷亲戚，懂得这些人的可怜，拘留了十五天，正月十六就放人了。

破锣和旺夫嫂也早早来了，不过这次来，把儿子也领来了。儿子十一岁，正上小学五年级。年前破锣就走了人情，一来，名倒是报上了，可交了借读费回来。

郑阳娇骂人的话简直难听得要命。罗天福和淑惠是正月十七来的，来时已是晚上七八点了，遇见郑阳娇正在发飙，几乎是对着满楼的人喊："谁刚又尿到院子、拉到院子了？是不是今天那帮新来的？哎，你们都出来出来，那些新来的都出来！出来！知道不？"

虎妞也站在郑阳娇身边汪汪乱叫着。

就有一帮又一帮新来的农民工，从房里磨磨唧唧走出来，都表示自己没尿、没拉。

郑阳娇更火了。

郑阳娇骂道："那莫非还是老娘我尿的我拉的不成？老娘告诉你们，到大城市生活，可比不得你们农村，哪里都能尿，哪里都能拉，城市随便尿随便拉，是要罚款的，知道不？到城里生活，就得遵守城里的规矩，老娘一拨拨地教，一拨拨地走，刚教会，又走了，刚打扫净，又来了，老娘烦，你们以为老娘想挣这几个钱，还不够闻屎臊尿臭的钱，老娘可给这院子四周安电线着的，把你那玩意儿打坏了，概不负责，知道不……"

郑阳娇一连声地说了十几分钟，才总算把话训完。见老罗来了，正在气头上，也没咋打招呼，就回房去了。

虎妞还不时回过头汪汪几下，才退回去。

旺夫嫂见淑惠姐回来了，就去串门子，淑惠问老板娘刚咋回事，旺夫嫂就说有人又尿到院子里了。新来的，可能没找见厕所，或是里面人多蹲不下，憋不住，就在外面拉了几堆，郑阳娇气得都快要杀人了。

罗天福就说，院子厕所也确实有点远，也太小，人多时根本就不够用。不过也觉得不讲卫生的坏习惯需要批评，需要教育。老板娘的方法，就是欠妥了些。

旺夫嫂跟淑惠又拉了些过年的家常。淑惠把从家里带来的炸面叶、炸红苕圆子和芝麻核桃糖，给旺夫嫂包了一些，旺夫嫂就高高兴兴回去了。

甲秀顺路到学校把东西一放，晚上又过来了，看爹娘还有什么要收拾。

娘就让甲秀把土特产给主东家也拿一些去。甲秀去了，金锁不在，西门锁躺在沙发上在看武打片。郑阳娇在给虎妞洗澡。甲秀把芝麻核桃糖和红苕圆子等放在了茶几上。郑阳娇又说了几句今年要把金锁抓紧些的话，甲秀就离开了。

第二天一早，罗天福就把摊子撑出去了。

看着人来人往，纷纷攘攘，真正停下来买饼、吃饼的并不多。那些老面孔少了，大多都是新来的，并且还在不断地往进拥。罗天福和淑惠就感叹着窄窄斜斜一个文庙村的巨大容量，好像再来多少都能塞进去似的，好多地方又到了只有侧起身才能勉强挤过去的地步了。

最红火的餐馆，还是那些面摊子，八块钱一碗，或油泼，或放点鸡蛋西红柿臊子，几瓣大蒜，加点辣子，很多农民工见天就是这样三顿面。罗天福年前就觉得除了打饼，也可以考虑兼顾卖面。可考虑来考虑去，还是觉得摊场有点大，恐怕目前还是只能打饼卖。昨天晚上甲秀又去那家饭店联系了，千层饼一天暂时先送五十个，说春节刚过，吃油性大的东西的人不多。今天摊子一支起来，发现买饼的人确实很少，罗天福就有些急了。他觉得这样死守着不行，恐怕得主动出击一下。淑惠说才开始，也许过几天就会好的。但罗天福坐不住，还是拿着几十个饼出去了。

罗天福听说好多卖蒸馍、包子的，都是主动送到一些工地去推销的。自己年前新发明的介乎千层饼和烧饼之间的油烧饼，既廉价，又适合农民工吃。干重体力活的人，食品没一点油性，吃着胃里挠得慌。烧饼拿油一焙，吃着脆，嚼着香，院子里的农民工都说好。

他连续在附近几个工地走了一下，好像都说餐早订过了。他又问明天后天行不行，人家不耐烦地说，送餐的都是工头的亲戚，你是工头他舅就行。原来里面都有门道，没亲戚根本送不进去。

他又试着走了几家，几乎都是刚踏进大门，就被轰出来了。虽然如此，他还是相信"心诚则灵"这个成语。他还没有死心，继续寻找着可能要油烧饼的工地。

终于，他又看见了一家建筑工地，门口挂着"文明工地"的牌子。围墙围得老高，整个围墙都弄成了文化墙，分成一格一格的，每一格都有图画，图画下面配着文字。他一看，全是传统历史经典和名人掌故。有孔子周游列国频遭挫折的故事，有颜回"一箪食，一瓢饮，在陋巷，人不堪其忧，回也不改其乐"的故事。有"孟母三迁"的故事，有司马迁"忍辱著史"的故事，有"囊萤映雪"的故事，有程颢、程颐"少年立志"的故事，有宋濂"借书苦读"的故事……他是越看越对味，看着看着，就觉得这个工地，可能是一个能接受他罗天福油烧饼的地方。因为他的烧饼，正在为两个意欲奋起的读书青年筹措银钱，添柴加薪。这样想着，他的胆子就大了起来，他甚至比先前进任何工地都更理直气壮地走了进去。

　　这时，天色已经有些晚了，也许是门卫没看见，他就端直走到了工地的最深处。正在他觉得疑惑，怎么这大的工地，人这么少时，只听一声喊："抓贼呀！"他就被几个看场子的，一下围在了一个钢筋摊子上。他不相信"抓贼"是在喊抓他，还没等他弄清是怎么回事，那几个人就扑上来，拳打脚踢地把他揍扁在了一堆沙灰上。他直喊打错了，那几个人还边揍边喊："打的就是你，打的就是你！"混乱中，他甚至感觉到，有人还拿钢筋，在他背上闷了一棍。

　　后来，他就隐约听到人说，不敢再打了，小心烂到手里。然后就感觉被人抬着放到了一辆车上，再然后他就人事不知了。

　　也不知过了多久，他醒来了。到处是一片漆黑。手一摸，全是稀泥一样的东西，好像是烂了的瓜果。整个大地发出难以忍受的恶臭味。这种恶臭被风吹着，好像能钻进人的骨髓。

　　他慢慢爬起来，向四周看了看，好像是一个垃圾场。远处，他看见有人在垃圾堆里刨揽着什么。从天上泛起的光晕看，他大概辨别清了城市的方向。他挣扎着往起站，站起来又软了下去，又挣扎了几下，才勉强站了起来。他想问问那个刨垃圾的人，好像是一个老头。可当他勉强走近时，老头又故意向别的方向走开了。他想起了手机。好在手机还在身上。平常都是不开机的，他急忙打开，连着就蹦进来十几条信息，是甲秀的。急着问他在哪儿？他正说打电话，甲秀的电话就进来了。

　　甲秀哭着问他："爹，爹，你在哪儿？你咋回事？"

　　他听见电话里淑惠哇的一声哭了。

罗天福害怕说重了，一家人更着急，就强撑着说："没事，爹走迷路了。"

甲秀："你在哪里？你说个地名我和甲成马上来接你。"

罗天福不知怎么说好，只好说："没事，现在看不清地方，等天亮了，我就回来了。"

甲秀急问："你不在城里吗？城里到处都亮堂堂的呀。"

罗天福只好说："是在城外，一个工地里，没事，天亮，天亮爹就回来了，让你娘别操心。"

电话里传来了罗甲成的声音："爹，你到底在哪里吗？把人能急死。我们差点都报警了。"

罗天福故意说得轻松地："没事，娃，爹赶天亮一定会回来的。"

罗甲成说："你说不清地方吗？试着找一找，看有单位、站牌什么的？"

罗天福说："好，我试着找找。你们都别操心。我找找。"

罗天福就把电话挂了。

罗天福慢慢向垃圾场外面走去。偌大一个垃圾场，松泡泡、软绵绵的，有时一走垮一堆，走了好半天，才勉强走出来。

在垃圾场里，几乎是连滚带爬地往前走，一旦到了路上，站起来走了几步，就发现两腿已被打肿，小便处也被踢得尿不下来，背上更是火烧火燎的痛。他一瘸一瘸地往前走着，看着天上有光明的方向，他坚信那就是城市，那就是西京。

三天前，他还是乡村最受尊重的罗老师、罗支书，三天后，就成了西京城的贼，这让他精神上咋都转换不过来。进城打工，他知道是苦差事，他也没少听别人的辛酸故事，他是有充分精神准备的，但没想到会被不分青红皂白地打成这样，这让他觉得，无论对家人，对外人，面子上都有些无法交代。他在想，他是怎么被人当成贼的？他有些百思不得其解。

甲秀的电话又来了："爹，找到路标没？"

罗天福说："还没有。娃，你们都别操心，爹没事的。"

罗天福就这样一直往亮处走着，走着走着，就看到了一个远郊公交车的牌子。牌子旁，只有一个十分昏黄的路灯。他扶着路灯杆看了看，发车时间是早五点半，末班车是晚十一点，他看看表，才四点多，离头班车还有一个多钟头。他想给甲秀打电话，又想，打了反倒惹孩子们着急，要再弄个出租车来，更是要白花许多冤枉钱，不如死等着头班车来算了。他慢慢溜到地上，见四周没人，就干脆卧到水泥地板上，一点点查看起伤势来。腿上顺着裤管，有流下来的血迹。他又使劲儿捏了捏腿骨，感觉倒是没有伤着骨头似的。血是小便时流出来的，他突然担心会不会有内伤。反正当时有人狠命踢过他的下腹和肚子。背上有棍一样的隆起物，他知道那是钢筋抽的。他看见那几个人，也像是农民工的模样，怎么下手就那么狠。

也不知什么时候，他就躺在水泥地上睡着了。第一班车来的时候，他挣扎起来，扶着车门勉强爬上去，就被糊里糊涂地拉回了城市。

在车上，有好心人见他伤成这样，就细细告诉他，从哪儿下车，倒哪趟车能去文庙村。甲秀电话又来了，他就让甲秀到文庙村口公交车站那儿等。

倒了三次车，当他从文庙村口下车时，甲秀、甲成、淑惠都早在那儿等着了。见他成了这样，三人的眼泪都唰地下来了。罗天福让别声张，就跟一家人一道，到了附近一家医院。罗天福把经过说了一下，甲成就气呼呼地要去算账。

罗天福摆摆手说："这样去不是人家的对手，万万使不得。"

甲秀说："这个权得维，但得讲方法。"

办好住院手续后，罗甲秀就到当地派出所报案了。

二十七

床位很紧张，病房暂时住不进去，罗天福是在过道加了一张床。一躺下来，罗天福就感到伤势是有些严重。

需要检查和化验的项目很多，要全部检查完，得四千多块钱。罗甲成傻眼了，拿着一沓化验单不知该怎么办。

罗天福就问罗甲成："得多钱？"

罗甲成说："光化验，就得四千多。"

罗天福当下就要撑着下床。

淑惠急忙摁着说："你干啥呀？"

罗天福说:"不看了。"

甲成也急忙把爹往床上挡。

罗甲成说:"你先别急爹,总会有办法的。成这样了,不看还能行?"

罗天福也真的有撑不起来的感觉,就又躺下了。

罗甲成这会儿才觉得只有等姐姐回来拿主意了。他虽然对姐姐有很多意见,但只要一面对事情,又觉得只有姐姐有主见,并且总是能以柔克刚,把啥事都能往前推。罗天福和淑惠这阵儿,也把所有希望都寄托在女儿身上了。

过了一个多小时,甲秀就回来了。甲秀还带来了几个警察。警察给罗天福拍了照,又问了一些情况,做了笔录,还让罗天福按了手印,就走了。与此同时,甲秀拿着化验单,去找了主治大夫,讲明了情况,说暂时没钱,能不能先拣重要的检查。主治大夫就又挑拣了一下,说这几项必须马上检查。甲秀一算,也得两千左右。爹娘拿的钱,全都交了学费,刚交住院费时,人家要五千,其实只押了一千五,说好今天交清,连检查费都不够,还别说看病了。她就在过道打了个电话,没过多长时间,她的同学就送钱来了。

初步检查结果出来了:背部、腹部、大腿内外侧多处软组织损伤(大面积瘀斑青紫);肾损伤(腰痛、尿血);骶椎骨骨裂;轻度脑震荡。

很快插了尿管,打上了吊瓶。甲秀就让甲成去上课,自己和娘招呼爹。

下午时分,甲秀的同学来了好几个,都要轮换着招呼罗伯伯。交谈中,罗天福和淑惠才知道,甲秀在班上,谁的忙都帮,有好几个同学的亲戚来西京查体、看病,她都帮忙招呼并多次值夜班,所以,遇上她有事,大家就都来了。罗天福和淑惠听着心里暖融融的。同学们都走了,罗天福对甲秀说:"你这样活人,爹就放心了。"

过道毕竟不方便,甲秀又去找护士长交涉,希望能给爹弄个正式床位。下午的时候,护士长就来叫换床。

罗天福住进了一个大病房,里面有十二个病人,基本都是农村来的,或是农村进城务工人员。分两排,一边住六个,最小的是个孩子,只有六岁,竟然是尿结石,痛得满床打滚,直喊"我要死了,我要死了"的,听得人很是惊悚。甲秀还去哄了一会儿,能安宁一两分钟,然后就继续号叫着。医生已给碎过石了,就是尿不出来,护士让孩子必须下床蹦跳,可孩子痛得光骂人,双脚咋都不着地。奶奶哄着下地,他就用脚踹奶奶,气急了还骂奶奶"老不死的东西,老不死的东西,老不死的东西",气得奶奶嘴脸乌青的,直说"他爹娘长年在外打工,没人管教,让我心疼坏了",毫无办法。开始大家还都同情着孩子,后来劝不听,也就都反感起这个孩子来了。

这个病房的病人,多数都插着导尿管,下床活动时,一人手里提着个尿袋子。有一个昨天才住进来的小伙,倒是没插尿管,可尿不下,痛得浑身直冒汗。他在工地是开碎石机的,得的也是尿结石,说有指甲盖大一块。罗天福听见他一直在跟媳妇商量,是做新手术,还是用老碎石法,说老碎石法,就是用一个振动棒,压在身上,通过成千上万次的震动,把石头粉碎,让碎石从尿道尿出来,有三千多块就够了。但医生说,他这个石头太大,不保险,会有残留物,而且痛苦时间长。新方法叫什么"绿色通道"微创手术,就是把病人麻醉后,直接用仪器从尿道里把石头夹出来,手术百分之百可靠,并且无痛苦,做手术的大夫都是从美国留学回来的博士,但手术费得两万左右。夫妻俩商量来,商量去,定不下来。媳妇心疼丈夫,让用新方法做,丈夫咋都不同意,说是两万块,不是取一个没用的石头,而是剜他的肉呢。他宁愿多睡一个月两个月,也不愿意给医院掏两万,两万是他七个半月的工钱,他说他不信用两个月时间拼命喝水,拼命蹦跳,把剩下的结石渣尿不出来。两人叽叽咕咕说了半晚上,媳妇不停地用湿毛巾给他一遍一遍地擦着虚汗,痛得狠了,就扶着他上一趟厕所,几乎一个晚上折腾得就没停。

那个六岁的孩子,一直闹到十二点左右,护士看实在不行,就给打了一针安定之类的药,睡了。

甲秀让母亲回去休息了。自己从学校拿了个躺椅来,那是上次一个同学母亲住院时备下的,这次刚好借来用上。

罗天福让女儿早点睡,甲秀几乎每隔一小时就会醒来,给父亲用热毛巾敷敷肿胀的瘀血部位,掖掖被子,搓搓脚心。

罗天福活了五十多岁了,挨别人打,这还是第一次。真是有些斯文扫地的感觉。他想,要是在塔云山,他都几乎没脸见人了。落差太大了,几天前,在塔云山,他还是那种备受尊重的角色,几天后,竟然能被人当贼打了,他都不敢回想那一幕。他突然动摇了继续在西京打工的信心,他听说过各种打工者遭遇横祸的故事,他想,自己不偷、不抢、不贪、不占,万事谦恭、仁厚、礼让、吃亏为先,不信还能招惹祸患,没想到,还就真给招惹下了。他是有点怕这个你不惹他他仍要惹你的环境世事了。

罗天福也不知什么时候睡着的,早上是被那个孩子吵醒的。孩子醒来不仅哭,而且痛得拼命扔东西、砸东西,被子也被踢到了床下。奶奶和甲秀两个人哄都不听,满病房人都唉声叹气的,甲秀就把孩子抱着去过道顶头哄去了。

那个开碎石机的小伙子,也痛得在咬牙,在床上来回折腾,一时屁股撅到半空,一时又下到地上,扭着,拧着,甚至把头顶在地上流眼泪。媳妇终于下了狠心,说必须做,就用微创手术,人要紧,痛死了啥也没有了。小伙子还是不同意花两万做。媳妇就不跟他商量了,媳妇去跟医生定下了手术时间。

甲秀把孩子哄得安宁了一会儿,娘送早点来了,给爹熬的米汤,还用咸菜、土豆丝夹的烧饼。罗天福要甲秀去学校,说别耽误学习,甲秀说她还要去派出所打听一下情况,就走了。

那个小伙子当得知下午就要做手术时,先还埋怨了媳妇几声,后来实在痛得撑不住了,也就只好按要求做准备了。谁知在手术前的半小时,媳妇扶着他上了一趟厕所,只听厕所里"哎呀娘啊"地尖叫了一声,满屋人以为出了啥事,大家急忙敲厕所门,问咋了,有人还跑去喊护士了。

只听里面小伙子在喊:"出来了,尿出来了!"

门打开,小伙子兴奋得几乎是哭腔:"尿出来了,娘的,尿出来了!"

小伙子手心放着指甲盖大一块灰色的东西,挨个儿床铺让人看,像是获得了巨大的战利品。

有病人问:"这大一块,咋尿出来的?"

小伙子说:"就那样尿出来的。刚我痛得在床上翻了几个滚,试着有点想尿,去一尿,狗日差点没把人憋死,哗,就尿出来了。狗日的,我是把你老娘×了,害我痛了这几天。"

大家都笑了。

媳妇也在笑,但眼里闪着泪花。

这时,护士来了。小伙子又急忙把过程对护士叙述了一遍。

护士说:"算你走运,这种情况过去也发生过,但像你这么大的结石,自己排下来我还是第一次见到。可喜可贺啊！不过尿道肯定有划伤，注意休息，还得吃点消炎药。"

小伙子立马让媳妇下去买些吃的，病房每人有份。媳妇高兴地去了。

罗天福对小伙子说："小伙子，你有个好贤惠的媳妇呀！"

小伙子说："那没的说，不瞒你们说，我在外面挣钱再苦再累，一想到媳妇，就浑身是劲。"

有病人说："老天爷让你省了两万，你恐怕也得给媳妇奖励一下吧。"

小伙子说："那是自然。一出院，我就去给她买条项链，结婚她都没舍得让买，这下非买不可了。要是石头不自己尿出来，两万一会儿就打了水漂了。"

媳妇买回来两大塑料兜吃的、喝的，夫妻俩高高兴兴给大家散发了，死气沉沉的病房，让一颗自然尿下来的结石带来了几个小时的欢乐。

夫妻俩中午就办手续出院了。病房又恢复了平静。只是那个孩子又开始哭闹了，大家便都在一种无奈中忍耐着。直到第三天，孩子才出院。

住在罗天福右边床位上的一个病友，始终很少说话，好像是外伤，并且伤的是生殖器，医生和护士每天来检查上药时，陪床的那位妇人都是要牵起半边被子遮掩着的。几天了，那女人没跟他说过一句话，好像是有很深矛盾似的。有一天，罗天福无意中听到医生说："你这跤跌得很怪，怎么能一丝不挂，跌到水渠里，又不是夏天游泳。"那男人啥都没解释。

又过了两天，那个一直不说话的女人终于爆发了。起因是那男人接了一个电话，女人问是谁，男人不说，女人要手机，男人不给，那女人就骂了一句："你咋不摔死呢，还活着害人。"那男人抡起巴掌就给了女人一嘴掌。女人哇地大哭起来，就把男人的事全抖搂了出来。原来那男人是村支书，跟村里几个老公在外打工的留守女人有瓜葛。谁知正月十六，一个女人的老公说出门打工了，其实没走，一直就守在房后的红苕窖里。晚上，支书就跑到人家家里跟那女人过夜了，衣服脱完，刚摸黑爬到床上，女人说了一句："你咋这冰的。"窗户里就跳进个人来，一扁担打在他背上，说时迟，那时快，他发现是人家老公，就一个箭步从窗户射出去了。他明明知道女人家后檐沟比较深，但还是手忙脚乱地一个趴扑跌了进去。要多背运就有多背运，后檐沟里竟然有一堆烂玻璃瓶子，生殖器就刚好戳在那上面，一下扎得血肉模糊，好多玻璃碴子，都是到了省城医院才弄出来的。她是那家男人攥到家里要人才知道的。她本来攥到西京来是跟不要脸的男人闹事来了，没想到伤得这么重，就忍了几天，越忍越气，没想到他还凶巴巴地犯起老毛病来，又抽了她一耳光，她就歇斯底里地爆发了。

那男人气呼呼地毫无办法，可能他也没想到女人会在这种场合把一切都抖出来。女人抖搂完，就拿着她的东西走了。那男人就一直窝在床上，跟谁都没再说一句话。护士们知道真相后，好像对他的态度都改变了，每次打针换药都少了温柔和耐心，痛得他老咧着嘴。罗天福也觉得这人不地道，就再没有主动跟他说话的意思。可能是那人自己也觉得没趣，过了两天，就自己强撑着下地，转到别的医院去了。

在甲秀的催促下，打人的事终于获得了医疗赔偿。甲秀先是催派出所，后来东方雨老人问她爹娘咋不见了，她就把遭打的事说了。东方雨又找到贺冬梅，贺冬梅帮她一起去派出所催，案子终于有了眉目。打人那家公司死咬住说打的是贼，派出所说打贼也违法，要去抓人，那几个人知道事情不妙，也许是公司透的风，就全跑了。后来，在贺冬梅的一再催促下，公司也倒是来了一位工会干部，给罗天福含含糊糊道了歉，不过首先声明，认为罗天福不应私自闯入人家的工地，工地门口是有"闲人莫入"警示牌的。还说是工地老丢东西，毛贼屡禁不止。最后说公司经营状况不好，资金链断了，楼盖不下去，拖欠工人工资都几个月了，答应借钱负担医疗费，但赔偿始终不吐口。贺冬梅坚决不同意，赔偿金由三万元，一直谈到五千元，对方才勉强答应兑现。贺冬梅又征求罗天福和甲秀的意见。罗天福说，自己也有责任，不该擅闯施工禁地，他说自己主要是想洗清贼的罪名，对于赔偿，他倒没有过多要求。事情就这样定下来了。

罗天福也难得有几天清闲，就让淑惠把他带的那几本书拿过来，静静地看了几天。《大学》《论语》《孟子》《中庸》有好多段他都能背，那还是在当民办老师的时候，学生们每早早读课，他安排的就是背"四书"选段，这些选段都是他选的，并且自己用蜡版刻印出来，给学生每人发一份。要求大家小学毕业时基本能够背下来。开始有人批评说，这样做，有悖教学大纲，时间长了，他教的孩子，古汉语底子明显好于其他学校，也就再没人说了。稍有闲暇，他就喜欢翻翻这些书，他觉得书里把做人的道理都说透了，自己始终也是按这些古训做的。几十年过来了，富也好，贫也好，都过得无波折，无大碍，并且受人尊重受人敬的，家风也广受乡里乡邻称道，儿女也都好学上进，步步走高，要说有啥过人的地方，那就是多比别人读了几本古书。可进城来这半年多，他也明显感到，有好多老东西，好像是不适用了。当他读到孔子困于陈国和蔡国之间，七天没有吃上一顿饭，而志向不改时，他感动了，而过去是没有这样感动过的，即使那天在大学听大师讲到这里，也只是觉得大师有些渲染，真的发自内心的读书感动，这还是第一次。

又过了几天，拔了导尿管，罗天福觉得能自由活动了，就闹着要出院。甲成说："你刚好借机全面把身体查一下，再好好调养调养，费用又不要自己掏。"罗天福就躁了，说："咱还能讹人家的钱？还能当无赖？"最后在算账时，他甚至把淑惠那天感冒要的一盒感冒药都择了出来，他说："咱不能做那些让人下眼瞧的事。"这事，连那家公司来结账的人都有点傻眼。

二十八

在罗甲成看来，父亲挨打是倒霉透了，而在处理这件事上，更是窝囊得不能再提。他老觉得父亲就是把那几本书读坏了，与外界完全不搭界。就说被人打的事，咋能自己给自己还揽了一堆责任，让人家只赔五千块钱了事？结算医药费，还连母亲多要的一盒感冒药都择了出来。气得罗甲成都不想再理他了。父亲知道自己脾性躁，啥事也都瞒着自己。姐姐在父亲面前，基本是逆来顺受，父亲说啥就是啥，一桩打人的大事，就这样稀里糊涂处理过去了，他觉得用窝囊透顶还不足以形容这事的亏欠。

他不敢跟父亲多在一起待，几乎所有的事都能引起冲突。父亲对自己好像越来越看不惯，自己更是觉得父亲越来越不可理喻。他帮父亲把住院的那摊东西拿回家后，就赶快离开文庙村去学校了。

正月从塔云山一回来，朱豆豆、沈宁宁、孟续子也都没再提说年前吃饭的事，好像一切都不曾发生过一样。本来罗甲成还想了一些不辞而别的理由，以缓释有人执意询问的尴尬，既然无人问起，他也就尽量相安无事地与大家平和相处着。他仍延续着年前的做法，尽量少回宿舍，少和这些人打交道，把精力用在学习上，用在泡图书馆上。当然，泡图书馆也还有另一个目的，就是在那里能时常见到童薇薇。

童薇薇确实是去贵州过的年。他们一见面，就听她有说不完的贵州乡间的话题，并且充满了同情和焦虑。罗甲成一听到同情乡下人的话题就耳烧，就敏感，因而，又总是把话题往一边扯。罗甲成故意提到了康德，这个寒假，他倒是认真看了《康德传》，这是美国一个叫曼弗雷德·库恩的教授写的康德传记，说实话，很多哲学上的东西，他几乎闻所未闻，看着十分吃力，但他喜欢康德对他自己中学教育的评价，说那是"奴性"教育，康德说，他年轻时是被当作奴隶看待的。所谓"奴性"指的是这样一种人格：没有自己的独立意志，只凭主人意志是从。他觉得自己的教育跟康德年轻时差不多。童薇薇就开玩笑说，那你也就有成为康德的可能了。

罗甲成故意往深处探了几步，说："尼采说，康德的道德哲学要求人从善良意志出发，遵循自我法则，最后造就的只能是像中国人那样循规蹈矩、唯命是从的奴才人格，你觉得说得对吗？"

童薇薇说："我完全看不懂康德，一个假期，就是胡乱翻了翻，那么晦涩难懂，简直难以想象。我爸爸是研究康德的，他说要读懂康德，不仅需要知识，而且还需要阅历。他正在写一本关于康德与孔子的书。他说康德是一个极其讲究生命规范和原则的人，这一点很像我们的祖先孔子。"

罗甲成说："我不喜欢孔子。"

"为什么？"

罗甲成说："可能是因为我老爹太喜欢吧。"

童薇薇好奇地："你老爹喜欢，你为什么就不喜欢呢？"

罗甲成被问住了，反正他觉得父亲是读那几本破书读坏了。童薇薇还想问点什么，他就把话搪塞开了，他不愿意把自己的家门向任何人敞开，尤其是童薇薇，对自己家里了解得越少越好，他觉得。

如果说这一学期他有什么调整，那就是集中更大的精力抓学习。他反复分析了自己的优势，除了学习，其余几乎乏善可陈，因此，必须把这一样发挥到极致。由于学习上的独领风骚，在新学期的班干部选举会上，童薇薇一提议，几乎没费啥周折，他就又顺利当选了学习委员。他能看出来，朱豆豆、沈宁宁、孟续子们好像有些不屑，朱豆豆甚至还提议了孟续子，说孟续子学习也很好，当学习委员也很合适，但似乎没有几个人响应，没办法，学习成绩摆在那里，一切也就只能是这样顺理成章了。

罗甲成本来想着自己认认真真读书，谁也不惹，谁也不撞，做一个有点尊严、有点骨气、有点血性、不被人鄙视的人，同时，他也始终对童薇薇抱有幻想。但他知道，这是一个马拉松长跑，千万不能在起跑时就下猛力，那是会夭折的。只有把自己的优长发挥到极致，最终赢得薇薇芳心，除此别无路径。他始终坚信，大学是学习的地方，最优秀的人，自然应该是学习最好的人，其余在这里都应该是等而下之的东西。这样想着，学习的劲头也就更大更足了。他知道自己吃的不如人，别人在食堂一顿总是吃两个菜、三个菜，甚至四个菜，朱豆豆、沈宁宁们，每礼拜最少还要出去吃几顿，而自己始终就是一碗面，要么就是两个馒头就咸菜，但他心里明显比过去平静了许多。穿的不如人，他就很少到人多的地方活动，进图书馆的人，似乎也都不太在意你身上是否是名牌。他见有的教授，一年四季还穿着在农村都已看不见的老布鞋。可树欲静而风不止，就在他觉得自己的心灵已进入比较安妥的位置时，他们宿舍发生了一件事情，朱豆豆把一万元丢了。

一万元对罗甲成来讲，几乎是个天文数字。朱豆豆虽然有些满不在乎的样子，但要求公安处破案的急切程度，显示出并没有丝毫放松的态势。本来这事与罗甲成是毫不相干的，可不知咋的，他就觉得所有的眼神都有些不对，最后连自己也不自信起来，就急着要表白，想洗清，越表白、越清洗，似乎也越黑、越模糊，罗甲成的生活就完全被这突如其来的盗窃案搞得一塌糊涂了。

据朱豆豆自己说，这次收假来，他一共带了两万块钱，交了几千块钱学杂费，买了几样学习用具，还跟同学出去吃了几次饭，身上还装了一千多块钱。有一万整的，并且是没乱号码的新钱，是亲戚过年给发的压岁钱，就放在箱子的一个拉链口袋中。箱子是密码锁，有时锁着，却没有把密码打乱，谁一摁都能开，这次丢钱就处于这种状况。公安处的人拍了照，也分头到这一层楼的各个宿舍都调查了解了一下，把清洁工也盘问再三，当然，重点自然是同宿舍的几个人。首先被叫去谈话的就是罗甲成。

罗甲成有点愤怒，凭什么第一个叫的是自己而不是沈宁宁、孟续子？他想发火，但忍住了。

谈话是在公安处的一个小会议室。一个年轻公安和一个中年公安坐在对面，很是有点审讯的架势。还有一个女的在记录。

年轻公安："你叫罗甲成？"

罗甲成："嗯。"

年轻公安："你跟朱豆豆住同一个宿舍？"

罗甲成："嗯。"

年轻公安："你家是哪里的？"

罗甲成终于不耐烦了："我家是哪里的跟丢钱有关系吗？"

年轻公安："你这什么态度？我们是在办案，所有有关人员都有责任和义务配合。"

罗甲成也毫不示弱："凭什么叫我来，我感觉像是审讯，我是有什么嫌疑吗？"

年轻公安："在案没破以前，每个人都有嫌疑。"

罗甲成更生气了："那为什么先叫我来？我比别人更值得怀疑吗？"

中年公安急忙解释说："不不不，不是这个意思，我们会分头找更多的同学来谈话，总得有个先后嘛。"

罗甲成说："这个解释不能说服我。我想告诉你们的是，我一天根本就不回宿舍，基本都在教室和图书馆，宿舍是每晚很晚才回去，并且回去都有人在。同宿舍的人可以证明，图书馆的人可以证明，教室的同学也可以证明。"

罗甲成几乎有些慷慨陈词，但从事公安工作的人，似乎不太能从这种激动中化除疑点，相反，过于想洗清自己的人，反倒使他们多了一层疑问。尽管后边的问讯并非剑拔弩张，但里面的火药味罗甲成还是能嗅出一二的。他们明明是在怀疑自己，只是因为没有证据，而话语中带了更多的循循善诱、敲山震虎和引蛇出洞的成分。不过罗甲成始终保持着一种镇定，确有一点"心中无冷病，胆大吃西瓜"的自信，他在告诫自己，绝不能让镇定和自信丢失，一旦丢失，可能会真的被他们绕进去。问讯进行了一个多小时，任年轻公安如何焦躁，中年公安如何狡黠，罗甲成都丝毫没有屈服地应对着。大概是确实感到暂时间不出什么有价值的东西了，两个警察才放他回去。

走出公安处的大门，他有一种如释重负的感觉，但很快，这种感觉就消失了，他觉得这件事并没有完，这些人是绝对把自己作为重点怀疑对象了。就因为自己是乡下人，就因为自己比别人穷，竟然第一个就怀疑到自己头上，他们问讯时的表情，让他一回想起来，肺都能气炸了。他想告诉他们，他身上一共不到二百块钱，可又不能让他们知道，他们之所以怀疑自己，不正是因为罗甲成没钱吗？他甚至有些不相信朱豆豆，怎么就能把那么多现金，随便放在宿舍。这些钱，要是放在自己家里，一屋人都是要警惕再三，严加防范的。可人家就那么随便地撒着，出了事，还让穷人背上赖名誉，真是冤枉透顶了。他恨不得现在就搬离这个宿舍，可现在提出来，明显是不合时宜的。无论如何，都得硬着头皮撑着、顶着，不然，还真让人感觉是自己偷了钱。

再回到教室时，他感到有同学对自己已有异样的眼光。连童薇薇今天也有些特别，似乎只专心听课，埋头写作业，而少了与自己的交流。他到图书馆，也不见童薇薇来。看书也是越看越看不进去。他突然想，今天得早点回宿舍，看看他们的动静，是不是已把自己列入黑名单了。但就在他踏进宿舍的那一刻，又后悔了，这样是不是反倒让他们觉得自己有问题？因为有一段时间了，这个时候自己是从来不回宿舍的。

果然，几个人几乎是不约而同地相互看了看，那种眼神让罗甲成一下就意识到了自己的轻率和幼稚。但既然回来了，也只好硬着头皮坐到了电脑桌前。已经有很长时间了，他感觉这里不像是自己的宿舍了，啥时回来都别扭得慌，今天尤其如此。他刚明明听到他们正谈笑风生，可他一回来，马上就寂静无声了。这种寂静，让他甚至感到有些阴森恐怖。他咳嗽了一声，房里竟然有了回声。

他的手机突然在裤兜里震动起来，他不安地看了看几个人的反应，似乎都没感觉到。这是他这次来学校唯一添加的东西，钱是放寒假时，几个亲戚给的压岁钱，一共六百块，他给爹上交时，爹说，你自己留着吧，买个手机。爹知道自己想手机有很长时间了。他一来就去手机市场看了几回，始终拿不定主意，比来比去，最终还是决定买个二手货。新的值两千多块，二手能讲到四百左右。虽说二手，但壳子是新的，也就看不出来。他本来准备高调亮相一下，谁知还没顾上出手，就发生了朱豆豆失窃的事，他就再没敢往外拿。下午公安处叫去时，他还专门把手机夹在一本书里，没敢随身带。这阵刚进宿舍呢，却震动起来，他有些奇怪，手机号还没告诉任何人呀，他急忙进卫生间，打开一看，是垃圾信息，说有窃听装置，若需要，可拨打多少多少号码，他索性把手机关了。

他在卫生间时，明明听到他们又说又笑，并且笑得很诡秘，好像是跟自己有关。他还故意把耳朵贴在门缝听了听，又听不大清楚，他们是故意压着声音的。他有些气愤地故意忽地拉开厕所门，几个人又鸦雀无声了。

死一般的沉寂又开始了。

最终，还是孟续子先打破僵局。

孟续子说："哎，你们说美国金融危机，真的有他们说的那么厉害，几乎需要全世界去救火吗？我咋觉得是个圈套，是富人给穷人下的套，咋看那眼泪都是鳄鱼的。啊，朱豆豆，你是富人，可以发表一下高见嘛。"

朱豆豆说："还是管好你自己的事，吃的蒸馍就咸菜，操的是奥巴马的心，人家是瘦死的骆驼比马大。"

孟续子说："那倒也是，我操心的是这些想救市的国家，是不是把羊就白白送给狼了。宁兄，你是政治家，你说说。"

沈宁宁仍玩着他的电脑说："看不懂。"

孟续子说："沈兄，你就别老看那些总统的就职演说了，你要当了美国总统，第一件事就面临的是金融危机，你必须拿出应对的措施，让选民觉得把票投给你有点指望，而不是说些冠冕堂皇的陈词滥调。"

沈宁宁说："我要当了美国总统，第一件事就是让您到美国去办孟子学院，让你们老孟的家学全球化、国际化，并且还文化产业化。"

沈宁宁的话，把朱豆豆、孟续子都逗乐了。

罗甲成一点也不觉得这话有啥可乐的，他是急于想知道他们对丢失一万元的看法。可偏偏谁也不提说此事。直到几个人从电脑前离开，都躺到床上，也始终说的是没边没影的国际时事政治，球星影星歌星，平常还爱说说班上或系里女孩的胸围、腰围、臀围什么的，今天却只字不谈身边的任何事情，好像是怕犯什么忌讳似的。

"哎，夫子，你怎么还读起庄子来了？这可是与你们老孟家水火不相容的人啊。"沈宁宁又说话了。

孟续子说："批判，为批判庄子准备炮弹呢。你们翻翻这本书就知道了，这个老先生可是没少批判咱孟家的宗师孔老夫子。无论内篇、外篇、杂篇，都充斥着对孔老圣贤的教训。他还经常编派一些孔老先生的忏悔，让孔老先生把道家佩服得五体投地，把儒家贬损得一无是处，总而言之，笼而言之，统而言之，一言以蔽之，四个字：恶毒至极！"

孟续子的话把沈宁宁和朱豆豆又惹笑了。

孟续子正说着，突然又下到电脑桌前，给一个笔记本上抄起了什么。

沈宁宁问："孟兄是不是又看到庄子的什么精彩寓言了？念念，让我们也奇文共欣赏嘛。"

孟续子说："不是寓言，是几句话颇有意味，我念念噢，'古之君人者，以得为在民，以失为在己；以正为在民，以枉为在己；故一形有失其形者，退而自责'。意思是说，古时候统治百姓的人，把社会清平归于百姓，把管理不善归于自己；把正确的做法归于百姓，把各种过错归于自己；所以只要有一个人其身形受到损害，便私下总是责备自己。听下边噢，'今则不然，匿为物而愚不识，大为难而罪不敢，重为任而罚不胜，远其途而诛不至。民知力竭，则以伪继之，日出多伪，士民安取不伪。夫力不足则伪，知不足则欺，财不足则盗。盗窃之行，于谁责而可乎？'意思是讲啊，如今却不是这样了，故意隐匿事物的真相，却责备人们不了解内情；故意扩大办事的难度，却归罪于不克服困难；故意加重承受的负担，却处罚别人不能胜任；故意把路途安排得十分遥远，却谴责人们不能抵达。人民耗尽了智慧和力量，就用虚假来继续应付，天天出现那么多虚假的事情，百姓怎么会不弄虚作假？力量不够便作假，智巧不足就欺诈，财力不济便行盗。盗窃的行径，对谁责备才合理呢？也就是说，出现盗窃的事，应该由谁负责任呢？责任在谁乎？"

孟续子一弄起古文，便是一副口齿伶俐、眉飞色舞的样子，过去每次讲完，都会有人迎合，今天讲到得意处，却好像是都没听见一般。突然，他似乎明白了自己所犯的忌讳，急忙解释说："这个庄子，专跟咱孟家过不去，抄下这些,以后都是要一一批驳的,是要狠狠批判的。"

罗甲成明白他们戛然而止的意思。他真想辩解点什么,可似乎又没有插话的时机。已经好久了,他几乎不再进入他们的话语系统,他觉得这是一个遗憾,他自己把自己打入了另册。今天,他倒是特别想沟通,但这个沟通平台似乎离他已经很遥远了,他又不愿意低三下四地主动去构建这个平台,因此,沉默与孤独,便成了他极不情愿又不得不如此的选择。他记得有一天他抄下了苏东坡这样一句诗,说"万人如海一身藏",他突然深切感受到在都市人海中的孤独与无助。在乡村,地缘和血缘,把一乡人都织成了一个大网,网中的人,即使有贫富悬殊,也没有太大的人格差别。在都市,几乎是天壤之别,是两条永远不能相交的平行线。这一夜他连一分钟都没睡着,可又不能翻来覆去的,让别人感到自己是有了什么精神压力。

早上起来,他发现自己的头发掉了一枕头。

二十九

罗天福在挨打以后,脑子曾经又闪出了那个念头,就是西京城待不成了,这不是他能待下去的地方。在塔云山,他一辈子都没有受过这种侮辱,每每都是别人打架,请他出面调解。只要他出面,也基本没有圆不了的场,和不了的事。没想到,如今自己竟然被人一顿乱踢乱揍,连生殖器都能被人踢出血来。可以说是羞愤交加,用塔云山的俗话说,真是把人生的臊子倒尽了。可在床上躺了七八天,身体渐渐恢复,事情也得到比较圆满的处理后,他又放弃了回去的念头。在城里毕竟能挣下钱,两个孩子的学业大计,绝对不能因自己的波折而折腰。他觉得这样回去,不说乡亲们怎么看,连儿子罗甲成都会小瞧自己三分的,尽管他也盼着自己回去。但必须撑着,必须做完西京梦,这是他精神深处尚无法撼动的志向和情结。

出院第二天,罗天福就把摊子撑了出去,当千层饼和烧饼一个个换成现金时,罗天福还在疼痛的腰身,就慢慢直了起来。

三耽误两耽误,几乎又是一切都从头开始。慢慢培养顾客,慢慢扩大影响。饭店的生意又回升到一天要一百个的水平了,并且甲秀又找了一家,答应一天先拿二十个试试。一试,生意也固定了下来,没几天就让增加到三十,有时甚至四十、五十个,罗天福觉得一切又都有了头绪。

　　这次出院后,东方雨老人似乎特别关注起罗天福来了,有机会就要跟罗天福拉几句家常。在罗天福看来,东方雨老人就像他读的古书里的圣贤,特别令人敬重,当然,一直也让人觉得特别神秘,最近交流多了,也觉得老人十分朴素和蔼可亲。老人很怪,甚至坐在他身边,仔细观察他打饼的动作,并一点点记录着各种用料的斤两。开始淑惠还有些担心,怕老人算出细账,把自己的一点利润全暴露了,小心工商税务部门将来算总账。罗天福笑笑说,这老汉哪像是那种小人,就是算总账也不怕,咱们这点蝇头小利惹不了乱子。

　　就在罗天福觉得生意刚有些起色时,"文明卫生活动月"又开始了,罗天福听说这是每年三月都要进行的活动。城市在这个月要进行彻头彻尾的文明卫生大检查,根治"脏乱差"。先是贺冬梅来文庙村动员,然后就是村上干部深入旮旮旯旯指出问题所在,并提出具体整改措施和时间表。西门家院子就有多达五条在整改之列。首先是整个出租房年久失修,尽管去年腊月,西门锁还用涂料刷了一遍,但墙体裂缝、电线老化等问题没有得到很好解决。其次是乱堆乱放,整个院子缺乏合理布局。有农民工甚至把三轮车都放到了大门口。再次是卫生极差,异味刺鼻。那天来检查时,有两个四川修鞋的,刚巧把一堆臭鞋拿到阳光下暴晒,臭脚味与尿臊味加在一起,当下就让村领导把西门锁臭骂一顿。再就是打牌的事。村支书批评说打得太大,动辄"一锅"一两万,已超出娱乐范围,有聚众赌博嫌疑。郑阳娇再三辩解,说只是带了点"小水",支书说:"谁还不知道你那'小水'是多大的'水',这是三月,你们眼得放亮些,平常我们也都是睁只眼闭只眼的,风头上,别给自己惹麻烦就行,我们也想和谐,不愿看到谁被关进笼笼里。"最后是专门对罗天福讲的,打饼摊子不能支在大门口,一则影响交通,二则影响整洁,三则招惹蚊蝇,必须整改。

　　罗天福一接到通知,心里就凉完了,刚有点眉眼,又弄不成了。正不知咋好呢,旺夫嫂就来串门了。

　　旺夫嫂哈哈一笑说:"又吓着了吧?放心,不是你一个摊子出不去,整个文庙村的几百个摊子都是'脏乱差',都在整顿之列,谁也不敢让这成千上万人突然吃不上饭。注意,给人家村上领导一个脸就行了,头三天一定要按人家说的办,也显得人家说话有威信,第四天就可以观风向,先试探着摆出去,有人来了,立即拖回来。到大检查那天,提前村上会来放风的,那一天你们就美美睡个懒觉,检查一完,就万事大吉,该咋摆还咋摆,该咋放还咋放,这就是城中村的特色,你待一两年啥气眼就都摸着了。好好休息几天吧,等于是城里干部休公休假哩。"

这一说,罗天福和淑惠才放下心来。不过,旺夫嫂也不是白来说,她看罗家不打饼了,想把儿子寄到这里睡两个晚上,说破锣最近老失眠,想让他好好补补觉。晚上,她把儿子刚送下来,没说几句话,就急头巴脑地上楼去了,几分钟后,楼板就咯吱咯吱响了起来,虽然换了床,可那种声音好像比过去更沉重,更排山倒海般地不可抑制了。孩子竖起耳朵听了一阵,问楼上咋了,淑惠急忙打马虎说,可能是你爸你妈收拾房子哩吧。罗天福赶忙给孩子讲故事,很快就把孩子哄睡着了。楼上有节奏的声音也更响了。罗天福笑了。

罗天福:"这两个贼劲好大呀!"

淑惠说:"人家都年轻么。"

罗天福:"也都是三四十岁的人了。"

淑惠说:"你没听说,三十如狼,四十如虎哩。"

罗天福长叹一口气地:"唉,咱毕了!"

"你是压力太大、太累了。"淑惠说着,就心疼地给罗天福捶起腰来。

楼上安静了十几二十分钟后,又一轮战斗就再次打响了。

半夜的时候,罗天福醒来,楼板竟然还在咯吱咯吱响,淑惠也半醒半睡状态,罗天福就开玩笑说:"这下破锣的失眠恐怕就治好了。"

淑惠:"你轻声些,这会儿更深夜静的,小心人家听见。"

"我连身都没敢使劲儿翻哩。"

"娃来了,那么小的房,也憋上个把月了。"

"好,好好释放释放,今晚月亮也美得很,两个有劲就尽管使。"

淑惠就笑了,说:"你呀!吃酸葡萄了。"

"嘿嘿,咱快睡。"

罗天福实在被那种于夜阑时分突显出的越来越清晰的声音折磨得不行,就起身弄了两疙瘩卫生纸,把耳朵眼塞实了。

借整顿,郑阳娇几乎把治理农民工在院子乱尿的问题发挥到了极致。这几天,西门锁一个乡下亲戚去世,奔丧去了。牌摊子也暂时散了,郑阳娇有的是闲时间治理整顿。她先是真的安了电线,差一点把破锣的儿子打了。那孩子放学回来,尿憋不住,再差一米远,就尿到电线明火上了。在东方雨老人的严厉苛责下,郑阳娇才把插头拔了。为了杀一儆百,她甚至晚上亲自在房里窗缝中蹲守,那一晚,端直就抓了个现形。那个农民工,其实是个十六七岁的孩子,帮人刷油漆的,半夜睡得迷迷瞪瞪的,从二楼下来,冻得直打战,见四处没人,就懒得往后院厕所跑,掏出来刚尿到一半,郑阳娇就拿着手电跑了出来,她边跑边喊金锁,金锁睡得根本叫不醒,她见是一个瘦弱的孩子,胆子也就特别得大了起来,独自一人跑上前,飞起一脚,踢在孩子下腹部,"我叫你乱尿,我叫你乱尿!"孩子当下就窝在了地上。她像是抓到了什么要犯似的,立即大喊大叫起来,院里几百号人,都被惊醒了,她要求都站出来,开现场会。大家只好都披着衣服站了出来。她乱骂乱叫一通后,当场宣布,这个孩子必须立即走人,她这个院子绝对不能容忍这样不文明的人租住。尤其是在"文明月"里,发生这样的不文明事件,必须"严打"。这个孩子天亮时,果然就背着铺盖卷走了。罗天福看着可怜,还让淑惠给娃拿了几个前几天没卖完的千层饼。

果然也照旺夫嫂说的,第四天的时候,罗天福到村里到处走着看了一下,几乎家家都把摊子摆出来了。他就赶紧跑回家,催着淑惠也把摊子弄到了大门口。不过总是提心吊胆的,一见村上有管事的来,就推起火炉子跑,有一回,把淑惠一只手烫起了鸡蛋大个泡。好在始终也没人真抓,不过生意三折腾两折腾的,也就折腾得暂时红火不起来了。淑惠有些着急,星期五下午,甲秀来,她就唠唠叨叨说了一大堆。甲秀见母亲手上的泡还没消完,就帮着用烧红的针往破挑,挑着挑着,眼泪就下来了。

甲秀最近也联系了几个家教,可时间总是冲突,只能顾住一两家,并且大量时间都耽误在了路上。车越来越堵,连公交车都越来越慢,稍远的人家几乎不能去。给金锁做家教也指望不上,说好的时间,差不多没有遵守过,而且金锁花痴的毛病越来越严重,跟前没有人,她都不敢跟他久坐,每每弄得很难堪,几乎没法教。虽然郑阳娇也不停地催她来,可她心里明白,靠挣这个钱,实在是不靠谱,也没啥意思。在她感觉,真的不如拾垃圾。拾垃圾既不影响学习,也不用跑远路,仅校园内,只要勤快点,一月净收入都能达到一两千元。唯一让她纠结的就是弟弟。弟弟甲成已经多次警告自己,绝不能再拾垃圾,如果拾,他就要离开这个学校。弟弟太要强,太好面子,他说的事,也许真的就能干出来。可爹娘已经累成这样,经过这么艰苦的努力,也只能是如此,她觉得自己如果不能帮爹娘一把,心里就不得安宁。

晚上,她在帮着爹娘给饭店打千层饼时,两位老人稍探头出去听了一会儿戏,她去公用水池子摆了一下抹布,一锅饼就烙煳了,成本是两个晚上的全部利润。爹不停地埋怨自己,说以后打饼时再不听戏了,娘也觉得是犯了很大错误似的,唉声叹气半天说不出话。甲秀的眼泪就又在眼眶打起了转转。她背过身,把眼泪一擦,就回学校了。

这天晚上,她又开始了她的拾荒岁月。

三十

罗甲成被朱豆豆丢失的那一万元,整得吃不好,睡不好,白天上课神情恍惚,晚上休息整夜失眠。公安处查了好几天,也没个眉眼,反倒抖出很多新情况,这个丢了手机,那个丢了电脑,还有丢了几百元、几千元的,总之,好像学生公寓丢失东西已不是一次两次,大家觉得里面有惯偷。所有人都希望好好查查,得到一次彻底治理。

罗甲成更是希望通过彻查,水落石出,还自己一个清白。其实也从来没人说钱就是他偷了,但一切迹象都表明,有人怀疑他,并且不是一个两个。

就在朱豆豆丢钱的第三天晚上,高雅艺术进校园活动,迎来了根据昆曲移植改编的秦腔《十五贯》,罗甲成本来对传统戏曲没有什么兴趣,对父亲所喜欢的秦腔更是唯恐避之不及,但那天心情特别慌乱,学习、读书都进不去,他就去了剧场。这个故事他也是第一次知道,戏写的是一个叫娄阿鼠的窃贼,游手好闲,赌博为生,一天夜半在赌场输光输尽时,出门见肉铺老板尤葫芦醉卧在床，身下压着十五贯铜钱，遂起谋财害命之心，继而杀人越货，绝尘而去。随后，尤葫芦的养女苏戌娟和一陌路相逢的公子熊友兰，被昏官错判入狱，而真凶娄阿鼠却逍遥法外。再后来，又遇见善于调查研究的清官况钟，深入研判案情，甚至直接化装为算命先生，与狡黠的娄阿鼠几番周旋较量，最终让真凶归案，冤案也得到平反，天理昭彰，是一个典型的大团圆结局的戏剧故事。开始罗甲成还看得津津有味，后来就越看越不是滋味。原因都来自娄阿鼠这个角色，自案情发生后，娄阿鼠始终心怀鬼胎地四处打探，疑神疑鬼，惶惶不能终日，做出了一连串滑稽动作，让观众笑得前仰后合。可气的是，朱豆豆和孟续子就坐在罗甲成的前两排，孟续子甚至大声跟朱豆豆交流说："哎，朱兄的一万元该不是阿鼠兄顺手牵羊了吧？"惹得身边几个人叽叽呵呵地笑了半天。有人笑时，还回头看了一下，罗甲成感到分明是在看自己，他的耳朵和脸颊就像导电一样，迅速发烫了。后面再一看到娄阿鼠的可笑表演，他就感到芒刺在背坐立不安了。那个小丑表演还特别卖力，技巧又异常高妙，几乎是一个动作一次掌声，后来几乎是一个眼神，一个细微的鼻子耸动，耳朵颤抖，都要惊起一次炸堂呼号。甲成的心脏都快要爆裂了。他恨这个演员，由于他的精彩表演，而使一个窃贼形象可能在这所学校，深入人心，久说不衰，继而会让人自然联系到朱豆豆的一万元事件。同时，他也突然同情起娄阿鼠来，一个社会底层游民，无权无势，无家无业，混迹底层赌场，本金血亏，一贫如洗，于饥寒交迫中，盗窃杀人，由此提心吊胆、猪狗不如地活着，最终还是被绳之以法，削头如泥。尤其是小丑演员的肆意夸张，把一个小人物的悲剧命运，竟然如此喜剧化地曝之于众。悲哉，痛哉，惜哉，哀哉！罗甲成终于在全剧未散，娄阿鼠未被收入牢中时，抽身退出了。

这天晚上，他也没见到童薇薇。他最近特别想跟童薇薇聊聊，可童薇薇最近好像有点故意远离他，这让他的精神世界更是雪上加霜。他艰难地挺着，他感到自己完全是在一个人的世界中生存着。有点像《鲁滨孙漂流记》中的主人公鲁滨孙·克鲁索。鲁滨孙虽然孤独，但没有人际间的博弈厮杀，而自己正是在孤独无援中，还要经受人与人之间的挤压鄙视。他觉得真的没有诉说对象。无论姐姐，还是父亲，还是母亲，都无法去给他们诉说自己的心灵刺痛。他觉得他们正感觉良好地生活在龌龊之中，给他们诉说只能带来更大的伤痛。

他特别希望查清那一万元的去向，可就在公安处正破案的当口，朱豆豆突然要求别查了，不是他把钱找到了，而是他已完全不在意那点"小钱"，他的富爸爸，又很快给他的银行卡里打来了三万元。这事如此不了了之，让罗甲成几乎有些愤怒。他做了一件十分愚蠢的事，甚至专门跑到公安处，问那个中年公安，问他们为什么不查了，当时，那个年轻公安也在场。他问完，那两个人都怪怪地看着他。

中年公安问他："你是有什么线索了吗？"

罗甲成："没有。"

年轻公安更是满脸狐疑地："那你来说这是什么意思？"

罗甲成没好气地："因为你们曾经怀疑我。"

中年公安："我们什么时候怀疑你了？"

罗甲成说："你们……没怀疑为什么叫我来？"

年轻公安："每个公民都有责任和义务配合我们依法办案。"

罗甲成："问题是为什么只叫我？"

年轻公安："我们叫别人需要请示您吗？"

年轻公安还故意用了个"您"。

罗甲成被呛得没话说了。

中年公安："你叫罗什么来着？噢，对了，罗甲成。罗甲成同学，别太敏感，我们没有怀疑你。至于失窃人不让查的事，那是他个人意见。这是刑事案，我们该查还得查。你要有线索了，还欢迎你给我们提供。"

罗甲成从公安处出来后，立即就后悔了，这很是有些像那天看的那出《十五贯》的情节，作案后，娄阿鼠也曾几次到公众场合和衙门，打听动静，并十分心虚地说了些希望早日破案，让他的朋友尤葫芦能够含笑九泉之类的话。他觉得自己傻帽透了，在那些谁在他们眼中都可能是罪犯的公安眼中，自己的这番表白，无异于娄阿鼠们的浅薄表演，他一想到自己的形象，在这两个人心中，可能比那个穷困潦倒的娄阿鼠还滑稽可笑时，脊背上的冷汗就直往出冒。脊背幸好是有几层衣服遮掩着，要不然，兴许这阵儿，那两个公安正从窗口窥视着这个脊背的异常呢。

这天晚上，他又早早回到宿舍，他想，无论如何，要找个机会，将自己希望把案子一查到底的自信要求,明确发布给这几个他感到是全然不怀好意的同窗。

他回宿舍时,到门口故意放慢了脚步,想听听他们都在说啥。好像是沈宁宁正在念着什么文章,他就走进去了。

沈宁宁:"你看噢,这篇寓言把你们老孟家才砸了个美呢。呵呵。'儒以诗礼发冢。大儒胪传曰:东方作矣,事之若何?小儒曰:未解裙襦,口中有珠……'算了,我还是直接念译文吧。意思是说,儒生表面读《诗》《书》,而暗地里却做着盗墓的勾当。大儒问:'太阳快出来了,事情做得怎么样了?'小儒回答说:'衣裙还没脱下,发现口中含有宝珠。'精彩的在这个地方噢,小儒马上想起了《诗》中的几句话,说:'青青的麦苗,长在山坡上,生前不施舍,死了还含的什么珠子?'大儒立即说:'揪住他的鬓发,按住他的胡须,再用锤子敲打他的下巴,慢慢分开他的两颊,注意,千万不要损坏了他口中的珠子。'"

几个人哈哈大笑起来。

孟续子:"沈兄这是一石两鸟呀,既砸了咱们儒家的牌子,也骂了朱兄这样的为富不仁者,你说你们都死了,嘴里还含的什么宝珠呢?"

又是一阵笑闹。那种和谐融洽,真的让罗甲成心生嫉妒。

他们议论的又是什么穷富与偷盗之类的话题。罗甲成现在一听到这些字眼,就有一种天然的反感和过敏。更令他感到可憎的是,他一回来,这种宽松活跃的嬉笑怒骂气氛,立即就滞涩凝重、敛声闭气了。其中的意味,更是让他感到这些人心怀叵测。

他也打开了电脑,装作是回来查资料的。本来他是想介入他们的谈话,借机也好跟朱豆豆说说,让他别放弃查小偷的事,在他看来,查清这事本身,比朱豆豆丢钱丢物更重要。可半天找不到说话的契机,也就只好继续在网上胡乱浏览着。

还是孟续子憋不住先开口了。

"哎,罗兄,咋最近改变作息时间了?"

罗甲成说:"查个资料。"

孟续子说:"噢。我就说么,罗兄从来都是'鬼子进村'式的活动规律么，怎么最近老提前回来？哎，您也悠着点，别学得太好，让我们同窗弟兄都显得寒碜。"

罗甲成也跟着谦虚了几句说："哪里呀，你们英语口语都比我好，我还得向你们学哩。"

"罗兄客气了吧，谁不知你背的单词量，连本科毕业生也赶不上。"

罗甲成："过奖过奖。"

孟续子的这几句话，罗甲成还是感到很受用的。

罗甲成也学着孟续子的口吻说："哎，孟兄，你今天在哲学课上说的《海德格尔思想与中国天道》，是哪个出版社出的，我咋在图书馆没找见？"他也是想无话找话说。

孟续子："人大出的，中国人民大学出版社。"

罗甲成："噢。"

沈宁宁接上话了："咋，甲成对传统文化也感兴趣了？"

罗甲成："噢不，听续子讲得很精彩，想看看。"

孟续子："我也只是看过其中一节，寒假回去见我爸在读，就随手翻了翻。罗兄要想看了，实在找不见，我就让我爸寄来。"

罗甲成："哎不不不，需要了再说。"

朱豆豆始终没插话。终于，罗甲成忍不住了，把话直接引了进去。

罗甲成："哎，豆豆，你那钱的事查得有眉目了吗？"

宿舍空气似乎一下凝重了起来。

孟续子从眼镜上方向朱豆豆和沈宁宁都看了看。沈宁宁也看了看朱豆豆。

朱豆豆似乎很平静地说："没。"

罗甲成说："听说你不让查了？我觉得不好，为什么不查？那么多钱，怎么能白丢了呢？再说，咱们住在同一宿舍，这样不明不白地结束了，让我们也都有些难为情不是？"

朱豆豆冷冷地说："清者自清，浊者自浊，你有啥难为情的嘛。"

罗甲成觉得这话更是不好消受。他说："问题是这事搅得清者不能清，浊者也不能浊，我觉得你不能这样不明不白地让不查了。"

朱豆豆有些不太愿意搭理地："那是我的权利和自由。"

孟续子看势头不对，就急忙插话说："哎，朱兄，不是我替甲成兄辩解噢。"

罗甲成："怎么是替我辩解？"

"噢，我是说，这事朱兄确实大气，但这种大气也纵容包庇了犯罪者，更是有可能使罗兄这样的清流变浊，平添许多扰攘不是？"

朱豆豆不耐烦地："关你们屁事。"

朱豆豆的不耐烦，弄得大家都很是尴尬无趣。

沉默了许久，罗甲成起身出门了，在走出宿舍门的一刹那间，他都想抽自己一个嘴巴，想得好好的一些欲洗清自己的话，怎么说成了这样，真是有越抹越黑的感觉。他对自己是越发地不满意了，他后悔不该去找公安，更不该回宿舍找朱豆豆他们澄清他认为必须澄清的真理。他觉得自己活得糟糕透了。

他在学校操场走着，他想起了童薇薇。他觉得所有人都不可能给自己说明事实真相，唯有童薇薇可能会如实告诉他，那一万元丢失后，大家所怀疑的对象到底是谁。不搞清这个，他的学业几乎难以为继了。他一看表，有点晚，明天，明天无论如何都要约童薇薇说一次话。

第二天早上上课时，他就给薇薇递了一个条子，说有事想找她聊聊。本来有手机了，发一个短信是最好的。可自己买手机的日子，刚好是朱豆豆丢钱的日子，因此，手机也就一直没敢拿出来用。早上下最后一堂课时，薇薇走到跟前问他现在能说不，罗甲成磨蹭了一会儿说，你能多给点时间吗？童薇薇就说今天不行，改在明天，问他行不，他说行。童薇薇说我约你，然后就离开了。

罗甲成就急切地盼望着第二天的到来。第二天早上罗甲成几次碰见童薇薇，她却并没提起此事，直到傍晚时分，她才主动过来说："现在可以，你有时间吗？"罗甲成说有。两人就很自然地散着步走出了教室。开始说了些班务方面的事，后来是童薇薇问起，罗甲成才慢慢转入正题。

童薇薇："到底有什么事，还这么神秘的？"

罗甲成说："其实也没啥，就是最近一段时间，感到不愉快，想找你说说，你是班长么。"

"呵呵，咋了？说。"

罗甲成到底还是觉得难以启齿。

罗甲成绕着弯子说:"我看你最近也挺忙的,下课都很难见到。图书馆也不见去了。"

"噢,贵州来亲戚了,我爸让我多陪陪。"

"哦,难怪呢。"

"有什么事你说呀!"

罗甲成终于开口了:"你怎么看待朱豆豆丢钱的事?"

童薇薇一愣:"朱豆豆不是已经不让查了吗?"

"问题是凭什么不查?让人人自危,然后不了了之,这对很多人是不公平的。"

"清者自清,浊者自浊嘛。"

罗甲成一怔:"你怎么也是这话?"

"怎么,不对吗?"

"问题是这样处理,清者不能清,浊者未必浊啊!"

"你觉得怎么处理才好呢?"

"彻底查处,还所有人一个清白。"

"据说几年前,学校查出过一桩盗窃案,仅偷了八百块钱,那个被查出来的同学当晚自杀了。他是一个特困生。"

罗甲成半天没有说话。

童薇薇说:"朱豆豆死活不让再查,可能与他听说了这个案例有关。"

罗甲成说:"问题是一些人无端怀疑别人,这可是比真拿了人家的钱被查出来更难受的事呀!"

"出了事,有人胡乱猜测,总是难免的。我还是那句话,清者自清。活着太在意别人的看法,那是缺乏自信的表现。你怕人怀疑吗?"

没想到童薇薇会这样单刀直入地问这个问题。

罗甲成结结巴巴地:"我……我不怕。但……但无端遭人怀疑……也太可悲了。"

童薇薇更直接地:"你是觉得有人怀疑你吗?"

罗甲成被直击得不知说什么好了。

罗甲成:"不知道,也许吧。"

其实罗甲成也是希望她把这话说出来，也好让他试探出外界的水深水浅。

童薇薇哈哈一笑说："你呀！就别自找烦恼了。在这个问题上，我真的只相信那四个字：清者自清。你要相信自己，也要相信别人。起码我还没有听到有人怀疑你罗甲成。即使有人怀疑，我童薇薇也绝不相信。"

罗甲成感动得有点想哭。他感到薇薇在说这句话时是真诚的。他突然有一种如释重负的感觉。壅塞的内心，几乎是顿然间疏朗畅通了。他相信，这也应该是童薇薇对自己人品的基本估价，他觉得这是自己走进这所大学七个多月来，最重要的一次收获。童薇薇见他眉开眼笑了，就说晚上还要陪亲戚逛夜市，就走了。

罗甲成有些抑制不住内心的喜悦，就一人跑到湖边坐了下来。

春寒料峭，夜晚湖边尚无更多人来往，这种静谧，正好能让他静静地享受童薇薇刚才给他带来的那顿精神大餐。

突然，他又恍惚看见了那个在垃圾桶里翻捡着的身影，那么熟悉，那么刺眼，是她，就是她，他的头又嗡地炸了。

他几乎是毫不犹豫地拿出手机，拨出了买到手机后的第一个电话。

"爹，我希望你能立即来学校，看看你的宝贝女儿都在干什么。"

三十一

罗天福接到甲成电话时，正在家里为那两个饭店加工千层饼。

罗甲成凶巴巴的口气，好像是出了很大的事。他想问问到底咋了，罗甲成让他快点，并说了见面的地方，就把电话挂了。

他想给女儿打个电话，又不知到底发生了什么事，没打，急忙解了围裙，也没好给淑惠细说，怕她着急，就急急慌慌出了门。当他坐公交车到学校门口时，甲成已在那里等着。甲成见了他，是气得嘴脸乌青的样子，啥话也不说，恶狠狠地，就端直把他领到了湖边。

围绕湖边有几十个垃圾桶，除了甲秀，还有几个拾荒的中老年人。罗甲成直接把罗天福领到了罗甲秀面前。

此时罗甲秀脑袋正钻在垃圾桶里往外刨东西。

罗甲成几乎是飞起一脚,把这只垃圾桶踢翻在地,又把罗甲秀捡拾的半麻袋垃圾,呼呼啦啦一股脑儿倒在了罗天福面前。

罗天福傻眼了。

罗甲秀也傻眼了。

罗甲秀极难为情地叫了一声爹。

罗天福嘴里喃喃着:"娃你这是……"

罗甲成气呼呼地:"你还不明白,你女儿不是在这里上大学,而是在这里捡垃圾,把罗家人脸都丢尽了!我已经在这上不成学了,没脸上了,我羞不起这个先人了!"

罗甲成气得一边砸自己的脑袋,一边向黑夜深处跑去。

罗天福突然感到有些支撑不住身子地摇晃了一下,甲秀急忙扶住了爹爹。

"爹……我对不起你!"

罗甲秀哭了。

罗天福终于没能支撑住,两腿慢慢软在了草坪上。

罗甲秀也蹲了下来。

罗天福:"你……你这都是……咋回事呀?"

"爹,我给你丢脸了。"

罗天福半天说不出话来。

罗天福:"亏你……想得出呀!"

罗甲秀鼻子一酸,心底的所有苦难都涌动起来。她本来是不想告诉任何人的,可今晚,她突然想诉说,想给最亲最亲的亲人诉说一番。她已经几年都不会向人诉说困难、苦累、痛楚了,儿时偎依、背靠父母的那种无忧无虑感、自在感、幸福感,其实在她独自一人进县城上高中时就结束了。她告诉父亲,她拾垃圾,是从上高中开始的。第一次是在垃圾堆里拾了一双旅游鞋。那是她无意间走过垃圾堆时发现的,那双白鞋,除糊了些泥巴外,几乎完好无损。而自己脚上当时穿的一双旅游鞋,一只底子已经断成两截,鞋面接缝多处脱裂,她用针线纳过好几次,仍是破损不堪。她看到那双扔掉的鞋,不知比自己脚上穿的这双要好几倍,见四处无人,就偷偷捡了,拿到无人处一洗,穿上几乎跟新的一样。从此，她就特别留意起了垃圾桶和垃圾堆这些地方。其实这里扔掉的好东西太多了，几乎哪一件都比自己穿的用的强，无非就是清洗一下。在整个高中期间，她身上穿的戴的，包括学习用具，几乎都是捡来的。不过那时她也特别注意，有些太显眼的东西，她会出去找裁缝改一下再穿出来。因此，几乎没有人发现她的秘密。还有更不堪的事，就是吃别人的剩饭剩菜。那几年家里经济困难，爷爷得了食道癌，几乎把家底掏空了。她在学校就很少花钱，一月伙食标准，别的孩子最少都在三百元左右，而她每月饭票钱都控制在一百五十元上下，每星期吃一次炒肉片。当别的孩子问她为啥不吃肉时，她总是哄人说，不知咋的，一吃肉就恶心。就在那时，她看别人剩下了太多的饭菜，就悄悄刨到了自己碗里。这事同学中也有过议论，但她特别注意，也就没有掀起太大波澜。娘也发现过她穿的好多衣服都不是家里买的，并且料子和样子都很好，还怕她在城里出别的丑事，问过她几次，她每次都哄娘说，是同学和老师给的。就这样，她完成了高中学业，并且是以全县前三名的成绩，考进了国家"211"和"985"重点大学。进到这所大学，她开始是不准备再做这些事的，她想以更有尊严的方式活着，可不行，生活就是这样，几乎是不以任何个人意志为转移的严酷、吊诡、无奈。进大学不几天，她就发现自己的生活水平几乎跟整个校园形成了最大反差。而要进行这种同步跟进，一月最少需要两千元以上生活费。那时甲成也在县城上高中，甲成以最低的生活标准，每月家里也得拿五六百元。她每月即使再跟甲成要同等的数目，家里都是一个大窟窿，还别说要几千元了。第一次爹送她进大学时，一次给学校交了六千多元学杂费，她看见爹的手在颤抖。因为她知道这六千多元爹娘是怎么用命换来的。在那一刻，她发现爹老了许多，两鬓几乎白完了，头顶稀疏，连头皮里都有进山采药时摔破的伤疤。而爹此时才五十多一点，在城里，五十多岁的男人，还朝气蓬勃得跟山里二三十岁的小伙子一样。她不忍心再问家里多要一分钱，也不想寒碜得不能融入同学群体。她的目光，便又移向了校园的破烂和垃圾。那里真的有太多的好东西，对于她来讲，几乎是无尽的宝藏。稍勤快一点，一月几乎就能挣一千多。捡来的衣服、鞋子、袜子、帽子、内衣、学习用具，几乎把自己武装得跟其他同学也没啥两样了。更重要的是，进大学第三个月，她就写信给爹娘，让不要给她再寄每月的五百块钱生活费了。她说自己勤工俭学，已经能网住自己的生活用度了。她觉得这是对爹娘的一次解放。她的这些做法，在校园引起了不小的震动，连校长都知道他的学生中，还有一个靠捡拾垃圾坚持学习的学生。尤其是当有的女同学，因为钱，进歌厅舞厅给人当三陪，然后"发达"起来，遭人诟病时，她就更是坚定了自己的做法，甚至完全不觉得这是一件耻辱的事。直到甲成来，一切才都变得又动荡不安起来。她真想顾及甲成的面子，可当看到爹娘那快被榨干的身子骨时，就一次次想伸出手帮一把。甲秀说，她觉得不是在帮爹娘，而是在帮自己，在帮自己那不得安宁的灵魂。

罗天福听得老泪纵横，羞愧不堪。他第一次这么细细地摸着女儿的手，即使是在他病中女儿给他按摩时，也没有发现，女儿的手竟然是这样的粗糙，原来是过多接触垃圾，并大量用洗涤用品清洗造成的。他突然觉得欠了女儿很多很多，在她无力承担责任时，过早地承担了责任，并且是以这种方式承担起来的。在他心中，女儿始终是一个懂事的孩子，几乎没有进行过什么特别教育，她娘有时还说几句重话，他几乎连重话都没说过，小小的，她就特别体贴爹娘，后来又特别呵护弟弟。上学也没费多少神，就一直走在前边。几乎满塔云山的人都说，罗天福养了个好闺女。没想到，孩子是承受了这大压力，忍受了这多屈辱，罗天福难过得有些不能自持，他久久地低着头，用双手狠狠地捶打着地面。

"爹，别这样，爹……"

"闺女呀，爹欠你的太多了。"

"爹，千万别说这样的话。是我们欠你的太多了。别人家撑不住，都早早让孩子出门打工挣钱了，而你和娘……硬是拿这把老骨头，把我们生生往起顶，往上扛……"

"扛了个什么名堂啊，到头来……让我白白净净的闺女……捡了垃圾……"

"爹，我给你丢人现眼了……"

"不，是爹给你们丢人现眼了。娃呀，你……你该没有……为捡垃圾，耽误学习吧？"

"没有，绝对没有，爹，这个我是懂的，捡垃圾也是为了学习。"

罗天福紧紧抓着女儿的手说："好，好，只要没耽误学习就好。"

罗天福慢慢站了起来。

"爹……"

"啥都不要说了,从今天开始,你绝对不能再捡垃圾,你的任务就是学习,要是实在撑不下来,我回去卖一棵紫薇树,都要把你们的学业完成了。"

"爹……"

"记住,到此为止。"

罗天福咬咬牙,使劲儿拍了拍女儿的肩膀,准备走。

"爹,甲成说过,我再拾荒,他就会离开学校,只怕今天……"

"你不管了,我去找他。"

罗甲秀看见消失在暗夜中的父亲的背影,虽变得瘦弱、伛偻,却仍有一种钢铁般的坚强力量,她百感交集地坐在湖边许久,她在按父亲要求,调整着自己的人生步履。

罗天福在离开女儿后,泪水忍不住又汪涌了下来。他没想到自己现在变得如此脆弱,动辄就鼻子酸楚,双泪涌流。大半生了,怎么突然变成了这样,他急忙离开,也是害怕女儿看到他更多的泪水,让她心存怜悯,无法专心学习。他怎么都没想到,女儿是以这种方式在理解父母,心疼爹娘,并且已经好几年了。也怪自己太粗心,孩子在穿戴方面的变化,自己也是有察觉的,不过更多的是想着女儿会不会变坏,却没想到她在这方面吃了这大的亏欠。他突然感到肩上的担子更沉更重了。

他拨通了甲成刚才给他打来的那个手机电话,很久没人接。他站在学校大门口,又反复拨了几次。甲成终于接了,但没说话。

罗天福:"是甲成吗?咋不说话?你在宿舍吗?那我来看你。"

电话里终于有了声音:"我没在宿舍。"

罗天福:"你在哪?"

电话里罗甲成生冷硬倔地:"你别管。"

罗天福有些生气地:"你想咋?哎,我问你,你想咋?你到底在哪?"

罗天福加重了语气。

停了一会儿,电话里说:"我在街上。"

罗天福:"你在哪个街上?我在你学校门口,马上来见我。"

罗天福的语气有些强硬起来。

"我不想回学校。"罗甲成在电话里说。

"你必须回来。我在这儿死等你。"

罗天福说着把电话挂了。

过了有十几分钟,罗甲成回来了。

罗天福见他回来,也就缓和了语气。罗天福问看到哪儿坐坐,罗甲成极不情愿地把父亲领到学校大门里的一棵大梧桐树下,坐了下来。

"你姐的事我也是今晚才知道,不应该,也不合适。不过你姐这样做,都是为了这个家,也为了你呀!"罗天福说。

罗甲成极不情愿地把身子拧到了一边。

"你别不愿听,爹说的都是实话。要是没有你姐这几年下这样的苦,咱家的日子会过得更紧巴,你也不会有现在的条件。你姐没偷、没抢、没骗、没堕落,没有什么丢人不丢人的。"

罗甲成气得起身就走。

"你给我站住!"

罗天福有些暴怒了。罗甲成终于站了下来。

罗天福:"回来。"

罗甲成顿了顿,到底还是返回身,又坐在了大树下。

罗天福想说的话很多,但面对着罗甲成那副别扭的德行,又觉得所有的话都是软弱无力的。他就那样静静地坐着,跟儿子几乎有些背对背,他觉得也许这种沉默,更能表达他此时无言的心情。过了有七八分钟,他还是开口了。他说了这个家的不易,说了姐姐甲秀的不易,也说了罗甲成自己能奋斗到这一步的不易,要他珍惜,要他感恩,要他冷静,要他忍耐,总之,凡罗天福能想到的励志语言,也都深入浅出、和风细雨、润物无声地用上了。他几乎口干舌燥地讲了一个多小时,罗甲成一句话没说。不过,他看到罗甲成已明显没有开始那么扭七歪八的桀骜不驯了,似乎也听进去了一些。

罗天福最后说:"你姐我已说好了,再也不会去捡垃圾了。你也别跟她再计较。她毕竟是你姐,是心里把你看得比她还重的姐。都好好上你们的学,一切花销有爹娘呢。只要我和你娘还能动弹,无论如何,都要把你们管到大学毕业，爹也就这一个梦了，求你们也都能理解些，担待些，四年说熬很快也就熬过去了。回去休息吧，太晚了。"

罗甲成慢慢起身，在罗天福面前低头怔了一会儿，然后，转身向校园深处走去。

罗天福一直看着儿子消失在校园的树林中，才拖着疲惫的身子，向学校大门外走去。

街上人烟稀少，已是一点多了。当他回到文庙村时，淑惠还在焦急地等待着，不知是出了什么事。淑惠一边端水给罗天福泡脚一边问。罗天福连坐下洗脚的力气都没有了，一头倒在了床上，淑惠只好用热毛巾给他把肿胀的双脚敷了敷。罗天福把甲秀捡垃圾的事一五一十地给淑惠说了，淑惠难过地呜呜咽咽哭了起来："都怪娘没用，才让闺女吃了这样的苦贱。要是放在别人家，有这样一个宝贝女儿，还不知要咋样地心疼呢……"

这一夜，西京城的月亮比任何一夜都亮，但也比任何一夜都清冷。罗天福和淑惠两人的脸，都被月亮照得白煞煞的寒气逼人。

三十二

西门锁一个远房舅舅去世了，本来也可以不去奔丧的，但他实在想出城去转转，就把事情说得很大，很严重，说这个舅舅在"文革"中，还保护过自己的爸爸，其实"文革"时，自己的爸爸用散弹鸟枪，把另一派一个头头的屁股打了几个眼儿，人家找他算账，吓得他出城到远房舅舅家躲了几天，仅此而已。人其实三天前就埋了，但他实在不想回家，就磨磨唧唧的，跟舅舅的几个孙子辈的年轻人，跑到山里打了两天猎。啥也没打着，还栽了一跤，一个狗吃屎，把一颗门牙还弄得松动起来。

从乡下亲戚那儿回来，还是咋都不愿回家去，就又到洗浴城待了一晚上。先是泡澡，后又叫小姐按摩，挑了几个，都很一般，他就嚷着服务生，要叫老板来。老板叫来了，他问有没有最好的，老板看他说话神气都很老到，自然明白意思，就叫来了被老顾客称作"西京花"的小姐，脸盘、身材确实长得出众，西门锁一看就上了心。他说要按一晚上，老板说得一千五，他也没还价，那个小姐这一夜就归他了。

在跟郑阳娇结婚以前，他是这些地方的常客，几乎什么花样都玩过。自从被郑阳娇捆住手脚后，这些地方来得就越来越少了，这几年，几乎是戒干戒净了。"西京花"小姐刚离得远，灯光也昏暗，看着还挺有点味道的，可一走近，发现厚厚的化妆油彩，并没有遮住满脸的雀斑，并且脖子干瘦，显然不是化妆出来的年龄，就有些失望。兴趣一失去，话也就少了，按小姐的程序，很快上了一回道，然后就自己睡了，她爱咋按咋按去。

他是第二天快十一点时才醒来，小姐睡得比他还死，借着灯光和窗缝的光线一看，他发现小姐起码是三十好几的人了，因口红被蹭乱，一个血糊淋荡的大嘴，微微咧开着，甚是吓人。一看手机，好几个未接电话，都是郑阳娇的。正看呢，电话又来了。

郑阳娇问："咋回事，不接电话？"

西门锁："在路上呢。"

"在路上？在车上吗？"

"嗯。"

"咋这静的？"

"哦，都睡了。"

"几点能到？"

"再得一会儿吧。"

郑阳娇迟疑了一会儿，还想问什么又没问，就挂了。

西门锁从洗浴城出来，打了个出租回到家，已是中午一点多了。郑阳娇疑神疑鬼地在他周身闻了又闻，觉得气味不对，就把虎妞调上来，虎妞直接扑到西门锁怀里，到处乱嗅一通，然后就汪汪汪地对着他乱咬起来。郑阳娇的脸，一下就变了。

"你这是从乡下才回来？"

西门锁也没好气地："身上臭了，洗了个澡，咋了？"

"刚才回来洗的？"

"噢。"

郑阳娇半信半疑地把西门锁拿回来的几件臭衣服又翻了翻，看了看，然后就说起了最近"文明月"整顿的一些事。

西门锁走的这几天，郑阳娇一直在治理民工乱尿的事，她一直把这叫"严打"。先是把一个十六七岁的孩子"严打"走了，然后又把一个半夜拉肚子没来得及跑进厕所的四川钉鞋的，"整顿"出了院子。这两天，确实好多了，再没有任何人敢在厕所以外"以身试法"。郑阳娇最近连续用了些狠词，发现很管用。她也是急等着西门锁回来，要解决人家上边提出的另外几个整改问题。关于院子乱堆乱放的事，已经被她骂得没人敢了。现在主要是解决墙体裂缝和电线老化的问题。电线郑阳娇也弄回来了，是她一个同学管拆迁，扒下来一批半旧的电线，就没要钱，她让人已拉回来，堆在院子了。她的意思是连墙体裂缝带电线一起弄。

西门锁就找破锣帮他走电线，还弄了一个泥瓦工，拿水泥把裂缝抹了抹，再刷些涂料，也就算交差了。他知道年年都会提出许多问题，其实有些是永远也解决不了的。比如文庙村建了许多危房，年年让拆，其实谁也没拆，并且还年年在建。一建起来，立马就能租出去，立马就能见到钱，谁是傻了，不知道挖掘潜力，实现利益最大化？何况上边还天天在喊叫，说这一块儿要拆迁，瓜子也懂得，每增加一平方米房子，将来可能换来几倍的补偿价值。因此，整个文庙村的房子，盖得能申请吉尼斯世界纪录，都是你靠着我、我靠着你的连体，拼命向空中生长，整座楼很少有窗户，一年四季都是靠灯泡照明。当上海那两座楼向一边倒下去的新闻在电视里播出时，文庙村的人不无得意地相互调侃说，他们要是学了咱们的经验，也就不会在全国人民面前丢这么大的丑了。

西门锁知道，他家这院子，在文庙村已经算是治理得比较好的了，稍弄一弄，肯定能过了验收关。果不其然，"文明月"满后，一检查，他家第一批达标。一切就又都进入老套路，过起老日子了。

这期间，为罗天福打饼摊子的事，西门锁也还费了点周折。

那是他从乡下回来以后不几天的事，照说这一月，摊子都是不许乱摆乱放的。摆出去的，只要没人管，也就摆出去了。可罗天福的偏偏有人管，一个离他摊子不远的卖煎饼子的，见他生意红火，就告他，说是占道经营太严重，村上就出面干涉了，并且要罚款三百元。罗天福急得双脚直跳，想请他出面说话。他看这老汉是个好人，老婆也很善良，他们处人厚道，守规矩，不多事，还拉扯着两个大学生，不容易。再说，甲秀这孩子也不错，给自己那不成材的金锁做家教，受了不少作难。无论从哪个角度，他都不能推辞，就去找村上拿事的说了说，人家扳得很硬，说在"风头上"，不好轻易放过，再说，有人盯着哩。西门锁就问，罚了款能不能再摆？那人就说，起码好给别人交代了。西门锁二话没说，就代交了三百块罚金，回来既没给郑阳娇说，也没给罗天福说，就说事情摆平了，让你们明天继续摆。罗天福一连声地感谢，西门锁平生第一次感受到了悄然帮人给自己内心带来的巨大快乐。这天晚上，院子又有人唱秦腔，他竟然也凑到跟前听了起来，并且听得有滋有味的。要不是郑阳娇喊，他还真准备多听几段呢。

原来郑阳娇下午去开家长会，一下让老师整得现在才回来。金锁又滑到倒数第一去了，并且在班上还捣蛋得出奇，说是拍电影呢，竟然把摄像机放到地上，拍了一个女孩裙子里的紧身裤，那孩子家长不干，告到校长那里，连班主任的奖金都扣了。班主任今天发飙，唾沫星子溅得郑阳娇满脸都是，还不敢当面擦。更可气的是，班主任竟然当着那么多家长的面，要求她尽快让金锁转学，不然，全班都会坏大彩。这种带有煽动性的语言，明显让所有家长都对她怀上了敌意，一个开始坐在她跟前，与她热烈讨论了半天哪做头发做得最好的胖女人，竟然中途借故上厕所，一屁股塌在了离她很远的位置上。有家长甚至义愤填膺地发言说，学校也不能太讲和谐，该开除的学生就得开除，别一颗老鼠屎害一锅汤。郑阳娇觉得今天所受的侮辱，比平常任何家长会都让她难堪十倍，她恨不得钻到地缝里去。几个小时下来，别人都嫌冷，她的内衣竟然汗湿完了。一走出学校大门，她狠狠抽了金锁一耳光，自己却号啕大哭起来。那阵儿，连杀了金锁的心思都有。

郑阳娇对西门锁说着、哭着、骂着，又指桑骂槐地说了一通上梁不正下梁歪的话，要西门锁严加管教儿子，不然，你西门家就真要出西门庆那样的大丧门星了。说完哭完，气得饭也没吃，咕咕嘟嘟喝了半瓶红葡萄酒，就倒床上睡去了。

西门锁最见不得的，就是她老把自己比作西门庆骂，现在又拿儿子说事，他就窝了不小的火。狗日金锁,也确实太不成器了,再不管教,也真会给他惹下天大的乱子。其实他早就想发一回火,可每次还不等他发出来,郑阳娇就又是袒护又是阻挡的,今天是她自己提出来的,事情也攒到这儿了,他就想好好动作一下,也好让狗日的有点收敛。

  他给金锁拨了电话,金锁没接,他就又给发了短信。他觉得措辞是很严厉的。短信说:你狗日的必须马上回来。一个小时在(再)不回来,我找到啥地方就把你奏(揍)死在啥地方。

  还算管用,一小时不到,金锁就蔫皮球一样地回来了。

  西门锁早早就准备了皮带,害怕皮带上的铁扣伤了皮肉,他提前把铁扣取下来了。金锁一进门,他先问了一句为啥不接电话,金锁哼哼唧唧地说没听见,他扬起皮带就是一下,狠狠抽在了金锁的屁股上。

  金锁一触即跳,几乎是脱口而出地骂起老子来:"你个赌头!嫖——客——!"

  西门锁一下给气蒙了,又狠狠扬起皮带,照嘴抽了下去,金锁一闪,皮带抽飞了茶几上的一个玻璃杯,嘭地粉碎在了几米外的墙壁上。西门锁接着又抡起了皮带,谁知金锁又是一个金蝉脱壳,皮带竟然抽在了自己的大腿上,西门锁更是恼羞成怒了。金锁见老子今天是来真格的,就带着哭腔大喊大叫起来。虎妞在卧室跟郑阳娇睡着,卧室门是关着的,出不来,它就在里面一边用爪子刨门,一边汪汪地乱叫起来。金锁看阵势不对,想夺路而逃,西门锁一个箭步冲到门口,啪地甩上门,几乎是雷霆震怒般地命令道:"跪下!"金锁开始还想拧次一下,见西门锁脸都几乎气歪了,就有点好汉不吃眼前亏的意思,跪下了。西门锁照着脊背就狠狠抽了起来。金锁跟遭人宰杀一般,尖叫声一个院子的人都听见了。

  先是罗天福来敲门劝说,后来罗天福的老婆又来敲门劝,西门锁始终没开门。西门锁越不开门,金锁越叫得厉害。西门锁抽他他叫,不抽他他也叫,气得西门锁就想到厨房提把菜刀,把那怄死人的脑袋剁了算了。后来实在叫得太凶了,郑阳娇就开门出来了。郑阳娇没出来,西门锁还抽打得轻些,郑阳娇一出来,西门锁反倒抽打得重了。金锁就嘭地倒在地上,发羊角风般地乱踢乱弹起来。郑阳娇一声"儿耶"扑在金锁身上,就一把鼻涕一把泪,连数落带心疼

甲秀拾蔥的事，自那天晚上被爹發現她心裏就始終有了沉重的陰影，這事她一直是不希望讓爹知道的，她爲待那太傷爹的自尊，但憤怒的爹還是讓爹知道了雖然爹沒有說出任何指責的話來，但他要求自己以後不再接急的語氣是那麽堅定她就知道這事在爹的心中是刻下了很深一道傷痕的她覺得這事也真的對不起弟，她多次提出抗議當需自己還是沒有踐約以致讓弟心生絕望

戊戌仲秋 大龍书

地,哭成了个泪人儿。

西门锁拿了烟和打火机,就开门出去了。

罗天福和他老婆还在门口等着,见西门锁出来,就想进去看看孩子。西门锁挡了。

罗天福说:"东家,孩子不敢这样打呀,越打越拧巴。"

西门锁:"你不知道,太气人了。"

淑惠:"孩子看着挺心疼的呀!"

西门锁说:"就是心疼过火招的祸。"

西门锁怒气仍未消退。

"东家要是不嫌弃了,改日我也帮你劝劝。"罗天福试探地说。

西门锁极其失望地说:"屡教不改,谁劝也没用。"

西门锁虽然不屑于罗天福所说的帮他劝劝金锁,但看着这对厚道人这么认真地守在门口,是真想进去帮点忙,还是有些感动。他说了声谢谢,就往大门口走去。都快出大门了,他又喊住了罗天福。

"哎老罗,你女儿咋这几天没来?"

罗天福说:"哦,最近有点忙。有事吗?"

西门锁:"还是想请她给金锁做做家教,这狗日的简直把我能怄死。"

罗天福说:"好的,我给甲秀说,一定让她抽时间来。"

西门锁就点燃烟向外走去。在打着打火机的那一刻,罗天福看他手还在发抖。

三十三

甲秀拾荒的事,自那天晚上被爹发现,她心里就始终有了沉重的阴影。这事她一直是不希望让爹知道的,她觉得那太伤爹的自尊,但愤怒的弟弟还是让爹知道了。虽然爹没有说出任何指责的话来,但他要求自己以后别再拾荒,语气是那么坚定,她就知道,这事在爹的心中是刻下了很深一道伤痕的。她觉得这事也真的对不起弟弟,他已经多次提出抗议,然而,自己还是没有践约,以致让弟弟心生绝望。她对父亲和弟弟都充满了人生的愧疚感。如果说自己的行为，给别人，尤其是给自己的亲人带来了伤害，无论有多少合理正当理由，也都不能再继续下去了，除非自己内心深处只有自己。这次她是真的下决心，要彻底告别拾荒岁月了。

她一直害怕弟弟因此真的离校出走，好在爹的话还是起了作用，第二天早上，她故意在弟弟上学的路上等了一会儿，见弟弟低着头进了教室，她才放心离开。

这几天她本来想回去一趟，但又始终没有勇气，她觉得自己好像是真的做了很丢人的事，对不起爹娘。她都不知道娘知道这事后，又该是怎样一副伤心落泪的模样，她有些不敢面对。

又过了几天的一个下午，爹打来了电话，是一种很轻松活跃的口气，好像一切都没发生过似的。先问她吃了没，又问学习紧张不，还问这几天见甲成没，她也就心安了许多。她说甲成在上学呢，今天中午还看见了。说了一会儿闲话，爹就问她有空没有，回来一趟，你娘想你了。晚上甲秀就回去了。

娘真的是很想甲秀了。女儿一回来，她的眼泪就止不住，汪地冲了出来。她使劲儿抱住甲秀，什么也没说，就是哭，不知哪来的那么多泪水，哭得甲秀的半边脸和半边头发都湿完了。甲秀品尝着娘咸咸的老泪，几年的辛酸、委屈，就都如阳光下的冰雪，悄无声息地融化净尽了。自始至终，娘没说一句话，她没说一句话，一直在低头打饼的爹，也没说一句话，只有抽泣声、打饼的擀杖声，在交相诉说着母女与父女之间的理解、痛惜与深切抚慰。

屋外有人在唱秦腔《探窑》，那悲壮苍凉的声腔，真是有些撕肝裂肺。

这一晚，娘一直没说话，哭够了，就上灶，给甲秀煎了一碗荷包蛋，端到甲秀面前，一直看着甲秀吃。甲秀尽量装出一副轻松的样子，可吃着吃着，娘还是又哽咽了起来。

罗天福终于把话岔开了。

罗天福："甲秀哇，金锁他爸前几天把金锁狠狠打了一顿。"

甲秀问："咋了？"

罗天福说："还不是为淘气，为学习赶不上去。听说又考了个倒数第一。"

甲秀："那娃不知咋了，啥都开窍，就是学习不开窍。"

罗天福说:"这号娃一旦开窍,也不得了。他爸还想你继续给做家教呢。"

甲秀说:"金锁就不学么,我害怕揽到手上,把人家耽误了,负不起责任呢。"

"那你说咋办?"罗天福和甲秀正说着呢,西门锁和郑阳娇就进门了。

"哎哟,甲秀回来了,我都有快半个月没见你了。"郑阳娇的热情,让一屋人都有些不好接受。

罗天福说:"娃最近学习忙一些。"

郑阳娇说:"你看你们家,多拽的,两个娃都上了国家名牌大学,你说咱家缺啥呢,可就是出不了个大学生么。他爸才上了个高中,就歇菜了,你看金锁这挣挣巴巴的样子,唉,把人能气死。"

西门锁怕郑阳娇再说出让人硌硬的话来,就急忙插话说:"甲秀呀,我和你姨今天是专门登门来请你的。"

郑阳娇:"也算是三顾茅庐了,有三次了吧?"

罗天福:"看她姨,说哪里话,甲秀是怕辅导不好,把娃耽搁了。"

郑阳娇急忙说:"我看甲秀行,金锁还就吃甲秀这一壶呢。不瞒你们说,我中途也换过几个人,都让金锁给气走了,还就是甲秀大气,金锁也喜欢,我和他爸都是这看法,要想降住金锁,还就非甲秀莫属呢。"

西门锁也说了些诚恳邀请的话,甲秀也不好推辞,就答应下来了。

说实话,甲秀是真的不想再染这事,一来金锁确实没有一点想学习的意思;二来基础也的确太差,上学他家一路花钱,他几乎连一个初中毕业生的水平都达不到。好在家里的要求也不高,不在家长会上挨剋挨批就行。上一次还期望不做倒数前三名,这一次标准降得更低了,郑阳娇说能不做倒数第一名,就算西门家烧了高香了。甲秀最不想染这事的主要原因还是金锁那花痴的毛病,她怕惹出事来,反倒给家里添麻烦。

西门锁和郑阳娇走了后,她又跟爹合计了半天。罗天福说,人家既然这样信任,还是再搭把手吧,罗天福说他也帮着把娃往回扳一扳,实在扳不回来了,咱把力尽到了,也好给人家有个交代。这事就这样说定了。

原来,金锁让西门锁美美抽了一顿后,身上好多皮带印痕,几天都没和西门锁说话。郑阳娇看打得有些狠,怕他想不开,就使劲地哄。越哄金锁越不去学校了，急得郑阳娇牙龈都上火了。她又是领出去吃日本料理，又是吃西餐、吃海鲜的，还给买了一副价值一千多元的进口墨镜，才算慢慢把他平复下来。金锁虽然去了学校，老师不待见，同学也跟他保持了距离，心里越来越凉，也就越来越懒得学。混够时间了，下课铃一响，总是第一个冲出校门，到处胡逛荡一圈，很晚了才回家。郑阳娇费了九牛二虎之力，看实在扳不回来，才又同意了西门锁的意见，还是请甲秀再帮帮忙。她也发现金锁吃甲秀的药，可又担心金锁和甲秀在一起时间长了，生出其他事来，金锁的眼神，她是有所察觉、有所怀疑的。中途换过几个人，也是基于这方面的考虑。反正来来回回的，最后还是出面请了甲秀。

金锁听说又让甲秀辅导，啥话没说，下午放学就早早回来了。不过他要求要到甲秀那儿学习，他是不想见西门锁。郑阳娇就同意了。郑阳娇还给罗天福家搬去了一张能活动的圆桌，学习时放开，不学时可以收起来。

星期天那天，甲秀便又恢复了给金锁的辅导。罗天福也特意停下了手中的活，想跟娃好好谈一谈。

"吃个千层饼吧，娃，刚出锅的，酥得很。"金锁一进门，罗天福就递给他一个饼。

金锁："不吃不吃不吃。我刚吃的汉堡，一次吃了俩，差点没吐了。"

罗天福："噢，今天都上了几门啥课呀？"

金锁："不知道不知道。"

罗天福："你上的啥课你不知道？"

"我就没听，老恐龙那样子，一见我都烦死了。"金锁说。

"老恐龙是谁呀？"罗天福问。

金锁笑了："连恐龙都不知道，网络语言，恐龙就是最丑的女人，我们班主任就是一个老恐龙。"

罗天福很严肃地说："嗯，这可不好，老师可不能这样乱叫的。"

金锁："哼，就是老恐龙，还是非洲恐龙。"

罗天福一听到孩子这样对待老师，突然就对他有点失去信心。

甲秀急忙也阻止他说："金锁，你以后再这样说老师，我可就坚决不给你辅导了。"

金锁还嘟哝地:"就是恐龙,又丑又凶的恐龙。"

罗天福说:"娃呀,你这样谁还给你教知识呀?"

金锁:"你不知道,老恐龙就只喜欢班上前几名,给她挣分挣奖金呢,后边的她都骂。叫她恐龙的人多着呢。"

罗天福:"那你也想法朝前赶呀!"

金锁说:"说鬼话呢,班上四十多人,都当前三名呀?我不下地狱谁下地狱。"

这句话把甲秀给惹笑了:"呵呵,没想到你还知道这句名言呀!"

"这是咱们后三名的口头禅。"金锁说。

罗天福:"孩子,不管咋,你还是得好好学习呀,不说将来怎么样,起码也别辜负了你爸妈的一片心么。"

金锁鼻子一哼说:"绝对比他强。"

罗天福:"比谁强呀?"

金锁:"还有谁,西门锁呗。听说也是倒数一二名,还说我呢,凭啥?"

罗天福、淑惠和甲秀都被惹得哈哈大笑起来。罗天福也当了十几年的教师,面对这样的学生,还真不知怎么下手好了。

罗天福又开始打饼了。甲秀就耐心地给金锁辅导起来。

辅导了大概有十几分钟,金锁又抛锚了。

金锁:"哎,我这回要拍个好电影。"

甲秀:"现在不说拍电影的事。"

"真的,我这回是真的要拍呀,名字都起好了,叫《老恐龙》。"

"你再乱说,我就真的不给你辅导了。"

"我非拍不可。"

"即使要拍,你也得先学文化呀!"

"导演要啥文化,网上说了,导演都没文化。"

"那是一种批评的方式,不是人家导演就真的没文化。"

"就是的,都这样说,能弄下钱,有钱了能钓来好演员,就能拍电影。"

"快别瞎说了,赶紧学习吧。"

罗甲秀觉得跟金锁沟通、辅导,真是比登天还难。勉强把课上完,见金锁又有些盯着她发瓷，就急忙将金锁打发走，又帮爹娘打起饼来。

甲秀哀叹了一声："我真不想给这娃辅导。"

罗天福说："这号娃是有点少见，不好往回扳。还是尽尽心吧，人家既然已托付咱了么，兴许哪一窍开了，还是个金不换呢。"

甲秀从爹娘身边离开，心里又有些沉重，在离开的时候，娘硬给她塞了二百块钱，她不要，爹也劝说，你娘给你你就拿着。她怕娘再伤心，就把钱拿上了。可这钱拿得让她心里实在不是滋味。爹娘挣几个钱真是太难太难了。她看见爹一边擀饼，一边一直在捶腰。娘的两只手和胳膊，有好多处都被烙饼的鏊子烫成了永久的疤痕。她想，自己即使不能再拾垃圾了，也得想其他办法挣钱，反正不能这样一点一点从爹娘口袋往出掏。她翻出了过去记下的几个家教电话，一一联系了一下，有三家希望她能去。她就认真把路线走了一遍，把时间很好地划分了一下，然后又开始了东奔西跑的家教生活。

三十四

甲秀做家教最远的一家，在北郊快到草滩的一个地方，中途需倒三次车，要是顺利，路上得五十分钟到一个小时。主东是一个矿山老板，两口子都在矿区，孩子交给了姥姥、姥爷。甲秀第一次见面时，姥姥都急哭了，怕把孩子带不好，影响了高考，没办法给女儿女婿交代。甲秀一接触，孩子学习确实一般，心思全在游戏上。经常放学泡游戏厅，为找他，姥姥、姥爷都报过警。第二家在城市的西南角，从第一家过去，也是要倒两次车，得四十多分钟。这是一个干部家庭，男的是政府部门的一个处长，据说手上权不小，整天都在外面应酬，几乎每天回来都是醉醺醺的，多数时候得有人搀扶着往回送，送的人也比他清醒不到哪儿去，因此，楼下停车场，就成了他们拍着腔子定事的地方。老婆基本都在麻将摊子上，因而，孩子的学习，就从小学时的上游，溜到初中时的中游，直到现在的下游。第三家是市中心的一个文艺家庭，父亲是演奏家，母亲是表演艺术家，孩子从小就学拉小提琴，据说已考过十级，有名牌大学已承诺，只要能上一本线，就作为特长生无条件招录。但甲秀估计，按现在的成绩，孩子最多能考个三本。甲秀建议孩子考虑报艺术类更有把握。

这三家甲秀开始放在星期六一天，早上九点半赶到北郊，上两小时课，到十一点半，有时两位老人会留她吃一顿便饭。连续吃两次，甲秀会客气一下，自己出来，在不远的一个饮食摊子上吃一碗面皮，也就三块钱。然后往第二家赶，到第二家时，有时下午一点刚过，有时不到一点，如果孩子要午休，保姆就会让她在客厅等一会儿。有时孩子不睡，她就直接给上课。两小时结束，她会赶到爹娘的打饼摊子上帮一会儿忙，因为这时刚好是快吃下午饭的时候，要饼的特别多。晚上，赶到市中心，给拉小提琴的孩子再上两小时课，一天就占得满满当当的了。有时三家的时间也会有调整，甲秀总是很合理地加以安排，哪怕给自己带来不便，甚至多掏不少交通费，也总是按人家的要求来，因此，三家一直对她都很满意。星期天早上，她会帮爹娘打一早上饼，换着让爹娘多睡一会儿。然后下午就给金锁辅导。每两小时五十块，金锁他妈最近要求给金锁"恶补"，有时就要上四小时。这样，每个星期六、星期天，她能挣二百到二百五十块钱，一月下来，刨过坐车、路上吃饭和手机费，基本能赚到八九百块钱。她的伙食费和零花钱就再不用爹娘补给了。

本来一切都顺顺的，甲秀星期一到星期五，安心在学校上课。星期六、星期天出来做家教，并且给爹娘也能帮上一点忙，可金锁越来越不按路数出牌，简直是胡搅蛮缠起来，很快就把一切都搅乱了。

他先是要换成星期六上课，甲秀好不容易把那三家调过来，他又要星期天上。罗天福觉得咋都不要把房东得罪了，甲秀就又调回了星期天。可金锁偏又要星期六、星期天两天都上，搅来搅去的，那几家就没有了耐心，其中两家都说，暂时停一停。她把精力全集中到金锁这儿了，他又不好好上。其实，他是另外的心思在作怪，甲秀早就有预感，又不好说，事情就越来越麻烦了。

金锁说他爱上甲秀了，并且不是说着玩的。甲秀把这事告诉了爹。罗天福观察了一下，发现也确实有问题。甲秀不知该咋办，罗天福觉得只能冷处理。

甲秀问："你说怎么冷处理，爹？"

罗天福说："你就说学校有事，最近没办法辅导了。你去给你郑阳娇姨也说一下，不要说人家娃咋了，就说咱们有事。这儿你暂时别来了。"

甲秀说："那今天呢？说好的还有两堂课呢。"

罗天福:"今天咱上完,下个礼拜先停一停。"

罗天福说完,出去买面买油去了,甲秀一边和娘在摊子上支应着,一边等金锁回来上课。

昨天是周末,金锁有个同学过生日,也是他班上名列倒数第三的伙计,说要去开Party,整整在外面折腾了一夜,又是哭又是笑又是闹又是唱的,直到中午才回来。回来时手里还抱着个啤酒瓶子,早喝得烂醉如泥了,却闹着要甲秀补课。

甲秀看他神志不清,要他先回去休息一会儿再上课,他咋都不行,硬缠着甲秀要立马上。外面人太多,甲秀看金锁纠缠得不行,就把金锁往回搀,本来是想搀回到他自己的家里去,谁知金锁咋都不行,几个跟跄,竟然扑进了罗家租房里。淑惠远远地在大门外看见了,急得就往回赶。等她赶回房时,金锁已跪在地上了。

金锁紧紧抱住甲秀的腿,哭得一把鼻涕一把泪地:"姐,我……爱你,真的,我爱你。我痛苦得很……我都不想活了,你说我活着有啥意思……你要不爱我,我……我就去死啊……"

甲秀被整得毫无办法,搀也不是,推也不是,哄也不是,骂也不是,她从来没有经历过这种事,一时慌了手脚,见娘来,竟然也哭了起来。

淑惠急忙俯下身去拉金锁,金锁又一把抱住甲秀娘的腿:"阿姨,把你女儿给我吧,我爱她,我要娶她……"

这下弄得淑惠也没了主意,哄了几句,金锁竟然越发地泼赖起来。淑惠就想去喊他爸妈,看来跟东家这个面皮不撕烂是不行了。

淑惠起身刚走出房,竟然遇见罗甲成回来了。罗甲成平常星期六是从来不回来的,今天就这么凑巧,咋就想回家来看看。淑惠一见甲成,像抓住了救命稻草似的说:"你快进去招呼你姐,我去叫他妈去。"

罗甲成进房的时候,金锁更是混闹得肆无忌惮了。

"罗甲秀,你……你必须爱我,你不爱我……我……我马上死给你看……"

金锁说着,就用头撞墙,一边还死死抱着甲秀一条腿不放。

甲秀吓得尖叫起来。

在罗甲成眼中,这一家人,就没有一个好货,他之所以不想来,虽然也有跟父亲越来越对立的成分在，但最主要的还是见不得这一家人。没想到，这个小流氓，竟然无耻到这种程度，本来窝在肚子里的那股邪火，就嘭然上蹿，顿时烈焰欲爆了。

金锁还不知大祸临头，仍在苦苦求爱："甲秀姐，爱我吧，你家穷，我家有钱……跟了我……好日子……就来了……"

罗甲成飞起一脚，踢在金锁高高撅起的屁股上。

甲秀和金锁都惊住了。

甲秀一看弟弟火冒三丈的样子，就急忙制止他："甲成……"

还不等甲秀喊完，罗甲成第二脚又飞了过去，此时显得十分笨拙的金锁，被踢了一个骨碌猫儿前翻。

翻起来，金锁还不清醒地说："别……别踢我，我……我们都快成一……一家人了……"

"谁跟你是一家人，你这个小流氓。"罗甲成又飞起了第三脚。

甲秀看甲成完全是失去理智的样子，就一把抱住弟弟，苦苦哀求着，让他别再动手。

这时的罗甲成，任怎么规劝也没用，他一下抖离甲秀的双臂，端直拿起挑行李的竹扁担，朝金锁身上狠狠闷了一扁担。

甲秀扑上去，护住金锁。

金锁还在说："打……打死我也要……要甲秀姐……"

罗甲成不知哪来的那么大力气，竟然一把掀开姐姐，又一扁担落在了金锁的背上。

金锁还在央求："你打……小舅子……打我也要……你姐……"

罗甲成就连着狠狠给了他几扁担。

甲秀再次扑上去，罗甲成一下把甲秀推出老远。就在他继续狠揍金锁的时候，郑阳娇出现在了门口。

"天哪！"

郑阳娇一下扑过去，护住了金锁。这时，甲秀和吓出一身冷汗的娘，使出浑身力气，终于困住了甲成。

空气似乎都凝结了。片刻后，郑阳娇先是号啕大哭，继而便大喊大闹起来。

西门锁来了。见儿子鼻子和嘴上，到处都磕碰的是血，又见罗甲成手里还恶狠狠地操着扁担，就一下愤怒起来。自己的儿子，自己怎么讨厌，怎么教育，怎么打骂，那都是自家的事，现在竟然被别人打成这样，心里就很不是滋味。

郑阳娇直喊："快，西门锁，儿子没气了，快送医院。"

西门锁就没顾上收拾罗甲成，连忙抱起酒气熏天的儿子，向门外跑去。

郑阳娇出门时凶巴巴地指着罗甲成说："你狗日的就等着进局子吧。"

罗甲成毫不示弱地："等着就等着。"

淑惠急忙捂住了甲成的嘴。

三十五

罗天福肩扛着两袋面，一手还提着一桶油回来时，甲秀赶去医院帮忙了，淑惠一边在菩萨像前烧香祷告，一边在唠叨罗甲成："你也是的，迟不回来，早不回来，偏偏今天回来，一回来就惹下这大的乱子，看咋收场呀！求菩萨保佑，保佑我们逃过这一劫……"

淑惠见罗天福回来，就气得没话了，不知咋给罗天福说好。

罗天福满脸满胳膊抹得到处都是白面，问咋了。

淑惠说："咋了，甲成惹大乱子了！"她就把刚才发生的事，一五一十地给罗天福说了一遍。

罗甲成只恶狠狠地插了一句："狗日的太坏了。"

罗天福："你悄着。什么东西？你凭啥打人？你是疯了是不？"

罗甲成："狗日的一直都是一副狗眼看人低的德行。"

罗天福："你一行凶打人，人家就能把你高看了是不？"

罗甲成："狗日的……"

罗天福："什么狗日的狗日的，你开口一个狗日的，闭口一个狗日的，还像不像一个大学生？你看你这副德行！"

罗天福气得手直发抖，不知如何是好地在房里打了几个转圈，说："我得去医院看看。"

正要出门，甲秀急急火火回来了。

罗天福和淑惠就急忙问咋样。

甲秀说："金锁她妈叫咱家……立马拿一万块钱过去，住院，做检查。"

淑惠像遭遇了晴空霹雳一样，一下软瘫在了菩萨像下。

罗甲成："不拿！啥东西！"

罗天福："你就嘴硬！把人家打了，凭啥不拿钱？给人家拿！"

淑惠："可……哪来的一万块呀！"

罗天福说："把人家给我赔的那五千块拿出来，还有最近这两个月卖的钱，都拿出来。"

淑惠说："那也不够呀！"

"爹，我身上还有几百块。"甲秀说着就把钱包拿了出来。

罗甲成："你们也太懦弱了，是他先欺负人，我们凭啥还给他拿钱？"

罗天福气得拿指头直捣他："你要不动手，能惹出这大的事来？我是掏钱给你买教训呢。"

罗甲成既委屈又恼恨得几乎快要哭出来了。

罗天福急得也是没路了，说："把那些零分分钱也拿出来，凑一凑，实在不够，我去借。"

淑惠和甲秀就把一个装分分钱的升子拿出来。升子口大底小，在城里早都不用了。十升为一斗。一升能装五斤粮食。农村也早都不用这种东西了，这是罗家祖上传下来的，里外都用黑漆漆过的，扔了可惜，罗天福就给钉了个盖子，上面开一小口，专门用于攒分分钱的。这升子里的钱都攒七八年了，从没舍得打开用过。今天实在挺不过去了，罗天福才用剪刀别开盖子，把大半升硬币倒了出来。其实里面既有分分钱，也有一元的硬币，去年进城时，他们专门拿来，把卖饼收下的硬币，也都攒在里面了。几个人动手一数，将近八百块，这样凑下来，离一万还差近两千块。甲秀说她去借，罗天福说他先去试试。

罗天福去找东方雨老人开的口。

东方雨老人正在老槐树下看书。罗天福把情况说了一下。

东方雨老人就问:"打得严重吗?"

罗天福说:"我还不清楚,刚不在。听老伴和闺女说,挺严重的。"

老人二话没说,就借给了两千块。不过,老人也留下了一句话:"你要看看医院拍的片子。"

罗天福点点头:"哎!"

罗天福都走远了,东方雨老人又叫住说:"有啥缠不直的事,给我说。"

罗天福又感激地点了点头。

罗天福把钱拿回去,甲秀咋都不让他去。甲秀是怕郑阳娇态度不好,让爹在人多处丢面子。罗天福却坚持要去,不仅他要去,而且坚持甲成也得去,他说,咱输理了,去是为了争取人家的宽大谅解。

罗甲成开始咋都不去,一副宁死不屈的神气。而罗天福在这件事上,又全然摆出了一副不容商量的态度,最后,罗甲成胳膊拧不过大腿也只好跟着去了,但一路上都是别别扭扭的。快进医院大门时,罗天福专门叮咛了一次:"别那副神气,咱是给人家赔礼道歉来的。"罗甲成也只好忍气吞声地跟着爹和姐姐一起走进了急诊室。

罗家父子走进急诊室时,金锁刚检查完,根据初步诊断,筋骨和内脏都没有任何损伤。就是皮下有瘀血,屁股、大腿被踢处有水肿。脑部CT也做了,没有任何问题,因为罗甲成就没敢在脑袋上下手。郑阳娇见罗家父子走进急诊室,就又抱着金锁哭起来。

罗天福一进门,见急诊室里病病歪歪还躺了几个重病号,就感到金锁可能伤得不轻。他先对金锁和他父母来了个九十度鞠躬。

"对不起!"

罗天福又让甲成也给鞠躬,甲成无奈,也鞠了一下。

西门锁见检查结果没有重伤,大夫刚也说,这个打人者,倒也不是那种心狠手辣之徒,踢的打的都不是要害部位。因而,罗天福一鞠躬,西门锁心里就没有了太多责难的意思。郑阳娇却是不依不饶,不仅不接受道歉,而且要罗家父子立马走开,说病人不能再接受刺激。

金锁歪着头把罗甲成恶狠狠剜了一眼,又把甲秀看了一眼,就把头拧到一边去了。这阵儿,酒明显是醒了。

罗天福不管郑阳娇啥态度，还是凑到跟前摸了摸孩子的胳膊，金锁痛得"哎哟"了一声。郑阳娇就用手把罗天福的手掀开了。

"甭动，娃都快痛死了。"

罗天福只好收手站在一旁。

这时，甲秀走到了床前。

甲秀："阿姨，检查结果出来没？咋样？"

郑阳娇全然已忘了甲秀对金锁的好处，没好气地说："浑身都是伤，内脏还有问题呢。你们一家人就等着进局子吧！"

罗天福急忙说："她姨，有事好商量么。"

郑阳娇见罗天福话软，故意指使西门锁说："快去报案吧！这事没啥商量的，歹徒必须绳之以法。"

西门锁原地站着没动。

郑阳娇："你咋还不去？"

罗天福就有些慌神了。他也不知金锁到底被打成什么样子了，鼻子嘴唇明显是有些肿，郑阳娇说内脏都有问题，他就害怕把事闹大了，甲成上学的事就彻底耽误了，那可是一辈子都弥补不回来的损失。他想，哪怕砸锅卖铁，也得给甲成顾个体面，让他把大学读完。

罗天福一把拉住西门锁的手说："东家，有事咱商量着来。能私下解决，咱就私下商量着解决吧！"

郑阳娇看罗天福服软成这样，更是变本加厉地吓唬道："不行，这就不是私下解决的事。必须把打人凶手铐进局子，从大学开除了，受害者才能得到安慰。"

罗天福还想央求，甲成一下冒出来说："爹，别说了，我去投案。"

罗甲成说着就要往外冲。罗天福一把把罗甲成拦住了。

罗天福："你逞什么能？"

郑阳娇："哟，惹出这大的事你还是这态度？就凭你这态度我也决不轻饶。走，我陪你投案去。"

罗天福说："她姨，好说好商量，好说好商量。娃不懂事，还求你多多原谅，多多包涵。"

罗甲成看父亲那可怜相，气得就想发作。甲秀死死抓着他汗津津的手不松。

西门锁看郑阳娇有些太过分了，并且刚才医生说话时，一个病房的人都是听见的，医生明明说无大碍，休息几天就好了，郑阳娇偏偏这样瞎说，他觉得自己良心有些过意不去。他见好多病人和陪护也都在用异样的眼光看着自己和郑阳娇，就有些不自在起来，他说："好了，你们先回去吧，等检查完了再说。"

郑阳娇一下接过话去："你能就这样让他们回去？"

西门锁说："都耗在这儿也没用，需要了我再叫你们。"

郑阳娇："不行，这医疗费都谁掏呢？"

罗天福急忙拿出一万块钱："她姨，一万块钱，我拿来了。"

西门锁看见罗天福在递钱时，手抖得几乎要把钱掉在地上了。

郑阳娇还不等罗天福把钱递到位，就一把抓过去说："赶快回去再准备，这点钱只够检查，花钱的事还在后头呢。"

罗天福的手僵在了那里。

西门锁急忙说："你们先回去吧，最后以诊断结果为准。"

其实西门锁是给罗家说宽心话呢，可罗家又并不知检查的真实情况，罗天福比来时心情更加沉重地走出了急诊室。在往出走的那一刻，他看见病房里所有人都极其怪异地看着他们父子三人，那眼神既像是审视罪犯，也像是同情街旁的乞讨者，他的双腿差点软瘫在急诊室的门口，是甲秀搀扶了一下，他才一脚深一脚浅地走出来。

一出门，罗甲成就嘟哝："还不如去自首。"

罗天福就想脱下鞋，狠狠掌罗甲成几下嘴。惹下这么大的乱子，还不吸取教训，还是这样生冷硬倔、桀骜不驯的样子，罗天福就觉得十分失望，想说几句，看医院门口跟车站一样，人挨人，人挤人，连个说话的地方都找不见，罗甲成也没有任何能听进他说话的意思，就让他走了，眼不见心不烦。

甲秀陪着他，要他别着急，说甲成打金锁，她看见的，不会伤得太重的，她说她回头会去了解结果的。

罗天福说："重不重，反正是把人打了，人家要真闹到学校，岂不给甲成把一辈子的污点都搁下了？"

罗天福最担心的，还是怕把儿子的前途耽搁了。

甲秀陪着爹一直走回去，爹一路讲不出话来，手在抖，胳膊在抖，甚至双腿都在抖。甲秀一再安慰，爹还是只摇头，不说话。

他们进房时，见娘跪在菩萨像前，正祷告菩萨，让千万要保佑金锁，不敢有大伤。还要保佑甲成，不敢有大难。见他们回来，没见甲成，娘一下就急了问："甲成呢？"

甲秀说回学校去了。娘咋都不信，甲秀就拨了电话，让娘跟甲成说了几句话，娘才放心甲成是没有出事。

罗天福身体有些支不住筒子地躺在了床上。

娘又问金锁的伤势，甲秀就轻描淡写地说了几句，又宽慰了娘半天，娘的心才慢慢安顿下来。

甲秀给爹沏了一杯热茶，扶起爹的头，硬让爹喝了几口。爹就让她还是去医院看看。罗天福说："反正咱是把理输了，人家给啥脸子，娃呀，你就替爹娘受着吧。最终能息事宁人，把你弟保着不受吃亏为上。"

甲秀就又去了医院。

甲秀走后，罗天福跟淑惠说，他准备回塔云山一趟。淑惠问回去干啥，他说，这回把乱子惹大了，恐怕也只有把老紫薇树卖一棵才能渡过这一关了。淑惠说："你想通了，那娘那一关能过吗？"罗天福说，回去商量么。

罗天福跟淑惠商量好后，就起身去车站。在走出房门的那一刻，他看见东方雨老人正在给打吊瓶的千年唐槐喷药。他慢慢走到了老人跟前。

"老人家，又给树打吊针呢？"

东方雨："哦，今年雨水不足，又刮黄风，树有些不旺，还有几股枝子也生腻虫了。检查结果出来了吗？"

罗天福说："还没有。"

东方雨又叮咛："一定要看诊断结果，不要听他们说。"

罗天福："噢，谢谢老人家！"

罗天福走了。就在他快出院门的时候，他又回头看了看唐槐，看了看背着喷桶喷药的东方雨老人，突然觉得自己有些可耻，怎么就能想着要回去卖老树。可不卖老树，眼下这一劫，又怎么能渡过去呢？他恨儿子不懂事，也恨自己太无能，竟然混到要靠卖祖宗老树过活的程度。他低下了头，那是他人生的第一次精神屈服，尤其是面对已八十多岁的守树老人，他感到了自己的卑微和低贱，他再没敢多看一眼唐槐和东方雨，就溜出来，恍恍惚惚去了车站。

罗天福回塔云山去了，回去卖树去了。

三十六

罗天福坐长途客车回到县城时，天已经黑了。县城有好几个专门贩卖老树的公司，为他家那两棵老紫薇树，去缠过他好多次，都给他留过地址、电话，他进县城时，也见过那几个公司的苗圃，都是一边育着新苗，一边栽着大树。这些大树全是他们从乡下搜来的，转手卖到山外，就要涨好几倍的价钱。这几年"大树进城"运动，让这些公司都发了财了。

罗天福连夜找了其中三家，是为了问问价钱。人家找到门上缠你时，似乎啥价都好商量，等你上门求人家时，那价就压得说不成了。比来比去，最高的就只给二十万元钱。可罗天福知道，这些树卖到西京，一棵至少能卖到四五十万。罗天福把他知道的行情给人家讲了，人家就说，那你自己去卖呀。

罗天福知道，自己卖，首先办不下林业部门的证件，搞不好路上就让罚没了。另外，无论哪个单位买树，都要求保栽保活，六百多年的老树，要保证移栽成功，那是需要技术的。再说，那么大的树，根深数丈，怎么挖、怎么剪裁根须才能不伤元气，都有很深的门道，还不说怎么从山里运下来，反正没有经验、人脉、设备、技术，是万万不能贸然行事的。可商量了一整，这个价钱又与他的心理价位距离太大，他就没有再跟人家谈。晚上，他在车站候车室的一个长条椅上躺着，翻来覆去地睡不着。

这里他很熟悉，过去进县城看望甲秀、甲成，没少在这里睡过，在这睡一晚上，至少能省十几块钱住店钱。其实甲秀、甲成到现在也不知道，他每次进城给他们送东西，晚上是在这里过的夜。为了两个孩子上学，哪怕能从自己嘴里抠下一分钱来，他也是绝不会放弃机会的。今晚躺在这里，似乎与过去任何一回都不一样，他从来没有感到过，自己像是回来做贼的。过去别人来买树，他几乎都是一口回绝,几百年的老树怎么能卖呢。在罗家,那是跟自己活着的先人一样,是自己的爷,是老爷,是老老老爷,一个孙子、重重孙子辈的,怎能把爷、把老爷、把老老老爷卖了呢?那是能商量的事吗?今天,他竟然为卖爷,讨价还价了半个晚上,他的心纠结得一阵一阵地慌乱不堪。

候车室里还有几个睡椅子的,昏暗的灯光下,一个个目光呆滞,除了一口气,似乎再没别的地方是活着的。罗天福身无分文,只在手提包里,给娘带了一斤桃酥饼,也不怕失窃,想着想着,就眯瞪了。

梦中,他遇见了树爷。

树爷头发胡须全白,穿着老戏里的衣裳,也是灰白色的,他手拄一根紫薇树根做的拐杖,盘根错节,上面还雕刻着紫薇花。树爷是一副乐呵呵的神情,树爷见罗天福时,罗天福正举着斧子,要砍树爷的腿。树爷就像逗小孙儿玩似的乐了。

树爷问:"娃娃呀,你砍我腿做什么呀?"

罗天福不好意思地说:"爷腿太长,不好挪动。"

树爷乐呵呵地又问:"娃娃要把爷挪到哪里去呀?"

罗天福嘿嘿一笑说:"城里,让爷进城享福呀!"

树爷说:"噢,那娃娃给爷说说,到城里都能享什么福,值得把爷腿砍了去换?"

罗天福耳朵有些发烧地说:"爷不知道,城里可好了,可文明了,你去城里,人家肯定把你放在最要紧的地方,一天看望你的人不断,还都抢着跟你照相,你有病了,营养不良了,还有人给你打吊针,生命比在这里金贵多了。"

树爷捋捋胡子说:"我六七百岁的人了,一辈子在这里清静惯了,不喜欢热闹,也不想图啥子金贵,能自自然然地活着就好呀娃娃。"

罗天福继续劝着爷爷说:"爷,城里咋都比乡下好,你还是去吧!"

树爷说:"你看你这娃,我记得前几年,有外面的娃娃来,想把爷的一些好伙计卸胳膊卸腿地移走,你是挡过的呀,现在怎么突然要把爷也弄进城去呢?爷听说,爷的好多伙计,进城都死得硬翘翘的了。你说爷要是年轻些,折腾一下,兴许还能受得,爷这大一把年纪了,还要卸胳膊卸腿的,进城去天天在人前露丑,娃娃是让爷去享福呢,还是让爷去寻死呢?你就饶了爷吧!"

树爷说着，还亲昵地摸了摸罗天福的头。

罗天福见树爷执意不肯，就有些急了，说："爷，城里真的很好，现在人都往城里拥呢。你在山里活了一辈子，也该出去见见世面了。"

树爷哈哈一笑，说："爷在这里活着，一天有一百多种鸟、虫、禽、兽，给爷唱歌跳舞，它们长得啥样，年纪多大，哪个是哪个的儿子、孙子、重重孙子，爷都烂熟于心。爷年纪大些，一条沟里成百种花、树、藤、草，都给爷献祥纳瑞，爷也给它们播撒精华，那是怎样一种快乐的生活呀，爷为啥要去城里病病快快地靠打吊针活命呢？你说城里大，还有爷现在的天地大？天是爷的，地是爷的，月亮是爷的，太阳是爷的，风是爷的，雨是爷的，一切飞虫走兽、藤萝花树，都是爷的老伙计的子孙后代，爷为啥要离它们而去呢？爷亲眼看见一片片山，秃了，绿了，绿了，又秃了。爷跟这里的一草一木都有了割不断的感情，娃咋能把爷的腿一砍，就把缺胳膊少腿的爷，移到城里去了呢？爷一走，住在爷身上的蝉、蚂蚁、蟋蟀、蝈蝈、蛾子、螳螂、蚊子、跳蚤、豆娘、灶马、蜘蛛、蚂蚱、壁虎、蜈蚣、蜜蜂、黄蜂、胡蜂、牛虻、花蝴蝶、臭大姐、纺织娘、吊死鬼、洋辣子、屎壳郎、象鼻虫、独角仙、萤火虫、金龟子，到哪儿落户？还有每天在爷头上盘桓的那么多家燕、麻雀、黄雀、黄鹂、百灵、喜鹊、画眉、乌鸦、秃鹰、杜鹃、斑鸠、山鸡、啄木鸟、布谷鸟、太阳鸟、猫头鹰，也能带到城里去？你让爷到城里，是连根拔了，整日偎在爷脚下的蟾蜍、蚯蚓、田鼠、草蛇、野兔，也能随爷的泥腿，黏糊到城里去落脚？最关键的是，娃把爷弄走了，那你奶咋办？"

罗天福无话了。

树爷接着说："我跟你奶做了六七百年的伴了，你把爷移走，你奶恐怕就活不了了。你奶一辈子没离开过我，在她一百零几岁的时候，那年干旱，你奶差点渴死了。到二百零几岁的时候，又差点让雷劈死了。到三百多岁的时候，有个叫李自成的人，在外面把事弄败了，领着残兵败将到这儿来养伤，一天在她身上拴驴、拴马不说，一个满脸大胡子的娃娃，不知哪来的那么大气，一鬼头刀砍下去，把你奶半边身子都砍没了。在你奶五百多岁的时候，又遇见山洪暴发，你奶又差点让滑坡山体把她滑到沟底去了。反正你奶一辈子多灾多难，没我经管，恐怕早都不在世上了。娃咋能把爷一人弄进城，让你奶一个人孤孤单单撂在这儿呢？你先去问你奶答应不答应吧……"

罗天福听树爷越来越啰唆，就把自己的难处给树爷说了一下。树爷半天没话。过了很久，树爷终于开口了，说："要是这样了，爷就去给你奶做工作，爷去！"

树爷说这句话时既是快乐大度的，也是苍凉悲壮的。

树爷来到灿烂的阳光下，解开裹腿，撸起裤管，把两条苍劲有力的大腿，伸到一块巨石上，笑呵呵地让孙儿用斧子砍。

罗天福双手颤抖着，怎么也砍不下去。树爷笑得更是慈眉善目，微微颔首，示意孙儿大胆地往下砍。罗天福终于闭上眼睛，扬起斧头，使劲儿砍了下去……

罗天福啊的一声醒来了。他坐起来看了看，是车站候车室。那几个睡在长条椅上的人还在酣睡。他突然发现，自己提包里的桃酥饼不见了，看看四周，他发现一个要饭的，正在一个角落吃着东西，他走近一看，是桃酥饼。要饭的见他前来，吓得赶紧往一边躲，他就走开了。

他在想刚才那个梦，是老紫薇有灵性，知道不肖子孙想卖它，而来托梦显灵的吗？娘讲过好多关于老紫薇的故事，在娘的心中，两棵老紫薇就是家里的两口人。本来早上他还想再去跟几个卖树的公司谈谈价钱，后一想，这事还没跟娘商量，恐怕把人带去挖树不合适，他就先坐车回了塔云山。

一进沟，他是顺着小路走的，不知咋的，今天他特别不愿遇见任何人。越不想遇见，在紫竹林，还是遇见了大奶一家。大奶领着媳妇和两个娃，到乡上赶集，一人脖子上骑着一个，小儿子竟然尿了大奶一脖项，大奶正在一边擦尿，一边乐呵呵地咬儿子的碎牛牛，见罗天福回来，大奶就好奇地问罗老师回来干啥，罗天福支支吾吾地说，回来看看甲成他奶，就急忙擦肩过去了。大奶跟甲成同年同月生的，早早出来当泥瓦匠，已是能顾住一大家子吃饭的人了。而甲成，还正在爬坡，要出来，至少还得三四年。尽管受了这大的作难，但罗天福直到现在也没有后悔，他觉得自己的一切奋斗，都是有价值的。无论怎样，塔云山都不能世世代代只出大奶这样的人。在翻过九尺泉的时候，他又遇见了蔫驴他娘。蔫驴他娘是去邻村喝喜酒的。蔫驴也是甲成要好的同学，这几年在外面挖矿，据说挣了几个钱，蔫驴他娘就再不打豆腐卖了。每逢赶集，都是喊叫去采购啥,日子比一沟人都过得宽展。见罗天福,蔫驴他娘也是有点奇怪,才出去多久咋又回来了,罗天福又是支吾了几句,就赶忙走开了。

终于见到自家院子了,首先进入视线的,就是那两棵紫薇树两团蘑菇云般绿蓊蓊的树梢。

一见紫薇树,罗天福脸先红了,是一副十分愧疚的样子。

两棵紫薇树,长在罗家一溜五开间房子的后檐沟,树离房有十几米远,是生长在一个逼陡的斜坡上,树兜子跟房屋的瓦檐相齐,脸盆粗的几条大根,顺着坡面向四边延伸开去,如苍龙一般,把房后的护坡捆扎得结结实实。

这两棵树,太像庄子寓言里所说的那些"无用"树,长在后檐沟少人处,又生得奇形怪状,无法进入木匠的绳墨框范,也就反而能六七百年免遭刀锯之害了。但它一串一串的红花,每年却能从五月开到十月,阳光下,鲜艳得能映红整个院落。从房前远远的地方看过去,犹如两簇盛大的炉火,在偌大的风箱鼓动中,喷薄出向天的腾腾烈焰。罗天福看见,今年的树梢仍是发旺得青翠欲滴,再过两个多月,这花就要燃放得让整个院落暖意涌流了。

罗天福看见娘正躺在门口的一个帆布躺椅上晒太阳,那个躺椅是罗天福几年前专门为娘买下的,帆布上淑惠用棉花又加厚了一层,睡在上面十分柔软舒适。大黄狗就卧在娘的脚旁,娘眯着眼睛,它也眯着眼睛,娘用一只脚在给它挠痒,它就翻来覆去地变换着身姿,任凭娘给它制造生命的享受。猫是卧在娘的胸口上,睡得呼哧大鼾的,一只爪子干脆懒散地搭在娘的下巴上,娘看它睡着了,也没往下赶。一群鸡,像是训练过一般,顺墙根偎下一溜溜,丢盹的丢盹,用嘴搔痒的搔痒,理毛的理毛,太阳把身子都晒得稀软,有人来,一只只动弹都懒得动弹一下。

罗天福慢慢走到娘跟前,真不想赶走了娘和这群朝夕相伴的家禽家畜的悠闲静谧。

是大黄先发现了罗天福,一骨碌爬起来,一个上蹿,就把两个前腿搭在了罗天福的肩上。还是老毛病,激动了就爱舔人的脸和脖子,躲都躲不开。罗天福也想大黄了,就任它亲昵。

娘睁开眼一看,是天福,她有些不相信地揉了揉眼睛,果然是天福。

罗天福喊了一声:"娘!"

娘就说:"你看怪不怪,我昨晚还梦见你来着,说你回来了。我咋都不信,想着这是梦,没想到你还真的给回来了。"

娘突然觉得有些不对劲,问他:"才出去一两个月,回来有事吗?"

罗天福不好直接开口:"哦,没事,走了也两个多月了,回来看看。"

娘放下怀里的猫,想从躺椅上站起来。罗天福急忙说:"你躺着,没事。"

娘说:"娘给你做饭去。"

"还不饿,娘。"

"这半晌了,还能不饿?"

娘就爬起来了。

罗天福跟着娘一直走到房里。大黄和猫也跟着进来了。娘端直去了厨房,洗菜、淘米、蒸鸡蛋。娘还说要杀一只鸡,罗天福挡了。娘在锅台前忙活,罗天福就偎在灶门洞前烧火。娘问起甲秀、甲成上学的事,罗天福一直说啥都好着哩。娘是明白人,本来看罗天福这时回来就不大对劲,又见儿子说话吞吞吐吐的不展脱,心里好像是搁着事,就起了疑心。终于,娘还是忍不住先问了起来。罗天福就把甲成惹的祸一五一十地给娘说了。

娘听了半天没话,房里只剩下炒菜的锅铲声。

直到这时,罗天福还没敢开口说卖树的事。

娘问:"那捅下这大窟窿咋办?"

罗天福没说话,只是一个劲儿地给灶洞里塞柴,翻火。

娘也不知说什么好了,就哪哪哪哪地切着土豆丝。娘的土豆丝切得在塔云山都是一绝。不仅细溜、匀净,关键是声音节奏谁都比不上。七十多岁的人了,罗天福听着,还是那么咯嘣利落脆的。

还是娘先问了:"你回来就有办法了?"

罗天福觉得还是接不上话,想说卖树,真的夯口得很。

娘把花椒、葱姜、大蒜、辣椒嗞溜一声撂进锅里,然后用菜刀把土豆丝搅进去,炒了几下,扑哧激了半瓢酸菜水,满屋就又香又呛得人直想咳嗽了。

罗天福从灶门口站了起来。

娘说:"你到外面立会儿去。"

罗天福就把灶房的后门打开出去了。出了后门,两棵老紫薇就在面前赫然耸立着。也不知是眼花了嘛咋的，罗天福突然发现，两棵老紫薇浑身都长满了眼睛，并且每一只眼睛都在和善地看着自己，那眼神活像昨晚做梦时梦见的树爷的眼睛。

真要卖，到底卖哪一棵？哪一棵是昨晚梦见的那个同意将它卖掉的树爷？罗天福把两棵树仔细打量了打量，哪一棵都舍不得，哪一棵都完美得几乎挑不出毛病。可城里那一摊子真是救场如救火啊，一旦配合不好，人家不同意私了，要公了，把甲成绳之以法了，那可就真是前功尽弃，竹篮打水一场空啊！

罗天福在对树禀告说："树爷啊树爷，你就原谅罗天福的不孝吧！"

罗天福几乎是在瞬间，决定了要卖掉的那棵树，原因很简单，那棵树比另一棵树多了拳头大一个朽蚀的窟窿，那个窟窿里正有一群蚂蚁在搬着比自己身子还大数倍的食物走进走出。

罗天福回房去了。

娘已经把所有的菜都炒好，连饭都舀上了。罗天福帮着把饭菜端到了堂屋。娘俩坐下吃了起来。娘先用大勺子，把一碗鸡蛋羹给罗天福舀了一半。罗天福又给娘美美挖了一勺。

娘不无歉疚地说："你回来也不先言传一声，饭里连一星肉气都没有，下午娘给你煮腊肉。"

"不了，娘。"

罗天福想说树的事，还是觉得开不了口，就又跟娘扯了些别的。罗天福问了问大姐和天寿家里的事，娘说都好着呢，就是天寿家养的一窝猪娃子，春上发猪瘟，十五个死了九个，天寿媳妇哭得眼睛跟红桃子一样，几天吃不下饭。

当饭快吃完的时候，罗天福到底忍不住开口了。

罗天福说："娘，我可能要做一件对不起祖宗、对不起你的事了。"

娘快咽下去的一口饭，停在了喉头。

娘没接话。

罗天福停了一会儿说："实在撑不住了，可能得卖一棵树。"

娘哽在喉头的那口饭，咕嘟咽了下去，但手上的碗却放下了。娘突然哭了，先是默默流泪，后来竟然号啕大哭起来。娘起身进自己房里去躺下了。

罗天福赶忙跟了进去。

罗天福说:"娘,我只是说说,你要不同意,就算了,我只是说说么。"

娘把身子转向了里面,娘还在抽泣。

罗天福用开水给娘润了个湿毛巾,要给娘擦泪,娘用手挡开了。

罗天福说:"娘,你不哭了,我只是征求你老人家意见哩么,你不同意,我还敢硬卖了?"

娘终于说话了,娘说:"完了,完了,罗家这两个老祖宗快完蛋了。娘一直觉得你可靠,能保住这两棵树,没想到,连你都起了这心思,那它们还有啥子活路哇!当初天寿分家的时候,这两棵树,没人待见,你把四棵成材的松树、柏树,都让给了天寿,娘和天寿都觉得你亏欠了。没想到,这几年,这两棵树红火了,成摇钱树了,我日夜都担心有人惦记,我给树上安了铃铛,晚上睡觉,一听见铃铃响,都要拿手电筒照几回。我最担心的是被人偷,我最放心的是把树分到你名下了。没想到,你都能起这心思,真是完了,完了,娘的筋都快让你给抽了。塔云山前两年你主事,你是不让卖大树的呀,你看看,你一下台,这大树有多少都被偷着卖了。听说好多卖出去的,都死在城里了,那多可惜呀,这些败家子!你知不知道,邻村他们前几年挖矿,说是都赚了钱,可今年春上,几面山都塌下去了。这日子明明一年都比一年好了,为啥还要惦记这山,惦记这几十年、几百年的老树呢?长那么大容易吗?树也是命哪,你卖掉一棵,剩下一棵咋活?它们是六七百年的伴了呀,树是有灵性的呀!难怪这几晚上树老给我托梦,说有人要害它,有人要害它,原来是你呀!天福,我做梦都想不到你能惦记这老树哇!树就是你活着的爷,你活着的奶,你活着的婆,你能把你爷、你奶、你婆亲手卖了吗?真的就过不去到这一步了吗?你知道这两棵没用的树,对罗家是有多大的恩情哪?娘一生亲眼见到的滚坡水有好几次,有的人家连房带人都被冲得寻不见了,可这两棵没用的树,硬是挡住了上面溜下来的'土鳖子',救过咱们的性命哪!有几回发山洪你是知道的呀!你咋能起这心思呢?大炼钢铁那年,你爹为护树,叫村上几个莽汉差点打死在树下,要不是看你爹快死了,他们才不会放手呢。树是你爹拿命保下来的呀,你咋能卖了呢?树就是你爹,是你爷,也是我,你要卖,就先把娘抬到城里卖了吧,把娘卖了,你再回来卖树吧……"

罗天福扑通一声跪在了娘的床前,满脸泪水地说:"娘,你不要再说了,我错了，只要你儿还活着，就绝不会卖这两棵树的。你就原谅儿吧！"

罗天福深深地给娘磕了三个头。

罗天福慢慢站起来，拍了拍娘还在抽泣的脊背。他突然发现，在娘的土炕墙上，钉着一个木橛，木橛上缠着一匝细铁丝，铁丝从窗口通向后檐沟。他从娘房里出来，向后檐沟的两棵老树走去，他看见那根细铁丝是连着两棵老树的。他走到树跟前才发现，这根铁丝与两棵树上的几个铃铛相连接，只要有风吹草动，几个铃铛就会发出丁零当啷的响声，而不仔细看，铃铛和铁丝都是看不见的。这是春节后娘才安上的。过年时，娘曾说过，她老怕自己人老耳背，有人半夜挖了树，她都不知道。据说村上好几棵大树，都是人半夜偷偷挖走的。虽然这两棵树，也不是轻易能挖走的，可娘还是做了这样的防范。罗天福活了五十多岁，今天突然有一种羞愧难当的感觉。在娘的心目中，他这个儿子是绝对会很好地保护祖业的，没想到，绳从细处断，偏偏就是他，第一个提出来要卖树。他忘不了，娘在听到他提这个要求时，那种彻底绝望的表情。他十分后悔自己这个贸然的举动。如果说自己大半生为人处世，还未曾遭遇过太大羞辱的话，那么今天可算得是自取其辱，并且辱莫大焉。尤其是面对自己敬重如山的老娘，就更是羞愧得无地自容了。

他静静地跪在了老树面前，跟刚才给娘磕头赎罪一样，给老树也磕了三个头，是敬重，更是深深的悔过。

他大声给老树说："爷，奶，罗天福向你们保证，只要我活一天，就保证你们不挪窝、不拆伴地活一天！"

树也许是真的有灵性，突然呼啦啦一阵风旋起，所有树梢都在向罗天福招手，树丛中的铃铛也十分清脆地响了起来，像是在合奏着一曲美妙的音乐。一只兔子，忽地从罗天福准备卖掉的那棵老树肚子中钻出来，朝罗天福瞅了瞅，而后蹦蹦跳跳地向后坡上跑去。

罗天福离开大树，准备马上回西京城去，他想，车到山前必有路，一切办法，还是只有到那里去想了。就在他走进娘的小房，去向娘道别时，娘叫他。

娘说："来，把这个拿去换钱吧。"

娘交给罗天福一个小红布包。

罗天福突然不知该不该接。

娘说:"这是娘嫁到你们罗家时的陪嫁。俺娘家那时成分高,家里有点地,娘出嫁时,俺娘就给了这样一个红布包,包里包着十块银圆,娘一直没动过。前几年,听说一块银圆都卖到四五百块了,你拿去卖了吧。娘还有这一对银耳环,还有一双陪嫁过来的银筷子,都是老货,也许还能值两个钱。"

罗天福:"不,不,娘,你留着,这个绝对不能要。"

娘有些生气地说:"拿着,这些都是生不带来、死不带去的东西,留着也没多大用处,拿去吧。只要能把这场事摆平了,娘晚上睡着也安生。"

罗天福的手有些颤抖。娘把这些银货都放在了他的手心。娘又用一把老铜钥匙,打开了柜盖,从一个米袋子底下,掏了半天,掏出一卷钱来。

娘说:"这里还有一千多块钱,是你和天寿平常给我的一些零花钱,娘平常就是行个人情,另外也再花不出去。娘养了二十几只鸡,春上一天有时能捡七八个鸡蛋,卖的钱也都攒着,还是准备给甲成凑学费的,你都一起拿去吧!"

罗天福看着老娘斑白的双鬓和那双七十多年不曾停歇的粗糙的小手,眼泪终于抑制不住哗哗流了出来。在塔云山,再也没有比自己老娘更明白事理、更胸襟宽阔、更仁慈厚道的老人了。正是她的勤劳、朴厚、仁爱、公道,而使几条沟、几面山的人,都十分地敬重爱戴着。遇见大事小情的,无不找她出面调停说话。有那在外面学了些文化回来的年轻人,文绉绉地说,罗家老太婆就算是塔云山灵魂式的人物了。

罗天福自然是推辞不过娘的赐予。他像孩子一样,当着娘的面,用两只粗糙的大手,擦干了泪水,看了看娘,就又往塔云山外走去了。

娘在他身后的葫芦凸上,一直看着他有些伛偻的身影,歪歪斜斜地消失在紫竹林旁的扁担梁下。

三十七

罗天福一回到城里,就急忙找到甲秀问金锁那边的情况。甲秀说没什么大事,他们好像也没报案。金锁今天还偷着跑出去玩了半天游戏机,最后是让郑阳娇骂回来的。罗天福才算是松了一口气。罗天福又问人家再催钱没有，甲秀说郑阳娇阿姨倒是亮过话，但也没催，她还专门多长了个心眼，打问了一下医生和护士，问这个伤，大概能花多少钱？医生和护士都说，人家主人让保密。不过，护士最终还是悄悄给她吐露了一点消息说，五六千块钱打住。罗天福一直揪着的心，总算慢慢松缓了下来。要是这样，他也就不急着把娘给的那些银货变现了。

罗天福到家歇了一会儿，就跟甲秀一道又去医院看金锁去了。

金锁挨了打，正好有了不去学校的理由，心里反倒有些窃喜，加之郑阳娇又想让他躺着，也好有个与打人者论理的说辞，金锁就瞌睡遇见枕头，借机想躺个十天半月的，反正只要不上学，哪怕上刀山都比"听老恐龙磨牙"快活。但这一天二十四小时硬躺着，好像也不是一件他能忍受的事，才两三天时间，就背也痛，腰也痛，屁股也痛的，瞀乱得想跳楼。

罗天福来看他时，他正乘护士不在，在床上玩"倒栽葱"，罗天福一来，在过道打电话的郑阳娇，也急忙从外面走了进来。郑阳娇见状，气得大声吼道："你不要命了，身上那么大的伤，还敢这样瞎折腾。"金锁急忙从墙上溜下来，又回到了重伤状态。其实他是怕别人看他身体好了，又要去学校受罪，这才是他极不情愿干的事。

罗天福问："娃好些了吗？"

郑阳娇冷冰冰地说："能好吗？这才几天，有些内伤还没查清楚呢！"

罗天福："让娃受苦了。"

郑阳娇顺杆爬着说："我金锁长这大，连我都没舍得动他一根指头，却让你那野蛮儿子打成这样，真是太冤枉了。你这两天都跑到哪儿去了，药费又欠一河滩，医院催呢，也不见你们拿钱来。"

罗天福愣住了。甲秀也有些越来越不懂郑阳娇，盯了她半天，不知说啥好。

罗天福慢慢平静了下来。他说："应该，应该，她姨，能把欠费的单子拿来吗？我也好去付账啊。"

郑阳娇没想到罗天福能来这一手，就说："有，明天就拿钱来。"

罗天福从医院出来，心里就有些慌乱，他怕郑阳娇跟医院捣鬼，真弄出一大堆药费单子怎么办？甲秀说，她问过了，不会的，这是大医院，收费全都是电脑控制，真觉得有问题，可以查，可以投诉。罗天福本不想跟人闹腾这些，可面对郑阳娇这样的人，也不得不多长点心眼。

郑阳娇见罗天福不是好糊弄的，就想着得在药费单子上做点文章。她拿了一千块钱，找到护士长，哭得鼻子一把泪一把的，说孩子让人打了，咋委屈，咋可怜，那一家打人的人，咋野蛮，咋赖皮，问能不能帮忙，在药费上给娃抠点营养费出来，事成之后，还有重谢。护士长拒绝了。护士长说，这是在踢踏她的饭碗呢。其实护士长这几天已经把啥都看出来了，并且对罗甲秀这孩子一直有好感。

郑阳娇见医院这边弄不出啥名堂来，就回到家里，要西门锁到外面药店开发票，以外购药的名义，向罗家要钱。西门锁也美美把郑阳娇说了一顿，气得郑阳娇差点骂起来："哟哟，你啥时也正经得像个人了，莫非让那贼小子一打，就花这几千块钱了事了？"

西门锁说："就是要钱也得有点道理，还能给人家下这种手，罗家也不是那号奸诈狡猾的人，咱弄那事干啥？"

郑阳娇乜斜了他一眼说："你就别猪鼻子插葱装象了。放到能抠钱的时候不抠，你得是脑子进水了。"

西门锁："你才脑子进水了呢。"

两人没商量拢，气得郑阳娇把门一摔走了。

西门锁觉得罗天福这一家人怪可怜的，但也是特别讲道理，努力想活得周正硬朗的人，就觉得向这样的人下手，太不地道，良心过不去。何况事情的原委他也弄清楚了，又是狗日金锁酒喝多了，在人家甲秀跟前不规矩惹的祸。人家一家人并没纠缠这事，还到处凑钱给看病，一下拿出一万元，对于他们来讲，已经是天塌地陷的事了，再在这样的人身上拔毛，西门锁觉得于心不忍。

罗天福把摊子支出去后，心里一直纠结着欠东方雨老人两千块钱的事，手里只有娘给的一千二百块钱现金，还差八百，他就跟淑惠商量，是先还一千二，欠八百呢，还是等凑够两千了，一次还清？商量来商量去，还是觉得先还一千二合适，那八百要等到挣够，至少还得半个月，拖欠那么久，就有些失信了。打了两锅饼，放在笸篮里，罗天福见有空闲，就去给东方雨老人还钱去了。

东方雨老人正躺在树下看书，罗天福拿出一千二百块钱，把还欠八百块，半月还清的事也说了。老人要他别急，让他先拿着用，他坚持着还是还了。老人就问事情处理得怎么样了，罗天福就把实际情况给老人说了一下，老人说："郑阳娇要实在胡搅蛮缠了，你就来告诉我，我帮你讨公道。"罗天福听得心里暖融融的。罗天福回来把这话说给淑惠，淑惠心里也暖融融的，好像是在城里有了靠山似的。

第二天，罗天福又到医院去了。郑阳娇就把他从病房叫出来，在过道没人的地方，拿出了几个外购药单子，合共是一万五千多块。罗天福本来不想把事闹大，总想着郑阳娇也只是说说，吓吓人就过去了，没想到，她还真拿出了这么大几个单子，罗天福就感到，这事可能要伤和气。他没有急着说什么，想着先接了单子再说，但郑阳娇咋都不给，说是要一手交钱一手交单子。罗天福就说："她姨呀，这大的钱，你总得叫我有个回旋余地么。"

"回旋什么？回旋什么？"郑阳娇总想以势压人。

罗天福说："我总得看了单子，把钱花在明处吧？"

郑阳娇说："噢，你的意思是我这单子有问题？"

罗天福说："她姨呀，我可没有这么说，只要是娃看病该花的钱，我们绝对一分不少地给娃花。"

郑阳娇："看看看，你这不明明说我这单子有问题么。"

"有问题没问题，她姨你心里是明白的么。"罗天福话里也有了一些弦外之音。

郑阳娇正要说什么，见大夫和护士长一干人查房走过来了，就急忙把单子收了起来。等人过去了，她又拿出单子说："我感觉你是不想认账啊老罗？"

罗天福说："不是不想认账，她姨，认咱也得认到明处，认到理处么，你说是不是？"

"啥叫明处，啥叫理处？"

罗天福说："钱花得明明白白的就叫明处，花得合情合理的就叫理处。"

郑阳娇想把声调提起来又不敢提："你咋还厕所的石头臭硬臭硬的，杀人偿命，欠债还钱，这就是情，这就是理，这就是明处。"

罗天福反倒很平和地说:"她姨呀,我不是跟你吵架来了,我真是想好好来解决问题的。"

"解决问题就是真金白银地拿钱,说再多的都是废话。"

罗天福说:"这么大的钱,我们总得商量到一块儿么。"

"有啥好商量的,把钱往这儿一拿,你连半句话都不用说,就把啥问题都解决了。我这才说的是药费,还没给你算精神损失费呢。要不然,就端直让你儿子进局子好了。那里面我们可有熟人,一句话的事,说今天晚上,不会让你儿子在学校浪荡到明天早上。"

罗天福每每在郑阳娇说局子的时候,心里就有些发毛,他是真的弄不清这里面的水深水浅,人家要真的恼了火了,局子里有人了,把娃铐进去,也不是没有可能的,反正打人总是铁的事实,他就又有了些服软的表情。郑阳娇看几句大话起了作用,就继续火上浇油地说:"你反正看着办吧,也就这一两天的事,拿钱说话就抓紧拿钱,想进局子说了,也得早点给你儿子做准备了,那里面可是要自己背铺盖的。"

郑阳娇说完就一拧一拧地走了。

罗天福木在了那里。怎么办?跟人家硬弄,又害怕人家把甲成的前途彻底断送了,顺着人家,这简直是个长虫尻子没深浅的事,还不知要花多少冤枉钱。罗天福朝窗外望了一下,他真想从这十七层楼上跳下去。他心里就又开始骂甲成了,这个不成器的东西,真是把人能害死。本来从塔云山回来,听甲秀说金锁没啥大事,他心里是松了一口气的,这下又被郑阳娇把发条紧得快绷断了。医院人多得挤不上电梯,他就一步步从十七楼往下走。腿软得每走几层,就要歇半天,等下到八九层的时候,他干脆在楼梯台阶上坐了下来。这个时候,他第一个想到的就是甲秀,一切都只能跟甲秀商量。淑惠毕竟对城里的事知道得太少,唯有甲秀,不仅在城里待的时间长些,而且为人处世,也都稳当可靠。可他又觉得最近耽误甲秀的时间太多了,再不敢分娃的心了。他把手机拿出来,又放回去了。

罗天福回到打饼摊子上,淑惠急着问结果,罗天福轻描淡写地说了一下,害怕淑惠着急,都着急也没用,不如先把这事压在自己一人肚子里。他也想去找找东方雨老人,老人家说过,有啥事他可以帮忙。可罗天福想来想去,还是觉得先不麻烦人家的好。根据他以往处理事情的经验，没到万不得已的时候，尽量先不要让别人介入矛盾，那样更容易伤害当事人相互的感情，有时反倒把事情越弄越僵。晚上甲秀到底不放心，还是来了。罗天福就把甲秀叫出去，避过淑惠，给甲秀把今天去见郑阳娇的事说了一遍。

甲秀特别生气，埋怨说："郑阳娇阿姨咋是这样的人呢？这个钱咱绝对不能掏。"

罗天福说："我也是这样想的，可人家硬要，咋办？"

甲秀说："爹，这个咱也应该有原则。不给，要也不给。"

罗天福又说："人家还提到精神损失赔偿的问题。"

甲秀怔了一下，说："这还没底了。"

"世上最怕的就是这没底的事。"罗天福说，"现在这号事多了，听说都是压住往死的要呢。动辄一赔，就是十万八万的，真不敢想这结果哇！唉，怪谁？谁都不怪，谁叫咱的人要动手呢。"

甲秀想了想说："爹，反正开的假发票钱绝对不能赔。"

罗天福突然说："我都想啊，就叫人家把甲成弄进去算了，也让他好好买一个教训。可就怕上不成学了，把一辈子都赔进去了。"

甲秀："他们就是抓住咱这个心理，才敢这样讹钱的。"

"那你说咋办呀现在？"罗天福问甲秀。

甲秀说："先拖着吧，反正这事一时半会儿也纠缠不清的。"

罗天福说："咋拖？我们是做了输理的事，恐怕还得主动跟人家接触，以取得人家的谅解哩。"

甲秀说："面对郑阳娇阿姨这么个人，她能谅解你？"

"我倒想主动跟西门锁谈谈，兴许还好商量些。"罗天福说。

"这倒是个主意。"甲秀说，"我觉得有时西门锁叔还好说话些。"

父女俩又合计了合计，就一起到西门锁家去了。罗天福知道郑阳娇在医院没回来。

西门锁正躺在沙发上看动画片，狗在他脚头卧着。

西门锁见罗天福和甲秀来，就坐了起来。

罗天福先打招呼说："东家，我是来给你赔罪的呀！"

西门锁急忙说:"再不说这些话了,你儿子打我金锁,确实太过分了。不过你们一家人为这事也都尽力了。该弄啥弄啥吧,不说这事了。"

罗天福和甲秀从这句话里听出来,西门锁可能还不知道外购药单子的事。

罗天福说:"该赔偿的,我们还是一定要赔的,就是……就是娃她姨今天拿了几个外购药的单子,有一万五千多块钱,我们觉得有些不明白,想看看单子,她姨又不让看,只是催着要钱,我们觉得这事……还是在一块商量着办好些。"

西门锁怔在了那里。

西门锁半天没说话。

过了许久,西门锁还是先开口了:"你们先回去吧,还是那句话,该干啥干啥,我问问再说。"西门锁说话也是留有余地的。

罗天福和甲秀看西门锁浑身极不自在起来,就起身出门走了。

他们刚一出门,西门锁就拿起了电话。

西门锁没好气地对着电话说:"你到底还是开假药单子问人家讹钱了?"电话里郑阳娇不知说了些什么,西门锁就大发雷霆了:"阎王不嫌小鬼瘦是不?这样可怜的家庭,你想逼出几条人命来是不?要钱也不是这个要法。你行了行了,假药单子赶快撕了,精神赔偿费是另一码事。"不知郑阳娇在那边又说了什么,西门锁就大声骂了一句:"不要脸!"气呼呼地把电话挂了。

西门锁打电话时,虎妞一直歪着脑袋听着,听西门锁骂人时,它对着西门锁就汪汪汪地叫了几声,西门锁一脚把虎妞踢出老远。

在家窝一天了,看了七八个动画片,眼前已经看啥都是重影影了。西门锁从家里走了出来。

院子又在唱戏,这是这些农民工的夜生活,说实话,多数都是唱得荒腔走板的,金锁老要叫把这一摊子"彻底灭了",但所有农民工都好像乐此不疲。他站在人后听了一阵,唱者自报家门说,下面唱的是《下河东》里的"七十二个'再不能'"。围着的人就拼命鼓掌。唱者脖子青筋突起,唱得汗流如注,拉胡胡的东方雨老人拉得手都有些抽筋,听者好像还是不过瘾,还在用掌声鼓励他们继续、继续、再继续。西门锁虽然也是从小听秦腔长大的,可毕竟还是听了不少专业人士的演唱,知道一点好歹,像这样的声音,他还真是有些受不了。他在看戏的人群中，搜了搜罗天福和他家里的人，一个都没见，他知道罗天福是最爱拿着个小凳子来凑热闹的。他几次看见，老罗甚至坐在人群背后，也不看谁演唱，只低着头，眯起眼睛，用手在大腿上打着拍子品戏。

他看了看罗家租房，亮着灯，就向罗家租房走去。

罗天福和淑惠、甲秀正在给外面饭店加工千层饼。三个人都没有说话，连擀杖擀饼声都很轻，外面唱戏的声音就弥漫在整个房间里了。

西门锁走进门时，一家人都有些紧张，不知又会发生什么事。罗天福拍拍面手，急忙拉出凳子，招呼东家坐。

西门锁说："不坐了。刚才你们说的那事，你先不管了。"

罗天福愣了一下，问："那要是她姨再问起，咋办？"

西门锁既有些不高兴但又很果断地说："我说不管就不管了。"不过西门锁也还是留了一句话："其他事以后再说。"

西门锁说完就走了。

一家人，就一边打饼，一边久久地沉浸在对西门锁那几句话的仔细品味中。

三十八

罗甲成觉得这学期以来，就没顺过。先是父亲挨打的事，给他心灵留下了很深的阴影。连那些乡下保安都这样欺负乡下人，让他感到特别伤痛。尤其是父亲那种窝囊的处理方法，更是让他感到失望。紧接着，又发生了朱豆豆失窃的事。朱豆豆丢了钱，说是没人怀疑他，可所有向他投来的眼神都是怪异的，连一向对自己友好的童薇薇，似乎都有了疏离感。最可恼的是，这事被高高提起，轻轻放下，丢了一万块钱的朱豆豆，精神上反倒收获颇丰，抛出不让再追究的宽容姿态，几乎全面提升了一个"高富帅"的时代宠儿那大气磅礴的光辉形象。不仅本班一些"稀缺资源（指美女）"向他频频"开放市场"，就连外系的"白富美"们也纷纷向他抛出了橄榄枝。而罗甲成却在有头无尾、有始无终的失窃事件中，被涂抹得污浊不堪，活像堂吉诃德一样，拿着长矛，找不见具体的敌人。这事到现在似乎都还有副作用，前几天上体育课，有人把外衣脱下来，放在一个凳子上，他跑累了，说去坐下歇一会儿，那位同学竟然立即跑过来，抱起衣服，塞在另外一个同学怀里让保管起来。他感到受了莫大的侮辱，却把一肚子无名火，不知往哪儿发泄。

再就是姐姐拾垃圾的事，他警告过多少遍，可她还是要拾，那天他真想彻底从这个学校一走了之，可看到父亲那么可怜地央求自己，他最终还是原谅了姐姐的背信弃义。在他看来，那就是一种背信弃义的事，不管她有多少道理，既然答应了，就应该兑现承诺。可她还是不顾及亲人感受地重蹈覆辙，这是他很长时间都不愿意原谅姐姐的原因。尽管他知道姐姐一直很呵护自己，对他的爱可以说是无私的，但拾垃圾这件事，从主观上，已造成了对自己最本质的伤害，并且一再劝不听，他就觉得姐姐又是一个特别自私的人。不管怎样，最终他还是原谅了姐姐，那天回家，其实就是想跟姐姐和家人沟通一下，在这个城市，他心里最温暖和最想依靠也最能依靠住的，还是这个家，这个租住在别人矮檐下的小家。在这个家里，没有人会怀疑他能偷别人的钱，没有人会践踏他的尊严和人格。谁知偏偏又遇上金锁这个恶少对姐姐的百般无礼，他本来是没有打人企图的，可那混账二流子的泼皮无赖行为，终令他五内俱焚，竟然就酿成了那么大的祸事，让本来就百般不堪的家庭，更是雪上加霜。他真的想去投案自首，一人了结此事，可父亲偏偏坚定不移地要私了，一切都是怕自己失去学业，让一家人十几年的苦苦奋斗毁于一旦。他也只好委曲求全，一任恶人要挟，全家遭受磨难。他听说爹为这事还回了塔云山一趟，可能是筹措赔款去了。他也问过姐姐，问事情进展得咋样了，姐姐总是说好着呢，让他别管，安心上学就是了。这事就一直这样，在他心里七上八下着，难以安妥。

最近，他越来越开始怀疑学习的意义了，越怀疑，学习也就越没劲了，过去每次考试，都是班上第一，也老有人诟病，说"死记硬背的主儿"，是现行应试教育体制下的"怪胎"。孟续子甚至搬出典籍来批评说："明道先生认为，以死记硬背为博学者，属于玩物丧志之徒。"明道先生就是宋明理学的重要梁柱之一程颢，孟续子每次故意要把程颢称明道先生，把程颐称伊川先生，把张载称横渠先生，把周敦颐称濂溪先生，最近甚至把孔子都称作"仲尼老"了。他经常能从故纸堆里，翻出一些至理名言来，直切当下时弊，每每引起赵本山式的小品爆料效果。气得甲成也懒得下功夫背了，反正用跟别人相同的精力，就能走在前列，何必要再落个"玩物丧志"的蠢名呢。他最近在电脑上发现了一种叫《模拟人生》的游戏，特别刺激，更多的业余时间，他就都放到游戏上了。到图书馆也泡得少了，因为他发现，童薇薇就是来看书，来查资料的，有时是给她爸爸帮忙查，好像并不是因为自己才来图书馆的，因此，他对童薇薇的心仪，也无形中进入低潮时期。

自朱豆豆丢钱后，他每天回宿舍的时间提前了，开始他们三个还有些不习惯，时间长了，也就习惯了他的存在，反正各干各的，倒也相安无事。罗甲成自迷上《模拟人生》的游戏后，回到宿舍，就一门心思钻进去，给他的虚拟人物安排美好生活，完成自己不能实现的梦想。譬如最近，他就让他的一号虚拟人物、外号叫"穿山甲"的英雄，把虚拟的金锁，打了个腿断胳膊折，频翻鱼肚白。

最近，朱豆豆的桃花运进入汛期，不算暗送秋波、频频示好的，光主动进攻者，就有四五个，闹得朱豆豆很是心神不定。其实沈宁宁也在"地震活跃期"，追求者据说也在三四个以上，有人跟沈宁宁约会，罗甲成在湖边都是看见了的，但沈宁宁不像朱豆豆那么处世张扬，好显摆，也没有轻易"收网验鱼"。因而，在宿舍里，大家谈论的焦点，永远是朱豆豆的爱情生活。朱豆豆却从不隐瞒自己的幸福时光，每每约会回来，孟续子就会撩拨着让他谈心得体会，朱豆豆就五马长枪地谈起被人爱着，甚至是被多个人爱着的美妙滋味。不过他从不谈具体人，他说这是有关道德的问题，因为到现在，他也没觉得哪一个是可以公开亮相的。这让孟续子有些不大过瘾，猜来猜去的，也终是雾里看花。罗甲成每每听他们谈这些，一是跟着笑一笑，二是用耳机塞住耳朵，一门心思地玩虚拟，也就少了诸多莫名的烦恼。

一天，朱豆豆突然宣布，他的爱情取得阶段性成果，经过反复对比、筛选，甚至是十分痛苦地抉择，他跟中文系的女诗人翁点点"水到渠成"了。很快，他把翁点点亲自带到宿舍，给大家正式亮了一次相。事后，孟续子不无悲观地说："朱兄的自由幸福生活算是熬到头了。"过了几天，朱豆豆回来有些唉声叹气，孟续子就问："是不是开始审美疲劳了？也太快了些吧？"朱豆豆说不是的，是翁点点她爸妈来了，他陪着美美转了一天，关键是她爸还要求明天上华山。孟续子乐了:"这才是万里长征的头一步呢,你就烦成这样,那以后咋办呀!世上任何事情都是有成本、有代价的。"孟续子说着,又给他进行了一些关于岳父、岳丈、泰山、丈母娘之类知识的普及。孟续子问:"你知道为啥把妻子的父亲叫岳父,叫泰山吗?"朱豆豆摇摇头说不知道。孟续子说:"愚弟失职呀,朱兄请听:把女方父亲称岳父、泰山,是从唐代笔记小说《酉阳杂俎》里的一个故事演变来的。故事说唐玄宗李隆基要去泰山封禅,任命一个叫张说的封禅使,全权负责封禅大典。按照惯例,封禅的三品以下官员,事毕后都要见官升一级。张说借这个机会,把自己的女婿由九品,一下提到了五品。你看看这些人的素质,敢不敢让他们掌权。封禅后,唐玄宗大宴宾客,庆祝封禅圆满成功时,见张说的女婿突然穿上了五品官服,就不解地问咋回事。现场有个叫黄旛绰的艺人,这个黄旛绰我可得多说几句,黄旛绰是唐玄宗最喜欢的梨园弟子,奏得一手好乐器,并且说话滑稽幽默,深得玄宗宠爱。据说,安史之乱时,落入安禄山之手,还给安老献过艺,平叛后,李隆基都没有追究他的责任。当时甚至留下了这样的口头禅,说玄宗是一日不见黄旛绰,龙颜三日不得悦。就是这个当红'大腕儿',扮了一个鬼脸,说了一句笑话,他说:'此泰山之力也。'意思是说,张说女婿是借皇上泰山封禅的光辉,才得以火线提拔的。由于笑星化解危局的'弹拨'能力,唐玄宗一笑了之。从此后,大家就把妻子的父亲称泰山。泰山又称东岳,因而就又叫岳父了,岳母自是顺理成章的事了。"孟续子说完,见朱豆豆和沈宁宁都竖着耳朵听得认真,就又接着得意地卖弄了几句说:"你们知道为啥把岳父又叫岳丈、岳母叫丈母娘吗?不知道吧?看,不普及这些知识能行吗?不普及这些知识,你们能做明白女婿吗?"大家就撺掇着让孟续子继续讲。孟续子就说:"'丈'是古代对长辈男子的尊称,男人年满七十岁,就可以得到官府赐予的拐杖,那也是一种荣誉,跟今天佩戴寿星证一样,老人们都觉得有一种光荣感。过去拐杖的杖,就是现在这个丈量的丈,丈人就是手持拐杖的老人。这是对年长男性的尊称,老丈人的妻子,自然就是丈母娘了。"

孟续子在津津乐道这些所谓常识的时候,罗甲成一直在模拟空间中寻找自己的精神宣泄和突围。后来,他们又把目标集中到沈宁宁的时候,他的耳朵突然竖了起来。

事情最先是朱豆豆挑起来的。

朱豆豆问："哎，宁宁，你咋样了吗？听说有一个集团军在追你哩。"

沈宁宁一笑说："哪里哪里。"

朱豆豆："再别装了，你有个市长老爸，即使是'矮穷矬'，都是紧俏商品，何况你还是个大帅哥哩。"

孟续子接着说："哎，沈兄，可不要偷着吃噢，有了美味，最好摆到桌面上，让弟兄们饱饱眼福总是可以的么。"

沈宁宁："真的没有，真没有。"

朱豆豆："你可不敢也沾染些政治家的毛病，明明啥都有，偏说啥都没有；明明啥都干了，偏说自己两袖清风，干干净净，一尘不染，啥都没干。"

孟续子："呵呵，朱兄尖锐，朱兄深刻呀！沈兄啊，有了情况，还是到阳光下运作吧！哈哈。"

沈宁宁："没有，真的没有，有合适的了，我会主动给弟兄们坦白交代的。"

朱豆豆突然说："哎，我觉得童薇薇挺合适的，你可以向童薇薇发起攻击呀！"

罗甲成就是在这个时候耳朵突然竖起来的。

他们竟然肆无忌惮地议论起了童薇薇。这说明他们全然不知道自己的心思呢，还是知道了故意挑衅？他虽然还装作在玩游戏，但游戏里的一切模拟生活，瞬间变成了一片空白。他在侧耳倾听他们那些令人作呕的谈话。

朱豆豆："怎么样？这个目标不错吧？"

孟续子："绝对是高起点，高水准，大思路，大目标。呵呵，兄弟投赞成票。不过，据兄弟观察，觊觎薇薇的人可不在少数哇。"

孟续子在说这句话的时候，罗甲成似乎感到，他还故意从眼镜上边，向他睃了一眼。

朱豆豆接过话说："只要宁宁动手，我看就咱们的视线范围内，还没有能出其右者。这事就这样定了，你明天就发起总攻吧！"

沈宁宁始终光咧起嘴笑，未置可否。按沈宁宁的习惯，只要是不满意的，他一般是不会用这种暧昧态度来应对的。

孟续子：“沈兄，那就上吧！历史的重任已落在你的肩上了，用咱家老祖宗的话说：'当今之世，舍我其谁也？'小弟可等着你的捷报了。"

罗甲成在虚拟空间里赢得的一点精神提振，瞬间就被摧毁得骨松筋泄，柱倾梁塌了。

三十九

金锁在医院勉强赖了十天，说啥也不住了，说宁愿回学校"吃二遍苦，受二茬罪"，气得郑阳娇毫无办法。因为让罗家赔偿的事，到现在还没着落，关键是出了"内贼"，这个"内贼"就是西门锁。

郑阳娇咋都想不通，西门锁竟然能跟罗家人一个鼻孔出气。她托熟人，在外面开了一万五千块钱假发票，还给人家交了一千五百块钱税，西门锁却死活不让向罗家要，让她偷鸡不成反蚀把米。那种钱不能要，那精神损失赔偿费和误工补贴总是正当的吧，郑阳娇看罗家也勒不出多的来，就要了个五万，谁知西门锁还是说太多了，气得郑阳娇就想把他正看《动物世界》的电视机砸了。莫非这十天她和儿子在医院白熬了。本来她想，你老罗家扛着，那就都扛着，谁知金锁这个不成器的东西，说啥也不住了，医院也撵好几次了。她就不得不跟西门锁摊牌了。

郑阳娇：“金锁明天就出院了，你看着办吧。"

"早都该出来了，还赖着干啥？"

"你说啥？"郑阳娇气得把手中正剥着的杧果都摔了，"你到底还是不是这个家的人？还是不是金锁的老子？"

西门锁也毫不示弱地说：“你还是不是他妈？当妈的就这样教儿子耍赖，学都不上了？有你这样的妈吗？这样教他能学好了？"

"哟哟哟，你还真的把姓都卖了，屁股都完全坐到罗家人的板凳上了？儿子吃了这大的亏，就这样不哼不哈算了？"

"那你说咋办？"

"我说过了，最少拿五万，没五万金锁就不能轻易出这个院。"

"那你就扛着，看把老罗的筋能拽出来不。我说了，老罗不容易，拉扯两个孩子上大学，家里挺可怜的，已经东凑西借拿了一万了，药费不是一共才花了不到六千么，得饶人处且饶人，就别缠住不放了。再说，人家租咱房着哩，也算是咱的衣食父母么，人家女子还给金锁辅导课着哩，总还得讲点人情世故么，咱为啥要这样一绳子把人捆死吗？"

"哎西门锁，我是越听越糊涂了，你说就这样算了？"

"你要非要不可了，我的意思再加五千打住。"

"绝对不行！"郑阳娇噌地站了起来。

郑阳娇贴着面膜的脸，猛地逼近西门锁，把西门锁吓得一弹。

"你儿子的面子就值五千块钱，我看你西门锁也是瞎了眼了。文庙村这几年打架的事还少吗？哪一个要摆平，不得掏个十万八万的，亏你说得出口，让别人听了，还以为你的脑子是让尿泡了呢。"

西门锁气得一下把遥控器扔出老远："你脑子才叫尿泡涨了呢。"

"我脑子叫尿泡涨没泡涨，自有人看得明白，我就怕你这脑子让尿泡得都没人能看明白了。哼！不知吃了罗家啥药了，里里外外替人家说话。"

"就这样定了，再加五千块，立马让金锁出院。"西门锁还从来没有这样果断过。

郑阳娇也比任何时候都强硬地："门儿都没有。我再不给我娃争这一口气，我就不是人生父母养的。"

"那你争吧，你就让他睡在医院，看最后能从罗家榨出多少油来。我不管了。"西门锁说着就往门外走。

"你给我站住。"郑阳娇歇斯底里地吼了一声。

"咋了？你疯了得是的？"

"你儿子的事你能不管？他是石头缝里别出来的是吧？"

"我管了你又不听。"

"你这样卖国求荣我能听？"郑阳娇也不知咋的就蹦出了这样一句词。

"那你说咋办？总不能把老罗的老命要了吧。"

"你知道五万块钱就能要了他的老命？"

"他要能轻易拿出五万块，还能带着一家人到城里来受这号洋罪？"

"逼一逼也许拿出来了呢？"

"是个人就不能做这号索财逼命的缺德事。"

郑阳娇一把将面膜从脸上抓下来，啪地摔在茶几上，黏糊糊的汁液，溅了西门锁一脸。"谁缺德了？你说，谁缺德了？"郑阳娇步步紧逼了起来。

西门锁也声调越来越高："你缺德，谁缺德！"

"我咋缺德了？我咋缺德了？西门锁？"

"开假发票诈人钱还不缺德？"

"我诈了吗？我诈了吗？"

"没诈成跟诈了一样。"

"没杀人跟杀了人也一样是吧？是吧？是吧？"

一直围绕着郑阳娇转圈圈的虎妞，也学着郑阳娇的样儿，对着西门锁汪汪汪地尖叫起来。

西门锁气得手直摆说："去去去，不跟你说了。"又对往前冲了两步又后退的狗怒睁圆目："滚！"虎妞就退到郑阳娇身后叫去了。

"你叫谁滚？你叫谁滚？"

"你是又想打架是吧？"

"是你想打嘛是我想打？你要不胳膊肘朝外拐，我能跟你费这多唾沫。"

"哎，你知不知道人家为啥打金锁？狗日的要不喝醉酒，不胡拾翻，不乱摆糟，人家能揍他？"

不说这个郑阳娇气还小些，一说起这事来，郑阳娇就新仇旧恨如万丈怒火般地熊熊燃烧起来："你儿子胡拾翻，乱稗糟，还不都是学下你的，有啥样的蔓蔓就结啥样的蛋蛋，老子不胡嫖，儿子能胡成操……"

郑阳娇话没说完，西门锁就顺手抄起桌上的茶杯，哪地砸在地上，碎玻璃飞溅得满屋都是。

郑阳娇哪里能示弱了，就随手抓起茶壶，也咣当粉碎在地上，茶壶碎片把虎妞一只爪子击得抽起来直甩。

西门锁没有像过去一样，接着往下战斗，而是无奈地转身往外走去。

"你给我站住！"

西门锁理都没理，出去了。

郑阳娇更是绝望地号啕大哭一场。

只有虎妞一边跛着被茶壶碎片砸伤的脚，一边凑到郑阳娇怀里，舔起了郑阳娇汪涌的泪水。

狗日的西门锁是越来越指望不住了，越来越跟自己不一条心了。人常说，一个被窝筒里不盖两样人，狗日的是越来越跟自己同床异梦了。她跟他结婚那阵儿，狗日还完全是个泼皮无赖、浪荡公子，结婚后，她捆得紧些，倒是改了不少偷鸡摸狗的毛病。中间也没少打架、骂仗，过去是打了就打了，骂了就骂了，可自打跟那个叫温莎的骚货勾搭成奸，跟她大闹一场后，狗日的就跟她玩起了深沉，动不动跟死猪一样不说话，说话了，也是一头半句的，前后都接不住缝，搭不住茬。你说啥他都不配合。她也是怕越闹感情越僵，也就处处忍着，尽量不发火，不激化矛盾，要放在过去的脾气，这八九个月来，恐怕把电视机都砸几回了。她是忍啊忍，一忍再忍的，可西门锁还是那副屎不甩的德行，她一看就来气。就说这次金锁挨打的事吧，一家人咋说都应该摒弃前嫌，同仇敌忾吧，谁知狗日的竟然内外不分，陡生异心。住院那天她让罗家拿一万，狗日的就同情人家，怕拿不出来，人家不是很快拿出来了。医院那些狗日的也是假装正经，不给多开药，她好不容易在外边弄了一万五千块钱发票，狗日西门锁还死活不让要。就说这假药单子不要了，那精神损失赔偿和她的误工补贴总是要讨回来的吧，狗日的又是这"丧权辱国"的态度，再壮实的活人，也都能让这号败家子给气死了。罗家人是可怜，老罗家两口子人也不错，罗甲秀这娃也好着呢，可那个满身"坎头子"气的罗甲成，自她第一次看见就没舒服过。狗日的初来乍到，就差点把金锁打了，她一直觉得这个狗日的一身的贼骨头，眼睛看啥都不顺，好像迟早要寻谁的事似的，果不其然，到底还是把金锁给打了。这样没教养的东西，能轻易把他饶了？你西门锁同情人家穷，人家是真穷吗？要是装出来的呢？不是说现在街上的好多乞丐，都是白天弄成瘪三样，晚上唱歌嫖娼下澡堂吗？你能看清了这世界谁真的富，谁真的穷？人家将来两个大学生要真供养出息了，还拿不出五万块钱来赔你？郑阳娇越想越觉得这事不能放下。西门锁不要，她要，要下了就是她的私房钱。她洗了把脸，化了化妆，就端直到老罗家去了。

郑阳娇到罗天福家的时候，罗天福两口刚把摊子收拾回来，准备在家继续打千层饼呢。见郑阳娇来,罗天福急忙用袖子抹了抹凳子,让她姨坐。

郑阳娇没有坐。郑阳娇在这个家从来没坐下去过。

郑阳娇单刀直入地说:"哎老罗,你的屁股真大噢,儿子把人打了,还有心思打饼哩,咋办吗?是让人继续往年底住哇,还是想办法尽快把事情缩个结算了,你恐怕也得有个主意呀!要等着我拿主意,那可就不是你能承受得了的了。你看你是积极主动,争取从宽处理呢,还是等着我报案逮人哪?"

罗天福仍是一副十分积极配合的神情:"看他姨说的,我不一直都配合着的嘛。"

"是你这样个配合法吗?"郑阳娇咄咄逼人地,"叫你拿药费,为啥不拿?"

"我不是拿一万了吗?"

"我说的是那一万五的事。"

"他姨,我说看看单子,你一直没让看么。"

"你还能狡辩得很。"

"不是狡辩,他姨,账总要算到明处么。"

郑阳娇极不高兴地说:"又是这些鬼话,我不想听。不说了,啥都不说了,连药费,带精神损失赔偿,还有我的误工补贴,你拿个整数吧,省得麻麻缠缠的让人心焦。"

畏手畏足窝在一旁的淑惠,吓得大气都不敢出,只是傻傻地看着罗天福发呆。

罗天福毕竟是连续经过了两次这号事情的人,就显出一些不慌不忙、不温不火的样子。他很平静地说:"他姨呀,那咱商量么,反正我娃打人不对,我再次给你道歉。回头我还要叫甲成来给你和金锁道歉呢。"

郑阳娇:"少来那些虚套子,没人稀罕,来就来点实际的吧。"

罗天福顿了一下,说:"那他姨你说怎么个实际法呢?"

"这还需要我教吗?我就不信你们都是木头,不知道西京城处理这种事的行情?"

"噢,不怕他姨笑话,我上次挨冤枉打,人家报完医药费后,赔了五千块。"

郑阳娇大声哼哼了几下说:"冤枉,你是去偷人家东西挨了打了,我金锁到你屋偷啥了?再说,你能跟我金锁比?真是笑话。哼!"

罗天福心中受到了极大的刺伤,他强忍住内心刺痛说:"你娃固然金贵,我罗天福也是一条命吧。我不是去偷东西叫人打了,他们是误伤,这个派出所是有结论的。金锁那天喝醉酒,确实在我闺女跟前有些不检点,你可以问你的娃,我们都是大人,也犯不着给娃塌脏。我甲成打人是绝对错误的……"

"不是错误,是犯罪。"郑阳娇义正词严地说。

"是,是的,打人是犯罪行为,这个我承认,我们也绝不袒护……"

"不袒护就少说废话,拿出实际行动来吧!"

正在这时,金锁一头撞了进来。

金锁气冲冲地对郑阳娇喊叫:"我要再去医院,我就日他妈。"

"咋了,我娃这是?"郑阳娇问。

"我日他妈,都让我赶紧出院,让我别装了。我日他妈是我想装呢,我都快憋死了。我宁愿明天去学校,看老恐龙的脸,都再不去医院装他爸装他妈装他爷装他婆,我日他妈了我装。"金锁一边说还一边气得乎乎的。

面对这样一个满脑子进水的货,更气得说不出话来的是郑阳娇。马上都满十七岁的人了,还幼稚得不如一个三岁的小孩儿。郑阳娇就想狠狠撸他一耳光,又怕一耳光撸过去,让罗天福两口子看到更多的笑话,她就一把把金锁推出门去,说:"冰箱给你准备的有冰淇淋,还不快吃去。"

金锁在门外还在喊叫:"我再装我日他妈。"

罗天福脸上露出了一丝笑意。

郑阳娇毫不服输地:"看见了没,看见了没,好好的一个孩子,让你们打得脑子还出了问题。赶快说咋办吧?"

"那他姨,你说咋办?"

郑阳娇终于忍不住开价了:"文庙村赵家老二,叫人家打残了一个指头,赔了十五万。刻章子的孙矬子,让人家拍了一砖,缝了十针,拿了十万。朱家跛子,让人家把蛋踢了,说是还能用,给赔了一辆小轿车。还有几家打人赔偿的事,你们都可以去打问打问。念起你们可怜,也不说十万八万了,六万块,一次到位。三天交货,三天不见货,法庭上见!"

郑阳娇说完，拧身就走。刚走到门口，又扭回头说："这事就我一人说了算，找谁都没用，你就赶快弄钱吧。"

郑阳娇都走出门了，又折回身说："老罗，把你的身份证借用一下吧。"

罗天福一怔，继而他就明白郑阳娇是害怕他偷跑了。他连犹豫都没犹豫一下，就把身份证取出来交给了郑阳娇。

郑阳娇拿着身份证走了。胖乎乎的身子把屋里的空气好像都带了出去。

租房内一切都凝固不动了。

连罗天福和淑惠都跟房里的桌子、凳子、面口袋一样，静止在了那里。

郑阳娇气冲冲回到家，见金锁正在冰箱边上，吃着冰淇淋，吃得满嘴跟花屁股一样脏兮兮的。她终于忍不住，照那个花屁股嘴狠狠撸了一耳光。

金锁的花屁股嘴里，就蹦出了更生猛的话："我日你妈！"

四十

罗天福又被郑阳娇击垮在了阴暗潮湿的租房内。淑惠木木地看着罗天福，不知如何是好。罗天福强打起精神，安慰了淑惠一句："没事，你放心，啥事都能过去，放心吧。"他本来把有些事一直都对淑惠瞒着的，就怕淑惠经的事少，急坏了身子。可今天郑阳娇直戳戳地把啥都当面端了出来，恐怕也就只能与淑惠一起面对了。

淑惠说："这回罗家是把天塌了。"

"塌不了，你放心吧，只要我还有一口气，这天就塌不了。这事你就别操心了。她说六万，还就真六万了？"

"这可不是我们能惹得下的人哪！"

"我们惹不下，总还有能惹下的。"

"我咋觉得我们到西京城，是来瞎了。"

"还没到走投无路的时候。"罗天福还反倒让淑惠这句话激起了某种抗争的精神，他说，"你打你的饼，我找人说说去。"

罗天福说着就出门了。

罗天福第一个想到了东方雨老人。老人曾对他说过，有事可以找他。一般事情他是不想惊动老人的，可今天这事，真的是大得不能再大了，即使讨价还价，能还到多少钱，他心里没底了。他得找老人请教请教，此时此刻，他心中最信任、最能够亲近的，也就是这个和善的老人了。

老人白天晚上都爱待在树下，可今天好像没有出来。罗天福就端直去他租房找他去了。老人家的租房在院子最后面一排房的拐角处，据说过去是村办厂的厂长办公室，一排三间，房子相对好一些，窗户还有钢筋护着，门也是那种老式防盗门，似乎有一种很神秘的感觉，因此，院子里的人很少有进去过的。在罗天福心中，老人是极其高贵的人，他曾好几次在门口徘徊，但到底没敢敲过门。他感觉那门不是自己随便能敲的。他今夜也是被逼得没辙了，才鼓起勇气准备来敲门的，谁知，到门口一看，老人就在门口的躺椅上躺着，他就在老人身边圪蹴了下来。他把刚才郑阳娇去他家的事，原原本本地给老人讲了一遍。

老人一直静静地听着，脸上很平静，呼吸也很平静，听完只平平淡淡说了一句："我知道了。"

罗天福就不无失望地离开了。走了几步，他还专门回头看了一下老人，老人仍是十分平静地躺在躺椅上，眼睛微微闭着，并没有什么举动。

罗天福就低着头回去了。

回到租房里，淑惠就问，跟谁说了，能帮忙不？罗天福还是那句老话，故作轻松地要她不要操心，说车到山前必有路。他就唏唏当当地又擀起千层饼来。嘴上虽是这么说，可心里哪能不急呀，要是东方雨老人再帮不上忙，第二条路是啥？他一边擀饼，一边在想着对策。他想到了西门锁，他感觉西门锁比郑阳娇好说话得多，也许找找西门锁，能有所改变。可郑阳娇刚才走时，分明还故意回头补了一句话说，这事就她一人说了算，找谁都没用。这个谁难道不含西门锁吗？来这个院子，眼看就八九个月了，他感觉，房东家是郑阳娇拿事的，西门锁平常都很少说话。再者，这么大的事，要那么多钱，两口子难道都没商量过？他也在想，那天那张一万五的药单子，好像西门锁就不知道。后来他跟甲秀去找过一次，郑阳娇就再没提起，说明西门锁是干预了这事的。难道这个最终赔偿数目，西门锁也不知道？还是两口子在唱双簧？他有些看不清水的浑浊深浅。赔是肯定得赔的,把人家娃打成那样,娃受了痛,影响了上学,还耽误得人家一家人到医院陪护,不赔罗天福觉得自己良心都过不去,可赔这么多,他觉得又太不合理了,而且自己说啥都拿不出来。越想心里越空越瞀乱,饼就被擀破了好几张,形状也三扁四不圆的,淑惠就说:"我来擀,你歇会儿去。"罗天福才发现,自己里面衣服都让虚汗浸湿完了,连耳朵背后都是汗,用手一抹,汗就在地上跌成了八瓣。

　　淑惠明显看出,老汉这回是吃了大力了。她看见老汉擀饼的手一直在抖,连两条腿都在发颤。老汉一辈子都是极有主见的人,天塌下来,都从来是不慌不忙的,也不让家里任何人跟着受累。这次这事,他也是明显不想让自己跟着受难场,可她看见,老汉是有些撑不住筒子了。她硬把老汉扶到床前,端着茶缸,给老汉喂了几口水,就扶着老汉躺下了。老汉咬着牙勉强躺下后,还笑着说,没事。可那笑容是那么勉强,淑惠看着所有脸皮都是硬的,笑时,变形得有些让人害怕。淑惠赶紧把没打完的饼全部收拾完,就给老汉烧了一壶水。她给老汉脱下衣服,用热毛巾给老汉一点点敷着身子,老汉身上几乎没有一处干爽的,并且虚汗还在一个劲儿往出冒。她摸了摸老汉的额头,觉得有点发烫,就问要不要去医院看看,罗天福摆了摆手,还是故作刚强地说:"没事,可能是房里有点热。"淑惠又把房门敞开一半,给老汉额头不停地换着热毛巾。她一生过惯了依靠老汉的日子,只要老汉好好的,这个家就没有过不去的坎儿。包括两个娃从上初中,到去县城上高中,直到上大学,中间也没少打破嘴的人,人家也都是好心,看家里负担重,都主张让把甲秀牺牲了,只供甲成一人上大学也就算尽心尽力了。老汉几乎连回旋都没回旋过这事,硬是把两个娃撑持到了今天这一步。她发现老汉是明显一年不如一年了。尤其是进城这八九个月来,一件事接着一件事,放到其他人,可能早撑不住回去了,可老汉始终没有说过一句打退堂鼓的话。真的,她现在啥都不怕,就怕老汉倒了,老汉一倒,这个家就算把梁柱塌了。如果说世上有啥宝贝,在淑惠看来,罗天福就是她金不换的宝贝。她一点点捏着老汉的身子骨,搓着老汉的脚心、手心、背心。老汉好像是睡着了,可又没有一丝鼾声。平日要是睡得香了,老汉的鼾声是能把她吓醒的。可老汉也没说话,她也就屏住呼吸,尽量不发出声响,好让老汉早点发出鼾声。

"这回把这事处理完，不行了咱回。"罗天福突然说话了。在黑乎乎的房里，声音很大，很悲凉。

"你说咋弄就咋弄。"淑惠见老汉还醒着，搓老汉手心的动作就又加重了。

罗天福突然把淑惠那只手紧紧地抓在了怀里。

罗天福说："你跟我几十年，仔细想来，还真没过过几天好日子。"

"尽说些没用的话，你亏欠我吃，亏欠我喝，亏欠我穿了？虽然是粗茶淡饭的日子，可几十年，你连重话都没说过我。塔云山的男人，有几个不打老婆、不骂老婆的？有几个把老婆当人的？可你没动过我一根指头，让我在乡亲面前活得有了体面。你把啥苦啥累都背着，心疼我的那些事，我都一一记着的。"

"唉，心疼啥了吗？都有啥心疼你的吗？看看城里的女人，那才叫活人呢。你今年才刚过五十，郑阳娇才比你小几岁，那模样能站在一起比吗？"罗天福十分愧疚地摸着淑惠的手，一点一点地仔细往前摩挲着，手是粗糙得跟成百年的松柏树皮一样，找不到一寸光滑的地方。

"尽说些没用的话，人比人，气死人么，咱还能跟人家城里人比细、比白、比嫩、比清闲？谁叫咱要生在山里呢？活到哪一步，就说哪一步话么。她郑阳娇也有比不上我的地方，我老汉虽然不富有，可我老汉一辈子就我这一个女人，天塌地陷时，我相信老汉都会抓着我的手，我知足得很。他爹，你就莫胡思乱想了。"

"唉，咋能不想啊！我娶你时，你是邻村最俊俏的姑娘，十里八乡的媒婆都朝你家跑，你偏偏就答应了我请去的媒人，我知道，那都是缘分。你要跟了别人，兴许日子都比跟我过得好，你同村追求你的人，后来不是都混到乡上当了乡长么。"

"啥年月的陈芝麻烂豆子，还翻。"

"我当民办教师十几年，工资要不上工资，名分要不上名分，你没嫌弃我。当村支书四五年，村上穷得叮当响，人家当官都赚了，风光了，咱还贴了一大堆，都怪我这个人好面子，要强，可这都亏了你呀！"

"你今晚是咋了，尽说这些没来由的话，不早了，快睡吧！"淑惠给老汉掖了掖被子。

罗天福长长地哀叹了一声，说："睡。"

两个人就再没说话，可两个人都分明醒着，为六万块钱醒着。

外面院子里的蛐蛐在鸣叫着，那种鸣叫声很有些像遥远的乡村，但仔细听，那蛐蛐又咋都不像是乡里的蛐蛐。乡里的蛐蛐叫得从容、恬淡、静谧，而城里蛐蛐的叫声，有些急促、惊诧、躁乱，是一种随时准备逃离的惶悚感。罗天福轻轻掀起被子，捂住了想静下来的耳朵。

早上四点半，那个只有平躺着才能走动的老闹钟又响了起来，是一种十分木讷的声音，淑惠用手心和手背量了量老汉的体温，老汉可能比她还醒来得早。她就问还摆不摆摊子。罗天福说："摆，咋不摆？要不摆也不能是今天不摆。"淑惠就先起来了。罗天福也准备起来，淑惠让他再躺一会儿，说她先和面，一会儿出摊儿时再说。罗天福就多躺了十几分钟，看淑惠一人和面吃力，就咋都躺不住了，硬撑着起来洗了把脸，接过了淑惠手头的活儿。

淑惠说："你身体能吃得消吗？"

罗天福装出一副很轻松的样子说："好好的呀！"

"还好好的，你看你昨晚出的那身虚汗。"

"那是太热了。"

"你就硬撑，撑垮了，罗家的天就塌了。"

罗天福每每听到这些体贴的话，就感到一种既温情而又扛硬的责任。也许正像老庄说的，人是气所聚，气聚则生，气散则死，气一旦因责任而充塞起来，再虚弱的身子便又有了强劲的能量。

罗天福把摊子推了出去。炉子下面的滑轮，因推的时间长了，明显有些滞涩，炉子就显得特别重。平常都是他跟淑惠两人一起推的，今天，他趁淑惠上厕所时，一人就推出去了。他想告诉淑惠，他好着呢。当然，他更想告诉郑阳娇和其他人，罗天福没有垮。罗天福可能会在顺利时松懈，但绝不会在遇难时垮塌。

早上九点多钟，街道办的贺冬梅主任来了。她买了一个千层饼，罗天福和淑惠死活不要钱，她还是把钱放在了专门收钱的纸盒子里。

贺冬梅吃着，就随便问了问卖饼的收入情况。罗天福实打实地给她说了。

突然，贺冬梅把话题一转，问起了甲成打金锁的事。罗天福一愣，有些摸不着底细地看了看贺冬梅。贺冬梅就干脆把他叫到街道办去了。

四十一

昨天晚上，贺冬梅接到了东方雨老人的电话，老人把罗天福的情况说了一遍，老人说他去调解了一下，郑阳娇死不让步，他希望街道办能出面干预一下。老人说罗天福家很可怜，是绝对拿不出那么多钱的，不敢逼出人命来了。所以贺冬梅一大早就过来了。

贺冬梅是当过文庙村领导的，知道郑阳娇的厉害。罗天福她也是了解的，一个十分宽厚仁慈的农民。前一阵他在工地被打，还是她出面帮忙处理的。按说，对方赔偿太低，本来她还想再争取争取，可罗天福说人家承认错了就行了，结果除医药费外，只拿了人家五千块钱赔偿金，明显是吃了亏的。没想到，事情才过去不久，他儿子又把最难缠的郑阳娇的儿子给打了，她就暗暗直咂舌头，觉得是一件十分难处理的棘手事。这几年从当村干部，再到街道办当副主任，没少处理过这些事，人的要价是越来越高，协商的难度也越来越大。最近她手头还有一件事，更是蹊跷，也是一个可怜的农民工，晚上蹲在女厕所行窃，把一个女的吓得精神分裂了。作案人是抓住了，法院也判了十几万赔偿金，可那人身无分文，家里财产总共折合下来，不足两千元，谁也奈何不得。她最近就在忙着给那个精神病人筹措看病钱。

贺冬梅把罗天福领到自己办公室，知道他是教师出身，就让他把简单情况写一下。罗天福在写情况的同时，贺冬梅一直在打电话，有慈善协会，有企业老板，也有同学，都说的是一件事，就是那个精神病人的医疗费问题。这个被吓成精神病的女人，也是在附近村子卖菜的，男人有严重的肺病，还拖累着两个孩子，这一病，一家就算塌火了。

罗天福写完情况，贺冬梅看了一下，问他："老罗，你是咋想的？"

罗天福说："反正是咱娃惹的事，不管人家娃对不对，咱娃打人总是千错万错了。除过医药费得认外，赔是肯定得赔的，就看赔多少。房东一口价开了六万，我们确实没有这个能力。我也觉得不合理，真合理了，哪怕砸锅卖铁，我罗天福都是不会耍赖的。我上次被人家打成那样，也才赔了五千。这个六万块，得拿出理来服我。"

贺冬梅问："你心里有个能接受的赔偿价位吗？"

罗天福说："这还真不好说。反正上次人家就赔了我五千块。"

贺冬梅点点头说："知道了。我尽量努力去给你协商，不过，这事也只能是协商，不能行政命令。本来这事应该诉诸法律的，你们又没报案。我先试试吧。"

罗天福都起身准备走，又返回来说："贺主任，这事一弄到你这儿，就算是告到政府了。我真的没有想告人状的意思。我去找东方雨老人，也是想请他帮忙出主意的，没想到他说到你这儿来了。依我的性格，屈死都是不想告人状的，何况这事咱还理亏着的，有点恶人的感觉了。"

贺冬梅表示理解老人意思地说："放心吧，我会注意策略的。"

罗天福就掀开门帘走了。

贺冬梅跟农民工打的交道多了，各种各样的人都见过，他们的目的很明确，进城来就是打工挣钱的。他们中的很多人，已被生计逼迫得完全不计较尊严面子了，不管看什么样的脸色，受什么样的非人待遇，只要有活干，干了活能拿到钱，那就是阿弥陀佛烧了高香的事。也有一部分人，无论择业，干活，取酬，都仍是要顾及一点人的脸面的。而罗天福属于更复杂的那种，他是什么苦什么累都能吃，都能忍受，但做任何事也都持守着一种底线：不仁的事不做，不义的事不行，不善的事不干，不讲信用的事不为。凡事都要朝理上讲。就说他被那个工地保安暴打的事，罗天福要真的想往大的闹，对方少说也得拿个十万八万的，因为对方是国企，国企老总们更怕把事情炒作大。可他最终只拿了五千，他同情着那个工地的农民工半年拿不上工资，他最终要的，只是一个理字。连贺冬梅当时都觉得这个老罗有点太冒傻气，可她也不得不对这个老汉心怀敬意。他比任何人都缺钱，但他比那些不缺钱的人更讲理。包括这次东方雨老人告诉她这件事，她也是觉得老罗这个人应该帮助。如果连老罗这样的人，在这个城市都得不到一点支持和帮助，那么，这是一个什么样的城市呢？贺冬梅虽然在这个近千万人口的城市，只担当了一个最微不足道的角色，可她老觉得自己肩上的担子还是挺沉的。因为在她管辖的范围内，有几万农民工，她觉得自己只要稍微为他们做一点事，他们就四处放大她的作为，她感到了这个群体的善良和渴望。她在用最大努力，尽着一个最底层政府官员的绵薄之力。贺冬梅的父母也是文庙村的村民，这几年也是依靠出租房屋谋生。贺冬梅觉得自己的爹妈心里那些柔软的东西始终在，因而，在她家院子租住的几十户农民工，与他们都相处得很好，很多人走时，还都有些恋恋不舍地。她觉得这个群体的人，你哪怕给他一点好处，即使是一点暖意的微笑，他都会有长久的感动反馈。像郑阳娇这样老跟自己房客闹别扭过不去的，还真是让她有些难以理解。

她觉得郑阳娇这个人很难说话，突破口，她最终还是选在了西门锁身上。

西门锁那天跟郑阳娇为罗天福的事争吵几句后，就出去了。出去也不知往哪儿走，这些年，好像混得也没个要好的朋友了，他本来想找两个人喝喝闷酒，解解心烦，可打了半天电话，一个都没约下。连十几年前半夜都能招之即来的在这一片臭名昭著的"四大闲人"，眼下也都顾起了家口和生活，西门锁就感到是年龄不饶人了。他去理了个发，美发师问要不要焗油，说鬓角、脑后边沿，几乎一半都白了。他拿着一个放大了数倍的镜子一看，果然是白猪鬃一样乱得吓人。他就让焗了黑油，人家一边焗油，他一边继续用手机联系那些能回忆起来的狐朋狗友，到焗油完，才联系下了一个叫伍疤子的"闲皮"，听说喝酒，很快就来发廊等西门锁下馆子了。伍疤子在过去，都属于他所瞧不起的下三烂，搞个小偷小摸啥的，动不动就让派出所用手铐铐到树上了。脸上那疤，也是被丢钱人扭住用刀划了的。约来约去，竟然就约了这样一个人，西门锁就觉得有种人生的悲凉感。他把伍疤子领到一个不太起眼的饭店，要了一瓶酒，点了四个菜，伍疤子就觉得人生快乐无限了。西门锁跟他胡乱聊起了生活，伍疤子三杯下肚，竟然难过得哭了起来。先是感恩西门大哥，这么多年了，还没忘记这个穷兄弟。再就是说到了自己的艰难。工作找不下工作，老婆讨不下老婆，过着有油没盐的日子。年龄大了，手脚笨了，每每出手都不顺利，再加之脸上又让人留下了疤痕，作业起来就更是不方便。他也曾组建过一个"花季少儿团队"，他不出面，只躲在远处放哨、指挥、收货，谁知一个软蛋被捏破，把他抓住判了五年，说他是教唆少儿犯罪，其实那些娃早就在道上了，他无非给了他们一个组织的归属感，结果屎尿就全都扣在了他的头上。他觉得特别冤枉。他对自己的行业也充满了失望感。主要是这行当的人都活失塌完了，几乎没一个好货了。他说，激烈的竞争让圈里的所有朋友，为了利益都能出卖良心，翻脸不认人。每坐一次牢出来，他都感到变化太大太快，一起并肩战斗、出生入死的兄弟，现在为了蝇头小利，都能大打出手，甚至背后拆台告密，无诚无信，无情无义，为了自己活好，不惜把别人踩在脚下，无底线、不要脸到了无以复加的程度。他对他从事了三十多年的老行当，彻彻底底绝望了。他问西门锁，他能不能改行，去他家做个门卫保镖什么的。他说他年龄大了，脑子也跟不上趟了，他得为自己的养老着想了。西门锁就觉得今天不该约他出来喝酒，这样的人怎么敢弄去当门卫保镖，岂不引狼入室？他就急忙结束了酒场子，服务生找回来的十几块钱，被伍疤子直接收进了口袋，连看都没看西门锁一眼。盘子剩下的半只鸡，也被伍疤子打了包。服务员以为剩下的鱼汤不要了，正准备往另一个盘子里倒，伍疤子一下将服务员的手刨开，端过盘子，直接把里面的油汤嗞溜一声，吸了个干干净净。然后长叹一口气说："好兄弟，别见笑，人心不古，行业不景气，这就是一个老贼的下场啊！"

西门锁跟伍疤子分手后，又在街上胡乱走了一通，看已是半夜快一点钟了，本来想在外面开个房，睡一晚上再说，想了想，觉得这也不是个长法，还是硬着头皮回去了。他回去时，郑阳娇已睡了。金锁晚上也没在医院住，还在电脑前打游戏。见西门锁回来，就把电脑搬到自己房里玩去了。今晚在自己小房里卧着的虎妞，见西门锁回来，不无敌意地把他盯了几眼，西门锁也怒视了它一会儿，它就翻了个身，把脸扭到一边睡去了。西门锁就突然觉得有些好笑，这狗东西，过去那么好玩，也不知从啥时起，他就不喜欢起它来，慢慢地，它也就与自己越来越有了隔膜似的形同陌路，并充满敌意了。真是个狗东西！西门锁也没脱衣服，就在沙发上躺了下来。打开电视，把一百多个台齐齐搜了一遍，只有一个台的节目还在制造着热闹，是一个专门搞笑的团队，演员不是男不男女不女的，就是装出有缺陷有残疾的，说些流里流气的诳话，做些挤眉弄眼、举止失常的动作，西门锁也实在是乏味得不知看什么好了，就把这个频道锁定下来，直看到睡着，里面的人，还在用身体的极度变形夸张娱乐无限。

上午十点多钟,他的手机响了。一看,是贺冬梅的。贺冬梅问他能不能到街道办去一趟,或者她过来。西门锁一看,家里除他醒着,其余两个——包括虎妞,都还在各自的领地,悄无声息睡着,就说,他过去。

西门锁走进了贺冬梅的办公室。

贺冬梅很客气地给他沏了一杯茶,闲聊了几句,就把罗天福的事端直说了出来,并一再解释,不是罗天福来告的状,是别人听见了,怕出事,才说到她这儿。西门锁一听,郑阳娇把五万已说成六万了,就更是恼火。但他没有在这里发作,毕竟内外有别。他还强调了几句罗甲成打他金锁,下手如何重、如何狠的话,然后说,他回去做工作。不过他也讲到郑阳娇的脾性,害怕一时半会儿转不过弯来,他说要给他点时间。贺冬梅就说,郑阳娇给人家下了三天的期限。西门锁说,那也是气头上的话,大可不必太在意。然后他就离开了办公室。

出了办公室的门,西门锁就觉得这事挺麻烦,他跟郑阳娇现在是只要多说几句话,就要吵起来,何况这事不是件小事,怎么面对,怎么说服,还真得好好想想。他就顺着文庙村外的街道,一直往前走着。一辆宝马迎面冲来,差点撞到他身上,一个戴着占去了半个脸的墨镜的碎美人,摇下玻璃,冲着他骂了一声:"找死呀!"然后一脚油门,呼地开了过去,等到自己灵醒时,车已射出老远了。你娘的腿哟,老子耍横那阵儿,你不知还在谁的大腿里转筋呢。要放在过去的脾气,西门锁哪怕是打一辆出租、抢一辆摩托,都会撵上这小妞,要她吃不了兜着走的。可现在,自己早已没这锐气,也没这斗志,更没这闲心与人理论了。何况还是自己走神占了人家的道呢。不过,由这辆宝马,让他突然想到了春节时郑阳娇订下的那辆宝马。他当时是极不情愿让郑阳娇买的,一是用处不大,二是怕出事,尤其是怕金锁惹事,一直态度显得不积极,不主动。既然阻止不了,车都订下了,现在,倒是可以催催车的事,这个态度也许郑阳娇是买账的。他心里有了点底,就端直回家去了。

西门锁回家时,郑阳娇刚起来,虎妞在忙前忙后给她递梳子、发卡之类的东西,这是郑阳娇长期培训的结果。一些日用品,甚至包括耳环、项链、戒指、手镯、帽子、手套、鞋子、袜子这些零碎东西,无论放到哪里,虎妞都能爬高钻低地找到,并亲自用嘴衔到郑阳娇手中。用郑阳娇的话说,比大活人强十倍。她有时喊金锁帮她拿个啥，真是比请爷都难。

西门锁进门时，与郑阳娇对视了一下，西门锁本来想态度好点，笑一下，先打破僵局，可脸皮都扯起来了，到底还是没有以笑的形式展示出来。他觉得从昨天摔杯拂袖而去，一下转到满脸堆笑邀宠献媚，难度系数还是有点大。他就先从给花浇水开始，一点一点做着铺垫。他甚至极不情愿地给虎妞用鲜牛奶泡了点狗食，放在狗屋旁。真是有奶就是娘，这个据说可以跟五六岁儿童比智商的家伙，立即冲他摇摆起了美丽的翘臀。不过，它一边吃食，也一边用半个眼睛在惶惑地瞅着西门锁，那眼神分明是迟疑：该不是黄鼠狼给鸡拜年——没安好心吧？这个狗东西。

西门锁所做的这一切，郑阳娇从化妆镜里早看见了，她也觉得十分蹊跷，就多了个心眼。

过了一会儿，西门锁终于开始出牌了。

西门锁说："过年时订的车，咋还没消息？"

郑阳娇一愣，心想，他咋问这事？但还是回答了一句："最近没问。"

西门锁就急忙胡乱编了一句："听说要涨价。"

郑阳娇立即进入非防范反应了："啊，谁说的？"

"听内部人说的。"西门锁胡乱诌了一句。

"那我得赶快打电话问问。"郑阳娇眉毛只画了半边，就起身要去找手机查号码。

西门锁狡黠地一笑，暗自窃喜：药见效了。

虎妞竟然就那么灵，抢先一步跑到房里，用嘴叼出了手机。

郑阳娇啪啪啪就要按号，西门锁说："你先别急，把那个联系人的号给我，我让朋友去说，免得节外生枝。"

"定钱都收了，他们还能变卦？"

"婚结了都还能离婚呢，莫说是买车。"说完这话，西门锁就觉得比喻是出了问题。郑阳娇也静静地看了他半天。

西门锁就赶紧转录号码，把尴尬遮掩了过去。记下号码后，他就出门了。郑阳娇看着他急急火火的背影，茫然得一头雾水，连眼睛都好像蒙实了。

西门锁出得门来，就在想点子，反正车是非买不可的，咋样让她感到是占了便宜，并且能很快把车提出来，人逢喜事，就容易变得宽容好说话些。

　　他竟然就想起有个初中同学是在交警队工作，并且还是个啥小头目。他想，也许这人能帮他提前把车提出来。听说所谓车没货，其实大多是骗人的，都是先把别人的钱押上，好倒腾生意。只要有硬扎人，说提，马上就能提出来。他终于从别人那里打听到了号码，平常他是不想跟这些人联系的，尤其是那些混得好的，他不太想去讨没趣。自己虽然没啥社会地位，可毕竟已活到能不求人就不求人的地步了。今天是受了贺冬梅一诺，为了面子，也是因为看不惯郑阳娇的做事过分，才求起了多年不打交道的老同学。一个电话过去，人家竟然很买账，他就急忙打了个出租，跑过去了。

　　老同学叫王国辉，今天可是给了他很大的面子，不仅亲自到门口迎接，而且还当着门卫的面，给他敬了个礼，让他感到很是受用，也很是不自在。多年没见，王国辉虽然穿着警服，但两鬓也白发闪动青春不再了。王国辉把他一直接到房中，两人就大谝起昔日上学时的五马长枪来。那时，王国辉也是班上的一个捣尿，但绝对服从西门锁的领导，西门锁让他给老师讲台下放一只青蛙，他绝不会放一只壁虎，让他给哪个女生书包里放一条毛毛虫，他也绝不敢自作主张，放一条蚯蚓。王国辉的父亲是派出所的警官，后来从南城区调到北城区去了，他们也曾在周末多次集结，翻部队院墙，钻地下防空洞，飞速穿越火车即将通过的铁路，总之，啥冒险、啥刺激玩啥，但毕竟南北相隔二十几公里，见一次面很不方便，久而久之，也就渐行渐远了。虽然生活在一个城市，也知道彼此都在干啥，但始终再没有联系，几十年后，偶然相约重逢，话题竟然多得一个多小时过去了，还连初中一年级的事都没说完。西门锁对王国辉后来的情况知道得很少，直到今天才搞清，他已是副处级干部了。但王国辉却知道不少他的底细，连二次结婚，甚至包括家产情况，都一门清知。西门锁夸了几句吃公家饭的好处，王国辉却很是羡慕他的家底殷实富足与自由自在。谝了两个多小时，王国辉一看表，都一点多了，就又请他去门口吃饭。王国辉还专门弄了一瓶好酒，让他喝。他想起他们那时偷着喝酒的事，真是愉快极了。他记得王国辉也是好酒量，一顿能吹七八瓶啤酒。可今天他再三劝王国辉喝，人家只喝了几口。王国辉说，中午不敢喝，上头知道了麻烦就大了。西门锁没想到王国辉现在变得这样有自制力，守规矩，也难怪人家能进步当处长了。趁上厕所的机会，西门锁偷偷把饭钱开了。王国辉还嫌他不够意思，他就说，他挣的活钱，毕竟比拿死工资多一些，要他别客气。两人就又谝了些交通阻塞，交警辛苦，行人乱闯红灯，开车不如走路快，将来可能还要流行自行车之类的话。然后，西门锁就在不经意中，把想买一辆宝马车的事端了出来。然后王国辉就给那家公司打了电话，再然后，西门锁就能以低于市场价三万元的价格提到了那辆宝马，让明天就去把车开走。西门锁最后与王国辉分手时，王国辉是让他的手下用一辆警车送西门锁回去的。这玩意儿他坐着咋都觉得别扭，年轻时，因打群架，有几次被塞进过这种带警笛的白车。快回到村口时，他提前下来了，他是害怕让村里有点年岁的人看见了，引起误会，说狗日锁子咋都年过半百了，可惹下事了。

西门锁神清气爽地回到家中，郑阳娇正在骂金锁不该现在才起来。郑阳娇要他继续去医院躺着，说再憋三天就办出院手续。金锁是宁死不屈，哪怕立马回学校，也再不到医院"挺尸"，气得郑阳娇毫无办法。西门锁倒是觉得这一切都有利于尽快结束纠纷。他把明天提车的事，还有人家不仅不涨，而且还降三万块的事，全给郑阳娇说了，郑阳娇一下激动得蹦起来，把西门锁的脸颊美美亲了一口，西门锁觉得是一种木木的不适感。金锁在一旁笑得大跳起来，原来是郑阳娇把湿漉漉的大红唇印，印到西门锁脸上了。

家里有了兴奋点，好像一切都有了光泽，连阳光，今天好像也迟去了很久似的，都下午五点钟了，还有一缕斜照在窗玻璃上，把整个房间都反射得很透很亮。就连虎妞也欢实起来，叼着西门锁的一只臭鞋，满屋乱跑，一只眼睛用于看路，一只眼睛用于观察西门锁的反应，西门锁只要微微笑一下，它就立即懂得了在哪儿用力。那纤细的狗毛，就在阳光下，精灵群舞般地团团飞动起来。金锁说："妈呀，我们整天呼吸的是狗毛呀！"

郑阳娇又从外面叫了几个菜，阳光退去，满屋静谧祥和时，一家人坐在餐桌旁，啃着鸽子、兔肉、牛蛙，喝着啤酒、果汁、酸奶，享受了一餐好久不曾有过的幸福晚宴。

饭快吃结束时，郑阳娇先说到了金锁出院和让罗家赔偿的事。郑阳娇以为这时提出来，西门锁一定会顺着自己的心意来处理这件事情，谁知西门锁把一只鸽子腿嚼完，才淡淡地说了一句话："你明天提车、练车去吧，这事由我来处理。"

"你准备咋处理呀?"郑阳娇问。

"看情况么,反正总不能把人逼死吧。"

"你老是这话,看把人家能逼死了。"

金锁见他们说这烦心事,懒得听,就起身出去玩去了。

西门锁说:"我听说你咋问人家要了六万?"

"谁告诉的,又是那个老汉告恶状吧?"

"你咋一点下数都没有了呢?"

"我说六万就六万了?要五万总不能端直就说个五万吧?我还没说十万让他吓得尿裤子呢。"

"反正你不管了。现在赶快先到网上查资料,把车看好,得打有准备之仗,车一提出来,后悔就来不及了。"

"不管你咋处理,赔偿不得少于五万。"

西门锁再没插话。郑阳娇就上网查资料去了。

西门锁就一个人喝着闷酒,在想这事到底咋处理。以老罗家的经济状况看,出五千块钱,都算放血。何况已经拿一万了。他真的特别同情老罗一家,现在出来打工的年轻人居多,像老罗这样一把年纪的人,还带着风一刮好像就要倒下的瘦老婆,出来吃这种苦,挣这几个可怜钱,并连着受惊吓、遭磨难,真是够惨的了。他尤其对甲秀这孩子一直有好感,他常常想,甲秀要是自己的女儿就好了,这孩子特别懂礼貌,守规矩,明事理,孝敬父母。尤其是性情温和,既有内里的原则,又有外在的敦厚谦让,是一个十分得人疼爱的孩子。自己也有一个亲生女儿,却是咋都不认自己,这就越发让他有一种父亲般的同情爱怜甲秀的情结。何况罗甲成打金锁,的确是金锁不成器在先。在他看来,郑阳娇把金锁惯得迟早是要招大祸的。他每每想管,一管就得跟郑阳娇发生冲突,时间长了,他就也有些放任自流。狗日金锁,最大的问题还是花痴这毛病,性格不男不女的,尤其让他感到厌恶。他甚至暗想,让罗甲成教训一顿,也不是啥坏事,可惜的是,这种教训好像并没有起到什么作用。七想八想的,最终还是想到赔钱这件事上来了。咋赔都是一件咬手的事。郑阳娇的想法老罗是绝对不会接受的,老罗能接受的,肯定与郑阳娇的要求又相差太远。他想,无论如何，先跟老罗接触一下，碰一碰，探探底，然后再说下一步的事。想到这儿，他喝完了瓶里的最后一口酒，出门找老罗去了。

四十二

罗天福自贺冬梅叫去问了这事后，心里就一直七上八下的，害怕落个恶人先告状的罪名。这不是罗天福处事的方法。一整天，他也一直见西门锁进进出出的，每次进出，也都跟没事一样地打着招呼，可越是不提说赔偿的事，他就越是觉得心里没底，活得不安生。也不知咋搞的，这两天的生意还特别好，每天卖饼的数量都在看涨，回头客越来越多，可两口子咋都兴奋不起来。因为心底有磨盘大个石头沉坠着，还不知坠到哪里是个底。

晚上都快收摊的时候，西门锁来了，说有些事，想跟他拉拉。就把他叫出去了。西门锁今天喝了点酒，跟他出去，罗天福有点发毛，淑惠一个劲儿使眼色，让别走，但他想想，还是跟着走了。西门锁把他叫到一个喝茶的地方，两人坐下，要了一壶茶，他一直说不喝，让东家给自己要就行了，西门锁还是坚持倒了两杯。

罗天福是第一次进茶馆，过去总是从玻璃外面朝里看看，觉得那是很奢侈的事，连门都没敢错踏过，想着，喝茶哪需要这么大的讲究排场。他喝茶也是很凶的，一月得上斤叶子，每天都是靠茶提神，特别是中午，要不美美喝几缸浓茶，站在那儿打饼都能睡着。他喝的是十五块钱一斤的大脚叶子，用的是十五年前乡上奖给民办教师的大搪瓷缸子，抓一把泡开，鸡脚爪子大一片一片的叶子，浮上沉下的，半缸水半缸茶，喝着确实过瘾解馋。有一回，他把买回来准备碾末打饼用的清明雨前茶，捏一撮泡了自己尝，淡得没一点味儿，喝着差点没反胃。

西门锁要的是一种新毛尖茶，泡开来是绿莹莹的嫩芽，都直愣愣地立着，连杯子通体都泛出了宝石绿色。也不知多少钱，罗天福还一直在想呢，西门锁就说："喝，老罗，别吓着，是我请你喝哩。"

"呵呵，不是这个意思，东家，我是粗人，喝惯了大脚片子，喝这，糟蹋了。"罗天福心里一直在打来回,是自己孩子打了人,人家来谈事,按农村常理,那是得犯事的家儿破费一应饭食茶水的。

西门锁是个直性子人,今天又喝了酒,说话就更是不藏着掖着了。他说:"老罗哇,就是那事,你看咋办吧,我也知道金锁他妈向你开了六万的口,你也拿不出来,我也觉得不合适,可不赔也说不过去,你说是不是?"

"那是那是。"

"你到底能拿出多少,能不能给我交个底?"

"看东家,话不是这样说的,应该说,照理,赔多少合适?"

"你要说理,现在这事就没个理,还有赔几十万都不满意的呢。我的意思是想早点把这事了了,拖着都麻烦。"

"我也是这个意思。"

西门锁就单刀直入地说:"给个三万咋样?"

罗天福一下脑子就木了。

西门锁说出这个数时,也是故意夸大了一下,想看看老罗的反应。他看见老罗两条腿都不由自主地抖起来。

罗天福说:"反正咱娃是打人了,要多少都在理上,只是三万块钱,是我罗天福两口子没明没黑、不吃不喝打两年饼的工钱,我确实一时拿不出哇!"

西门锁半天没有说话,他又要了两瓶啤酒。他要罗天福也喝,罗天福说他喝不惯这东西。西门锁就独自喝起来。

罗天福有点口渴,但他到底忍着没有动那个茶杯,更没动啤酒。他在静静看着西门锁喝。那表情也看不出是啥意思,反正就是闷喝。他听院子好多农民工讲,说男东家人还是挺义气的,说他过去是村里的娃娃头,人捣是捣些,做事还是蛮仗义的,他曾经把家里钱偷出去,请可怜人家的孩子下馆子吃大盘鸡,吃红烧肉,看电影,要不然,也没人愿意跟他到处胡成精。说过去也有得了病的农民工,为房租被郑阳娇逼得没办法,他暗自塞点钱,把事摆平了。就罗天福这八九个月接触看,也觉得男东家是个挺大气的人,可能是因为怕老婆,平常话也少,院子的大小事,包括收水电房租,都是郑阳娇出面张罗,他好像大多数时候都窝在家里打牌、看电视。那天郑阳娇要一万五千块钱药费的事,他和甲秀被逼得没路了,找了一下男东家,好像是起作用了,反正后来郑阳娇说啥钱都没再提药费钱。他觉得男东家还算是一个能打交道的人。但人家毕竟是夫妻，兴许是一个唱红脸，一个唱黑脸呢？葫芦里到底卖的什么药，罗天福心里还是没有底。

西门锁一边喝酒，一边在观察老罗的表情。老罗是个认死理的人，看着表面谦和恭顺，可骨子里的底线原则，却是一丝一毫都挪移不动的。这个人，是让贫穷给压垮了，要是换一种身份，换一个环境，那是能呼风唤雨的。他发现老罗始终没有动茶，动酒，那是一种狡黠，但更是一种被贫穷逼出来的可怜、无奈。他知道老罗攒钱花钱，还是拿分分毛毛计算的。这些年，他见的比老罗家还穷的也有的是，有农民工因孩子多花钱吃了一个冰棍，与老婆吵架，竟然上吊在租房里的。他始终不希望这样的事在自己的租房里发生。尤其是前妻赵玉茹对金钱和对他的鄙视，使他每每感到，活人，还有比金钱更重要的东西。

西门锁喝完了一瓶啤酒，见罗天福咋都不喝，就又喝起了另一瓶。他说："你不能不说话呀！"

"我听你说。"罗天福说。

"我说就是让你拿个数字，我看行了就行。"

"还是你拿吧。"

西门锁又一口报了个数："那两万，行不？"

罗天福又说："反正是咱娃错了，东家你就看着办吧，只要在理上。"

"那你说两万在不在理上吗？"

"那东家你看么。"

"老罗哇老罗，当初吴仪咋没带你去参加入世谈判呢？我看你才是真正的谈判高手哇！"

"东家言重了，我一个乡野村夫，还敢跟吴副总理去谈啥子入世的事呢。"

西门锁突然想到这是一个当过老师、当过村干部的人，知道的可能比自己还多。自己虽然是城里人，可那点道听途说的东西，在他面前，恐怕还是不敢乱用的。他就问："还是不行，是吧？"

"那东家看么。"

西门锁干脆就把底交了，说："这样吧，两万块，你拿一万，我悄悄给你一万，你把它一回交给我老婆就行了。"

谁知罗天福不紧不慢地说:"东家,谢谢你的好意,可我觉得事情还是要做到明处。那样我们心里都踏实些。"

西门锁有些躁了:"你咋这不知好歹呢?"

"不是不知好歹,东家,我也看出你这个人的善心了,真是难得的大好人。可这是一件拿理说的事,这样稀里糊涂一办,我们就不仅仅是输了理了。"

"还输了啥?"

"人格。"

"啥幌子?"西门锁酒喝得真的有点多了,舌头都有些发硬了。

罗天福就重复了一句:"人格。我们输了理,赔了钱,不能再哄人骗人,瞎糊弄着,再失去人格。"

"你还真是有些臭硬臭硬的味道呀老罗。"

"我们就剩下这点尊严了。"

西门锁被罗天福这句十分郑重的话,击得软绵绵地靠在了沙发椅上。

西门锁靠了一会儿,起身去洗手间了。

罗天福就那样一直端端地坐着,等西门锁回来。罗天福其实是有心理价位的,只要合适,他就会答应下来。他也不想再拖了,好歹就是一刀,砍下去,总比老把刀扬在半空悬着舒坦。

西门锁回来了。

西门锁还没坐下,就又问了一句:"莫非你还想一万元了结?"

罗天福立即回答说:"这个价我能接受。只是亏了你们,毕竟是我娃打的人。"

西门锁哈哈一笑说:"恐怕没有这么简单啊!"说完,又咕嘟嘟把剩下的半瓶啤酒全喝完了。喝完酒,西门锁就东倒西歪地扬长而去了。

西门锁的这番举动,把罗天福弄得丈二和尚摸不着头脑,关键是他扬长而去,这一摊子账还没结呢。果然是像别人讲的,城里有些这样的骗子,故意说请你吃饭呢,点一河滩菜,吃到中途就溜了。罗天福感到自己今天就是中了这号彩了。不管咋说,按农村习惯,这钱是该自己掏的,就是再窝囊,再不情愿,也得咬牙认了。可他身上真是分文没带。他就急忙给甲秀拨了电话,要她麻利带三百块钱过来。打完电话,他就一直定定地坐着没敢动。他看几个服务员老是盯着自己，好像是怕自己不开钱跑了似的。他只好端起那杯一直没动的茶，喝了一口，凉得瘆牙，他就让服务员过来加开水。他一点点品着，茶再好，心里的巨大压力，让他咋都品不出比大脚叶子更好的味来。也不知西门锁是啥意思，阴阳怪气的，只怕还是凶多吉少。他硬撑着把茶水品着换了三次，直等到甲秀急乎乎地赶来，才让服务员算账。谁知服务员说，账早付过了哇。他心里才觉得可能是把西门锁看走眼了。

四十三

西门锁从茶馆出来，酒就醒了。老罗的底细是打探清楚了，这也是他事前预测到的最深的底，并且老罗这个人，不是奸诈狡猾的人，他很认真，也很固执，这个数字肯定是他反复掂量过的，西门锁觉得这也是这件事最大的底线，以他的脾气，五千块就算罗家讲了理了。他懂得，罗家拿五千是个什么概念。现在竟然说到一万，那简直是在下老汉的肋子骨了。可这个底，咋给郑阳娇交哇，郑阳娇听了还不蹦起来了，他觉得是一件麻烦得要命的事。

晚上，郑阳娇不停地念网上关于车的一些资料，兴奋得老想给西门锁撒娇。西门锁心里搁着老罗那摊事，一直想插话，又咋都觉得不到火候，就到底没说。第二天早上，三个人打一辆出租，去了提车的公司。一切办得很顺利，人家很给王国辉面子，对他们十分客气，才几十分钟，宝马就让开走了。车是郑阳娇开着，金锁坐在副驾驶位置，西门锁坐在后面。西门锁从反光镜里看见，郑阳娇今天脸上放着光泽，所有零部件，都是十分舒展的状态。金锁耳朵上挂着耳机，不知在听啥音乐，一直摇头晃脑的。一边摇晃，还一边嫌车开得慢："你是蹬三轮呢。"郑阳娇笑笑说："好久没开了，手生。"金锁说："唉，枉叫宝马了，应该叫跛腿驴。"逗得郑阳娇一个劲儿地笑，不过，速度也在慢慢加快。金锁又说："车里咋这臭的？"郑阳娇说："新车，皮革味儿么。"金锁就把玻璃放下来，头伸到车外去了。一辆公交车疯狂驶来，几乎是与金锁的脸相擦而过，金锁哇地尖叫一声，吓得郑阳娇一个猛刹车，西门锁的身子就从座位上弹起来。西门锁的鼻子一下碰到了副驾驶椅背上，顿时眼冒金星，泪水长流。郑阳娇惊魂未定地狠狠搡了金锁一拳："你个要死的东西！"金锁本来就嫌慢，坐着不刺激，还嫌车里味道不好闻，刚好借机开溜。他打开车门，跳下去，嘭地把门关上了，气得郑阳娇一脚油门把车开走了。郑阳娇嘟哝："一点样子都没有了。"西门锁从车后窗看见，金锁对着宝马做了一个鬼脸，摇摇晃晃上人行道去了。

郑阳娇和西门锁半天都没说话。

过了好久，郑阳娇说："咱们直接到医院把金锁出院手续办了算了，人家不停地发信息催。狗日的说啥都不去了。"

西门锁暗自高兴地："办么。"

"你说罗家赔钱的事到底咋弄？"郑阳娇主动问了。

西门锁觉得这会儿的氛围可能最适宜谈这事，但他故意装出一副懒得说的神情："你说咋弄？穷成那样儿，再勒索，恐怕就要在咱院子寻绳上吊了。"

"要吊走远些，可千万别在咱院子上吊，乌阴得很。"郑阳娇又说，"至于吗？为五六万块钱就能上吊？"

"你哪里知道他们的难场啊！"

"他难场不难场的，关咱屁事。"

"人家房客也是咱的衣食父母么。"

"少一个罗天福，看咱房还租不出去了。"

西门锁对这个女人后来要说失望，就失望在她的心肠硬上。女人心肠太硬，让人就有一种没底感。人，心疼人，其实是一种柔软对柔软的摩挲，而一个软，一个硬，长时间搭不上界，界限也就越来越分明了。有时软对硬，软的也会硬起来，针尖对麦芒地硬抗硬，彼此只会更显然地看出对方的尖刻恶毒来，再想软下来，就已经是南辕北辙的事了。

西门锁知道，郑阳娇对自己也很不满意，自己其实后来对郑阳娇的心肠，也在越变越硬。他曾努力想改变，但每每遇到郑阳娇心生蛮横时，这种改变就戛然而止了。不过今天他一直保持着耐心，因为他想尽快了结此事，给老罗、给贺冬梅，也给自己良心一个交代。

西门锁说："我奶在我爸最红火的时候说过一句话，她说，娃呀，日子过得再好都甭胡张，欠着点过，好。自家过好了，还要想着别人，要不然，那日子就长不了。"

"你爸按你奶说的做了?"

"没有,等他准备做的时候,已经来不及了,癌症晚期了。但他临死时交代,村里最可怜那家人欠的两千多块钱,让别要了。"

"才两千多块,那是个啥钱。"

西门锁说:"我爸走时,我在跟前,他说不要那两千多块钱的样子,很慈祥。我爸平常是个很凶的人。"西门锁说完这话,有点后悔,他觉得这是给郑阳娇递了发炮弹,迟早是会打回来,让他脑浆迸裂的。

"你今天说这话都啥意思吗?"

"我的意思就是,得饶人处且饶人。"

"咋个饶法?"

"让老罗象征性赔一点算了。他们真的很可怜,拉扯两个大学生,真的很不容易。"

"就他养的那个小瘪三儿子,我是没枪,有枪绝对给那个扁脑袋上钻一眼。"

"你看你说这话,人家还把你叫姨哩。"

"呸,稀罕。"

"不说了,咱看在老罗两口子的分上,还有甲秀,人家孩子不是还给咱金锁上课着哩嘛。"

郑阳娇突然阴阳怪气地从反光镜里看了看西门锁说:"哎,西门锁,你该不是又在打罗甲秀的主意吧?要不然咋能这样替人家说话呢?"

西门锁终于愤怒了:"停车!"

"咋了?"

"停车。"

郑阳娇继续往前开着。西门锁就要开车门。

郑阳娇急忙回话说:"开个玩笑么,你急啥么急?"

"这是玩笑吗?"

"男人这种动物么,东西一翘,啥事干不出来?"

西门锁又要下车。

郑阳娇就说:"好了好了,不说这事了,算我说错了,我赔礼道歉行不?"郑阳娇今天毕竟在兴奋中,这会儿车也驾顺了,感觉真是好极了。

车速越来越快,西门锁也下不去,就别别扭扭地窝蜷在后面,眼睛看着窗外,郑阳娇从后视镜中能看见西门锁凶巴巴的脸。其实郑阳娇最喜欢这种强硬的反抗,说明确实冤枉了他,女人最害怕的就是男人那副死猪不怕开水烫的熊样,既不认罪,也不否定,那才是能把人怄死的表情。

郑阳娇开始哄老公了。她转换成了"八频道":"老公,别生气嘛,我逗你玩儿呢。"

西门锁眼睛仍看着窗外,没理睬。

"哎呀,还真生气了。看那嘴噘的,能挂个尿壶。"

西门锁还没理。

"你咋还是个碎娃牛牛越逗越硬呢。"

"懒得跟你说。"西门锁终于开口了。

郑阳娇今天的兴奋劲儿,如同汽油桶子被点燃,任由啥东西都是浇它不灭的。她从心里也感激着西门锁,没嫁西门锁,也可能就没有这大把花钱的日子。今天这社会,啥是真的,只有钱,只有硬硬扎扎的票子才是真的。管他西门锁咋五花六花糖麻花,只要还舍得给她花钱,就说明一切正常,一切平安无事。一个男人,一旦不舍得给女人花钱了,那就说明这个女人的地位一落千丈了。一甩手,八十多万撒给自己了,这样的男人,任咋说,也还是值得信赖,值得肯定,值得给他好脸的。

郑阳娇满脸堆笑地:"那你说赔多少吧。"

"我早说过了,五千。"西门锁见郑阳娇软了,就把话茬子搭得很硬,想着也好有退让余地。

郑阳娇一口回绝:"绝对不行。把我虎妞打了,五千也打发不了。"

"那你就说去,我不管了。你让我下车。"

"哎,啥意思吗?你是跟我过日子呢,还是跟罗天福过日子?"

"我要不跟你过,犯得着费这口舌吗?"

"犯得着呀,你跟我一个鼻孔出气,团结起来,共同对敌,不就完了。"

"我怕最后敌人团结起来,把你的胳膊腿卸了。"

"他敢！"

"逼急了没有什么敢不敢的。"

"反正五千不行。"

"那不说了，再要一万，把这事彻底摆平算了。"

"这一点能行？"

"不少了，人家已经拿一万了，真正药费不就五千来块钱么。"

"金锁住了十几天，早花完了。"

"不是还剩三千多嘛。行了，郑阳娇，罗家一次拿两万，那就是把腔子里的血都放了。要说出气，这气也出够了。"

"再加一万。"

西门锁见郑阳娇松动成这样，就继续乘胜追击："再不敢加了，加了拿不出来，拍屁股一跑，还不是白加。不如实实在在地再要一万，一来实惠，二来你还落个对人宽厚的美名，何乐而不为呢？"

"我要那美名熬胶呀，老娘一不想当先进，二不想出风头，老娘就认钱，钱才是最美最好的硬通货。"

"对了，就一万，摆平算了。咱今天买车不是还白捡了三万嘛，咱们来钱毕竟容易……"还没等西门锁把话说完，郑阳娇就抢着说："咱钱就算是水打来的，哪怕点了烧了，和他屁相干。"

西门锁接着说："那对着哩，放他们一马，也算是买新车，图个吉利嘛。你别看那一万，要想勒回来都很难，我还得好好想窍道呢。"

"哼，不给，不给到学校问他两个娃要，看他们脸都朝哪儿搁。"

"行了行了，这事就这样了。你就甭管了，我负责把钱给你拿回来就是了。"

"丢人死了。"

郑阳娇一踩油门，车呼地从一个长长的公交车站前跑过。郑阳娇分明看见几十个等车人，都把目光集中在了自己的进口宝马上。她的心理得到了极大满足。

西门锁心中压着的一块石头，总算轻轻落地了。他在暗自得意着自己的精心策划圆满成功。

刺的一声，郑阳娇把宝马紧急刹停在一个十字路口。西门锁见车右侧后视镜旁有一个吓得半死的乡下人，正浑身颤抖着向车上张望，那眼神里分明含着深深的不安。乡下人肩上扛着一个粉刷墙壁的长把磙子，脸上还残留着一坨一块的白漆。郑阳娇摇下玻璃，劈头盖脸叱责了一句："找死啊！"然后摇上玻璃，呼的一声向前开去。

四十四

罗天福自昨晚从茶馆出来后，就一直回想着西门锁所说过的那些话。在外头他先给甲秀学说了一遍，把凡能想起的重要话都给甲秀学了，父女俩猜起了西门锁找他喝茶的意思。甲秀分析，西门锁叔可能是来"拾底"的。罗天福说，他把底也交了，无论如何，再给人家赔一万。多了拿不出，即使能拿出，罗天福觉得也不在理上。甲秀说哪来的一万哪，罗天福说，砸锅卖铁也得给人家凑一万，理上的钱，不拿就是咱不讲理了。回到家里，淑惠急着问咋了，罗天福就说了西门锁让喝茶的事，只说了茶有多贵，多淡，多没喝头，其他的事，还是说得轻描淡写的，总是怕淑惠着急。不过跟西门锁这一接触，罗天福心里的石头，一半都落在了地上。罗天福和甲秀都觉得西门锁这人还是讲理的，并且还有向着他们的意思，不似郑阳娇，一口就说出一个天文数字来。罗天福估计，最后就在两万以下讨价还价。晚上睡在床上，他想，这事就像一块抛到天上的石头，眼看就要落地了。即使人家硬撑住再要两万，总是比六万少了三分之二。就是凑，也有了凑的可能。这天晚上，他睡着了。淑惠一听到均匀的鼾声，也就安然地进入了梦乡。

第二天一早，他们还是按时把摊子摆出去了。西门锁一家人，也是很早就出了院门。中午的时候，郑阳娇开着一辆新车回来了。有年轻人认得的，说是进口宝马，八十多万呢。淑惠就啧啧啧地说，够塔云山人齐齐换盖一茬新房了。车进院子后，西门锁拿出一挂花炮，点着，围着新车，噼里啪啦放了一阵，娃娃们就哄了一院子。也有来看热闹的邻居，拉开车门，上去试坐的。还有算文庙村现在哪些人都有豪车的，叽叽喳喳，七七八八，半个下午就这样热闹过去了。快天黑的时候，郑阳娇又把车开出去兜风去了，车上拉了几个常跟她打牌的胖婆娘，几个人一上去，外面就有人喊，车胎压爆了。几个婆娘在嬉笑中，出院子去了。

西门锁就来喊罗天福到他家去。

罗天福进去后，西门锁故意把脸拉得很长，说："六万到底能拿出来不？"

罗天福一下又傻眼了，心想，这人咋出尔反尔呢？

西门锁先忍不住笑了。西门锁是有点兴奋，毕竟把郑阳娇拿下了。他觉得这是他这些年来干的最重要的一件事。

他说："老罗，你看这事你也知道，金锁他妈就是这脾性。不赔一点吧，说不过去，赔吧，你家也确实紧巴，这我都知道。咱今天把话说到，就按你的意思，赔一万算了。"

罗天福眼中就有泪水想往出流，但他很快抑制住了。

罗天福说："东家，你们是讲理的，我服，我认。这是应该的，宽限我几天，一定把钱送过来。"

西门锁打心里是敬重这个老头的，他也知道其实罗天福比他大不了几岁，可岁月的不同印记，已经把他和罗天福的年龄差距拉得很大很大了。看上去，几乎像两辈人。在罗天福初来的时候，他看罗天福就是一个普通农村老头，甚至有些猥琐窝囊，可接触了这快一年时间，越来越不敢小瞧这个老头了。他觉得老头虽然平和谦卑，但内里有一种比钢铁还坚硬的东西，几乎神圣不可冒犯。他甚至不住地替老罗可惜起来，这个人要不是生活所迫，或者处在另一个环境，也许还是能做点大事的人。

西门锁想了想，问了一句："接二连三地拿钱，能拿得出来吗？"

"这个东家放心，事定到这儿了，我觉得也是应该拿的，就一定想法凑齐。"罗天福很坚定地说。

西门锁又说了一句："缓几天，也不急。"

罗天福很感激地说："谢谢东家了！"

罗天福就谦卑地从东家房里出来了。

罗天福对着天，长长地嘘了口气。他感到沉在自己心底的那块大磨盘，彻底落到地上了。他的眼里有了泪水，也许是迎风流泪眼，反正今年以来，这眼眶动不动就湿润了。

他激动地给甲秀打了个电话,告诉了结果,并一再说,你西门锁叔人挺好的,讲理,能打交道。反正他很满意。

回到租房里,他让淑惠炒一盘花生米,他说晚上想喝点酒。已经有好久没喝了。酒还是他过年后,从塔云山带来的,那是弟弟天寿自己拿苞谷吊的,绵绵的,很好喝。他是准备着过时过节了,一家人集中在一块儿才喝的,但今晚,他想抿几口。难得老汉提个要求,淑惠不但炒了一盘花生米,而且还炒了四个鸡蛋,一盘洋芋丝,一盘青辣子。罗天福一看,整了四个菜,就说太浪费。淑惠说,难得你高兴。罗天福确实高兴,这么大的事,有几天,他都觉得是彻底没路了,不知咋解这个结呀,现在一切都豁拉一下解开了,岂能不高兴?他把西门锁的最后"底锤"敲给了淑惠。淑惠夹到嘴边的花生米,咯噔掉在了桌子上。尽管不是六万,可这实打实要掏出来的一万元,还是让淑惠感到天是塌了一豁子。罗天福就安慰说,这个钱,人家绝对没多要,要知好歹,要知足了。罗天福嗞儿嗞儿地抿着酒,那个香劲儿,是淑惠好久没看到过的。她也就尽量忍住自己的难受,不停地给老汉夹着菜。罗天福硬劝着她也喝了几盅。她其实是能喝几盅的,在塔云山,有时下雨没事,她和罗天福炒几个菜,偎在炕上,你一盅,我一盅的,有时把一斤多酒喝下去,也就喝下去了。但进城后,她却一盅都没喝过。今晚,也算是开了戒了。喝着喝着,淑惠到底还是忍不住,问一万块咋弄,罗天福就说明天跟甲秀一道,去把娘给的那些老银货先卖了,再凑凑,一万块问题不大。说着,罗天福就让把银货拿出来再看看。淑惠就从门后装垃圾的塑料桶里,翻出了一个塑料袋。袋子未打开,又起身把门闩了,把小窗口的布帘子也拉上了,然后才一层一层地把袋子打开,最后露出了那个小红布包。

小红布包摊在四盘菜的边上,打开来,罗天福把一个银圆拿起来,吹了吹,然后放到耳朵上听,说:"是好东西。"他让淑惠也吹着听一听,淑惠也吹了,听了,就说:"是嗡嗡的响声。"罗天福把十块银圆捏来倒去的,舍不得从手上放下。

"这是娘攒了一辈子都没舍得拿出来的东西。"罗天福感慨地说。

"娘为咱们,可是把血都倒出来了。"

罗天福又拿起耳环细细看了看说："这耳环，无论如何得给娘拿回去，这是娘结婚的念想。"

"嗯，那这个就别卖了。"

罗天福又拿起银筷子说："我一辈子只听戏里说银筷子银筷子，真正见，这还是第一次。这是娘的陪嫁。娘说这筷子都传了人老好几辈了。我的意思，能不卖，还是不卖，力争给娘拿回去。娘能一辈子没让我们看见，说明她是特别金贵这些家传宝贝的，不能在我们手上败葬了。"

"对着哩，给娘拿回去。"

罗天福又拿起那十个"袁大头"，哀叹着说："唉，只好委屈你了。这个家，终归是在我们手上，要把这些东西败完了吗？"

淑惠见罗天福特别伤感，就把话引开了。两人说来说去，最后还是说到了那一万元上。罗天福说，赶紧给了，给了就轻松了。淑惠说，也不敢给得太急了，给得太急，人家还以为咱有钱呢，又加码子咋办？罗天福一笑说，是这个理儿，最后他们合计着，准备过五六天再给。不知不觉的，两人就都喝得有点高，最后连衣服都没脱，就你枕着我的腿，我压着你的头，睡着了。

第二天，罗天福叫了甲秀，一起去古玩市场。一进古玩市场，罗天福吓了一跳，市场大得无边无岸，足有几百家小摊摊，里面摆的都是各种古玩，随便问一下价钱，都是拿百、拿千、拿万说话。罗天福好奇地说，这都是真货吗？那这里的东西要值多少钱哪！甲秀说，据说这里多数都是赝品，把人蒙就蒙住了，蒙住一次，几个月都不愁吃喝了。罗天福说，那假的人家不回来找他麻烦？甲秀说，你只要离开柜台，人家还认？甲秀提醒说："爹，你得把东西看好了，这种地方，说是有些人，眨个眼，你的真东西，就让人换成假的了。"吓得罗天福半天不敢把东西往出拿。他背过人，只一块一块地拿出来，一家一家打问，也有的说是假的，却问，当赝品卖不？但多数说是真的，比来比去，价钱也都差不多，一块能卖七百七八十块钱左右，这比罗天福的期望值还略高一点。罗天福就出手了九块，留下一块，一是想留个念想，二来也想着娘过世了，把这块银圆给娘含在嘴里，这也是塔云山老了人的一个讲究。过去大户人家，死了下葬时，都是讲究要含金、含银、含玉的。事情办妥了，罗天福就一把捂着钱口袋，跟甲秀从人窝里钻出来了。出了门，回头看看古玩店，罗天福还哀叹了一声，说："你爹把你奶存了一辈子的这点作孽，就算败葬了。"

七千多块钱拿回来，又把最近卖饼的钱，还有卖了奶奶给的土鸡蛋的钱凑一起，罗天福又让淑惠到破锣媳妇那儿借了一千五，一万块钱就算凑齐了。罗天福本来说一次交了撇清，淑惠硬说要再等几天，罗天福就又等了几天。这期间，罗天福不仅专门给东方雨老人把前后经过说了，而且还去了一趟街道办，给贺主任也讲了一遍，一再表示感谢。贺主任说，西门锁都跟她说过了。

硬扛到第五天，罗天福到底忍不住，把一万块钱给西门锁拿去了。

四十五

罗甲成知道爹又给人家赔了一万块，是好几天后的事了。

那天姐姐给他说，爹让星期六晚上回去吃顿饭。他开始不想回去，怕遇见西门家的人，但想想，还是回去了。

罗甲成是天暗下来后回去的，为了不跟西门家的人撞见，他把衣服领子竖了起来，并且装作打电话的样子，一直低着头，缩着脖子，嘴窝回去，咬着里面套头衫的圆领口。走进院子时，恰好有一群农民工下班回来，他就贴在他们的右边，避过左边西门家的房子，回到了租房内。

爹和娘刚收摊回来，姐姐正在做饭。娘也上灶忙去了。爹先咕嘟嘟喝了半缸子凉茶，然后捶着腰，坐在了床边。罗甲成看见爹的情绪是明显好过了前一阵。

罗甲成脱了外套，坐到爹的身边，让爹拧过身，给爹把腰背狠狠砸了几下。爹舒服地又指指这儿，指指那儿，罗甲成就按爹的要求，把腰背几乎齐齐砸了一遍。爹感到很满足地活动了活动身子骨。娘说："让你爹躺一会儿，老喊腰痛呢。"罗甲成就给爹脱了鞋，把爹的两条腿搬上了床。

罗天福斜靠在床上，跟甲成拉起了学习的事。甲成也没多余话，只说好着呢。

娘让甲成帮忙剥蒜，甲成就闷着头剥起了蒜。

罗天福几次想说话，可看甲成那个样子，就不想说，也闷在了那里。

很快，菜炒好了。一个干炒土鸡蛋，一个洋芋丝，一个烧茄子，还有一个从外面买回来的卤猪头肉，拌着黄瓜片。娘说："这是你爹让专门买的，说甲成爱吃，花了八九块呢。"另外还有一个青菜西红柿汤，汤里也漂了鸡蛋花子。这是他们进城来最丰盛的一顿晚宴了，平常罗天福和淑惠几乎都吃的是榨菜汤泡饼渣。打饼剩下的渣，扔了也是扔了，买一块榨菜回来，一顿切点丝丝做成汤，能泡好几天。

甲成吃得特别香，娘看甲成爱吃干炒土鸡蛋，就不停地给他碗里夹。甲成只低头吃饭，爹、娘和姐姐说啥话，都一言不插。

饭一吃完，甲成就准备穿外套走，罗天福说话了："等一会儿，晚上又没事么。"

甲成没说话，但他还是穿好了夹克。

罗天福说："坐下么，看你急得。"

罗甲成就坐下了。

罗天福今天叫甲成回来，就是觉得有些话得在一起说说。见甲成扭七趔八的样子，他想好的一肚子话，就觉得始终找不到说出来的空。但吃饭时一直在想，还是得说，爱听不爱听都得说。

罗天福对甲成说："你也不问问，你捅下的乱子，都是咋了结的？"

罗甲成还是不说话。

罗天福就说："又给人家赔了一万块才摆平，知道不？"

罗甲成突然抬起凶巴巴的脸问："凭啥？"

"凭啥？就凭你动手打人，凭啥。"罗天福的语气也提高了。

"你们都给人家了？"

"不给，不给今天咋能安宁坐在这儿吃饭？"

罗甲成愤怒了："你有钱。活该挨宰。"

一句话顶得罗天福像谁当胸给了一闷棍。

娘急忙说："甲成，能跟爹这样说话？不给，不给人家天天来逼要，还说要到学校去闹，你能安生了？"

"让他闹哇，那种流氓货，他只要敢往大闹，我不上学了，都会跟他奉陪到底。"

罗天福忍无可忍地："你就嘴硬。把人打了，这十几天，你到哪去了？"

"你不是不让回来么。"

"让你回来再打架？是吧？你看你那猴急相，把啥事弄不烂包？啊？把啥事又能处理展脱了？啊？你以为这都是在你家里，是吧？谁都宠着你，让着你。这是社会，你不想饶人，人家还不想饶你哩，东家人家还是讲理的，要不讲理，一刀片了你，看你还跟谁凶去？"罗天福停顿了一会儿，把话锋一转，说："娃呀，你都是堂堂的大学生了，年龄也满二十了，该是学着明事理的时候了。古人说，人担心的是不能屈，不担心不能伸。我今天叫你回来，也是反复想过了的，我也不想说你，可我是你父亲，不说，就是我枉为人父了。"罗天福喝了一口茶，接着说："我觉得你进城来，变得我快不认识了。啥都看不惯，说啥都躁乎乎的。娃呀，没一个平和心态，你就一辈子都活在不舒坦中，轻者，跟人有置不完的气，重者，给自己有招不完的祸，你咋就明白不过来这个理呢？"

罗甲成低着头，把手指关节掰得咯嘣嘣响。

罗天福生气地："你安静会儿好不？"

罗甲成不动弹了。

罗天福继续说："我们进城来的目的很清楚，就是供你们上大学来了，只要这个大事没受影响，啥坎坎都能过去。我今天把你叫回来，还有一个意思就是，咱必须主动跟人家东家把关系理顺，搞好。"

罗甲成不耐烦地把身子扭向了一边。

罗天福说："爹也是人，爹也会生气，爹也想离开这个地方，可仔细想想，离开，到别处，就能把一切都摆顺当了？就再不跟人发生矛盾了？我和你娘在这儿打了八个多月的饼，也有了一些人脉，尤其是最近，行情真的有些看涨，我就想，咱们还不能轻易离开。再说，人家这回要一万块也没胡要，是在理上着的。我的意思，你去跟人家西门锁叔和郑阳娇姨道个歉，咱们都客客气气的，把这一件事处理得光光堂堂的，以后啥事也就都好说了……"

谁知罗天福还没说完，甲成就一冲起来，说："不去，绝对不去，死都不去。"

"你坐下！"罗天福还想说。

罗甲成就往外走了。

娘赶紧阻挡说："甲成，你听你爹把话说完。"

罗甲成毫无停留的意思。

罗天福就气得直摆手："走走走，让他走，永远别回来。"

罗甲成都走出门了，又觉得不妥，想返回去，可又看见西门锁家门口有人晃动，就到底没有回去，勾着头快步离开了。他听见娘在后面喊，姐在后面追，就更是加快了脚步。

罗甲成回到学校，独自一人在湖边徘徊了很久。他觉得父亲真的是太软弱了，几乎有些像鲁迅笔下的阿Q，让人家欺负了，还要去讨好人家。无尊严毋宁死。他不知哪里来的那么大力量，把湖边篮球大块石头翻起来，像推铅球一样，将石头推出了老远，一片静谧的湖水，顿时卷起了让湖里所有动植物都惊慌失措的波澜。

罗甲成这一段时间的烦躁不安，不仅来自家庭的不顺，更来自童薇薇的不可捉摸。自沈宁宁公开宣布要追童薇薇开始，罗甲成的精神世界就无形中多了一道警戒线，这道警戒线让他活得不堪其累。无论上课下课，还是课外活动，他都得长出第三只眼睛来，看沈宁宁有什么举措，更要看童薇薇有什么反应和变化。好在十几天过去了，天没有塌下来，沈宁宁还是沈宁宁，童薇薇还是童薇薇，看不出有什么特别的疑点。不过他也没敢与童薇薇接近，那是一种说不清的欲南故北、欲近故远、欲爱故恨、欲擒故纵，既想得到童薇薇，又不能无尊严、无人格、无底线地追近，没有绝对的把握，他是不会冒险进攻的。他输不起，因为属于他的资源，就是那一点点可怜的自尊。这点东西再失去了，他就在这个学校活不成了。

罗甲成回到宿舍时，只有沈宁宁和孟续子在，朱豆豆还没回来。最近他总是回来得很晚，与翁点点进入真正的感情胶着期，昨晚回来后，炫耀说，就男女生公寓楼这么近的距离，他们分开时，来回送别了八趟。翁点点还给他即兴创作了几句诗：

  如果我今夜死去

  明天

  请别为我忧伤

因为

我已满载人生的幸福远去

活着

再活着

重复活着

也已盛不下更多的生命琼浆

…………

　　还不等朱豆豆把诗吟完,孟续子就来了一个"俗"字,气得朱豆豆问咋俗了。孟续子说,人在事中迷呀,这样的假大空句子,哄三岁小孩还可以,你怎么就能如此感动得不能自已呢。尤其是最后一句,几乎快成打油诗了,且容易让人产生歧义。沈宁宁被逗得哈哈哈大笑起来。沈宁宁也说一般,两人就你一言我一语地,把"臭诗"批驳得体无完肤,朱豆豆来了句:"嫉妒,嫉妒真是人生最毒的毒药哇!"大辩论又进行了一会儿,才转入另外的议题。

　　朱豆豆不在,沈宁宁和孟续子明显要安静许多。两人都在网上。罗甲成还专门瞅了一眼沈宁宁的视频,看在跟谁聊QQ,因为站的角度不对,整个屏幕是黑的,他便打开了自己的电脑。童薇薇没有上网。薇薇的网上虚拟名叫"携带影子",为此孟续子还专门发表过评论说,这是一句废话,影子何用携带,你不想携带,它也会紧随其后,有古人说过,谁企图用奔跑的方法摆脱影子,那无异于抽刀断水。影随其形,何用携者,伪命题也。沈宁宁倒是反驳过,说,这可以成为一个哲学思辨题,与形而上和形而下有关联,与物质与精神也有指涉、融通,孟续子批驳了四个字:"牵强附会!"罗甲成也想插话,他是想从艺术审美上给予肯定,但又不想暴露自己,就任由他们说去了。反正最近的许多话题,都无形中会涉及童薇薇,有时没人说了,沈宁宁也会往起挑,一挑,罗甲成就有种酸溜溜的感觉。

　　罗甲成回来时间不长,朱豆豆就回来了。他今天明显比昨天回来得早些。孟续子就掐上了:"咋啦,天气有变化?"

　　朱豆豆说:"没有没有,她爸来了。"

　　"那你还不跟老泰山表现表现?"

"人家要跟她爸说说私房话呢。"

"噢，还是内外有别呀，朱兄。"

"哎，我今天才知道，翁点点每天都能给远在西南的爸妈打一次电话，雷打不动，我们能做到吗？"

朱豆豆的话把所有人都问住了。

宿舍有了很长时间的沉默。

最后，是孟续子先说话了："那真是个孝女。"

首先是朱豆豆，跑到阳台上跟他父亲通电话去了。

好像是被传染了似的，紧接着，沈宁宁也拨通了家里的电话。

罗甲成发现，孟续子也在电脑上跟父亲接通视频网聊了。他心里就觉得空落落的，不知精神的断裂丝絮，该往哪里接通。

在这股突如其来的思念亲人的情绪感染中，罗甲成内心最敏感的那根神经，也被深深触动，父亲越来越呈弓形的身影，母亲两鬓飘动的白发，还有刚才不停给自己夹菜的糙乎乎的手，都呈放大状态，立体地进入整个宿舍的"思亲"交响曲中。他想起了父亲晚上的那番话，虽然与他所认识的世界背道而驰，甚至在他看来，几乎是一无所用，但最后不辞而别，给父母拳拳之心所带来的失望与刺痛，还是在他内心最柔软的地方，纠结起了阵阵愧悔的思绪。他不愿意像别人一样，传染病似的，突然集体秀起亲情来。他是钻进被窝，给父亲发了个短信：爹，对不起，我错了……

四十六

自晚上罗甲成走后，罗天福就气得再没说一句话，任淑惠怎么劝，甲秀怎么把话题朝一边引，罗天福还是情绪低落得跟筋被谁抽了一样，无论站着、坐着、躺着，身体都是一扑塌，咋都拾不起。吃什么苦，受什么罪，遭什么屈辱，罗天福都不在乎，可儿子今晚对他的态度，让他寒心了。他本意是想借这个事件，好好教育教育儿子，没想到，他费了九牛二虎之力，把事情摆平到这种程度，他竟然丝毫不买账，并且全然是一副指责他软弱无能的神情。这事能强硬得起来吗？再强硬，就是更大的冲突，冲突的结果，即使把命搭进去，又能讨回什么样的尊严，占据什么样的上风呢？何况还是咱错了，这是他始终都在坚持的判断。在甲成看来，父亲错就错在对基本事实的错误判断上，打金锁，那是一种伸张正义的行为。由于有了这种本质的分歧，而使他的一切努力，在甲成那里，都显得可悲可叹可恼可恨了。他是担心这样的思维，会助长儿子的暴力倾向，遇什么事，都以"拳打镇关西"的鲁智深的行为方式处事，长此以往，这个寄托了无限希望的儿子，又会成为一个什么样的人呢？看着儿子那副不屑一顾的神情，他的心思，简直烦乱得犹如万箭洞穿了。尤其是那不辞而别的傲慢神气，叫他现在想起来还心有余悸，他娘喊了三次无动于衷，他姐追出文庙村他都誓不回头，在他心里，这个家，这个爹，这个娘，这个姐，都已毫无牵制的分量。罗天福特别明显地感到，自己在儿子心目中的父亲形象，已由过去的智慧、强大、威严、慈祥，变得愚蠢、懦弱、可怜、卑微了。他在怀疑自己所付出的这一切是否有意义。

淑惠和甲秀收拾完碗筷，又开始给饭店打千层饼了。罗天福没有动手，他的双手突然变得软弱无力起来。淑惠让他早点躺下歇着，他就躺下了。甲秀用热毛巾，给他擦了把脸，又帮他脱了鞋，把他的双腿扶上床，拉开被子，让他睡下了。他脸朝墙，静静地躺着，听淑惠和甲秀揉面、擀面、打饼，不知咋的，心里就难过得想哭。他的腿最近老抽筋，有时晚上就抽醒了。他知道这是缺钙，他也去药店看过几次，一瓶钙片要好几十块钱，他一直说等钱松泛了就买，可钱一直紧张，一个钱得当几个钱花，也就一直没舍得买。淑惠几次睡到半夜，感觉他腿抽抽，就问他是咋回事。他老说没事，也就一直耽搁着。今天，甲秀刚把他的腿抬上床，就抽抽开了，他一直忍着，可越来越抽得厉害了，淑惠和甲秀就放下手中的活儿，给他帮忙拽腿。甲秀知道这是缺钙，二话没说，就去药店给他买回了钙片。他吃了钙片，又躺下睡。淑惠和甲秀洗了手，就又开始打饼。他今天是懒得动了。一躺下，甚至想永远都不起来算了。

就在这时，他的手机突然滴滴响了两声，开始他也懒得看，想着甲秀在身边，别人又不可能发，可能是垃圾信息。可想了想，还是打开看了一下，一看，他的眼睛湿润了，原来是甲成发来的。信息说：

爹，对不起，我错了。我晚上不该那样走了，我不是冲你们来的，我是不能忍受那一家人对我们的张狂态度。放心吧，我会好好学习的，不会辜负您的付出和期望。晚安！爹，娘，我爱你们！

罗天福眼泪唰唰地流到了被子上。他没有转过身来，他不想让淑惠和女儿看到自己的脆弱。这段信息，一共七十一个字，但它像强心针一样，一下把罗天福从精神死亡的边缘，迅速救回到健康乐观的现实生活中来了。他突然异常兴奋地从床上爬起来，稀里哗啦地洗了手，一把将正擀饼的淑惠拉到一旁说："看你这号蔫不唧唧的老太婆，倒像是给地主磨洋工似的，哪像个给自己干活的样子，来，看本小伙儿给你示范示范，啥叫擀饼，啥叫工艺，啥叫技术。"说着，就把擀杖拿起来，啪嗒啪嗒啪啪嗒嗒啪嗒，啪啪嗒嗒啪啪嗒嗒啪啪嗒嗒啪嗒，啪啪啪啪嗒嗒嗒嗒，嗒嗒嗒啪啪嗒啪啪，啪嗒啪嗒嗒嗒，嗒嗒嗒啪啪啪，啪嗒啪嗒啪啪嗒嗒啪啪嗒……变出了无穷无尽的花样，淑惠没见过罗天福有这好的心情，甲秀更是没见过。淑惠甚至用手在罗天福眼前绕晃了几次，害怕他是犯了什么神经。罗天福激动地耍了一阵擀杖花子后，就让甲秀给甲成回信息。甲秀把信息一看，才知是怎么回事。也只有在亲历了父亲于瞬间的巨大变化后，她才深深读懂了父亲的那颗心。她感动得想哭，但她笑了，面对突然变得十分童真的父亲，她笑得很灿烂。她问爹信息咋回，罗天福说："你知道乾隆爷批奏折，一般是咋批的吗？"甲秀笑笑说不知道。罗天福说："就三个字：知道了。你就给他回这三个字。"甲秀就按爹说的，把三个字给甲成发出去了。

这一夜，甲秀没走，跟娘搭脚睡。罗天福给她娘儿俩唱了半夜戏。先唱《斩黄袍》，又唱《四郎探母》，最后甚至唱起了正旦戏《三娘教子》：

薛宝一旁好言劝，
春娥心中似油煎。
我有心不把儿教管，
邻居骂我多不贤。
罢罢罢念在了亡夫面，

机房教训小儿男。
端一把椅儿坐庭院，
不孝的奴才听娘言。
娘为儿织布又纺线，
娘为儿身穿补丁衫。
娘为儿东邻西舍借米面，
邻居们将娘下眼观。
人家都用午间膳，
为娘我早饭还未餐。
饿得娘眼前花儿转，
有谁怜念娘可怜。
你奴才长夜哭得不合眼，
娘抱在窗外把月观。
三九天冻得娘啪啦啦颤，
你奴才见月拍手心喜欢。
只顾你奴才笑满面，
可知娘穿的单布衫。
儿啊你无奶用粥灌，
可怜儿一尿一大摊。
左边尿湿右边换，
右边尿湿换左边。
左右两边都尿遍，
抱在娘怀才暖干。
你奴才如今长大了，
将娘的好处全忘完。
讲着讲着心内寒，
阵阵恶火往上翻。
手执家法把奴才管，
……

儿呀儿，

你要发奋念书莫贪玩。

罗天福唱得声情并茂，淑惠听得窸窸窣窣擦起眼泪来。甲秀一边拼命给爹鼓掌，一边好奇地问："爹肚子咋能记住那么多戏呢？"罗天福说："你爷才记得多呢。'文革'结束，打倒'四人帮'那年，老戏解放，县剧团把你爷请去，从肚子里掏出二十多本戏来，好吃好喝地管待了三四个月呢。"罗天福越说越唱越有劲，淑惠和甲秀都困得迷迷糊糊的，也没人忽悠他了，他又唱起了三国戏《甘露寺》。一直唱到谁的鼾声压过了唱声，他才停下来，不过鼾声也停下来了。他就轻轻唤了一声："淑惠！"没人理。他又喊了一声："甲秀！"也没人理。是都睡着了，他才轻轻地又把手机翻开，戴上老花镜，仔细反复看了甲成那七十一个字后，才幸福地抿着嘴睡去。

第二天早上，他比谁都起得早，轻手轻脚地先和面，焙核桃仁，炒芝麻。淑惠听戏听得晚了，醒来时，罗天福已把一切都准备停当，只等出摊了。可一看时间，还有些早。淑惠就调侃他，说是积极过火了。甲秀也醒了，要起来，淑惠说，你急啥，等会儿起来，把昨晚打好的一百多个千层饼，送到饭店就行了。甲秀就在床上赖了一会儿。罗天福泡了一大缸子酽茶，坐在床边先品起来。甲秀又鼓励爹，说昨晚唱得好，罗天福就说，还好呢，好能把你们都唱瞌睡了。淑惠说，也太晚了么，今晚再想唱了，你干脆到大树底下亮一嗓子去。罗天福说，不敢，外面有行家听戏呢，不比你两个好糊弄。又说了一会儿，罗天福就出摊去了。

吃饼的人确实越来越多了，摊子一出来，两个人就忙得喝口水的时间都没有。这也是罗天福不想放弃这个地方的原因。本来甲成打了金锁，郑阳娇处事的那个态度，让罗天福已下了决心，事情了结后，一定要离开这个大院，要么回去，要么换地方，可最终把事情处理完，尤其是东家西门锁的那个态度，又让他打消了离开的念头。当然，最让他下不了决心离开的，还是这近一年经营下的这点人气，丢了太可惜。其实昨天晚上他还在动摇，如果后来甲成不发那个信息，也许他会一蹶不振，最起码也会消沉好几天。但自那个信息一来，他就跟吃了兴奋剂一样，连所有神经末梢都开始活跃起来，他觉得，他是牢牢抓住了一根有意义的绳索在攀缘,即使攀得再苦再累,都是有价值的。

真是财运来了,门板都扛不住。甲秀一早去饭店送千层饼,人家竟然要求一天增加到二百个。这边摊子上的生意,也火得抢不到手,有给罗天福递眼色,让走后门拿饼的。真是见了鬼了。罗天福想,自己进城以来也把霉运背扎了,可能也到了八卦上说的否极泰来的时候了。

就在罗天福感到一切都那么惬意,那么自在时,东家西门锁两口子大打出手,金锁来喊叫人拉架了。

四十七

西门锁真是克制了再克制,但战争还是爆发了。

战争导火索是郑阳娇昨晚睡觉,一个劲儿气呼呼地翻身,每翻一次,席梦思都山摇地动得半天不得安稳,弄得西门锁一夜都没睡成。他本来想到沙发上去睡,沙发昨晚让狗绊翻了一杯茶,湿得不能沾身,就只好在床上将就。似睡非睡的,一直熬到天亮,西门锁刚睡着,郑阳娇又翻腾起来,肥嘟嘟的屁股,一忽闪过来,一忽闪过去,西门锁就躁了:"你翻死呀!"郑阳娇忽地坐起来:"你睡死呀!"战斗就打响了。

其实这场战争引线的根底,还在罗家的赔偿金上。

那几天西门锁为唬住郑阳娇,提前把宝马弄了回来,郑阳娇倒是兴奋了几天,也没跟他闹别扭。西门锁把事摆平了,而且给街道办的贺冬梅也有了交代,内心觉得舒坦,当然,关键还是这事自己想做。本来把钱一交给郑阳娇,就觉得万事大吉了,谁知郑阳娇为这事一直耿耿于怀,说是当了一回"十足的瓜子"。尤其是看见罗家最近打饼生意红火,就感觉心里特别不舒服,想"翻烧饼"。西门锁严重警告说:"你要敢翻,咱俩就别过了。"郑阳娇就觉得她在西门锁心中,还不如罗家人,心里就更是窝了一团火。加之这几天,为金锁上学的事,也闹得不愉快。学校老师,也就是金锁所说的那个"老恐龙",几次谈话,非要叫她考虑金锁转学的事。她说金锁继续在这儿上,对任何人都没有好处,尤其是对他自己。郑阳娇就让西门锁拿主意,西门锁气得几天没一句话，就好像金锁不是他的儿子。第三件事，有些说不出口，但这也可能是战争爆发的最根本动因。郑阳娇生理周期又遇暖流侵袭，这几天晚上总想跟西门锁热乎一下，可西门锁就是不接招。晚上，郑阳娇洗澡时，还特意暗示了一下，"洗一下吧！"西门锁权当没理解，把电视直翻到好多台都再见了，才摸黑上到床上。郑阳娇就整晚上翻来覆去地折腾，直到早晨还余怒未息。西门锁就接上火了。

"我想咋翻就咋翻，咋了？我在我的床上翻身，又没偷人养汉，咋了？我不要脸，嫖娼了？"

西门锁被噎得说不出话来。他气呼呼地爬起来，懒得睡了。谁知郑阳娇还不依不饶："嫖娼的货，想起来都恶心，呸！呸！呸！"

气得西门锁终于忍无可忍地照郑阳娇肥囊囊的屁股狠狠扇了几巴掌。

郑阳娇顺手操起床头柜上的台灯，不管三七二十一地向西门锁砸去。

西门锁又拖住郑阳娇的粗腿，"噼里啪啦"地打了几下。郑阳娇一个老虎打挺，从床上蹦起来，一下扑到西门锁身上，两人就在卧室地板上扭打起来。

一直司空见惯了这种打斗场面的虎妞，开始卧在郑阳娇枕头旁，不以为意，后来看扭打在一起，才一骨碌爬起来，对着西门锁狂吠起来。

金锁是要上学，所以起得早，见两人扭打起来，背上书包就走了。其实他已见怪不怪，但走到大门口，还是给甲秀她爹说了一声，让去拉架。

等罗天福跑到门口时，西门锁已经穿着睡衣出来了。上衣的扣子只剩了一颗，还是错位扣着的。他身后的大门已被郑阳娇关上了。狗还在里面叫个不停。

临出门时，西门锁只顺手抢了条裤子，因为里面有手机和钱包。上衣挂在衣架上，要取，还得返回卧室，他不想再把事闹大，便没去取。每次打起来，都是他先撤退，郑阳娇太歇斯底里，他怕自己控制不住，失了手，会出事的。

西门锁觉着嘴角咸咸的，一擦，有血迹。他见罗天福跑过来，有些不好意思地急忙把睡衣重新扣了扣。

罗天福觉得不好问，但到底还是问候了一句："不要紧吧，东家？"

"噢，没事。"西门锁说着就出去了。

西门锁走到村里一个小服装店，老板还没开门，他敲了敲，门开了，他进去随便要了件上衣，还要了件T恤，换上了。老板娘认得他，这样来买衣服也不是第一次了。

西门锁又是孤零零走出了文庙村，茫然四顾，又不知向哪个方向走。但他还是漫无目的地上路了。

他一直走着走着，竟然就走到了前妻赵玉茹过去教学的那个幼儿园门口。他又想起了自己的女儿映雪。女儿今年高考，现在是高考的最关键时期，他觉得自己应该做点什么。他还是想见赵玉茹，想跟她好好谈谈，这是他最近一直在思考的事。郑阳娇越挥霍，越蛮横不讲理，他就越思念这母女俩，他觉得他欠赵玉茹和映雪的太多太多了。说穿了，就是想给她们花些钱，哪怕花郑阳娇和金锁所花掉的十分之一，也会觉得心安理得一些。他决定晚上再去找赵玉茹，这次必须拿下，哪怕她再给脸色看，一次不行两次，两次不行三次，反正必须让她们接受他的心意。想好了这些，一看时间还早，他就进了一个游戏厅，打了半天游戏，头昏脑涨的，又出来看了一场电影。他看见身边的小年轻，都相互偎依，看得津津有味。只有自己是独丁，并且年龄也是人家两人相加起来还有余的数字，就觉得有点丢人现眼，幸好灯光暗得谁也看不清谁。入场前他也学着年轻人，买了一大纸盒爆米花，一大杯可乐，边吃边看。电影是国内一个大导演拍的，一会儿说爱情，一会儿说枪，乱七八糟得厉害。大概哄年轻人还可以，他见身边有女孩子笑得伏在男孩儿怀里。他却看着没一点意思，所有的笑点，都令他感到莫名其妙，只是消磨时间而已。看完电影出来，时间才是下午三点多钟，有点困乏，他就又去一个足浴坊，按摩起脚来。他让来个漂亮一点的女孩儿，结果领班挑了几个，他都不大满意，也就算了，安排谁是谁。结果安排来的女孩子，刚招呼他把双脚泡进去，他鼾声就上来了。一个多小时后醒来时，房里已没人了。他按了按服务铃，领班进来告诉他，说早做完了，还说他睡得美得很，好像是几天没睡过觉那样香，鼾声整个楼道都能听见，问还加啥项目不，他一看表，五点一刻了，就起身埋单出来了。

他想，这阵赵玉茹那儿的学生该放学了，他就打了个车，去超市买了些腊牛肉、金华火腿、烤鸭之类的东西，沉甸甸提了一大兜兜，就径直去了那个幼儿园。

老门卫已经认识他了。他刚在超市还专门给老门卫买了一只酱板鸭，老门卫客气地不愿接受,他硬给老头放下了。

老头说:"人肯定在,可别说我说的。赵老师还专门打过招呼,叫不要放你进来,我想你既然是孩子她爸,来看看,也是正当的。我们这里门禁很严,帮人看娃娃哩,出不得事的。放你进来,我也是看你心诚。赵老师很要强,不过母女俩过着也不容易。你们能好,也是我老汉巴不得的事,让赵老师埋怨几句也没啥。你去吧!"

西门锁就连声谢着进了大门。

今天也是事有凑巧,赵玉茹竟然开着门,她在厨房炒菜。听见脚步声,赵玉茹就喊:"映雪,快来帮我搅一下稀饭,好像锅底煳了。"她把西门锁当映雪了。

西门锁二话没说,就进厨房搅起了稀饭锅。

赵玉茹一直没有回头,在炒孜然炒肉,油烟呛得她有些睁不开眼睛。

赵玉茹说:"你不是爱吃孜然炒肉吗?妈今天可是到回民坊上买的孜然,牛肉也是在超市买的上好牛肉。"

西门锁没说话。赵玉茹回头一看,是西门锁,吓得咣当一声,锅铲就掉在了地上。

赵玉茹顿生恼意:"你怎么又来了?你快走,你给我出去!"

西门锁仍不慌不忙地搅着稀饭锅。

"你听见没有?出去。你给我出去!"

"嘿嘿,伸手不打上门客么。"

"你算什么客人,走走走!"

西门锁仍在锅里搅着。

赵玉茹一把夺过铲子,说:"你再不走,我可报警了。"

这样一说,西门锁反倒更轻松了,说:"你报。"

赵玉茹气得没办法地扬起铲子威胁道:"你走不走?你走不走?"

西门锁讪皮搭脸地:"你打,来,你打。"就把肥嘟嘟的胸脯故意朝赵玉茹面前扛。

赵玉茹还真的给了一锅铲,膘肥肉厚的胸脯,把锅铲嘭地弹了回去。西门锁不仅没恼,而且还把炒好的孜然肉,抓了一撮,撂进嘴里。赵玉茹又给了一锅铲，他还一连声地夸赞："嗯，好吃好吃，好手艺，好吃。"气得赵玉茹毫无办法。

这时，映雪回来了。

赵玉茹命令他："你出去！"

西门锁见女儿回来，就有些不好耍赖皮了。他从厨房出来，又坐在了沙发上。反正是不想走。

映雪跟他几乎没有任何感情，只知道这个人是自己的亲生父亲，母亲过去从来就不提这事，近来，是这个人老来骚扰，母亲才给她讲过一些他的事情。母亲很少故意褒贬这个人，只是说合不来，就离了。她大概是不愿意让映雪知道更多的内情。映雪也从来不问，她觉得该说的，母亲一定会告诉她。母亲为人十分平和内敛，一般离婚的女人，大多会成为怨妇，但母亲从来不把自己的事说给别人。好像是不曾有过什么痛楚的人，一切都过得很安详，很淡定。也有人给母亲介绍过对象，但她都拒绝了，她始终把自己的爱心，锁定在女儿和更多的孩子身上。映雪对父亲也确有一种神秘感，不过，她从母亲始终不愿提及的态度中，似乎读懂了一些什么，也就不想去解这个密。因此，母亲的态度，就是她的态度。母亲一个劲儿地要让这个男人出去，她也就跟着有了逐客的冷淡表情。

西门锁今天主意很正，是无论如何都要有所进展才会离开的。任赵玉茹如何驱逐，就是面带微笑，死不起身。他就不相信，她还能把他抱起来，扔出去。

赵玉茹看没办法，就跟映雪吃起饭来。

西门锁说："哎，申请一碗，可以不？我也没吃饭呢。"

"对不起，只做了两个人的。"

"那加双筷子，让我吃几口菜总可以吧。现在好像不是缺吃缺喝的年代了嘛。"

"不可能，我们这里不开饭馆。"说出这话来，赵玉茹也觉得自己是有点过火，但这个防线似乎不能突破，一旦突破，她十六七年逐渐平静下来的生活，又会变得痛苦不堪。她必须对这个人决绝。

反正西门锁是你说啥他都不恼，他就那样在沙发上坐着，跷着二郎腿，上面那条腿还故作轻松地抖个不停。直到映雪把那条腿多看了一眼,抖动才停了下来。

西门锁有些想故意恢复十六七年前的那种状态,那些年,他在赵玉茹面前,就像个大男孩,淘气得每每令赵玉茹哭笑不得。他故意抓起桌上一个苹果问:"这个能不能给吃一个?算借的行不?人落难了么,总得救济一下么,饿得撑不住了么。"

映雪扑哧一声,笑得把饭都喷到了碗里,急忙掩饰着去厨房了。

赵玉茹无奈地说:"脸皮真厚。"

西门锁咔嚓就咬了一大口,并且越咬声音越大,好像平生没吃过苹果一样。"嗯,好吃,真好吃。哎,怪了,你买的苹果咋这好吃的,个大,水汪,渣少,味甜,酥脆,好吃。嗯,好吃。"西门锁故意把嘴弹得一片响,气得赵玉茹就想拿棍把他撵出去。但赵玉茹克制住了,她只能采取冷战的办法,让他自动离开。下来任西门锁说啥,赵玉茹都再没话。

映雪吃完饭,就进房写作业去了,门是紧紧关着的。

赵玉茹收拾完锅灶,就在小客厅里,背对着西门锁,批改起了孩子们的作业。

西门锁连吃了两个苹果,闲得无事,又剥了一阵瓜子吃了,无论说啥,赵玉茹都不接话。一直磨蹭到快十点了,看实在无趣,才准备起身离开。不过他今天心里还是有一种特别满足的感觉,毕竟跟这个家庭还是拉近了距离。他觉得孩子对他也并无恶意,尤其是那喷饭的一笑,让他看到了希望。他想着,下一步就从孩子身上突破。

他准备出门时,赵玉茹终于还是说话了。

赵玉茹说:"你以后绝对别来打扰孩子了,她马上要高考。"

"正因为要高考,我才必须来关心她,因为她是我俩的孩子。我有这个责任。"

"哼哼,责任?你也配谈责任?"

"过去可能不配,但我现在想改正,不行吗?"

"不跟你说这些。反正我绝对不允许你来扰乱孩子的生活。"

"你别把我想得太坏,父亲能害自己的孩子吗?"

"走吧走吧。"赵玉茹把西门锁往门外搡时,没有忘了把那包沉甸甸的东西,也给拎了出去。

西门锁刚出门,门就嘭地关上了。他听见里面反锁了。

他把那包东西留在了门口。

不得不说,这还是算让赵玉茹撵出来了,但他没有多少失意感,反倒觉得这是一年来,最成功的一次接触。他不会放弃,他觉得作为赵玉茹曾经的丈夫和映雪无法改变的父亲,他必须为她们做些什么,如果就这样与她们母女终生断绝关系,那是他人生的最大失败。他的财富,必须让她们也有所分享,这是他内心最大的意愿,也是他想对亏欠了的母女的补偿。

他走出幼儿园大门时,门卫老头笑眯眯地问:"咋样?"

"好着呢。"

"好着就好。"

离开幼儿园好远了,他还不知该去哪里。家,今晚是不想回了。

他拨了几个电话,最后终于约上了一个麻将场子,去打了个昏天黑地。怪了,几乎从头到尾没和过一次牌。有人就说他情场得意了。还有人硬让他交代"得意"的情节,他故作神秘地说:"确实得意,确实得意了。"说得大家都酸溜溜的,认为他活该手背,活该倒霉,活该放血。你盯我杠的,一晚上,他输得最后连手机套都让人硬扒去了。

四十八

罗甲成觉得最近活得特别累,主要是担心沈宁宁进攻童薇薇。从各种迹象看,沈宁宁在加大进攻力度,上课时,他总是蹭到薇薇身边进教室,下课时,又挤到薇薇跟前出教室,找各种机会跟薇薇交流,薇薇好像也很配合,这就让甲成心里很不是滋味。尤其是最近沈宁宁见童薇薇去图书馆,他也把大本营转移到图书馆了,并且老坐在他和薇薇中间,有时死死挡住了他观察薇薇的视线,这让他感觉十分别扭,甚至窝火。

他感到最近的这种不适,已经在严重影响学习了。不仅听课抛锚,上自习抛锚，在图书馆读书抛锚，而且连吃饭、休息都心神不宁。他也想克制自己，不要卷得太深，这可能是一件徒劳无益的事。因为他觉得只要沈宁宁进攻，成功概率一定比自己高得多，自己除了学习比沈宁宁好以外，其余几乎乏善可陈。首先自己没有一个高干老子，那是今天这个社会最炫目、最抢手、最稀缺的资源；其次自己也没有沈宁宁的气质风度，那是优裕的生活一点一滴雕刻出来的精致青春，与他这个山风、山石、山泉、山林砥砺出来的粗糙生命，一眼看上去，精粗文野之分，是那么样的悬殊，泾渭分明。他想退出，但又不甘心，内心明明暗暗、来来回回的拉锯战，让他痛苦不堪。

就在这时，童薇薇突然邀请他到家里吃饭，说是父亲邀请的，这让罗甲成大感意外。同时受邀的还有外班级的学生。没有沈宁宁，这是他最关心，也最大快人心的事。

他一直激动地等待着这个时刻的到来。终于，他诚惶诚恐地走进了童薇薇的家。

薇薇的家，在学校最豪华的那栋专家楼上，在校的两院院士、二级以上教授，都住在这栋楼里。这儿无疑是这所学校所有教师和学生都仰望着的一栋建筑。罗甲成很多次从楼下走过，但进入楼内，这是第一次。

童教授家在二十一层，罗甲成轻轻敲了几下门，开门的正是童教授。

童教授今年整六十岁，已是满头华发，但白得好看，有风度，有气质，宽和、从容的学者做派，让人似乎懂得了什么叫知识浸润后的优雅、淡定。童教授先在国内读研，主攻的是先秦文学，后又到德国读哲学博士，研究康德。四十岁结婚，妻子是自己的研究生。四十一岁有童薇薇，有人戏称"不惑女"。童教授在学校有着至高无上的学术地位，虽然这个学校是以理工见长的大学，但人文学科的童教授，在学生心中的排名，每每总是在理工教授之先。每逢童教授讲课，教室总是"因爆棚出事"闻名。有几次，童教授甚至让挤进来无法立身的学生，坐在讲台边上听课，他激动了，也会讲得口沫横飞，有贴身的学生第二天早上还开玩笑说，童教授昨天已给他洗过脸了。他讲课从不拿只言片字的讲义，空手来，空手去，无论中国的孔孟、老庄、墨家、法家、兵家、释家、诡辩家，还是西方的苏格拉底、柏拉图、奥古斯丁、斯宾诺莎、康德、胡塞尔，他都能如数家珍，引经据典能到一字不差的程度。比如讲海德格尔，他说："良知若像所期待的那样提供可以简明一义地结算的公理，那么，良知就恰恰对生存否定掉了去行动的可能性。"他说这话出自三联书店一九九九年出版的海德格尔的《存在与时间》一书的第三百三十六页。罗甲成曾故意用手机记录过几次，到图书馆一查，果不其然，他就把童教授佩服得五体投地了。童教授有极好的英语和德语水平，他常常喟叹学生不能阅读原文，说翻译只是学问的大概，如果要深入研究，做点学问，非精读原著不能通达。他讲康德的《纯粹理性批判》，时时用英语、德语、普通话转换类比，硕士生和博士生们听得还有点眉目，本科生，尤其是一二年级学生，就有些如听天书了。童教授的博闻强识，也曾给罗甲成"死记硬背"的学习方法找到过绝好的注脚。因此，童教授始终是罗甲成心目中偶像式的导师。

罗甲成走进童教授客厅时，外班才来了两个学生。罗甲成平常见过面，但从没打过招呼。彼此认识后，就起身看起了童教授的藏书来。童教授的客厅有四五十平方米，四面墙壁都装修成了书架，通天接地，藏书万卷以上，有不少宋明木刻本，清代手抄本，还有一面墙，几乎都是外文典籍。童教授是教育世家，他说，这里面好多刻本和手抄本，都是祖上传下来的。

在童教授的书桌上，放着好多夹了纸条的书，还放着电脑，也放着打理干净整齐的毛笔、砚台、信笺。无论从藏书还是书桌的一应摆设看，童教授都是一个中西合璧的典范。以童教授的学术水平和地位，他本可以成为"飞机教授""学术影帝""电视明星"的，但他始终反对学术时尚化、功利化、实用化、当下化，尤其反对学术、教育产业化，除了讲课、参加他认为有价值的国内国际学术交流活动，他几乎不出家门。他说，他想做的事，已安排到一百岁了，就看"天能假年否"。

在童教授书桌正前方的书架上，有一排空着，没有放书，镶嵌着一幅字，内容十分简洁，只"澡雪精神"四个字，落款是"童方正"。罗甲成知道，童方正就是童教授。整个书法装裱风格也十分周正规整。这四个字从字面看，好像意思不难理解，但其出处、其内蕴所指，罗甲成都不大懂得。他悄悄把四个字记在了手机上。

童薇薇和母亲是最后回来的，她们到外面买了些成品菜，加上保姆在厨房炒出的几个热菜，桌子便摆得满满当当的了。今天一共请了四个学生，罗甲成一直弄不懂,请这四个学生是什么意思。童教授也没有解释,只是说他会不定期请些同学到家里坐坐。罗甲成也知道童教授的教育思想,特别强调"润物细无声",他甚至有一次哲学课,四十五分钟只讲了这五个字,但五个字,却把人性生成之于内心与外物的关系,讲得微尘浮动,毫发毕现。

整个吃饭时间就三十几分钟,一人喝了一杯红酒。后来罗甲成还反复回忆,童教授到底讲了些什么来着,确实没讲,只说学习是个累进的过程,日积月累,自见功效。还说做学问关键看底盘大小,底盘越大,塔尖才可能越高。并说,读本科,读硕士、博士,其实都是做底盘的过程。这些话,童教授过去上课也讲过,如果专门请大家来吃饭为讲这些话,就有些没有必要,罗甲成想。

直到吃完饭,童教授也再没说什么,薇薇倒是一直很热情,还不停地跟童教授斗着小嘴,给饭桌上平添了许多轻松活泼的气氛。

罗甲成从童教授家出来后,就一直想弄明白请他们四个是什么意思。要弄明白这个意思,自然是要先搞清这四个人的基本情况了。经过反复琢磨,他发现,请的都是学习比较好,但却是来自偏远山区的孩子。其中有两个是贵州的,好像就是薇薇所说的,过春节所去的那个地方的人。本来被童教授邀请,是一件值得炫耀的事,对于罗甲成来说,尤其童教授还是童薇薇的爸爸。可想来想去,他就觉得不是那么回事了,他甚至觉得,他在童薇薇和童教授眼里,只是一个学习好的贫困生,这让他有了一种被当众撕破了衣服的难堪感。

后来,他才知道,他姐姐在他没有来以前,也曾被邀请过。

罗甲成没有忘了从"澡雪精神"四个字上进行解读。他打开网络,点了这四个字,上面解释说,"澡雪精神"是《庄子·知北游》里的话,原文是:"孔子问于老聃曰:'今日晏闲,敢问至道。'老聃曰:'汝齐戒,疏瀹而心,澡雪而精神,掊击而知。夫道,窅然难言哉!……'"意思是说:孔子问老子:"今天闲暇无事,向您请教什么是至道。"老子说:"首先请你斋戒静心,疏通你的心灵,洗净你的精神,弃去你的智慧。那道,幽深难说啊!"澡雪,就是以雪洗身;精神,就是清净神志。还有一种解释说,比喻清除身上庸俗的东西,保持精神的洁净纯正。更有人干脆解读说:中国人都得好好拿洁白的冰雪给肮脏的精神世界洗个澡了。也许这句大白话,更接近童方正教授挂这幅字的意思，罗甲成想。但他终于没有从这幅字里体味出请他们吃饭的实际内涵。

有一天，他在图书馆，还问了一次童薇薇，他说："你爸是我最崇敬的导师，他能请我们吃饭，简直是太荣幸了，可也一直让我感到不安。你说童教授请我们吃饭的意思是什么呢？"

童薇薇说："没什么意思，这也许是他的一种教育方式吧，反正他会定期请几个同学吃吃饭。饭桌上也从来不说什么，就是让学生看看他的书房，有学生提问什么，他也会做些解答，仅此而已。我也问过他，他说，吃饭还需要讲出什么意义吗？"

罗甲成想说，为什么这次请的都是山区贫困生？但他没有问出口，后来，沈宁宁就来夹到中间了。这个讨厌的家伙，今天穿了一件米黄色的T恤，显得特别青春活力。而罗甲成此时还没有脱下厚厚的夹克，夹克里甚至还套着棉背心。坐了一会儿，他就大汗淋漓了。

童教授请吃饭这件事，在他心里纠结了很长时间，直到有一天，朱豆豆炫耀说，他今天也被童教授邀请了时，罗甲成心里的纠结，才有些释然。原来"暴发户"，童教授也是邀请的。他也就适时地提了一下自己被邀请的事，并且还很巧妙地说了那天邀请去的都是尖子生，只是没有具体说出任何人的名字而已。这个信息，委实让沈宁宁觉得面子过不去了，他就跟孟续子和朱豆豆探讨，童教授为什么没有邀请自己呢？孟续子宽心说："沈兄，小气了是不？你还需要追求这些虚不拉唧的东西？还是有点境界吧，你应把自己定位在乘龙快婿上，将来是你协同教授请客，而不是当局外人一样被邀。"朱豆豆也迎合说："同意。沈兄，志当存高远哪！"

"哈哈哈……"

每当他们说起这事时，罗甲成就想用棉球塞住耳朵。

无论如何，去一趟童教授家，还是增强了罗甲成学习的信心。父亲望子成龙，到底是哪个龙，是风风火火在时代大舞台上剑开旗张、吞吐风云的龙，还是像童教授这样，沉浸在数千年文明史中，远离时尚，连精神都要澡雪的龙？无论怎样，获取知识都是绝对前提。

罗甲成在学习上，又开始了新一轮的冲刺。

四十九

　　西门锁几天都没有回去，郑阳娇发了信息，金锁也打了电话，他只说旅游去了，也没说去了哪里，就躺在一个宾馆，昏天黑地地看电视、睡觉。他实在厌倦了这种生活，但又无法摆脱。在外无所事事，回去也是吵闹不休，他也不知道属于他的日子到底在哪里。他想给温莎打个电话，但又怕卷在手上抖不利。据说温莎又把发廊开开了，这个女人也真能折腾。

　　睡了几天，实在是浑身痛得挨不得床了，就又想出去走走。谁知这个时候就来了电话，是伍疤子的，他觉得有些扫兴。伍疤子问哥在哪里，他问有啥事，伍疤子说想哥了。他不想见，就说有事呢。伍疤子说："有尿的事哩，咱哥么，咱还不知道，不操心吃，不操心喝的，有事，都是尿上的事。"一下把西门锁给逗笑了。西门锁也枯燥乏味几天了，也想找个人好好谝谝，伍疤子虽然不上档次，可说出话来挺滑稽幽默的，他就同意见伍疤子了。

　　他们约好在洗浴中心门口见，是伍疤子建议的，说想洗个澡，身上都发臭了。

　　西门锁见伍疤子时，果然是连衣服都让人家撕掉了口袋。西门锁就问："咋，今天又让谁逮住了？"

　　"嗨，你真是官僚哇，兄弟哪一天不是提着脑袋干革命哪！你以为像你一样，白天有吃的，晚上有日的，尿心不操。"

　　两人说着就进了澡堂子。池子里煮饺子一样，浮起好多白亮亮的屁股和胸脯。搓澡的在一旁，毛巾打得啪啪作响。

　　伍疤子一泡进去，就舒服得眼睛都闭上了。伍疤子说："兄弟，不瞒你说，二十多天都没洗澡了。下边黏得跟一锅糨子一样。再不泡，就要用切割机把蛋朝开分了。"

　　"悄声些。"

　　"咱尿管，想咋咋，看他谁外面穿得再光堂，脱光不是一尿样。"说着，伍疤子还飞起一掌，把一股水激出老远。有人眼睛都被水击得睁不开了，想恼，一看面前是一个浑身足有数十处伤疤的人，且还一脸横肉，就都乖乖地龟缩一隅，只泡，只搓，只斜眼瞪，而不吱声了。

泡完澡，西门锁要了一个按摩间，说让人按着谝着，伍疤子说："谝尿呢，先让弟把瘾过了再说。你看放到一起弄呀，还是各弄各的。"

"你还弄啥呀？"

"嗨，哥还给兄弟耍花子是不是？按摩不打炮，得是钱抽得慌。"

"不行不行，哥只管你洗澡按摩钱，其余的绝对不管。"

"哥哥哥，我叫你一百声哥行不？好人做到底么，兄弟是在难中么，兄弟要发达了，给哥买机票，让哥到美国浪去。哥就行行好么，哥知道不，兄弟都快半年没沾荤腥了，兄弟也是人么，凭啥看着满街的好女人，就没兄弟的份呢？凭啥？啊？哥你说凭啥？啊哥？行行好，行行好，啊哥，弟下辈子要是飞黄腾达了，给哥建个后宫。哥就行行好嘛，哥没听说，叫个啥子来着，今生做一件小善事，来世都福报满门哩，何况哥今天要做的是大善事，来世肯定当皇上呢。弟去了噢，哎呀，就权当富人救济穷人哩。你以为弟的东西长着只是撒尿的，弟跟哥一样，也是人哪……"

"哎呀去去去！"

西门锁十分无奈地让伍疤子去了。伍疤子兴奋得当下就亲了西门锁一口，把西门锁恶心得就想把那一坨肉剜下来。

西门锁要了一壶茶，又要了一个漂亮按摩小姐，就静静地躺着，尽情享受着美人用精油推拿肌肤的温润销魂感。

小姐长得十分出众。西门锁问她多大了，她说十九。西门锁的脑海中立即就闪现出了女儿映雪的形象。他就问孩子，为啥选择了这个职业？孩子说，挣钱多。西门锁又问，能挣多少？孩子说，一月三四千块。西门锁问她是哪儿人，孩子说秦岭南边的。问她父母都干啥，她说父母下岗了，最关键的是离婚了，这让西门锁心里一下纠结了起来。孩子很美，也很朴实。他跟孩子聊了一百二十分钟，孩子说时间到了，他就让延时，孩子又延长了六十分钟。他最后悄悄多给了孩子二百块钱小费。孩子说不要，要了老板还是没收了。他就让孩子悄悄塞在脚下，老板不会发现的。孩子说，有时下班老板检查鞋呢。他说，要是今天不检查呢？我保证，今天不会检查，拿上。孩子就拿上了。孩子要走时，有些不理解地多看了他几眼，他就说："我闺女跟你一样大。"孩子才算明白地点点头走了。

他有些可怜起这孩子来，由此，又想起映雪，就越发觉得应该让她得到一点父爱。有什么办法呢？他是咋想都想不出来。

　　伍疤子一直到二百四十分钟后才出来。他说："谢谢哥了，弟酒足饭饱，酒足饭饱，把一年的瘾一回过了。下一回还不知到猴年马月去了。真的得一生感恩哥哥。弟有事先走一步了。拜拜！"伍疤子好像是完成了一桩大事，也再没兴趣跟他磨闲牙了，说"团队"有事，就忽闪着洗得十分飘逸的长发，匆匆走了。埋单时，他才知道，狗日伍疤子一次上了两个，"这个畜生！"

　　西门锁想来想去，还是要跟女儿先套上近乎。他就把住宿的地方换到了学校附近。一早在校门口等映雪来，硬给孩子塞一个汉堡包、一个煮鸡蛋、一杯豆浆。这是他五点多起来，去二十四小时营业店买的。但映雪说啥都没要，他硬给孩子塞，孩子最后是以尖叫方式让他住手的。他看见所有人都投来了异样的目光，甚至有欲见义勇为者，产生了上前制伏歹徒的动意。

　　下午放学时，他早早准备了一辆自行车，看着孩子骑着自行车出来，就跟着骑了上去，吓得映雪差点把车子蹬到了路沿上。他一个劲儿地让孩子别怕，说他没有别的意思，就是想请她吃顿饭，谁知映雪坚决不同意，他就一路跟着孩子，任他说啥，映雪也不理睬，直到幼儿园门口，他才下车，看着孩子骑进去。他正悻悻地准备走呢，老门卫过来了，说："哎，师傅，看来你的工作没做到家啊，你给人家的东西，全都拿到我这儿来了，你还是拿回去吧。"西门锁一看，确实是那包东西，就说："留着师傅你自己吃吧！"老门卫一笑说："这可太多太贵重了，我吃了不好消化。"西门锁也笑笑说："放心吧，好消化着哩，我绝不会让你太为难。"说着，就骑车子走了。

　　西门锁没有就此打住，他想采取滴水穿石、铁杵磨针的笨办法，一点点感化孩子。第二天早上，他又买了汉堡包、鸡蛋、豆浆，在学校门口等着，映雪来了，他又上去给，映雪又不要，他又强着塞，映雪又是那一套，啊地尖叫了一声，他却没像昨天那样怯火，继续把打成包的食品饮料，往映雪自行车的铁丝笼里放，映雪等他放好后，扯出来，撂在了地上。然后推着自行车，快步进学校大门了。一圈圈人，都好奇地看着他，他不无尴尬地笑笑说："嘿嘿，孩子跟她妈置气呢。嘿嘿。"他捡起食品饮料袋，回宾馆，想跟昨天一样，自己吃了，可怎么都吃不下，心里有些难过，直想流泪。

下午还去不去，他思想斗争了好久，最终还是去了。他觉得自己欠孩子的，远比孩子给自己制造的这点难堪要多得多。无论如何，他都得继续做下去，他觉得属于他和孩子沟通化解的时间已经不多了。等孩子上了大学，更有思想更有主见的时候，可能沟通就更困难了。当然，他也在想，这样死搅蛮缠，影响孩子学习吗？想来想去，他觉得，正面的一定会大于负面的，因为他是给孩子认错来了，服罪来了，补偿来了。爱，父爱，难道会增加一个孩子的心理负担，而影响她的高考复习吗？尤其是他下午突然看到一个电视剧，里面也是讲一对离婚夫妇，他们虽然裂痕深深，但面对孩子高考，依然各自忍住恼恨，同心协力，终于使孩子考上重点大学。他无论看电影还是看电视剧，从来都没流过泪，但这次他哭了，甚至哭得呜呜呜的，连枕巾都擦湿了。这事给了他很大的启示和信心。下午快放学的时候，他便又骑着自行车到门口等去了。

　　映雪今天是故意跟几个同学一道出来的，同学用自行车把她夹在中间往前走。他只好在后边跟着。孩子们恶作剧似的，骑得一阵紧一阵慢的，在一个十字路口，他们猛地加速，给他制造了一个闯红灯，差点让警察把他扣住。乐得孩子们在前边笑翻了天。但他没有生气，还是执着地追了上去。他要告诉映雪，他是不会轻易放弃的。直到孩子们把映雪护送到幼儿园大门里，他们才以胜利者的姿态，给他扮了几个鬼脸，嘻嘻哈哈地一哄而散。他一点都没有责怨这些孩子的意思，相反，孩子们那么齐心协力地保护自己的女儿，还让他感到一种欣慰和安全。孩子们散了，他也收工了。他骑着自行车到一个烤肉摊子旁，要了一盘烤牛筋、一瓶啤酒，独自品起来。他感到自己这两天的工作是挺有意义的，他觉得应该庆祝一下，就又多喝了一瓶。

　　第三天早上，他去买了汉堡包，还买了鸡翅、牛奶，又到门口去等了。映雪来了，但麻烦也来了，映雪旁边，跟着骑自行车的赵玉茹。赵玉茹满脸的不高兴，到学校门口把车子一停，就跟映雪四处盯着找他，他想躲都来不及了。赵玉茹和映雪的目光同时跟他相遇了。赵玉茹让映雪进了学校后，就端直朝他走来了。他想，她终于要主动跟他说话了。他就笑笑地迎了上去。

　　"哎，你这人有意思没意思？"走近看，赵玉茹都气得有些嘴脸乌青了。

　　"咋了？我关心我的女儿有错吗？"

　　"你的女儿？你十七年前干什么去了？你的女儿？"

西门锁倒是不赖账:"我十七年前错了行不?错了难道不允许人改正错误吗?毛主席说,一个人不怕犯错误,单怕不改正错误,改正了错误就是好同志。我主动改正错误还不行吗?"

"我没心思跟你耍贫嘴。我只是来警告你,请你远离赵映雪。"她故意把赵字强调得很重。

"那是不可能的,我要认她。"

"她认你吗?"

"会认的,只要你不阻拦。"

"西门锁,我告诉你,孩子是永远也不会认你这个父亲的。"

"为什么?"

"你懂得父亲意味着什么吗?责任,懂不懂?你懂得什么叫责任吗?"

"这个不需要你教。"

"我没有想教你的意思。我只是希望你不要纠缠孩子,她在高考,她需要内心的安静。她的压力太大了,希望你不要再连连制造恐怖,让她晚上做梦还喊叫:'别追我,讨厌,我怕!'"

西门锁无语了。

赵玉茹接着说:"你也是好几十岁的人了,说你没文化,你也读过高中,在社会上也混几十年了,怎么能这样干事呢?孩子昨晚回去大哭一场,心全让你搅乱了。西门锁,你到底要把我赵玉茹逼到什么份上你才罢休呢?"

这一句深深刺到西门锁的痛处了。他觉得他悔过、补救的一番苦心,落到这样一个被全然误解的下场,太令他难过了。按赵玉茹的说法,他所实施的父爱行动,无异于一连串的恐怖活动,让孩子夜半惊梦,严重影响了孩子的高考准备。他觉得太不应该了,他决定暂时退出。

他说:"那我有个条件,你必须接受我给孩子的一个卡。"

"孩子不需要什么卡不卡的,孩子只需要安静的生活,你能给她安静就行了。"

"对不起,你要不接受,我就继续陪护,直到孩子认我这个父亲为止。"

赵玉茹无奈地摇摇头说:"好吧,我答应你的要求,只是高考以前,绝对不许再骚扰孩子。你要敢再闹,我就报警了。"

"行,你只要接受卡。"

赵玉茹把卡接了,是一种很无奈的表情。

这个卡放在西门锁身上已经很久了。

赵玉茹走了。

西门锁有一种如释重负感。

西门锁骑着车子,吹着口哨,往宾馆走,突然有一种二十岁以前的青春快乐感。但这种感觉没有持续多久,就让郑阳娇的一个短信打散了。

郑阳娇发来的短信是:你儿子病了,你不要了,就让他死了算了。

西门锁的头嗡地一下乱了。

西门锁回去了。

五十

金锁确实病了,但没有郑阳娇信息上说的那么严重,是重感冒。这几天天气突然炎热起来,其实还没到夏天。西京城就是这样,冬天和夏天都比较长,春天和秋天的过渡时间特别短。人才换下毛衣毛裤,很快连长袖衬衫都穿不住了。俗话说,春捂秋冻。金锁才懒得管呢,昨天中午上体育课,老师有点事,离开了十几分钟,让体育干事招呼大家打篮球,他一下就跟到了解放区一样,闹腾得搁不下。当时,他投进了一个三分球,立马就像奥运场上的明星似的,把上衣剥得干干净净,用双手挥着衬衫当国旗,飘在身后,又是奔跑,又是呐喊,又是飞吻,又是跳跃的,把几个班的体育课都搅成了一锅粥。不仅操场上炸了锅,连教室里上课的一些学生,都从窗户里伸出头,跟着瞎起哄起来。直到体育老师来,把他罚站在球场边上,场面才平息下来。也活该他感冒,性子太拗的他放学时,为了出出被罚站的恶气,故意又把衬衫脱下来,从教室里一路狂奔冲了出去。这时温度已急剧下降,等他回到家时,鼻子就塞得实囊囊的,张嘴一个哈欠,闭嘴一个喷嚏,是重感冒了。

郑阳娇本来想,吃些药就会好些,谁知第二天早上金锁起来,反倒重了,她就给西门锁发了信息。

西门锁回来时，金锁正在厕所呕吐，嫌藿香正气水恶心，刚喝下去，就全吐了。西门锁一摸金锁额头，确实有些发烧，身上也稀软，他就把金锁背到院子，郑阳娇开车，去医院了。

在医院这就算不上什么了不得的病，医生让在急诊室挂了吊瓶，夫妻俩守在一旁，一句话都没有。金锁一直玩着手机，郑阳娇怕针跑了，挡了几次也不听，就任由他去玩。

西门锁一直低着头，把什么也没有的地看半天，又仰起头，把什么也没有的天花板看半天，再起身，到楼道走一会儿，时间就一点点消磨过去了。作为父亲，他也不知从什么时候起，就对儿子越来越不满意了。他记得儿子初生时，他是怎样地溺爱呀。有了儿子，这在村子是天大的事，有儿子的男人，在文庙村说话都要气强许多。但后来，他越来越觉得金锁像儿时的自己，就想去管教、去改变。可郑阳娇死死护着，像是他要欺负金锁似的，金锁也就越来越不像话了。说实话，他是多么希望金锁能好好读书，给文庙村放个卫星哪。文庙村几乎没有出过几个像模像样的大学生，小小的，就都厮混在一起，性子玩野了，上啥好学校都是枉然。包括赵玉茹要把映雪从这里带走，都与想彻底挣脱这环境有关系。他与郑阳娇的矛盾，其实更多地都集中在金锁身上。不管不行，管了更不行。眼看着金锁就成了二混子，想来想去，他觉得都是钱惹的祸。他几次都准备下茬整治一下，想把金锁往回扳一扳，可每下一回茬，都要跟郑阳娇闹一阵儿矛盾，他也就灰心了。眼看金锁成了今天这个样子，他也毫无办法。现在，他心里真的有了一种十分可怕的想法：既然儿子是你的，那你就看着办去吧。

吊瓶打完，西门锁又把金锁背到车上拉了回来。

金锁打了针，好像活泛了许多似的，回来就上网玩游戏去了。

西门锁走也不是，留也不是，老觉得这个家已不像自己的家了。但长期住宾馆，更不是一回事，他迷茫了。

郑阳娇特别害怕西门锁走，就故意把态度软和了一些，问下午吃啥。西门锁随便说了一句，吃啥都行。郑阳娇就打电话，叫一个饭馆送几个菜来，自己开电饭煲，熬了些稀饭，又调了两个凉菜。日子就算又过到一起了。

西门锁回来后几次遇见罗天福，见罗天福想说话，又碍着郑阳娇不敢说。

背过郑阳娇，西门锁专门到罗天福小屋去了一趟。

罗天福特别害怕西门锁不在家的日子。西门锁一不在家，郑阳娇的脾气就有些古怪。不是满院子乱骂，就是找碴儿训人。这几天，郑阳娇几乎见面就说："那事可没完噢，打了人，哪有那么便宜的行情。"他也没接话，反正是跟男东家已说好的事，他也不太担心，就盼着东家早点回来。

西门锁一进他的租房，他就把情况说了一下。西门锁说："别理她就行了。这事就这样了，你忙你的，没事。"

话虽这样说，可罗天福心里毕竟不踏实。他想见西门锁，也是想让西门锁给他留个字据，谨防以后有个什么变故，也好说话。西门锁说没有这个必要，都是大老爷们儿，说话还能不算数？说啥都不留。但罗天福坚持着，还是把西门锁说通了，答应留一个。

连着几天晚上，罗天福打完饼后，就起草起这个字据来。经过反复推敲，字掬句酌，他觉得满意后，还专门到唐槐下，请教了一次东方雨老人，才最后敲定下来。他找东方雨老人，其实主要还是想请他做个中人，他开始生怕老人不答应，因为这种黏牙事，一般人没有利益是不会染手的。他还想着说要给老人一点中人费呢，可到底没敢说出来。老人一听是这事，二话没说就满口答应了，把他高兴得连声说了几个谢字。然后，他把西门锁请到唐槐下，郑重其事地把字据念了一遍，西门锁连听都没听完，就一把拿过字据，把他的名字签在了上边。嘴里还嘟哝着："哪来的那么多事。"

有了这个字据押着，罗天福就更是放下心来做生意了。这一阵生意真的特别好，挣钱顺手了，饼也很少有烙煳的。罗天福就悄悄给淑惠说，运势来了。几乎每天都要比过去多卖一百多个饼，这几天甚至多卖到了一百五六十个，一百五六十个，就意味着要多挣二三十块钱呢。罗天福有一天晚上，睡着了，还真的给笑醒了。淑惠问他笑啥呢，他说刚才梦里，有人一回要五百个饼呢。淑惠就说他是做梦娶媳妇。也真怪了，第二天一大早，贺冬梅领了一个人来，说是一个作家，想了解一些情况，要写农民工的啥戏呢。开始他不想去，生意好，嫌耽误工夫，但贺冬梅来了，又不好推辞，加之自己平常只听说过作家，还没见过真作家长的啥样，有些神秘感，就跟着去了。作家和他先后谈了有两三个小时，问身世，问收入，问挫折，问困惑，问梦想，反正啥都感兴趣，啥都要问，并且还不停地要叫他讲自己的生活故事，尤其是那些让他心灵产生过震颤的故事。他见那位作家很认真，也很谦和，就尽量把自己的故事和盘托出了。他感觉作家很满意，最后还硬给了他一百块钱误工补贴。他说啥都不要，说，就说说话，也没出啥力气，作家说这也是劳动啊，贺冬梅也让他拿上，他就拿上了。他一路兴奋得小跑回去，说："你看我昨晚的梦应验了没，两三个小时，人家给了一百块，这不是五百个千层饼的利润是啥？"淑惠也觉得果然有些神奇。晚上甲秀回来，罗天福又说了一遍，甲秀就说，爹的梦，以后是可以预测吉凶祸福的了。一家人乐得半夜还在说梦的事。第二天是星期天，有甲秀给她娘帮忙，罗天福就骑三轮车买面粉买油去了，也是凑巧，有人竟然雇他去送一趟面粉，答应给十块钱，路不远，他想不挣白不挣，就给人家跑了一趟，谁知钱是挣到手了，却把裤裆挣扯了，勉强把三轮车骑回去，让淑惠一看，裤裆缝子已扯烂一尺多长了。他一手捂着裤缝子，一手把挣的十块钱交给淑惠，淑惠开玩笑说："还不够补裤子钱。"甲秀就心疼地说，以后这样的钱还是要悠着点挣。罗天福轻松地说："嘿，顺手的事么。"

晚上，他们刚把摊儿收回来，外面戏就开始了。罗天福一边打饼，一边从门口向外瞭望。甲秀就要爹出去听戏去。罗天福说在屋能听见。最后淑惠也劝，他才解了围裙，拿一缸茶出去听戏去了。

娘和甲秀，就一边打饼，一边谝着些体己话。

娘说："你今年也二十一二的人了，也没操心一下对象的事？"

"还早着呢。"

"还早，在咱塔云山，二十一二，都是该有娃的人了。"

甲秀羞得有些不好意思地："娘，你看你。"

"娘说的是实话么。真的都没考虑过？"

"真的没有。"

"是不是没有合适的？"

"娘，你就别操这份心了，该有的时候自然就会有的。"甲秀有些难为情，就赶紧把话扯到一边去了。

但娘却始终操心着这桩事，对甲秀说："该是留心的时候了。"

"等大学毕业再说吧。"甲秀说。

"你同学里都没个合适的?"

"娘!"甲秀又想制止娘。

娘说:"找女婿还是要尽早哩,要不然,人家把好的就都早早挑完了。"

"不说了好不,娘?"

"好,不说了不说了。娘是怕好的都让别人挑完了,把我宝贝女儿剩下了咋办?"

其实娘的担心不是没有道理的,甲秀同班同学里,剩下的,可能也就几个农村孩子了。稍像样一点的男生,早在大一、大二时就都谈了对象。即使农村来的男生,也不愿意找农村女生,尤其是贫困女生。有个别不能忍受这种歧视的,就患了抑郁症、自闭症,或把整个精神世界,都寄托到网恋上去了。而甲秀,始终在默默承受着这一切。她觉得自己还有更多的事要做,尤其是爹娘进城打工后,两位老人的生存现状和忍辱负重精神,更是给了她不屈的动力。在爹爹不准她拾荒后,她不仅做家教,而且还揽了十字绣的手工活计,几乎把业余时间占了个满满当当。她认为,无论她个人现状还是家庭实际,都没有到她能考虑婚姻大事的时候。她在努力改变,她也相信和等待着一种叫缘分的东西。

甲秀打完饼后,回学校去了。淑惠收拾完锅灶,罗天福听完戏也回来了。他们烫完脚,正要睡呢,旺夫嫂又把睡着的儿子抱来了。旺夫嫂还有些扭扭捏捏的,其实淑惠早明白了意思,就把娃放在床上了。

罗天福笑笑说:"今晚楼板又要遭殃了。这两个劲儿真大,才几天。"

"操你的心,快睡你的。一会儿看你咋睡着。"

罗天福还没睡着,楼上就哐哐当当地开始了。

罗天福朝窗外一看,月亮又圆了。每逢月圆时,旺夫嫂就会把娃在这儿连寄三个晚上。

五十一

映雪高考时,西门锁到底还是去守了两天。

那几天刚好郑阳娇跟几个朋友一道开车去四川旅游去了。

西门锁提前打听好了映雪的考场,一早就提着矿泉水、黄瓜,还有从罗天福那儿拿的千层饼,打车去了。他本来想凑到孩子跟前,让她知道自己的父亲也来了,但一想,又害怕真的像赵玉茹说的那样,让孩子感到恐怖,就没敢朝前凑。但映雪跟赵玉茹骑着自行车来后,人太多,在很远的地方就下了车,车子根本没地方存放,警察一个劲儿让朝远处搁,她们正左右为难呢,他就走到跟前,二话没说,双手扶住两辆自行车,让赵玉茹把孩子送进学校大门里去了。

他把自行车停到一个允许停的地方后,走到大门口,去找赵玉茹。赵玉茹还在踮起脚尖朝大门里望着,映雪早不见了。许多家长和亲戚都是这样等待着的,直到里面铃声响起,大门关闭,大家才逐渐从门口散开。

西门锁上前问赵玉茹:"一会儿娃出来,你在门口接,车子还是推不到前边来。我能先把车钥匙拿着吗?"

"给我吧。"

"还是我拿着吧,娃总是把我看见了。"

"给我吧。"赵玉茹很坚持。

西门锁就把钥匙给赵玉茹了。

赵玉茹问:"停在哪儿?"

西门锁就在前边走着,把赵玉茹领到了存车子的地方。西门锁发现,赵玉茹一直是离他很远地跟着。赵玉茹看见车子后,说了声:"谢谢!"这让他更是感到了生分。"谢谢",其实是把他往外掀呢。

赵玉茹从自行车上,拿下个马扎,走到学校大门附近,在一棵梧桐树下坐了下来。看来她提前是有准备的。她从包里取出一本书来,看看学校大门,看看书,就再也没有用目光搜寻过别的任何东西。

西门锁远远地坐在路沿上,一棵法国梧桐,遮住了强烈的阳光。虽然还是早上,但已热得许多人都扇起了扇子。就在西门锁的对面,有一个饭店,门口写着"有钟点房,每小时六十元"。但他没有进去,他觉得这样陪陪女儿,心里更实在些。他喝一口矿泉水,啃一口生黄瓜,再嚼一口千层饼,觉得很香,很滋润。吃一阵,喝一阵,然后再打开手机,玩一阵切水果的游戏,两个多小时就过去了。

铃还没响,学校大门口人就拥实了,铃一响,散开在附近的人,更是一哄而上,把大门里三层外三层地围得水泄不通。西门锁一看,赵玉茹早不见了。他就钻进人窝里,找赵玉茹,也是想占领有利地形,看映雪出门时的表情。他终于看见赵玉茹了,她在最靠近大门的地方,说明她早就在那里了,要不然,凭她那副瘦弱的身板,是休想挤到那么好的位置去的。

映雪是人都快出来完时才出来的,从表情上似乎看不出考得好坏。她刚走出校门,赵玉茹就上前给她了一个拥抱,感动得西门锁就想落泪。赵玉茹领着孩子朝前走去,他多想孩子回头看一眼呀,只要孩子能回头搜寻一下,就说明自己在孩子心中还是有点位置的,可孩子没有。他就怏怏地跟着。突然,孩子回头了,是在搜寻什么,直到孩子的目光与他相遇,孩子才低下头继续往前走去。他当下就热泪涌流了。他朝前赶了几步,走到她们停放自行车的地方,她们正开锁准备走呢,他截住了她们。

"可以请你们吃顿饭吗?"西门锁问。

"不可以。"赵玉茹回答得很果断,"映雪,咱们走。"

她们就骑上车子走了。

西门锁很是失落地看着她们消失在很远的地方。

无论怎样,他的决心已下,不管她们母女待见不待见,他都要把四场考试坚守到底。他就近找了一家泡馍馆,要了两个小菜,一瓶啤酒,一边吃着喝着,一边掰馍。他还从来没有把馍掰得这么细致过,全是黄豆粒大小。西京城吃羊肉泡馍的行家,都有这样的手艺和耐心。其实最主要的还是耐心,只要有足够的时间,就能吃得精到,因此,西京城吃得最讲究的主儿,都是那些闲居在街巷中的散淡老人。西门锁主要是害怕掰得快了,一顿吃完,就得给人家腾地方。细嚼慢咽了两个多小时,考生和家长们就又都朝学校门口集中了。

西门锁离得近,就赶紧出去,占领了有利地形,四处看着,看她母女来了没有。他希望她们仍然骑车子到门口,由他再把自行车推到停车场去。可当她们母女出现在大门口时,并没有推车子,他有些失落。映雪进去了,他希望孩子能看到占据着有利地形的自己,但孩子没有看见就走进去了。赵玉茹倒是看见了,斜瞪了一眼,就离开了。赵玉茹手上还是提着那个马扎,还是坐在那棵梧桐树下，还是看着那本书。西门锁四处晃荡起来。他先去停车场，想看看，她们下午到底骑车子没有，几乎没费啥事，就找到了她们母女的坐骑，女儿映雪的车子没太停放好，他还提起来顺了顺，又看屁股座子有点偏，他还使劲儿扳了扳。看车子的老太太走过来，问他要存车牌，他说："不取，就收拾收拾。"老太太异样地看了看他，他不慌不忙地吹着口哨走开了。

下午特别热，所有树下都堆满了人。大家都在议论着早上的语文考试，相互打问着孩子的情况。西门锁凑到一堆人旁边听了听，好像都说今年的题挺难的，也不知映雪考得怎么样，反正赵玉茹对任何议论都没兴趣，就一个劲儿埋头看她的书。一些男人，实在扛不住炎热的天气，干脆剥光了上身，赤膊守望着。女的也只好任由汗雨挥洒，衣衫都贴在身上。西门锁给赵玉茹拿了两瓶矿泉水，也没征得她同意，装作过路，就把水放在她脚前了，赵玉茹想拒绝，他已经快步走开了。但他发现，赵玉茹始终没有喝，直到考试结束，她都没动那两瓶水。铃一响，她一起身，一个拾破烂的中年妇女，就弯腰把两瓶水装进了斜挎在肩上的大口袋里。

赵玉茹仍然凑到前边接孩子，他就远远地踮起脚尖看着，映雪出来，还是那种既不激动也不悲伤的神情，赵玉茹还是一个拥抱，就护着孩子，朝前走了。他仍像早上考完那样不紧不慢地跟着。他在等待着孩子的回头，但孩子再也没有回头。眼看她们就要骑车子离开了，他想上前拦住她们，还是想请她们吃顿饭，但他又打消了这个念头，觉得不可能的事，说得多了，反倒增添了生分。就在他有些失望地目送她们远去时，映雪到底还是回头看了一眼，当她的目光与他期盼的目光相遇时，迅速羞涩地折了回去，他感到，这一眼绝对是冲他来的，她是在搜寻自己的父亲，他当下满足得浑身都有些发抖。他真想对孩子说声"谢谢"，但她们母女很快就消失在了他的眼前。

第二天早上，他比昨天来得更早，他来时，几乎还没有家长送孩子来。他今天也拿了把折叠椅，先坐在了赵玉茹老爱坐的那棵梧桐树下，他发现这里真是个好地方，能一眼看到学校大门里的一切动静。赵玉茹和映雪每次都是提前二十分钟到，时间几乎没有误差。他几次看表，当只剩下二十分钟时，赵玉茹和孩子就准时出现了。她们从从容容地来，然后从从容容地进校门，一切都显得井然有序。当映雪从学校门里回头向母亲招手时，西门锁分明发现，孩子的目光也在游移,他敢肯定,那也是在搜寻自己。他挥了挥手,孩子分明看见了,又装作没看见,就进去了。他心里是一种暖洋洋的感觉。

赵玉茹拿着马扎,又到那棵梧桐树下了。西门锁的软躺椅摆在那里,但人在一边站着。等赵玉茹坐定后,他才慢慢悠悠地坐过去。赵玉茹侧眼看了一下,就起身端着马扎,坐到另一棵树下去了。他扑哧一声笑了,还没见过这么执拗的女人。也许是带幼儿园的孩子时间长了,越来越像个故意跟人置气的孩子了。他还偏把椅子朝赵玉茹刚才放马扎的方向挪了挪,架起二郎腿,连摇带晃地,玩起了手机游戏。

考试结束铃响时,他也跟赵玉茹一样,挤到了前边,还偏偏要挤到赵玉茹跟前,赵玉茹气得干脆从里面出来了。他回头一看,赵玉茹站在很远的地方向他翻着白眼,他更乐了。等映雪出来时,他大声喊孩子的名字:"映雪!"正在寻找母亲的映雪向他看了看,他把手向后一指:"你妈在那里等你哩。"映雪就跑过去了。这次赵玉茹没有拥抱孩子,而是紧紧牵住孩子的手,一点点摩挲着、交流着,缓缓向前走。西门锁羡慕得有点想咂舌头。他这次没有朝前跟,只是目送,他觉得今早上的一切,已显得他够成功的了,该满足了。中午他去附近一个川菜馆,点了四个菜,要了两瓶啤酒,美滋滋地品了一顿。

下午他仍来得最早。他还偏偏把躺椅要故意放在赵玉茹早上坐过的地方,一放下,他自己先笑了。赵玉茹准时把孩子送到门口,他也早在那儿等候着了。赵玉茹给孩子拉了拉钩,西门锁撇嘴笑了笑,觉得完全是幼儿园的游戏。孩子进去了,孩子在进去的一刹那间,与他的目光有一次相遇,那里面他已看不到任何恶意,他觉得自己这两天的坚守是有成效的。赵玉茹还在朝里观望,他就扭回身,走到那棵梧桐树下,一屁股塌在躺椅上,想看赵玉茹一会儿的反应。赵玉茹提着马扎过来了,一看他坐在那里,就要拧身,西门锁高跷着的二郎腿,就抖动得更欢实了,就在他正得意于自己的小伎俩引起的小反应时,只听"吧嚓"一声,自己就突然塌陷在了水泥地上了。原来是软躺椅被他得意的摇晃解体了。一个胖子的喜剧,顿时引来了数百人的哄堂大笑。连赵玉茹也忍不住捂住了扑哧扑哧笑个不住的嘴。他也顾不得屁股与腰椎的闷痛,就在旁人帮扶下尴尬地爬起来,故作轻松地冲大家笑了笑,还说了一句自我解嘲的话:"现在不光是嘴上吃的不安全,屁股看来也不安全哪。"

最后一科考试就要结束了，西门锁在铃声未响之前，就挤到最前边去了。胖子这时已成了大家的熟人，有人问他谁考呢，他说女儿。他也没敢再多搭讪，怕一会儿女儿出来，不理睬他，岂不尴尬。他看见赵玉茹还是站在远远的地方斜视着他，那眼神，明明是气愤着他抢了她应该占据的位置。女儿出来了，仍是走在偏后的位置。他鼓足勇气迎上去，问候了一声："映雪，你辛苦了噢！"映雪望着他不置可否。他又问了一句："考得还好吗？"这次孩子回答他了："还行吧。"他的眼泪就出来了，不是因为"还行吧"这三个字，而是因为十六七年了，这是女儿第一次正面回答他的问话。他感动得不知说什么好了，他有些得寸进尺地说："能给你妈妈说说，咱们下午一起吃顿饭庆贺一下好吗？"映雪再没接他的话，就端直跑到她妈跟前去了。西门锁紧紧地跟着，他这次再没有顾忌赵玉茹会给他什么脸子，什么态度，他必须抓住最后的时机，把他与她们母女的感情拉得近些，再近些。

"能一起吃顿饭吗？"他终于还是自己开口了。

没有人回答他的问题，就好像他不是在跟她们说话似的。

"玉茹，你看娃高考算是过了人生一大关口，咱们能不能给娃庆贺一下？"

赵玉茹还是跟映雪只顾朝前走着。

"我西门锁不是赖皮，想死缠着你，只是为娃，她是你的孩子，也是我的孩子，我有这个权利请她吃顿饭。"

赵玉茹把映雪的手松开，意思是说，你只要能把孩子叫去，我不阻挡。但映雪又紧紧挽住了母亲的手。

西门锁终于恼怒了："赵玉茹，你太过分了。"西门锁的喊声，把一街人的目光都吸引了过来。赵玉茹和映雪加快了脚步。

西门锁也加快了脚步。

他们来到停自行车的地方了。

西门锁干脆挡在了赵玉茹的车头前。

"就吃顿饭，没有别的任何意思。"

赵玉茹终于开口了。

赵玉茹声音压得很低，但很有分量地说："你还是那些老毛病，人越多越激动，越不能控制自己是吧，你喊呀，你把你的光彩事情都喊出来呀！谢谢你这两天还能想到你有个女儿,谢谢你,孩子也会记住这两天的。今天高考也结束了,我本来想把你给的那个卡,放到门卫那里,让你自己取回去,既然你跟来了,那你就自己拿去吧,我们是不会接受你的任何施舍的,既然当初我们能从你家走出来,我们就能很好地生活下去,这是我们的信念,请你尊重我们的生活方式,尊重我们的选择。"赵玉茹说着,把卡交给了映雪,让孩子递到了他的手中。如果是赵玉茹自己递,他会愤然拒绝,但孩子递过来,他不能不接。尽管这个薄卡此时分量似乎有千斤重,但他还是沉甸甸地接在了手中。直到她们远去,他仍木木地站着。

二十几天后,高考成绩出来了,映雪考了六百七十九分,被北京大学录取了。

消息西门锁是从西京城发行量最大的一张都市报纸上发现的,上面有映雪和赵玉茹的照片,还有一篇记者采访文章。文章没有涉及其他事,只是说孩子怎么懂得学习方法,问赵玉茹是怎么教子有方的,赵玉茹说,一是给孩子一个好的学习环境,二是让孩子有一个明确的人生目标,三是注意劳逸结合,让身体始终处在良好的状态。文章回避了单亲家庭的事,从头到尾都嗅不出与他西门锁相关的半点信息,就好像在说别人家的事,他心里如同打翻了五味瓶,咋想都不是滋味。这事在文庙村震动也很大,几乎家家都在议论此事。郑阳娇听说后,一直没言传,只静静地观察西门锁的反应。西门锁在家里憋着打了几天游戏,一天,终于憋不住了,给伍疤子打了个电话,两人在夜市美美喝了一顿酒,醉得回来摔了一跤,把脸蹭烂了半边。

五十二

放暑假了。朱豆豆、沈宁宁、孟续子们策划了好长时间,说是要出去旅游,先是说走云南贵州这一线,后来又说走黑、吉、辽、内蒙古,最终还是招不住孟续子撺掇,去了山东,说是先从渤海湾,再到黄海湾,一直沿水路到上海,最终到杭州西湖结束行程。一人大概得三千块钱,孟续子说他陪他们走完山东就不去了。朱豆豆问是不是怕花钱,并说孟兄山东以外的费用他包了。沈宁宁好像还让朱豆豆和孟续子动员过童薇薇，但童薇薇没有去，这让罗甲成内心还稍得到了一些平衡和安慰。

他们在策划这项活动的过程中，始终没有征求过他的意见，好像他天生就不是他们那个圈子的人似的，只是有一天，宿舍只剩下他和孟续子两人时，孟续子礼节性地问了他一声："罗兄去不去山东啊？"大概孟续子觉得山东就是他的家，不礼节性地邀请一下，有些说不过去似的。"谢谢！不去，我暑假还有好多事呢。"这事就算这样过去了。

还没到放假的那一天，几个人一大早就闹腾得满楼都不安宁地走了。罗甲成早早爬起来，满屋来回走动着，享受着一人独居的自由。

期末考试成绩出来了，罗甲成拿了全班第一名。本来说不排名的，但有不少学生进大学后，有厌学情绪，老师觉得还是有公布一下名次的必要。这消息是童薇薇先告诉他的。童薇薇特别向他表示祝贺，他当时激动得想跳起来，但忍住了，他总是希望给薇薇留下一些气质与风度之类的印象。

薇薇问他："放假干啥呢？"

他说："还没想好呢。"也确实没想好。"你呢？"他问薇薇。

薇薇说："也没想好。"

罗甲成没有忘了问薇薇："朱豆豆他们不是叫你去山东旅游吗，怎么没去呢？"他没有提到沈宁宁。现在一提说这个名字，他心里都不舒服。

薇薇说："我可能要跟我爸爸去一趟德国，他去参加一个学术活动，让我陪他呢。"

"噢。"反正他心里对薇薇一点嫉妒之意都没有，她去哪里都行，只要是没跟沈宁宁们一道就好。

人家都把暑假安排好了，罗甲成还不知道这么漫长的暑假，该做些什么？他开始也想出去旅游一下，哪怕是就近去洛阳看看，但从网上一查，再俭省，也得四五百块钱，就打消了这个念头。后来又准备回塔云山去，但想一想，回塔云山也没什么事，就还是觉得留在西京城算了。他知道，也有学生留下来打工挣学费的，他也在四处打探消息，但到底没有找到合适的事。这天，姐姐打电话说，爹让晚上回去吃饭。他实在不想去那个鬼地方，但又毫无办法，总不能老不见自己的父母吧。晚上，他还是硬着头皮去了，好在那一家人一个都没遇见。

爹娘今天特意准备了八菜一汤,娘说:"你爹说了,今天是专门给你们姐弟俩摆的,甲秀上大学满三年了,甲成也满一年了,这次考试成绩又都不错,说甲成又拿了个全班第一,你爹就说要好好庆贺一下。"

娘炒的菜,虽然不太讲究外在形状,但吃起来确实可口,筷子还没摆上桌,甲成就急得拿手抓了一块鸡肉,塞到嘴里了。罗天福看到儿子这么嘴馋家里的饭菜,心里就特别乐呵。他把那坛老酒又拿了出来。母女俩还在灶上忙着烧猪蹄汤呢,爷俩就喝起来了。

这一顿饭真是吃得其乐融融。

饭快吃结束时,罗天福问起了甲成和甲秀的暑期打算。甲秀说,她就帮娘打饼。打饼也确实需要人手,但罗天福还是说,有家教了,还是做家教轻松些。甲秀说,这个暑期她不做家教,就专门打饼。问罗甲成,甲成说还没想好。罗天福就说:"那你回去陪奶奶去。"甲成也没表示反对,过了几天,他还就真的回去了。

初回去那几天,也确实新鲜,兴奋,可过了几天,就觉得沉闷无聊了。奶奶尽管想着法儿给他做好吃的,但吃饱了,没人一起玩,就觉得寂寞得很。蔫驴外出打工不在,大奶倒是在,可在一起聊上半小时,就觉得索然无味了。大奶说的无非是他的媳妇有多能干,一儿一女有多聪明。两个孩子在房前屋后,滚成两个灰土土的泥蛋蛋跑回来,猴儿上桩一样,就爬上了大奶的肩膀。大奶媳妇已发胖得有两个大奶那么粗了,干事还是那么泼辣,见大奶和甲成说话,进来一手掐一个,就把两个叽叽哇哇乱叫唤的孩子提溜出去了。

待了四五天,实在沉闷得不行,他就到后山给奶奶拾了一天柴,这是他过去常干的活儿。他是早上拿着干粮进后山去的,奶奶给他烙了一个核桃饼,还装了一鳖子壶水,他就走了。到了后山林,他是半玩半砍,又是逮松鼠,又是唱歌的,几个小时下来,才拾了三捆柴。他用葛藤把柴捆都连接起来,放到柴溜子上,他朝第一捆柴上一坐,稍一使劲儿,三捆柴便顺着柴溜子,只十几分钟,就出出溜溜的,端直溜到了奶奶的后檐沟。奶奶一看,高兴得直夸奖:"我还说孙子上了大学,就不会拾柴了呢,没想到还能拾这么多,够奶奶烧两个月的了。"

第二天,他又给奶奶把缸里的水挑满,还帮奶奶把地里的苞谷草薅了薅,就离开了塔云山。

罗甲成回到西京城,没有先去见爹娘,而是满街找打工的地方。他想乘暑假自己挣点钱,可能是期望值有点高,找了几天都没有找下合适的。最后不得不到一个劳务市场,看别的农民工都是咋找活儿做的。人家面前都摆着工具,或是刷墙的礤子、砌墙的瓦刀、砸墙的锤錾、和泥的铁锨,还有摆着擀杖、菜刀、糕点模具的,并且每人前边都放一个纸牌牌,上面写着自己能承揽的活计的名称,有能装修的,有能当泥瓦工的,还有能蒸馍的,能擀面的,能做糕点的,五花八门,应有尽有。罗甲成东钻钻,西看看,听听人家怎么搞价,怎么成交,看了一两天,他觉得刷涂料可能最简单,就去买了一个刷涂料的礤子扛着,满市场胡转。很快就让一个叫猴子的人看上了,问管吃管喝,一天六十块,干不干?他说干,猴子把他肩膀一拍,说走,他就跟着猴子刷涂料去了。

刷涂料的地方是一个单位的旧办公楼,共六层,有八十多间房,大概有半个月的工程量。他是第一次干这活,还不好跟猴子说,他想,无非就是把涂料刷到墙上就完了,没想到里面还有不少技术。他想先看猴子怎么刷,然后跟着学,结果猴子一个劲儿抽烟,让他先开始。他先到楼下把几桶涂料背上来,猴子还坐在那儿没动,烟都快抽七八根了,咳得脖子青筋暴多高,瘾还没过足。他只好先刷起来,谁知没刷几下,猴子就喊叫开了:"哎哎哎,咋刷的你?你是跟谁置气嘛还是不会刷?你不会刷倒是拿个礤子挠尿哇。"甲成也不敢多说话,怕把猴子逗躁了,把他开销了,劳务市场扛着刷墙礤子到处找活的人可有的是。好在他摸索了几下,见猴子再不喊叫了,便觉得就是这个刷法了。猴子把烟抽够了,起身夺过罗甲成手上的礤子,嘟哝着:"你能挠尿,你能刷墙?"猴子呼啦几下,就把一块墙面刷到位了。猴子还在抱怨:"咋找来个你,你能刷墙?你能弄尿。墙没刷白,你看把你自己刷成尿了。"罗甲成从一扇玻璃里一看,自己不仅身上是涂料,连脸上、头发上都是涂料,自己快成涂料人了。

第一天干下来,晚上连胳膊都抬不起来了。他一身涂料,也不好太早回学校去,只好磨蹭到很晚的时候,才低着头走进学校大门。他进公寓时,管理员挡住了,最后认出是他来,才放他进去。他站到卫生间的镜子前一看,全然一个农民工形象。他把衣服全部剥光,用凉水冲起澡来。洗完澡,又洗衣服,咋都洗不净,勉强搓出个样子来,挂到阳台上,第二天早上一看,已经斑驳得无法再正常穿了。早上去,他专门另带了一套干净衣服,昨天刷墙的那套,就任它脏去。掌握了技术,刷得快了,也匀净了,猴子就满意了许多,虽然也骂,但意思就完全相反了:"挨屎的货,还行!""没看出,挨屎的还精明得很,一天就学会了。""挨屎的,你咋没去上大学呢?上学也许是一把好手呢。"罗甲成光笑,懒得跟他搭腔。他始终也没告诉猴子自己是干啥的,反正挣了钱各奔东西而已。

刷墙单位嫌半个月刷得太慢,让猴子一个礼拜必须搞定,说上边要来领导,面子不搞好挨剋呢。猴子就又弄了一个人来,跟罗甲成分头刷。那个人倒是刷得快,就是吃得多,一顿得三老碗黏面,吃得猴子心疼地:"唉,你个挨瞎锤子的就能日馕,不能少日馕点吗?日馕多了小心尻门子憋炸了。"那人也只是憨笑,反正该吃三碗还吃三碗。

七天活干完了,猴子一共给了五百块,多给的那二十块,算是最后一个晚上赶活的加班费。猴子觉得罗甲成这个人不错,"屁话不多","干事不麻缠",他说他见不得那些"咬透铁锨,尿事没干,心眼超多,还皮干得很的人"。猴子留了他的电话号码,说以后揽下活还叫他。那个一顿吃三老碗面的,到底让猴子找碴儿扣了三十块钱。气得那人走时直骂:"狗日猴子将来生娃都没尻门子。"

这是罗甲成平生挣得最多的一次钱,过去也曾勤工俭学,无非是卖点山货土特产啥的,最多挣个几十块钱,上百的都很少,一次挣这么多,让他确实有些激动。拿到钱,紧捂着口袋,坐公交车回到宿舍,已是晚上十二点多了。洗了澡,泡上衣服,他打开微博,看同学们都在弄啥。童薇薇没有任何信息,QQ也没上线。朱豆豆、翁点点、沈宁宁、孟续子他们旅游今天已经到青岛了。他们住在海边,翁点点还写了一首关于大海的诗,其中有这样几句:

  如果真有来世
  我愿变作一只海鸟
  与你一起

直飞到天的尽头

　　如果真有来世

　　我愿变作一条海鱼

　　与你一齐

　　直游到海的尽头……

　　有好事者续了几句:"如果真有来世/我愿变作一只海龟/与你一道/直爬到沙子里头……"罗甲成被惹笑了。后边还有人续写愿变作海蛇、海鼠、海獭、海狗、海猪、海牛、海豹、海狮、海象、章鱼、水母、鹦鹉螺、红色恶魔、六角恐龙的,反正越续越搞笑,最后甚至还有人把朱豆豆、沈宁宁、翁点点、孟续子他们几个在海里游泳的照片,与海底动物进行了头颅与身子的互换嫁接,恶搞得一塌糊涂,可把罗甲成乐坏了。他在宿舍从来没有这样高兴过,也没有这样自由过,一丝不挂地,听着音乐,吹着口哨,扭着各种自己发明的舞步,直折腾到凌晨三点多,又彻底清洗完被涂料污染的衣裤、鞋袜,才躺下休息。

　　第二天,直睡到下午三点多,甲成才起来,去学校外面一个叫骨头庄的餐厅,要了一碗大骨汤,还要了一碗裤带面。裤带面是西京城的一种知名小吃,顾名思义,就是形状似裤带的面条。至少一寸半宽,一米多长,一根就是一碗,用辣子蒜一拌,一节一节往嘴里吸,外地人看起来觉得很是有些不靠谱,但吃起来确实可口,结实管用。罗甲成只吃过一次,那是朱豆豆请客,一碗面十块,一碗大骨汤十六块,等于学校食堂四天的伙食费。罗甲成自那次吃过后,一直想再来吃一顿,今天总算用自己的劳动报酬,满足了这个愿望。他吃得很细法,几乎把大骨头里的脊髓全部吸出来了。有那吸不出来的,就用钳子把骨头夹碎,直到剔尽最后一丝可见的纤维。

　　晚上,他去了爹娘那里。院子又有人在吼秦腔。大树下猴了一堆人。还是东方雨老人在拉胡胡。爹娘把门开着,爹坐在门口,拿了个蒲扇,一边眯着眼听戏,一边轻轻拿扇子摇晃着戏里的节奏。娘和姐在屋里打饼。罗甲成朝房里一钻,像进了蒸笼一样,立马都有些气出不来的感觉。

　　"这热的,小心中暑。"罗甲成说。

　　"你回来了?"娘稀奇地问。

罗天福看甲成回来了，就把凳子朝房里挪了挪。

"啥时回来的？你奶好吗？"爹问。

甲成就把自己回去待了几天，然后又来打工挣钱的事给爹娘说了，并且把挣来的五百块钱拿出四百来，要交给爹娘。

罗天福说："你拿着吧，赶明日少给你些生活费，就都在里头了。"

罗甲成还是坚持要把钱交给娘保管，娘就接下了。

罗天福看着儿子今天这个样子，心里有说不出的高兴。他觉得孩子是长大了，懂事了，知道日子的艰辛，并且自己用双手刨食了，他亲自给儿子打了四个荷包鸡蛋，让甲成美滋滋地吃了一顿。

是甲成自己提到后面一个半月的打算，说还想打工挣钱。罗天福就说，他问问破锣，看能不能带着甲成做点活儿。破锣还在唱戏，等破锣唱完了，罗天福就去跟破锣讲了，破锣答应带去试试，他们工地确实缺人，不过他说活儿很苦，害怕孩子吃不消。罗天福就说，山里娃，啥苦没吃过，只要安全，苦点累点，问题都不大。话就算说妥了，破锣说明天就让甲成跟他走。

罗天福回来，把情况跟甲成讲了，说破锣是电工，给人家走线路呢，甲成不懂电，也就帮不上忙。不过那附近有个工地的工头破锣熟，说是去搬钢筋也行，打混凝土也行，娘和甲秀就觉得是不是太累了，甲成说他能行。工钱没有说，罗天福觉得破锣这个人也不会亏待他们的，就先去干吧。就是学校离那儿太远，早晚行动不方便，罗天福要甲成干脆过来挤一挤，早上好跟破锣叔一起走，甲成咋都不同意，坚持要住在学校，罗天福也只好答应了。罗天福去向破锣要了工地地址。第二天一大早，甲成就赶到那个工地去了。

五十三

那个工地，要起两栋三十层大楼，现在总共才盖了五层，六层以下是连着的，七层以上才分成两个楼体。破锣把甲成领到那个工头面前，交代了几句，还给人家撂了一包烟，甲成就做上了钢筋转运工。

他开始是有吃苦的思想准备的，但没想到，转运钢筋会这么苦，大车把钢筋拉到工地的钢筋加工场，然后由搬运工搬下车，一捆捆运到弯曲机旁，掌控弯曲机的师傅把钢筋剪裁、加工成型后，又由搬运工一点点运到塔吊旁边。没有一点技术含量，但活儿确实重得出奇，看似小小的一堆，猛地扛上肩，把人能压一个屁股蹲儿。一天多数时候还都暴露在阳光下，除了弯曲机下有一块遮阴的地方外，从供原材料到给塔吊供加工成型的料，都是与毒花花的太阳打交道。工地本身被围得密不透风，钢筋晒烫后，沾上肉，甚至有一种灼烫感。整体环境犹如置身火炉里蒸烤一般，尤其是正午时分，让人感到，身上几乎哪一块肉都蒸熟透了。罗甲成想咽一口唾沫，使了半天劲，结果咽下去的，好像是一块口腔里蜕下来的皮。伙食是一顿一老碗面，外带两个蒸馍，一疙瘩咸菜，第一顿罗甲成没有吃完，把两个蒸馍给了另一个搬运工，到了第二天，那个搬运工还等着蒸馍，就见他已吃干吃净了，并且还去要了半碗面汤。

勉强坚持了两天，罗甲成实在撑不住了，就想歇一天，他给工头请假，说家里有事，工头说："你走了就不要来了，你一走就得有人顶，人家顶上了，你再来不是多余了？"罗甲成想想，破锣叔给人家说一回话也不容易，就没好再多说，第三天还是来了。这一天的气温，报纸上说三十八摄氏度，其实工地温度绝对在四十摄氏度以上，罗甲成热得用一个湿毛巾搭在头上，也学着别的工人，把上身剥光，只给肩膀上垫一块布，肩扛背驮着钢筋，几乎是晕晕乎乎在工地走来走去。到中午一点多钟，气温实在高得令所有人都在张着大嘴呼吸，连一直待在工棚下窝钢筋的师傅，都热得让小工兜头浇了几盆凉水。楼上的泥瓦工，听说都有从工地上晕倒抬下去的。后来，管事的就让给工地抬了些酸梅汤来降温，罗甲成咕咕嘟嘟一气灌了三大碗。

工头说让原地休息半小时，晚上再往回抢时间，大家就都找背阴的地方歇息去了。罗甲成实在有些拖不动身子，就靠在围墙边的一点阴凉处，溜了下去。地上晒得有些发烫，但无论怎样，躺着都比站着强，他一躺下去，就迷迷糊糊睡过去了。后来，是另一个小工来踢了他两脚，他才醒来。小工说："开始了，工长叫呢。"他挣扎着想起来，却咋都爬不起来，是那个小工拉了他一把，他才勉强爬起来。再后面的劳作，基本都是机械式的，只要他的意识稍给自己暗示一下，说不行了，真的撑不住了，整个身躯立马就会崩塌下来。但他在坚持，无论做什么，他都不想让人看自己的笑话，要倒塌，他也会倒塌在无人处。

不知啥时，爹跟着破锣走进来了，工地是不许随便进来人的，罗甲成看见工头在跟破锣叔说话，破锣在一个劲儿地给工头让烟。爹端直走到罗甲成面前，甲成努力睁了睁一直都在发蒙的眼睛，故作精神地冲爹咧嘴笑了笑。爹用手轻轻帮他擦了擦脊梁上的铁锈，看他两个肩膀都有些肿，就难过地说："吃不消了，明天就别来了，爹也不在乎你挣的这几个钱。"

罗甲成说了声："没事。"但声音小得几乎连自己都听不见。

"你娘也不放心，总害怕盖高楼不安全。在平地上倒是好些。"

罗甲成只点头，没说话，也实在是没有力气。

罗天福从口袋里掏出几个煮鸡蛋来，说："给，你姐给你煮的。"

罗甲成也没推辞，就拿上了。

罗天福看罗甲成布满了红铁锈的裤子上，满是出汗后浸渍出的一道道白盐霜，就说："晚上回来，让你娘给你洗一下。"说着，还用手搓了搓。

甲成身子一趔，示意不用搓了。

罗天福又帮他把穿拧了的衣服，正了正腰身，说："反正吃不消就别干了，噢。"

甲成又点了点头。

罗天福就走了。

甲成正准备去抬钢筋，见爹又返回来了，说："你尽量不要朝楼跟前靠，我刚看见上面掉下来半截砖，太危险了。"

罗甲成还是点头。爹又叮咛了一句："咱不挣钱都行，可千万千万要注意安全哪！"

爹跟破锣叔走了。他还恍惚着爹的叮咛，不停地朝高处看呢，工长就喊叫开了："没人让你监工，快搬你的钢筋，都停工待料了。眼睛是叫屎糊了，还不快些。"

罗甲成就又进入了机器人式的劳作模式。

晚上回到学校时，已是十一点多了，他累得连洗澡的力气都没有了，就一下瘫在了一层的硬床板上。歇了一会儿，他侧过身，打开电脑，想知道一下同学们的信息。尤其是想知道薇薇在干啥。薇薇只在微博上留了两个字：

"好热。"有不少人跟帖,但她再没有说话。罗甲成发现沈宁宁甚至一整天都在献殷勤,薇薇是十二点半发的"好热",他十二点三十五就跟帖说:"注意防暑。"十二点四十分又说:"空调温度也不宜太低。"一点又发了一条说:"防暑的最好办法是多喝水。"过了几分钟,又说:"最好的饮料是凉白开。"过了一会儿又说:"气温在三十五摄氏度以上时,每天喝三千毫升水,就能绝对保证不中暑。"到下午两点多,他又传上来一张照片,是他才在船上拍的,他们正从青岛向上海方向进发,照片是模仿《泰坦尼克号》上莱昂纳多和温丝莱特在船头的那个飞翔动作,只是没有女主角,为此他还专门给照片起了个名字,叫"虚席以待"。在罗甲成看来,真是骚情透顶了。好在薇薇始终没有回任何信息。这让罗甲成感到了一丝惬意。

他又从微博上看了看其他同学的信息,有的说自己是"宅女",有的说自己是"宅男"。多数都在外面旅游,或者回老家、走亲戚了。罗甲成也想在微博上说一句什么,可想了半天,除了想骂人,骂天,几乎没什么好说的,最后就把微博关了。

他已没有爬上上铺的力气,就在一层硬板床上平摊着。浑身黏糊糊的,照说洗一下,会睡得舒服些,可腿脚咋都不听使唤,也就懒得动弹了。睡到半夜,数十只蚊子跟轰炸机一样,一次次起飞,一次次进行地毯式轰炸,他也能听到狂轰滥炸的声音,也能感到轰炸机在加油时,一根根钻头刺破大地,吸食原油的痛楚,可就是奋起还击的指令下达后,没有系统能够响应,浑身唯一能做出的反应,就是神经和肌肉的微微抽动,早上醒来一看,大地已被轰炸得没有一寸完好的领土了。他勉强爬起来,冲了个澡,给身上涂了一层清凉油,就又坐公交上班去了。

今天比昨天更热,糟糕的是,罗甲成在拉钢筋时,还受了伤,右手虎口处,被刚剪裁开的新钢筋碴子划开了一寸多长的口子。罗甲成用身上的卫生纸止住了血。也许这事在工地是司空见惯了,这种伤,在他们看来几乎不算伤。没人同情,也没人过问,好像是不曾发生过什么事一样。罗甲成仅因为包扎伤口,耽误了一会儿时间,师傅和工长就骂骂咧咧的,说雇的小工屎得很,能吃屎。气得罗甲成就想拿钢筋去一人闷一棍。中午实在热得干不成了,工头让原地休息一小时,还是晚上往回抢时间。罗甲成就又躺在昨天的那个墙角,给额头上敷了一块凉毛巾,看着一直颤抖不停的受伤的手,直想哭。他用安全帽盖住了脸。

整个下午和晚上,他不仅要忍受高温的折磨,而且还要忍耐伤口的裂痛,他不想迟早被人当牲口一样吆来喝去、骂骂咧咧,就尽量小心翼翼地完成着安排给他的一切搬运活计。晚上十二点结束后,他觉得那只手实在疼得不行,就去一个路边诊所包扎了一下,花了三十多块,酒精消毒的刺激,用钻心都不足以形容其痛,勉强拖着疲惫的身子回到宿舍,他终于忍不住放声大哭起来。

罗甲成哭了很长时间,他打开电脑上了网,首先看见薇薇的微博,说她近日去德国。又见朱豆豆、沈宁宁、翁点点他们已到上海的消息。他们上传了数百张一路旅游的照片,可以说是阅尽了人间的繁华胜景。翁点点又传上来一首诗:

渤海　黄海
威海　上海
陆上听孔子说仁
孟子说爱
水上看海鸥争食
鱼鹰俯冲
浪吞涛埋
爱　风生水起
由蝴蝶翅膀孕育
到长风万里不败
去东海　去南海
去里海　去黑海
去地中海
去波罗的海
让生命在爱的长风中

死去活来
....

罗甲成关掉了电脑。他强撑着去卫生间,想洗洗身上的铁锈和满身的污垢。从镜子里,他看到了几天艰苦劳作后的身形和面容。他的泪水再一次止不住流淌下来。他有些绝望地闭上了眼睛。他没有洗澡。他又摇摇晃晃地回到床边,扑通一声,就倒了下去。

这一夜他什么都没听见,尽管"轰炸机群"还是准时编队起飞,准时狂轰滥炸,在他死寂的土地上,又泛起了数不清的疮痍破败。

早上醒来,他抓挠着一块块猩红的皮肤,气愤异常地将几只可能已吃得飞不动的蚊子,砸死在了床里的白墙上。

他昨晚最后躺下时,是真的不准备再去工地了,可早上醒来,想了想,还是去了。他听一个小工说,一天可能是八十块工钱,这个诱惑对他很大。

五十四

罗天福那天去看了一回儿子,确实有些心疼,尤其是看见上面老掉砖头瓦块之类的东西下来,就觉得有危险。他也给破锣商量过,看还有没有再好一些的工种,破锣说,钢筋小工就是最安全的了,他也就只好每天晚上给儿子打个电话,只要他走出工地了,他的心才能放下来。

最近天太热,吃千层饼和烙馍的人相对少了些,加之有甲秀帮忙,罗天福有时就能抽出身来,出去走动走动了。就是那一天看望甲成回来,他无意中在路边的一个垃圾桶旁,捡了一堆饮料瓶瓶,那是一个单位才倒出来的,他刚拾完,一个捡垃圾的就跑过来,恶狠狠地盯着他,想要论理的样子,他赶紧走开了。结果拿去一卖,挣了十一块钱。他觉得这事能做。这几天,他一有空,就拿个袋子出来了。他没有告诉淑惠和甲秀自己去干啥了,因为他阻止过甲秀捡垃圾,所以也就不想让她知道自己所做的事,反正闲着也是闲着。每天几乎都能额外增加十几块钱的收入。有一天,他笑自己真是走了狗屎运,竟然在一个垃圾桶里还捡了个旧手机，比自己用的那个还好些，他就把这个手机留下，把自己正用的那个拿到旧货市场一卖，还倒腾了五十块钱。

天气越来越热了，连续一个礼拜都是三十九摄氏度，罗天福就打电话，要甲成别干了，甲成在电话里说，工地把作息时间改了，中午最热的时候，休息四个小时，他说他还能坚持住。可听电话里的声音，孩子明显是有气无力的样子。

这边淑惠突然病倒了，是热感冒，发烧，咳嗽，还上吐下泻。甲秀刚把娘搀去打了针，晚上她也开始头痛，发烧，半夜还说胡话。罗天福就用两个毛巾，不停地换着，给她们母女把额头冷敷了一夜，又掐合谷穴、印堂穴、涌泉穴，到天明时，两人的烧才慢慢退下来。甲秀早早还是起来了，罗天福让多睡一会儿，甲秀说还是把摊子支出去。罗天福说有他呢，甲秀还是硬撑着，帮爹把摊子弄到了大门外。

罗天福一夜没合眼，头有点晕，但人一多，生意一忙起来，疲劳感好像就消失了。直到忙完上班前最火的那一阵，他才有些头昏眼花起来。他发现甲秀的两个眼圈，乌黑乌黑的，擀饼时，一只手要撑着面板，那一只手才能擀得动。他就让甲秀去休息。甲秀说她能行。两人一直坚持到九点多，甲秀才去扶娘打针。罗天福让甲秀也看一下，不行了也打两针，好得快。甲秀到底没有打，只是买了点感冒药吃了，中午最忙的时候，她搀回娘，就又帮爹打饼了。

下午，甲秀见爹实在撑不住，几次瞌睡得头都磕到了案板上，就叫爹去眯瞪了一会儿。她不停地喝水，不停地给大脑输送信息，说自己千万不敢病倒了，竟然还就这样扛过来了。娘的身体确实虚弱，一病就是好几天，感冒倒是好些了，两个肩膀又疼得抬不起来，整个背都抽得疼，爹给拔了火罐，也不见有多大作用。娘就一个劲儿在床上哀叹，说自己吃冤枉饭了。

甲秀暑假跟爹娘打了一个月的饼，她都无法形容自己内心的感受。她觉得爹娘简直就是铁人，每天早上五点闹铃一响，两人就从床上爬起来，直忙到中午一两点，才能稍微歇一会儿，然后又得给下午做准备。晚上在外面卖完饼，基本在八点左右，又把摊子撤回来，在家里给饭店打饼。大多在晚上十二点多才能休息，整晚睡觉时间也就四个小时左右。长期这样下去，她真担心两个人的身体都会彻底垮了。这一个月，有她这个帮手，爹娘有时还能换着歇一歇，她想，自己一开学，爹娘的日子，真不叫个日子。她真想叫甲成来帮爹娘打几天饼，让他也体味一下父母的辛酸可怜劲儿，但她知道，甲成是说啥也不会来的。本来这个暑假她也有好几个家教要做，但她都放弃了，她觉得必须好好陪陪爹娘，哪怕稍给他们一点喘气的机会，她也觉得比在外面多挣那几个钱强。

娘勉强好一些，就急着上灶了。娘的两个肩膀和脊背，让爹拔火罐，拔得烂了几层皮，整个脊背、肩膀都是紫乌紫乌的。连爹自己都说，娘是让自己这个庸医害得雪上加霜了。娘一勉强上灶，爹就有点闲空，能出去溜达溜达了。开始甲秀还以为爹是真的去溜达了，有一天，她去外面买油，才发现，爹是抽空在外面捡瓶瓶罐罐，她的鼻子就酸了。自己捡破烂时，当越过了那条面子防线后，倒是不觉得有啥，可一旦看到自己的亲爹，在塔云山活得那么体面，那么有尊严的爹爹，为了给儿女凑学费，竟然沦落到这种地步，就被打击得路都走不稳了。她没有让爹爹看见自己，她觉得不能让爹爹看见自己，爹既然一直说他在外面闲逛、溜达、散心，就说明是不想让自己和娘知道这件事，她觉得她就应该为爹爹守住这个秘密。晚上爹回去，娘问他到哪里逛去了，一去半天，爹说去了一趟博物馆。爹进城一直有个愿望，说是要去博物馆看看，她一直说领去看，可一年多了，竟然就真的没有找到个时间。

又一天下午，她跟娘商量着，说晚上熬一点姜汤，娘说没有生姜了，她就去菜市场买。这时正是菜市场收摊的时间。她刚走进去，好多摊主都拉着三轮车在往出走。她突然发现，在一个摊位前，一个女的，一掌将一个男的推出老远，那男的没站稳，一头就扎在了前面的案子上。那男的扭回头，她一看，竟然是自己的爹。难怪最近爹老拿些菜叶回来，原来他是在这里捡的。那个摊主刚走，几个拾菜叶的人就一哄而上，那女的见爹抢先一步拾了半个西红柿，就一掌把爹推到了旁边的菜案上。甲秀就想上前论理，可爹已走开了。爹在另一个没人的菜摊上，独自拾起来。在爹一只手叉腰，一只手勉强弯下去拾取那片菜叶时，甲秀的眼泪唰唰地流下来了。她急忙跑开了，她觉得不能让父亲看见自己在这里，她得给因为儿女而变得渺小可怜的父亲留点面子，留点尊严。

爹拿着菜回来，还是那副乐呵呵的神情，把一切都说得很轻松，很愉快，说自己去逛了一下书店,回来路过菜场,拾了个大便宜,三毛钱,人家就让拿了一堆菜。娘就说,你最近运气咋这好的,弄啥成啥,真是踩上狗屎运了。

晚上,房里实在热得不行,爹拿个凉席,睡到门外了。蚊子多得不行,甲秀就拿蒲扇,轻轻给爹扇着。爹让她也去睡,她说:"我不困,爹,你睡你的。"甲秀就这样一直帮爹扇着到爹睡着。

一个夏天,房里都跟蒸笼一样,实在热得招架不住的时候,甲秀也去买了个小台扇,可扇出来的都是热风,加之一扇,娘的浑身骨头就疹着痛,平常也就很少开。一身又一身的汗,甲秀就拿热毛巾,给娘一遍又一遍地擦。自己实在热得撑不住的时候,就拿个凳子,坐到门外去丢丢盹。

一个暑假,就这样熬过来了。甲秀是始终陪伴着爹娘的。甲成也一直在那个工地当小工,直到快开学时,才离开工地。

就在甲秀准备回学校上课的时候,塔云山又来了亲戚,是甲秀她二姨的女儿,叫招弟,听说大姨夫在城里打饼发了财,她娘就打发她来找大姨夫要口饭吃。招弟今年二十岁,只念了个小学,屋里把钱都供她两个弟弟上学了。招弟一直有些怨气,这几年在家也做得很苦,粗胳膊粗腿的,又找不下对象,最近就跟她娘老置气,要外出打工。她娘无奈,才把她打发到大姨夫这来的。既然来了,罗天福和淑惠就收揽下来,跟自家女儿一样看待,跟他们一起打起了饼。

五十五

西门锁一个夏天都过得有些窝火,一想起女儿映雪高考的事,就又是喜来又是气。喜的是,孩子就那么争气,竟然考得那么好。他还以为金锁学习不好,是遗传问题,有了映雪的证明,他就更是对金锁的失败有了诸多的怨气。他本来还想去见见映雪,尤其是估摸着孩子快走那几天,他想去送送,可一想到赵玉茹那不依不饶的脸,他的信心就丧失完了。再去纠缠,他特别讨厌"纠缠"这两个字,他是父亲,看女儿怎么能叫纠缠,可赵玉茹一直用的是这个破词。纠缠就纠缠吧,他到底还是去了一回。事情竟然就那么凑巧,他去时,赵玉茹正好领着孩子背着大包包小蛋蛋的东西准备出门，她们是去火车站，这可能就是血缘间的某种心灵感应吧。他有些激动，他看见映雪也有些异样的表情。他硬抢着把映雪身上的东西背了过去，赵玉茹气得都不想走了。西门锁听见映雪在后面轻声说："妈，再磨蹭就来不及了。"她们于是顺顺地跟在了后面。走出大门的一刹那间，他看见老门卫一双贼机警的眼睛，从老花镜片的上方凸显了出来，看看西门锁，又看看赵玉茹，那眼神里分明是有些得意的神情，西门锁还故意眨了眨眼睛，给他传递了些神秘兮兮的东西，老头就莫名其妙地产生了一些以功臣自居的志得意满的神气，气得赵玉茹也不知该给他解释些什么好。西门锁出门就挡住一辆出租，全然以一家之主的做派，把赵玉茹和映雪往车上吆喝，谁知赵玉茹干脆就没上这辆车，而是挡了另一辆，并且把西门锁背的那些东西也强行拿了过去。西门锁瞥见老门卫有些傻眼，但他继续给老头使了个眼色，然后才紧随赵玉茹的车而去。

到了车站，西门锁又抢上前，把大件行李都背在自己身上，跟着映雪她们进了候车室。候车室里人山人海，稍不留神，就找不见要跟的人了。西门锁身上拿的东西太多，从人缝里往前挤特别困难，好在他块头大，挤不过去的地方，浑身像狮子抖毛一样一抖落，人就裂开一条缝。好不容易挤到去北京的候车通道，连个下脚的地方都没有。行李就只能背着、扛着、提着。映雪过来想分担一下，西门锁没有给，让她照顾好她妈就行了。他看见赵玉茹脸色煞白，满头直冒虚汗，问了一声咋了，也许是没听见，赵玉茹没有理他。他让映雪排好队，自己就挤到一个小卖部前，买了几瓶矿泉水，等他挤回原来的地方时，赵玉茹已经和映雪蹲在地上了。周边人看见有人生病，也许是怕有什么麻烦，就很自然地退让开了一个空间。西门锁刚好把行李能放下来。他问映雪咋了，映雪说妈有点头晕。西门锁问要不要去医院。映雪说妈不去。他把水递上去，赵玉茹用手挡开了。赵玉茹硬撑着一点点挪到了检票口。映雪说，不行了她晚几天去学校，但赵玉茹说没事，可能是人太多空气不好，还是坚持着通过了检票口。西门锁没有票，检票员咋都不让进，他说有病人，必须送到车上。他拿出手机，说让押着，人家不行，他又拿出银行卡，说可以补一张票，人家还不行。映雪就要自己拿行李，赵玉茹过了检票口，似乎好了些似的，也过来帮忙拿行李。母女俩就这样从检票口跟他分别了。映雪在离开检票口的时候，没有忘了回头看他一眼，在西门锁看来，那一眼分明饱含着女儿对父亲的依依惜别和感激之情。他急忙喊了一声："映雪，记住我的电话。"他报了自己的手机号码，并且一连报了两遍，只要有心，他想是绝对能记住的。她们走了，赵玉茹又恢复了那种要强的状态，他一直看着她们母女的背影消失在茫茫人流中。

西门锁一回到家里，郑阳娇就嘟哝金锁上学的事，说学校又劝金锁转学。西门锁气不打一处来地就想骂人。他一看金锁那副对一切都满不在乎的德行，打着游戏，抖着双腿，吹着口哨，晃着脑袋，他真的想把鞋脱下来，照那厚脸皮扇几下。这些年为金锁上学，钱可是没少花，话没少说，脸没少看，气没少受，到头来，还是一年不如一年、一天不如一天地怄气伤神。几乎每到考试、放假、开学的坎节上，都有不顺当的事。托关系找人，寻情钻眼，勉强安宁几天，事就又犯下了。有时西门锁能定定地把金锁看好半天，直看到金锁咕叨他一句"有病呢"，才气得他咬牙切齿地把目光移开。人和人之间差距咋就这么大呢？生生的姐弟俩，一个就能上北大，一个就能让人讨厌得老想往出撵，这到底算咋回事呢？西门锁真是百思不得其解。

"哎，跟你说话呢，学校让转学呢。"郑阳娇又说了一遍。

"往哪转，朝墙上碰死去。"

郑阳娇不高兴了："哎，这可也是你的儿子，别以为是我郑阳娇一个人的。想让他碰死还不容易，你让他碰呀。"

金锁戴着耳机，什么也听不见，只是为游戏里的成功闯关，乐得从沙发上不停地往起跳。狗在舔着他的脚指头，他一跳，狗磕着了牙，就汪汪地乱叫起来。

西门锁躺在摇摇椅上，闭起眼睛，心烦意乱地把自己的身子也胡乱摇晃起来。郑阳娇气得过去把摇摇椅美美踢了一脚：

"哎，你到底管不管？"

"咋管？"

"金锁报不上名，你说咋管？"

"我没办法。"

"那你的意思是说，就不上了？"

"我没说。"

"那你说咋上？"

"不知道。"

"好吧，你就别知道。我回娘家有事，金锁报名明天是最后一天，你就看着办吧。"郑阳娇说完，还真收拾了些东西，开车走了。

金锁仍陶醉在游戏里。

西门锁想眯瞪一会儿，金锁竟然吵闹得他心跳都有些加速，气得他起身去把电闸给偷偷拉了。

金锁破口大骂起来："我贼你妈了，电。"一拳头下去把游戏机的塑料壳子都砸飞了。

西门锁想了想，晚上还是提着烟酒，去学校走人情去了。

还真有把礼送不出去的，不管谁，一听说为金锁的事，都说"知道知道"，就是没人愿意揽这差。看来金锁在这所学校的名声确实够坏的。走了一圈，最后还是走到金锁的老师那儿去了。那个被金锁暗称"老恐龙"的陈老师，也确实长得有些失控，甚至有点凶险，整个脸面呈冬瓜状，鼻子以下的部分比鼻子以上的部分要长出许多，丰厚的下巴随时都有沉坠不住而掉下去的可能，眼睛一只十分活泛，另一只却钉子一样盯着不动，弄得西门锁都不敢正视。家长们对陈老师有截然不同的评价，那些学习好的都说陈老师是西京城最棒的老师，应该拿两院院士的待遇，而所有学习差的家长都说这个女人心灵跟她长相一样丑陋，应该下地狱。所有人都期盼着孩子在她这里成为高考状元，而事实是，总有相当一部分孩子，越来越成了不被重视，并时时遭到打压、调班、转学的金锁。

西门锁不仅把礼没送进去，陈老师甚至连门都没让他进。陈老师就跟厚实的墙垛一样，把他挡在她的家门口，任西门锁怎么自责、检讨，连那只活泛的眼睛都没转动一下，他本来还想多说几句，陈老师已经不耐烦了，再说也没用，不是她不让上，而是绝大多数家长联名给学校写了信。她还说，现在都是一个孩子，投入这么高，风险太大了，学习搞不好一个家庭都毁了。她在说这话的时候，好像全然忘了他是金锁的老子。陈老师最后倒是给他宽心说，孩子在这里学习差，换个环境也许好了呢，再说，实在不行了，也不一定非要走上学这条路么，你不是也没上过大学，也一样成了千万富翁吗？还是把路子放宽些吧。说完，陈老师把门就关上了。这是他在这个学校找的最后一条门路，他感到是绝对没有商量余地了，他就想出出气。这次，他是把门敲得理直气壮了。陈老师到底还是把门开了，但只从门缝里塞了个快夹扁的冬瓜脸出来，十分恼怒地问："咋了咋了？你想咋？你想咋？"西门锁不紧不慢地说："没咋，我只是想把好多家长的话转告给你，你不是一个好老师，你眼里只有分数，没有人，你把所有学习差的学生和家长都侮辱够了，你会下地狱的。"西门锁看见"老恐龙"连那只活泛的眼睛都发直了。他拧身走了。他想"老恐龙"会爆发一下，但没有，那个铁门过了许久才在他身后嘭地关上了。

把路走绝了，他反倒有一种如释重负的感觉。可出了学校大门，他的压力就来了，金锁又该转到哪个学校呢？他把脑子里该想的门路都想到了，最后把目标锁定在了街道办贺冬梅的身上。他提着那包送不出去的礼当，端直去了贺冬梅的家。贺冬梅没在，说是晚上在单位加班，他就又赶到街道办，贺冬梅果然领了一帮人在开会。他就在外面等着，直到会散他才进去。他好奇地问，街道办咋这忙的，这二半夜了还开会。贺冬梅说最近搞"文艺家进社区活动"，书画家来一摊子，戏院来一摊子，记者"走基层"还要来一摊子，得赶紧安排一下。西门锁就把金锁的事说了。金锁在这一带是个"小名人"，西门锁一说出来，贺冬梅就说可能比较麻烦，但她答应试试。贺冬梅还记着上次西门锁帮她化解罗天福那摊事，觉得西门锁这个人还是挺不错的，如果不是西门锁坚持，她觉得她跟郑阳娇是咋都缠不直那件事的。西门锁硬要把那包东西留下，贺冬梅到底让他拿走了。

晚上回到家里，金锁还在拿摄像机自拍什么电影，把自己化装成蝙蝠侠的样子，正在沙发后的墙上贴着，灯光、道具摆了一河滩。西门锁气得就想把摄像机给踢了，但到底忍住了。他也是太乏了，就独自回房歇息去了。半夜醒来，他还听见金锁在喊叫："快，把他们从老恐龙嘴里救出来！""我来啦！""啪啪啪啪……"

第二天早上，西门锁还正睡着呢，手机响了，是贺冬梅的。贺冬梅说："说好了，你去英才中学报名吧，可能远点，也只能这样了。叫娃一定要注意影响，好歹高中就这一年了。"

西门锁赶紧起来，揪起睡得跟死猪一样的金锁，去英才中学报名了。

五十六

罗甲成整整一个暑假，在工地干了三十天，按说能挣三千块，可直到开学，那钱还是一分没拿到，破锣叔还去要了一回，人家说，都没给，现在哪有干完活就拿钱的。工头说，去年的工钱还有没结清的呢，但保证说，绝对黄不了。甲成也没办法，好在有破锣叔，也就再没说这事。

他是提前一个礼拜就没干了，他发现自己已经完全成了农民工了，就他这样儿，没有任何一个人能相信他是西京城最有名的大学的学生。整个脸晒得乌黑，鼻子和脸颊都晒得脱了皮，有时轻轻一撕，一块皮就能撕掉。手上也起满了茧子，旧水泡还没消退，新水泡就又起来了。两个肩膀肿得跟蒸馍一样，红红的，老是血快渗出的样子，连着工作，倒是能忘了疼痛，一歇息下来，就疼得连衣服都挨不得了。他彻底离开工地后，先去理了发，然后就圈在宿舍里，美美睡了几天，一边缓解疲劳，一边把身子朝白的捂。童薇薇到底跟童教授一起去了德国，但什么信息也没有。朱豆豆、沈宁宁、孟续子倒是老在微博上传照片，好像恨不得要像美国总统一样，把一切事都在第一时间直播给全世界。从微博上看，他们从杭州西湖散伙后，就各自坐飞机回家去了。朱豆豆回去，又在网上发了一组跟家人大吃大喝的照片，其中有一张是吃鱼翅的，立即就招来了诸多关于环保的批评。朱豆豆还反击了一次，说鱼翅已被割下，不吃岂不造成更大浪费。批评之声就更是铺天盖地了。孟续子赶紧给朱豆豆发了六个字说："朱兄，沉默是金。"便又立即招来了对孟续子的漫天讨伐，其中最让罗甲成感到有力的一条是："这个无耻的'沉默是金'兄，如果放在抗战时期，绝对是周佛海、陈璧君、胡兰成之类的汉奸货色，这是比那个吃鱼翅的大嘴更无耻的人间败类。"自此以后，朱豆豆和孟续子就都闭嘴沉默了。

第一个回来的是孟续子，开学还有好几天，他就回来了。见罗甲成第一面那个惊讶，把罗甲成自己都吓一跳。

"哎呀罗兄，你是咋了？整成了这副德行。"

罗甲成急忙用手摸了摸脸说："晒的。"

"你在哪晒成这样，像是去了非洲。"

"呵呵，好像你去过非洲似的。"

"网上有你这样的照片，要么是去过非洲的甘蔗林，要么就是去过撒哈拉大沙漠的人，才会弄成罗兄这个样子。"

罗甲成又去洗手间照镜子看了看，真的觉得是有些见不得人的样子。晚上，他出去买了一瓶护肤霜抹了抹，谁知一夜刺痒得没睡着，抓也不敢抓，实在痒得不行，就用手指头蹭了蹭，早上起来一看，又泛起了一片一片的红斑，真是弄巧成拙，他就索性懒得管了。幸好童薇薇一直到开学都没回来。

朱豆豆和沈宁宁是开学前一天回来的。两人回来见他，自然都是大惊小怪的神情。他的回答是爬秦岭牛背梁去了。牛背梁他熟悉，那是他从塔云山出来，必须要经过的山脉。

朱豆豆那个不差钱的父亲又来了，是开着房车来的，房车里坐着朱豆豆和翁点点。他父亲又要请同宿舍的人去吃饭，罗甲成到底推脱了，说有事。朱豆豆的父亲好像还特别想让他去似的，一再打招呼。为了避免尴尬，他提前出去了，闲得无聊，一个人去看了一场电影，回来时，宿舍还是空的。睡到半夜两三点时，他们回来了，好像是吃了饭，又去歌厅唱歌了。朱豆豆都躺到床上了，还在哼哼着《我是一匹来自北方的狼》。

童薇薇是开学后好几天才回来的，罗甲成见童薇薇时，脸上明显好了许多，童薇薇见第一面，并没有怪异的表情，只是说他晒黑了。问题是她自己晒得比罗甲成还黑。

童薇薇给罗甲成带了一个小礼品，是康德故乡哥尼斯堡的皮革小钟表，包裹钟表的皮革上，有康德的烫金像轮廓，罗甲成受宠若惊地有些不敢接受，觉得太贵重，童薇薇说是电子表，只值几十块钱。童薇薇又讲了这个小礼品的几个象征意义，首先说皮革，因为康德的父亲是皮革商，做马具、皮鞋的，据说康德小时候也能帮父亲做些皮具方面的小零碎活儿。关于钟表，哥尼斯堡的人都说康德是世界上最守时的人，他每天出门散步，风雨无阻，以至于邻居常以此来校准自家走时不准的钟表。童薇薇谈得很兴奋，说她原以为哥尼斯堡在德国，其实哥尼斯堡在俄罗斯，她说"二战"结束后，苏美英三国签署《波茨坦协定》，把哥尼斯堡划入了苏联版图，后来，因苏联领导人加里宁去世，为了纪念他，就改名为加里宁格勒。苏联解体后，中间出现了个立陶宛，哥尼斯堡就成了俄罗斯的一块"飞地"。她还特别解释说，所谓飞地，就是一块与本国八面不粘连的孤立土地，距俄罗斯本土有六百多公里。她说那地方太美了，城市紧挨波罗的海，她又讲了波罗的海的万种风情，最后还归到康德，她说属于康德的那个名叫哥尼斯堡的德国城市，已经永远不存在了。她说她爸说，加里宁格勒，是强权政治的产物，即使辖属俄罗斯，也不应更改哥尼斯堡这个名字。康德一生都在这个城市写作、教书，活了八十岁，活动范围最远没有超过一百公里，但他的批判哲学，却风靡全世界。世人应该尊重康德的故乡署名权。她爸说，无论从人类演进的哪个学科与角度讲，叫哥尼斯堡，都比叫加里宁格勒要好过一千倍。

童薇薇侃侃而谈，似乎有说不尽的关于康德、哥尼斯堡、波罗的海的话题。罗甲成就像一个小学生一样，默默地倾听着，虽然他为了能跟童薇薇有更多的交流机会，也翻过一个美国人的《康德传》，但那里面所讲的一切，实在拗口得无法理会，因而，童薇薇大谈康德时，他也只好默不作声了。如果是孟续子、朱豆豆、沈宁宁给他谈这个莫名其妙的老汉，他早就一走了之了，可薇薇无论谈多久，谈得多么枯燥，他都能心安神定地当好这个听众，并不时流露出一种十分欣赏的表情。可在童薇薇大量叙述波罗的海的风情时，他的思想还是不断地在抛锚，他想到了家乡的水塘，那个只有夏天下雨后，才能跳进去洗澡的荷花塘。有一次他家的猪，就是跌进那个池塘淹死的，母亲气得哭了好几个晚上，因为那是能卖一千多块钱的学费来源。童薇薇在讲柏林和哥尼斯堡保存完好的古堡和教堂时，罗甲成又想到了才离开的那个建筑工地，工头是真的太亏人了，嘴上说要照顾好工人的生活，可实际食堂很少能吃上肉，工头说了，盖到十层时，就会发工钱，可他走时，楼实际已盖到十二层了，还说"哪有干完活就拿钱的"。这楼能成哥尼斯堡用了二百多年还在使用的那些老建筑吗？他听老钢筋工讲，这些钢筋表面看着合格，其实里面也有猫腻。

童薇薇这趟去德国和俄罗斯，回来确实很兴奋，给他讲了三次见闻，还意犹未尽。他就主动找了第四次，第五次，第六次，要她还讲康德，讲哥尼斯堡，讲柏林，薇薇就更深入地讲起了那个在童教授看来与中国儒家文化有千丝万缕联系的德国老头。罗甲成虽然糊涂一多半，明白一少半，但并不影响他表示欣赏和倾听姿态的充分释放。哪怕在她讲的过程中，他又去想他的塔云山，想他那没有支付的工钱，还有父亲的千层饼。总之，无论在教室，在图书馆，近距离看着薇薇讲康德，很美，很受用。连着几个晚上，他也听到朱豆豆、沈宁宁、孟续子他们在回味渤海、黄海、东海，以及西湖的所见所闻，但他一点都听不进去，那种炫耀、夸饰的神情，甚至让他产生了一种厌恶感，当然，更深层的还是嫉妒，这个他心里也很清楚。可当他面对薇薇时，哪怕是她去了月球、火星，但他就是欣赏，就是产生不了厌恶嫉妒之情，真是毫无办法。

因倾听角色的忠诚与到位，他感到，他与薇薇之间的距离在拉近。

最令他兴奋的是，薇薇带给班上其他同学的小礼品，都只是哥尼斯堡的一片红枫叶，加以塑封。朱豆豆、孟续子，甚至包括自视甚高、挺有把握把童薇薇"收入囊中"的沈宁宁，也没有特殊例外，只是在收到红枫叶时，反复研究了研究其中有什么特别的地方而已。直到孟续子拿自己的和沈宁宁的反复比较，然后确定了无差别时，沈宁宁才有些怏怏地把枫叶放在了电脑旁。这让他感到很快意，比去了渤海、黄海、东海、西湖还要快意。他连蹦带跳地跑到湖边，一片薄石飞出去，竟然在湖面激起了一连串大环套小环的涟漪。

他看到学校湖边的枫叶也在泛红了，在塔云山，该是秋收的季节了。

五十七

文庙村从来没有来过这么多有头脸的客人，不是画家，就是书法家，要么就是作家、名导、名演，反正贺冬梅一介绍起来，都是著名的啥啥啥家，有些名字听了，还真是有些如雷贯耳，有些就是嘴上报报著名而已。这些人有个共同的特点，就是凡男人，大多修着长发，哪怕是老汉，白发也是乱蓬蓬地旋一顶，有的还扎个小辫子。女的都化了特别浓的妆，喷了特别刺鼻的香水，跟村里的女人们拉开了明显的距离。他们进村来不是惊诧，就是叹息，都有些哥伦布面对新大陆的好奇。其实他们都是这个城里的人。

他们搞的是"文艺家进社区活动"，贺冬梅提前在村里布了几个点，把书画家们分成几摊，把名演们也分了几摊，村里就整个热闹起来了。考虑到农民工都是下班后才能来享受文化生活的实际，文艺家们进村后，先安排在村委会参观，然后还安排了一顿特殊的晚宴，让文艺家们跟农民工代表吃顿饭，罗天福也在代表之列，是贺冬梅把他的名字添上去的，还专门买了他的千层饼。他看见几乎所有文艺家都夸奖这个饼做得好，有的还要买些拿回去，贺冬梅就介绍他们和罗天福认识了。

天黑时，数万农民工就汹涌涌地从外面回来了，整个村子像战争大片里的包围战一样，很快就把里外都围得水泄不通了。村里安排好的几个书画摊子，明显是有些阻塞交通。贺冬梅和村里的干部，都拿着高音喇叭在介绍书画家的名字，还有这次活动的内容、意义。听说有人写字画画不要钱，一下就乱套了，好多人也没弄清书法是啥意思，反正就是写字，就有要给孩子写"影格"的，有要提前写春联的，还有要写福、禄、寿、财的，有要写"天地君亲师位"的，还有要写父母大人之灵位的，有两个书案一开始就被挤塌火了。把一个老书法家的腰，当下就挤得窝蜷在了地上，是贺冬梅请派出所人背出去的。那些画画的，就更是忙碌得无以应对，有要画鸡的，有要画鸭的，有要画老虎的，有要画鹤的，开始还有人按要求画，后来就都是画兰草了，一张画几片叶子，章子没盖就被抢走了，有的兰草被撕成了几片。后来，干脆也没人画了，谁来都是一个字，不是"福"，就是"寿"。一个画家的画案也被挤散架了，墨汁和颜料泼了画家一身，画家被人潮挤得坐了下去，另一个画案接着也被挤翻了，一个墨盘，竟然斜飞过来，刚好扣到画家的谢顶脑袋上，画家用手把脸一抹，活活一个打鬼的钟馗再现了，大家就哄笑起来。有画家就躁了，说哪有这样组织活动的，贺冬梅一边赔情道歉，一边赶紧安排艺术家们撤离，书画活动就这样不了了之了。

罗天福在开始人不多的时候，就想请一个大书法家写"大道如砥，其直如矢"八个字，这本来是《诗经》里的句子，原话是"周道如砥，其直如矢"，意思是说，周朝都城外的道路，平坦得如同磨刀石一样，笔直得跟箭矢射出去一般，罗天福改了一个字："大道如砥，其直如矢"，谁知给一位外表看上去很艺术家的大书法家说了半天，人家还批评他说，他从不写这些狗屁不通的拗口文字，最后只给写了"福禄满门"四个字了事，罗天福也就对这事少了些神秘感，再没往热闹处挤。郑阳娇倒是挤进一摊，写个"福"字，挤进一摊，写个"福"字，一连挤出四个"福"字来，再挤进去就要了张"一笔虎"出来，激动得墨汁染黑了红裙子，也没给谁发火，就呼呼啦啦拖着墨宝回家去了。刚回去，又折出来，想再挤进去踅摸几张呢，摊子已都散伙了。

文艺演出倒是都搞得有声有色的。贺冬梅就怕人多出事，把来的演员分成了好几摊，每一摊都有名演撑着，人也就分流开了。西门家院落这一摊，有七八个演员，其中三四个都是响当当的角儿，电视里见过，广播里听过，就是人没见过活的，今天活的来了，自是稀罕得了不得。郑阳娇、西门锁、金锁全家集体出动，维持院落秩序，院墙还是被挤塌了一大豁子。郑阳娇就把贺冬梅从其他院落找来看，贺冬梅说由社区负责，保证给修好，直到满意为止，才算没惹出一场事来。

演出有秦腔清唱，有小品，还有魔术，另外还有一组互动节目，东方雨老人拉板胡，一个名演唱《斩单童》，后来又由破锣唱《斩单童》，人家名演的琴师拉板胡，着实让大家美美过了一把瘾。罗天福和淑惠占了地利，今天下午干脆没出摊，淑惠让招弟早早就把凳子放在了前排位置，把名演们脸上的麂子都能看得清清楚楚的。也不知走了啥运，他们离西京城最大的秦腔名演竟然不到一丈远，一下听了她五板戏，罗天福和淑惠、招弟的手都拍疼了，罗天福正看得起劲儿呢，不知谁从后边扔过来一个水泥蛋蛋，刚好打在他的后脑勺上，嘭的一声，疼得他眼泪都快出来了，他知道那是提醒自己头扬得太高了，就赶紧把淑惠的头也往下压了压。名演的嗓子都唱哑了，才一再打躬作揖地下了台。演出前后一共进行了一个半小时，观众咋都不走，不停地起哄要再来一个，可街道办和领艺术家们来的那些头头，还有派出所的人都怕出事，就给观众一再解释着结束了。

常言说：道士走了房前屋后的纸，唱戏的走了房前屋后的屎。一场"文艺家进社区活动"，把整个村子都搅得乱纷纷的，乱尿乱屙的，乱拆院墙砖头的，乱扔果皮纸屑的，第二天早上起来，好多地方连脚都下不去。文庙村一夜同时开四五摊子戏，据老辈子讲，这还是第一次，有喊叫挤垮了院墙的，有喊叫丢了东西的，有女的喊叫让人占了便宜的，还有喊叫把娃丢了的，可能是人贩子乘机下的手，派出所一早就贴出了协助破案有赏的通告。

一场大的文化活动结束了，村子又恢复了往常的样子，该出工的出工，该做生意的做生意，罗天福和淑惠、招弟，又把摊子支到了大门外。罗天福还在回味着昨天近距离看名演动作，听名演演唱的那点快乐呢，就听见郑阳娇在骂人，嫌一院子的猪，昨晚又把院子整成了猪圈。有人确实又拉在了郑阳娇家的西墙下，并且不是一处两处。贺冬梅一早就领人来给她修院墙了，郑阳娇借机把一段本来就有问题的院墙也让扒了，说都是昨晚挤坏的，贺冬梅也没多说啥，就都同意修了。

事隔不久，有消息说，这次"文艺家进社区"，把那桩戏神金眼睛被盗案，又搅动起来了。据说来的文艺家里，有好几个人大代表和政协委员，听到村子关于戏神金眼睛被挖，至今还没破案的汇报后，非常气愤，觉得这么重要的文物失窃，怎么能查查停停呢？并且有人提供线索，怀疑是本村人自己干的，也许赃物还没转移。那几位文艺家就写了提案，公安上便又投入精力开始查了。这次查找，把主要对象都锁定在本村人身上了，因此，西门锁也被叫去问了几回话。气得西门锁回来愣骂说："能查个尿，还能查出眼睛来。"

这次"文艺家进社区"活动，还发了好多调查表，是让大家填写文化需求的，罗天福还填了一张，是要求一月来村里演一场由名家主演的秦腔戏的，结果一个月过去了，也毫无动静。有一天，贺冬梅来院子检查卫生呢，罗天福就问咋戏来了一次就不来了。贺冬梅说，太不安全了，出了事谁也负不起责任。她说那个娃丢了到现在还没找见呢。

这以后，就还是东方雨老人和破锣他们定期搞搞演唱会了。听了一回名演们的演唱，耳朵起了变化，再听破锣们胡吼，就觉得真的是差了档次。可名演们再不来了，也就只好拿破锣们止心慌。

进入秋季，罗天福的千层饼生意比夏天还能更好一些，幸亏来了招弟，要不然还真得雇个人来。这几天，甲秀又给他找了一家每天要五十个千层饼的饭店，加起来，每天除零卖外，有二百五十个饼的固定生意，晚上加班的时间就越来越长了。招弟毕竟年轻些，瞌睡多，早上喊不起来，晚上正打着饼，就能一头栽在案板上睡过去，罗天福和淑惠心疼孩子，每晚就早早让她睡了。真是有点运气来了的意思，那家每天拿五十个饼的饭店，突然又让每天增加成一百个，并且要更小更精致的，这就又需要人手了，正在罗天福熬煎的时候，天寿的媳妇周芙蓉也到城里打工来了。她说她是跟天寿吵架走的，人家都出门挣钱，天寿一天就死守在家里，手上连一个活钱都没有，这样的日子咋过？她就跑了。

罗天福急忙跟弟弟天寿联系上了，天寿无奈，也只好同意让媳妇留下试试，罗天福就把周芙蓉也留下当帮手了。

五十八

罗甲成在努力寻找着跟童薇薇接近的方式，童薇薇这个人让他觉得奇怪的是，你不接近她，她却好像始终在接近你，你一旦接近她，她又好像一切都很正常的样子，让人实在琢磨不透。

罗甲成是越来越喜欢薇薇了，由初来时的不敢想，到全班学习成绩拔尖，薇薇夸赞羡慕，自信心倍增，逐渐到敢想，又到沈宁宁出击，自己自卑痛苦地观望，再到沈宁宁似乎没戏，而薇薇好像一直对自己心存好感，尤其是薇薇这次德国和俄罗斯之行归来，在礼品发放上的区别，让他又一次燃起了爱的希望。他已经有一点想主动进攻的意思了。

这天又是哲学课，童教授讲康德，自然是从康德的故乡哥尼斯堡开始，讲得绘声绘色，精彩异常，在罗甲成看来，童教授如果改行教文学艺术，也丝毫不比那些教授逊色，童教授的特点是能把很深奥、拗口的哲学问题深入浅出，讲得跟老太太烧火做饭一样平淡无奇，但智慧、哲理深存其间，他把康德心中永远敬畏和赞叹不已的"我头上的星空和我心中的道德法律"，说得跟自家奶奶绝不随便捡别人家一个鸡蛋、不顺手拔别人家一棵蒜苗的自律一样平常自然，让哲学充满了平和感和亲切感。下课后，罗甲成故意磨蹭了一会儿，等着每每总是最后离开的薇薇。他看见沈宁宁也故意等了一会儿，又被朱豆豆叫走了。教室就剩下了他和薇薇两人。

薇薇坐在他前边两排的位置，只要一进教室，他的目光就很自然地形成了两个视点，一个是老师，一个是薇薇。他甚至做过实验，把两个眼睛分开使用，一个看薇薇，一个看老师，可眼睛睁得生痛，还是一个目标都集中不了，就只好两个点来回扫射。他一来学校，就觉得薇薇漂亮，无论是鼻梁、眼睛、嘴唇，以至整个脸庞，都长得既大气、开阔、丰泽，又秀丽、光洁、玉润，就连美发环绕的耳朵，也弯如新月，谁见谁都会产生轻轻捏一下的妄念。这是孟续子的话，但薇薇的矜持，又让谁也不能近前一步，这使罗甲成每每想起周敦颐《爱莲说》里面的那句话："可远观而不可亵玩焉。"

童薇薇还在整理笔记，罗甲成终于先说话了："薇薇，你爸说康德的严谨与理性，与他一生出行没有超出方圆一百里有关，这是什么意思呢？难道是说禁锢更有利于严谨和理性的形成吗？"

"好像不是这个意思，我觉得他的意思是，这种生命的锁定，让一个人的精神世界得到了最专注与旷远的遨游。"

"嗯，这个解释非常好。我看你将来一定能成你爸那样在国内外都有名的哲学家。"

"我喜欢哲学，但不想跟我爸一样，成为哲学的书虫，太累。我更喜欢地理，喜欢走读自然，可能将来会是一个环保主义者。"

罗甲成每每听到这样的议论，就觉得自己跟人家有距离，自己的理想和目标其实很清楚，那就是毕业后找个好的工作，既能挣钱，还有做人的体面和尊严。但自打进了大学门后，他才渐渐懂得，找个好工作的目标，是何等远大的人生抱负啊！毕业即失业的残酷现实，也是他在入学半年后才慢慢意识到的。而薇薇的理想是做环保主义者，那才算是有价值的理想，对于自己来讲，学习的一切目的，就是在毕业后，找到多挣钱的哪怕是于环保不利的那份工作。

就在他与薇薇谈得正投机时，沈宁宁竟然返回来了。他的理由是，刚才听童教授的哲学课有了困惑，也提出问题，要薇薇解答。他一连声地发问道："过分强调理性，会不会导致社会创造力式微？"还有："中国传统社会也并不缺乏理性，从'四书''五经'到宋明理学、心学，哪个不是要求框范道德与理性的呢？可为什么最终就导致了国家的落伍、倒退与衰败呢？"等等，等等，一共提了五个问题，罗甲成感到他几乎是在卖弄了，但提完问题，还故意装出一副求教的模样，把双腮托着，死鱼眼睛盯着薇薇楚楚动人的脸庞，企图得到其实完全是醉翁之意不在酒的解惑。罗甲成还从来没有对这副嘴脸如此厌恶过。

童薇薇开始回答了，但罗甲成已经一句都听不进去了，他的恼怒与仇恨全都集中到了沈宁宁身上。在沈宁宁眼中，他罗甲成此时就没有存在过，这个教室好像只有他和薇薇两人似的，他的表情，他的眼神，他那突然变得十分夸张的手势与动作,都与平日判若两人。

　　沈宁宁是在童薇薇前边一排凳子上反转身来坐着的,他的目光虽然完全聚焦在薇薇身上,但绝对是能清楚看见坐在薇薇身后两排位置的罗甲成的,可他就是好像真的没看见似的,直到罗甲成把书包弄得一片响,他才腾挪出一点眼神余光来,朝罗甲成白了白眼。更为可气的是,他还像想起什么似的,从身上摸出一百块钱来,对罗甲成说:"哎,老兄,劳驾去买几瓶矿泉水吧,你不渴吗?"

　　罗甲成哗地一下拉起书包,愤然离开了教室。

　　他听见身后薇薇在说:"你怎么能这样指挥人家呢?"

　　只听沈宁宁说:"咱的室友么,劳驾一下有啥?"

　　他就走远了。

　　罗甲成气得这天下午饭都没有吃下去,他觉得沈宁宁是太欺负人了,当时指使他的那副神气,就像是使唤他家的勤杂工。他见过他母亲,那个官太太,就是这样使唤身边人的。他们可能已经习惯于这种颐指气使。在校园胡转了一个多小时,他又回到那个教室,童薇薇和沈宁宁早不在了,他就又伏在一个课桌上,整理起今天的听课笔记来。整理完笔记,他又翻看了一会儿康德的《纯粹理性批判》,这是那天薇薇赠给他纪念品后,他专门去图书馆借的,他下决心要走近康德,走近的原因就是需要跟薇薇有共同语言。可康德这个老头,一离开童教授的解读,他几乎连一段也弄不明白是啥意思,真是一个太神奇的老头,世界上之所以有那么多人迷信他,是不是就因为他佶屈聱牙、晦涩难懂而具有挑战性呢?

　　晚上,他回宿舍已经很晚了,那三个人还聊得热火朝天,好像是在说与他有关的事,他一踏进门,就鸦雀无声了。他已讨厌死了这种氛围。本来他想上网查个东西,一看三人那副德行,就直接爬到上铺准备睡了。

　　"哎,老兄,对不起噢,下午不该劳驾你去买矿泉水噢。"沈宁宁先说话了。

　　"那有啥,咱们既然有幸同室四年,就应该互相支持帮助么。"朱豆豆突然还变了一种腔调说,"现在是宁宁的战略机遇期,全体室友,无论军民人等,地不分南北,人不分老幼,都要一律投入抗战,有钱的出钱,有力的出力，为宁宁早日赢得薇薇的芳心而共同奋斗。还别说让买矿泉水，就是站岗放哨、运粮送饭，都要踊跃担当，在所不辞。不说了，宁宁明日再有机会开谝，我负责给你们送水送饭"。

孟续子啪啪啪啪地鼓起了掌。

孟续子："朱兄真是够朋友哇，你要负责送水送饭了，小弟就负责看场子维护秩序。"

"轮着来嘛，到你们的战略机遇期了，宁宁又反过来增援你们么，呵呵，你说是不是？"朱豆豆还在贫嘴。

罗甲成气得一言没发，倒头便睡。

朱豆豆突然用鼻子嗅了嗅说："哎哎哎，老兄，甲成，能不能把你的臭脚洗一下，这豆酱味儿，实在是让人无法忍受了。"

罗甲成把脚往被子里抽了抽，再没理睬。

朱豆豆就有些不高兴了。

朱豆豆朝罗甲成床边靠了靠说："哎，罗甲成，洗个脚不花钱么，你总得考虑一下别人的感受么。"

罗甲成还没理。

朱豆豆就上手了。

朱豆豆端直上前把罗甲成的被子一掀，又急忙捂住鼻子说："哎，你自己都不嫌这味儿要命吗？起来，你今天必须洗脚，不洗就睡到过道去。"

罗甲成没有想到朱豆豆会这么不给人面子，简直就像是面对一个从未谋面的陌生旅伴。他恶狠狠地坐了起来。

朱豆豆毫不示弱地："你想咋？你想咋？"

罗甲成简直气得说不出话来了，两只眼睛直放绿光。

朱豆豆还在刺激："讲卫生和物质匮乏没有关系。"

虽然朱豆豆没有直接说出贫穷二字，但仍然让罗甲成已忍无可忍了。他终于从床上扑下来，端直扑到了朱豆豆的身上，朱豆豆被突如其来的重力，一下击倒在地上，罗甲成仍死死伏在他身上。

一直以观察员身份在观察事态发展的沈宁宁和孟续子，见事情不妙，就急忙上前把罗甲成往开拉。罗甲成不知哪来的那股子邪力气，任两人咋拉都拉不动，一句话也不说，反正就那样死死地把朱豆豆压在底下，两只手像两个铁钳子一样，牢牢箍着朱豆豆的手腕，只听朱豆豆一声声喘着粗气。

"罗兄，罗兄，行了行了，弟兄们能走到一起都是缘分，千万不敢太伤和气。朱兄其实也没啥恶意，不过方法确实欠妥，松松手，有话好说，有话好说。"孟续子几乎是在哀求罗甲成了。

罗甲成终于松了手。朱豆豆反起一脚，就要踢到罗甲成的脊背上了，孟续子来了个黄继光堵枪眼，一下把那条飞起的腿，用胸脯挡在了半空中。罗甲成见朱豆豆还在反抗，又返回身想再教训一下，沈宁宁一把抱住了罗甲成。罗甲成实在有些讨厌沈宁宁这小子，就使劲儿一甩，把沈宁宁甩出了老远。这时，孟续子已经把朱豆豆按在了他的床边。罗甲成也毫不退缩地坐在对面床边，定定地看着恼羞成怒的朱豆豆。

"熄熄火，都熄熄火，今天这真是一场不该发生的事，发生得这么突然，这么过激，真是不应该。"

孟续子话还没说完，朱豆豆就往起冲，说要去找辅导员处理这事。孟续子就急忙挡了："哎哎哎，朱兄，咱们四个男人之间的事，我建议最好不要去找一个女辅导员来掺和。我的意思是，今天这事，必须解决在这个房门内，不然传出去，我们的脸面都会没地儿搁。你信不信，只要现在把消息传出去，明天全校都会说，五〇五室四个男生昨晚大打出手，险些弄出人命案来。"

沈宁宁也觉得这事传出去不妥，就极力阻止朱豆豆去找辅导员。朱豆豆嘴上说必须让学校处理这事，但行动上还是软了下来。罗甲成压根儿就没想这事能去哪里讨到一份真理和公道，就仍是那样宁死不屈地端坐着。孟续子好像是好不容易有了这样一个展示才华的机会似的，就像福尔摩斯一样，把事情的来龙去脉说一遍，然后开始分析各人都错在哪里，再然后稀泥抹光墙地这边搪一下，那边垠一下，直弄到半夜一点多，朱豆豆实在是困得不行了，才主动放弃对抗，妥协着上床睡了。

这一夜，罗甲成又是翻来覆去地咋都睡不着，他到底没有去洗脚，但在所有灯都关掉以后，他还是把脚塞进被子里，尽量不让气味泛出来，尽管捂在里面热得让人十分不爽。他其实是一直保持着洗脚习惯的，可自打暑假连续一个多月的超负荷劳动，每晚回来几乎都累得半死，多数时候都是倒头便睡，有几晚上，甚至是在硬床板上一蜷，就睡着了，加之房里又没有别人，也就放弃了天天晚上洗脚的习惯。今晚本来是要洗的，可进门时，分明听到他们在说与自己有关的话题，自己一进门他们就噤若寒蝉，说明说的不是什么好话，也就气得端直上了床，谁知朱豆豆竟然能做得出给自己如此不堪的羞辱，并且话里充满了一个富人对贫穷者的鄙视，这让他绝对不能忍受。他甚至在压住朱豆豆的一刹那间，连结果了这个过于嚣张的富二代的心思都有。

这次冲突，虽然非常严密地限制在了四个人中间，但罗甲成与朱豆豆的对抗，并没有在孟续子和沈宁宁的调停中，显现出丝毫松弛缓和的迹象，两人彻底不说话了。朱豆豆说起话来更加肆无忌惮，有时好像是在故意气罗甲成似的。而罗甲成则更加沉默寡言，又是很晚很晚才回宿舍，回来就是睡觉而已。他不想冲撞别人，但冷战反倒加重了这个宿舍的火药味。

五十九

西门锁安顿好了儿子上学的事，屋里便又清闲了下来，那些好打麻将的主儿，便又没明没黑地往家里跑。其实他是喜欢有人来的，有人一来，他也就少了与郑阳娇独处时的尴尬。可郑阳娇又特别霸道，几乎三两天，就会和其中一个人闹翻，不是为算账，就是为打牌"吃""碰"，或者"手紧"，抑或"手松"，骂得不可开交。赢了，脸还能看，一输，牌就打得满桌子乱飞。有一天，她正吃一个"卡张子"，谁知有人要杠牌，气得她把一张"二万"摔得连另一张牌都弹起一尺多高，正好砸在一个近视眼的眼镜上，当下就把半边镜片击得粉碎，幸好还没伤着眼睛。因而，来人都害怕跟她打，有人只要看西门锁不上，就走了。可郑阳娇哪里是个安心做啦啦队队员的人，只要摊子支起来，西门锁才打几把，她就会一屁股把西门锁拐开，亲自披挂上阵。她一上去，有人就相互对视，直吐舌头，有人借机说家里有事，就开溜了。她话还特别多，一口一个老娘老娘的，一天，果然就因自称老娘出了事。

那天西门锁和几个男人打得正在兴头上，郑阳娇就闹着要上，谁知几个男人都表示反对，但毕竟是在人家家里，拗不过，郑阳娇最终还是上了，几个男人就打得特别不开心。郑阳娇才不管你开心不开心,只要自己开心就行。摸上一张好牌也尖叫,吃上一张"夹张"也尖叫,加之手又红,过来一个炸弹,过去一个炸弹,不一会儿,把别人门口码的钱,就都收揽到自己门口了。赢了就赢了吧,还不低调,不仅嘴上话多,抠了炸弹,肥屁股还把椅子故意蹾得咯吱作响。最讨厌的是,过一会儿把钱数一下,过一会儿数一下,那种小气,完全不像个有万贯家财的老板娘。可红指甲夹着细纸烟的神气,又全然是一副大东家的做派。本来来家里玩的,也都不是小气人,可经她这么一刺激,也就都有些计较起来。尤其可憎的是,那条狗见主人春风得意,也就肆无忌惮地从郑阳娇的怀里跳上蹦下,郑阳娇还不停地跟虎妞说着话:"看懂没?看看老娘的手气咋样?天哪,你看老娘这运气。今天老娘给你买意大利火腿肠吃。"那狗兴许是也有些人来疯,激动了,竟然一下跳到牌桌上,把其中一个开煤气店的老板揭的一手好牌,几爪子抓了个稀烂,然后从郑阳娇的腿上跳了下去。煤气店老板牌性本来就躁躁的,今天手又特别臭,几次把好牌都抓到手上了,又被郑阳娇碰到了一边,这阵儿好不容易揭上一把好牌,又让狗给搅黄了,他就想找机会发火。郑阳娇由于过于自私的本性,而没理会别人的任何情绪变化。在煤气店老板鼻子都快气歪的时候,她还抢杠了人家一张"绝张"吃牌。问题是杠了就杠了,她还满嘴"老娘的牌岂能让尔等随便吃掉",那个老板就终于爆发了:"你给谁充老娘呢?"

郑阳娇先是一愣,继而道:"老娘就这口语,咋?"

"什么东西?你给谁充老娘,嗯?"那老板就站了起来。

郑阳娇在这种时候是绝不示弱的,更何况还在自己的地盘上。

郑阳娇:"我就充老娘了咋?耍不起了别耍。"

那老板就随手把麻将桌掀了个底朝天。郑阳娇正好坐在那老板的对面,一桌麻将就劈头盖脸地从郑阳娇头部直浇到全身,郑阳娇没坐稳,椅子一滑,一屁股就塌在了地上。嘴里还顶上来一句狠话:"王双泉,老娘贼你妈了!"那个叫王双泉的老板竖起中指,对着她的鼻子又戳了几下:"给给给!"就扬长而去了。另两个牌友急忙去扶她,可她咋都不起来,只泼着喊:"西门锁,我日你妈了,老娘让人欺负了,你狗日的连管都不管哪!"喊着喊着,就放声大哭起来。

西门锁被剥夺了打牌权，就独自一人在房里看枪战片，外面的一切，直到郑阳娇大哭大闹起来才知道。那两个哥们儿，见西门锁出来，就赶紧跑脱了。郑阳娇就把刚才所受的委屈，一股脑儿都浇到西门锁头上了。

西门锁多数时候都能忍气吞声，但今天他没有让步，因为最近已有好多牌友都嘲笑他，说他把婆娘惯得太不像样子了。他就不客气地说了一句："你不骂人家，人家能掀桌子？"

"我说老娘，我是说他的老娘了？他就是真想要我这个老娘，我还不想要他这个操蛋儿子呢。"

西门锁的语调也升高了："你以后再老娘老娘的，搞不好还有人掌你嘴哩。你都给人家谁充老娘嘛？你看看你这副德行，都快把街坊邻里得罪完了，咱还活人不活？"

"哦，你还知道活人，我就充了声老娘，咋了？我没卖尻子，没偷人养汉，没不要脸，我还让你活不成人了？你个不要脸的，养婊子养得满城人都知道了，还说我让你活不成人了。西门锁，我日你妈了，我让人欺负了，你还胳膊肘往外拐，我让你拐，我让你拐……"

郑阳娇砸烂一个旧世界的运动就又开始了。

先是抓起几把牌砸向西门锁，接着，就把茶几上的几个玻璃杯，全都粉碎在了西门锁脚前或躲闪过的身后墙上。再接着，就把茶壶、烧水壶，连电线插板，一齐扔在了西门锁面前。虎妞吓得早已钻到了它时常避难的那个桌子底下。当郑阳娇的眼睛盯向电视机时，西门锁就赶紧走开了，他知道，这种时候他要继续在场，只能给家里造成更大的损失。他紧走慢走，还是听见屋里有一声沉重的闷响，他怀疑可能是电视机被她掀翻在了地上。已经有很长时间了，他怀疑郑阳娇是不是得了歇斯底里症，动不动就把家里砸得一塌糊涂。可他也没敢说领她去看这种病，砸也就只好让她砸去，好在家里能砸的东西并不多。

他知道他又有几天回不了家了，回去也是朝死的闹，只有等她自己把气消了，家庭的生活才能正常往下进行。

每每这样走出来，他都会茫然很久，不知往哪里走。

他突然想见见温莎，要不是郑阳娇提起，他还真的把这个女人已忘到九霄云外了。他给温莎拨了电话。温莎的电话，在他的手机上没敢用真名，用的是温总,他怕温莎突然来电话,让郑阳娇逮见,又闹个天翻地覆。

其实温莎已经有很长时间没有跟他联系了。

电话通了,但响了好久,对方才接。对方没有说话。西门锁就先喂了一声。

"你还能想起我。"温莎说话了,声音沙沙的,倒是没有敌意。

"你在哪里?"西门锁问。

"怎么,又闹腾了吗?"

"看你,关心你一下,不行吗?"

"太难得了。我以为你把我都忘完了呢。"

"在哪儿嘛?"

温莎就跟他说了地方,他就去了。

温莎在东门外租了一间民房,在一个简易楼的三层,整个简易楼也都租了出去,多数是发廊或足浴、洗浴中心的小姐。西门锁走进温莎房里时,感到一种长期见不上阳光的霉变味儿。房子有五六个平方米,刚好能放下一张床、一张桌子,还有一把椅子,但椅子上放的是洗脸盆。

温莎刚接电话时还在睡觉,西门锁要来,她急忙起来抹了把脸,涂了些化妆品,但脸上还留着几道睡觉的压痕。西门锁记得,温莎好像也是三十多岁的人了,一笑,眼角已出现了鱼尾纹。由于长期化妆刺激,皮肤也明显变得粗糙松弛,甚至还有不少已掩饰不住的斑点。用一贫如洗来形容房里的一切,是再也合适不过。他只能坐在床边,温莎就自然坐在了他的身旁。他心里很不是滋味地看了看温莎,温莎就用双臂紧紧箍住了他的脖子。温莎稍一用力,他就顺势倒下了。然后,温莎在脱他的衣服,他也半推半就地解开了温莎的衣服。他正犹豫,害怕没有安全套,不卫生,染上什么疾病怎么办?温莎就一手揽着他,一手拉开抽屉,随手抓出了安全套盒,弄出一个来,端直塞在了他的嘴里。他一笑,事情就办得放心胆大了。温莎跟第一次与他做爱一样放浪,满嘴呻吟着幸福,听见外面过道有人走过她也不避,西门锁明显感到有人在窗前还驻足听了听,才蹑手蹑脚地走开。

"我给你明说,我跟不少男人有这事,但跟你挺舒服的,你这个人身上有点人味儿,跟其他畜生不一样。"温莎一边配合运动,一边爱怜地把西门锁箍得很紧很紧。西门锁觉得有些喘不过气，但温莎就是舍不得松手。西门锁在郑阳娇面前，已越来越显示不出男人的力量感了，他甚至觉得自己已经彻底不行了，可面对温莎的缠绵、依赖、焦渴和铁环一样的强劲箍拥，他似乎觉得自己跟二三十岁时也没有多少区别，甚至更具韧性和耐久力。他感到了一种青春依旧的生命勃发。

这时，门外有一女子喊："温姐，走吧。"

"我不去了，有事呢，你跟老板请个假。"温莎一边回话，一边也没有停止对西门锁的疯狂绞索。

那女子答应了一声就走了。

温莎在最兴奋的时候放声大哭起来。任西门锁怎么安抚、劝慰，都无济于事。温莎哭得两只化了妆的眼睛跟大熊猫一样眼眶眼珠难辨，在一抹暗红色的灯光下，西门锁看到了一个告别了青春的风尘女子的无助与伤痛。

整整一个晚上，温莎都在讲着她的身世和经历，西门锁也是第一次听到一个女人如此细密地诉说自己的家史和经历。温莎本名叫周洁茹，陕南人，父母过去是汉中一个国营厂的工人，后来因为企业垮台，双双下岗。堪称厂里一枝花的母亲不能忍受清贫，跟别人跑到东莞，当了二房，虽无正式婚约，却已给人家生下两个孩子，也便再无法抽身退步。父亲给人家送纯净水，一月收入不够自己喝酒、抽烟、吃饭，酒瘾还很大，一天不喝就能发疯。他是靠醉酒麻痹着一个男人的屈辱。也是在这种麻痹中，彻底抛弃了一个父亲的责任。多数时候，晚上醉得找不见回家的路。温莎长得像母亲，十五六岁时，就是周边许多男孩追逐的对象。家庭的不幸，使一个绝色女子，在最需要呵护的时候，失去了看护与抚养，最后几乎活得跟臭肉一样，招致了无尽的绿头苍蝇，而不得不选择离开家乡，孤身一人到西京城来讨生活。先是在歌厅，后又到发廊，一步步干到被人遗弃。今年，她看她的年龄已不适合在这些行业待下去，就被人撺掇着，去搞了三个月传销，结果不仅是血本无归，而且还让公安拘留了十五天，放出来后，才不得不选择去洗脚房给人洗脚。可这一行也是吃青春饭的，连四五十岁的人来，也不让她洗，人家都要挑那十几二十几岁的，自己就只好给六七十岁的人洗了。而这个年龄段的人毕竟是少数，即使是这个年龄段的，也有人老心红、挑三拣四的，她的收入也就成同行业里最差的了，一月仅够吃喝而已,连化妆品的档次也是一降再降。她都快绝望死了。

这一夜,温莎在讲她的身世,西门锁更在想他的家庭,他的女儿。他突然身上冒出一阵阵冷汗,快天亮的时候,他突然决定,要去北京一趟。他得给女儿送点钱,他觉得必须让女儿体面地接受完大学教育,彻底扶上正路,然后,哪怕她再不理自己这个父亲了都行,但他必须为现在这个还没有定型的女儿负责。

早上,他出去取了一万块钱,回来给温莎留下,然后,挣脱了温莎的死抱死缠,去北京了。

六十

西门锁还是十四五岁时来过北京,那是有一年期末考试,他除了体育,其余全部不及格,回去害怕村主任老子责打,就跟几个学习不好的一约,去北京了。他们从火车上下来,天刚亮,打听到天安门,几个人就端直去了,在天安门整整转了一天。其中一个软蛋,吓得从中午就开始哭,说这次回去父亲会揭了他的皮,一个下午都没玩好,哭得整个军心涣散,其他几个也摇摆不定起来。无奈,晚上他们就又坐火车回去了。回到西京他们才知道,他们仅仅才出去一天两晚上,四个家庭就都报了警,整个西京城都在寻找,几家的家长,光去认无名尸都跑几趟了。西门锁是积极策划与组织者,自然少不了遭到几家的谴责,他也没推卸任何责任,就被村主任老子罚跪在堂屋里,几乎是对着全村,直播了痛打他的全过程。

二十多年后,再来北京,连火车站都不是过去的样子了,他的普通话又不行,硬着头皮说了几句,把人听得头都大了。说西京话,一问路,人家就说他像电视剧《武林外传》里闫妮演的那个老板娘老家的人,那个电视剧他可是没少看。有的还问他是不是郭达他弟,就笑嘻嘻地给他指路。他终于找到了北大。

在北大,又费了九牛二虎之力,凭着"今年的新生,叫赵映雪,女生"这点信息,终于从大海里,捞到了女儿这根针。

他是在女儿公寓门前坐着死等到女儿的。

映雪吃完中午饭回来,跟一个女同学正准备进楼门,他不无胆怯地喊了一声:"映雪!"他生怕孩子不高兴,声音压得很低。但女儿还是听见了。

映雪回头一看,几乎惊呆了。

他最怕孩子这时扭头离去,他也早有这种精神准备。但映雪没有。她不知跟那位同学说了声啥,那个同学就单独上楼去了。

映雪向他走了过来,在一刹那间,他的热泪就润湿了眼眶。他极力想克制住这股眼泪,但泪水还是涌流了下来,这是女儿平生第一次向他走来,因为他跟赵玉茹离婚时,女儿还不满两岁。十七年后,自己的骨肉,终于向自己走了过来,他怎能抑制住那种澎湃的心情呢?他用双手捂住了脸,但眼泪还是从指缝中迸流了出来。他使劲儿用手将脸一抹,眼睛、鼻子就都又红又湿地暴露给了女儿。

"有事吗?"女儿竟然这样问了他第一句话,这让他有些失望。

"没事,就来看看你。"他突然发现,自己连一个小包都没带,是一副很狼狈的样子。

映雪看了看他,说:"你住哪里?"

"还没有。我早上下火车,就奔学校来了。"

映雪顿了顿,不知该说什么好了,就说:"那我回宿舍了。"

"映雪,你看我这么远来,就想跟你说说话,咱们……能一起吃顿饭吗?"西门锁几乎是在央求。

"我已吃过了。"

"下午,咱们下午在一起吃顿饭好吗?"

映雪低着头,过了许久,答应了一声:"好吧。"

西门锁喜出望外地:"那我下午几点在这儿等你?"

"五点半。"说完,映雪就上楼去了。

整个下午,西门锁就在附近侦察地形,考察饭馆,直到觉得选择到了最满意的地方,才去登记了一间房子。实在困乏得不行,还不敢睡,生怕睡过了头,五点半见不上女儿了。

还不到五点的时候,他就又坐在了女儿公寓前的那个草坪上。

金锁发来了信息，问他在哪里，说他妈叫他回去哩。他回了两句话，第一句是："爸有事回不去。"第二句是："你这回可得争气，在（再）不敢有（又）气老师了。"金锁回了两个字："啰唆"，就再没动静了。气得他嘟哝了一句："他妈的！"

五点半映雪准时回来了，他就跟映雪一道，去了学校外面他订好的那个饭馆。他给孩子点了一个木瓜炖血燕，一条三百多块钱的海鱼，还点了两只大闸蟹。孩子开始咋都不动筷子，他硬把筷子给孩子塞到了手中。僵持了许久，孩子才慢慢吃起来，但一直低着头。他看孩子能吃大闸蟹，就说自己不喜欢这东西，把另一只也硬放到了孩子的盘里。

映雪自始至终低头不语，他也觉得不知该说什么好，只是觉得很幸福，尤其是看着孩子第一次吃自己买的东西，感到幸福极了。

"学习累吗？"

"还行。"

"你真是个太争气的孩子，给你妈长脸了。"

映雪没有说话。

"你妈有时也太要强了，性子拗得让人没法理解。"

映雪还是不说话。

"你妈那天送你，后来身体怎么样了？"

"好着呢。"

"不过，我对不起你妈，更对不起你。"西门锁说到这里，有些语塞。

映雪头更低了。

"我反复找你们，没有别的意思，就是觉得过去对不起你们，想取得你们的谅解。"

映雪停下了手中的筷子，眼睛向窗外望去。在一刹那间，西门锁分明看见了赵玉茹年轻时的脸型轮廓。赵玉茹那时就是文庙村最文静、最乖巧的女孩，要不然，也不会进入他西门锁的视线。映雪不仅继承了赵玉茹的性格，而且比赵玉茹长得更美，高挑、大气。他自己不敢说，也不好说这种高挑、大气，是继承了他西门锁的某些风貌，但凡文庙村一些见过映雪的人，都说这孩子继承了赵玉茹和西门锁身上所有的优点，当是不争的事实。

"映雪，你不要有任何负担，我既不可能与你妈破镜重圆，也不乞求你能认我这个父亲，我就是觉得对不起你们，我跟你妈离婚时，你妈竟然就抱着你走了，啥都没要……我越想越觉得对不起你们。"

"你别说了。"映雪把脸扭得更开了，好像是不想让西门锁看见她眼睛里的任何东西。

西门锁停了停，接着说："十七年前跟你妈离婚时，我也才二十几岁，自以为啥都懂，今天看来，是啥也不懂。时间越久，我越觉得你妈这个人……厉害。"西门锁觉得半天找不下更合适的词句，说"厉害"，又觉得不妥，就又说："反正是跟一般人不一样。放到一般人，这些年能把我饶过？可她没有，这是我最想不通的一点。我靠地皮房租，这些年确实赚了不少，而这一切，本来是该她享有的，可她就是不要，你说我这心里是滋味吗？现在是啥年代，谁不眼红钱，沾得上沾不上的都想冷粘热贴呢，何况你妈是合情合理能得到的……"

"你不要说了，我真的不想听这些。"

西门锁见映雪这样反感听这些，就不好再说了："吃呀，孩子！"

"我吃好了。还有事吗？"

西门锁给问蒙了。他就是来看她，还有什么事呢？这事难道还不大，还不重要吗？他明显感到孩子跟他之间，没有任何感情可言，今天之所以给他这个面子，能来坐一下，吃顿饭，完全是过去一年多，他死乞白赖纠缠不放的结果。兴许孩子是怕他在学校闹出什么事来，才同意出来的，反正从她的语言和表情中，他读到的是跟她妈一样软硬不吃的个性。

他说："我就是来看看你，不管你承认不承认，你都是我的女儿，我也没有别的意思，就是想在你上学期间，能帮你一把。"说着，他又掏出了那张卡，"你就把它拿上吧，密码是你的生日。"

映雪当下就站了起来："这怎么可能呢？再说，我不缺钱，我妈每月给我卡上打一千五百块，我上个月才用了一千一，还剩四百块呢。"

"孩子，这也是你应该得的那份，就不要再伤我的脸了。"

西门锁还要给，映雪就往后退。

映雪说："我是绝对不可能要的，谢谢您了。"

孩子的一声谢谢，让西门锁难过得又想掉眼泪，他觉得再没机会了，就强硬地把卡往孩子口袋里塞，映雪丝毫没有通融余地地向外跑去。他一直把孩子追到门口，映雪死活还是没有接受他的卡。这时，服务员追出来说，先生还没埋单呢，眼看着映雪就离他而去了。埋完单，他还没有死心，就又回到学校，在孩子的公寓前苦等。直到晚上十一点，孩子都再没出现，也许是从外面一回来，上楼去再没下来。晚上，他在宾馆房里躺着，想到底该咋办，来一趟不容易，他是想无论如何都得有点进展。他真的不乞求孩子认自己这个父亲，他只是想要像个大男人，为女儿做一些实实在在的事，来抚慰自己内心多年来的愧疚不安。

第二天快中午的时候，他就又到孩子的公寓门前坐等去了。映雪很准时地回来了，还是跟一个同学一起回来的，当看见他又出现在这里时，孩子的脸上明显掠过了一丝不高兴。他很知趣地把孩子叫到一旁说："我真的没有别的意思，你不拿上，我觉得我就没办法回去么。"说着，他把那张卡又拿了出来。

"你要再这样，我可就喊人了噢。"

"娃，你这是啥意思吗。"

"你是啥意思？"

"你是我的女儿，不是别人。"

"在我的印象中，我就从来没有过父亲。"

西门锁傻眼了。但他只是停顿了一会儿，就又继续把卡往映雪书包塞。映雪眼看就要跑进楼门了，他猛喊了一声："赵映雪，你能不能再给我五分钟时间？"

孩子停住了脚步。

"那你说吧。"

"你不应该这样对我，即使在你以后的生活中，也不能这样对待一个犯了错想悔改的人。"

映雪没有接他的话，反正就是不接受那张卡。

他只好说："我再乞求你两件事，一是能不能把你的卡号告诉我，我每个月给你打点钱，直到你大学毕业。你是女孩子，北京消费又高，一千五绝对不够，我想让你过得体面些……"

"你不说了,这个不可能,我妈给的足够了。还有呢?"

西门锁都有些想发怒了,但他忍住了。他说:"我上次在车站告诉你的电话号码,记住了吗?"

"对不起,没记住。"

"那你能把你的号码告诉我吗?"

映雪想了想说:"我还是记你的吧,多少?"

西门锁说了号码。他见孩子没有记,就说:"你不记,能记住吗?"

"记住了。"

他还想说什么,映雪就又要朝楼门里走了。他拿出了最后一招。他一早去银行取了一万块钱,想着来一趟,无论如何都得给孩子有点啥表示,就把钱塞在一提兜橘子底下,交给了孩子。映雪把橘子拿了,但她很快从提兜底下翻出了那沓钱,毫无商量余地地退给了西门锁,然后,提着橘子,头也不回地上楼去了。

西门锁极其失落地在公寓门前站了许久许久。

有信息来了,是金锁的:"你在(再)不回家,妈说她就拿火把房点了。"

西门锁当天下午就快快地坐飞机回去了。

六十一

老罗家的饼,不知不觉中,竟然在这一带还有了名气,尤其是深秋以后,要饼的人越来越多了,家里增加了两个帮手,活儿倒也赶得过来。罗天福最近又用大铁桶改制了一个灶,两口锅同时打开饼了。他把四个人也分成了两班,他和招弟一班,淑惠和天寿媳妇周芙蓉一班,早中晚来回倒。忙就忙一阵,闲就闲一阵,一切都还算弄得挺顺当。关键是他也有时间出去转转了,每出去一趟,大小都能捡点啥,再不赚,也能赚个三块两块的。赚十块八块的,也是常事,更别说,有时还能碰上那瞎猫逮个死老鼠的好事。有一天,他竟然就捡了台屏幕只有七八寸大的小电视机,回来插上电一看,还能收到几个台,就是雪花点有点大而已,有时看着看着人影就不见了,手一拍,又出来了,天寿媳妇就开玩笑说，这电视机也怕挨打呢。

　　最让罗天福感到惬意的是，他在电视新闻上听说，现在所有博物馆都免费开放了，他就想去试试。好多年前，作为民办教师的优秀代表，被县上领导带到省城参观时，就去过碑林，还去过省博物馆。他这次进城来，也有一个愿望，就是再去这些地方看看。没想到，都来一年多了，还没敢朝这方面想，一是钱太贵，二是一直也没时间。最近刚好能抽出空来，又不要钱，他就去了好几处。先是去了碑林博物馆，一通碑一通碑地慢慢看，看到好字，就用手在裤兜里画。楷书他最爱颜真卿的，规矩，敦厚，这里就有《颜勤礼碑》《多宝塔》等好几通。行书有王羲之的《圣教序》，这是他上小学时就临过的帖，家里从爷爷手上传下来的大字影格，有好几张都是颜真卿和王羲之的。他羡慕城里人的得天独厚，乡下娃，连弄几张这样的好影格都是困难的，可城里娃，能不要钱天天到源头上来细究细看，乡下娃就是使出吃奶的劲儿，又怎能和他们拼到一个相同的起跑线上呢？由此，他就又想到了自己的甲秀、甲成，能拼到这一步，真是太不容易了。他还专门给甲秀和甲成也发了信息，说博物馆免费开放了，甲秀说她看过了，甲成回信息说，他知道。他在琳琅满目的博物馆里走着，就想，自己下辈子若是能来这好地方，哪怕给人家看个大门，就算是祖坟头上烧了高香了。

　　在博物馆里，他也没有忘记顺手捡几个瓶瓶罐罐，算是一举两得。

　　可就在他正感到一切都顺顺当当，甚至有点无忧无虑时，又发生了一件让他闹心的事。

　　那是中秋节的下午，淑惠和周芙蓉还在门外打饼，他和招弟正在做饭，说好了，晚上一家人在一起过中秋节。甲秀早早就回来了，一直在外面帮娘和婶打饼，今天要千层饼的特别多。甲成是下午回来的，怕遇见房东家的人，回来就端直钻进家里看那个破电视，没出去。

　　下午五点十几分，郑阳娇突然在院子喊叫：

　　"老罗，哎，老罗，你出来一下。"

　　罗天福听房东喊，就急忙把锅铲交给招弟，取下围裙出去了。

　　郑阳娇正用一根棍，在罗天福家门口那堆捆扎好的纸壳子中，胡乱翻戳着什么。

"呵呵，她姨，有事吗？"

"哎，老罗，我今天晒在院子的一双拖鞋你见了没？"郑阳娇说着就斜着眼观察罗天福的反应。

"没有哇。你是晒在哪里的？"

"就那个木墩子上。"

"哎呀，我还真没看见。"罗天福说着也帮忙四处寻找起来。

郑阳娇的话里就有些味道了："哎，那可是双好鞋，意大利真皮的，两千多块呢，你可不敢当垃圾拾了噢。"

"看她姨说的，我咋能干这事呢。"

"你不是一天到处拾到处捡么。"

"那只是顺手。"

"顺手？那不是刚好牵羊么。"

罗天福气得一下怔在了那里，手都有些发抖了。他忍了忍，到底没忍住，还是说了一句狠话："她姨，我们虽然穷一点，苦一点，可做人还是有下数的。"说完就气呼呼地朝房里走去。

郑阳娇看罗天福今天突然表现出一副不敬的样子，就想打击打击他的气焰，说："哎，老罗，我可给你说，你打饼住在这儿可以，要是捡垃圾，可就不能在我这儿住了，一院子住几百口人，一要讲卫生，二还要讲安全哩。"

"东家，你这话都啥意思嘛，莫非我罗天福还偷了抢了谁的？"

"反正我的皮拖鞋今天是丢了。"

自爹被郑阳娇没好气地叫出去，罗甲成就竖起耳朵，听外面说啥呢，爹跟这女人的一番对话，早就让他火冒三丈了，当郑阳娇一再暗示，丢了皮拖鞋，是与他爹有关时，他就忍不住走出来了。

郑阳娇一看，罗甲成从房里冒了出来，虽有些怯火，但也不想服软地又挑衅了一句："真是怪了，晒得好好的，它还能自己长翅膀飞了？"

罗甲成终于搭话了："你的啥飞了？"

"拖鞋么，啥？"

"你的拖鞋飞了，找我们问啥？"

"我丢了东西还不能问一下。"

"你凭啥问我们？"罗甲成的语气升级了。

郑阳娇也毫不退缩地："凭感觉。"

罗甲成就朝她跟前冲。

郑阳娇一边后退一边还嘴硬地："咋？莫非又想打人哪？咋？你咋？"

罗天福就一把抱住了儿子。

罗甲成极力想挣脱。

罗天福一声呵斥："做啥？回去！"一下把罗甲成给镇住了。

郑阳娇看罗甲成被罗天福管住了，嘴变得更硬起来："来么，你来么，我知道你爱动手，来么，我一家人还没被你打够呢，来么！"

罗甲成又要往前冲，罗天福使出浑身力气，硬把儿子抱回去了。

郑阳娇还在房外喊："有本事来么，啥素质？趁早都给我搬了滚！"

罗甲成气得又往门外扑。

罗天福强行把他按在床上，招弟吓得急忙关了门。

"爹，你太软弱了，你就能忍受这样的欺辱吗？"罗甲成哭了。

"有理说不清呀，娃！"

"你跟这样的无赖有什么理可讲？"

"是白的终究抹不黑。"

"爹，你曾经在我心中，是那样凛然不可侵犯的形象，现在怎么懦弱成这样了？姐不捡垃圾了，你……你竟然又捡了起来，我们要真的是穷到这一步了，那就都回去，不上学就完了么，何必要这样窝窝囊囊地活人哪……"

罗甲成再不想说了，他从房里冲了出去。

罗天福一直看到他从院里消失，才一屁股颓坐在床沿上。

这个中秋夜过得糟糕透了。天上月亮很圆，大槐树下，东方雨老人又和一帮人在拉胡胡唱戏，但家里沉闷得好像连空气都凝结住了。罗天福今天特意准备了八菜一汤，还买了月饼，可除了招弟，其余几乎都没人动嘴。最后是甲秀打破沉闷，给每人碗里夹了些菜，娘和婶才吃了几口。

爹把那坛从家乡带来的甘蔗酒，又从床底拉了出来，给每人倒了一盅，也没人喝，自己就一句话不说，一口菜不吃地喝起了闷酒。不几下就喝醉了，一头倒在床上，再没动弹。

自婶娘周芙蓉来后，爹一直在地上打地铺睡，他本来想给婶娘和招弟租一间小房，可价钱始终没谈下来，因此，婶娘和招弟就一直和娘先挤在一个床上将就着。爹一喝醉，占了床，婶娘、招弟和娘，就一直坐在那里干熬着。甲秀本来准备走，听爹在醉梦中哭了起来，也就留下了。她一直用热毛巾给爹敷着额头。娘就让在地上打了地铺，安排婶娘和招弟先躺下，她和甲秀就换着招呼着罗天福。

这一夜，外面的戏唱了很久，都快十二点了，破锣的媳妇把睡着了的儿子还抱了过来，本来是准备把娃在这儿安顿一晚上的，见屋里是这样的阵仗，就又抱回去了。晚上，破锣家的床板还是响个没停。弄得淑惠都不敢抬头看甲秀一眼。招弟倒是睡得呼咻大鼾的，也总算对那种声音有个遮掩。

罗天福是凌晨三四点钟醒来的，渴得要命，甲秀就给爹端了一缸子水，他咕咕嘟嘟喝了下去。他说他想出去走走。甲秀说陪他，他没让，就一人出去了。

外面冷飕飕的，他一出门就打了个寒噤。月亮今晚特别光洁，但有浮云不停地遮掩着它的光芒。出了院子，整个文庙村还沉睡着，除了几只野狗在游走，再就是他和几个睡在屋檐下瑟瑟发抖的流浪汉了。他在想着昨晚的梦，梦中他的脊梁让人打断了。这种梦他过去做过一次，脊梁打断，再站不起来了，他觉得这一生完了，就在梦里老泪纵横了。他在想郑阳娇昨天的那番话，分明是把他当贼看了，这让他咋都无法接受，虽然昨天也在劝儿子，但他内心的忍耐限度，也已到了一绷即断的程度。如果说过去被工地当贼打了，那是不了解，不熟悉他，虽然受了那么大的苦痛，但都没有昨天被郑阳娇刺激的那番话更为钻心。在这院子住一年多了，难道她郑阳娇还不了解罗天福的为人？你丢一双拖鞋，第一反应竟然是罗天福拾了，这简直是比刨了他罗家的老祖坟更让他痛心的事。如果是其他什么事，忍了就忍了，可这件事，他无法忍，哪怕真的像儿子说的，弄不成了彻底撤退回家呢。

早上，罗天福一直等着郑阳娇开门，到十点多的时候，郑阳娇伸着懒腰，从门里出来了，罗天福就急忙迎了上去。

罗天福还没开口，郑阳娇就先骂了起来，但不是骂罗天福。

"哎，你说这是不是在跟一些猪打交道，看看这墙角，昨晚又有些烂锤子的尿到这儿了。墙都快冲垮了。这些长梅毒、长狼疮的烂锤子啊,真活该让雷把那玩意儿劈成八瓣。"

罗天福说话了:"东家,我想跟你说几句话。"

"有啥,就在这儿说吧。"

"你昨天把我罗天福冤枉了。"

"昨天啥事把你冤枉了?"郑阳娇好像突然把一切都忘了似的。

"你丢了拖鞋,咋能怀疑是我拿了?"

郑阳娇突然变得十分大气地:"哎哟,你看你,我以为说啥事呢,原来是这事,我没说是你拿了呀,就随便问问,你看你还计较的。"

这让罗天福更生气了,明明欺负了人,还说别人计较。

其实昨天郑阳娇把罗天福问过后,回去就发现了那双拖鞋,是虎妞用嘴一只只早叼回它窝里去了。郑阳娇吓得赶紧把鞋收拾了起来。但她是绝对不会把真相告诉罗天福的。因此,当罗天福提起这事时,她才有了这样的做派。

罗天福郑重其事地说:"东家,我们可经不住你这种打问哪,我们的日子是过得不宽展,顺手见了能赚钱的东西也往回捡过,但不是没有下数地乱捡,我们要是连这点做人的下数都没有了,也就不准备在这个世上往下混了。"

郑阳娇倒是越发地大声了起来:"哎呀,你看你这个小心眼,我啥时肯定说就是你拿了嘛,不过就问了问么,院子谁我都可以问么,丢了就丢了,不就是一双拖鞋么,还值得你从昨晚计较到现在,也真是太小气了。好了好了,别放在心上噢老罗,昨天的破事,我可早都忘了。"

"你能忘了,我可是忘不了哇,她姨,这可是牵扯到做人的事,我得讨个清白呀。"

"哎呀,老罗,不是我说你们这些乡下人呢,把日子能过到前头去就行了,还哪里来的那么大讲究。"

"不是讲究不讲究的事,我宁愿日子过不到人前去,也不想让人戳脊梁骨呀!"

"好了好了,哪来的那么多事,过去了就过去了,我没工夫跟你闲唠叨。"说着,郑阳娇就要回房里去。

罗天福十分坚定地叫住了她:"东家,你恐怕得给我个说法吧。"

"啥？你要啥说法？我就是把鞋丢了，咋？我还不能问一下？我还没说你呢，你看看你那个儿子，什么玩意儿，动不动就想上手，你还是先好好管教管教他再说吧，把儿子管不好，才有人戳你的脊梁骨呢。"

"东家说得很对，我会管教他的，可你怀疑我罗天福拾了你两千多块钱的拖鞋，这事，你让我咋能搁下？"

"咋了，莫非还要我赔款、割地呀？"

"我不是这个意思，我就是要个说法。"

"你是'秋菊'呀？咬住蛋死不丢，你要啥说法？"

"我没拾你的鞋。"

"好了，让我对满院子喊一声，老罗没拾我的鞋。"说着，她还真的大喊了一声："罗天福没有拾我的鞋。这该行了吧？"喊完，扭着肥嘟嘟的屁股进房去了。

罗天福气得毫无办法地在郑阳娇门口愣了许久。

如泣如诉的板胡声，从唐槐下传来。

罗天福转过身，见东方雨老人又在太阳下拉起了板胡，那声音幽怨、愤懑，但也阳刚、决绝。罗天福慢慢走到大槐树下，静静地站着听着，直听到泪流满面。

六十二

罗甲成那天从文庙村出来，心里堵得慌，就去游戏厅，玩了半夜游戏。那游戏，是一个大兵，浑身装备了各式最现代化的武器，闯关过隘，去获取一个掌控着很多人命运的"魔鬼按钮"。他是见人杀人，见物毁物，手中的枪，一怒扫射，几十人便应声倒下。枪还能变成火箭弹，面对飞机、坦克、碉堡、路桥，一弹飞去，一切皆灰飞烟灭，真是酣畅淋漓极了。姐姐几次发信息、打电话，他都没回，最后干脆把电话关了。他从来没有这样痛快过，难怪有那么多人沉迷于游戏，原来它能让人产生幻觉，给人以独特的成功快感。他觉得这个中秋之夜过得爽。

从游戏厅出来，已经是半夜一点多了，街上还有不少行人，在十五的月亮下走来走去。当走出游戏厅后，罗甲成的脑子里又不得不旋转起郑阳娇、朱豆豆、沈宁宁这些人来。他沈宁宁凭什么就能当着别人的面，尤其是当着薇薇的面，指使自己去给他买矿泉水？她郑阳娇凭什么丢了破鞋，就能怀疑是自己的父亲拾了捡了？父亲是最讲究人要活得金贵的人，怎么如今活成了这副德行，真的捡开了垃圾？姐姐捡垃圾，他是怎样警告、抗议，甚至不惜彻底翻脸，才制止住了，父亲怎么又堕落进了这种可悲的怪圈？他突然想起了鲁迅那句话：哀其不幸，怒其不争。他一脚将路边的一个垃圾桶，踢飞出去一丈多远。吓得一条正在垃圾中寻寻觅觅的野狗一个趔趄后，箭一般射出老远，才停下来回过头来，看是什么东西制造出了如此惊天动地的响动。

他回到宿舍时，那三个人去唱歌还没回来。他上网看了看，发现童薇薇的QQ还亮着，就鼓起勇气给薇薇发了声问候语："中秋节快乐！"

很快，薇薇就回复了："节日快乐！"

他又发了一句："咋还没休息？"

薇薇回答说："我和在德国留学的一个同学聊天，她希望感受国内中秋之夜的气氛。"

"噢。街上还乱糟糟的。"他说。

"是吗？"

"不过今晚的月亮很圆很圆。"

她又回了两个字："是吗？"

"你没出去？"

过了好久，她回了两个字："没有。"

他感到那边可能很忙，过了一会儿，又试着发了一条："童教授也没休息吗？"发完他又后悔了，连自己也不知道发这是什么意思。

又过了很久，她才回过来："嗯。"那种冷淡，让他就再也发不下去了。他始终搞不明白，薇薇对他怎么一时热一时冷的，把他都快搞糊涂了。从德国和俄罗斯回来，为什么就偏偏给他的礼品是最特别的呢？诸如此类的事，不能不让他想入非非。他觉得薇薇在班上，事事处处，都是能向着自己的，这一点，连孟续子都看出来过，可好像也就仅此而已，他试探着朝前探索过，好像她从来就没搞懂过他的实际用意。人家都说，漂亮女孩最傻，头脑最简单，薇薇是那种傻得可爱的主儿吗？他正胡思乱想呢，薇薇的信息又来了：

"你咋还没休息？"

他喜出望外："我看你还在线么。"写完这句话，他心跳得嗵嗵嗵的，反复问自己，敢不敢发？最后胆子一正，发了出去。他在等待着这句十分暧昧的句子的反应。这是他截至目前所进行的最大胆最直接最露骨的试探。

"呵呵，好，我要休息了，拜拜。"

罗甲成鼓起的所有勇气，都被这一刀，扑哧一下给放完了。

他眼看着薇薇的那个头像变成了黑白色，她下线了。

虽然很是失落，可薇薇并没有跟沈宁宁有什么深层联系和接触，这是他始终感到欣慰的一点。他知道沈宁宁今晚在和朱豆豆、孟续子商量去唱歌前，是约过薇薇的，薇薇说有事，就没赏他们这个脸。只要薇薇保持着这种矜持和独立，一切希望就都在。罗甲成突然也想唱歌了，并且特别想唱一首爱情歌曲，他心灵深处的那种焦渴，让他从电脑中很快就搜寻到了自己特别喜欢的那首《我愿意》：

  思念是一种很悬的东西
  如影随形
  无声又无息出没在心底
  转眼吞没我在寂寞里
  我无力抗拒
  特别是夜里
  想你到无法呼吸
  恨不能立即朝你狂奔去
  大声地告诉你
  我愿意为你
  我愿意为你
  我愿意为你被放逐天际

只要你真心拿爱与我回应

　　什么都愿意为你

　　……

　　罗甲成一个人的演唱会，在中秋之夜，也进行得很晚很晚。这一夜，朱豆豆、沈宁宁、孟续子就没回来，他是一个人折腾到快天亮时才睡着的。

　　快中午时分，罗甲成突然被爹叫醒了。

　　他不知道爹是啥时来到宿舍的。

　　他睡眼蒙眬地睁开眼睛一看，宿舍那几个人还没回来。

　　罗天福有些不高兴地："你咋能睡到这个时候还不起来？"

　　罗甲成闷乎乎地坐在床沿上没有搭话。

　　"你看你成什么样子了，这都十二点多了，还在睡懒觉，你看看你宿舍的同学，哪个像你这样子。"

　　罗甲成也懒得解释，还是那样呆呆地坐着不动。

　　"宿舍的同学呢？"

　　"不知道。"

　　"放假你就准备这样睡几天？"

　　罗甲成低着头，两条腿在床沿上晃悠着。

　　罗天福有些看不惯地说："你下来。"

　　罗甲成就下来了。

　　罗天福把手里提的一个包袱解开说："来，这是你娘专门给你熬的猪蹄山药汤，赶快趁热吃了。"

　　"我不饿。你拿回去吧。"

　　罗天福看了他一眼，说："你娘忙活了一早上，你不吃，我回去咋给她说？"

　　"我不饿么，咋说。"

　　罗天福气得喉结直哽动："你是咋了，家里啥时把你亏了？"

　　"没咋，我不饿么。"罗甲成一副不耐烦的样子。

　　罗天福语气也就加重了："你咋现在脾气暴躁成这样了，在家里说走就走了，谁都拦不住？还动不动就想出手，哎，你没算算，这一年多，你给我惹了多少事？"

罗甲成又闷着不说话了。

"你想气强，你想硬气，爹不想气强？爹不想硬气？可我们强得起来、硬得起来吗？只有把本事学下了，那才是真气强，真硬气了。"

罗甲成终于把话顶上去了："要学不下本事，还不活人了。"

"活人也不是啥事都要抢占个上风才算活人，说不过了，就给人家一捶，那更不叫活人的好法子。"

"那啥事都让人家随便捏，随便欺负，就是活人？"

"你只要不做输理的事、过头的事，谁能捏住你的啥？欺负你的啥？"

"哎，那你到底拿那个女人的鞋没有？她咋平白无故地问你要呢？"

这一刀其实已经戳在了罗天福的软肋上，但他觉得不能就此在儿子面前倒下。他今天来，其实就是准备做儿子的思想工作的，他发现甲成的脾性越来越古怪了，那么容易冲动，大小事都能热血涌顶，他怕费了九牛二虎之力的西京梦，结果因儿子惹下更大的乱子，以致前功尽弃。他必须给儿子有说服力的回答，但又咋都找不到更有说服力的语言，最后他说："我没拿她的鞋，她把我怎么样了吗？"

"她能问你，怀疑你，本身就说明了一切，还需要再把你怎么样吗？"

"我承认这是一种侮辱，那我们就跟她一般见识，大打出手，最后把事情弄到不可收拾的地步？"

"这种地痞无赖，教训的唯一方法，就是拳头。只有拳头才能教会他们尊重和收敛。"

"甲成哪，你这句话出来，可是吓出了爹一身冷汗哪！你知道动拳头的结果是啥吗？结果就是把你爹娘辛辛苦苦为你们准备的学费，全部拿出去赔偿还不够，还得四处借贷，你知道那叫啥滋味吗？"

罗甲成不说话了。

罗天福说："那也叫屈辱，是我们自己给自己制造的屈辱。屈辱有时候是能避免的，人在矮檐下，不敢不低头，你也可以说是软弱、无能，但那也是方法，是智慧，爹只知道心中那个目标重要，其他的都能忍受，都能屈服。我们要是最后活得连那个梦想都塌火了，那才真正叫窝囊，叫屈辱呢。我没有你学的知识多，我只能凭我这年过半百的经验说话，人不要争见眼前的高高低低，上上下下，人得有个长久的主意，长久的目标，路上的磕磕绊绊总是难免的，只要这个目标能实现，那就算是笑到最后了。"

罗天福见罗甲成再不反驳了，就说了许久。其实他本来是不想来的，他发现儿子并不喜欢他来这个校园走动，可电话又联系不上，他又怕孩子有了什么事，就硬着头皮来了。既然来了，宿舍又没别人，他就逮住机会美美说了半天。

其实罗甲成对爹的许多话都是有看法的，但他不想再反驳了，也不能再反驳了，不管怎样，他心里对父母还是怀着一分歉疚的。他就让爹尽情地说，反正他是不能再那样窝窝囊囊地活人了。

罗天福对儿子最后服帖下来的态度还是满意的。他又叫儿子吃猪蹄汤，儿子也吃了一点。他还给儿子带来了好消息。昨天晚上，破锣把甲成打工的工钱，也给要回来了一千块，虽然没能全部要回，但毕竟是有了进展。罗甲成拿着自己用血汗挣下的一千块钱，突然有了一种对金钱的敬重感。他把钱拿在手上掂了掂，又交给了父亲，说："你拿着吧，爹。"

"不，你拿着，算是你的零花钱。"

罗甲成还是坚持说："还是你们一起攒着吧，明年交学费好用。"

"你娘也说了，这个就留着你自己花，别糟蹋就行了。"

罗天福说完，就提着那钵没喝完的猪蹄汤准备走。都走到门口了，他又不放心地回头问了一句："放假好几天，你都咋安排的？可不敢都睡了觉了，把时间白白晃荡了。"

罗甲成说："我知道。"

罗天福就走了。

罗甲成送走爹后，把那一千块钱又反复数了数，觉得放到哪里都不合适。他又想起了朱豆豆丢那一万元的事，那一段时间，几乎所有眼神都怀疑是他干的，至今想起来，他还倒吸了一口冷气。如果朱豆豆那一万元是真的丢了，就说明宿舍是不安全的。他为他平生拿的最多的一笔钱而犯起了熬煎。最后，是把褥子撕开了一个口，把其中的八百块钱塞进棉花里，才放下心来的。

下午，他独自一人去吃了一顿日本料理，他听沈宁宁、朱豆豆老说日本料理好吃，除了那顿骨头面，他从来没舍得出去吃过一顿开销在十五块钱以上的饭。今天，他花了八十多块，吃了一顿日本料理。说实话，比母亲做的黏面差远了，但关键是他也吃了日本料理，并且实实在在花的是自己的血汗钱。

六十三

西门锁从北京回来后，郑阳娇曾经问过他去哪儿了，西门锁胡乱支吾了一通，说是跟朋友打了几天牌，郑阳娇也就再没多问，反正让他把里里外外的衣服都剥了个干干净净，并且是用一根棍，挑着扔进洗衣机的，好像是生怕脏了她的手。嘴里还不干不净地骂着婊子长婊子短的，气得西门锁只好在院子里瞎转悠。

郑阳娇说起丢拖鞋的事，他隐隐记得好像是在狗窝见过那双皮拖鞋，可后来去找，就不见了，他觉得罗天福这个人是绝对不会做那种事的。他还相信，郑阳娇最后一定是找到那双拖鞋了，不然，依她的性格，不骂个十天半月，是绝不会收手的。他也看到罗天福一连几天，好像压力都很大，不停地想找郑阳娇和他解释什么，他就有些不好面对。如果他说郑阳娇没丢这双鞋，那不是挑起更多矛盾吗？何况他也确实没找到没丢的证据。不过有一天，罗天福还是把他拦在院子门口，把这事说了半天。

罗天福核心的意思就是这事让他很委屈，已经几天几夜睡不着觉了，头发也是一抓一把地掉。西门锁也明显看到老罗的双眼都布满了血丝，眼袋也耷拉了下来，疲惫得像一个霜打的蔫茄子。

罗天福说："东家，这个赖名誉我罗天福背不动啊！"

西门锁说："她不是也再没说这事了吗？"

"越不说，不是越让我心里堵得慌不是？我们是靠下苦吃饭，但挣的每一分钱、每一口饭，来路得正啊不是？这平白无故的，你让我都没办法在这个院子走进走出了。"

"老罗，没那么严重，你在这儿也住了一年多了，谁还能怀疑你的为人处世嘛，郑阳娇也就是问问，她也绝对不会怀疑是你拿了。我可以证明，她在家里绝对没有提说你半个不字。"西门锁一边安抚老罗，一边也在给郑阳娇打圆场。

"东家，我怕是在这儿打不成饼了。"

"你打得好好的，咋打不成了？"

"给我弄了这么个形象，我还能做成生意吗？"

"老罗，你的形象好着呢，要不然咋能把饼打得这红火的。在文庙村打饼的人可不少，有的打一两个月就塌火了，有的也打几年了，都没你的名气好。你才一年多时间嘛，能打到这个份上可不容易，千万别瞎折腾了。好着呢，老罗，我绝对相信你的为人。"

他的这番话，好像是对老罗起了些作用。回到家里后，他又到处仔细找过那双鞋，到底没找见。有一天，他甚至问过郑阳娇，问那双鞋到底是咋回事，弄得老罗日夜都睡不着觉。郑阳娇就轻描淡写地说了几句，说她也没有一定怀疑是他拿了，他睡不着觉咋的？为人不做亏心事，半夜不怕鬼敲门。西门锁说，他记得好像是在狗窝里见过那双鞋的，郑阳娇就支支吾吾把话扯到一边去了。西门锁感觉郑阳娇的鞋是没有丢，但该找的地方他都找过了，就是不见，后来他想，就是找见了能咋，家丑还能外扬？他还能去给老罗说郑阳娇的鞋根本没丢，是讹你哩？也就作罢了。不过郑阳娇后来对罗天福的态度也有所改变，有一天，她还专门殷勤地把别人送的一盒月饼，给罗家端了过去，她也清楚，那是再有几天不吃，就要过期的东西。人家罗家也没白沾，隔了两天，就又送来了他们塔云山产的板栗和新鲜核桃。一来二往的，这事就算过去了，老罗那个人很讲理，处事宽厚，后来也就再没提说这事了。

冬至那一天，西门锁突然接到一个电话，是赵玉茹单位门房打来的。那一阵为了接近赵玉茹，他曾想方设法跟老门卫套近乎，把自己的电话留在了那里，是想让老门卫提供情报的，没想到，今天给打过来了。老门卫告诉他了一个不好的消息，说赵玉茹住院了。他问是啥病，老门卫说不知道，他说他是根据赵玉茹那天出门时，拿的那些东西和身体情况观察出来的，赵玉茹还反复叮咛说，要他不要告诉别人。反正他觉得情况不太好，具体住在哪个医院他也不敢断定，不过赵玉茹坐上出租车的时候，师傅问去哪里，她好像说是去西京医院。西门锁放下电话，就急忙去了西京医院。

西门锁在西京医院整整找了一个上午，最后才在胸外科找到赵玉茹这个名字。一问情况，就是他要找的赵玉茹。

赵玉茹已做过手术，他从医生那里打听到，是乳腺癌。把一个乳房都切掉了。医生问他是病人的什么人，他说是同学。医生告诉他说，你这个同学很坚强，从住院检查，到做手术，都没有给任何人讲，一直是一个人强撑着，只雇了个陪护。西门锁问手术情况，医生说这要看病人的造化了，不过从目前看，还没有扩散，手术也做得比较彻底，我们期待着有个好的结果。从医生说话的神情中，他似乎看到了一线希望。

他走进病房时，赵玉茹正睡着，可能是氧气管的原因，她竟然发出了比较大的鼾声。陪护见有人来，就问："你是来看她的？"

西门锁点了点头。

陪护就急忙起身，把他叫到了门外。

陪护是一个年龄在四十岁左右的女人，身体微胖，低矮，黝黑，但很结实。一看就是长期生活在医院里，对里面一切都很熟悉的那种人。

陪护问："你是她的啥人？"

西门锁还是说同学。

"那你是咋知道的？"她的盘问几乎有些审讯的味道。

西门锁说："听人说的。"

"谁说的？"她甚至有些咄咄逼人。

西门锁不耐烦了："你管这干啥？"

那女人可能也觉得问得有点离谱，就把话锋一转，说："不是的，是这样的，你知道不，你看噢，我在这个医院都干了快二十年了……王主任您好！"她一边跟西门锁说着，还一边给医生打着招呼，"你知道不，刚才这个王主任，就是给你同学做手术的，技术特棒。我从旧医院的筒子楼，干到新医院的高层住院部，光这胸外科主任都陪了好几任了，你知道不，打交道的病人少说也有千百号吧，你知道不，可像你同学这样的病人，我还是第一次遇到，你知道不。"她几乎每一句话里都要带个"你知道不"。

"她咋了？"

"得这大的病，不给任何人说，你知道不。动手术的前一天，给她爸妈打电话还说，要到北京去看她的女儿，你知道不。这已经做完手术四天了，还没来过一个人看望，你知道不。她这癌可不是早期，发现得有点晚，最起码也应叫中晚期，你知道不。医生那天跟她商量手术方案时，大点子都是我帮她拿的，你知道不……"这时，一个中年护士走过来，她急忙又给人家打招呼，"护士长好！这就是胸外科护士长知道不，人不错。你别看这是部队医院，那些护士可都不是军人，只有人家护士长是，你知道不，副团职，你知道不。乳腺癌手术有两种做法，你知道不，一是保乳法，二是根治法，你知道不。保乳法就是只切掉癌细胞部分，你知道不，整个乳房还保留着，为了美么，你知道不。这么跟你说吧，就像削苹果，你知道不，见那烂的部分，拿刀一旋，苹果大的样子还在，你知道不。可这种方法后遗症多得很，你知道不。我的病人里有几个都招了这种手术的祸了，你知道不，不几年就复发了，再一复发，就彻底毕了，你知道不。我帮她拿的点子是根治法，就是把右边乳房全部切掉，你知道不，包括这一大片胸肌，还有淋巴结，你知道不，全部，统统，挖干挖净，你知道不。虽然不美了，可保险么，你知道不。我在这干的时间长了，不是说呢，比他们那些碎蛋蛋医生护士见得多了，你知道不，留个好看的奶要紧，还是留条命要紧，你知道不。手术方案重要得很，你知道不。现在大劲都过去了，你知道不。前两天血象过高，你知道不，就是有炎症，你知道不……"正说着，一个穿白大褂的医生过来了，她又连忙给他打起招呼来，"万大夫您好！咋昨天不见您上班？噢，我就说么。你知道不，万大夫就是给你同学做手术的二把刀，技术不错，可惜前边有人压着呢，职称也上不去，这里面呀，留美博士多得是，都得慢慢熬，知道不。你同学的体温，前几天一直都在三十八度和三十七度五六以上，今天才到三十七度二以下，你知道不，到三十七度二以下，体温才算正常。血压今天早上高压还一百四十五，低压一百，刚才量，高压一百三十二，低压八十，都正常着的，你知道不。整个情况说明，伤口都好着哩，炎症在消退，你知道不。吊瓶现在一天还是五百毫升的五到六瓶，你知道不。反正一天不能少于两千五百毫升，你知道不。消炎主要用的是头孢噻肟钠，你知道不，也不贵，医院总是希望用更好的，你知道不，人家赚钱多么，你知道不，其实不需要，你知道不。我看这个女人挺可怜的，我都替她把点子做了，你知道不。营养针用的是氨基酸，也有进口的，太贵，国产的就很过关，你知道不。止血用的是酚磺乙胺，还有维生素K_3，你知道不。整个伤口今天就再没渗血了，你知道不，我有经验，让她能少受很多罪，你知道不。隔壁请了个生手，把同样一个病人，招呼得七天快拆线了，还有渗漏，差点让家属打了一顿，你知道不。大概情况就是这样，明天药就要减量了，最多吊一千毫升，你知道不，再过四五天就能出院了，你知道不。总体好着呢你知道不。她这阵儿也该醒了，你知道不。"说着，她就要领着西门锁进去。刚要进去，她又突然把西门锁拉到了一边问："哎，你同学的丈夫是干啥的？是不是离婚了？要不然，咋不闪面呢？你知道不？"

西门锁一时不知如何回答，只好说不清楚。

那女人的话匣子便又被打开了另一格："世上的男人哪，不是我说呢，好东西不多。我可不是说你噢，你知道不。你就说这个女人，给人家把娃生下，养下，现在得了这号不治之症，男人连个鬼影子也不见闪一下，你知道不，亏死了，冤死了，你知道不。我觉得医学上一年投那么多钱，研究这研究那的，还不如研究一下让男人生娃，你知道不。没生过娃不知道疼，话丑理端，你知道不，让狗日男人生一回娃，就知道心疼老婆了，你知道不。你进去可甭提说她男人的事噢，你知道不，我算是会说话的人吧，几次试着问了问，都差点惹出事来，你知道不。看来那男人也不是个啥好货，你知道不。走，进。"

西门锁的两条腿在过道都站硬了。大概情况不仅被陪护介绍得很详尽，甚至连胸外科的人事也有了一些了解，更重要的是，还接受了一堂如何才能当好男人的生动的教育课。当陪护终于说完，让他进去时，他的心里还是有些没有底的慌乱。他怕赵玉茹当面给他难堪。但他到底还是硬着头皮进去了。

赵玉茹醒着。

陪护很是殷勤地说："你同学看你来了。"

赵玉茹轻轻把脸朝门口一扭，见是他，立即把眼神转向了一边。

西门锁也有些尴尬地在原地停顿了一会儿。

陪护似乎立即就明白了他们之间的某种关系似的，赶忙说："你们说，我去看看化验单去。"就急忙出去了。

西门锁朝前凑了凑，坐在了另一个床边，也不知说啥好。他只觉得赵玉茹是瘦多了，比两个多月前在火车站见面时，整整能瘦一圈下去。

坐了许久，真的是找不到话题，就拿起水杯，轻轻问候了一声："喝点水吧。"

赵玉茹摇了摇头。但他明显感到，赵玉茹并没有反感他的意思。

他就又没事找事地把吊瓶的管子理了理，又把下药水的卡子动了动。

赵玉茹终于说话了："你咋知道的？"

他本来想说是门卫告诉他的，可想了想，还是说了句自己感到比较满意的话："感应么。"

赵玉茹鼻子轻轻哼了声，说："你还是走吧，这算咋回事。"

"都病成这样了，还想那么多。你就好好养病吧。"西门锁到底还是把水端到了赵玉茹面前，硬逼着她喝了一口。

这一口水喝下去，西门锁好像立即就变被动为主动了："给映雪说了吗？"

"她才去上学，给她说这干啥。"

"不说也好。从现在起，我来伺候你，把那个陪护辞了。"

"胡说。你赶快走，我绝对……不要你来。"赵玉茹说话还是明显缺气力。

"你就乖乖养你的病吧，这不是你操心的事。"说着，西门锁就收拾起了桌上的东西，好像全然接管了这个领地似的。

"你赶快走吧，心意……我领了，我是绝对不会……不会接受你来……伺候不伺候的。"

西门锁有些赖皮地说："那你起来赶我走哇，只要你能起来赶。"

"你看你……有意思没意思。"

"我这个人就没意思，咋了？"他一边说着，一边又抹起了桌子，这些事，在家里，他都是从来没干过的。

"你再不走……我就喊人了。"她在努力提高着说话的声音。

"你喊呀，你喊，放大声些，可不敢把伤口挣着了。"

西门锁突然耍出了二十几岁时的赖皮劲儿，让赵玉茹毫无办法。

西门锁："哎，真的，马上把那个陪护辞退了，嘴太多。"

"不可能。"

"咋不可能，我马上给她说去。"

西门锁正说着，那个陪护就进来了，明显看到一脸的不高兴。她定定地看着西门锁的眼睛，一句话不说，但那眼神里分明告诉他，一切她都听见了。西门锁突然还有些害怕起这种眼神来，就急忙把眼睛瞅向一边了。

"段大姐，我想去一下洗手间。"

陪护故意看看西门锁，意思是说，你能行吗？

西门锁还真就准备上前搀扶了："我来。"

赵玉茹一下给翻脸了："你干什么？你快走吧。走啊！"

西门锁不无尴尬地僵在了那里。

"人家要上厕所，不方便，你知道不。快出去吧。"那个叫段大姐的陪护有些仗势欺人地也在驱逐着他。他只好退到门外去了。

过了一会儿，那个段大姐出来了，眼睛乜斜着他，不阴不阳地说："我就说么，这么好的女人，咋能成了这般光景，原来你就是那个……男人哪？你知道不，你不地道哇，你要跟人家套近乎，咋能一下就砸了我的饭碗呢？就凭这一点，我就知道你这个人不地道，你知道不。你就是想借机表现，恐怕也得靠我配合哩，你还一进门，先把我炒了，你知道不，你这种人说轻了是不地道，说重了就叫瞎尻，你知道不。我干了二十多年了，啥事没经见过，到医院来闹家庭矛盾的也有的是，你知道不。被我说和了的，也有的是，我看不顺眼，被我说砸锅了的，也大有人在，你知道不。你要想砸锅了，你就日我的瞎，我绝对会让她今辈子都不想见你这号货，你知道不。"

段大姐几乎毫不避讳地发泄出了她的愤怒，也毫不隐讳地说出了她将要采取的行动。这种坦诚，反倒让西门锁觉得可爱了许多，西门锁就笑着说："嘿嘿，我也是想表现哩么。"

"你想表现，咋能踩到别人的肩膀上呢。这叫心眼歹，你知道不。"

"好了好了，不说了，我错了行不，我完全配合你，好不好？"

"那我还要观察哩，你知道不，现在当面说人话，背后说鬼话的人多的是，你知道不，我还得根据你的实际表现再说，你知道不。"

他们两人又合计了一下，段大姐才安排让他先走，说等她把路铺平了再来。

西门锁就先回去了。

六十四

西门锁回去后，觉得这事咋都得给郑阳娇说一下，他想赵玉茹都成这样了，郑阳娇大概也不会吃醋的，他就给郑阳娇说了。谁知郑阳娇半天没说话，当他说他晚上要去伺候一下病人时，郑阳娇哇的一声哭了。

"咋了嘛？人都病成这样了，去招呼一下能咋吗？"

"她病了你咋知道的？"郑阳娇一把鼻涕一把泪地问。

"听人说的。"

"说明你们一直都黏扯着的呀！"郑阳娇哭得更厉害了。

"你看你，人都患了这样的绝症，你还……"

"这和患绝症是两回事，我是恨你们一直瞒着我，藕断丝连哪！"

"赵玉茹是那种能跟人藕断丝连的人吗？"

"赵玉茹不能，可你能哪，你这个花花肠子，啥事做不出来呀！"郑阳娇哭着，就把放在脚前正搓着的一盆乳罩、内裤之类的东西踢翻了，洗衣粉沫流了一地。虎妞见郑阳娇哭得十分伤心，就跳上沙发，用舌头给郑阳娇舔起眼泪来。

西门锁也不知再说什么好了，就独自一人进房去躺下了。他有些后悔，不该给郑阳娇说这事。他本想，郑阳娇听了这事，也是会产生些同情怜悯心的，没想到，她从另一个角度去理解问题了，反倒弄得下不了场。但他无论如何都得去把赵玉茹经管几天，不经管几天，他觉得他的良心过不去。实在不行，也就只好硬上了，他做好了跟郑阳娇可能发生冲突的准备。谁知过了一会儿，郑阳娇自己又进房来了，态度虽然很生硬，但话里其实做了很大让步："去吧，快去吧，去伺候你的前老婆去吧，不然死了还说是我气死的，我可担不起这罪名。"

西门锁又躺了一会儿，就起来准备走。刚走到门口，又被头不是头、脸不是脸的郑阳娇叫住了："我可给你说清楚了，你西门锁是有老婆的人，去伺候一下，也就是个意思，你可别以为你又是了人家的啥子'顶门杠子'女婿。还有，不准你再用身上任何一个地方接触那个女人，哪怕是一个手指头都不行，你要敢接触，我可是发了咒的，小心你哪里接触哪里烂成一包蛆。哼！"说完，就把手里洗好的一件内衣，抖得啪啪响地晾晒到院子去了。

西门锁再到医院的时候，赵玉茹还是睡着，段大姐就又把他叫出去，训了半天话："我可是够意思，你知道不。刚你走后，我跟你老婆聊了半天，算是把来龙去脉都刨揽清楚了，你知道不。世上离婚的人一层，可人家处得跟亲戚朋友一样的也有的是，你知道不。你这个人，我还没弄清楚是啥样的人，不过从你几个小时前的表现看，思想还是不咋健康，你知道不。背后捅人刀子，踢人家的饭碗，那都是生娃没屁眼的人干的事，你知道不。"西门锁气得实在想发火，但还是忍住了。段大姐接着嘟嘟说："不过我这个人看人还是看得长远，不在一时一事，你知道不，就凭你能来看你的前老婆，就说明你这个人还是长情，能交，你知道不。你前老婆，脾气也确实有点古怪，这都是让你们这些臭男人逼的，你知道不。我可是见过不少这种女人，最后都变得不好打交道了，你猜为啥？对啥都不相信了，你知道不。你是遇见了我，你段大姐，算是让你走了运了，你知道不。你段大姐今天一番话，绝对是起了作用了，你知道不。你段大姐不是吹呢，在这工作快二十年，啥人没见过，给省长都翻过身子，擦过裆，谝过闲传，搭过腔，你知道不。世事见得大着呢，你知道不。你段大姐说出话来，那绝对是事理明细，要高度有高度，要深度有深度，不说把死人说活，最起码也能把破事、烂事说浑全了，你知道不。不信你进去试试看，绝对跟早上是两个人，你知道不。"段大姐说着，又跟从身边走过的另一个病人家属搭开了话："你听我的没错，这手术不能动，你知道不，搞不好就摆在手术台上下不来了，你知道不，这号病人我见得多了，这几个年轻医生是来实习的，外县的，外着呢，你知道不。你不信等明早主任上班了，看我说得对不对，绝对不要花冤枉钱了，人也受罪，去北京三〇一医院也看不好的，你知道不。"说完，她才领着西门锁进病房。

他再走进病房时，赵玉茹果然就比过去和蔼可亲多了。虽然没有明显的笑意，但那种平和里，分明透着一种顺其自然的接受，他感到舒服自在多了。

段大姐冲他得意地看了看，意思是说：看我说的咋样？变了没？服不服？你知道不。

段大姐说得下去买点东西，就出去了。

西门锁就静静地坐在了离赵玉茹很近的凳子上。

西门锁看着点滴，没话找话地说："这是最后一瓶了吗？"

赵玉茹："可能吧。"

西门锁："一天打十几个小时，够辛苦的。"

赵玉茹没说话。

西门锁又说："我觉得还是应该让孩子回来看看你。"

赵玉茹态度很坚决地："不行。没必要。"

西门锁说："孩子将来会埋怨你的。"

赵玉茹停了一会儿说："没必要耽误她。"

"你都没给你的那些亲戚说一声？"

"说这干吗？"

"你也太要强了。"

"把所有人……都弄来围着我哭，围着我转……就好了？"

"你不想让人牵挂，那总还是有人要牵挂你么。你连爸妈都没告诉吗？"西门锁说出过去对赵玉茹父母的称呼来，突然觉得是那么顺口，又是那么生疏和别扭。

赵玉茹："你说的是……谁的爸妈？"

"还用问吗？"西门锁说，"我爸妈都不在了。"

赵玉茹说："他们年龄也都大了……害怕他们接受不了。"

西门锁在跟赵玉茹离婚后，也曾去给两位老人拜过年，第一年还开过门，第二年就把他拒之门外，以后也就再没去过了。老两口都是小学教师，性子跟赵玉茹差不多，都很正直、刚烈，过去本来对赵玉茹嫁给他西门锁，就不咋同意，一直说他们不是一条道上的人，离婚后，两位老人也就自然跟他没有任何来往了。

他问："两位老人身体还好吗？"

"好着呢。"

"那就好。"

他不说话，反正赵玉茹也就不会说半个字。他想问问病情方面的情况，又害怕不利于治疗，也就尽量少提说这方面的事。干坐了一会儿，赵玉茹就说：

"你回去吧,谢谢你了!"

"不,我这几天就是专门来陪陪你的。"

"不需要这么多人,真的,你是有家的人……把你家里的事……招呼好,比什么都强。"她说话时,明显还是非常吃力,并且稍一动,脸上就会有很痛苦的表情。

"你别说了,反正这几天我就在这儿陪你。"

"真的不需要,你快走吧。段大姐……人家招呼得挺好的。"

一提到段大姐,他似乎觉得又有了话题,就说:"这个段大姐人挺有意思的。"

"嗯,挺好的。对这里面情况熟悉,挺方便。"

他本来想说就是话有些多,可突然又觉得段大姐会不会又藏在门外,这次要再被她逮住,可就真的得吃不了兜着走了。他也就顺着把她美美表扬了几句:"这个段大姐真的很不错,人善良、贤惠、勤劳、厚道,找她算是找对了。"西门锁实在是找不到更好的形容词了,但这番话,也说得让赵玉茹有些不理解地把他多看一眼。

赵玉茹说:"就是话有点多。"

西门锁赶忙说:"话多了好哇,病人一般都很寂寞,像她这样会说话的,对病人可是大有好处呢。这绝对是优点,你知道不。"西门锁这样夸赞段大姐,让赵玉茹都有些发愣了。

赵玉茹:"你们咋还一唱一和的。"

这一句一下把西门锁给噎住了,他急忙说:"没有没有,我们就不认识么。"西门锁正不知说什么好呢,段大姐在危难关头,竟然哗地推开门就进来了。

"哎哎哎,我让你少说话少说话,你还不停地跟病人瞎掰掰,病人需要静卧休息,你知道不。主任一再给我交代,说病人休息好了,比吃药都更重要,你知道不。少说废话,多干实事,就是对病人最好的探视,你知道不。"段大姐一通批评,一下把刚才的尴尬化解了。

西门锁乘赵玉茹不注意的时候,看了段大姐一眼,他也不知刚才说的让她满意不,他还有些怵火这个女人了。段大姐也乘机看了他一眼,并且悄悄给他竖了个大拇指，他的心才算踏实了。说明她刚才一直就在门口听着的。

段大姐要给赵玉茹翻一下身，示意西门锁帮忙，西门锁不知从哪儿下手。段大姐又用嘴努了一下，西门锁就把手从赵玉茹的后背伸过去了。这是一个多么熟悉的脊背，但现在已经瘦弱得只能摸到起伏不平的骨头了。就在这时，西门锁的手机响了，等他帮着段大姐把赵玉茹翻好身后，一看，是郑阳娇的，他就急忙出去回了过去。

"你咋半天还不接电话？"郑阳娇问。

"哪半天了，三分钟都不到。"

"你还准备在那儿过夜呀？"

"我不是给你说了来招呼病人吗？"

"可你没说在外面过夜呀。"

"你这什么话。"

"咋了，夜不归宿还不叫在外面过夜？"

"行了行了，不跟你说了。"

"你要敢在外面过夜，我就跟你没完。"

气得西门锁把电话挂了。

他正准备回病房去，段大姐出来了。

段大姐说："你这个人能交，改正错误还快得很，你知道不。不过啥话都不敢说过头了，一过头，别人就怀疑了，你知道不。哎，我还没弄明白，你到底是想复婚呢，还是想咋的？"

"不，我已有家了，就是看看她。"

"噢，那我明白了，是个良心活儿，那你就去好好表现吧。人在病中，表现最是时候了，你知道不。"

西门锁又进去了。过了一会儿，段大姐也跟着进来了。

赵玉茹对西门锁说："你走吧，都快十一点了。"

"我晚上就在这儿陪你。"

"开啥玩笑。你快走吧。"

西门锁没有任何走的意思。

赵玉茹又说："你走吧，白天你想来了……就来吧，晚上绝对不行。"

西门锁就不知如何是好了。

段大姐说:"那你就走吧,这里有我在,你就放心好了。你在这儿,我还不放心呢,你知道不。"

西门锁就只好走了。

回到家里,郑阳娇还没睡,还在做面膜。西门锁也没跟她多说什么,就独自先睡了。

连着几天,他都去医院陪护赵玉茹了。郑阳娇看他还算听话,毕竟晚上没在那里过夜,也就没多说什么,最多在一些话里,捎带些刺蔾而已,不过这些,西门锁早已习以为常了。

赵玉茹一共在医院住了九天,线也拆了,医生就让办出院手续。

段大姐在第八天,就已被别的病人号去了。但她一直很热心,坚持把该给赵玉茹做的事情都做完了。当西门锁办完出院手续,回到病房时,她还专门把西门锁叫到门外,好好交代了一番。她说:"根据我二十年在这儿工作的经验,她的情况,不会太好,你知道不。可不是我烂嘴噢,她要造化好,兴许这个坎就翻过去了,要是不好,也就一年多的光景,你知道不。既然跟你夫妻一场,你好好关心关心她,也是应该的,你知道不。你这个人不错,医院最能看到人的真相,你知道不。希望以后还有合作的机会。我得忙去了,你知道不,又接了个重病人,肺癌晚期,你知道不,搞不好手术台都下不来,你知道不。"说着,段大姐就一溜小跑,进另一间病房了。

西门锁再进病房时,赵玉茹耷拉着半边身子,正一点点收拾东西。她一再坚持要自己回去,但西门锁还是坚决把她送回到她父母那儿去了。

六十五

一场大雪把西京城捂得只剩下了一片银白。

老唐槐的一根碗口粗的干树枝子,昨晚被雪压断了,断在地上的老树枝子,又被飞雪裹塑成了一盘雪白的卧龙。东方雨老人起得很早,他静静地站在从千年唐槐上脱落下来的老树杈前,一动不动,像是在凭吊,又像是在默默追思,任回风舞雪缠绕着瘦硬的身板。

罗天福推开门一看,雪都快到脚脖子那么深了,要放在塔云山,今天家家都会炉火通红,守着老婆娃娃热炕头。不怕城里人笑话,那种日子,真的不比城里人少了啥幸福。家家堂屋火炉上都架上吊罐,边烤火,边炖肉,一屋的香气,满屋的暖和,连最忙碌的人都会歇上两天,直到风停雪住,那是怎样一种滋润消停的日子呀!罗天福一看见大雪,就不由得思念起那种悠闲自在的幸福生活来。可在这里,除了上边要卫生大检查大整顿,不然刮风、下雨、飞雪,哪怕天上下雹子,都是不敢停下来的,因为见天都有房租、水费、电费、吃喝的开销,哪一天不见几个钱,就是赔本的买卖,谁能消停得起,悠闲得住呢。

罗天福把太阳伞和两口锅,还有打饼的一应用具,全都搬到三轮车上,可积雪太厚,车子咋都骑不动,只好把淑惠、招弟和天寿媳妇都叫出来帮忙推。反正只要你出摊,就有吃饼人,虽然不似平常吃的人多,但毕竟还是能顾住摊子。

天气确实冷得要命,他们一边打饼,一边跺着脚。面也冻得有些揉不开,淑惠就不停地用开水烫毛巾,用热毛巾焐着面。

金锁上学刚走出大门,就哈哈哈地差点笑岔气了。罗天福还不知是怎么回事,金锁就拿出摄像机,不停地拍着他们几个人。罗天福一看,几个人也确实穿戴得有些古怪。他是耳朵怕冷,一到冬天就长冻疮,所以戴着老火车头帽子,这年月,城里人好像早都不兴这个了,可戴着暖和,他也就还戴着了。他记得去年冬天金锁见了,就拍过他。让金锁觉得可笑的可能主要是淑惠、天寿媳妇和招弟,她们都穿得棉滚滚的,关键是每人都包了一条头巾,淑惠是老黄色,天寿媳妇是绿色,招弟是大红色,既要护耳朵,还要护脸,包得就有些紧巴,淑惠脸瘦些,包得还不咋怪,天寿媳妇和招弟脸胖,一红一绿的,就包得跟两个滚圆的南瓜和西瓜差不多,惹得金锁笑嘻嘻地前后左右拍了半天。罗天福有些生气了,可想想,毕竟是孩子,也就没说啥,算了。可招弟被惹哭了,说城里人欺负人。罗天福哄了半天,才算安定下来。中午,罗天福就去给招弟买了顶城里女孩家戴的那种一把抓的毛茸茸的帽子,给天寿媳妇也买了一方酒红色的头巾,两人把大红大绿一换,再凑在一起,也就不是那么扎眼了。

毕竟是大雪天气,人比平常能少一多半。但宾馆的那两百多个千层饼,还是照常给人家打着。罗天福就和淑惠在外面打,让天寿媳妇和招弟在家里打,家里到底暖和许多。

下午,雪住了,摊子上也没人光顾时,罗天福就要出去买油,淑惠说路太滑,不让去,罗天福说雪一化,路更滑,再不买,明天可能都撑不到头了。说着就顺着雪路,趔趔趄趄地去了。本来村里也有好几家卖油的,价钱有的比外面还便宜,但有些油可能靠不住,看着清亮亮的,有人怀疑说是地沟油,他就宁愿到村外正规店里,去买那些贵一点的。没想到,回来刚进村子不远,他提着两桶油,竟然就摔了一跤,当下把一桶油都摔破了,他眼睁睁看着那一桶油渗进了雪里,他紧赶慢赶,用手捧起了一斤多,盛在破塑料油桶的底部,等他还想把那些油雪混合物捧起来,拿回去自家炒菜吃时,才发现,自己的腰突然有一点不听使唤。但他勉强还是撑起来,把油弄回家了。一看时间,又到了给两个饭店送饼的时间,他就咬着牙,挑着饼出了门,谁知刚走出大门不远,腰那个地方一阵钻心疼痛,一条腿突然失重,脚下又是一滑,就连饼挑子都扔了出去。这一跤一下在雪地里滑出了四五尺远,他试着往起撑了撑,身子咋都抬不起来了。他又试着动了动腿,右腿还有感觉,左腿几乎失去了知觉,他想,坏事了,腰上可能摔出了麻达。这时刚好有院子里的农民工经过,他就托人家去喊淑惠。不一会儿,淑惠、天寿媳妇、招弟就都跑来了,淑惠说恐怕得上医院,他还抱着侥幸心理,想着是不是过一会儿就会松泛些。三个人就换着把他往回背,等好不容易弄回房子,他疼得头上豆大的汗珠就已经滚下来了。淑惠说得赶紧给甲秀打电话,罗天福又忍了一会儿,觉得实在不行,才打电话把甲秀叫回来。甲秀把他送到医院,拍片子一看,果然是腰部骨折,罗天福气得在胸口上一顿乱捶,自责道:"我咋这么不争气嘛!唉唉唉!"

大夫说,这是老伤,问过去是不是骨折过?罗天福说骨折过。今年春上,那次遭人暴打,是骶椎骨骨裂。好几年前,罗天福背个背篓,进县城给甲秀和甲成送东西,摔过一跤,腰摔断了,在床上躺了几十天。这次又是那个地方出了问题,罗天福一想到又要躺几十天,心里就急得不行,一直埋怨着自己不争气,反倒成了家庭的负担。甲秀就一直宽慰着爹,要他好好养伤,别想那么多,可一大家子都在西京城驻扎着,罗天福能不急,能不想吗?手术倒是做得很顺利,一下又花了好几千,说给里面还上了铆钉。罗天福就不说话,也不想吃饭了，他一直闭着眼睛，甲秀看见爹的眼角老溢着泪花。好在这些钱自己都能拿出来，那是攒的学费钱。淑惠见罗天福一天只吃一顿饭，就给炖了骨头汤，用一个大钵盛了来。罗天福一看，骨头上有不少肉，知道这是那种最贵的骨头，就生气了，说他躺着，一个钱不挣，已经糟蹋了好几千，还这样贬糟钱。他还从来没有给淑惠发过那么大的火，一下弄得淑惠也哭了起来。甲秀就两边劝，最后爹总算尝了几口，硬让甲秀吃，甲秀说她不喜欢吃肉。甲秀让娘吃，娘也没舍得吃，罗天福就说留给甲成，说甲成爱吃肉。晚上甲成来，也不知啥情况，就把那钵骨头汤全热着吃了。罗天福看着甲成能吃能喝的样子，心情就比先前好了许多。

罗天福住在一个最大的病房里，有八张床，病人都住得满满的，也基本都是外伤，听护士说，西京城每下一场雪，骨科就人满为患。病人多数是老人和小孩儿，罗天福这间房就刚好住了四老四少。来看老人的并不多，来看小孩的亲戚朋友，简直是一溜一串的，因而，病房也就显得格外吵闹。罗天福头几天，一是疼得不行，二来也是生自己的气，几乎连多说一句话的力气都没有，到了第四天，就能慢慢强一些。这几天一直是甲秀白天来陪，甲成晚上来。甲秀快毕业了，几乎没有多少事，就是找工作，实习，写论文。可甲秀一直把学习抓得很紧，到医院来，总是带着书和笔记本，一有空就钻，那种踏实的样子，不说罗天福满意，就是满病房的病友、亲戚和护士都很佩服。几个老汉当听说老罗两个孩子都在本城最好的大学读书时，无不露出羡慕之情。他们一家人，更成了几个小病友家长教育孩子的学习楷模和典范。无形中，罗天福感到，自己在病房中几乎成了焦点人物，有几个病友家里一来人，就给他们念叨他，念叨两个孩子，那份成就和光荣感，把他腰上的病痛就祛除了很多。可甲成似乎显得有些不争气，每次晚上来陪他，都是一直玩着手机，有时一玩半夜，他就有些担心了。他担心他是不是在学校也这样，如果在学校也这样，那还能学个什么名堂呢？他开始用眼神表示反感，甲成好像无动于衷，后来，又用哀叹表示生气，甲成还是我行我素，他就把甲成叫到床边，悄声说了几句。甲成也没表示反对，也没表示遵命，反正该玩还照玩不误，他的心里就凉得好像谁放进去了一块冰。第二天晚上，甲成来，还是那副神情，他就加重了批评的语气，甲成也没反驳，就早早躺到钢丝床上睡了。看到儿子这种状态，他的心情就很沉重。又过了两天,手术拆线了,他就让甲秀把他搬回去。医院说,最少也得住半个月,罗天福知道这种伤就是躺着静养,住院也是多花钱的事,就硬让甲秀把他搬回去了。

罗天福一躺在家里的床上,啥都帮不上手,心里就更是急得慌。甲秀干脆回来专门伺候他了。他有些担心甲秀的学习,甲秀就说最近刚好是最宽松的阶段,只要写好论文就行了。帮他翻身、擦洗之余,甲秀论文写作也没耽误。看着甲秀有条不紊的样子,他就越发地担心甲成了。他好奇地问甲秀,现在年轻人,一天到晚手上就拿个手机按按按的,都在上面按啥呢?甲秀说,那太多了,上网聊天,发微博,听音乐,也可以查资料,还可以购物,将来一部手机就可以把人的生活全部统领起来,那叫云计算时代。简单地说吧,比如你在外面去干活,回来想吃口热饭,你在路上把手机键一按,家里的饭锅就开始工作了,你回来就刚好能吃上饭了。"那甲成一天都在按啥呢?"他最操心的还是甲成的事。甲秀说:"可能是查资料吧。爹你放心,甲成的学习成绩好着呢,最近我还问了他的班主任老师,人家说他就是话少,不太跟人交流,其他都好着呢。"甲秀这番话,才算让罗天福揪着的心稍许放松了一些。

罗天福腰摔坏的事,东方雨老人、破锣两口子,还有西门锁很快都知道了。东方雨老人给他拿了些枸杞、三七片之类的,来看过他两次。破锣也让旺夫嫂给买了些补品。西门锁看老罗家里实在可怜,也悄悄塞了三百块钱。罗天福觉得住在这个院子,还是挺温暖的。尤其是郑阳娇,自打那双拖鞋的事出了以后,还反倒有了些转机,见他有时还故意客气地打招呼。本来他这次是真的下决心,想今年房租到期后,一定要从这个大院搬出去,他是不能忍受被人看成小偷小摸的轻贱,可最近,他又在来回想着,这个院子毕竟还是有很多值得他留恋的东西,当然,主要还是生意不错,这个来钱路是咋都不能断了。

躺在床上,他倒是能细细地算算老婆账,他把今年的所有进出单子都拿出来,一分不少地打了一遍,刨过水电、房租和招弟、天寿媳妇的工资,截至目前纯收入是一万二千四百三十八块五毛钱。这次住院一下就花五六千,农村合作医疗保险能报销百分之七十,自己还得掏一千多,他躺在床上,心里就又难过了起来。又躺了几天,他让甲秀回塔云山,跑医药费报销的事去了,他一人躺在家里,就让淑惠把剥核桃的任务交给他。晚上,淑惠和招弟把核桃砸好,留着他白天一颗颗往出剥。他还从来没有这样细心剥过核桃,几乎连针尖大一点都没剩下,全从壳里挑出来了。核桃壳渣滓就顺着脖子,灌进一身,直到有人回来,才能帮他清扫一下。本来核桃用量并不大,有时半个月,他们才集中剥一回,这次有了时间,他就让淑惠多砸了一些,一下把几个月要用的核桃仁都剥了出来。几天下来,他那本来就长满老茧的手,还是磨破了厚墩墩的皮,几个指头都渗血了。除了剥核桃,每天她们出门时,他还让把葱蒜和菜都拿到床边,等她们回来时,一切都择得干干净净、利利朗朗了,稍一洗,就能下锅。招弟就表扬说,应该给大姨夫评个劳动模范。天寿媳妇就啪啪地鼓起掌来。罗天福就说,这坐吃山空的日子,他是一天都过不下去呀!

甲秀很快就把医疗保险报销的事办妥了,钱也兑现了一部分,还有一部分说年前全部兑现,罗天福就感到轻松了许多。他硬让甲秀去学校了。自己躺在床上,干点零杂活儿,没事又翻翻来时带的那几本书,勉勉强强在床上躺了一个月,就拄着拐下地了。甲秀看爹犟得不行,就去给他买了个腰托,箍在腰上,罗天福就感到腰又能拾起来了。做不了其他事,他就给一家人在家里慢慢做起了简单的饭菜。大家从外面忙活回来,有一口热饭吃,他就感到自己活得有一点意思了,吃饭也香了许多。

六十六

西门锁把赵玉茹送回她父母家后,就再没好多去,因为他明显感到,在这二位老人眼里,他已是永不受欢迎的人了。赵玉茹在家里住了一段时间,就又回单位上班了。西门锁从老门卫那里打听到赵玉茹回单位后,就又去看了一次。这次赵玉茹比较客气地给他沏了茶,到了吃饭的时候,赵玉茹问他吃了没,他就没客气地上桌子了。这一天,家里还有另外两个孩子,一男一女,女孩子一条腿有点毛病,走路一瘸一瘸的,赵玉茹说,是在幼儿园门口捡的弃婴。那天下着大雪,她送映雪去上学,听到孩子哭,就捡回来了,后来才知道是个残疾婴儿。还有一个一直不说话,开始西门锁还以为是哑巴,后来才知道,这孩子是个孤儿,一家三口进城打工,他母亲因为跟她的工头有染,被他父亲杀死了，那个工头也被砍了个半死，父亲就被判了死刑，孩子也再没人往回领了，赵玉茹就只好把他收养了下来。两个孩子平常也会在她父母那里放一放，两位老人对孩子都挺好的。现在一个上一年级，一个上二年级了，孩子把赵玉茹都喊妈妈。吃完饭，两个孩子都到里间房玩去了，赵玉茹就给他们修补起布娃娃和玩具来。西门锁记得上次来，赵玉茹就在修补这些玩具，却没想到她还收养着这样两个孩子。

西门锁说："你真不容易，就那点工资，还要养活这么多人，能撑住吗？"

"我爸我妈也都贴补着的，他们也都很喜欢这两个孩子。单位好多人也都给孩子送奶粉，送衣服的，挺好的。"赵玉茹说。

"这样行不，我把那个卡给你，就权当是我给两个孩子献点爱心。"

赵玉茹边修理玩具边说："谢谢你的爱心，现在还不用，需要时，我会告诉你的。"

西门锁说："你为啥这固执的？我一再给你说，我一不跟你复婚，二不要求把孩子的姓改成西门，就是觉得亏欠你和孩子了，想弥补一下，你为啥总是这样把人防着、推着的。"

"我不是防，也不是推，我是觉得现在这样活得很安生，不想再搅起一堆事。你还是好好过你的日子吧，真的，我不希望你再踏进这个门，我说的是真话。"赵玉茹虽然没有提高任何声调，但话里的意思还是很硬的。

又说了一会儿，西门锁见赵玉茹还是不愿接受他的任何同情和馈赠，就悻悻然走了。走到大门口，他没有忘记给老门卫交代一声说："她不管有啥事，还是请你打个电话。"

老门卫说："赵老师回来都批评我了，说不该把她住院的事告诉你。我都没敢承认。"

西门锁说："你放心，我也没说是你告诉的。"西门锁害怕老门卫再不给他打电话了，还专门跑到隔壁超市，给老人买了些吃的。

大概又过了半个月，老门卫就打电话来了，说赵玉茹又住院了。

赵玉茹还是住的那个医院，这次是化疗。还是由段大姐做陪护，不过这次段大姐手头还有一个病人，她是两头跑着。见西门锁来，就又把那边病人的情况说了一通，还是一句话一个"你知道不"。当说到赵玉茹时，她表示出了更多的担心,说害怕她熬不过六个月的化疗期。她反复说:"你知道不,化疗杀伤癌细胞,也杀伤正常细胞,你知道不。身体好的还能撑住,身体不好的,几个疗程下来,就基本交待了,你知道不。她的病情她自己都完全知道,你知道不。主任医生跟我的看法一样,你知道不。对于她这样的体质,化疗和不化疗,利弊各占一半,你知道不。但化疗总是给人更多希望,你知道不。其实依我看来,多数化疗都是过度治疗,死得比不化疗还快,你知道不。有些人看着好好的,一两次化疗下来,人就完蛋了,你知道不。我都想劝赵老师别化疗了,可又不敢,你知道不,谁都不能保证奇迹不在她身上发生,你知道不……"段大姐说的中心意思,就是害怕化疗加速了赵玉茹病情的恶化。

他能看出来,赵玉茹很坚定,一定要坚持化疗,在跟主任医生交谈时,她甚至要求把药用重一点,她说她能吃得消,反正以能彻底杀死癌细胞为准。她说她还有两个孩子需要抚养,她希望医生再给她十年时间,她得把两个孩子养到十八岁。医生一直在点头,并鼓励她说:"病人的心情对配合治疗很关键,有你这种生命信心,相信奇迹会出现的。"主任医生刚出门,段大姐就把他堵在了过道,段大姐坚持说,只能用最小剂量的,病人的身体状况不容乐观,段大姐还是一口一个"你知道不",没想到,主任医生非常赞同段大姐的看法,治疗方案很快就确定下来了,用最小剂量化疗,先看看病人的反应。西门锁对这些完全是外行,他连化疗都不知是咋回事,陪了两天,才弄明白,原来化疗就是把一种药物从吊瓶里打进血管,跟平常打点滴没有什么两样,他还以为是用什么仪器把病灶往死了烧往死了烫呢。

让人感到可怕的是,那种针打进去不一会儿,反应就开始了,赵玉茹恶心呕吐不止,脸很快就变得惨白。段大姐有经验,把一切都处理得井井有条的,就是两头跑着,她一离开,西门锁就有些不知所措。段大姐说,赵玉茹的反应还不算厉害的,有的把肠肚几乎都能吐出来,你想想,这是把人体内部的所有系统,都先全部摧毁,然后再打各种营养针,重新建立好的系统呢,能不折腾个死去活来?你知道不。

赵玉茹化疗了一个礼拜,确实有些死去活来了,出院那天,头发已明显脱落,枕头上随便一捡就是一把。段大姐反复交代着回去该吃什么,不该吃什么,说要多吃高蛋白、维生素类的食物,并且是容易消化的东西。西门锁就问哪些属于高蛋白、维生素、还好消化的食物，段大姐就列举了一大堆，说鸡蛋、瘦肉、牛奶，你该知道吧，这就是高蛋白类的，苹果、橘子、橙子、香蕉、梨，这些水果，都是补充维生素的，也都好消化着呢。本来她还想多说几句，那边病人叫了，她就说，你自己回去上网查吧，网上多得很，家里有个病人，伺候半年，你也就成大专家了，你以为大专家有多神秘，大专家遇到难题，还先征求我的意见呢，你知道不。

赵玉茹让西门锁把她送回了幼儿园。别人都是上午出院，赵玉茹一定要坚持晚上出院，她是不想在院子里碰见孩子们。西门锁把赵玉茹送回来时，一个三四十岁的乡下大嫂，已经在大门外等好久了，这是赵玉茹住院前自己到劳务市场找下的，她早上给打电话，说让保姆晚上来，那位大嫂下午就早早到幼儿园门口等着了。西门锁把赵玉茹送回家后，赵玉茹就对他说，让他不要再到幼儿园来了，这样不好。她把一切都安排好了，她说有事她会给他打电话的。西门锁只好给保姆交代了段大姐所交代的那些事后，又悄悄给保姆留下一万块钱，就离开了。

第二天，他给家里打了个电话问情况，是保姆接的，说赵老师睡了。还说赵老师批评她，不该接别人的钱，并一再叮咛，以后没有征得她同意，谁的东西都不能拿。西门锁问赵玉茹的情况，保姆说平稳着呢，他就放心地挂了电话。

这次去医院伺候赵玉茹，西门锁没有给郑阳娇说，他害怕再说，郑阳娇也不会同意的。上次虽然勉强同意了，但直到最近，话里也没少带钩刺。她是害怕死灰复燃。一连好几天，西门锁出门时，都撒着不同的谎，第一天说是去买些水泥，厕所半边墙都快让尿泡塌了，再不收拾，搞不好人都会塌在里面。他晚上回来，也确实捎回来五六袋水泥。郑阳娇就问他，弄几袋水泥，能在外面死一天？他说，几袋水泥一分钱没掏，都是朋友送的，陪人家喝酒了。第二天，又说去弄沙子，中午郑阳娇还打了一回电话，他说拉沙车现在不能进城，得等天黑，晚上他还真的把沙子弄回去了。第三天，他跟段大姐讲好的，上午没有去，下午郑阳娇跟人约好去麦德龙超市买东西，一般一去就是大半天，他算是跟郑阳娇打了个错茬，还没等郑阳娇开车回来，他就提前到家了。第四天，他去了个上半天，刚好陪赵玉茹把吊瓶打完就回来了。郑阳娇前一天转超市累了，睡到半中午都没起来。第五天理由倒是很充分，街道办搞文明市民培训班，一家去一个人，郑阳娇自然是懒得去坐那硬板凳，西门锁一大早就去了，看人多，就故意找了个靠门口的地方，听了一会儿就溜号了，下午回来，还刚好赶上发结业证书。第六天，他又去建材市场弄盖厕所的玻璃钢瓦，反正晚上拉回东西了，郑阳娇唠叨了几句，也就过去了。第七天，也是最后一天，实在找不到理由了，再找任何理由出去，他感觉都会穿帮，郑阳娇已经在怀疑他这几天有些魂不守舍了。结果金锁晚上回来，说明天要开家长会。并且安排得很怪，是中午开，不占正式上课时间。郑阳娇说啥都不去，西门锁又早早去了，他先到医院招呼了一下赵玉茹，然后又去开会，开完会，再去医院，一路几乎都是小跑着，直到把赵玉茹送回家，才急急火火地打出租回来。郑阳娇其实已经都打几个电话了，问开家长会咋还不回来，他说人家留下谈话呢，郑阳娇就再不说啥了。

  家长会后，老师确实把西门锁留下了，但只是一会儿。西门锁其实是有充分精神准备的，那就是挨批评，谁知老师今天并没批评，也没过多说金锁的不是，就是说，你们恐怕得想办法，这孩子拖了毕业班的后腿。他说他在接收孩子时，想着比较差，没想到这么差。离明年高考还有几个月时间，家长恐怕得利用寒假时间，给孩子恶补一下。西门锁就没敢多问金锁的其他情况，害怕勾搭惹出个连搭，走不利了。但他刚走了几步，还是被老师叫住了，老师说："你们恐怕还得给孩子说说，让他不要影响别人的学习。你说这娃有其他啥坏毛病，我还没发现，但确实太不爱学习了，并且还喜欢影响他人。你们可能家庭条件好些，也太爱给孩子穿名牌，身上零花钱又多，他几乎对啥都满不在乎。还爱给人起外号，把人家学习好的都叫'瓜×族'，气得天天都有来告状的。反正你们家长也配合着管一管吧，好赖就半年时间了，我现在让你们再找学校转学，也是不现实的。"老师的无奈和委婉，让他有些感动，这是他碰到的最好的老师，没有给他这个家长当面撕作业本，扔教案，拍桌子，抡教鞭，更没有让他跟孩子一样罚站，或指着他鼻子骂娘。他把赵玉茹送回家后，回来就跟郑阳娇商量着如何给金锁恶补的事。他们明明都知道这是瞎子点灯白费蜡，但遇上了这么好的老师，恐怕也得有个态度。郑阳娇就又想到了甲秀。只有甲秀还能降住金锁，其他任何人来，只一次课，连钱都不要就气走了。西门锁半天没说话，西门锁想，你郑阳娇啥时把人家罗家人当人了，这会儿又要求人家，他才不去开这个口呢。

郑阳娇才不管这事呢，只要她想做的事，就根本不管前因后果，说要找，她就端直到罗天福的小房去找了。在她看来，一是给钱，二也算是瞧得起你罗家人，还有啥愿意不愿意的。一会儿郑阳娇回来，说罗天福还果然答应了。西门锁倒是希望罗家能绊扯一下，也好给郑阳娇一点教训，没想到老罗是有求必应，连西门锁也暗暗发出了罗家人太老实的感叹。

一连几天，他每天都会给赵玉茹的保姆打个电话，问问赵玉茹的情况。保姆一直都说好着呢。有一天，保姆甚至说，赵玉茹都能自己下厨房做饭了，他也就连着几天再没打电话。有一天，他突然接到了映雪的一条短信，是"谢谢"两个字，虽然只有两个字，但他已读出了背后深藏着的含义，为这两个字，他已等待很多年了，他把这两个字看了半天，屏幕黑了，摁亮，再看，直看到鼻子酸楚，泪眼模糊。他打了一个电话，保姆说赵老师的女儿回来了。他就更加放心了，于是好多天再没联系赵玉茹。

六十七

一个学期竟然这么快就完了，罗甲成拿到成绩单时，有些学生都离校了。尤其是那些外省的，几个礼拜前就开始张罗火车票、飞机票了，从那时起，学校就开始人心惶惶。罗甲成还是各科成绩都名列前茅，班长童薇薇把成绩单发给他时，仍然是一通好表扬，弄得他心里暖洋洋的。孟续子是中游偏上的成绩，沈宁宁顶多算个中游，而朱豆豆简直算是坠在了全班的尾巴上，他直抱怨说老师可能把试卷改错了，或是对他有成见，竟然有一门给了个不及格，还得补考，气得他回宿舍把一个价值四五百块钱的保温杯都摔了。

他那不差钱的老子，开着房车接他来了。那房车停在学生公寓前，像一个长长的黑匣子，是奔驰的标志，撩拨来了许多人围观。翁点点还故意把车门打开又关上地弄了好几次，朱豆豆的老子，也一次次请人上去参观。罗甲成在离车很远的地方，就拐了个大弯，顺墙根溜进宿舍楼了，他不喜欢这一家人，因此，这辆房车，也就自然令他生厌了。朱豆豆的老子还是老一套，非要请同宿舍的同学去吃顿饭，今年甚至还扩大了范围，凡是跟豆豆关系好的都要叫上，并且还请了几位老师，当然，那个没让他及格的先生自然不在他的邀请之列了。罗甲成是由孟续子负责叫的，他死活推说有事，孟续子还说了他一顿，说这样不好，反倒显得自己跟人生分。但说归说，他到底还是没去，跟朱豆豆有矛盾倒是其次，关键是他受不了那种让他处处感到压抑的气氛。晚上听孟续子回来说，一大桌坐了二十人，每人都上的是佛跳墙、河豚羹，喝的是"不差钱"——专门从贵州拉回来的茅台，估计一桌饭不下五万块。罗甲成听得在被窝里都直咂舌头。

沈宁宁也是被一个小车来学校接走的，接他时，罗甲成刚好从饭堂吃饭出来，有好几个同学在送他。车走后，他听见有人还在议论说，"官二代"太牛了，今天光来接沈宁宁的就好几拨，宁宁是躲来躲去，才悄悄让他一个亲戚用宝马接走的。

孟续子晚上很晚也去赶火车了。宿舍就又剩下他一人了。

当拿到成绩单，罗甲成仅仅兴奋、得意了半天，然后那一点点优越感就随着朱豆豆、沈宁宁们的优裕生活形态而丧失殆尽了。全班所有人都没有他的综合成绩高，但似乎所有人都比他活得轻松愉快。朱豆豆都成全班的尾巴了，一门课甚至还不及格，但并不影响人家一掷万金地一次拉拢了二十个人的人脉关系，其中甚至还包括多位老师和辅导员。学习差，不影响人家用奔驰房车，拉着女朋友快乐地回家过年。据说，这个"高富帅"的身后，甚至还出现了"第三者""第四者"和"第五者"的扎堆献媚，一个礼拜前，举止优雅的诗人翁点点，甚至还和一个女同胞大打出手，相互抓破了脸皮。沈宁宁的学习，充其量也就是个中游，但那种背景，连某些老师也是要另眼相看的。尤其是这后半年，几乎每个礼拜，都有各种人，打着各种旗号来看望他，那种谄媚和巴结，罗甲成相信，他们对自己的父母也是做不出来的。就放假这几天，据说都来了十几拨人用豪车接他，他老子不停地打电话，要他低调，任何人的车都不许坐，更不许接受馈赠，说有亲戚会来接他的。他也是真的跟躲瘟神、躲灾难一样，在躲着这些"热粘皮"，可这些人又是守候、又是盯梢的，总是能把他抓个正着。罗甲成越来越感到，学习成绩好像和这一切都没有任何关系。他在全班学习最好，可他不仅被朱豆豆、沈宁宁们瞧不起，甚至连孟续子这个自己给自己定位为"富裕中农"的家伙，也在对他做各种花样文章，表面好像还在拉拢团结着他，其实质就是人家的应声虫。

最让他感到困惑和纠结的，还是童薇薇。这是一个说不清道不明的怪人，他甚至觉得童薇薇有些神经质。一阵对他很好，一阵似乎又很冷淡，据说学哲学的都有这种神经兮兮的毛病，难道童薇薇早早就把这种毛病得下了？那两天他在医院伺候摔伤的父亲，就是跟她上QQ聊天，才惹父亲大动肝火的。那天，是他主动先给薇薇发信息请假，他如实告诉了父亲摔伤的事，薇薇接着就发了个没停，问这问那的，他闪烁其词地跟她聊了半夜，但是，他到底没有告诉家里的具体情况，他不希望别人窥探到自己家里的任何秘密。连着两天，薇薇跟他信息都发得很勤，可当他回到学校后，就又再也没有继续下去了，因此，他越来越觉得童薇薇不可思议了。好在童薇薇始终没有卷入朱豆豆和沈宁宁掀起的任何浪涛中去。沈宁宁从上学期就有了"占领"的梦想，孟续子和朱豆豆为此也没少费力气，可他通过多方研究观察，没有发现沈宁宁有任何可能会得逞的迹象。他甚至从网上下了一个爱情调查表，把他和沈宁宁同时放进去考量，发现自己的得分，远远超过了沈宁宁，这也是他始终能够既自信又锲而不舍地跟进童薇薇的原因。他觉得薇薇比较脱俗，朱豆豆和沈宁宁们，好像从来没有进入过她的法眼，这就是希望所在，当然，他很担心，自己是否能把握得住这个希望。

当宿舍就剩下他一人时，薇薇又成了充满所有空间的核心形象。他在强力克制着自己的相思，但终于忍不住，还是用手机，给她发了一条自我感觉理由很自然也很充分的短信："对不起，打扰了，不知能否推荐几本假期阅读的有关康德的书？罗甲成。"

很快，童薇薇就把短信回过来了："可以呀！你到家里来，让我爸给你推荐。薇。"

罗甲成兴奋得一下弹跳起来，头差点撞上了低矮的楼板。尤其是那个"薇"字，让他感到存意深焉，他急忙又回了一条："你在吗？我马上来。"他本来落款写了个"成"字，又觉得有点那个，就在"成"字前边又加了一个"甲"字。

薇薇很快回了个"好的"。

他就一路小跑着去了薇薇家里。

薇薇家门开着。薇薇头上包了个花头巾，身上穿了件过时的旧风衣，正在打扫书架上的灰尘。罗甲成立即过去，接过鸡毛掸子就要帮忙，薇薇急忙说："千万别动，老爷子可是连谁把他的书挪动一厘米都会察觉的。你说背不，这大扫除的重任，就历史性地落在我的肩上了，还美其名曰是信任呢。"

"哎，背后爱讲人坏话，可不是好习惯噢。"童教授从里边房笑呵呵地走了出来。

罗甲成急忙恭敬地给他打招呼，他也很谦和地让罗甲成坐下了。

童教授："听薇薇说，你也喜欢康德？"

"还不敢说喜欢，只是觉得很神秘，想接触，但很难读懂。"罗甲成说。

"这有个过程，要循序渐进。你先读读这本书吧。"说着，童教授从书柜里拉出了一本邓晓芒的《康德〈纯粹理性批判〉句读》。童教授说："读读这个，慢慢就能入门了，不过，西方哲学，最终还是要靠读原著，你得下功夫学好英语。"

薇薇说："甲成是我们这班学生英语单词记得最多的。"

"不不，我的口语能力和听力都不如薇薇。"

薇薇笑笑说："你还挺谦虚的嘛。"

"不是谦虚，还真得好好向你学哩。"罗甲成也只有在薇薇面前，才能表现出这种谦卑的姿态。

"爸，甲成这次又考了个全班第一噢。"

"很好嘛。学生就需要学习成绩最好。彩电厂要出一流彩电，冰箱厂要出一流冰箱，学校自然是要出一流的学生了，好学生的标志，首先还是学习成绩嘛。"

薇薇的介绍，让他心里很受用，童教授关于好学生首先还是一流的学习成绩的表述，让他对自己的现状，陡增了不少自信心。他本来还想多坐一会儿，谁知有校领导领着一大帮人来找童教授说事，他就急忙起身告辞了。虽然时间很短，但这次与薇薇和童教授的相会，给他留下了太深的印象，回到宿舍都很久了，他还想唱，还想舞，打开电脑音乐，他还就真的唱起来舞起来了，不过那种荒腔走板，那种不协调的舞姿，把自己都惹笑了。

晚上，姐姐甲秀来了个电话，让他明天回家一趟，爹说有事要商量。那地方也配叫家，真是一提就让人生气，但第二天快天黑的时候，他还是磨磨蹭蹭回去了。

爹是叫大家都回来，商量过年的事呢。眼看再有半个多月就要过年了，招弟和婶娘明天就准备回去。可爹的腰一时半会儿不能好，爹就有了个主意，说是想把奶奶接到西京城来过个年，还不知奶奶愿意不。爹说奶奶年龄大了，一辈子还没出过塔云山，无论如何都得接她出来逛一逛。爹安排甲秀回去接，也好顺便把剩下的医疗保险费领回来。甲秀就说明天跟婶娘和招弟一起回去。

罗甲成开始一直闷着没说话，后来到底憋不住还是说出来了，他说他坚决不在这儿过年。娘说，大家都在这里过，你一个人还能到哪里去。甲成就说他回塔云山给奶奶看门去。娘又劝了一阵，咋都不行。天寿媳妇倒是满口帮甲成说着话，说回去过年，有他家招呼哩，啥都不用操心。罗天福想了想，觉得甲成这种状况，在这儿年也过不好，搞不好跟东家再闹腾点什么事，还反倒麻烦，也就同意了他的要求。

这样，他在学校又晃荡了几天，本来想找机会再跟薇薇见见面，后来听说薇薇又跟童教授去了贵州，他就独自一人回塔云山了。

六十八

甲秀回去接奶奶，奶奶开始咋都不去，说家里喂的猪、喂的鸡，还有狗，最近还自己跑来了两只野兔，咋都不走了，她也喂着。上个月，还飞来一只脚上受伤的山鸡，她也养着，这一走，几十张嘴就没人照看了。还说最近偷树贼也多得很，好几家坡上的大树，半夜都让人偷着挖走了，她不放心那两棵老紫薇，还有房前屋后的十几棵油桐、银杏、黄花梨、皂角树，那都是贼惦记的对象，她怕一走，贼晓得了，树会遭殃。天寿和媳妇也来帮甲秀说话，都希望老人家出山去看看，再不看，害怕就走不动了。天寿媳妇说，西京城真的嫽得太，大得你都想不来有多大，人多得你都想不来有那么多，只要有钱，要啥就有啥，反正是好玩得很，也好看得很，去了你就知道了。任你咋煽呼，奶奶就是不上道，急得甲秀也毫无办法。她本来想说爹腰摔坏的事，可爹走时，一再交代，千万不敢说，害怕奶知道了干着急，一旦不来，连年都过不安生，甲秀也就没敢提说这事，可奶又咋都请不走，最后，她只好求助于爹了。由于塔云山顶的几间老庙今年开发成旅游景点了，山上安了手机信号接收塔，附近的村落，很多都能打手机了。不过那几间老庙离他们居住的这条沟远些，信号时有时无，他们也只能在一个无遮无挡的山梁上打。这个梁形状像扁担，所以就叫扁担梁。甲秀硬是把奶奶叫到扁担梁上，跟爹通了一回话。也不知爹在电话里说了些啥，奶奶就答应去了。奶奶说："你爹把腰又扳断了，我不能不去呀！你看你们，这大的事都能瞒着我。"甲秀看奶奶急成这样，就急忙安慰说："不要紧的，已接好了，爹都能下地做饭了。"任你咋说，奶奶还是急得吃不下饭了。

甲秀领完剩下的医保费，接奶奶走的那天，甲成也回来了。奶奶还专门把天寿媳妇和甲成叫到一起，安排猪咋喂，鸡咋喂，兔咋喂，山鸡咋喂，交代得细致的，听得甲成直咂舌头，甲成开玩笑说："奶你放心，保证喂不死。"奶奶说："快掌嘴，你敢给我喂死了，看我回来不割了你的舌头。"奶奶被甲秀接下山了，一村的人都站在自家门前看她，送她，她就嫌招摇了，怕让贼惦记。奶奶走山路，不比甲秀慢，可坐车却晕得不行，直喊叫"我要吐"。甲秀把奶奶接到县城后，就倒乘火车进西京城了。

当甲秀七弯八拐地把奶奶从火车站接到文庙村他们居住的大杂院时，奶奶已经被折腾得晕头转向，甚至有些神志不清了。她直喊叫：赶紧把猪喂一下，母猪还奶猪崽着呢。一家人全笑了。过了好久，奶奶才清醒过来，一看儿子这样躺在床上，就眼泪汪汪地，说天福命咋这苦的，叫天福，就是为了老天保佑，让他多享些清福，没想到还受了这么多罪，仅她知道的，腰就断了两次，你说这命有多薄，有多苦哇。罗天福当下就挂着拐，下到地上，还故意多走了几步，让她看，意思是说都快好了，接她来，就是想让她见见城里的世面，享享城里人的福分。奶奶就说，又上当了，早知这事，她就不来了，也免得一路受这号洋罪，她说城里有啥好的，动不动就用车把人拉得乱跑，肠肚都快吐出来了，活得泼烦的，她真的很是同情可怜起城里人来了，惹得淑惠和甲秀光笑。

甲秀的任务就是带着奶奶去转，去玩。奶奶只要听说坐车就头痛，就坚决不去，她宁愿走路。后来，甲秀就用爹的三轮车，把奶奶拉着到处看，这种车，奶奶倒是挺受用的，就是心疼孙女，怕她累着了。

甲秀白天拉着奶奶到处转，晚上就又给金锁做家教。开始金锁倒还收敛，过几天，就又总是要给甲秀献殷勤。他见甲秀白天用三轮车拉着奶奶去转，就也跟上，要给奶奶拍照、摄像，甲秀也没法阻止住。奶奶倒是很喜欢这个嘴甜又很热情的孩子，两人在车上还打得火热。第二天甲秀为了避金锁，故意起了个老早，奶奶还非要叫把那个娃等一下，没了金锁，她还玩得没兴致了。甲秀也只好每天都把金锁叫上。郑阳娇巴不得金锁每天能跟着甲秀跑，在她看来，金锁只有跟着甲秀，还能有个正形，一旦离开甲秀，就活得鬼不唧唧的，连影子都抓不住了。

甲秀连着让奶奶上了古城墙，看了大雁塔，去了书院门，逛了城隍庙，还去了大唐芙蓉园。金锁拍的照片，一洗就是几十张，看得奶奶高兴的，连嘴都合不拢。金锁确实有些怪招，抓拍奶奶的一些生活细节，让罗天福和淑惠看了，都忍俊不禁。奶奶就说："我哪嘛就丑成这样了啊！"甲秀说："这是艺术，奶。"奶奶说："哪嘛艺术就是把人弄成丑八怪呀！"这间小房里，还从来没有充满过这多欢乐，自奶奶来后，这间房的破门，好像都是咧嘴笑成这样的。

文庙村的农民工，又一次基本走空了，零星剩了一些，多数还是那些要不到工钱的。政府再强调，一到那几天，一些老板就跑了，谁也没治。一些气得没办法的农民工，晚上就喝闷酒，腊月二十七晚上，竟然有一个回不去的农民工，被老婆在电话里骂得受不了，喝了点酒后，就上吊了。幸好一起打工的伙计们发现早，要不然就出人命了。

罗天福的饼摊子是腊月二十八停的，二十九还有要饼的，罗天福就在家里打了几十个放着，有人要了卖，没人要了，自己吃也坏不了。淑惠忙着还像在家里过年一样，把房里所有能拆能洗的，都里里外外拆开洗了一遍，连褥子也没放过，晚上被单、被罩都没干，一家人盖的垫的都是棉花套子。奶奶更是个闲不住的人，把屋里的碗筷、喝水缸子，全部拿锅底灰擦了一遍，干净光溜得都能照见人影影。奶奶边擦洗边说，家里一河滩碗筷都没顾上擦洗，这年算是白过了。甲秀忙着在外面采买，一会儿跑一趟，一会儿跑一趟，案板上都快摆满了。罗天福一再交代她说，奶奶来过年了，把啥都弄得宽展些，让奶也过个好年。罗天福自己也没闲下，胳膊下架着拐，又是忙着炸红薯丸子、炸面叶的，又是收拾猪蹄、猪头的，屋里也就透出了浓浓的年气儿。

年三十终于到了，西京城的除夕，对于罗家人来说，都是第一次在这过，确实还有些准备不足。

年三十早上，奶奶一早就起来问，挂灯笼、贴对联不？罗天福想了想，还是让甲秀去买了一对小灯笼，还买了一副春联，奶奶看了，就说不如天福画的灯笼好看，对联也没天福写得厚实有劲。淑惠笑着说："在妈眼里，就自家儿子能行，中国不出，外国不产的。"把甲秀惹得好笑。奶奶看这边灯笼春联都办齐了，就急着想知道家里灯笼挂了没有，对联写了没有，给树贴对联了没有，给鸡笼贴了没有，给猪圈贴了没有，给狗窝贴了没有，还有兔笼，好歹都是命哩，都得看金贵些才行。甲秀就开玩笑说："咋给狗窝还要贴？"奶奶说："咱家大黄灵醒得很着呢，一年全凭它给看门着的，过年了，人都不在，吃不上啥好东西，再看见猪呀鸡呀的，都有大红喜联，自家窝里没有，还不给你闹罢工啊！"说得一家人都笑了。爹就让甲秀给甲成打电话，让把奶的命令都传达过去。电话没有信号，甲秀就给甲成发了信息。中午的时候，信息回来了，甲成说，灯笼挂了，对联也贴了，猪、鸡、狗、兔、树都有，让奶奶放心，后面还赘了一句调皮话说："就是奶奶的门让贼背跑了。"甲秀把这句话一说出来，一家人哄堂大笑起来。从这句话里能看出，甲成的情绪也不错，一家人就都放心了。

都快下午的时候了，东家屋里突然大吵大闹起来，罗天福本来想让甲秀去劝一下架，结果郑阳娇把电视机从屋里扔出来了。嘭的一声，跟爆炸物被点燃了一样，接着，郑阳娇就抱着狗，骂骂咧咧地喊着金锁一道，开车回娘家过年去了。奶奶吓得不知出了什么事，淑惠说两口子吵架呢。奶奶就嘟哝说，吵得太不是时候了，过年么，啥事不能忍一下。

奶奶、淑惠、甲秀、罗天福四个人齐上手，竟然在几乎打不过转身的小房里，弄出了十六个菜，还不算四个蒸碗。罗天福就征求奶奶意见说，能不能把看树的老汉和东家请一下，他们都是一个人在。奶奶说好着呢，过年么，人多热闹。罗天福就让甲秀先去请东方雨老人。奶奶就问，这么大年纪的老汉，咋也没个家，整天就守着一棵树？罗天福说，儿女都在国外呢，接他去，他咋都不愿意。罗天福开始还生怕把老人家请不来，没想到，一请就来了，并且还带了两瓶红西凤、两瓶干红来。罗天福又让甲秀去请西门锁叔，西门锁也来了，还提了一捆啤酒、一箱饮料。罗天福就觉得都给足了他面子，说话也有些激动，最后甚至连拐都扔了。他知道楼上还有两个四川的农民工没回去，也一起叫了来，凳子不够，西门锁还专门回去取了一回。人也坐不下，淑惠和甲秀都是把半个屁股悬在空中挤着坐的。外面鞭炮放得简直跟打仗一样，就是关了门窗，屋里说话都听不见。后来消停一些了，罗天福就打开电视，拍了半天，把图像弄了出来，他们就一边团年，一边看春晚，乐呵呵的，连东方雨老人都觉得这是他这几年过得最好的除夕夜。

坐完席，客人们都走了，淑惠和甲秀把碗筷又收拾了半天。淑惠最得意的是，晚上满桌子满碗的都吃完了，东方雨老人直夸奖说饭菜做得可口极了，还说就这水平开个饭馆，就上这些家常菜，保准比卖千层饼还火。西门锁虽然没话，可一个劲儿地闷住头吃，闷住头喝。淑惠看在心里，对自己的手艺也就有了点底。连两个四川人也直夸大嫂说，茶饭比四川妹子的好。每个盘子都吃得见了底，这可是对主人的最大褒奖了。罗天福腰疼得都挨不得床板了，心里还是暖融融的。尤其是东方雨老人给他一家人敬酒时说的那番话，让他觉得可受用了，老人端着酒杯说："老罗哇，你们这一家人可是了不起呀，我一直在研究你们，大概你们不知道，你们就是这个社会的脊梁啊！脊梁，知道不？"老罗急忙说："我们能是啥子脊梁不脊梁的，仅是挣几个下苦钱，想把娃供出来而已。"东方雨说："依我看，在今天，能持守正道，以诚实劳动安身立命的人，就是真正的脊梁。何况你还给国家培养了两个大学生的，来，我敬你们！"连西门锁也十分郑重地给罗天福敬了酒，并且说了这样一句话："老罗，我是真的佩服你这个乡下人，真的，真心敬你！"罗天福当时心里真的有一种开了花的感觉。奶奶晚上也被人敬了很多酒，说了很多让她感到脸上有光的话，头虽然有点晕乎，可还是在帮着抹桌子抹板凳。淑惠让她歇着，她哪里闲得下，嘴里不停地念叨着，说家里天寿家的团年饭也该吃完了，这阵儿娃娃们也该是挑着灯笼满山胡浪胡窜的时候了。罗天福就让甲秀给甲成打电话,可那边不在服务区。

零点的时候,电视里的主持人正在煽情,外面鞭炮声就又响起来了,甲成也从塔云山打来了电话。他说他跟天寿叔一家人,这阵儿都在扁担梁上,等着给大家拜年呢。甲秀先把手机交给了奶奶,可甲成说啥她都听不见,最后她只喊叫,让把猪圈、鸡笼、兔笼都关严,还让晚上睡觉警醒些,把拴在两棵紫薇树上的铃铛多拉几次,最后还叮咛了一句,说记得这几天多给狗喂点好吃的,可别亏待了大黄,那也是咱家的宝贝。还要几个孙子们放炮要注意,不敢把哪儿引着了。奶奶跟甲成、天寿、天寿媳妇和其他几个孙子通完话后,罗天福和淑惠也齐齐跟他们都说了一遍,最后,甲秀也给大家拜了年。外面的鞭炮声实在响得什么也都听不见了。

这天晚上,一家人点着灯,炉子里烧着火,都偎在床上,拉着总说不完的家常。最后,连是什么时候睡着的都不知道。

六十九

西门锁除夕夜从老罗家出来,又到街上胡乱走了走,看着满街人太多,自己的心里却是冷冰冰的孤寂。他鼓起勇气给赵玉茹家拨了个电话,一直没人接,他想着可能是都回娘家过年去了。他又给温莎拨了个电话,温莎说真神了,她说她还正准备给他发信息,祝新年快乐呢。温莎也回了老家,说她奶奶身体不好,十三年了,这是她第一次回老家陪奶奶过年。她说老家真好,回到这里,也不知啥叫紧张,啥叫竞争,啥叫过气,啥叫人老珠黄,身上揣了一万块钱,简直就跟富婆一样。她说她真不想再回西京城了。一想着要再回到那里讨生活,她的两条腿都在打战,她说她早先真不该出去,十六岁就出道了,回想起来真是可怕。她说她要跟她奶奶一样,在山里过一辈子,也未必不是幸福生活。她还说,十八九、二十几岁的时候,太把钱不当钱了,要是能把那些钱都给奶奶这样的乡下人,她们老几辈子都花不完。现在说啥也晚了,她说她完全活在一种前不着村、后不着店的惶恐生活中。她也怀疑她还能不能回到过去，她还能不能安守在这个拥有一万块钱就简直是大富婆的边远村落了。电话信号很弱，声音时断时续，西门锁几次都不想再继续了，可温莎还没有结束通话的意思。她说她是在老家房顶上给他打电话的，这附近只有房顶才有点信号。她说山里风大得很，她是裹着一床被子，站在房顶上的。手机一旦没了信号，她就感到她和这个世界没有任何关系了，就是死了，也就跟一只山雀、一只蚂蚁死了一样，她感到很害怕，她只能活在房顶上，在房顶上，看见手机有信号，她才觉得她是活着……温莎整整跟他通了一个半小时的话，打得手机发烫，耳朵出汗，拿手机的手被冻得捏不住手机，整个电池消耗殆尽，自动关机时，这场通话才算自然结束了。就在电量马上要耗完时，温莎还在哀求他，换了电池，一定要尽快拨过来，她还在楼顶等着呢。他急忙说，不方便，方便时，他会打过来的，让她不要等，手机在这时恰好自动关机了。

不知不觉中，他已走到了一个寺院门口，里面拥满了人，说是搞新年祈福的。福要是能祈来就好了，要能祈来，他宁愿拿一半钱去祈福，一半钱来生活。前几年跟郑阳娇越闹越凶时，他也去好多别人说十分灵验的地方祈过平安符，钱没少花，可郑阳娇也并没有因此变得比过去温柔、宽厚多少，相反，这几年是越来越刻薄、凶狠了。他绕着寺院又走回去，院子里，只有罗家还灯火通明着，里面几个人有说有笑的，好像幸福这勺油，都让他们从锅里撒走了，喜气充溢得门窗都关不住。

西门锁回到冷清清的房里，打开空调，工作了半天，咋还越发冻得人上下牙直打磕磕，拿起遥控板一看才发现，是把制式弄错了，摁到制冷上，把本来就冰冷的房子干脆整成冰窖了。他也把床上的被子弄出来裹着身子，朝沙发上一卧，才想起来，电视早就让郑阳娇扔出去，连壳子都摔炸了。

他瑟瑟发抖着，在回想今天下午发生的那场事。其实啥都不为，就为过年在哪儿吃饭这点事。西门锁也同意除夕夜都回她娘家吃，但坚持吃完饭他就回来，这么大一摊子，总得有人经管。郑阳娇的意思是初五以前，都在娘家蹭。姊妹几个都回去蹭，她为啥不蹭，不蹭白不蹭。郑阳娇不单是为省几个钱的事，关键是怕做饭，嫌油烟味弄得天天都得洗头，泼烦得很。再加上她嫁了个富人，回去也有地位有面子，做啥事大家都让着敬着她，连爸妈也都是看她眼色行事的。那种滋味特别好受，就老想回去找那种感觉。在文庙村，现在连牌都没人跟她打,回娘家,想叫谁陪,都是给谁面子了。可西门锁实在不喜欢她家的那种氛围,迟早都是乱哄哄的,"离城一丈,都是乡棒",这话形容郑阳娇他们村子的人,简直是再精准不过的说道了,他们啥都想学城里的样子,可啥都学得皮焦里生的,精明有余,宽厚不足,咋看咋不舒服,还不如老罗他们这些真正的乡下人真实、质朴、可爱。西门锁好长时间都不想进那个村子,何况要连着去吃六天饭,他咋都不同意。郑阳娇就指桑骂槐地说他不知又想去见哪个烂货。三说四说的,两人就说崩了,一说崩,郑阳娇就骂,郑阳娇一骂,西门锁就想动手掌嘴,嘴还没掌呢,郑阳娇就把他正看着的电视机抱出去扔了。再然后,郑阳娇就领着金锁开着宝马回娘家去了。金锁也喜欢到那边找感觉,一回去就跟脱缰的野马一样,被一村的野孩子,猴猴得日夜不落屋也没人敢说,谁一说,姥姥、姥爷就护着,所以金锁总是郑阳娇回娘家的急先锋和护卫。

  房里的温度始终升不起来,西门锁卧在沙发上一直在发抖。他突然感到自己是那么孤独,想了一圈朋友,人家都有家,都在团圆,这时候打电话,明显是不合适的。想来想去,就只有个伍疤子是独丁,看看这家伙是怎么过年的,他就拨通了伍疤子的电话。伍疤子一接电话,还激动得不行,连住声地喊了几声:"哥,哥,哥,还就我哥还想着我。我能做啥,东大街胡窜哩么。你在哪,哥?见一下吧哥,想你了么哥,我早都想给你拨电话了,想着今天是年三十,都跟家里人圈着的,不好打扰么哥。你在哪里哥,你说个地方,兄弟十分钟赶不到,你拿尿戳我脸行不,哥。"西门锁被惹笑了。他还是说有事呢,不想见伍疤子。可伍疤子反倒把他给缠上了:"哥,我听你在哪儿躺着的,是不是在歌厅,不像,歌厅吵得跟屁一样,没有这安静。是在洗浴城,也不像,没水声么。哥你到底在哪嘛?跟兄弟见一下嘛,扎尿势呢嘛哥,兄弟就你这一个念想,你再把兄弟忘了,兄弟还活尿呢嘛哥。哥,哥,哥,你支应一声嘛,哥——!"伍疤子在电话里美美长喊了一声。西门锁说:"好吧,你说在哪见?""我还要求尿呢嘛,不就是看哥在哪儿召见我哩嘛,我还能给哥提要求,还犯上作乱呀!实在不行了,还去那个洗浴中心,哥看咋个向?最终还是由哥定秤噢,兄弟就是个服从么,哥你定,我立马就到。""好吧。""哥哥哥,我就想亲你一下,啵!"

西门锁也确实想找个地方热热乎乎泡个澡，两只脚和一双手都冻得快失去知觉了。他爬起来打了个出租，等他赶到时，伍疤子已经在洗浴中心门口东张西望地等他了。他一下车，伍疤子就扑上来，一下把他抱起来，那种轻狂，让他又想起了十几岁时他们在一起的无忧无虑和洒脱放浪。他本来是觉得伍疤子说话有趣，两人泡个澡，说说闲话，放松放松，谁知伍疤子这货，一进这里面，就跟饿虎下山了一样，眼睛盯着各种"食物"，话也没有了，人也痴呆了，口水淋荡的，只是眼睛放着绿光，前后就知道说让兄弟先"吃"了再说，"吃"了再说，"吃"饱了有劲儿了再说。气得西门锁也就只好让他先"吃"去了。西门锁在池子泡了一下，又蒸了个桑拿，才感到身子骨里的温度被唤醒了。他叫了个小姐，一边按摩，一边拉起了家常。这时，温莎的信息来了："说话方便吗？"他回了三个字："不方便。"只要一黏扯上，就没个完。过了一会儿，他又觉得自己不够意思，温莎披着被子，忍着风寒，一直在一个乡村的房顶上等着跟自己多拉几句话，自己这会儿身在闹市风月场，卧在温柔富贵乡，连接个电话都嫌烦，真是有点不近人情了。他把电话又打了过去。他感到温莎都激动得想哭了。他听见温莎的鼻子已经阻塞得实实的了，感冒症状很严重。他就说，赶快回房去。她说回房干吗，跟奶奶她们一样，打个雀儿牌，为五角钱的锅底，吵个脸红脖子粗？她说她都快烦死了。西门锁说，你刚才不是说都不想来城里了吗？温莎说，是呀，城里我也不想去，乡里我也不想待，我就想让一阵风把我刮到天上去算了。西门锁感到温莎今天净说了些没头没脑的话，再说一夜都扯拉不完，就劝她，还是赶快回房歇着去，温莎说她不困，就想跟他说话。无奈，他只好扯了个马虎，说郑阳娇回来了，就急忙把电话挂断了。那个按摩小姐就问，郑阳娇是谁呀？西门锁随口说了一句："母老虎！"按摩小姐就笑了。

就在西门锁挂断温莎电话的时候，他看见了一条短信，是映雪的，他眼前一亮，急忙翻开一看，只有十个字："祝您新年快乐，身体健康！"这真是他新年最大的礼物，大得几乎看不到边沿，他久久看着这十个字，甚至忘了正给他按摩的小姐，就轻轻地放在嘴唇上，长长地亲吻着。他的眼睛一直紧紧闭着，但热泪还是从缝隙中溢了出来。按摩小姐轻轻给他手上递了张纸巾，他静静地擦干后，就给映雪回了几句话："谢谢！我也祝你和你妈，还有你姥爷、姥姥新年快乐，祝你们身体健康，万事如意，心想事成，永远幸福！"他把能想到的祝福话，都写上了。他把信息发了过去。他感到了一种从未有过的幸福和愉快。按摩小姐问他："谁呀，让大哥这么上心？""女儿。"小姐不相信地："女儿？给女儿发信息干吗这样啊？"西门锁说："你不懂。"西门锁又问："你今天给你爸妈打电话了吗？""打啦。""打了就好。"小姐有些不明白地："大哥，我咋觉得你怪怪的。""咋怪了？""反正怪怪的。""问给你爸妈打电话没，怪了？""不是说这个。""那你说啥？我给你说，你们要学会懂事呢，爸妈再不好，心里都牵挂着你们呢，不懂事，爸妈会伤心死的。""我对我爸妈好着呢呀，大哥你说你怪不怪？""好着呢就好，好着呢就好。"这时，伍疤子从包房出来了，伍疤子上前一把掐起小姐的后腰，忽地一下，就把小姐摔在了西门锁的身上，说："尽说屁呢，把时间都耽误在嘴上了，咥点实活嘛，哈哈哈。"小姐伏在西门锁身上正看他反应呢，西门锁把娃就轻轻掀下去了，骂伍疤子说："看你个货。"伍疤子说："看哥还细法的，准备蒸熟了吃呀，兄弟早都生吞活剥了，哈哈哈。"

　　西门锁给小姐付了小费，就让小姐走了。伍疤子还一个劲儿地埋怨说："都做啥来了。咱西门大哥呢么，咋现在也给斯文了，斯文屎呢，你不吃别人照吃。""你就知道个吃吃吃。""哥你还图钱哩，图房哩，图老婆图娃哩，兄弟图屁哩么？兄弟现在就是这样，抓住了美美咥一顿，抓不住去屁。活一天算一天。"伍疤子说着，也扑通躺到了另一个按摩床上："狗日这就算天堂么，你说天堂能是个啥样子？"西门锁说："哎，你也五十岁的人了，都没想着换个活法？""你说屁话哩，你以为我不想跟你一样人五人六的，本钱哩嘛？你有个好爹，咱爹能弄屁，连自己嘴都顾不住就走了。你说我咋活？""老干那营生总不是个长法么。年龄小些还可以，莫非还要真熬成老贼呀。""哥，不是我批评你，兄弟就看不上你这一点，贼咋？也是个职业么，社会分工不同么，有的赚钱就很容易，我看报纸上说，有人一年合理合法拿几千万工资，那就真的合理合法了？屁，那是个屁理，那是个屁法。还有人是别人愣朝门上送哩，占山为王，几辈子睡着都吃不完。兄弟无非是得靠自己亲自往出掏而已，谁还比谁高尚，谁还比谁低贱了？""你个挨屁的货，还说得一套一套的。""哥你说是不是？你猜兄弟最恨啥？""恨啥？""恨街道上那些闲得没事的老头老太太，小偷小摸这些事，连公安局、派出所都管不过来了，他们还盯得死紧，都有病呢哥。"西门锁说："再弄下钱了，做个小买卖啥的，总比这样提心吊胆地活着强么。""哥，你能说这话，就说明你对咱这一行还外着呢，兄弟要能弄下做买卖的本钱，还稀罕你给掏打炮钱？兄弟活人也是有原则的，你懂不？大单生意绝对不干，它派出所抓住也就是个小偷小摸，还能把兄弟杀了剐了？不过兄弟一生也总是要干一回大事的，人都有个梦想么，兄弟也有，那要看时候哩。兄弟是想换个活法，这行业也越来越不景气了，太累了，压力太大了，幸福指数太低了，皮绳都快绷断了……"说着，伍疤子就迷迷糊糊睡过去了。西门锁还指望跟他谝，听他那脏话连篇的快言快语，化解寂寞呢，"睡死呢睡，再谝会儿"。伍疤子已是磨牙放屁，鼾声大作了。气得西门锁骂了一声："猪！"也拧身睡了。

大概是初一早上五点，西门锁突然被一阵手机铃声惊醒，一看，已经打了好几个电话了，是金锁的，也有郑阳娇的，一连这么多未接电话，怕是有急事，他就迷迷糊糊地接了。电话里是金锁的声音："爸……死了……"那边鞭炮声太大，西门锁没听清是什么死了，吓得一骨碌爬起来，急忙问道："谁死了？你大声些。"那边的声音还是被鞭炮淹没着，鞭炮声中似乎有女人的哭声，仔细一听，好像是郑阳娇的。是她爸死了？不可能呀，老汉还结实得很么，上个礼拜不是还跟村里人打架，一拳头把一个小伙子的牛蛋打得动手术了吗？西门锁听那边鞭炮声小些了，就又问金锁："谁死了？"金锁说："虎妞死了，谁死了，你快来，妈都不想活了。"原来是狗死了。西门锁还想倒下去再睡一会儿，可一想，这狗死了，对郑阳娇来说，可真是一场过不去的生离死别，还真得当回事呢。他喊叫伍疤子，伍疤子只是哼哼，咋都不动弹。他就喊服务生结了账，然后直奔郑阳娇娘家村子去了。

西门锁赶到郑阳娇娘家时，屋里已乱成一河滩了。郑阳娇抱着狗，已哭得死去活来。郑阳娇一边哭，还一边骂，所有亲戚，包括她的父母，都跟犯了错误似的，乖乖低着头，任凭她指责谩骂。原来昨晚虎妞过于疯张，一群孩子这个喂了那个喂，让它蹿桌子，它就蹿桌子，让它跳板凳，它就跳板凳，让它打滚，它就打滚，让它直立，它就直立，直玩到后半夜，才在一个沙发底安静地卧了下来。郑阳娇一直和几个妹子妹夫打麻将，等有人说狗好像在吐白沫时，郑阳娇一看，狗已经不行了，她就急忙开车去宠物医院抢救，谁知年三十，哪里都没人上班，最后勉强找到一个熟人，弄进去抢救时，心脏已经停止跳动了。医生说狗可能是两种原因死亡的，一是可能吃了太多的巧克力，巧克力对于狗来讲，几乎等同于砒霜。二是暴食暴饮后，进行了太强烈的运动，导致心衰死亡。郑阳娇气得当下就破口大骂起来，等把狗抱回去，她干脆如丧考妣地卧在大厅连哭带骂起来。屋里每个人都是罪魁祸首，因为，几乎所有人都殷勤地给狗喂过东西，为了讨好郑阳娇，连她爸妈都不同程度地引诱、蛊惑和煽动过狗表演。因此，当郑阳娇骂时，所有人都跟霜打了的茄子一样，耷拉着蔫脸，连大气都不敢吭一声。郑阳娇喊叫："虎妞都死了，还挂的什么灯笼啊！"她爸立马就让二女婿上去把灯笼摘了。

西门锁一到，看已弄成这般阵势，就想赶紧拉着郑阳娇回去，可郑阳娇已经哭得稀瘫，咋都拉不起来。后来是两个妹夫帮忙，才算把郑阳娇弄到车上。她的两个妹子一边一个把她扶靠着，摩挲着，她怀里抱着死狗。金锁坐在前边，西门锁开车，总算把郑阳娇弄回文庙村了。下车那阵，幸好到处都在放鞭炮，哭声才没惊动四邻。西门锁把她的两个妹子打发走后，又把死狗从郑阳娇怀里刨出来，想让郑阳娇安宁睡一会儿，谁知郑阳娇咋都要抱着狗睡，西门锁也就只好任由她去。郑阳娇吩咐西门锁说："你得赶紧给虎妞弄块墓地呀，我得让它在家跟我再待三天，它终究是要走的，我舍不得呀，妞哇，你这一走，都让我咋活哇……"

早上还不到九点，西门锁就被郑阳娇催着，开车去长安区给狗买墓地了。真是扫兴极了，西门锁还不得不去，要是不去买，还不知要闹出啥事来呢。他是从一个朋友那里打听到地方的，说那里有人埋过狗，去一谈价钱，把人吓一跳，一块墓地一万，也就三尺宽、四尺长的一个乱石窖。用水泥砖石箍一个墓，还得三千。人家还说，这大过年的，虽说是死狗，反正也是跟死沾了边了，毕竟晦气，让谁来箍墓，恐怕都得给人家外搭一床大红被面子，避个邪气吧，四个箍墓人，四床被面子，还得五百块。西门锁就打电话征求郑阳娇意见，问弄不弄，郑阳娇又是一把鼻涕一把泪地："咋不弄呀，它给咱家看了八年门，给咱家找了八年乐子，死了还不值一万三千五呀？妞哇，你活得好冤枉啊！""好好好，弄弄弄。"西门锁把电话一挂，就把现钱交了，人家答应今天开始箍墓，初三埋狗。

西门锁回去，又按郑阳娇的要求，给狗买了老衣，包括鞋袜、帽子，置了被子，还买了个油漆匣子。狗入殓后，郑阳娇又是一阵好哭，才于正月初三一早，一家三口，把虎妞永远安葬在了终南山一个依山傍水的山坡上。

这个年，真他娘的过得邪了门儿了，西门锁想。

七十

罗甲成回到塔云山后，吃饭说是在大姑和天寿叔家里，其实这家叫，那家请的，算起来在大姑和天寿叔家也就吃了几顿。塔云山的年还是过得那样传统，喜气，热闹。晚上，他到扁担梁上一看，一条沟的灯笼，把两面山坡照得红彤彤的，连沟里的溪水，都是红艳艳的喜庆。他向远处金顶看了看，连金顶上今年也挂上了红灯笼。孩子们一溜一串地提着灯笼，从这家院子，窜到那家院子，一路走着，还不停地放着地老鼠、冲天炮。也有一些大人，间歇放着土制的传统礼炮三眼枪，嗵哧一下，嗵哧一下，嗵哧一下的，把一条沟的山雀都惊得在树林里呱呱呱地乱飞乱叫。罗甲成身上裹着爹前些年穿的黄大衣，卧在一蓬干草上，有点好笑地打量着这个"不知有汉，无论魏晋"的世外桃源，心里是一种说不出来的怪滋味。去年回来过年，他还觉得是那样亲切，那样纯净，那样美好，甚至都有一种再也不想离开的感觉，可今年就全然不一样了，他突然觉得这儿是这样的单调、乏味、没有存在感。他有些想哭。去年过年，当一沟的老少夸奖他罗甲成又给塔云山放了高考卫星时，他的确是有一种荣耀和自豪感，甚至像加油器一样，迅速增添了他的能量。可今年，当一沟人如法炮制昨天的赞美时，他已是心如止水，激动不再了。

罗甲成已找不到跟塔云山任何人交流的话题了，坐在谁家的炕头上，说起他来，无非都是前途无量这些话，有的甚至羡慕不已地说：咱甲成恐怕将来当个乡长都挡不住哇！说起他们自己来，无非就是老大今年把婚也结了，或者二女子今年也出嫁了，她姑家今年又喜添人口了。他去同学大奶家吃饭，看见大奶的媳妇又怀上第三胎了。他就说，计划生育政策不是不允许吗？大奶说：

"尿的，要了交几个罚款就是了，娃多还是好，你将来学成了，当官做老爷啊，有人伺候哩，咱靠谁？还得靠娃哩。有几个牛牛娃我还看他谁的脸哪！"大奶今年也才二十三岁，把他爹的旱烟袋都用上了。甲成说："你咋也抽上这个了？"大奶说："劲儿大，抽着管用，不信你试试。咱出门做活，抽这个，看着也老成些。"大奶说着用胳肢窝把烟嘴一擦，就递给了甲成，甲成觉得烟嘴脏，并且臭烘烘的，但还是吸了几口，呛得一阵咳嗽，连白眼仁都翻出来了。

跟谁说话都没意思，他就老卧在扁担梁上，看手机微博，玩QQ，其实他最根本的心思还是在童薇薇那儿。薇薇是腊月二十九去的贵州，她一到，就在微博上发了一条信息，说她已走进贵州的山区，这里高树矮天，空气新鲜，风景旖旎，人情温暖。然后就再也没有信息了。他曾试着拨过电话，那边总说不在服务区。除夕夜，零点的时候，薇薇发了一条短信，祝你节日快乐！他也知道这可能是给同学群发的，可他还是立即回了过去，并且还问她贵州那边过年热闹不，特别想跟她拉拉话，谁知等到半夜两点还没回信息。他把电话打过去，那边还是说不在服务区，急得他三十晚上整夜都恨不得住到扁担梁上，最后是天寿叔来，才硬把他叫了回去。初一中午的时候，他才收到薇薇回的短信，说她那边只有一棵大树上有信号，村里回来的人，都把手机放在树上的一个篮子里，小伙子们打电话，都得上树。她也就只能定期发发信息了。初二那天，她说她现在也敢搭着梯子上树了，把罗甲成逗笑了，等他再把自己觉得编得特别有趣的短信回过去时，那边又没动静了。他就只好把一天的大部分时间，都守候在扁担梁上，等薇薇上树了。

扁担梁已成了塔云山外出人回来的集散地，白天要打电话的，全都集中到这儿了。有的干脆支起牌摊子，一边打牌、晒太阳，一边发信息、等电话，贫瘠瘦弱的扁担梁，突然成了塔云山最红火热闹的地方。连孩子们，也都全部集中到这儿来做游戏了。一地金黄色丝茅草的扁担梁，还真成了一头挑着塔云山，一头挑着外面世界的金扁担了。

罗甲成翻翻微博，读读康德，晒晒太阳，看看蓝天，有时突然幻想着，要是薇薇也能卧在这金色的丝茅草地上，跟他谈谈风月，聊聊康德就好了。可惜，他感到要让薇薇小鸟依人般地依偎在他身边，似乎还有很长一段路要走。他从微博上知道，朱豆豆、翁点点和他们的家人，今年春节都在澳大利亚过，朱豆豆上传了很多照片，那里正是夏天，他们都穿着短衣短裤，翁点点几乎穿的是三点式，游泳时，朱豆豆完全把这个尤物是揽在怀中的，也就不由得罗甲成要多想点什么。翁点点自然又少不了要写诗，诗是赞美澳洲企鹅团队精神的，说一群群企鹅，一次次有组织地出发，有组织地归来，一旦发现有没有回来的兄弟姐妹，就会派员，一次次下海寻找，直到最后一个队友归来。跟帖的不少，都在埋怨，说人现在自私得还不如企鹅了。朱豆豆也跟了个帖说：我老婆的诗不错吧！孟续子跟帖说：嫂夫人的大作那是相当的不错。罗甲成就觉得孟续子这人有点恶心。沈宁宁一家是在三亚过的，沈宁宁还算低调，没敢过多传照片上来，只说三亚人太多，下海游泳像煮饺子，上岸游览像逛庙会。

罗甲成躺在丝茅草上，太阳把身子晒得直冒汗，他看有人躲到了树荫下，便也找了一棵树，靠在树干上，继续读康德。这书实在是太难读了，要不是为了跟薇薇套近乎，他今生都不想碰这么晦涩的东西。突然，姐姐打电话来了，说奶奶中午做了个梦，起来硬说她的兔子饿跑了。甲成说咋可能呢，姐姐说，你就多照看着点吧，奶奶细心。甲成就没在意这事，谁知晚上回去一看，兔子还果然跑了，连绑笼门的草绳都咬断了。罗甲成就觉得奶奶有点神奇。但他也没有把这事告诉姐姐。哪知第二天早上他刚到扁担梁上，姐姐又打来电话说，奶奶昨晚半夜醒来，说她的山鸡今天走呀。罗甲成说，绝对不可能，他今早从鸡笼放鸡时，就怕山鸡跑，还专门把山鸡关了起来，咋能走呢？姐姐说还是小心些好。谁知罗甲成晚上回去，山鸡不是跑了，而是死在了鸡笼里，他就觉得奶奶快成神了。但他没有把这些告诉那边，害怕败了奶奶在城里玩的兴致，毕竟就是两只野兔、一只走路一瘸一瘸的山鸡而已。一窝猪，大姑和天寿婶都喂得好着呢，树也没人来偷，他还是见天躺在扁担梁上守信息、晒太阳、看书。

正月初五的时候，蔫驴回来了，仅一年时间，蔫驴竟然鸟枪换炮了，回来开的是一百多万的英国路虎，穿了一身皮衣、皮靴，连墨镜据他说也是数千元的进口兰蔻。关键是还领了一个身材十分娇小，但确实比塔云山任何姑娘都长得更加心疼、洋气的女孩儿，迟早像一疙瘩口香糖一样，黏糊在他的身上，好像生怕他脱胶了似的。塔云山一下沸腾了，比当初甲秀和他考上国家重点大学，更让一个山村惊愕、震撼，当他们相拥着来到扁担梁时，一扁担梁上的年轻人，就跟突然遭遇了当红明星一样，一下就潮涌了上去。蔫驴也确实有了些明星的派头，罗甲成看见，他连头都是烫过的，中分处的一缕焗油白和右侧的一缕焗油黄，把一个山村念不进书的野孩子，一下包装成了都市的二痞子。他突然在蔫驴和金锁中间，找到了某种相同的东西。不过，金锁更自然、老练，而蔫驴更山寨、做作一些而已。

蔫驴虽然在跟拥上来的人群应酬着，眼睛却在瞥着卧在远处一动未动的罗甲成，他向甲成走了过来。那女孩儿还是把身体的两个点，紧紧焊接在他的身上。头侧着，焊着他的溜溜肩膀，双手挽成一个环，焊着他插在裤兜里的手臂上。甲成虽然有些不屑，但人家既然走过来了，他还是欠了欠身子，坐起来了。

蔫驴说："咱们塔云山的文曲星也回来过年了。菲菲，这就是我常给你说的同学罗甲成，可牛了，姐弟俩都在上名牌大学。"

菲菲，罗甲成也不知是哪个菲菲，他想可能是菲菲，或者是霏霏，也可能是飞飞，反正不可能是肥肥，更不可能是狒狒。近距离看，罗甲成发现这个叫菲菲的故作清纯的女孩儿，也有些粗粮细做，他在感叹，化妆品真是太厉害了。

"叫哥，甲成哥。"

"甲成哥。"

"你好。"

蔫驴就紧挨着甲成坐下了，甲成闻到一股香水味儿，是外国人身上的那种。接着，菲菲也坐了下来，她本来是想坐在蔫驴的腿上，蔫驴用手把她的屁股朝出托运了一下，菲菲就顺着蔫驴的胯骨蹭了下去，然后很快又找到了几个新的焊接点。蔫驴给罗甲成介绍了一下菲菲，说是女朋友，也再没多说。罗甲成也没有打问的兴趣。菲菲坐了一会儿，突然看见几只小鸟在飞，就又蹦又跳地捕捉去了，那神情，总是掩饰不住一种叫矫揉造作的东西。

菲菲离开了，蔫驴好像也轻松自然了许多似的，就先脱了皮夹克，又拉开了皮裤的拉链，太阳已经把他晒得浑身是汗了："贼他妈，披一身猪皮，裤裆都快捂起痱子了。"

"混得不错嘛。"罗甲成看他还原了些本真，就开口了。

"唉，还不是给人家逃奴哩。"

罗甲成知道塔云山人说"逃奴",其实就是给人家当狗腿子的意思。原来蔫驴在一个私人煤矿,先挖煤,后又给人家打杂,再后来又给老板开车,老板特别欣赏他的忠诚可靠,现在其实干的已是助理之类的角色了,老板对他已经放心到好多钱都经过他手往出花的程度了,有时酒喝高了,开心了,就把万儿八千的零钱,撒给他了。蔫驴给罗甲成形容老板钱多的那个程度说,车上,办公室,家里,几乎到处都是成捆的没乱码的票子。不过,你别看老板大大咧咧的,把钱不当一回事,有时甚至喝高了,好像对钱失去了监控能力,可谁一旦没经过他发话,哪怕随便动一分,也是要付出惨痛代价的。前边几个贴身伺候他的人,都先后被炒了鱿鱼,有的是在里面胡渗钱,有的最后胆大得连老板喜欢的女人都敢上手,最后吃不了都兜着走了。他跟老板也好几年了,开始一直在外围,就是当当保镖,看看场子啥的,后来又给人家开车。他说谁看着那些白花花的银子心不瞀乱啊,可你得克制,得朝死里克制,知道不?哪怕钱跌到地上,都不敢胡捡,捡起来还得给人家放到钱堆子里去。几年考验过去,今年才成人家心腹了。老板有一句名言说,考察人考察啥,就看他对钱的态度,所谓忠诚、老实、可靠,全都在这里边了。蔫驴说,他其实得益于山里人的忠厚老实。蔫驴对他也讲了实话,说路虎车其实是人家老板的,他也不说给你,反正让你开着玩就是了,人家才买了辆价值八百多万的宾利,这车算是基本淘汰了。

看来看去,罗甲成觉得在塔云山能聊到一起的,还就是蔫驴一个人了。过去他们的关系就比较好,现在蔫驴虽然有些发达的意思了,然而,骨子里还是尊敬着他罗甲成,并且也有好多山野以外的信息和话题,连着几天,他们就在一起说得多了些。罗甲成虽然心很深,也不愿意把自己的内心敞给蔫驴,他觉得,蔫驴还不配分享自己的痛苦和困惑,但有意无意中,还是透露给了蔫驴一些信息,那就是他罗甲成在名牌大学也学得很不自在,很不如意,核心是城乡的落差、经济的贫富悬殊和社会地位无处不在的泾渭分明。这些,他蔫驴也是懂得的,不过活法不一样,期望值不一样,因而,体味的深浅程度也就不完全相同而已。但缺钱的意义,蔫驴也并不比罗甲成理解得肤浅,如果不是因为缺钱,蔫驴的大哥黑驴,也就不会塌死在数千米的矿井下了。因此,蔫驴一口咬定,一切都是钱在作怪,虽然罗甲成并不完全赞同他这种说法。

蔫驴说:"甲成,其实你们家是可以不这么穷的,把树卖几棵,就把活咥了。"

甲成有些无奈地说:"老人都不同意卖么。"

蔫驴说:"你听老人的话?这年月,你听他们的话,连裤子都没穿的。他们懂啥?他们扯一丈布,两口子一人套裁一条裤子管几年,称一斤盐,打一斤油,到地里随便抓一把菜,逢年过节了,再杀一只鸡,日子就算过得红火滋润了,咱们行吗?咱们还能跟他们一样活一辈子?我大,我娘,就不敢跟我说这些话,一说我就给挡回去了。几年前我就把家里那两棵皂角树给卖了,当然,现在看来是卖亏了,几年树价翻了几倍,老树都卖完尿了。不过现在差不多了,我估计再涨不到哪儿去了,你只要把你家紫薇树卖上一棵,哪里还受这难场。你要弄我可以帮你,刚好你奶你爹都不在,半天把活儿就做干净了。等他们知道,树都进城了。"

罗甲成支支吾吾的,没说同意,也没说不同意,但这一晚上,心里就翻腾得搁不下。他甚至打着手电,还到两棵紫薇树下绕了几圈。奶奶老说,树通神着呢。他也没发现两棵树跟别的树有什么不同,除粗、壮、老、朽,浑身长满了疙瘩,啮满了窟窿外,他也再发现不了更神奇的地方。晚上,他躺在奶奶的热炕上,好奇地把奶奶连着紫薇树的铃铛绳子拉了拉,谁知只拉响了一下,绳子竟然给拽断了。他也没在意,就睡了。初六,当他去到扁担梁上时,姐姐的电话就来了,说:"奶初五做梦了,说有人打她树的主意,她闹着要回呢。来,你给奶说句话。"罗甲成就愣在了那里。奶奶在电话里不停地喂喂喂的,他调整调整情绪,才说:"奶你放心,没人动你的树,都好着呢,你就安心在城里再玩几天吧。"奶奶还是咋都不放心,又把猪、鸡、山鸡、兔子和树的事叮嘱了半天,才把电话挂了。

中午的时候,蔫驴就把买树的人叫到扁担梁上来了。罗甲成一直是模棱两可的态度,不说卖,也不说不卖,气得蔫驴就发了脾气。蔫驴说:"你可不敢以为我蔫驴还想在这里边打啥子主意,我在钱上可是经过了烈火真金考验的。我是看你上学太苦了,想帮你改变一下活法,也帮你爹娘解放一下呢,你要不卖就算了,看你那破尿奁炕沿的蔫样子,唉,活该受穷。"蔫驴说着,把买树人领到家里管待去了。他看见,连还是那样黏糊着蔫驴的菲菲,都给他流露出了一副瞧不起的神情。一个中午，他就躺在草丛中，连眼睛都懒得睁开一下。

下午的时候，童薇薇来了一条信息，其实还是像群发的："要是山里的空气能卖，可能山里人就都富起来了。"罗甲成把这个信息看了许久，心里说不出是啥滋味，也没有给薇薇回，晚上，他就同意卖树了。买树人说，他初七就回去准备，尽快把树挖走。

七十一

自正月初一开始，甲秀每天都要领着奶奶和娘到附近转一转，娘也坐不了车，甲秀就用三轮车拉着，遇见平路了，让两个人都坐着，遇见稍有坡度的路，娘也下来帮甲秀推着。三人还转了不少地方。初三那天，甲秀还专门把娘和奶奶拉到学校里美美逛了一回，奶奶可高兴了，说把两个孙子交到这里，就算彻底放心了。打初三晚上开始，甲秀每天都要把她们拉到文艺路一个秦腔剧院里看戏，这里天天演秦腔，每天还给农民工有三十张赠券，就是难排队，票是早上九点开始发，七点多就有人排上了。甲秀拿着爹和娘的身份证，排到跟前才知道，还必须本人来，才能领到。第一天，她就只好买了两张，票也很便宜，有三十块一张的，有二十块一张的，有十块一张的，她买了两张二十块，稍微坐得近些，不然害怕奶奶眼睛不好使。甲秀把奶奶和娘拉到剧院送进去后，就在剧院外到处转悠，直等到戏结束，才到门口把奶奶又搀出来，接上车。奶奶的那个兴奋哪，甲秀都没想到，奶奶不停地说，这辈子就算没白活了，竟然看了这么好的戏。戏名叫《五女拜寿》，奶奶说，戏情也编得好，娃们也演得好，简直是活灵活现的。奶奶和娘就在三轮车上，你一言我一语的，把那帮娃夸得搁不下，说不知哪里来的这样一帮娃娃，个赛个的水灵、出息，真是开了眼界了。甲秀方才刚好在人家陈列室看了介绍，知道这帮娃是八年前招下的，现在叫小梅花秦腔团，走南闯北的，名气都很大了，还去美国白宫领过奖呢。奶奶就说，应该，人家这帮娃，给啥奖赏都不过。甲秀看奶奶这样上心，就说，明晚再看一场。奶奶确实想看，又说戏价太贵，又说孙女拉着跑这远太麻烦，就说不看了，过下瘾就行了。甲秀知道了奶奶的心思，第二天一早就拉着娘到文艺路,领了一张赠卷,又买了一张,娘说买一张十块的就行了。这样,只花了十块钱,就让奶奶和娘又看了一场。奶奶出来,还是喜得嘴都合不拢地说:"越看越好看,坐在我旁边的一个老太婆,说她都看十几场了,人还没出来,她就知道谁要出来,出来要弄啥,果不其然,那人就出来了,出来了就弄的她说的事。老太婆就得意地看着左右说,我说吧,看咋个向?看咋个向?"把甲秀惹得好笑。甲秀就说让奶奶再看一场,奶奶还是说不看了,可第二天,甲秀还是拉着娘去领了一张票,又买了一张票,晚上,就又拉着她们高高兴兴地去看第三场。奶奶出来还是兴奋地说个不住,不过这回夸得就更在行了,一会儿说这个唱得好,一会儿说那个演得好,她跟娘甚至还发生了争执,甲秀就笑着说,赶明儿剧团干脆请你们当导演去算了。说得正高兴呢,车下哐啷一响,甲秀正吃力的两条腿突然蹬空了,车子也停了下来。甲秀下去一看,是链条绷断了。这阵儿也找不到修理铺,她就只好和娘一道,两边推着,把奶拉回去了。

这天晚上,奶就做了噩梦,说有人在算计她的树。罗天福就让甲秀又给甲成打电话。甲成还是说没有的事,一切都好好的。前两天,奶奶做梦,一次说兔子跑了,一次说山鸡也走了,弄得一家人光笑,说奶奶神神道道的,快成贾半仙了,奶奶姓贾。罗天福还开玩笑说,要是算准了,娘你干脆开个算命铺子算了,就叫"神算贾仙姑",保准挣大钱,奶没笑。初六晚上,奶奶也没去看戏,早早就睡了,谁知半夜的时候,突然醒来说,有一棵紫薇树给她托梦了,说它明天就要走了,奶问它去哪里,它说,去死呀。树说,我这大一把年纪了,他们还要把我的老骨头拿去变钱,变就变吧,这一去,就不回来了,肯定是死路一条,我是来给我的乖乖孙女道个别的,奶奶就哭醒了。任一家人怎么劝,都劝不下,说啥都要连夜回去。最后罗天福答应,天亮由甲秀把奶送走,奶才又躺了一会儿。后半夜又做梦醒来,说树爷又来了,树爷还说拜托她,让他们那些野蛮人把根挖深些,别毛脚毛手的,刨几下就拿刀砍,拿锯锯的,那样把它的腿脚都弄断完了,不等拉出山就疼死了。奶奶哭得呜呜地,说啥都不睡了,罗天福无奈,还没等天亮好,就催着甲秀搀着奶奶上路了。

奶奶回到塔云山时,是正月初七晚上十一点左右。奶奶坐车往塔云山走的时候,就心跳得不行,一直说完了,完了,他们在挖树了,甲秀还不信,谁知到家一看，一伙人果然在挖树，甲成还站在远远的地方看着，甲秀就傻眼了。奶奶哇的一声就扑了上去，连爬带滚地扑到树兜子上，一下哭得死去活来了。甲秀和甲成都没见奶奶这样伤心过，奶奶一边哭，一边抱怨说，她对不起树爷，后辈出了冤孽，出了报应，败家败到要靠卖老祖宗过活的程度了。奶奶又是哭，又是喊的，惊动得半村人还以为是谁家有白事了，就都拥到罗家大院来了。几个挖树的才刚砍断了树的一部分根，钻在最底下的主根还没砍断，都看着买主问咋办？买主还是使眼色，让把老太太往一边拉，拉开继续砍，甲秀就让住手。买主问罗甲成咋办，甲成吓得两条腿早都在突突打战了，没想到事情会弄成这样，本来就害怕白天挖，动静太大，说等夜深人静了才挖，没想到奶奶神不知鬼不觉地就回来了。他已经在后悔，不该听蔫驴煽呼了，蔫驴还在悄声鼓动说："一不做，二不休，甲成。"罗甲成把一直提在手上的二十万块钱，拿到了奶奶跟前，说："奶，人家给了二十万呢。"谁知奶奶一掌把钱打出老远："我要二十万买棺材呀，你这个败家子……"奶奶又是一阵声讨。罗甲成无奈，只好拾起装钱的袋子，慢慢交还给了买主，说了声："对不起！"买主当下就躁乎乎地说："哎，你得是要笑人呢，这大过年的，把人日弄到这山顶上，下边还雇着汽车呢。小伙子，你摸摸你的裤裆，看里边长的是不是鸡巴？咋做事跟女人一样，拉不来，揉不去的，这伙人可不是你好捏摸的。"蔫驴看这阵势，恐怕树也确实挖不成了，再挖只怕还要出人命呢，就说一切都好说，后事由他处理，把人总算捣鼓走了。不过临走时，蔫驴也撂了一句狠话说："你一家人能弄尿。"

人都走了，奶奶还趴在树上哭诉，天寿叔和大姑父急忙拿土回填着树坑，甲秀和大姑、婶娘，就把奶奶背回了家。甲成觉得也没脸在家里待了，就悄悄下山去了，到山下给姐姐发了条信息，让她转告奶奶，说对不起，就关机再也联系不上了。

奶奶从后坡回到家里，又急忙去看猪圈，看鸡笼，先是知道山鸡死了，又知道兔子跑了，就责怨甲成不该没说实话，也顺便把大姑和婶娘多说了几句，嫌帮她看个门都看不好，"甲成不懂事，怎么你们都不懂事？"大姑和婶娘也都把责任朝自己身上揽，生怕奶奶一口气憋在了胸腔里。

奶奶回来的第二天，塔云山就下雪了，雪很大，把两棵紫薇树的几个枝子都压断了。奶奶尤其怕那棵被砍了几个大根的紫薇树冻死了，就把家里的老棉套子拿了一床，跟甲秀一起把树兜子包起来了。甲秀在家里把奶奶安顿了几天，奶奶每天晚上说梦话，甲秀听见她不是跟树说，就是跟猪说，跟鸡说，听着还有些怪吓人的，觉得奶奶好像真是通神着的。奶奶回到家里，就像鸟归山林、龙归大海了一样，一天忙活得有滋有味的，到地里这儿抓几把，那儿动几铲，又是收拾猪栏，又是收拾鸡笼的，反正就没闲下来过。甲秀感到奶奶回到家里，反倒比在城里活泛了许多。关键是初十那天早上，奶奶一早醒来就说，今天家里可能要添两张嘴呢，果然，她一起来，那两只跑了的兔子竟然回来了，冻得正在门口瑟瑟发抖呢，奶奶一把抱起来，直接就塞到被窝里暖起来了。真是太神了，甲秀觉得。

　　甲秀看奶奶情绪完全缓过来了，就回城里去了。甲秀把回家所见到的事，都给爹娘细说了一遍，爹半天没说话。娘又跪在地上烧香敬起她的菩萨来。爹就说："还敬啥菩萨，娘就是咱家的活菩萨。"

七十二

　　罗甲成离开塔云山后，坐车到县城住了下来，也没有什么目的，就是觉得回西京城也没啥事，想在这个他上了三年高中的地方，驻足看看。这三年是他真正拼搏的三年，很多时候，其实一夜只睡三四个小时，每天三顿基本都是蒸馍夹咸菜，动力就是一个，生怕学习落在别人后边。同宿舍住了八个同学，条件尽管有所不同，可毕竟没有形成太大反差。由于学习成绩成了衡量人优秀与否的最主要手段，因此，吃的穿的用的虽然比人差些，但也并不缺少做人的优越感。甚至连县上一些领导的孩子，在学习上，也在努力向他看齐，嫉妒归嫉妒，被羡慕的生命体验，他罗甲成那时也是充分享受过了的。可一进省城，一切都改变了，学习似乎已经成了次要的东西，爹娘的地位、家庭经济状况，一跃而成人生最重要的装备。当初在这个小县城，他也经受过贫富差距的心理折磨，那无非是哪个同学有一辆进口摩托车，谁家的富爹又买了一辆广本、桑塔纳，全不似今天所感受到的那种惊天落差。如果说过去他还有学习这个"大规模杀伤性武器"的威慑力在,那么现在这个武器已经被新的杀伤力更大的武器所代替,并且这些武器已被朱豆豆、沈宁宁们所牢牢掌握,他觉得自己就是再怎么奋斗,也无法触摸到那些强大武器的按钮,他心里就有了无限灰暗的挫败感。

他在县城的街道上溜达了好几圈,竟然没遇见一个昔日的同学。他又到中学操场、自己住过的宿舍楼、学习过的教室前转了转,一种温馨与亲切感,涌遍全身。假日的学校,真正是空无一人,也不像大学,无论放什么假,都仍有不少老师和学生还在校园里走来走去。这里几乎每一个门窗、每一个桌凳,都能勾起他的记忆,他人生最拼命的三年就是在这里度过的。那真是充满了理想的三年,无论作文还是日记里,都写满了"渴慕""放飞""冲决"之类的字眼,他甚至都想找一个地方,点一支红蜡烛,搞一个青春祭之类的仪式。但转了几圈,残雪与落叶的破败,又让他失去了祭奠的兴趣。

他在县城漫无目的地转了一天,又在小旅馆的窄床上睡了两天,他在想,他这一家人,在别人看来,真是有些稀奇古怪,他自己也越来越读不懂了。穷困潦倒成这样,还拼死拼活地守着几棵破树,真是脑子都进了水了。其实这次卖紫薇树,他心里一直也没有底,要不是蔫驴煽惑好几天,他也不会打这主意了。他知道,这个家里拿事的奶奶和爹,是死都不会让把树卖了的。可蔫驴仔细分析了这次卖树的一切有利因素。一是占天时,人都不在,不费吹灰之力就挖走了。二是地利,现在是最好的挖树季节,移栽的成活率很高,把大树移到城里有权有势的人家享福去了,你奶和你爹还嫌咋呀?三是人和,蔫驴把人和也分析了三个有利因素。首先是遇见了他这个好同学,绝对是帮忙,不谋一分钱私利,就是为了让同学求解放,他还开了一句玩笑说,先解放罗甲成,然后再解放全人类的劳苦大众;他说第二个人和因素是:买树的主,是给一个领导夸下海口了,正月十五以前保证给人家院子把树栽上,正愁寻不下大树呢;关键的人和因素是:正在过大年,你奶和你爹就是知道你把树卖了,见了真金白银,也是会睁一只眼闭一只眼算了的。你记住,谁见了钱,死心都要蹦几下,硬话都要软三分的,不信你走着瞧。没想到,奶奶差点给气死了。当时,他也有些震撼,也有些后悔,可现在想来,奶奶和爹的那一根筋的活法,可能也就是罗家付出的比人多,而活得好像谁都不如的根本原因。他还越想越生气了。

在县城待了三天，实在乏味得不行，康德的书几乎连一页都没读完，小旅馆里有个电视，不是没图像，就是"燕山雪花大如席"，看得人一肚子气，还不如关掉清静。开始几天手机他也没开，害怕家里人联系，每天只是打开看看信息，主要还是为了了解薇薇的行踪。薇薇正月初四就从贵州山中离开了，又与童教授一起去了云南西双版纳，从微博上看，她对那儿的风景近乎痴醉了。这也都是他罗甲成十分向往的地方，可他身上只有三百多块钱，在县城最差的小旅馆住一晚上，花去三十元，已经让他十分心疼了，何况是去更远更美的地方览胜。不过，薇薇去看什么地方，他都没有嫉妒心，不像朱豆豆和沈宁宁们，只要她能开心，他似乎也就很开心了。薇薇昨天在微博上说，明日她就可以回家了，罗甲成也急忙离开县城，回西京去了。

罗甲成回到学校的时候，有好多学生已经陆续来了，不过他们宿舍的那几个还都没到，从微博上看，朱豆豆已经离开家，开车去了少林寺。沈宁宁从三亚回来，又去了敦煌。他们都给网上传了照片，翁点点在少林寺拜佛的照片，还遭人恶搞，她虔诚地跪在蒲团上，拜的已不是佛，而是手托金元宝的朱豆豆，不过朱豆豆也被PS成了削了光脑袋、穿了袈裟的坐佛。罗甲成很是觉得快意地笑出了声。

童薇薇确实回来了，她只在微博上说了一句"我回来了"，就再没了消息。QQ也没开，罗甲成还在她的"我回来了"后，评论说"辛苦了"，但她也没有回，倒是孟续子不阴不阳地在他后边又跟着留下"呵呵"两字，就再无下文，什么意思？他对孟续子的阴阳怪气总是有些捉摸不透。

图书馆已经开门了，他早上睡够了，就去了图书馆。他想找一本小说看看，为了消遣，也是为了看能不能在图书馆遇见童薇薇。他发现，薇薇最爱去的地方就是图书馆。当他走进图书馆一看，里面已经有好多人了，说明学校学习的神经始终在活跃着，即使节假日。

他要找的是村上春树的《挪威的森林》，他看见好多同学都在看，起码自己同宿舍的朱豆豆、沈宁宁，还有翁点点都看过。幸好还有一本没借出去，他拿到手上时，明显感到是翻阅得很烂的那种书了，并且中间有被撕掉的页码。他静静地坐在一个角落，看起这本烂书来。别人说得那么神奇的一本书，他却看不出丝毫的快意，主人公渡边与两个女孩儿之间的关系，好像与自己的生活，干系也不大。他在看时，也试图将其中的一个女孩与童薇薇联系起来，把渡边与自己联系起来，可几乎没有一点生活是相同的，那种淡淡的，略带苦涩的爱情忧伤，就始终不能袭上他的心头。晚上，他又从网上调出电影看了一遍，那种优美的风景、音乐和在他看来已是十分奢华的场面，与自己的生活也没多大关系，别说与两个女孩的感情纠葛，即使一个，自己也觉得是望尘莫及的。倒是伍佰那首经典的《挪威的森林》，听了还有一些感觉，那个感觉就是忧伤、痛苦，想宣泄，想跟着号叫一番："只是心中枷锁，该如何才能解脱……"他号叫得有点肆无忌惮，有点想流眼泪。晚上，他用一个通宵的时间，终于把书读完了，他没有像别人说起读这本书的激动感，他觉得就是一本很平常的书，一本有些小资情调的三角恋言情小说，与自己的生活很遥远，仅此而已。

这一天，他把手机一关，睡了个昏天黑地，中途起来，只啃了一个干馒头，又接着睡，天快黑的时候，姐姐来找他了，说爹娘让回去吃饭，他说已吃过了，咋都不想回去。他是怕回去，爹又唠叨卖树的事。他不想面对这些烦心事。

甲秀回去给爹娘编了个谎，说甲成的老师让甲成在帮忙查资料，回不来。爹就让娘把舍不得吃的那半只鸡，给甲成用洋芋片炒了，还拿了几个千层饼，让甲秀送了去。甲成吃着，心里也很不是滋味，觉得自己这个样子，也真是对不起爹娘这片苦心。白天睡颠倒觉了，晚上咋都没瞌睡，又翻看康德，看着看着，就又想起薇薇了，他觉得他是真的爱上薇薇了，如果过去还有些不敢确定的话，这个寒假，他觉得自己脑子里几乎只有一个童薇薇。连蔫驴蛊惑他卖紫薇树，在某种程度上讲，也是他希望改变自己，然后进一步取得追求薇薇的资格。当大家都在宿舍的时候，似乎有些思念还能转移，忍受，当宿舍只有自己一人的时候，这种相思，就让他痛苦得无法排解了。他甚至把枕头抱在怀里，感觉是抱住了童薇薇，并且在轻轻呼唤着，整整折腾了一夜。也就在这一夜，他突然发现，二十岁的青春，如果不克制自己，几乎什么都可能发生。

第二天在图书馆里，他竟然见到了薇薇，开始他还有些不好意思，想着自己昨夜的那些举动，突然有了一种羞耻感。薇薇还是那样落落大方，一个春节过得，好像更加楚楚动人了，那高高的鼻梁，微翘的嘴角和既自尊而又平和的眼神，使他老觉得像俄国的那幅叫《无名女郎》的油画，不过那幅油画好像画的是一个美丽的少妇，而薇薇今年跟自己一样，才刚二十岁。是那种骨子里的成熟感，让她跟同龄那些傻乎乎的女孩，有了根本的区别。他喜欢这种成熟美，那种咋咋呼呼、勾肩搭背、说三道四、挤眉弄眼的女孩，他从小学就看不惯见不得，他给她们起了个外号叫"花地瓜"，是山里的一种野菜瓜，既不好看也不好吃，山民是弄来喂猪的。

薇薇给他又带了一个纪念品，是用贵州山区里一种木头旋出来的笔筒，很朴拙，但很别致。他心里就激动得不行，觉得薇薇每次出去都要给自己带纪念品回来，这本身绝对是有意味的。意味着什么呢？他盯着薇薇娇嫩的手，他似乎只敢盯着薇薇的手，在想，又不敢下定义。昨天晚上那么坚定的一些想法，见了薇薇，几乎连正眼与她对视一下的勇气都没有了。他突然感到，自己在薇薇面前是有太强的自卑感，不像人家沈宁宁、朱豆豆，盯着薇薇看，能把她眼光杀伤，盯得她低下头去。薇薇问了他回家过年的情况，他胡编了一通，觉得卖树的事是不能给她说的。薇薇就把她去贵州和云南的事，绘声绘色地跟他聊了半天。他相信，他绝对是薇薇的一个好听众，因为薇薇是直说到没有任何新鲜话题了，他仍能兴趣盎然地撑着下巴，急不可待地等待下文。

跟薇薇一接上头，他就觉得眼前敞亮，陋室生辉，连寒风从阳台上刮进来，也似乎有了春天的气息。他随口哼出的歌声，也少了那些幽怨的色彩，无形中，竟然唱起了他过去最讨厌的《今儿真高兴》来，他觉得这首歌是那么肤浅做作，可今天自己竟然也轻浮得想手之舞之足之蹈之了。一连两个晚上，他探索出了一种可以称作"罗氏抽筋舞"的东西，抽得肌肉酸痛，骨节"寸断"，然后才躺上床呼呼大睡。

好日子不长，元宵节还没过，朱豆豆、沈宁宁、孟续子就回来了，好像他们是约过的，说回来，几乎在几个小时内就把宿舍占领了，留给罗甲成的，似乎又只有床宽一溜的窄小领地了。罗甲成很快调整自己，把主要活动场地，就又挪到教室和图书馆了。

朱豆豆一回来好像就有一股气似的，从话里听，主要是嫌谁在网上恶搞他和翁点点的照片，他开口一个"绝对是穷鬼干的"，闭口一个"活该做穷鬼，心理太阴暗，太龌龊么"。罗甲成开始听着，就是觉得不舒服，他想着朱豆豆总不会怀疑是他干的吧，他还不会这个技术呢。可有一天，他回来无意中听到，朱豆豆和孟续子正在争可能是谁干的。朱豆豆说："这小子的可能性很大。"孟续子说："不会不会，他还没这技术呢。""哼，小子阴着呢，学了这损招，能给你说？"

孟续子说："我咋觉得不是他呢。""不是他，也是他们这号穷鬼下的黑手。"罗甲成一进房，他们就不说这事了。罗甲成也只好咬牙忍着，有些事只能沉默，要不然会越描越黑的，就像无意间踩入了泥潭，你越想挣脱，可能越陷越深，他已吃过这种亏了，他必须忍着。

就在开学的第一天，孟续子晚上在上网时，突然爆了个猛料，一下抓住沈宁宁说："沈兄，这么大的事你能捏着瞒着，不够意思啊！"大家还不知是咋回事呢。孟续子就宣布，"在刚刚闭幕的人代会上，沈兄的父亲，当选市长了。沈兄，弟兄们今天岂能饶你得过哇！"朱豆豆忽地从桌前蹦起来，一下就把沈宁宁从床上拽下来说："你还低调得好像跟没事一样，请客，立马走，今晚为沈兄一醉方休。"

罗甲成心里说不清是啥滋味，但也不得不起来，硬堆着笑脸，以示庆贺。

朱豆豆和孟续子到底把沈宁宁弄出去狂欢了半夜，罗甲成推说有点感冒，发烧，刚好这几天嗓子也确实有些咳嗽，大家也就没过分强求。难怪年前有那么多人来大献殷勤，真是无利不起早哇，罗甲成想。

又是一个难眠之夜，这一夜，罗甲成感到特别冷，给被子上塌了棉衣、棉裤、毛衣、毛裤，还是冷。他又起来，用绳子把脚头被子捆扎起来，风好像还是朝进灌。他缩成了一团，几乎咳嗽了一整夜，好在宿舍只有他一人，在孤独地咳嗽着。

七十三

虎妞的死，把西门锁一家的年，确实搅成了一锅粥，从正月初一到正月十五，郑阳娇折腾得就没停。想起来就哭，想起来就骂，初三晚上都十一点了，还说要去狗的坟上看看，担心虎妞孤单害怕，虽然勉强劝住了，初四一早，还是拿了把金锁过去玩过的塑料剑，开车去插到坟前了。初六又闹腾着要去，说是头七，必须得按人的亡魂祭祀，金锁懒得去，一早就借口溜了，西门锁只好陪着郑阳娇去跑了一趟。郑阳娇又是哭得死去活来，最后是他硬拉上车弄回来的。那几天家里就不敢来人，一来人，她就跟电视里那个祥林嫂说阿毛一样，嘟嘟得没完，吓得人也不敢来了。其实西门锁是希望家里能来几个打牌的，也好把晦气冲一冲，可大过年的，谁也不愿意来沾这种气息。整个家，也就在阴森森、冷清清的气氛中，漫长地熬过了正月十五。

新的民工又快到了，西门锁把整得不像样的房子，让人齐齐刷了一遍，厕所的尿槽、便坑，也都做了很大的改观，起码人进去好下脚了。其实正月十五没过，就有民工陆续来了，十五刚过，房子就爆满了。郑阳娇就嫌西门锁对形势估计不足，把房价提得还不够高。

郑阳娇直到院子民工又拥满了，对狗的心思才慢慢转移了。几百人拥进来，那个乱哪，简直无法想象。郑阳娇一天到晚主要是靠骂来进行管理的，大概从正月十五开始，这个院子里她的骂声就不绝于耳。从随地吐痰，到随地大小便，再到说话大声，像在山里喊山……反正没有一处顺眼的。西门锁觉得太过分了，也说过她几次。西门锁一说，她就开始怀念狗，一开始怀念狗，这家里的日子几乎就过不成了，也就只好任由她去。把民工骂得太狠了，他又想法偷偷安抚而已。

整个假期，甲秀给金锁也上了好几次课，听甲秀说，金锁懂事些了，学习还算认真，反正有效果。西门锁也不指望金锁能成龙变凤，只要安安宁宁地不惹事，老师不三天两头地让转学，也就阿弥陀佛了。他知道自己过去学习的情况，那不是不想学，是真的学不进。他想，金锁在这一点上，基因倒是继承得没走样。哪怕稍微听到一点金锁的好话，他都觉得心里踏实了许多。

新一年的日子就这样开始了，只要房一满员，一年的收成就算是躺着都能揽钱了。把家里一切安顿好后，西门锁就又操心着映雪该走了，赵玉茹的情况到底咋样？这是他一个年关都没放下心的事。他中途也曾给幼儿园的门房老头打过几次电话，都说还没回来，说明他们一直在老人家里住着。住在老人家里，西门锁还是放心了许多。正月十七这天，幼儿园门房老头来电话说，赵老师她们回来了。他给家里去了个电话，是映雪接的，他就问映雪啥时走，映雪说明天。他也没有再说什么，晚上，就给映雪准备了些东西，去幼儿园家里了。

这次西门锁敲门后，门很顺利地开了。他第一眼看见赵玉茹吓了一跳，二十几天不见，赵玉茹几乎又瘦了一圈，但她还是强撑着，在给映雪收拾东西。保姆也来了，那两个孤儿也在电视机前猴着。西门锁突然想，这个家，赵玉茹这根链条一旦断裂，将意味着什么？他静静坐了一会儿，什么也插不上手，什么话说出来也觉得不合适，就只能那样静静地坐着。大概坐了有一个小时，东西也收拾完了，两个孩子也睡下了，赵玉茹就说："你走吧！"西门锁就起身了。西门锁是映雪送出门的，西门锁能感觉到，孩子是有话想说，才故意跟出来的。他也就给映雪留着半边楼梯，两人慢慢向下走去。当走出楼门后，映雪哭了，但用手紧紧捂着嘴。

"别哭，孩子，你走吧，还有我呢。"西门锁说。

"我都想休学，可妈咋都不让。"

"别休，上这好的学校，不容易，听你妈的话。你妈这病，也不是一天两天的事。"

"我担心我妈……"映雪几乎忍不住就要放声大哭了。

"不会的，会慢慢好起来的，你别想得太多。"西门锁尽量宽慰着孩子，但他也感到赵玉茹的情况好像不是太好。

"我妈……好像连她自己……都……"映雪终于没忍住，还是放声哭了起来。

西门锁多么希望孩子这阵儿，能一下扑在他的肩膀上痛哭一场啊，可映雪没有，她是扭过身，伏在一棵梧桐树上哭泣的。

西门锁递给了映雪一沓纸，让她擦眼泪。映雪哭得更厉害了。他想抚摸抚摸孩子伤痛的肩膀，可他手都伸出来了，又没敢往孩子肩上搭，他害怕孩子拒绝。

他说："会治好的，要相信医生，都说这个病现在治愈率很高。"

"可我妈……为什么偏偏是她得了这病……我妈……太可怜了……"孩子越哭越伤心了。

西门锁说："映雪，别哭了，你相信我吧，我会尽力照顾好你妈的。我欠你们母女的很多，这也算是给了我一个机会吧。你就安心走吧，有事我会给你打电话的。"

映雪突然对着西门锁深深鞠了一躬:"谢谢您了!"

西门锁还没回过神来,孩子就擦着眼泪,向家里跑去。

西门锁从幼儿园出来,对着长天,深深叹了一口气,他觉得自己眼角也有泪,就用双手捧住脸,美美擦了一把,然后一步步向回走去。他一直在想映雪那深深的鞠躬,那一刻,他感到了一种托付和责任。女儿把天大的事托付给了自己,这个责任,本来也是自己应该负的,可因为自己的不负责任,而使这份责任压垮了她们母女俩。他在想,如果没有离婚,也许赵玉茹就不会得乳腺癌,听说这种病与情绪有关。赵玉茹也许表面看着强大,但内心十分脆弱,日积月累,就把毛病攒下了。面对孩子的鞠躬深谢,他更感到了内心的歉疚。他在心里默默说,一定得把赵玉茹的事办好。他也在想,怎么才能处理好赵玉茹和郑阳娇之间的关系,郑阳娇是不管你癌不癌的,更何况赵玉茹牵扯着她的根本利益。

这一晚,他是步行回家的,因为脑子很乱,需要一个人慢慢整理整理,他就一边整理一边走,当走回文庙村时,整整用了两个半小时。

他还没踏进门,就听见郑阳娇在哭,在思念她的虎妞。他也听见,郑阳娇在指桑骂槐,在骂他死不要脸,骂他臭嫖客。他进门后关门的声音,也许让她发觉了,她就哭得更厉害了:"你咋能这样就走了哇,我的妞妞呀,你留下我一个人咋活呀,跑的跑得不落屋,嫖的嫖得满天飞,你说我可怜不可怜呐,你腿一蹬走了,不管我了,我活着还有什么意思呀,妞,我实在活得够够的了,你就把我也带走吧……"

西门锁觉得郑阳娇思念狗的那份感情还是很真的,人胖得几年都取不下来的戒指,自己给掉下来了,两个眼圈也是紫乌紫乌的,饭也吃得少了,指桑骂槐地骂他几句,他也就装作没听见。他给郑阳娇弄了个热毛巾,想让她敷敷脸,谁知这时,她突然耳朵一激灵,忽地站起来,就像虎妞一样扑了出去,只听她对着院子破口大骂起来:"刚谁又掏出来尿了,你狗日的立马站出来,我听得明明白白的,你看,尿印子还是湿的,这几天我说过多少次了,还要掏出来乱尿,你是腿断了,是吧,这几步路都不想走,你狗日的给我出来。都出来。"西门锁也出来了,一看院子没有一个人出来,有的吓得急忙把房灯都关了。郑阳娇还要发火,就被西门锁劝回去了。郑阳娇也怪,回到房里,就又面对过去放狗窝的地方哭了起来。再劝也劝不下。金锁回来得很晚,西门锁想让他劝劝他妈,金锁说:"人家说哭对人的肺活量还有好处呢。"气得西门锁也没治,就自己陪在沙发上,跟郑阳娇商量,是不是再买一条狗,还买贵宾狗。郑阳娇就说,这个世界上不可能再有比虎妞更讨人喜欢的狗了。西门锁说慢慢培养么,也许还行呢。郑阳娇也没表示反对,反正她是不相信这个世界上,还会有比虎妞更聪明伶俐、更懂得人情世故的好狗出现了。

第二天,西门锁就去狗市转了半天,挑来挑去,总算找到了一条特别像虎妞的贵宾狗。人家要八千块,他还价到六千,抱回家让郑阳娇一看,郑阳娇先是一惊,继而大哭起来,自然又是想起了虎妞的许多优点和好处,哭到最后,还是把新狗接纳了,还叫虎妞,这个家的秩序,便又一点点恢复正常了。

七十四

罗天福慢慢扔掉了拐子,又撑着帮淑惠打起了饼。正月初六其实他们就算开业了,听人说那天开业大吉,就打了六十个饼,竟然卖了个干干净净。以后逐渐增加,到过了正月十五,生意就正常了。招弟是正月初十来的,本来罗天福说让在家过了十五再来,招弟说,她想着天福伯腰不行,肯定缺人手,就提前来了。天寿媳妇周芙蓉是正月十八来的,天寿是不想让她再来了,她也给天寿说天福腰不行,不管咋,再去帮一段时间,等天福腰完全好了,她再回去。人手一够,还是分成两摊,那些老主顾都还在,生意还真有些蒸蒸日上的感觉。罗天福撑着忙了几天,觉得腰还是不行,怕惹出大麻烦来,就又歇下,躺着翻翻书,再剥点核桃仁啥的,反正也闲不下。他就是一直想见见甲成,心里老觉得有些话想跟他说说,可又总叫不回来,就有些着急。刚好这几天躺在床上,他就憋着给甲成发了条长长的信息:

甲成:打从过年到现在,我和你娘都没见上你,你忙学习是好事,我们来打工,也就是想让你们好好学习的。过年回去的事,我们也都知道了，你要卖树，是缺钱花吗？要是缺钱，你就说，家里虽然紧巴点，你要的零花钱还是能给起的。你破锣叔把你打工剩下的钱也要到了，我们打算都给你，你就抽个空，回来取一趟吧。爹没有别的意思，就是希望你好好学习，我们跟别人不一样，家里的底子薄一些，就需要比别人付出更多的努力。爹也不知道给你说啥好，就是想让你把精力都集中到学习上，想要啥你就说，你娘和我是一个意思，只要我们能挣来的，你需要了都会给你的。我的意思你还是抽空回来看看你娘，她连着几个晚上都在说梦话叫你哩……

罗天福发完信息的第三天，刚好是一个礼拜天，甲成回来了。可真正回来了，罗天福又觉得没啥好说了，反正他心里想说的话很多，可面对甲成，那些话又都说不出来了。他总感觉甲成身上有一根筋扭着哩，可要扳正这根筋，他好像又有些力不从心。也许是自己多虑了，孩子上学期学习成绩仍是全班第一，这难道还不能说明问题吗？他左右掂量着，最后到底还是啥都没说，就给甲成做了一顿好吃的，把破锣要回来的钱，也都全给了他。甲成开始坚持不要，但最后还是拿上了。晚上正吃饭的时候，又遇上郑阳娇骂乱撒尿的。也确实不像话，有人就是不去厕所，走哪儿就在哪儿尿，楼梯拐角的那面墙，这几天被尿泡得直掉墙皮。但郑阳娇这种处理事情的方法，也确实只会适得其反，骂得难听的，让本来不想尿的都想去浇一泡，并且她一骂就捎带一片，又是"烂农民工"，又是"山狼"，又是"乡棒"，又是"烂鸡巴头子的乡下人"的，听得甲成就想出去理论，吓得罗天福一把把他摁住了。罗天福由此也理解甲成不愿意到他们跟前的原因，搞不好就擦枪走火了，其实甲成不回来也有不回来的好处。

甲成走了，罗天福又觉得有些话也该对甲成说说，没说心里老堵着，他就总是这样来回纠结着。

其实也就一年半时间，罗家千层饼、油馅饼、烧饼就都有了名气，老罗也没觉得自己有啥特别的工艺，就是料用得实在，价钱不乱涨，薄利多销，仅此而已，但别人传开了，就不免说得有点邪乎，一个文庙村的，都有来买饼的，老罗就要求淑惠、周芙蓉和招弟，越是有名越是不敢骄傲，要低调，要注意影响。吓得几个女人，出门打饼、卖饼时，都是顺着墙拐角往出溜，生怕别人说闲话。

本来这档卖饼生意，几个人合伙做起来刚合适，要说就是太累了一点，但打打夜工也就抢出来了。谁知春分刚过，来了三个要入伙的，一下把罗天福逼到了南墙上。

这三个都是三四十岁的婆娘，有两个是塔云山的，还有一个是塔云山人的亲戚。她们也是听招弟和天寿媳妇周芙蓉过年回去说，罗天福和淑惠如何如何能行，在西京生意做得如何风光，如何火，才商量着来投奔的。天寿媳妇和招弟本来也是好心，总想把罗家朝好的说，就把那些黏牙事、难场事、走麦城的事都过滤掉了，只拣那些顺当的说，并且有的说上，没有的捏上，罗家就好像在西京城活得红火风光得不行。等传到外村，故事版本已成了罗家在西京城打饼发大财了，供了两个大学生不说，在城里房也买下了，车也买下了，连老娘都接到城里享福去了。所以就有了三个婆娘集体投奔罗天福的严重后果。要说，也还都沾点亲带点故的，之所以能来，也是把根根底底都刨揽清楚了才来的，不是叫表舅，就是叫表姨夫的，弄得罗天福也不好就打发人家走。倒是天寿媳妇和招弟知道自己烂嘴闯了大祸，就一直低着头揉面，擀饼，生怕跟罗天福对上了眼神。

塔云山有句古话讲：伸手不打上门客。人家既然相信你，这么大老远的，找到门上了，自然不能一推六二五了事。罗天福让先下了鸡蛋臊子面，吃了喝了，才一五一十地把家里的实际情况告诉她们。大家都相互看看，有些不相信地木在了那里。天寿媳妇看自己惹了这大的祸，就又主动把事往破的说，她还掀开帘子，让那三个婆娘看她和招弟住的地方，那是楼梯拐角的一个不规则空间，过去是东家堆放杂物的地方，跟罗家租房连着，年前罗天福好说歹说地盘下来，一月在房租里加一百块，才勉强给里边支了个窄床。招弟胖，有时一提前睡着，腿脚再一胡搅，天寿媳妇就上不了床了。三个婆娘中，有一个外村的，说话就不太顾忌，她试探着问："不是说表舅买房了吗？离这挺近的吧？"罗天福哭笑不得地说："我要能买起房，还让她婶娘和招弟受这洋罪吗？"那婆娘又接着问了车的事，招弟吓得直打手势，但还是问了出来。罗天福就笑着说："车倒是有一辆，一个轮胎放炮了，最近还没顾上修呢。"罗天福就指了指停在门口的三轮车,三个婆娘就傻愣在了那里。

现状大家倒也是相信了,可打饼的生意红火也是事实,三个婆娘眼看着几个人在饭口的时候,忙到连汗流下来都顾不上擦一下的程度,就有些心痒痒的,还是想入伙。擀面、烙馍这手艺,塔云山哪个婆娘不会?何况就招弟那笨手笨脚的几下,三个婆娘还都看不上呢。有两个婆娘看着说着,就下手从提包里抽出自带的小擀杖,在案板上拍打得一片响,那被脆响声擀出的千层饼,就跟过了糕点模具一样溜圆。她们既是帮忙,当然,也是想给罗天福和淑惠亮亮手艺。

依目前摊子的需要,再加个把人,也是能行的,可还有两个咋办?罗天福想着人家大老远的来了,好歹也是相信他,就这样让人家都走,好像他也开不了这个口。更何况,塔云山这两个婆娘,家里确实困难些,要能在外面挣几个钱,反正咋都比死守在沟里强。他倒是有个想法,能不能再开一摊子,文庙村还有好几个地方,都能摆摊子,要是有人帮着说话,也许还能成。就这几个婆娘的家境,哪怕卖个烧饼,只要能下苦,总还是能赚几个的,他觉得这个忙他罗天福得帮。晚上,他跟淑惠商量了一下,就提了十个品相好的千层饼,还提了一包镇安核桃,去找了一趟街道办的贺冬梅。

自那次被人误打,请贺冬梅帮过一次忙后,在他心里,贺冬梅就好像是自家人了。每次去找,人家也都很客气,只要能帮上忙的,也都帮了。因此,一有大事,他也就先想到了贺冬梅主任。三月是学雷锋月,快结束了,要评比呢,贺冬梅格外忙,晚上还跟几个人在统计数字,说是明天就要出啥榜呢。罗天福在外面探头探脑地等了一会儿,贺冬梅就让进去。他觉得手里提着东西,进去当着几个人的面给人家,怕对人家主任影响不好,就把东西放在过道的长条椅上,独自一人进去了。贺冬梅问有啥事,他就如实说了,贺冬梅也没立即表态说行,也没说不行,只是说明天问一问村上再说,就送他出来了。他把放在条椅上的东西拿起来,硬要送给贺冬梅,贺冬梅问是啥东西,他说不值钱,就几个饼,还有一点山核桃。贺冬梅说他挣几个钱不容易,咋都不要,他就觉得有些伤脸,贺冬梅只好把核桃捧了一捧,其余的都让他拿回去了。他想这事可能都没啥戏了,谁知第二天中午,贺冬梅陪上边人来验收雷锋月活动结果时,把他叫到一边说,行了,你就在你说的那地方摆吧,给村上交点摊位费就是了。罗天福很快就把事情办妥了，买了锅，买了油桶，用油桶盘了灶，第三天，就把那个摊子支起来了。

七十五

　　罗甲成这一学期以来，好像还是觉得啥都不顺，先是朱豆豆怀疑网上恶搞翁点点和他的，就是他罗甲成，尽管没有明说，但从情绪上已完全反映出来了。不仅如此，而且朱豆豆现在动不动就爱说穷鬼穷鬼的，让他听了，心里就跟刀剡着一样难过。有几次在人多场合，朱豆豆像是故意要给他难堪似的，偏要穷鬼长穷鬼短地乱埋汰人，有人就不停地看他，使他突然想起了司马迁《报任安书》里的一句话："每念斯耻，汗未尝不发背沾衣也。"这句话其实是司马迁在说自己被处以宫刑后的感受，他说：我因言语而遭祸，为乡里所耻笑，并且侮辱了祖先，即使百代以后，侮辱更加深重。因此我的愁肠一日九回，在家时恍恍惚惚不得终日，外出也不知走到了什么地方，每想到这种奇耻大辱，冷汗就一阵阵打湿衣衫，紧紧贴在了后背上。司马迁说的是被宫刑，而罗甲成从中读出的是贫穷，这个贫穷也已经让他一日惆怅九回，汗时时湿透脊背了。加之沈宁宁父亲职位变化所带来的特殊效应，几乎让沈宁宁像是突然一脚踢进了世界杯的球星一样，受到了好多人的热捧。听说有两个女生已经为沈宁宁把口水仗都打到校公安处去了。可沈宁宁似乎盯的还是童薇薇，罗甲成不敢说沈宁宁是专跟他作对吧，但还是觉得蚂蟥钻进了肉里，挠搅得人心慌。他听说沈宁宁在高中时就谈了一个，那女孩为了他，连北京的一个艺术院校都放弃了，去年才考到西京城的一所大学，读新组建的艺术系，那几乎就是对自己人生目标的一种放弃。但沈宁宁并没有表示出更高的热情。最近，那个女孩的父母，已经为他们的事情来西京城斡旋好几次了，似乎进展也不大，沈宁宁就盯着个童薇薇不放，气得罗甲成眼睛都快冒血了。罗甲成想，你沈宁宁有多少选择余地，就偏偏要盯童薇薇，你干脆把天下你喜欢的女人都弄回去算了，让其他人都宫刑了去尿。问题是他还发现了一个最大的秘密，孟续子嘴上在说给沈宁宁帮忙，其实暗地也在觊觎着童薇薇，这就像他看过的某些老电影，里面隐藏最深的特务，往往可能就是门口戴个烂草帽，哈着腰，永远都在拿个扫帚扫地的那个看似对啥都不关心，其实啥都在他掌握之中的老奸巨猾的货。这也是他无意间发现的，有一天下最后一节课后，他去了趟厕所，回来就听到了这样一段对话：

薇薇："谢谢你的好意，我们不是已经看过一次电影了吗？"

一个男的："这个电影非常好。"

薇薇："我还真去不了，谢谢！"

那个男的："票我都买了，就再看一次吧，德国的，很艺术的电影，网上说，德国总统都看了两遍。不看很遗憾的。"

薇薇："下一次吧，好吗？"

男的："那好吧。我写的诗……你也没发表点评论。"

薇薇："好暧昧哟。谢谢你！"

男的："我希望你能给个机会，让我们单独聊聊，好吗？"

薇薇："在这儿说，不是很好吗。"

男的："我希望，是一种，更适合说话的场合，比如咖啡屋、茶馆什么的……"这个男人说话有些吞吞吐吐。

薇薇："呵呵，好啊，找机会吧。你还有事吗？我该走了。"

那个男人很失落地："好吧。"

罗甲成其实已经听出了那个男人的声音，但有些不相信。他急忙闪到厕所边上，等薇薇出去后，过了许久，那个男人才蔫蔫地出来，是孟续子。这个老狐狸，他有些想笑，但又觉得可憎。

晚上，他发现孟续子也没去看那个很艺术、不看会很遗憾的鬼电影，他是耷拉着瘦脑袋，在网络上胡乱搜寻着什么，也许是网络老死机，只听他把键盘敲得一片响，好像是在用别人的东西。

罗甲成故意撂了一句："哎，孟兄，最近有啥好电影没有，能不能推荐一下，我可以请你看一场。"

孟续子很不耐烦地："不知道，不关心那些破事。"

罗甲成想笑，但忍住了。

罗甲成觉得自己到了必须主动出击进攻的时候了，过去虽然也这样做过，但毕竟有些保守，连孟续子都胆大妄为成这样了，他罗甲成有什么好遮遮掩掩的,朱豆豆和沈宁宁拼的是爹,他凭什么呀?最近一段时间,他发现,追求童薇薇的真不是几个,而是一批人,有一个竟然靠长得像周杰伦,就在薇薇面前大搞类似孔雀开屏之类的拙劣表演,真是五花八门,各显神通了。罗甲成想,自己是班上的学习尖子,这应该是学生最重要的利器,并且,据他观察,在薇薇那里,学习尖子这个武器还是管用的,他觉得他不能失掉机会,得上阵搏一搏了。

对于爱情,罗甲成还真是缺乏基本的判断和经验,在高中时,有一个女生老给他偷偷买点酸奶和太阳锅巴之类的东西,他感觉那是爱,但那个同学实在长得有点五短身材,他咋都看不上。后来那女生的酸奶和锅巴,就老在一个胖得眼睛仅剩一条细缝的男生嘴边出现。再后来,他考上了大学,那两个落榜后,就收割了婚姻。高三时,他也曾喜欢上一个女孩,长得很漂亮,学习却很一般,不是不努力,而是被几个学习差的赖皮缠得学不成。他看针插不进,水泼不进,就离得远远的。后来,眼睁睁看着全班最美的一个女孩儿,硬是被班上一个最丑、最捣、学习最差的痞子给俘虏走了,并且是服服帖帖、心甘情愿、甜美无比地投怀送抱去了。大家由此得出一个结论:好女都被狗占了。因为狗的脸皮厚,能黏糊,骂不走,打还守。人就是个感情动物,感情就来自反反复复的黏黏糊糊,拉扯不清,免疫力也是有限度的。如果黏糊中再带点威逼、恐吓、生扑,啥事没有,他先制造响动,搞成生米熟饭,谁能经得住闲人没明没黑的强力进攻、生黏硬贴,甚至利诱威逼和强人硬下手呢?红颜多薄命,大概多属于这种无奈结局。

罗甲成觉得在薇薇这件事上,他不能再犯傻了,他也是有实力竞争的对象,他行动了。

他也从请看电影开始,之所以这样考虑,也还是一种试探,看童薇薇对自己到底有没有一些特殊的意思。为此,他专门在网上查了所有影院的信息,把那些正热播的电影简介和片花都看了看,觉得没有太合适的,不是枪战,就是灾难片,要么就是无厘头的古代剧,或穿越剧,他觉得太没品位,就又到一个专门放映经典片的小影院去看,发现门口的广告上有《捆着我 绑住你》,这是网上炒得很火的一个欧美爱情经典片。他就先买了一张票,进去看了一下,看适合不适合跟薇薇一起看,如果内容不适合,看了可能适得其反。故事是说一个叫瑞奇的人，从三岁就失去父母，一直在孤儿院、劳教所、精神病院中长大，当二十三岁从精神病院中出来时，行为和思维都有些古怪了。其实他是一个再简单不过的人，生活就三个愿望：讨一个老婆，成一个家，再有一份固定的工作，仅此而已。他曾经从精神病院逃跑过一次，于酒吧结识一个色情演员，并与她有了一夜情。从此他就爱上了这个女人，并且他一生再没有接触过别的女人。重获自由后，他就迫不及待地要组建这个他认为是再也美好不过的家庭。谁知那个叫玛利亚的女人咋都不同意，他就对这个女人实施了绑架。剧情妙在绑架后的一系列曲折推进，最终让爱情在绑架中一点点产生，直到彻底感情征服。罗甲成觉得约童薇薇看这部片子，本身就能表示他的某种坚定和决心，他想也许暗示比直接说出来效果更妙，他就大胆向薇薇发出邀请了。

他向薇薇发出邀请的信息是中午在饭堂发的，不一会儿，薇薇就回信息了，说："对不起，我有事去不了，谢谢！"

他又发了一条："可以改时间，等你有空的时候怎么样？"

过了好久，薇薇才回了一条："谢谢！"

罗甲成觉得事情没有他想象得那么顺利，但也没有那么糟糕，总还是有门儿，也许人家是真有事呢。他觉得发信息还真是一个好办法，要是当面遭人回绝，那就太尴尬了。又过了两天，他又给薇薇编了条短信："这两天有时间吗？那个片子真的很好，想约你一道看看，不知能赏光否？"编好又反复看了看，觉得可以，就发出去了。过了大概一小时，薇薇回过来说："谢谢！将来会有机会看的。谢谢你了！"他一下傻眼了，有一种遭电击的感觉，浑身迅速麻木了，脑子也成了一片空白。闷了半天，他甚至下午一节课都没上，一直游走在湖边上，终于，他给童薇薇发出了第三次邀请：

> 薇薇：我不相信你能忙得连看一场电影的时间都没有，没有别的意思，就是觉得这个电影特别好，我感觉有些哲学的意味在里面，理性和感性到底是什么关系，这个电影给了人很多不同的思考视角。如果你真的不想去，那我也就只能感到十分遗憾了。谢谢你一直以来对我的关心，真诚地谢谢！甲成

他觉得这个信息起码说明了三层意思：一是电影确实值得一看，你不看会遗憾的；二是请你看电影，是因为你一直以来对我很好，有感谢的成分在里面；三是有点威胁的口气，我就不相信你连看一场电影的时间都没有，既将了一军，也是不满，并且比较含蓄。信息发出去后，他甚至有一种等待更不好的消息到来的准备，谁知没过一会儿，薇薇把短信回过来了："好吧，听你安排。"

罗甲成激动得差点没晕过去。

罗甲成几乎是飞一般地从学校大门射出去的，也顾不得挤公交车了，奢侈地端直打了一辆出租，跑到那个小影院去了。谁知这个电影已经不演了，他好不容易找到负责人，问啥时再演，人家说，说不清，反正这一轮演过了。急得他一下连说话都结巴了起来。这场电影事关重大，无论如何，他都得请薇薇把电影看了。

他都没有想到，当时他能做出那么重大的决定，包一场，必须陪薇薇把《捆着我 绑住你》看了。他问影院负责人包一场多钱，人家说一千块。在他的印象中，那天他看时，里面也就坐了十几个人，一张票三十块钱，加起来也就四五百元，他觉得应该有商量余地的。死缠硬磨了一整，最后达成的结果是，他交四百块钱，人家还可以卖票。这样也好，让薇薇知道是他包的场，反倒不好。

罗甲成终于把童薇薇请到小影院来了，他自然是拿到了最好的座位。这个电影院好像是专门为情侣设计的，每两个座位连在一起，靠背很高，两边扶手也很高，坐在里面有些像包厢。罗甲成开始还有些不自在，薇薇倒是大大方方地坐在他身边，他的身子不时能挨上薇薇，但他没有去挨，相反倒是故意保持了一点距离。这个距离既是对薇薇的尊重，也是他君子人格的一种展示，同时，他觉得这个距离使自己呼吸起来也更自然通畅些。他提前把啥都买好了，有爆米花，有瓜子，还有酸奶，薇薇好像对爆米花情有独钟，这让他心里很是滋润。开演时，他留意了一下，另外还卖出去了十几张票，并不比那一天看的人少，影院算是白赚了他四百块。四百块对于罗甲成来讲，确实是大钱，这是他去年夏天打工时挣下的，每一块至今摸来，还都是汗津津的，但花给薇薇，他感到很快乐，很幸福，很值。

电影开始了,薇薇看得很投入,几次他都想说话,可薇薇好像很反感他弄出任何响动,害怕影响别人,更别说说话了。这让罗甲成想起了在乡下看电影的自由,谁想咋说就咋说,谁想咋喊就咋喊,高兴了,他们还会故意把手伸到镜头前,让银幕上出现各种奇怪的图案,逗得满场哄堂大笑。而他在城里这是看第二场电影,第一场他一个人,没人说话,第二场,想跟人说话,却不能说,这也可能就是文明的某些差别。男主人公一直把玛利亚用绳子捆着,开始用的是很粗的绳子,后来慢慢改为细麻绳。玛利亚有毒瘾,主人公不惜冒着生命危险,去跟毒贩子打交道,直到被打得遍体鳞伤。这种真诚感动了玛利亚,终于,玛利亚心甘情愿地跟"绑匪"重演了几年前的那一幕,两人几近疯狂地做着爱。罗甲成在一个礼拜前,看到这一组镜头时,几乎都惊呆了。电影还能这样拍,当时他的第一个疑问就是,两个演员是不是真的发生了性关系?还是在他上高二的时候,有一年暑假,他到后山砍柴,曾亲眼看到过有人做爱。那是在一片桦树林中,塔云山村的一个寡妇,跟外村的一个男人,开始还羞羞答答的,后来那个男的就要脱寡妇的裤子,寡妇半推半就着,就被那个男人脱光了下身,然后就压在一片蒿草中,整得她又是哭又是笑的,哼哼唧唧喊了半天骂了半天。罗甲成打懂事起,就听村里人拿这些事过嘴瘾,寻开心,但真正眼见,那是第一次。等人家把事情办完,各自离开了桦树林,他浑身都还在突突突地震颤着,原来塔云山人说得最解馋、最过瘾、最乐此不疲的事情是这样的。也就在那次偷窥中,他知道了情欲对人的急火攻心与不可抗拒。当看到电影里男女主人公的激情戏时,他的某些部位也很不老实地蠢动起来。他看了看薇薇,生怕她发现了自己的秘密,自己成什么人了,可不敢让薇薇觉得他是专门勾引她来看这种镜头的。他已经连大气都不敢出了,可玛利亚还在幸福地呻吟个不停。他悄然移动了一下双腿,死死夹住了那个流氓货色。他在心里一再解释,绝不是对薇薇不敬,而是电影镜头的过分暴露和塔云山白桦林的那一幕,让一个缺乏理性的人难堪了。

电影看完后,他没有敢急着问怎么样,直到走出影院,他看了看,薇薇并没有生气,才问薇薇感受如何。薇薇说挺好的,但薇薇立即提出了她的不同观点,她认为,这个片子值得讨论,这种绑架爱情的方式,绝对不可效仿。并且说,也许对一个沦落风尘的色情演员可以,但对于其他人,这种方式只会适得其反，怎么能以限制别人自由的方式去获取爱情呢？这太暴力了，怎么感动，也是对暴力的美化，她不敢苟同。罗甲成似乎立即就明白了童薇薇的意思，本来他是想多跟她讨论一会儿，此前，他甚至已经踩好点，从电影院一出来，就可以进到一个咖啡屋，并且他还有几百块钱。他想，一顿消费还够，也许这几百块钱，就解决了人生重要的事情。可薇薇一出电影院，就说得回去了，任罗甲成怎么挽留，她还是说家里有事得回去。罗甲成就只好跟她一道回学校了。打出租的钱，说什么薇薇都要掏，他只好让她掏了。分手时，薇薇一再向他表示谢意，并说，改天她要回请一次，罗甲成当然是求之不得了，就说他等着。

虽然看电影的效果并不像罗甲成想象的那么好，但这场电影看得绝对是值了。他回到宿舍时，幸福得嘴角的蜜都溢出来了，但是他一点儿都没有表现出来。这种幸福绝对是要独自享用的，更何况身边坐着卧着的都是这个阵营的死敌。

七十六

文庙村改为社区，社区主任要选举产生，文庙村一下又热闹了。当然，热闹的是本村的那一千多户土著村民，租住在里面的好几万农民工，该干啥，还干啥，所有的明河暗流，他们的感觉似乎都不十分明显。

郑阳娇知道这事已经有好几天了，她心里有一个想法，一直没跟西门锁说，她觉得西门锁现在跟过去大不相同了，啥也不争，啥也不抢，在她看来，活得已经是一个很窝囊的男人了。哪像过去，村里有个大事小情的，一蹦就去了，听说哪里打架骂仗，半夜都能穿个裤衩就从窗户飞出去，飙到街上一去一夜不回来。现在别说哪里打架骂仗，就是说哪里杀了人了，他也是木杵杵的，问都懒得问一下，更别说去凑热闹了。郑阳娇就觉得怪，西门锁才五十岁的人，对啥都不感兴趣了，连床上的事，也是有一下没一下的。她问过其他女人，都说现在的男人，六七十岁都行得很呢，西门锁那货，却迟早萎蔫得跟两张皮一样，搓都搓不成一根浑绳子。这次村里选社区主任，其实也就是换届，一村的男人，几乎跟打了鸡血一样，都在跃跃欲试，都在蠢蠢欲动，西门锁却像啥都没听说一般，不是睡懒觉，就是看动画片、枪战片、功夫片，打游戏，睡着耳朵塞着棉花，醒来贴着拳头大的耳麦，连狗把郑阳娇专门按摩乳房的按摩器，从床上拖到大门口，他竟然都没发现，木气得简直没救了。但在换届这件事上，郑阳娇算来算去，还是想把西门锁推一把。现在是个官都比普通人强，更何况文庙村寸土寸金，谁要在文庙村用地，当家的还能少了好处？听说局长厅长都要巴结呢，还别说平头百姓了。西京城的村主任可不比乡下那些"鸡头""鸭头""鹅头"村干部，不是说罗天福都当过村支书还是村主任吗，穷得那样儿，恐怕连文庙村一个给村主任拾鞋带的都不如。前几年，另一个村子换届前争得头破血流，村主任早早就被杀了。西门锁要是能把文庙村的大权抓到手，搞不好，把现在的家底还能翻几倍，那可就真是上辈子烧了高香了。更何况西门家有政治底子，西门锁的老子就当过村主任，虽然名声不是太好，但毕竟也有老资格在那儿摆着哩，现在不是兴这个嘛。这几天也不断地有人给郑阳娇吹风，让她撺掇西门锁上，可她几回想给西门锁说，见他那屌不甩的样子，又懒得跟他搭腔。这天晚上，她忍不住到底还是开口了。

郑阳娇："哎，村里这么大的动静，你都没个想法？"

"啥动静？"

也不知他是真不知道么还是假不知道，郑阳娇就有些生气："选村主任，你不知道？"

"选不选与咱啥相干？"

"大卵子都想竞争呢，我就不信你活得连大卵子都不如。"

大卵子也是村上的一个老闲人，小时候穿开裆裤，露出一包卵子来，大得一捧捧不下，因而得名。

"大卵子竞争不竞争的，和咱有啥关系吗？"

"哎，西门锁，你难道真的就窝囊成这样了，你看你还像不像个男人，人家都争哩抢哩，你就这样三棍子闷不出个屁来？"

"争着当那弄啥？"

"弄啥？你老子当村主任弄啥？没你老子当那十几年村主任，你如今还能吃香的喝辣的……"

"去去去，不想跟你说。"西门锁又戴上了耳机。

郑阳娇上去端直把耳机给揭了："你听我说几句行不行？村里都闹成这样了，你咋还是这号糊涂虫呢。"

西门锁也没好气地："你想当你不会争去，找我干啥？"

"你真把我能气死呀西门锁。你不为你着想，也总得替你儿子着想吧，你想想，当了村主任活人是啥味气？"

"村主任真个是咱家的吗？想当就当了？"

"这不让你去争嘛，都争呢，你是瓜了不争？"

"咋争？"

"咋争？这还用问我，拼个鱼死网破，咋争。谁最有可能上，就跟他死磕，死盯，死咬，直到把他咬破，咬败，咬倒，咱就上去了。"

"行了行了，再别没事找事了，放着安生不安生。"

"你真个不当？"

"当那是挠哩。"西门锁说完，又把耳机戴上了。

郑阳娇气得一脚把狗踢出老远。这个狗，她一点都不喜欢，跟正版虎妞可是差得太远了。也许是西门锁买回来的，狗在郑阳娇那儿一受欺负，就噌地一下，钻到了西门锁的腿下，只把一个头露在外面，对着郑阳娇一咬一退的。郑阳娇又恶狠狠地照它做了一个鬼脸，它就完全钻到西门锁身后，哼哼唧唧地藏起来了。

西门锁并不是没有听到文庙村改选的消息，也有人给他发信息，要拥戴他出山的，他却对此毫无兴趣。要是放在十年前，他也许还想扑腾一阵，但现在，他已不想受这麻烦了。他知道现在村里选举是咋回事，他已折腾不起了，甚至都害怕得有点保命要紧的感觉。再说，他的心思一直还在赵玉茹身上，看来乳腺癌在她那儿仍是一个不治之症。他觉得，自己可能很长一段时间，都得把精力花在病人身上，因此，这次文庙村的政治风暴，之于他，事不关己，高高挂起。

他在准备给赵玉茹做第三次化疗。他已去医院跟段大姐商谈过三次了。段大姐的意思是，最好别再化疗，让赵玉茹好好活几天。但赵玉茹还是坚持要化疗。她在网上查阅了大量资料，认为化疗还是目前治疗癌症最有效的手段。西门锁能看出来，她有一种渴望生命的顽强斗志和毅力，他得帮她，尽管赵玉茹仍然表现出一种不愿接受他帮助的意思。

赵玉茹在他不知道的时候，又自己带着保姆住到医院去了，消息是段大姐告诉他的。他去医院的时候，化疗已经开始了，赵玉茹又处于呕吐不止的状态。西门锁一见，心里就难受得不知怎么办才好。他跟保姆在两边搀着赵玉茹，他感到赵玉茹浑身已无缚鸡之力了。他试着说："不行了，先把药停一下。"赵玉茹摆了摆手，他还没有弄明白是什么意思，又问："停一下？"赵玉茹更坚定地摆了摆手，他明白是不让停。

段大姐手头正有病人，无法过来照看赵玉茹，急得西门锁大小事都去跟她商量，没了段大姐，好像就跟没了主心骨一样。只要赵玉茹一有大的反应，他立即就去喊叫段大姐，段大姐也会马上跑过来看看，跑得多了，那边病人家属就有了怨言，说她人在曹营心在汉。

第一天晚上，都快十一点了，赵玉茹才安宁睡下了。

西门锁在离开时，又找段大姐聊了几句，段大姐还是那个意思，做化疗对赵玉茹绝对没啥好处。她说："有些人能适应化疗，有些人就不适应化疗，你知道不。我看赵老师就属于不适应化疗的那种，你知道不。"

"这些难道大夫不清楚吗？"

"我给你这样说吧，大夫这种事可是见得太多了，都麻木了，你知道不。反正化疗也都是征求了病人意见的，你知道不。这种方法，也确实是目前世界上治疗癌症的最好方法，你知道不。赵老师硬要做，人家还能不下药？你知道不。"

"那这样下去到底咋办嘛？"

"你问谁？问我？我都说清楚了，你知道不。这样下去，赵老师顶多再能撑半年，你知道不。可不是我嘴毒噢，见得太多了，你知道不。"

西门锁从医院出来，先在大街上胡乱走了一会儿，回到家时，都十二点多了。没想到郑阳娇早回来了。

郑阳娇这几天是频繁出去谝闲传，打麻将，自己还美其名曰"夫人外交"。见西门锁这时才回来，就有些躁："真是皇帝不急太监急呀，村里选举都火烧屁股了，你还有心思到处胡逛荡。我可给你说，这可是特殊时期，把你那些瞎瞎毛病都收敛着点，裤带别紧些，小心政敌抓你的小辫子。"

"瞎说什么呀。"

"哎,你还真格的不上心啊,我可是给你把路都铺得差不多了,好些人都同意你上呢。你知道人家都咋说,说你上了就跟美国的布什家族一样了,老布什干了,小布什也干上了,那可是文庙村的福分呢。"

"去去去,再别到处给我丢人了。"西门锁说着,疲乏地瘫在了沙发上。

郑阳娇气得拿手直捣他:"你咋是狗肉不上秤呢,放到这好的事,咱为啥不争?马上要城中村改造了,还不知有多大的好处呢,你脑子没进水么,瓜成这样了……"

"你脑子才进水了呢。别再到处丢人现眼了,我不可能去蹚那浑水,你就放安宁些吧,免得留下一村的笑话。"

"你个阳痿货!"气得郑阳娇狠命一脚,把正探头探脑看阵势的山寨版虎妞,踢得嗷嗷叫着,钻到沙发底下去了。

一连几天,郑阳娇还是在四处活动,西门锁仍然找机会就去医院照看赵玉茹去了。一天晚上,西门锁还没从医院出来,电话就来了,是郑阳娇的,问他在哪里,干啥?他说在朋友那儿聊天,郑阳娇问在哪个朋友那儿聊天,他就把电话挂了。晚上回去,他已有精神准备,可能要地震,但他刚走进家门,郑阳娇先端了一盆洗脚水过来了,还笑嘻嘻地说,有好消息,最大的政敌已被人咬出血来了,该是出击的时候了。

他问:"把谁咬出血来了?"

郑阳娇说:"姚占魁么,这一段不是姚占魁呼声最高么。"郑阳娇拿出一封匿名信说:"你看,这是在村里到处张贴散发的东西,你看把驴日的抹成尿了。有人私下还联络说,谁提供线索,不仅给钱,而且将来人家上了还有更大的好处呢。"

"赶快把那扔了,咱卷人家那事干啥?还嫌不肮脏,不泼烦。"西门锁说着,进卫生间蹲在了马桶上,那条只有等西门锁回来才敢从沙发下溜出来的狗,急忙出出溜溜跑进厕所,凑到西门锁腿边蹲下了。

郑阳娇又赶到卫生间说:"这是好事呀,都咬败了,不是刚好让你拾个便宜吗?关键是你也得动起来呀,你不动,谁把屎还能直接屙到你嘴里。"

"你咋还在招摇这事呢?我说过了,不可能卷那事,你就赶快悄着吧。"

西门锁拉不下，又端直提起裤子从卫生间出来了。本来乏得不想洗脚了，可看到郑阳娇把热水已经放在那儿了，怕惹郑阳娇再不高兴，就把脚泡进去了。谁知郑阳娇已经被惹了，不知把卫生间里的一瓶什么东西故意摔打完，恶狠狠地冲出来说："西门锁，我可给你说，你这回要是不弄，我就跟你没完。我跟你图啥？你说，我跟你图个啥？你个阳痿！"

郑阳娇一声"阳痿"刚出口，气得西门锁一脚就把洗脚盆踢得哐啷啷滚了半间屋。卧在脸盆旁的狗，吓得忽地钻到了沙发最深处。一盆泼出去的水，刚好打湿了郑阳娇的半截睡袍，郑阳娇的马蜂窝，这下彻底给捅烂了。

"西门锁，我贼你妈。"

西门锁就想起来抽她的嘴，谁知一下给滑得从茶几旁溜了下去，他试着往起站，腰以下都是麻木的。好不容易扶着茶几撑起来，感觉腰使不上劲儿，闷痛闷痛的，就顺势倒在了沙发上。

这时，郑阳娇把卫生间的瓶瓶罐罐，已经砸得一片响了。她几乎是歇斯底里地骂道："我一天跟你守活寡，你在外边嫖了还到屋里嫖，叫你当村主任给我捡张脸，你还硬得比贝壳夹夹都硬，你个窝囊废，该硬的不硬，不该硬的朝死的硬，我叫你硬，我叫你硬，我叫你硬……"卫生间便发出了接二连三的"爆炸"声。

西门锁已经习惯了这种频发的暴风骤雨式的闹剧，也懒得理，也不敢理，越理会越糟糕。他这阵儿倒是特别担心自己的腰，怕一旦有个闪失，就到医院去不成了。卧了一会儿，他慢慢试着往起撑了撑，总算撑了起来，好像还无大碍。这时，刚好金锁回来了，悄声问他咋了，他无奈地摆了摆手，什么也没说，就朝门外走去。那条钻在沙发深处的狗，见他要走，就急忙跑出来跟着。他往回吆了吆，狗还是跟着。卫生间里又突然传来了郑阳娇思念狗的哭声，那声音十分凄惨，撕肝裂肺。西门锁又停住了脚步，他突然觉得这个时候，他不能离开，郑阳娇对虎妞的思念绝对是真的，他感觉她越来越有一种歇斯底里症，一旦失控，是会出事的。他停下了脚步，又慢慢回到了沙发上。狗也跟了回来。这条狗是西门锁买回来的，开始也在尽量表现，可总是挠不到郑阳娇的痒处，郑阳娇就越来越不待见了，所以它也就越来越依恋西门锁了。西门锁蔫蔫地斜卧着，它就跟小媳妇一样，把身体紧紧缩在西门锁腋下，生怕某一部位暴露在外，会招来横祸。

郑阳娇大概闹了半夜，最后是金锁劝到房里睡下的。

西门锁也没脱衣服，就那样在沙发上窝了一夜，倒是让狗幸福了一晚上。

赵玉茹连续做了四天化疗，身体虚弱得气弱游丝了，又打了几天营养针，就准备出院了。西门锁还是每天过去探望，郑阳娇还是在热衷于四处探听消息，她不落屋，反倒让西门锁有了更多出来的时间。出院那天，段大姐一再给他交代，要想办法给赵玉茹做工作，别化疗了，别再遭这罪，花这冤枉钱了。西门锁说他找机会试试。

一回到幼儿园，赵玉茹就给他明确讲，要他不要老来，影响不好。他也就又靠和保姆之间的联系，掌握赵玉茹的情况了。这中间，映雪给他打了个电话，问她妈化疗的情况，因为保姆说不清楚。他没有说实话，他怕孩子着急，他说一切都好着哩，并说病情在向好的方面发展，他要映雪好好学习，别分心。映雪似乎相信了他的话。

郑阳娇对让西门锁竞选村干部这事，始终也没有松劲，后来听说选下来，搞不好得扔出去几百万，一张选票给人家上千块，那些承头帮忙吆喝的还得下重锤，两轮选下来，得撒出去四五百万，还难保能选上。郑阳娇有些心疼钱，才算了事。嘴里还不干不净地骂着："当当当，让他妈的臭屁都当领导去！"

七十七

罗天福的腰彻底恢复了，老摊子越来越红火，新摊子生意也不错，就有点春风得意的感觉。晚上，唐槐下的戏，他也就能腾出手，也有那个闲心去听了。由于外面饭店需要千层饼的量在增加，因而，家里这一摊子总是停不下来。他们就轮换着打饼、听戏，新来的几个婆娘，也都感到来城里投奔罗家这个亲戚是来对了。

文庙村的社区改选，虽然是人家村里人的事，但这么大的动静，住在这里的所有农民工，也就自然都知道了。罗天福就看到过几张诽谤传单，有一张竟然贴在了他的土锅灶上。按传单上说的，把那人枪毙了都死有余辜，还别说当村主任了。这样的传单连着出现了好几天，简直有点铺天盖地的味道。他就想不来，一个村主任，咋能有那么大的吸引力，值得让人去下这样的黑手，他都觉得浑身瘆瘆的。并且越传越邪乎，说要想当选，最起码得花好几百万，他想，花那么多钱把村主任当上，图的啥？最起码他也得想方设法把钱捞回去吧，那这样选个干部出来，成啥事了？他有些看不懂，但一切又都好像是明摆着的事。他也许是多年当村干部的原因，因此，对这事还特别关心，谁一说，就竖起耳朵听，听了晚上在床上就叹息，淑惠就说他是叫花子操的皇上心。

就在他正操心村上选主任时，没想到黑传单把他也贴上去了，差点把罗天福没气死。

那天早上，他起得晚了一点，昨晚打饼加了一会儿班。招弟一早先出去，结果急急火火拿着一张纸跑回来，气呼呼地让他看。他一看，上面歪七扭八地写了一大堆字，仔细一看，竟然是骂他和罗家千层饼的：

罗家千层饼是他妈的×，还都吃呢，为啥有人老上当，就是因为他们的饼里掺了大烟壳磨的粉，好多人都吃上瘾了，其实也就是吸毒。还有各种添加剂，都治（致）癌，敢（赶）快吃吧，不怕死了就多吃。

罗家是一窝猪，不讲卫生，有人看见，他们上厕所都拿指头扣（抠）尻门子，扣了不洗，直接就和面打饼，吃了能不香。

罗家是个大淫窝，那个老汉和几个山里来的婆娘睡在一个床上乱搞，卖饼，也卖×，千层饼肯定有味道。

罗家严重偷税露（漏）税，挖国家墙脚，是文庙村最大的柱（蛀）虫，此害不除，国无宁日。

罗家用巨额金钱买通干部，上边不仅不管不抓，而且还有人替他扩大生意，包避（庇）坏人。希望尽快查出幕后黑手，交出脏（赃）款，让文庙村人民重见天日。

文庙村老党员

罗天福看完，一屁股瘫在床沿上，这晴空霹雳，把他一下打蒙了。

这个传单是复印的，肯定其他地方还有，罗天福想赶在别人看见以前，先抢着撕下来，免得扩散。他连一只鞋都没趿上，就跟招弟一起跑了出去。果然罗家两个摊子附近的街道都贴满了。几乎每张匿名信前，都拥满了人。有的在大声念着，遇见那些最丑化人的句子，还故意念得阴阳怪气的，就惹得阵阵哄堂大笑。罗天福心里跟刀剜一般，又不知该如何是好。他只能背过身，生怕别人看见了，等一拨拨人笑着远去了，才一张张撕下来。几乎是突然间，自己就变得寡廉鲜耻、罪恶累累、臭名昭著了。这是他做梦都没想到的事。他突然觉得自己可能完了，在西京城打饼的路，算是走到尽头了。

摆在街上的两摊生意，今早都冷清得几乎没有几个人光顾，有小孩来买的，过一会儿，也有大人领着来要退钱的。罗天福颤抖着双手，就让把摊子都收了回去。

罗天福慌乱得有些六神无主，他长到五十多岁，还没经见过这事，该咋办，他得找个硬扎人商量商量。他想到了两个人，一个是东方雨老人，一个是街道办的贺冬梅主任，关键是这事好像把人家贺主任也卷进去了，就觉得对不住人家。他先去找东方雨老人了。

东方雨老人正在唐槐下打太极拳。他一见到老人，双腿软得差点跪了下去，老人一把把他搡住了，问他咋回事。他就把撕下来的一厚摞传单递给了老人。老人一看，气得愤然斥责了一句："无耻！"就问他："这些都在哪儿见到的？"

罗天福哽咽着说："满街贴的都是啊！老伯，我们活不成了哇！"

"你别怕，这是谁干的，很容易分析出来，也很容易查清楚。你想想，最近生意上是不是得罪啥人了？"老人把浑身都在颤抖的罗天福，扶到他的马扎上坐了下来。

"我们能得罪谁呀，老伯，我们都是树叶掉下来，都怕砸着人的人，能去得罪谁呀？啥事都是吃点亏就算了，真是没跟任何人置过气，没跟任何人过不去过哇！"罗天福痛苦得直摇头。

东方雨老人分析说："会不会是生意上的竞争对手？"

罗天福反复想了想，也想不出谁是他的竞争对手，要知道，他早就给人家让路了。

"走,我带你到派出所去,让他们查一下,你别急,会还你一个清白的。"说着,东方雨老人就带着罗天福去派出所了。

派出所看东方雨老人来了,都很客气,其实派出所今早也接到了这样一封匿名信,他们就问了一下罗天福的情况,又让他写了发现匿名信的过程,还让留了联系方式,就让他走了。在罗天福写情况的过程中,东方雨老人反复给几个民警讲了罗天福的家庭情况和为人,要他们相信罗天福,是个遵纪守法的好人。罗天福听了,有一股暖融融的东西从他心底的冰河中流过。

从派出所出来,东方雨老人又领着罗天福去了一趟街道办,刚好贺冬梅在。东方雨老人还没开口,贺冬梅就说知道了,她今早也见到了这封信,是塞在她门缝里的,据说几个主任的门缝里都塞的有,并且还给街道办的院子里也撒了一些。大家都在议论说,怎么连一个卖饼的农民工都被告上了,文庙村真是乱了套了。

罗天福觉得信里是把贺主任也捎带上了,就感觉特别歉意,人家给自己帮了忙,还受了这样的冤枉。他想把这事解释一下,贺冬梅笑笑说:"没事,这个不用解释,没有人会相信你罗天福拿着巨额金钱来贿赂我的,告状嘛,总是得说些狠话。就怕这事会影响你的生意。"

"今早就没人吃了。"罗天福说。

"这可能就是人家害你的目的。"贺冬梅说。

"唉,生意做不成事小,把人搞臭了,让我咋见人哪!说我饼里有大烟壳子粉,我还真没见过大烟壳子,你说冤枉不冤枉。说我偷税漏税,我的税可是税务所额定的,每月从没少过一分,国法我罗天福还是懂的。还说我们不讲卫生,你看那话说的,我们要真的那样做,就是德行问题,不是卫生问题了。"

东方雨老人说:"这明显是侮辱人,想把人搞臭,把摊子搞砸。"

"还说我开淫窝,真是缺了德了,家里来的几个女人,都是自家的亲戚,有四个还都是咱的晚辈,哎,你说我罗天福能活得猪狗不如吗?"罗天福气得双手直砸自己的脑门儿。

贺冬梅给他递了一杯水说:"老罗,别这样,人怕出名猪怕壮么,你家打饼生意可能比别人好一些,别人就眼红了,这很正常。这种信一看就是侮辱人的,别太在意。我们也查一查,你该干啥干啥,别让人家真正把目的得逞了。"东方雨和贺冬梅又劝了劝罗天福，罗天福觉得再说啥也无益，就跟东方雨老人回来了。

罗天福回到家里，几个婆娘和招弟正在哭，都觉得没脸见人了。罗天福急忙调整了一下自己的情绪和心态，故作轻松地笑了笑说："就这点事，把你们都吓成这样了，那要是天塌下来了咋办？只要是白的就抹不黑。都别哭了，有人给咱撑腰呢。别让人家一打就趴下了。"

几个婆娘倒是没哭了，可下一步咋办？罗天福真是碰上了大熬煎。

这事很快西门锁和郑阳娇就知道了。他们自然都很气愤，郑阳娇觉得打狗欺主了，关键这事也瞎了房主的名声。她还没走进罗天福的租房，就骂开了，骂谁干的这事，绝对生娃没尻门子，还骂这种人非得艾滋病、得绞肠痧、得非典、得癌症死不可。那骂声，能把房顶上的灰尘都震下来。西门锁也来安慰了。几个婆娘见主家这样愤愤不平，就都委屈得哇哇哇地哭成一笼蜂了。

一会儿，东方雨老人也来了，他让罗家继续出摊。罗天福说都没人买了，咋出？东方雨老人就说，从今天起，他每天坐在摊子跟前，帮忙聚人气。郑阳娇也对西门锁说："你也帮忙守摊子去，我就不信，真个还让人就这样把摊子砸了，打狗还得看主家脸哩。"

下午的时候，两个摊子又推出去了，几个婆娘开始有点不好意思，都弄头巾把脸包得只留下了二指宽一溜，后来，东方雨老人和西门锁果然来了，一人守着一个摊子，又是带头吃，又是介绍饼的优点，又是介绍罗家咋诚实守信的，郑阳娇更是满街胡骂浪撅，把写匿名信人的祖宗十八代，都骂得翻了几个遍。第二天早上，贺冬梅还带着街道办的几个人，专门来吃了罗家的千层饼，罗天福的摊子，就算又慢慢在恢复人气了。

七十八

罗甲成自请童薇薇看过那场电影后，他感觉与薇薇的距离是明显拉近了许多。薇薇很多事都向着他，尤其是最近学生会换届选举，薇薇力推他做副主席候选人。这是他做梦都没想到的事。虽然罗甲成并不热心学校的各种课外活动,但学生会主席、副主席这个名头,对他还是有吸引力的。他从网上看到,很多社会精英人士,都有过在大学当学生会领导的经历,再加上他也需要有一种对自己能力的证明,更需要在这个社会群体中树立起自己的形象和地位,因此,他对这件事就显得特别热衷。可憎的是,以朱豆豆为代表的一批人,在强烈忽悠沈宁宁上,他们认为沈宁宁更有能力和热情为大家服务,对罗甲成的评价,就一个自私了之。气得罗甲成连着几顿都吃不下饭。

这事,童薇薇可能知道了,要不然,那天中午,她是不会拿着盘子,穿过那么多座位,那么多人,端直坐到罗甲成面前的。罗甲成吃饭始终喜欢一个人拿到一个很边远的桌子上吃,一来,他不喜欢跟人交流;二来,交流中时时都会产生难堪,在他看来,生活中几乎没有多少话题不让他感到难堪的;最重要的是,他总是吃那些很便宜的菜,很多时候,甚至就一个素菜,外加馒头稀饭,他不想让人看到他的寒酸。当薇薇坐到他面前的时候,他的眼睛还正对着半碗稀饭在发愣,他想不通,大家怎么会觉得他自私,罗甲成侵犯别人利益了吗?

"想啥呢?"

罗甲成抬头一看,竟然是薇薇。薇薇到学生食堂吃饭并不多,多数是在家里吃。只要她来吃饭,往那儿一坐,立即就围满了男生。他从来没敢朝那个热烘烘的堆里扎过,尽管很嫉妒那些扎进去的人。

"没想啥。"他急忙给薇薇挪着地方,虽然偌大个桌子,并不需要挪什么地方。

童薇薇坐下来了,他突然觉得自己今天不该又是只要了一个烧豆腐,他看见薇薇的盘子中是三种菜,有鱼,有青菜,还有烧茄子。他生怕薇薇问他为什么只要这一个菜。但薇薇没有问。

薇薇问:"你把竞选演讲准备好了吗?"

"我,行吗?"

"你怎么到这阵了还这态度?"薇薇好像有些不高兴了。

"呵呵,反正有点不自信。"

"自信心可很重要,甲成,自信心有了,这演讲可就成功了一半。"

"你觉得我都讲些啥好呢?"

"越真诚，越朴实越好，就讲你的经历，你进这个大学的感受，还有你当了副主席以后的志愿哪！"

"大家会选我吗？"罗甲成心里还是来来回回着。

"你呀，就凭这心态都会吃败仗。"

薇薇好像是有些失望地埋头吃起了饭。他急忙解释说："不是这个意思，我是说，我当选的优势……是什么？"

"你的优势很明显哪，学习好，又代表着一个方面。"

罗甲成急忙问："代表着什么方面？"

薇薇突然觉得话说得有些不合适，就改口说："代表着优秀学生一面哪。"

罗甲成被薇薇表扬得既很滋润又有些不好意思地说了一句谦虚话："人家……都很优秀。"在他嘴里，这种话平常是很少听到的。薇薇就笑着说："你也蛮谦虚的嘛，这就是最好的演讲姿态。"

罗甲成能够这样近距离观察薇薇的时候可不多，薇薇刚好面对着窗户，阳光斜照进来，一张润泽得跟珠玉一般的脸颊，轮廓更是被勾勒得精致大气，尤其是那双在秀发中时隐时现的如钟乳石一般流线自然的美丽耳朵，让他随时产生想伸手去轻轻摸一下的妄念。

这时，他突然听到一阵炸了锅的爆笑声，回头一看，是朱豆豆、沈宁宁和孟续子那一桌发出来的。那一桌坐了七八个人，好像都在笑着朝他看着，反倒是沈宁宁、孟续子都低着头在哧哧地发笑。罗甲成立即敏感地认为，这是在笑他，并且是有关他和薇薇的什么话题，把人笑翻了。他看了看薇薇，薇薇好像根本就没有感到这个笑声是与她有什么关系似的，继续说："我觉得你演讲先可以准备一个稿子，但最后最好脱稿讲，那样生动，也更能吸引听众。"

罗甲成已经被这笑声弄得心神不安了，他们在说他什么坏话呢？肯定是恶毒至极，要不然，怎么能产生那么大的轰动效果呢？是谁说的？朱豆豆的可能性最大，孟续子也不是省油的灯，要论幽默，孟续子可能更黑色一些。薇薇的话，他就几乎没听进去。薇薇又说："你可得好好准备一下，有好多同学都支持我的观点，同意推你上呢。"

罗甲成嘴里哦哦哦地答应着，身子就有些坐不住了，尽管他是那么希望跟薇薇坐在一起，甚至做梦都渴望着跟薇薇面对面地坐一辈子，可那笑声，让他

379

突然觉得是被人踢了坐骨神经，再坐下去，他的肉体和精神都有些不能承受之重了，他就恍恍惚惚地站起来了。他说："你吃，我先走了……有点事。"薇薇说了什么，他都没听见，就快步离开了。

一走出门，他就后悔了，人家薇薇是穿过那么多人，专门来跟自己一起吃饭的，自己竟然被一阵笑声，就弄得六神无主地提前溜了，真是太不够意思了。他突然想扇自己两个耳光，最想做的事，偏装出一副无所谓的样子，这就是他罗甲成。难怪人都说他"阴肚子"、水深。他也努力想改变这些，可经不住一声怪笑，就把那点自信销毁得烟消云散了。从饭堂回到教室，他又立即给薇薇发了条信息，表示歉意。薇薇似乎还没弄明白他道歉的原因，就回信说："你不是说有事提前走的吗？道什么歉呀？谁还能没个事。我表扬你谦虚，可不敢谦卑过头了哟。"虽然薇薇可能并没看出什么问题，但在罗甲成看来，又是一场弄巧成拙的事。

晚上，他回到宿舍时，朱豆豆、孟续子，还有另外宿舍的两个跟屁虫，正在教导沈宁宁如何竞选学生会副主席，他们明明都知道经过童薇薇鼓动宣传，他也是公开了身份的竞选者之一，但他们还是在那儿肆无忌惮地聒噪着，好像压根儿就没把他放在眼里，他感到这是对他的公然蔑视、挑衅与对抗。就说朱豆豆站在沈宁宁一边，罗甲成还能理解，你孟续子算个什么玩意儿，也跟着打哈哈、推波助澜。问题是他都回来了，这种鼓噪、煽动，不仅没有停止，而且还变本加厉地愈演愈烈了，他就感到特别愤慨。那种宣战的火药味，已经弥漫到了一触即爆的程度，让他坐也不是，站也不是，睡也不是，只好在房里转一圈，钻进卫生间，蹲在马桶上，把个瘦尻子卡在坐便器里，不起来算了。

虽然紧紧关着卫生间的门，但他还是想听外面到底在鼓噪些什么，他听见朱豆豆说："你的优势太明显了，我认为你应该竞争主席，而不是副主席，当副的有啥意思，跟着正的瞎吆喝，没什么意思。"

"哎哎哎，朱兄，饭咱可得一口口地吃噢，听说主席人选是上一届的副主席，都已经硕博连读了，咱竞争，也得看个对象吧，知己知彼，才能百战不殆嘛。"这自然是孟续子的鼓噪。

沈宁宁说："我咋越想，越不想弄这事，没多大意思。"

另一个宿舍的那个外号叫"薛大牙"的，一下制止了沈宁宁的话："哎哎哎，沈市长，您可不能不顾民意啊，人民群众这样拥戴您，请注意，我用的是您，不是你，您能劈脸给人民一个耳光吗？那对人民是多大的伤害呀！您必须上，您不上，人民不答应。"

"薛大牙"煽呼起了一屋的笑声和掌声，罗甲成听得直想吐。

外面一直在争论，在谋划，在献媚，声音时高时低，时断时续，有时可能是牵扯到竞选秘密了，声音就小得一根针跌在地上，都能听见当啷一声响，很明显，他们也是防着自己的。

罗甲成坐在马桶上，心里真是十五只吊桶打水——七上八下的，到底还争不争这个副主席？不争吧，对不起薇薇，争吧，面对如此强大的政敌，他感到应付起来实在力不从心。本来这事他真的连想都没敢想过，这样一所名牌大学的学生会领导，在他心目中都是可望而不可即的位置。没想到，薇薇竟然说他是最合适的人选，一下就把他心中的欲望之火给熊熊点燃了。怎么办？争还是不争？不争，可能由此薇薇就小看了自己，自己也让更多人看扁了，从此可能失去更多的机会。争，无非就是失败，但可能因此真正赢得薇薇，咋想，争都是占上风的。他的屁股越来越紧地被卡在马桶里，但心中的激情之火，却一阵阵冲到了房顶上。这次哪怕鱼死网破，这个副主席罗甲成是争定了。

也不知啥时，这伙人又集体哄哄出去了，他隐隐听到好像是到酒吧运筹帷幄去了。罗甲成勉强从马桶上站起来，瘦屁股和精大腿被马桶勒出了一圈暗红色坑道，两条腿已麻木得不能站立。他是扶着墙慢慢走出洗手间的。他打开了电脑，认真地敲出了三个字：演讲稿。

七十九

罗天福遭恶意诽谤的事，到底没给甲成说，但他给甲秀说了。本来也不想说，但这么大的事，他得有个能商量的人。

甲秀马上就要毕业了，既要应对考试，还要找工作，头绪确实很多。尤其是找工作，她几乎已经彻底失望了。从去年到现在，先后找了有二十几家单位，有在网上看到的，有老师推荐的，但至今还没有一处能落实的。她也报考了几个地方，说的是公开招聘，择优录取，实际上，哪怕文化课开始考的第一名，最后面试那一关，也都没有翻过梁。据说里面猫腻很大，但外面的人，只见人家各种程序都是严丝合缝、合情合理的，又怎么能弄清万花筒里面的玩法呢，也就只好认命算了。

甲秀是家里出那事三四天以后才知道的，罗天福在她放学后，专门把她叫到马路旁一个僻静的地方说的。罗天福都不忍心让孩子见到那个让他一想起来浑身肉都要往下垮的匿名信，但为了说明情况，他还是让甲秀看了。甲秀一看完，一下就伏在爹的肩膀上哭了。难怪爹几天就瘦得不成样子了，原来谁在背后下了这样的黑手。甲秀也分析到可能是生意竞争对手，但两人分析来分析去，都不敢肯定是谁干的。

家里出了这大的事，连一向遇事沉稳的爹爹，都有些慌乱无神了，更何况其他人。甲秀就干脆放弃了几个本来也没抱啥希望的应聘，回到家里，招呼了几天摊子，也好让爹娘有个主心骨。

甲秀是那种把任何心事都能藏得很深的女孩，学校考试和社会应聘那么多事，其实已经把她压得快喘不过气来了。但当着爹娘、婶娘和几个亲戚的面，她连一点都没表现出来，好像一切都很美好，都很顺当似的，她把全部心思都用在了罗家生意恢复元气上。东方雨老爷爷让她特别感动，老人每天在几个饭口，都要自带马扎，坐在摊子边介绍罗家的饼，介绍罗家的人，确实起到了非常重要的提振作用。西门锁叔叔也特别给力，一天也是在几个关键时间点上，站在另一个摊子旁，边吃边推销，说话滑稽幽默，有时把婶娘和两个表姐逗得能笑岔气了。郑阳娇阿姨更是想起来就到街上骂一阵，想起来就去骂一阵，那种万恶的诅咒，是个人都会胆怯三分的。有些话简直到了不堪入耳的程度："罗家老汉是把他妈日了，还是把他女子日了，这样害人家，害人的人，再不是他妈的×生了疥疮才怪了……"这样反倒吓着了罗天福，生怕别人又把罗家当恶人看待了。

其实郑阳娇阿姨帮罗家出气，一来是觉得欺负罗家，就是欺负她这个包租婆；二来也是为了讨好甲秀，好让她把金锁的家教进行到底。甲秀其实一直忍着，既没给郑阳娇和西门锁告状，也没告诉爹娘，金锁已经过头得让她忍无可忍了，但她想着他毕竟比自己小，又确实有些情窦初开的意思，就回避着，跟他在巧妙周旋。

金锁做得最过分的一次，是一个星期天。那天郑阳娇在别人家替西门锁游说村主任的事，西门锁在医院看护赵玉茹，金锁把门一反锁，先还装作学习的样子，学着学着，就一下把甲秀压住，强行要亲嘴。甲秀一把推开他，非常严肃地批评了一顿，他表面看着是接受了，也开始学习了，可过了一会儿，又找机会，把甲秀的两个乳房美美摸了一把，甲秀就彻底恼了。甲秀转身要走，金锁挡着门不让出，其实他哪里是甲秀的对手，甲秀只一拎，就把他甩出老远，然后愤然走了。甲秀还没回到学校，金锁就不停地打电话，甲秀不接，他又发信息，把自己检讨得猪狗不如，甲秀又被惹笑了。后来郑阳娇又催上课，她也不好不去，她想着这回金锁总要收敛些，没想到讲着讲着，他又拿出了几个化妆瓶，说是丰乳霜，要甲秀姐把小馒头往大蒸一下，气得甲秀啪地就给了他一耳光，金锁还没弄清是咋回事呢，她已甩门而去了。她到底没有把真实情况告诉任何人，她想，只要自己再不见金锁就行了。郑阳娇又打了几回电话，她推说要考试，就再没来。没想到，家里又遇上了这号事，郑阳娇阿姨和西门锁叔又特别卖力地帮忙，郑阳娇让再帮帮娃，她就不好推辞了。不过她要求郑阳娇阿姨最好能在跟前，她说这样金锁学习会认真些。郑阳娇果然听话，当甲秀给金锁辅导时，她就拉了个凳子，坐在一旁用卷发器卷发，给脸上贴面膜，那滑稽相，又惹得金锁老想笑，说活活一个老巫婆。甲秀看了，也忍不住要笑，郑阳娇就跑到卫生间里卷去了。金锁借机表态说："甲秀姐，我再不惹你不高兴了，一惹你，就见不上你了，见不上老想你。"甲秀急忙说："闭嘴！""好，我闭嘴，闭上我的臭嘴。"金锁还真的闭嘴了。

罗天福被这封信闹得始终缓不过劲儿来。甲秀发现，爹无论站着坐着，有时候都有些发瓷。晚上躺在床上，翻来覆去好半天睡不着，甲秀说："爹，你别想了，睡吧。""我睡着哩。"可他就是睡不着，有时人睡着了，心还在抽搐，像是里面在哭。连着几个晚上，他突然就惊醒了，说外面有人贴东西，娘和甲秀急忙起身去看，外面什么也没有，可爹的脊背已经是冷汗湿透衣衫了。甲秀用热毛巾给爹擦背，感觉爹浑身的肉一直在颤抖。甲秀就说："爹，没有啥，不就是小人的一点伎俩嘛，把你自己整成这样，也许人家这阵儿正在呼哧大鼾睡大觉呢。"爹摇着头说："太害怕了，人咋都成这样了，过去都说世道凶险，爹都没咋觉得。想着咱不害人，人还故意害咱不成？现在是你不惹人，人要惹你，你不害人，人要害你呀！活了大半辈子，这回算是让人给你爹教了个乖呀。"甲秀看爹一夜一夜睡不着，就去买了一点安眠药，晚上让爹吃了，稍能多睡一会儿，但到底还是解决不了根本问题。几乎每天早上，都要提心吊胆地早早起来，到处巡看一遍，生怕又有匿名信出现。

甲秀跟东方雨老人一起去找过贺冬梅，还去过派出所，想催着看能不能早点把事情弄明白，也好让爹有所解脱。后来听说这封信不仅递给了街道办、派出所，而且连工商所、税务所、市容办、村委会，甚至包括附近一些饭店都撒匀了。反正就是想把罗家的饼一臭到底。派出所也确实在查，但始终也没有啥线索，说明这人做得诡秘。村上有几个监控探头，基本都是样子货，晚上把啥都录得隐隐乎乎的，也看不清人的脸，好像贴匿名信的人，也是经过化装了的，戴了口罩，扣着帽子，领子竖得很高，谁也辨认不出眉眼来。催也是无益。

甲秀就每天安慰着爹，也安慰着娘，又在外面帮着开辟了两个饭店的生意，一家虽然才要二三十个饼，毕竟对损失能有所弥补。时间是医治内心疾病的良药，甲秀想，也只有通过时间，来慢慢疗养爹娘的伤痛了。

八十

学生会改选说了近一个月，都在磨刀霍霍，但又不见付诸实施。说是争得很厉害，上边把候选人定不下来。

罗甲成已经被这一个月的临战状态折腾得有些筋疲力尽了，但最后决战的日子还是没有到来。如果说罗甲成开始还抱着试一下的态度，那么现在绝对是志在必得。并且他还必须把沈宁宁斗败，因为一个学院不可能出两个副主席，何况是一个系、一个班的人。沈宁宁硬是被朱豆豆这帮混蛋煽呼起来的。他们煽呼他的目的，在他看来，就是要搞垮他罗甲成。可就在大选在即时，沈宁宁突然宣布退出了，说他父亲坚决反对他竞选什么副主席，要他一定要保持低调，搞不好会给家里惹麻烦的。罗甲成正在为此得意呢，谁知他们又鼓捣着，把孟续子高调推了出来,并且朱豆豆和翁点点还串通别的学院,也支持孟续子上,一锅水这下就被搅得更浑了。罗甲成特别生气的是,明明知道自己已经进入了候选人的视野,偏要不依不饶地推出个沈宁宁,人家沈宁宁不干了,还要再强行推一个孟续子出来,这不是欺负人吗?据说薇薇为这事还跟朱豆豆谈过一次,要他们替罗甲成说说话,可朱豆豆说:"那种小人还能领导学生会?既可怜又可憎,不值得同情。"罗甲成隐隐约约知道这事后,气得差点没吐血。

问题是孟续子还虚伪得不行,明明夜以继日地在跑关系,拉选票,朱豆豆出面请客走人情,但见了他,还表示出一副对当副主席不屑的样子。那天宿舍只有两个人了,孟续子还满脸无辜的样子,对他说:"罗兄,实在对不起,小弟确实没有想当啥子主席的意思,可这些哥们儿,硬要让小弟出来出丑,还连外学院的,都起哄架秧子,你不凑这热闹吧,他们说你不够意思,你凑吧,又跟罗兄有了抵牾。我总的还是一个意思,只要最后罗兄占上风,凡是促红我的人脉,一律说服他们,支持罗兄上。"罗甲成冷笑了一下:"谢谢!"就再懒得跟这个伪君子说多余话了。

支持罗甲成的人,几乎都是童薇薇发动起来的,孟续子把这批人统称为"第三世界"。这些人平常在校都不好张扬,多数埋头苦学,不喜欢参加各种社交活动,尤其是对于学生会选举这类事,觉得离自己很遥远,几乎没有任何兴趣。推举罗甲成,也都是说说而已,不像朱豆豆们那样狂热,弄得好像美国总统大选似的,一会儿聚一窝人吃饭筹划,一会儿又弄一帮人到咖啡屋密谋,那种动静,闹得罗甲成一搔头,就是一地的脱发。

通过这件事,罗甲成对薇薇的感情,可以说已经推到极致了。他甚至都有一种决心,就是为了薇薇,也得把这场竞争进行到底。薇薇为什么那样上心,要把自己推到学生会副主席的位置上去?她甚至还动用了童教授,要他也力挺罗甲成。并且童教授在一次哲学课上,也确实专门说了罗甲成一长段好话,核心是说他学习用功的,认为罗甲成作为一名大学生,尤其是在当下一部分学生厌学的情况下,在这个群体中,他具有垂范意义和作用。这事也引起了不小风波,攻讦的中心,自然是薇薇了。大家都表示不能理解,那么多"高富帅"在追求薇薇,难道童薇薇真能看上罗甲成这个"矮穷矬"?虽然罗甲成的个头也并不矮,但他的秉性气质,始终是让班上一些好事者,把他划在那个范围的。

罗甲成也隐约感觉到，朱豆豆、沈宁宁、孟续子要绑锅欺负他的意思。朱豆豆不仅始终瞧不起他，而且还怀疑他罗甲成在背后搞他的小动作，具体地说，就是春节期间那个翁点点拜佛，拜的不是佛，而是手托金元宝的朱豆豆的那个恶搞事件。罗甲成也试图解释过，但这事鬼又能说得清呢？另外他想，朱豆豆恨他也都是两年来一点一滴积攒下来的那些不快，朱豆豆总喜欢大家都前呼后拥着他，赞美他的财富，赞美他的豪爽，赞美他的侠气，并且特别喜欢主动向他示好、跟着他混吃混喝的那些人，而这恰恰是罗甲成唯恐避之而不及的事。他几乎每参加一次这样的活动，都要受到很大的心灵刺激和伤害，因此，他就永远都在寻找理由，回避这种令他十分难堪的事。长此以往，在朱豆豆看来，他罗甲成就另类了，就不阳光了，就阴暗了，就小人了，每每听到这些流言蜚语，他都有想上去抽朱豆豆一巴掌的心思。

沈宁宁要说跟他还真的没有啥冲突，他虽然也跟朱豆豆走得很近，但做事没有朱豆豆那么冲、那么有火药味儿，好像还总是顾及着他当官老子的一点面子。朱豆豆一煽呼，就出来竞选了，老子一个电话来，又烟消云散了，总之，好像是想法很多、但顾忌也很多的那种人。要说跟他罗甲成有冲突，那就是都爱童薇薇。但他也爱了不短的时间了，好像也没爱出啥名堂。最近，两人好像还彻底不说话了。罗甲成看得出来，是真有了矛盾了，要不然，当薇薇到处宣传要推选他做副主席候选人时，沈宁宁也就不会另立山头，被一帮人起来，耍那二十几天的猴了。

罗甲成现在最讨厌的是孟续子，这个"老狐狸"简直隐藏得是太深太深了，要不是那次他亲眼见到孟续子追求薇薇的那一幕，他还真不相信孟续子有那么深的城府。班上许多人都在追求薇薇，也都是半公开半透明的事，可从来没有人怀疑过孟续子有这种举动。他就是能装，即使内心再波澜起伏，表面上都能装出一副风平浪静的样子。有时还帮着沈宁宁搞什么爱情行动策划。罗甲成怀疑，沈宁宁追求薇薇不成功，可能都没少了孟续子这个"克格勃"反策划的功绩。最近，当孟续子那双小眼睛在高度近视的镜片后面四处扫射时，他都想把他的真实嘴脸揭露出去，以防更多人上当受骗。但最终他还是忍住了。薇薇一再告诫他，竞争是正常的，在激烈的竞争中，才能看到一个人的素质和修养。理性对待，只会给自己加分。

罗甲成现在几乎已经把薇薇看成是自己的女神了。薇薇说的任何话，都已成为他的圣旨。他是抱着极大的克制力，在与孟续子们进行较量的。他的竞选演讲稿，薇薇已看过多遍，并且提了不少修改意见，最近，她甚至还亲手改了一段话，虽然那段话，并不是罗甲成特别想说的。那是一段关于自强自立的话语，其中涉及贫困与尊严的问题，他总是不希望把自己的竞选与贫困之类的词语搅在一起。他觉得说出这个词，就意味着承认自己弱势，他不能接受任何形式的同情。但薇薇似乎总要强调这方面的内容，甚至还建议他把演讲题目也改成《我有一个梦想》，那是美国著名黑人人权领袖马丁·路德·金的演讲，他的梦想就是消灭种族歧视，让人人平等。薇薇甚至大段大段地给他念着《我有一个梦想》原文："朋友们，今天我要对你们说，尽管眼下困难重重，但我依然怀有一个梦，这个梦深深植根于美国梦之中。我梦想有一天，这个国家将会奋起，实现其立国信条的真谛，我们认为这些真理不言而喻：人人生而平等。"而薇薇希望他改的是，让社会弱势者享有更多应该享有的平等权利。最后，他也都按薇薇的意思改了，他觉得薇薇对他绝对没有二心，他不应该让薇薇不高兴。她与他坐在教室，修改演讲稿，距离近得可以听得见彼此呼吸，他深信，薇薇是彻底爱上他了。这一切公然支持，在他看来，都是爱的力量使然。他觉得为此就是上刀山下火海也值。

可就在百米冲刺的最后关头，罗甲成发现孟续子已经挤进了候选人考察名单，校团委来考察的人，几乎见了每个谈话人，都要问孟续子与罗甲成各自的优点是什么，缺点是什么？罗甲成感到自己的势头好像不如孟续子火爆，孟续子能说会道，且平和幽默，关键是还有朱豆豆们到处使劲儿瞎鼓捣，说孟续子有很好的组织能力和协调能力，有政治智慧，能够把各种人团结到一起做事，越说好像孟续子越成了政治天才，似乎给个主席都挡不住似的。而罗甲成在这方面的缺点是明显的，不善于交往，不善于参与各种社会活动，有人甚至还在学校的贴吧里说他不善于团结人，更有说他自私的，甚至还有说他有暴力倾向的。有人在暴力倾向后边还问了一句：是不是马加爵那种的？气得他把电脑都想砸了。

这天晚上，朱豆豆甚至提了两捆啤酒回来，把隔壁邻舍的狐朋狗友都吆喝来，在宿舍提前预祝孟续子当选副主席。虽然孟续子一再表示，八字没见一撇，不敢造次，但打开的啤酒他还是没有少灌。气得罗甲成都走到宿舍门口了，又折了回去。尽管薇薇一再要他沉住气，但他还是沉不住这口气了。在一个网吧里，他反反复复看了别人攻击他的言语后，终于还是拿起武器，投入战斗了。他以各种不同的拟名，一一回复了攻击他的帖子，然后，集中起来，对孟续子展开了猛烈的炮火袭击，核心内容是虚伪，并且用近三千字的篇幅，列举了大量事例，证明其"狐狸"本质。当然，罗甲成所选择的事件，尽量表现出一种与他无关的样子，但稍有智慧的人一分析，便能知道风从哪儿来，要到哪里去。这件事，很快就产生了石破天惊的效果。

八十一

早上，罗甲成刚醒来，就听孟续子一声惊诧："我把他妈贼了！"孟续子还从来没有这样粗鲁过。紧接着，朱豆豆、沈宁宁就问咋了，孟续子说你们看，三个人就凑到了电脑前。在他们看电脑的时候，罗甲成的脑子迅速反应着：恐怕也得表现出一点惊恐来，要不然立即就露出马脚了。他假装睡得迷迷糊糊地昂起头来，也问咋了，三个人都只顾看帖子，没人理他。他想了想，还是溜下床来，站在三人身后，看着那个再也熟悉不过的帖子。当时哪个句子、措辞怎么改的，都记忆犹新。他突然又想起了前一段时间，学校演出《十五贯》里的那个娄阿鼠来，明明是自己杀了人，还故意混迹群众之中，一是四处打听消息，二是一脸无辜的样子，也好厘清自己与案犯的关系。他突然发现，这些句子比昨晚凶狠了许多，昨晚还有书到用时方恨少的自责自怨，只为找不到更恶毒的表达方式而苦恼，现在看了，就觉得许多句子，明显是太过了，几乎都有些不像是自己写的了。他后悔不该这样做，但已来不及了。具有巨大杀伤力的文字，已经在广为流播了，孟续子就是接到一个朋友的短信，才上校园贴吧的。

朱豆豆是穿着一个三角裤，从床上蹦下来的，看了帖子端直说："司马昭之心路人皆知！"说这话时还用眼睛瞟了瞟罗甲成。沈宁宁穿着睡衣，那睡衣尽管揉了一夜，站起来还是那么挺括棱铮，他说话虽然没有朱豆豆那么冲，但却掷地有声，分量十足："竞选终于出现了血腥、枪声和暴力。"朱豆豆说：

"真是狗急跳墙了。放心,孟兄,不出三天,我就能让这个坏人暴露在光天化日之下。"罗甲成心里一阵吃紧,尿差点没被一个激灵给解开阀门,失控自泄。他的两条腿虽然极力克制着,但还是在不听使唤地抖动。他想说两句漂白自己的话,但到底没有说出来。他还不具备那种面对假话、赃物、赃证,能红口白牙、文过饰非、大言不惭、斩钉截铁、黑的说白、白的说黑的心理素质,他想面不改色心不跳,可脸已成了茄子色,心已跳得快要破腔而出了。他的第一感觉是:这下可能完了。

事情果如他所料,形势急转直下,几乎所有人都觉得这个帖子不地道,尽管有些可能也是事实,但这种手段,都为大家所不齿,几乎普遍把这个帖子都归结到了"卑鄙、丑陋、无耻"这六个字上。罗甲成过去也给人用过这几个字,但一旦砸到自己身上,就感到字字千斤,无地自容,虽然拼命想打起精神,撑起体统来,但还是骨软筋疲,心似被凌空抽走一般的无以附着。后来他就隐隐听到,事情查清楚了,这个帖子就是……干的,当他走进人窝时,所有正热议着的话题就戛然而止了。每每至此,他的头嗡地一声就炸了。

他已明显感到,童薇薇见他都有些愤怒了,但并没有给他发出火来,就是不再说话,几天来,一直保持着让他感到害怕,甚至恐惧的沉默而已。有人戏称学生会竞选为美国民主党和共和党的"驴象之争",突然之间,"驴"处于败北之势,"象"却人气骤增,大有不可遏止的势头。朱豆豆作为"象"派的总设计师和自任的竞选办主任,突然借这个帖子,搞了个华丽转身,打了个漂亮进攻仗,不仅把童薇薇打得沉默寡言了,而且连支持罗甲成的所有人,都搞得灰头土脸的。

罗甲成都快崩溃了,他终于鼓足勇气,准备约见童薇薇。此时此刻,如果童薇薇约不出来,他可能就彻底绝望了。但薇薇约出来了。

薇薇被约到了学校外面的一个茶馆里。

薇薇来时,明显是带着一种愤怒的。这在他们交往的历史上都是没有出现过的。

罗甲成半天没有敢说话,也不敢正面看薇薇一眼,就一直用两只手撑着脑袋,用两个大拇指揉着太阳穴。他不记得是谁说的了,这个方法能减压,但此时更是为了掩饰尴尬和难堪。

"你想说什么？"薇薇问，问得很不友好。

"我想说，"罗甲成垂头丧气地说，"我想退出。"

"还用你想吗？"没想到薇薇说出了这样一句生硬的话。

罗甲成一愣，难道这事真的已经发生惊天逆转？他说这话也并不是真想退出，而是希望从薇薇这儿得到最真实的信息，以便寻求最佳应对措施。

罗甲成故作镇定地顿了顿，然后问："咋了？"

"还用问咋了？你不知道咋了？"

"不知道。"罗甲成一副很无辜的样子。

"你既然不知道，我也就不说了。反正支持你的人都倒戈了，我也不知道为什么。"薇薇很难过地把头转向了窗外。

"理由是什么？总得给我一个理由吧。"罗甲成极力掩饰着内心的空虚。

"你应该知道。"童薇薇终于有些义正词严了。那锐利的目光，直逼得罗甲成的眼睛在躲躲闪闪了。

罗甲成："我不知道。"

"好好的一场事，全让你搞砸了。"

"到底咋了？"罗甲成仍装出一副不明真相的神情。

"你咋了？你急了，你失去理性了。为什么要做出那么愚蠢的事？"

"我做啥愚蠢的事了？"

"你在网上恶毒攻击你的竞争对手孟续子，多么愚蠢的方式呀，大家都觉得你心胸狭隘，求成心切，心理猥琐阴暗，手段卑鄙下流，推你不值得。对不起，我本不该这样刺激你，但……但是……你太让我失望了……"薇薇说着，竟然伏在桌子上哭了起来。

罗甲成已经被童薇薇这番毫无顾忌的指斥，刺得心寒如冰，面如死灰了。他还没有见过薇薇给谁发过这么大的火，没有听过薇薇使用这么极端的词谴责过任何人。他的心都快被击碎了，他的脑袋顷刻间，都快被这些充满了杀伤力的词句搜爆裂了，可当薇薇突然哭泣起来时，他的内心又迅速激荡起一股巨大的暖流来，他觉得自己得到了某种证实：薇薇心中自己的分量是很重很重的。他为这一点感到由衷的庆幸和安慰。他觉得无论如何都不能说出真相，那样会彻底让薇薇失望的。尽管学生会副主席的位置会失去，但如果没有失去薇薇，他罗甲成就还是赢家。薇薇是何等人,薇薇为谁洒过比珍珠更贵重的泪水?薇薇为谁如此两肋插刀,以至忧伤得泪雨纷飞?他也有些想落泪,但忍住了,他给薇薇递上了餐巾纸,薇薇从小包里拿出湿巾,背过身,轻轻擦拭着。

罗甲成看见,邻桌有男士正在向这边窥望着,那神情,分明流露出一种对绝色美女的关切和对自己这个角色的羡慕。

他觉得无论如何都不能让薇薇相信那个攻击帖子是他罗甲成发的,其实在用指头敲出那个长帖时,他就已经有点后悔了,到现在,可以说是连肠子都悔绿了,但一切都不可挽回,就只有背着牛头不认赃了。

他对薇薇说:"你应该相信我,那不是我发的,我……做人……还没有卑鄙到那种程度。"

薇薇一下打断了他的话:"你不要辩解了,我也不想听。你好好把自己捋一捋吧,吃一堑长一智,也许对你以后有好处。对不起,我该走了。"说着,薇薇就要起身。

"薇薇,"罗甲成急忙阻挡她,"你听我把话说完好吗?"

"还有什么,你说吧。"童薇薇停了下来,但脸上一副很严肃的神情。

"我不会干那种事的,我起誓。"

童薇薇嘴角露出了一丝轻蔑的表情:"好了,不说这事了,你也不用起誓了。你说还有什么事吧。"

虽然童薇薇所表现出的神气,已经不允许罗甲成再涉及其他话题,可罗甲成今天精神已经崩溃到了必须捞到一根救命稻草,才能维系住生命平衡的地步。他觉得,他必须在此时此刻,就探究到薇薇内心的真正隐秘,否则,他可能连走出这个茶馆的勇气和力气都没有了。但他没有想到,所探究到的秘密一旦与愿望相反,岂不更加雪上加霜。他的大脑已经没有那么多具有理性特征的逆向与复合思维了,里面只剩下一根直线,这根直线的断裂,迅速就把他推向了绝望的深渊。

他说:"薇薇,我想知道,你为我做这一切……都为了什么?"

"我们今天还是不涉及这个话题吧。"童薇薇说着,把包提起来,又一次准备离开。

"不,我今天特别想知道。如果弄不明白,我会疯掉的。"罗甲成很恳切。

"今天还是不说的好。"

"薇薇，我求求你了，说出来吧，我等了很久了。"罗甲成用一种热切的目光，紧紧注视着薇薇。

童薇薇静静看着罗甲成，有些无可奈何地说："好吧。"

两人都静了下来，似乎连整个茶馆大厅，都进入了一种期待中。

罗甲成的手心，迅速就出满了虚汗。

童薇薇说："本来我不想说，尤其是今天不想说，但又觉得说了也好，这样也许更有利于调整好我们的关系，也由此调整好你自己的心态。"

罗甲成似乎已经从这几句话中，听到了某种不祥之音，也许这时制止，还能留下一线美好的希望，但他没有制止，他是竖起耳朵，睁大眼睛，听完最后宣判的。

"也许我让你产生了什么误会，但我绝对是真诚的，我是为你们姐弟发奋励志的故事所感动，更是为父亲和自己的良心，在做一些帮扶工作。你知道我和父亲每年春节，都会去贵州大山里住几天，那里没有我们的亲戚，但那里有过一个父亲的学生，因为贫困，因为内心有解不开的结，而割腕自杀了。他在自杀前曾给父亲打过电话，说想跟父亲聊聊，父亲确实忙，推脱了，没想到两个小时后，他就割破了自己的手腕，别人发现时，他已经永远离开了这个世界。父亲觉得这个学生的死，自己是有责任的。因此，连续三年，父亲都要带着我去那个学生的老家，陪一个孤寡老人一起过春节，但他说，这不是施舍，这是在救赎自己的灵魂。从那以后，他就特别善待那些贫困生，并要我帮他一起做些工作。父亲曾经想帮助你姐姐，但她很坚强，也很阳光。父亲多次说，她面对生活的那种勇气和自信，已经在升华他的精神境界了，而不是去帮助她什么。但你们姐弟俩，相互之间，怎么会有那么大差别？父亲喜欢你勤奋好学的精神和勇气，但也担心你敏感、脆弱、孤愤的内心，容易有挫败感，所以我就特别关注了你一些。我在贵州大山里，产生过一个梦想，那就是想发起一个社团，做与贫困大学生一路同行的工作，父亲很支持我这个想法，并做了我们的顾问。我们也已经有好多成员，但都进行得很秘密……这次学生会改选，我之所以极力推荐你，就是觉得你……特别有代表性。我想，我已经把一切都说明白了。对不起，如果过去有什么伤害你的地方，还请你谅解。我只是想让……更多的同学能够……一路同行。"

说完，童薇薇再次非常礼貌地欠了欠身子，又重复了一声："对不起！"才起身离开茶馆。离开时，她没有忘了付掉那壶茶钱和小食品钱。

罗甲成一个人又在那里坐了许久，据后来茶馆服务生回忆，他是一动不动地在那里坐着的。再然后，他就从这个城市消失了，消失得无影无踪。

八十二

孟续子当选学生会副主席后，朱豆豆他们在庆祝时，突然感到有些不对劲儿，好像罗甲成已经有三天没回宿舍了，当然，这中间包括一个星期六，一个星期天，选举是星期一下午进行的，罗甲成还是七十三个委员之一，但他没有出席。沈宁宁感到这事可能有点严重，就给辅导员打了电话，辅导员给罗甲成打电话，电话一直处于关机状态。辅导员又联系他姐罗甲秀，罗甲秀其实已经在找她弟罗甲成了，因为下午的时候，童薇薇曾给她打电话，要她帮忙联系一下罗甲成，说学生会换届选举，他是委员没有到会，筹备组问班上是咋回事。

在一连几个地方都没找到罗甲成，并且不是今天一天，而是已经三天不见人影的消息得到证实后，童薇薇吓出了一身冷汗。按现在所掌握的情况推测，罗甲成恰好是星期五晚上，跟她在那个茶馆谈完话后失踪的。她很快就去那个茶馆，找到当时的服务生。服务生说，他记得那个小伙子在她走后，还坐了好久，然后才离开。他说，他离开时好像不太对劲儿，腿把一个凳子撞倒，都没有回过身去扶一下。他记得另一个服务生还埋怨了一句说："这家伙脑子受震了。"然后，他们就啥也不知道了。

童薇薇几乎是几分钟拨一次电话，一直说关机。她打开电脑，认真查了几天的信息，罗甲成自跟她见面后，既没上过QQ，也没发过一条微博，是真的彻彻底底地失踪了。她甚至侥幸地希望在图书馆楼上能突然见到罗甲成，因为罗甲成老爱在图书馆的一个角落读书、查资料，但今天那个属于他的地方空着。童薇薇下图书馆楼时，双腿突然有点发软，竟然连着踏空了两次台阶。

她在极力回忆自己那天跟罗甲成所说过的话，是哪一根稻草最终压垮了罗甲成，而使他玩了人间蒸发？她越想越后怕，现在想来，几乎每一句话都是致命的一击，但她当时确实太生气了，她费了那么大力气，已经把他都推得差不多了。可他那种过于敏感、过于神经质的心理，导致了对形势的错误判断，而使出了那么拙劣的一招。朱豆豆他们开始说时，她还真的不信，以为是有人嫁祸于罗甲成。谁知朱豆豆连罗甲成在哪个网吧、哪台机子上做的手脚，都通过内部人查得清清楚楚了。虽然这种手段同样卑鄙，但在事实面前，她也不得不低下头来，一任倒戈声的泛滥。她真的是太生气了，连校团委负责人都埋怨她说：你看你推荐的这人，就不行么，把学生会换届都弄得乌烟瘴气的。她就把那股气，一股脑儿都倾倒给了罗甲成，当时是真的只顾了自己的感受，而忘了罗甲成的承受力。尤其是最后那番话，真的不该说，特别是不适宜在那个场合说，但她一怒之下，还是说了出来。其实说完，她就后悔了，可她又觉得早说比迟说好。在她离开罗甲成几个小时后，也曾想过，给他发条信息，安慰一下，但一想，这种丝丝蔓蔓的做法，可能反倒不利于正常同学关系的建立，就又错过了沟通机会。星期六、星期天，她爸爸又来了几个欧洲学者朋友，刚好上次去德国，薇薇也都见过，认识，所以她爸就让一起接待，并旁听了一天学术会议。那天早上，她还想过让罗甲成也来听一听，罗甲成不是也喜欢康德吗？这刚好就是拿康德与中国传统文化进行比较的学术研讨会，但想一想，还是没有叫。这样，三天中，最起码失去了两次与他更早取得联系的机会，童薇薇在不断谴责着自己的鲁莽与粗心。她现在最担心的是，罗甲成会不会走绝路？一旦走了绝路，她觉得她会背负上比父亲更沉重的十字架，让良心自责一生的。

　　童薇薇甚至独自一人跑到他们一起看《捆着我 绑住你》的那个电影院，希望在那儿不期而遇。影院里面太暗，为了等散场，她一直站在影院门口的梧桐树下。她在想罗甲成，也在想着她的这一班同学。她觉得自己与大家的关系越来越难相处了，尤其是这帮男生，已经有十七人先后向她发出过爱的信号，有的追得不依不饶，最早一个其实是朱豆豆。那还是在第一年开学不久，这个迟早穿着名牌，说话口气很大，随便就一掷千金的主儿，有一天，端直把她请到一个豪华酒店，不仅给她点了南非三头鲍、澳洲燕窝盅、日本海龟汤,还要了一瓶威士忌,价值绝对在万元以上。最后,几乎是不由分说,就拉起她的手来,硬要给指头上戴一枚镶了翡翠的戒指。这使她大倒胃口,并从此不再赴约。好在翁点点非常及时地出现了,朱豆豆看她这里确实没戏,才改弦更张。时间虽然很短,但炮火十分猛烈。她在高中时经历过这种追求,都很含蓄,像朱豆豆那种疾风暴雨、晴空霹雳式的短平快节奏,让她事后一段时间都还没弄明白是咋回事。沈宁宁先后追求过她半年多时间,但她实在没有喜欢起来,其实她心中最喜欢的一个男孩,是高中时的同学,后来去新加坡读书了,他们一直都在网上联系着,但现在也慢慢稀少了,她知道那个男孩已经有女朋友了,可那种朦朦胧胧的感觉,至今仍是她最美的梦境。沈宁宁有点那个男孩的影子,但沈宁宁太世故,做任何事都要瞻前顾后,既想低调处世,又想出人头地,凡事都要权衡利弊,总之,是那种十分成熟又十分平庸的人。有人说,沈宁宁的官位,将来绝对在他爸之上。虽然沈宁宁多次向她表露过爱意,但她却怎么也爱不起来。她觉得沈宁宁跟她高中时产生好感的那个男孩,从本质上距离太远,那个男孩阳光、帅气、诚恳、率真,她始终还在渴慕着那个梦境的重现。还有就是孟续子,也追求了好长时间。孟续子跟别人不同的是,爱得诡秘分兮,追得也神神道道的,总之一句话,所有细节、过程都弄得有礼有节有面子的天衣无缝。他风呀雨呀雷呀电呀地追了几个月,好像至今还没有任何人知道,他孟续子也扎堆、凑热闹追求过童薇薇。孟续子绝对是智慧型的,被誉为班上的"笑星""幽默大师",他有能把别人弄得捧腹大笑,而自己好像全然不知发生了什么的自制本领。她也喜欢这种完全是发自内里的幽默感、智慧型,但这绝不是她想找的那个白马王子,好在孟续子很知趣,当反复验证几次,觉得不可能的时候,就用淡淡的幽默,化解了一切胶着和难堪。

最让她感到不好处理的就是罗甲成了。她一直想,她和罗甲成之间,是怎么都不会发生任何故事的。她甚至觉得,她跟班上任何一个男生过多接近,都可能产生误解,唯独跟罗甲成是绝对不会的。因此,她就跟罗甲成接触多了一些,主要还是想实践"一路同行"的计划,父亲十分推崇教育家陶行知"知行合一"的知识分子理念,对她影响很大。没想到,恰恰是罗甲成,给中弹倒地了。其实这个她也早有察觉,她也一直在时断时续地给罗甲成释放很多信号,但有时他似乎明白了,有时又糊涂起来。罗甲成表面看上去很自信,其实内心很自卑，很脆弱，因此，她也始终没敢把话往明的挑，生怕挑得太明伤害了他。没想到最终还是把他伤害了，童薇薇有了一种巨大的歉疚感。

电影终于散场了，童薇薇挨个搜寻，直到人已散尽，还是没有见到罗甲成。尽管她已不相信罗甲成会在这里出现，但她还是又等了一场电影开演，直到把最后一个观众的背影送进去才慢慢离开。她越来越有一种不祥的感觉，觉得罗甲成可能是出事了。她甚至越来越觉得有些恐惧起来。她不停地拨罗甲成的电话。在出租车上，她把刚知道这事时给罗甲成发过的那条短信又发了一遍："甲成，你在哪里？我很着急，请你立即回话，我想跟你谈谈。"不过这次发时，她改了语气，也修改了句子，又让他们之间的关系恢复了某种暧昧，她企图以这种方式，呼唤罗甲成的出现："甲成，你在哪里？我都快急疯了，你快回来吧，我的气话你千万别当真，我想跟你长谈。薇。"可罗甲成的手机一直死死地关着，童薇薇是真的快急疯了。她给甲成他姐罗甲秀打电话，她听见甲秀也正跑得气喘吁吁，她也在他可能去的地方寻找着。她感到特别的无助和无望了，回到学校，就急忙回家找她爸去了。

童教授听到这个消息后，第一反应是噌地从椅子上站了起来，呆呆地站了许久，又坐了下去，与其说是坐，不如说是软了下去。薇薇知道，他的那个贵州学生自杀后，他也是这样呆若木鸡地在这把椅子上整整坐了几个小时。

薇薇把事情的前因后果，都真真实实、原原本本地给父亲讲了一遍，童教授只说了四个字："你有责任。"薇薇吓哭了。童教授轻轻抚摸着女儿抽泣的肩头，说："走，我也帮你找去。"童教授就真的加入了寻找罗甲成的行列。

真是祸不单行，也就在这天晚上，学校又发生了一起学生跳楼事件，一下把整个学校都带进了一种巨大的恐惧中。罗甲成失踪的事，那位学生是否知道，已不得而知。那个学生是从公寓七楼跳下去的，据说人整个都摔变了形。大家都在传说的背景资料是：孩子父母双方早早离异，并且都已组建新的家庭，还都有了自己的儿女。他一直是在爷爷奶奶身边长大的，爷爷奶奶春节前后又相继去世，为了学费，他最近向父母分别发过短信，但都说自己手头紧张，让缓一缓再说，其实也就是不愿给。孩子今天晚饭后，跟两个同学出去喝了点酒，回来后在微博上发了一张自拍照，并附了一条短信说："请记住我曾经阳光的形象，再见了，朋友、亲人、同学，还有我最爱的人。"当有同学发现微博，到处找他时，他已永远结束了自己可爱的生命。

很多同学都在哭，童教授也站在学生的队列里，哭得跟孩子们一样伤心。薇薇紧紧挽着爸爸，并给他一点点擦着老泪。

学校寻找罗甲成的事迅速升级了。

八十三

罗天福知道这事时，已经是周一半夜了。他都睡下了，甲秀回来了，尽管门敲得很轻，但他明显感到是有了什么事，不然，这阵儿了，甲秀是不会回来的。

甲秀带着三个人，两个男的，一个女的，那个女孩很漂亮。

甲秀介绍说，两位男士，一个是学院领导，一个是学校公安处的，还有一个是甲成的班长，叫童薇薇。

罗天福的第一感觉是出大事了，不大不会连公安都上了。他的腿就有些发软，上衣本来扣子就扣错了位，并且最后一颗扣子，还咋都扣不进去。淑惠更是吓得给客人让凳子，结果把一个簸箕塞在了人家的屁股下。

学院领导说话了，语气平和得像是没有发生过什么事一样："老罗啊，老嫂子，你看，事情是这样的，你们不要着急，也没有啥，就是罗甲成同学，也没有给班上请假，这两天就突然不见了，据说遇到了一点不快，但问题也都不大。学校过去也发生过类似的事，后来都找到了。首先不要老往不好处想，都帮忙回忆回忆，想一想，他会到哪里去，亲戚？朋友？同学？或者是去旅游了？反正能提供的线索，都请你们说出来，学校也找，你们也找，大家都配合着，一定要尽快把罗甲成同学找到。"

在领导说这番话的时候，罗天福和淑惠始终近似痴傻地微微张着嘴，生怕漏听了一个字，又生怕听到一个如遭五雷轰顶的字。好在那个极限，在领导平安无事的叙述中，没有挟风裹雷而来，但事情的严重性是不言而喻的，要不然，领导和公安不会在这三更半夜来说明情况，来寻人。淑惠急得扑扑簌簌滴下泪来，本来一直靠在一个墙角上，是甲秀扶着，扶着扶着，就溜到了地上。

童薇薇也急忙上前帮甲秀架着她娘，并不断地说："阿姨，不会有啥事的，你不要着急。"但这种安慰话对一个母亲已经没有任何安抚的意义。天寿媳妇不知啥时也穿好了衣服，从只有一个走扇门隔着的小储藏室里，轻手轻脚走了出来，也是鼻涕一把泪一把的，边安慰淑惠，边添加着惊恐与不安情绪。唯有小储藏室里招弟的鼾声，连打带吹的，很是放肆。要放在平常，早已释放出了一连串炸堂的喜剧效果，但此时，任谁也笑不出来。这鼾声，也就成了暗夜中唯一能感到和谐安宁的缓释之音。

罗天福没有立即瘫软下去，他在极力克制着自己快被击溃的情绪。他也有一种预感，觉得甲成迟早会出点什么事，但不知道会是什么事，他也曾力图防患于未然，但又时时觉得自己的担心是不是多余的，是杞人忧天，或是老脑筋不理解新事物，反正心里是一直在来回着。没想到这一天这么快就来了，虽然还没有什么确切的消息，但他感到不会是一般的不见了。他有一种脊梁骨被再次折断的感觉。但他是一家之主，他得先把自己镇定下来，就是罗甲成已不在这个世界上了，他也得硬着头皮去面对，他知道他是这场事不可推卸的主角。他轻轻哀叹了一声，那不是他想发出的，但一张嘴，内心的那种哀痛就不由自主地泄露了出来，他说："感谢领导、老师、同学对甲成的关心，这二半夜了，你们能来，我就已经感到你们的关心程度了。孩子给你们添麻烦了，我们也尽力找，但愿他不会出事……"罗天福哽咽得有点说不下去了，但他很快调整了一下自己，尽量控制着情绪，好让人家感到这个家庭的主心骨还没有乱。

那个学院领导本来想再安慰几句，发现罗天福很冷静，有临危不乱的自制力，就没有再多说宽慰的话，给他们提供了一些学校掌握的情况，又问了一些家里的情况，最后决定，扩大寻找范围：一是在镇安县中学的同学圈子找；二是在老家塔云山亲戚、乡邻的圈子里找；三是在塔云山外出打工的圈子里找。一旦有线索，就立即给学校讲，不管在哪里，学校都会派人去查找。有了学校领导的这一席话，罗天福觉得温暖了许多，他看人家个个都熬得眼睛布满血丝了，就让人家都先走了。

客人一走，淑惠就扑通一下跪在了菩萨像面前，磕头如捣蒜地向菩萨乞求着保佑自己的儿子。天寿媳妇也跪在一边苦苦哀求着，甲秀不知如何是好地紧紧抱着娘，害怕她磕得太重磕出事来。罗天福清了一下嘶哑的嗓子，说了声：

"行了，净哭有什么用？遇事咱们先得冷静下来，想想甲成可能都去了啥地方，人家学校找是一个方面，恐怕主要还得靠咱自家，我们毕竟熟悉甲成的脾性，都好好想想，他总会有个去处的。"淑惠突然又哇的一声大哭起来："甲成哪，你该不是走了绝路吧，你要不懂事走了绝路，娘也就不活了……"罗天福一下就制止住了这种他自己其实也一直在想着的最坏结局的想象："再别瞎嚷嚷，胡思乱想啥呢，快开动你找人的脑筋，这几天不准谁哭哭啼啼的。"淑惠就极力忍着，但还是在哽咽着。

　　甲秀自打知道甲成失踪的消息后，先是给爹打了个电话，没敢直说，只是从爹的口气中，知道甲成最近既没给家里打过电话，也没回来过。她还不想急于把事情告诉爹娘，她觉得爹娘最近为匿名信的事已经弄得够闹心的了，不敢再给他们加压了，想着等万不得已的时候再说。她给爹通完话后，又把电话打到塔云山，让人把奶奶接到扁担梁上，跟奶奶通了半天话，得知甲成也没回塔云山。奶奶说她为树的事把孙子彻底得罪了，孙子是不会回来看她了，还开玩笑说，要孙女给孙子带话，说让暑假回来，她还要给孙子请罪呢。看来甲成回塔云山的可能性也不大。甲秀后来又给镇安县城的同学打了电话，也说最近没有听谁说甲成回来过。后来，童薇薇把甲成临失踪前跟她喝茶的细节，告诉了她，她才觉得事情可能很严重。再后来，学校又发生了那个学生的跳楼事件，更是让她的精神迅速临近崩溃点了。晚上，学校召开相关部门的紧急会议，把她也叫到了会上，分析情况，安排查找步骤，然后，就商量着来给家长通报情况了。爹一直在静静地听甲秀带来的信息，也在听娘和婶娘对塔云山亲戚、乡邻、朋友的挨个排查情况，婶娘还说把招弟也喊起来，一起抖一抖情况，娘就说，她能知道个啥，没让喊。这一夜，一家人就在招弟的鼾声中，把情况一直抖到天大亮。

　　罗天福没有把这事告诉院子里的任何人，早上让天寿媳妇和那两个亲戚仍然把摊子摆了出去，淑惠实在撑不住了，就让她卧在了床上。她又哪里能卧得住，人都一走，就又哭哭啼啼地匍匐在了观世音菩萨像前，把头都磕出血来了还在使劲儿磕。

　　一连几天，罗天福和甲秀分头到所能想到的工地，找了一趟又一趟，几乎把在西京城所有打工的塔云山人，甚至包括附近村子出来做事的人，都问了个遍,都说没见过甲成的影子。这中间,他们还去认了几个无名尸,连蛛丝马迹都没获得。晚上,一家人又聚到一起抖情况,招弟就说,蔫驴哥在外面煤矿上混得好得很,过年时她看见甲成表哥和蔫驴哥在一起混搭了好几天。这个罗天福和甲秀也都想到了,知道消息的第二天早上,他们第一个电话,就是打给蔫驴的,可蔫驴一口回绝说,甲成不在他那儿。招弟又说:"蔫驴哥最爱骗人了,有一年二舅的儿子跑了,不就是跟他跑的?他都死活不承认呢。"大家虽然把招弟的话没当一回事,可分析来分析去,也再没有啥子路径可寻了,罗天福就决定,去一趟山西。

第二天一早,罗天福果然背了二十个烧饼、几头大蒜,拿了一壶水,就去了山西。

八十四

罗甲成的突然蒸发,让他同宿舍的朱豆豆、沈宁宁、孟续子大吃一惊,继而,校园又发生了贫困生跳楼事件。本来朱豆豆准备摆上两桌,是要给孟续子好好庆贺一番的,他觉得这不仅是孟续子的成功,也是自己这个竞选办主任的胜利,但当这一连串的事件发生后,他就觉得此时请客,有些不合时宜了。

他对罗甲成一直是有看法的,穷就穷呗,还要生装,弄个啥事都是别别扭扭的。他本来是想租房住到外边去的,就是喜欢朋友,觉得住到一起热闹,才没有搬出去。可罗甲成性格乖张,死要面子活要脸的,他就无形中跟罗甲成飙上劲儿了。他初到学校时,丢失的那一万元,开始还真怀疑是罗甲成偷的,凭直觉,这个宿舍,这个公寓楼,罗甲成的可能性最大,他姐连垃圾都捡,她弟又怎么不会产生偷钱的邪念呢?后来,确实是他不让查了,一来他也不在乎那一万元;二来觉得查着乏味,当时他也并不想完全跟罗甲成搞僵,毕竟同住一个宿舍。当然,后来公寓楼还丢过钱,并且也有了确切的怀疑对象。根据长期观察分析,他也觉得罗甲成这种性格的人,做贼的可能性不大。但对那种初始的怀疑与相互间已经产生的抵牾,他也没有主动去沟通化解,他不喜欢罗甲成茅坑石头臭硬臭硬的做派,因此,矛盾也就越积越深了。他也曾经有过想缓和的意思，可请他吃饭他不去，有几回连他爸的面子都没给，这让他很是难为情。为此，他爸还批评过他几次，要他搞好同学关系，说得围好小人，因为小人暗算起人来比什么都可怕。他特别喜欢买很多好吃的，放在宿舍让大家都来吃，他觉得大家吃那是给他面子。可罗甲成从不吃他的东西，你递到他手上他都有一千个理由给你放回去，硬推不过，看着接下了，可直到放烂放臭，他都不会塞进嘴里一口的。他就觉得这个人心眼儿太小，反正咋看咋不顺眼。他可能仗着自己学习好的势，骨子里并不把任何人放在眼里，尤其是有仇富心理。朱豆豆和翁点点分析来分析去，都觉得网上恶搞他们的人绝对是罗甲成。这次学生会选举，照说与他朱豆豆屁不相干，但他听说童薇薇死荐罗甲成，心里就很不是滋味。首先罗甲成是他十分讨厌并小瞧的人；其次，他对童薇薇也是爱恨交织，至今心有郁结。他进这个大学第三天，就给童薇薇释放出了心仪之情，可先后追了几个月，最后甚至要老爸亲自来，把价值十八万的翡翠钻戒都用上了，还是石心难动。好在这时翁点点出现了，要不然，他还真的能害出一场病来。后来沈宁宁又被童薇薇给迷糊住了，有一天两人喝酒，沈宁宁竟然把这心思吐露出来了，他心里当时还有点酸溜溜的，可觉得宁宁很够朋友，就两肋插刀，为宁宁策划起了这事。虽然宁宁最后也以失败告终，但他倒是对童薇薇有了更多的好感，他原以为薇薇仅仅是瞧不起他这个煤老板的儿子呢，原来高官的儿子也没能入法眼，他的心理倒是有了些平衡。可没想到，童薇薇竟然能对罗甲成这么上心，虽然他们也在一起分析过，觉得不会是爱，而可能是同情、施舍、关爱之类的，可又一分析，觉得感情这个东西也说不清，《巴黎圣母院》里的美女爱丝梅拉达都能看上奇丑无比的驼背敲钟人加西莫多，那童薇薇又怎么能看不上仅仅是"矮穷矬"的罗甲成呢？爱情和婚姻给人的答案常常是天地翻转、神经倒错的。因此，在学生会副主席竞选中他就极力推出了沈宁宁，谁知沈宁宁听他爸的，他爸对网络人肉搜索有天然的恐惧症，怕蝴蝶效应，因一场没有什么价值意义的竞选，惹出事来，就再三再四地让沈宁宁退出了。无奈中，他才赶着鸭子上架，把孟续子到了台面上。开始他也很担心，觉得孟续子的优势，并不比罗甲成明显，相反，童薇薇打弱势牌，打贫困生牌，打学习成绩优异的牌，孟续子都不在其列，除了幽默，除了人缘好，还能皮干，就是能说会道，其余几乎乏善可陈。谁知经他摆饭局、喝茶、泡咖啡屋、洗脚的多方斡旋，竟然渐渐由劣势转为优势，尤其是罗甲成狗急跳墙，在网上发的那个匿名帖子，一下让孟续子反败为胜了。那个帖子是他去查出来的，他爸有一个老乡就管着这方面的事，他爸对这个老乡不薄，几乎没费吹灰之力，他就查到了罗甲成在那个网吧上网的影像记录。这事立即就舆论哗然了，被咬者孟续子，顷刻间，也就收获了无数同情票。他正得意自己的杰作呢，没想到就出了这样的事。开始他还没有太在意，觉得罗甲成无非是感到自己脸面过不去，找个地方，躲几天而已，没有什么大不了的。可当那个贫困生登高一跳后，他心里开始吃紧了，罗甲成会不会也走了这条路？难道压垮骆驼的最后一根稻草是自己？他的话突然少了，饭也吃不下，觉也睡不着，一个人甚至有点不敢回宿舍，他在心里不住地祈祷：甲成，原谅我吧，可千万不敢走了绝路哇！

　　沈宁宁也预感到某些不妙，他在反复回忆，自己跟罗甲成到底有些什么过节。他从自己父亲身上，读懂了一条真理，绝不能树敌，哪怕是路边一粒很不起眼的小石子，有时候都可能把你的车子硌翻。他也不喜欢罗甲成，首先是卫生习惯差，其次是太自尊，稍不留神就会伤及他的面子，这让人几乎无法跟他相处。但他不像朱豆豆那样做得明显。朱豆豆讲义气，好显摆，这些可能恰恰是最伤害罗甲成自尊心的地方。朱豆豆越是跟罗甲成不对卯，就越是爱加强与他和孟续子的统一战线与团结，这可能是他跟罗甲成不睦的主要原因。话说回来，他也不能去得罪朱豆豆，更何况朱豆豆是个绝对能做好朋友的人。他爱过童薇薇，并且现在依然爱着，但薇薇根本就没有这个意思，这很是伤他的自尊心。说实话，他在这个学校，已经有不下十个追求者，但他真正看上的是童薇薇。你童薇薇不爱沈宁宁，却前后宠着一个从哪方面都不如他的罗甲成，这让他心里确实有些不能理解，自然，也不愉快。朱豆豆针锋相对地对抗罗甲成时，他也没少掺和。难道压垮骆驼的最后一根稻草是自己？他一直在回忆，在反思着。

　　孟续子当选上学生会副主席，对他来讲，本来是一件天大的好事情，当他给父亲汇报后，一个当中学校长的父亲，甚至激动得要亲自来西京，给他当面表示祝贺。父亲说这可不是一般的事，在那么有名的大学当过学生会副主席，就是一种资本，即使将来就业，都是一个很重的砝码。孟续子也正激动着事情的异峰突起，柳暗花明，没想到很快就发生了这事。他吓得突然连说话都笨拙了，用啥词都不准确了，他觉得他无疑才是压垮罗甲成的最后一根稻草。如果没有他被抬出来参加竞选，就绝不会有罗甲成的人间蒸发。他其实是一个跟谁都能捏合到一起的人。父亲对儒学很有研究，尤其对孟子，他本人也是家乡孟子学会副会长。父亲主张人要和谐处世，同时也要积极入世，没有机会的时候，等待、创造机会，一旦有了机会，就要乘势跟上，不可错失。他觉得这次副主席竞选，就是把握好了这个原则。他平常也无所谓喜欢或不喜欢罗甲成，反正这个人跟谁交往都有戒备心理，从不跟人交心，不像朱豆豆做啥都那么明晃晃的。他觉得在这个宿舍活人，他也是有压力的，一个不差钱，一个不差权，还有一个是穷了点，但人家却不差学习成绩。孟续子父亲充其量就是个副县级校长，各种收入也就能顾住一家人的一般性体面生活。父亲还很清高，收礼只收学生的一点情义，也就是孔子只收学生腊肉的水平，其余的一概拒之门外。因此，无论经济、政治地位，孟续子觉得自己跟人家朱豆豆、沈宁宁都不能相比，但他们又都很喜欢他这个朋友，觉得生活在一起很有趣味。朱豆豆甚至在跟翁点点度过了几个月的热恋期后，还是觉得跟他孟续子在一起更快乐，连翁点点要他在外面租房子，他都想方设法推脱了，觉得没有他孟续子的日子，就是暗无天日的日子，虽然有些夸张，但他们混在一起快乐，也的确是事实。这样，也就无形中疏远了罗甲成。他也曾试图把甲成拉进来，可罗甲成似乎不领他这个情，他也就算了。再加上他比罗甲成的学习成绩，总是要相差好几名。因此，有时朱豆豆出罗甲成的洋相，他也有一种不露声色的幸灾乐祸感。这次竞选学生会副主席，开始他想过，他想罗甲成都能成候选人，他孟续子为什么不能，但他从来没有对人说过这事。沈宁宁被朱豆豆弄出来抗衡，他也是积极参与者，因为他对罗甲成的确有点不服。谁知后来沈宁宁退阵，朱豆豆又撺掇一些人把他推了出来，他嘴上说不合适，不弄不弄，但心里愿意得跟啥一样，也就做出一副半推半就的姿态，以无可奈何的"被绑架"表情，内心偷偷乐呵着披挂上阵了。他知道朱豆豆和沈宁宁把罗甲成往下掀，也并不是完全冲着罗甲成来的，他们都与童薇薇有些内心的较量。朱豆豆在初到这个学校时，就在进攻童薇薇，那时都很隐秘，可能也唯有他孟续子能看出蛛丝马迹。后来怂恿沈宁宁上，那已是公开的事情了。孟续子绝对相信，他追求童薇薇的事是这个世界只有两个人知道的秘密。那时他的智慧连自己都有些惊异，说出话来，怎么就那样幽默风趣，每每都能倾倒一片。他看薇薇那阵儿特别喜欢听他说话，就错误判断了形势，连续进攻了一个月，最后看山头拿不下，再黏扯，可能要暴露目标，弄个贻笑大方，所以就悄悄撤了。这次童薇薇那么拼命地帮罗甲成弄副主席，他自然也没少吃醋。迎难而上，是人挡着上，是想上，也是想让童薇薇看看孟续子的能耐。没想到，几个来回较量的最后自己竟然还真给高票当选了。本来他是真的想好好激动快乐一阵的，没想到罗甲成来了这一手，让他绝好的心情陡然添上了无边的阴影。他也最害怕罗甲成走上绝路，他感到几天中，自己的腰围都瘦了一圈。有一天，他提前回到宿舍，甚至出现了幻觉，看见罗甲成正坐在他的床边，恶狠狠地盯着他，吓得他往出跑时，头一下碰在门框上，顿时鼓起了鸡蛋大的硬包。如果早知会发生这事，他即使死也不会去争着当这个副主席的，他真的有点背不动这么沉重的包袱了。

一连几天，他们三人也都在参与寻找罗甲成的行动。回到宿舍，似乎都少了言语，并且越来越少。要放在过去，这可能是个说罗甲成不是的最好时间，可现在，他们什么也都不说了，每个人都觉得好像罗甲成就在身边坐着，并且能听到他们所说的一切。

这天，翁点点突然来到宿舍，说她写了一首长诗，想念给大家听听，也没有任何人说让她念，她就念了起来：

　　一个人
　　走了
　　登高一跳
　　仅几秒钟
　　就结束了生长期
　　像西瓜从高空中抛下
　　他的父亲
　　收割了红色的破烂
　　一包袱
　　揽走了他的金秋

阳光下
背包袱的身体已成弓形
那是望子成龙的父亲
留给校园最后的背影
所有瞳孔中
都摄入了
这个收割金秋的人
…………

"别念了！"朱豆豆突然号啕大哭起来。沈宁宁、孟续子也用被子蒙住了头。翁点点看见两个被子里的身体都在抽动。

这天晚上，他们又出去找罗甲成去了，他们几乎没有放过西京城的任何一个网吧。

八十五

罗天福根据甲秀画的路线图，经过两天周转，终于找到了山西的那个私人煤窑。一条沟都是黑的，山黑了，水黑了，连树木、杂草都是黑的，罗天福脚下踩得咯嘣一响，本以为是个煤球，俯身一看，是大拇指大的一个旱螺，也是黑得只有踩破了才能看出里面一团肉色。

罗天福渴得想喝水，捧起一捧是黑的，用壶盖盛起一盖，沉淀了一下，勉强咽下去，完全是煤渣味，本想就着吃几口饼，但他忍住了，害怕反胃。

他继续往深沟里走着，刚在沟口，甲秀还给他发了信息，一是说那边还没消息；二是担心他的安全。本来这次甲秀是要跟着他一起来的，但他觉得甲秀留在西京城更重要一些，这阵儿，西京城才是真正的信息枢纽。而来这里完全是碰运气，连他自己都不抱太大希望。他觉得，甲成到蔫驴这儿来的可能性很小，但只要有一线希望，他也不会放过的，他得找到甲成，生要见人，死要见尸。

越往里走，山越深，沟越大。到处都是塌陷下去的深坑，有些大树，只留着一点树梢，整个身子都陷在几十米深的坑井中。罗天福可惜着这些好树的灭顶之灾。偶尔能遇见一两个人，也都是连衣服带人黑得辨不清眉眼的。通往山里有一条公路，不停地有黑不溜秋的大卡车往外拉着煤，罗天福就顺着这条路往里找。手机信号走着走着也没有了，他就怕甲秀她们担心。走了有三十多里地，手机有了信号，连住几个信息跳了进来，都是甲秀的，问他人在哪里，咋不见回信息。他正回呢，电话就进来了。三个多小时联系不上，家里人就急得团团转了。罗天福把情况说了一遍，说好像快到矿上了，这会儿人也多了，车也多了，让她们都放心。他就又朝里走。

矿区在大山的一个窝凼中，窄窄的山路，到这里突然鼓起一个很大的肚子，肚子里既是出煤的井口，又是办公区，也是矿工生活区，是一番十分忙碌的景象。

罗天福见一排房子前停有几辆小车，还有一块甘泉沟煤矿的牌子，就朝那里走去。这时刚好有个姑娘从一个办公室出来，罗天福就走上前打问："郭存粮在不在这儿上班？"郭存粮是蔫驴的大名。那个姑娘恍惚了半天："郭存粮？谁呀？"罗天福又补充说："小名叫蔫驴。"那姑娘恍然大悟："噢，你说蔫驴呀。蔫驴，有人找你。""谁找？"说着蔫驴就出来了。一年多没见，蔫驴已经变得几乎认不出来了，头也剪得跟西京城里的街痞差不多，穿着很紧身的衣服，尽管山里还很凉，但他还是把整个上衣都敞开着，毛乎乎的胸前有了龙的文身，脖子上挂着一个很大的像是铁三角一样的坠子；手上有金戒指，手腕上有佛珠。总之，根本不是一年前所见的那个蔫驴了。

蔫驴见是罗天福，先是愣了一下，继而很是热情地迎了上来："罗老师，你咋来了？"他还保持着好多年前的叫法，罗天福给他教过小学。罗天福单刀直入地说："我是来找甲成的。"

"甲成？甲成咋了？"罗天福见蔫驴好像也很惊讶，这让罗天福立即就失去了信心。罗甲成可能没到这儿来。

"甲成突然不见了，今天第六天了。"罗天福有气无力地说。

"为啥吗？"蔫驴问。

"我也不知道，他最近都没跟你联系过？"罗天福又问，并且在更仔细地观察蔫驴的反应。

蔫驴头摇得跟拨浪鼓一样:"没有,没有哇,绝对没有。"他还又补了一句,"人家都是西京城的名牌大学生了,跟我联系干啥"。

罗天福这时已彻底绝望了。他当下就想反身离开。

蔫驴一把拽住他说:"罗叔,都啥时候了,住一晚上明天再走吧。"

"我咋能住得下呀!"

蔫驴看见罗天福手和腿脚都在颤抖,就强行上来夺下了罗天福肩上的挎包说:"再急也不在这一晚上,就是回,出了山,也是明早才有车。住一晚上吧,罗叔,明天一早我开车送你下山。走,先到我办公室坐一会儿。"

罗天福看天也确实快黑了,一天只嚼过一个半饼,嘴也干得跟粘着胶一样,无论如何,也得喝了水再走。他就跟蔫驴进办公室了。

蔫驴还确实有办公室,罗天福见玻璃板下全部压着他的照片。还有一张是今年过年时,跟甲成在塔云山扁担梁上照的。罗天福见到甲成的照片,突然就落下泪来。蔫驴看见他咕咕嘟嘟喝水时,眼泪都滴在杯子里了。

蔫驴说:"罗叔你也别着急,甲成不会有事的,肯定是耍脾气,几天过去就好了,我相信绝对不会有事的。甲成不是那号轻易能往绝路上走的人。"

任蔫驴如何宽心,罗天福还是坐立不安的。他在发信息,蔫驴看着他那笨拙的样子,有点想笑,但没敢。他给罗天福弄了一大老碗肉丝面,给自己也弄了一碗,他觉得厨师的肉丝面是一绝,可罗天福只吃了几口,就放下了。他看罗天福这样,就早早安排罗天福去一个接待客户的小宾馆住下了。

罗天福从来没有住过这么豪华的房间,厕所也不会上,床也软得没办法伸直腰,解不了乏,他就把被子弄到地上,在木地板上躺着。西京城那边还是没有任何消息,甲秀说让他晚上方便时给娘打个电话,说娘都快急疯了。好在手机能充电了,他就边充电,边给甲秀拨电话。甲秀把手机交给她娘,他就在电话里把淑惠宽解了半天,他没有说这儿没找到人,就说让她放心,人一定会找到的。放下电话,他的心颤个不住,害怕心脏有了啥问题,就拿出甲秀给他准备的速效救心丸,吃了几粒。在地上躺了一会儿,他突然又想起了招弟的那句话,说蔫驴哥太爱骗人了。蔫驴会不会欺骗自己呢?他又穿起衣服来,到矿区的角角落落走了一遍,甚至连矿工们住的宿舍区,都挨个窗户看了个遍,确信甲成没在里面，才又回到宾馆躺下的。

第二天一大早，他就起来了。去找蔫驴，蔫驴还没起来。他说他就不等了，急着要走。蔫驴才不得不起来开车送他。

路上，蔫驴一直找轻松的话跟罗老师说，罗天福却一句话也没有，只是心不在焉地嗯嗯应付着，他的心思全部在罗甲成身上。

蔫驴说："罗叔，你相信我，甲成绝不会出任何问题。你回去该弄啥弄啥，该吃吃，该喝喝，过不了多久，他自然就会回去的。"

罗天福突然骂了一声："让他死去吧，这个冤孽……也把我折腾够了。"罗天福抱住了自己的头，他突然觉得头是一阵阵地炸痛。

"不要紧吧，罗叔？"

"没事，你开吧。"

"要不咱回去歇着，我再帮你合计合计。"

"不了，我得回去。他害的不是咱一家，把人家学校都全部搅乱慌了。"

蔫驴就再没有说话。当车开到甘泉沟口的一个临时车站时，罗天福从车上下来了，罗天福下车时，差点一个跟头栽在地上。蔫驴跑过去搀扶时，他觉得罗天福浑身都在发烫，衣服都让汗浸湿完了，几乎所有的地方都在颤抖，他感觉老汉随时都有再栽倒的危险。那个提前飞出去的挎包，把十几个干饼和几头大蒜，摔得满地都是。水壶也摔得三扁四不圆的。罗天福就要去捡拾，蹲到半截，哎哟一声，护着腰就仰坐下去了，要不是蔫驴后面托着，可能就会摔个仰面朝天。他看着罗老师脸上豆大的汗珠直往下滚，戏就再也演不下去了，蔫驴说：

"对不起，罗叔，罗老师，甲成在矿上。"

八十六

蔫驴是几天前的半夜接到罗甲成电话的，当时他正陪老板打牌。他听罗甲成说话的口气是遇到很大的难场了，想到矿上来转转。蔫驴当下就说：热烈欢迎。他们商量好，第二天蔫驴到陕西和山西交界的风陵渡口接他。第二天中午，他就把罗甲成接到了。一见面，先把他吓一跳，罗甲成跟春节时完全成了两个人，头发蓬乱，眼睛无神，整个眼眶眍进去两个黑洞，见他虽然勉强笑了一下，但整个嘴唇都难以打开，只是半边嘴角艰难地咧了咧。他觉得罗甲成明显是受了很大的刺激。坐在车上好几个小时他都没有说话，蔫驴也没好问，就沿路介绍一些地名、风景，他也没心思听，也没心思看，天黑的时候，就拉到矿上了。

蔫驴把甲成安排在小宾馆，而且就是罗天福住的那间房子。他让厨房弄了几个菜，还弄来了白酒、啤酒，跟罗甲成整整喝了一夜。蔫驴不知说了多少话，反正罗甲成就那样闷坐着，闷喝着。

蔫驴说："甲成，有啥过不去的坎你说嘛，兄弟再无能，总还是能帮上你一点啥忙吧。你能来找这个挖煤的兄弟，说明你看得起我，我很高兴。我总想你能有啥大不了的事，缺钱？兄弟没有多的，万儿八千还是拿得出来的。其余还能有啥事？要知足兄弟，咱那几面山几条沟的人，能活到你罗甲成这份上的不多。说实话，几条沟的人，除了你，我还真没看上几个，包括现在那几个掌权的货，倒是个尿，有尿本事吗？把沟里的日子过不前去还有脸当，有脸争，有脸斗，当尿呢，争尿呢，斗尿呢。甲成，你满足吧你，塔云山将来出不出人，也就看你了，你这尿一包，塔云山还有尿的戏。来，喝。我比你大几个月，就是你的哥，你遇事能来投奔哥，哥这脸就斗大了，你爱说不说。爱说，你就说出来，不爱说，你就往死的憋，憋死了我把你背回塔云山，投老祖坟去。尿啊，喝。"

罗甲成的话匣子是后半夜才慢慢打开的，尽管蔫驴一直觉得罗甲成心很深，但这天晚上，罗甲成还是给他掏了些心里话。

罗甲成开始的第一句话是："蔫驴，我活得不如你，真的，我是把路走错了。"

蔫驴说："你胡谝尿呢，我要有你学习那几下，还来这深山老林里给人家'逃奴'呢。你要再把路走错了，那我蔫驴就已经跌到茅坑里了。"

"真的，我真的活得不如你，不仅是不如你，而且连大奶都不如。"

蔫驴扑哧给笑了："大奶就能造娃，狗日的比咱大半岁，都造下三个了，还在造呢。哎呀，你是不是为女人犯神经了，这好办，你要要，我现在立马就能给你安排，保证把你伺候得舒舒服服的，百病皆消。"

"胡说啥呢。"罗甲成一脸严肃地说，"我真的不如你们。你们可能只看到我进了名牌学校，不知道我所受的那种精神折磨，有时真的生不如死。你跟谁都不能比，谁都比你强，是个人都想下眼瞧你，最好的也就是同情你、施舍你，永远不可能平等看待你。哎，你说咱们啥时活到要叫人同情、施舍的份上了？并且你还看不到任何希望，你再努力都改变不了这种现状。人家大奶咋，吃穿日用不愁，还有手艺，明天的日子看得见摸得着，幸福指数很高。你说我这生活有啥意思？你学习再好不顶用，现在一切都得拼爹，咱的爹能跟谁拼去？真的，蔫驴，你真的不知道我比你活得要窝囊多少倍。你真的不知道。"罗甲成一脸苦痛地直摇头。

蔫驴又给他的杯子中添上一些酒后说："我可能是鸡肚子不知鸭肚子的事，大奶活的算个尿人，那充其量，也就是来人世走了一趟，留了个种，混了个肚儿圆而已，你是要干大事的人，怎么老跟他去比？甲成，你是身在福中不知福，你还说你比我活得要窝囊多少倍，多少倍？我在井底挖煤的日子，你可能连想都想不到是啥样子，也就去年才从死人坑里爬上来。可这也是有今没明的日子，搞不好遇上了冒顶、透水或瓦斯爆炸，窝进一堆人命，一下就树倒猢狲散了，你以为这是个啥好职业，你以为我就比你强了？我回塔云山也是吹呢，谁愿意被人小瞧？你来矿上待几天就知道你有多享福了。喝。"

蔫驴没想到罗甲成猛地咕嘟下一口酒后，说："你既然跟老板关系好，那就求你给我一碗饭吃吧，明天就安排我下矿井挖煤。"

"你说啥？"

"明天安排我下井挖煤。"

"罗甲成，你是疯了是不？你要是想开眼界了，我倒是可以陪你下去走走。"

"不，是去挖煤。在老同学名下讨一口饭吃。"

蔫驴一拳头砸在了罗甲成的胸口上："我看你有些欠揍。"

"随你怎么说怎么揍吧，只要明天安排我下去就行。"罗甲成很郑重，也很坚定。

蔫驴有些不可思议："你真的要下去挖？"

"真的。我不想再见天日。我想井下黑乎乎的，什么也看不见，什么也听不见，一定比在上面好受许多。"

蔫驴静静地看了他一会儿，哈哈大笑起来："好受，一定很好受，那你明天就下去试一天吧，我给他们交代一下，受不了了，随时可以升井。"

第二天，罗甲成还真下去了。不过在下井前反复交代，家里要是来电话，绝对不要说他在这里。蔫驴愣了一下，罗甲成很坚决地说："你发誓。"蔫驴说："我发誓，我要说你在这里，我将来生娃没屁眼。"罗甲成就坐上缆车下去了。

蔫驴给几个在同一作业面的矿工都招呼过了，说这是一个大学生，来体验生活的，不要派重活、危险活，他要不适应了，就马上送他出来。那些人也都一一答应了。蔫驴还不放心，又交代安检员，多注意检测罗甲成所去的六号拐洞的瓦斯变化情况。过了一会儿，心里跳得慌，不放心，就又亲自下去，再劝罗甲成上来，结果让罗甲成悄悄骂了几句，他才不得不离开。

过了两天，果然甲秀就来了电话，问见过甲成没有。他自然得按朋友说的办，回答得很干脆：没见。他也想打听一下到底是咋回事，听甲秀的口气不想说，他也就再没多问。过了两天，甲成他爹又来了电话，好像很着急，他没征得甲成同意，还是没敢说。事后他也想，甲成一走好几天，不给家里打招呼，家里人都不知急成啥样子了，无论如何，也得给释放点啥信息。可又一想，罗家一屋人都是死脑筋，放着那几棵能变钱的大树不卖，偏要在城里卖什么饼，真是背着干粮受饿，背着大鼓寻槌呢。急一急也好，不定就把脑子哪根筋急通了，还能变得活泛些。他也就再没理这事。没想到罗老师还真给找来了。蔫驴学习不好，打小就怕罗老师，这一来，开始还真有点慌神，但很快就稳住了阵脚。他把罗老师安排睡下后，还专门去跟甲成商量了一下，他的意思是无论如何都得把他爹见一下，可罗甲成执意不见，他说他的决心已定，一见，就又得回去重复那种生不如死的生活。任蔫驴咋劝他都不去，并且一再要求他保密。罗甲成说，回头他会告诉家里的，但现在绝对不行。无奈，第二天早上，他只得把罗老师送出了甘泉沟。可当就要分别的那一刻，他再也看不下去罗老师的那副可怜相了，他觉得如果再不说，老汉命都有些难保，他就如实把甲成的事告诉了他。

罗天福返回到矿区后，就要见罗甲成。蔫驴打电话下去，没敢说他爹来了，只说有急事，回电话的人说，那个大学生死都不上来，说有事晚上回来再说。蔫驴让罗老师到宾馆先歇着，罗天福哪里能歇得下，急得端直就往井口扑，蔫驴连忙一把抱住，给换了矿工服，两人才一起下了井。黑乎乎的，缆车走了许久，才在一个拐洞口停了下来。罗天福眼睛适应不了里面的光线，是蔫驴挽着走到甲成那个作业面的。里面有七八个矿工，正散乱地坐在几堆煤渣上吃盒饭。蔫驴用手电扫过去，脸都黑得没有了轮廓，只有一双双眼睛在泛着白，白得阴森。罗天福一眼就看见了罗甲成，他几乎是完全失去理智地扑上去，把罗甲成一下压倒在地，用大拳头擂着罗甲成的腹部：

　　"你狗日的，你狗日的，你狗日的，你狗日的，你狗日的，你狗日的，咋不死，咋不死，咋不死，咋不死，咋不死，咋不死去……"

　　蔫驴和几个矿工扑上去，把罗天福都拉不开，蔫驴感到罗老师这阵儿的力量能擂破一座山。

八十七

　　罗甲成无论如何都不愿从井底上去，任罗天福再打再骂，他都偎在煤渣上不起来。最后，是大家帮着罗天福和蔫驴，勉强才把他弄到运煤的传送带上，一人抓着手，一人压着腿，才运送上来的。

　　罗天福就要把他拖着走，罗甲成手一甩，差点没把罗天福摔倒。蔫驴一把抱住就要离开的罗甲成，硬把他拥到了小宾馆那间房里。他把气得浑身筛糠一样颤抖的罗老师也叫进房内，把门一关说："今天你们爷儿俩就在这儿好好说说，到底有啥大不了的事，要弄成这样。塔云山的人，可都羡慕着你们家有奔头的好日子呢，你们都过成这样了，那叫别人还有啥盼头？甲成，你别怪我要把罗老师领回来，我实在是看不下去了，不管咋样，跟你爹好好说说总行吧。我也不知说啥好了，反正你再别犟了，啥事都好说好商量，我就在隔壁房里，你们说。"蔫驴说着把门拉上出去了。

　　父子俩就僵持在那里，谁也不说话，谁也不看谁。宾馆外一棵黑乎乎的白桦树上，有一只黑乎乎的啄木鸟，正在哪哪哪哪地凿着一个可能已经开凿了很长时间的黑窟窿。罗甲成一直看着那只啄木鸟在发呆。

罗甲成做梦都没想到，他会爱上这个地方，尤其是井下，晚上虽然上来了，但到处漆黑一片，也仍是井下的感觉。蔫驴曾经担心他在井下连半天都待不住，但他已经待了五天，并且感觉一天比一天好，他觉得这就是他要找的那个地方。

那天与童薇薇在茶馆分手后，他就决定，不回学校了，去哪里他还不清楚。他首先关了手机，他觉得必须先切断与这个世界的一切勾连和妄念，而让人在这个世界无处藏身的最大敌人就是手机。他去了一家离学校很远的网吧，想给童薇薇留点什么，但写了很多，最后还是没有发出去。他觉得必须截断，截断一切。他脑子里突然闪出两个挥之不去的字：死亡。他点了一下网页，与此相关的信息层出不穷。他进入了几个自杀俱乐部，全都在研究自杀的方法，以及自杀的痛苦与欢乐，还有模拟自杀过程的游戏。他没想到，来自杀网站聊天的人会有这么多，有来劝解疏导的，更有加码引诱，让别人不给脖子套上绞索、不登高一跳不快的。哈姆雷特那句脍炙人口的台词"活着还是死去"，成了这里最热门的议题。总之，五花八门，几乎是突然间，在罗甲成面前就打开了一个与他生活着的世界全然不同的陌生领地。他突然感到有些恐惧。回身看看四周，几乎每台电脑前都坐着全神贯注的人，他们都在浏览什么网站？他们给自己打开的是一个什么样的世界？闭起眼睛静了一会儿，他又再次进入一个叫"死亡谷"的俱乐部，这里贴满了从全世界各个不同地方、以各种不同方式自杀的图片，不仅有人类的，而且还有动物的，其中有一个自杀者，甚至划开自己的肚子，拉出肠子，一点点往断切，一点点展示给人看，他有些不相信这段视频是真的。看着看着，他突然锐叫了一声，他是被一个从一百层高楼跳下来摔成一团肉酱的自杀视频所惊骇，他几乎从椅子上跳了起来。但他发现，周边没有任何人关心他的惊恐，仍都在注视着自己面前的那一方世界，即使有人立即自杀在面前，也不会引起任何关注。

他离开了网吧，他觉得自己对自杀游戏还有恐惧感。他在街上漫无目的地走着，他突然想到了蔫驴。蔫驴曾经给他讲过煤矿井下的暗无天日，他觉得那里可能是自己最好的去处。他给蔫驴拨了电话，都拨过去了，才发现，已经是半夜三点多了,但蔫驴还是接了,并且那边传来了一阵呼呼啦啦的麻将声。他说他想来矿上看看,蔫驴第二天就到秦晋交界的黄河岸边接他来了。

他没有想到这个选择有这么好,几天过去,虽然身体有些疲乏,但精神已经在跟童薇薇们隔绝着,这里没有"不差钱"的人,这里也没有"不差权"的人,这里没有眉高眼低,这里更没有同情施舍,这里一切都很平等。跟他在同一作业面采煤的人,都很老实,很简单,也都很厚道。可能是蔫驴要求照顾的原因,他们都护着自己,不让干重活,但他自己愿意抢最重的活去干。他们的话题基本就是吃和性两种,把性说得特别的露骨,尤其是一涉及某些敏感器官的名称,连发音吐字都变得咬牙切齿起来,好像是愤怒得就想击穿粉碎。连开煤的钻头,都不叫钻头,而叫"鸡巴头子",好像这样叫着,开钻起来就特别有劲似的。罗甲成开始第一天还不习惯,几乎完全倒换了一个语言系统,无论孔子、孟子,还是柏拉图、康德,要是来到这个环境,当下就能气死。但他们身上并不缺人性的温度,他亲眼看见一汪水溃煤石塌下来时,其中两个人是用脚把别人踢出去后,自己才跑开的,而这在井下,几乎是每天都要发生的事。没有人觉得这很英勇,这是拯救,这是把生让给别人、把死留给自己的献身精神。就觉得应该这样,把自家弟兄踢一脚出去倒算个屁事。他突然想起了中学时背诵过的那首《咏煤炭》,虽然此时的心情并不似明代诗人于谦那样在托物言志,忧国忧民,但诗中对于煤炭的这种描摹与咏怀,一遍遍吟诵起来还是很对胃口的:

> 凿开混沌得乌金,
> 藏蓄阳和意最深。
> 爝火燃回春浩浩,
> 洪炉照破夜沉沉。
> 鼎彝元赖生成力,
> 铁石犹存死后心。
> 但愿苍生俱饱暖,
> 不辞辛苦出山林。

第一天晚上从矿井上来，罗甲成就要住到那几个一同作业的矿工宿舍去，蔫驴死都没让，说那儿绝对住不成，屁味、烟味、汗味、臭脚味能把人熏死，鼾声、磨牙声、梦话声把人能吓死。他说他跟老板说过了，就让他住宾馆里，有客人来让就是了。罗甲成犟不过，就又在宾馆住了一晚上。谁知他刚躺下，蔫驴就叫了一个人来，说是给他解闷乏。他一看，竟然是过年时蔫驴领回家去的那个菲菲。"你什么意思，蔫驴？"罗甲成当下就躁了。"哟，这不是甲成哥吗？真是山不转水转，咋把甲成哥你给转来了。"菲菲说着一屁股就塌在了罗甲成的大腿上，罗甲成吓得一个翻身就下了地。罗甲成没经见过这事，话都不知道咋说了，嘴里直磕磕："你先出去，你先出去。"把蔫驴惹得哈哈哈一阵大笑，就示意菲菲先出去了。菲菲一出去，罗甲成就想踹蔫驴一脚："蔫驴，你狗日的把我当成啥人了？""哎呀，这倒是啥事嘛！就拔了萝卜窟窿在的事么，看把你认真的。"罗甲成指着蔫驴的鼻子骂道："你看你还像不像个人，这是你爱的人，你就这样糟蹋人家？""谁是我爱的人了？""你不爱人家，把人家领回家干啥？""哈哈哈，我说甲成哪甲成，现在领人出去玩几天算个尿事，就是爱了？就是自己人了？你真是个傻蛋哪。实话告诉你吧，菲菲就是咱这宾馆的一个按摩小姐，过年没处去，死缠着我要回咱老家玩几天，你还当真了。"罗甲成气得恶狠狠地谴责了他一句："你真恶心！"蔫驴急忙拍拍他的肩膀说："好了好了，觉得不舒服换一个就是了么，这宾馆还有几只鸡呢，我都叫来随你挑。"罗甲成更加恼怒："蔫驴，你把我看成下三烂了是不？我是到这儿寻找人格平等来了，不是偷鸡摸狗，当畜生来了。你就给我一碗饭吃就行了，其余啥都不用你管。对不起。"说着，他就真的去了矿工宿舍，再没有回过宾馆这间房子。

没想到，蔫驴把他和爹又一起关在了这间房里。他看见爹气得说不出话来的样子，心里就直恨着蔫驴，为啥要把他又拉回来，罗甲成是想让他们彻底失望、放弃后，再告诉他们，他还活在这个世界上，不然，什么也改变不了，他真的不想再去过那种让他整日如芒刺在背的生活了。

他终于说话了："爹，你回去吧，我是死都不会回去了。"

罗天福看他说话了，把情绪也缓和了些："为啥？你总要讲个为啥？"

"没有意义。"

"什么没有意义?"

"一切都没有意义。"

罗天福拾了拾腰,说:"你要什么意义?"

"我也不想说,我也跟你说不清,反正就是不回去了。"

"是啥事把你刺激成这样了?啊?你连爹娘、家庭、前程啥都不要了?上个学容易吗?你这样往死的折腾。罗甲成,我要是再年轻些,今天就想一棍把你打死在这里,我也不想活了,还活什么?你真能做得出哇,罗甲成!"罗天福直想哭,但他强忍着,他不能在儿子面前塌下这最后一点点气力。

"我盼你今天能把我打死,打死可能更好受些。"

"你到底是咋了?要这样寻死觅活的?"

"爹,我知道我欠着你们的,可你们也真的该醒醒了,还上啥子学?姐马上大学就要毕业了,毕业就是失业,你们花这么大的代价,供养两个大学生的意义在哪?再别做梦了,我成不了龙,姐也成不了凤,一切都是徒劳的,你就快醒醒吧!你和娘也赶快回塔云山去吧,再别在城里瞎折腾了,回塔云山,你们还能像人一样地活着,在城里,就是垃圾、是膏药、是下三烂、是牛皮癣。"说着,罗甲成又要往门外冲。

罗天福终于扑通一声跪在了地上。

这时,蔫驴听到动静开门走了进来,被眼前的一幕吓了一跳:"罗老师,你咋……狗日罗甲成,你立马给你爹跪下,你狗日不跪下,你就不是人生父母养的,你狗日就是个杂种!"

罗甲成终于也无奈地背对罗天福跪下了。

八十八

好说歹说,罗甲成终于同意跟罗天福回去了。蔫驴觉得自己必须往回送,不然,路上还会出意外。他就给老板请了假,开着那辆路虎,把几个车门都反锁着上路了。

罗甲成坐在副驾驶位置上,眼睛微闭着,既不想跟爹说话,也不想给背叛了自己的蔫驴说话，更不想看到阳光下的一切，他始终觉得井下的感觉很好。他在井下作业的那几天，觉得身心是那么轻松，那么单纯，那么简单，不用看任何人鄙视的眼睛，也不用看任何人鄙夷的嘴脸，看不清，也不用看，也不会有那些嘴脸，总之，他在最不安全的地方找到了绝对安全的感觉。在矿工宿舍的感觉更好，大家累了一天，出了矿井，剥光剥净，扑通跳进大池子一泡一洗，然后换上自己的衣服，进饭堂把饭一咥，就回宿舍躺在自己的床上了。有爱打牌的，弄几把"跑得快"，赢几个小钱，害怕输的，就在边上观阵助威。十点左右，工头一喊，所有宿舍把灯都一关，然后躺在床上，再说一阵跟性有关的话题，有人就先到周公那儿报到了。紧接着，在先后不到十分钟的时间内，所有人就都扯起了鼾声。有时睡得晚一点，隔壁房里就先鼾声雷动了，有人说是"张大球"的，有人说是"王臭屁"的，反正连薄墙板都跟着抖动起来，每每至此，罗甲成就幸福地笑了。他喜欢这群憨厚朴实的人，他喜欢这种不钩心斗角、不为各种竞争弄得剑拔弩张的感觉。

　　当汽车在一步步向黄河岸边逼近时，他在思考的最严峻的问题是回去怎么办？还去上大学？他真的是不想上了，他觉得自己已无法面对所有的人。如果说在发攻击孟续子帖子后的那段时间，他还有些后悔的话，现在也不觉得后悔了，如果没有这一招，也许自己还迈不出这一步。他也曾在夜半时分，打开过手机，浏览过所有的短信，姐姐发得最多，其次是童薇薇，先后发过二十多条，朱豆豆、沈宁宁、孟续子也都发过，而且都不止一条，似乎都在关心自己，但他对这个已经不大在意了。再恳切的言辞，他知道都是为了让他回去，回去以后又怎么样？那就不是别人所考虑的事了。他们无非是害怕罗甲成死了，死了也许良心都会有那么几天微微波动的时间，过了，该弄啥照弄啥。他不是没有想到死，但他发现自己怕死，他甚至突然敬重起那些敢于以自杀的方式结束生命的英雄来，跟他们相比，自己简直就是个贪生怕死的可怜虫。他甚至也想过出家当和尚，但这些年所去过的寺庙，几乎没有不是弥漫着铜臭味的，那里的森严等级，据说并不比尘世来得简单轻松。因此，他觉得最好的地方，真的就是数千米的深井下了。

　　罗甲成从汽车后视镜中，无意间看到了父亲那张越来越黑暗的瘦脸。他也知道父亲为他上学付出了很多，但更多的时候，对父亲都是一种幽怨。本来是可以不这样生活的,把几棵大树一卖,什么问题都解决了,可他偏要这样苦苦巴巴的,在他看来,就是一种穷命。过去在塔云山,父亲在他心中的形象,是很高大、威严的那种,可自进了西京城,他就越来越觉得父亲像鲁迅笔下的阿Q,在处理很多事情上,尤其是在同郑阳娇这个包租婆的较量斗争中,几乎显示出的都是懦弱无能、百般屈从的形象。他有时看到父亲受到伤害的样子,是既同情,又觉得活该,谁叫你要一副人想咋捏就咋捏的脓包相。还一说就是仁呀,义呀,礼呀,信呀的,有什么用,那一套和社会几乎完全不兼容,你一个人守着,滑稽可笑得真是令人有些作呕。他给父亲下的定义就是八个字:不合时宜,窝囊透顶。

要不是爹昨天突然来了那一招,他是死活都不会回去的。爹给儿子下跪,这让自己的良心发生了震颤,他觉得他必须给父亲一个面子。再加上他也有些恨蔫驴出卖了自己,就是再下矿井,他也不会来甘泉沟了。回去就回去吧,让人看看罗甲成还没死,大家也就都好有个交代了。反正他是不上学了,他想,脑袋长在自己脖子上,腿长在自己身上,别人总不能抬了去。

在过黄河大桥的时候,他微微睁开眼睛看了看这条著名的河流,让他很失望,宽宽的河床上,只有很窄的一溜浑水在时断时续地流淌着,与他在书本上读到的完全是两回事。那天经过时,他甚至都怀疑过这是不是黄河,但也没心思问,就被蔫驴接走了。今天,刚接近大桥,蔫驴就回过头给他罗老师说,到黄河了。他很是失望地闭上了眼睛。这样一股细水,还不如干了算了。

罗天福对黄河也很失望,怎么就干成这样了?流淌了几千年,养育了一个中华民族的大河,是真的要彻底变成干滩了吗?他在小学时就想看黄河,还以为自己一生都没机会了呢,没想到是这样才看上的。那天过来,他心里装着太沉重的事,也没人提说,就根本不知道是从黄河上经过了。这么大一条河,干成这样,谁又能让她再变得波浪翻滚起来呢?

汽车很快就把黄河丢在了一边,罗天福还回头看了看,一个弯拐过去,就什么也看不见了。

罗天福抬头看了看车前那个小方镜里闭着眼睛、一副桀骜不驯样子的罗甲成,心里真的有一种万念俱灰感。他咋都想不通,自己好歹也是个教书匠,咋就眼睁睁看着自己的儿子学成了一个叛逆郎。说家里穷,那古代出了多少大人物，不都是穷家出身，不都是靠寒窗苦读出来的，今儿个咋就不行了呢？同样是姐弟俩，那甲秀咋就又行呢？他真是搞不懂了。他在想，自己是不是给了儿子太大的压力？仔细想，也没有哇，就是要他好好学习，好好做人，将来做个有出息的人、有用的人，这些难道就是让他变成现在这个样子的压力吗？他知道儿子一直为他没卖那两棵紫薇树而不满，他是真的舍不得，他奶奶也舍不得，卖了搞不好是要要了老人家性命的呀！那树是有灵性的，那树对罗家是有恩的呀！问题是他和淑惠还确实能挣，虽然这事那事的，学费不是照样也挣得差不了多少么，稍一错腾，一锅水不就全开了么。要真是老得不能动了就不说了，那两条腿还能动，两只手还能挖抓，为啥就不动，就不挖抓呢，而要卖老本，毁祖业，争体面，过讲究日子，这样的事，罗天福是真的做不出来呀。

　　罗天福一直在想，罗甲成在宾馆所说的那一席话，他觉得那可能是病根儿所在。甲秀确实要毕业了，甲秀也确实还没找下工作。不像过去，谁上个中专，就算把一生的大事都解决了。现在据说上了硕士、博士，也都未必有现成工作可干。那就不上学了？那就回去当大奶、当蔫驴？也不是这些娃娃就不好，在罗天福心里，读书那就是一个正经事，塔云山凡读书多的人，还就跟别人不一样。那些不孝顺父母、打骂爹娘、偷鸡摸狗的人，起码在读书人里还是少数。大奶的爹就养了四个娃，四个娃也都是只顾在自己地里刨食的主，弟兄四个，为争一点地畔子，都能打得头破血流，甚至一辈子互不往来。到了大奶这辈，又养了好几个，不读书也看不到有啥大出息。蔫驴在塔云山是瞎出了名的，前两年还把别人的媳妇拐出去卖过，这两年好像变得好了些，可在罗天福心中，总还是一个很不靠谱的人。他最近还一直在想甲秀和招弟的区别，招弟只读了个小学，虽然有点心计，但终是只为自己攒点小钱而已。而甲秀自上了大学，就跟变了一个人一样，家乡来的这几拨打饼的亲戚，她都能想方设法地帮她们到外面开辟市场，而招弟总是悄悄翻点是非，让他和淑惠要想办法把这些人早早撵了，她说，要不然她们就把咱家的饼子擀薄了。虽然他也觉得招弟很可爱，但也许是他当过村支书、当过老师的原因，就喜欢琢磨这事，觉得里面是有个很深的道理的，那就是读书和不读书的人不一样。他也想过将来甲成要是能当个乡长、县长啥的，给家乡办些正事，也没枉读一趟书，可那也仅仅只是想，没有给人说过，反正在他心里，就觉得不读书不行，想有出息就得拿读书打底子，没这个底子，遇上啥机会也没用。如果说开始他还有些望子成龙的想法，那么现在就只一个目的，读书能明事理就行。罗甲成把书读成这样，实在让他忧心如焚。

蔫驴把车开得很快，晚上大概十点多一点，就赶到西京城边了。罗天福看到逐渐通明起来的灯火，心里反倒紧张起来。人是活着弄回来了，咋办？他真的觉得自己无能为力了，罗甲成从骨子里已经瞧不起他这个父亲了，这让罗天福感到比什么都伤心。儿子以为自己不想回去，想守着这个西京城，那实在是因为梦想没有完成，已经有好多次了，他都准备撤，但咬咬牙，还是挺过去了。他知道自己在这个城市，活得并不光鲜，在别人眼里可能也就是"垃圾""牛皮癣"，但他总在力图做着文明人，不闯红灯，不随地吐痰，大小便如厕，爱惜人家城市的一草一木。做人礼貌、和谐、守法、忍让；做生意不造假、不坑人、不偷税、讲诚信，并且还在培养着两个奔文明而去的大学生。他觉得自己确实卑微，有时简直觉得在这个城市活得连一只蚂蚁都不如，但他却从来没有因此而做过自贱的事，即使捡垃圾，也绝没有顺手拿走过不该拿走的任何东西。除此以外，那就真是身份低贱了，不可改变了，如果儿子骨子里是因为这个看贱了自己，那也就只能任他去了。

当车开到离文庙村很近的时候，罗甲成突然要下车。蔫驴也不说话，也不停车，就一直往文庙村的方向开。蔫驴知道这车门他是打不开的。他想，把老同学得罪就得罪了，反正必须把人送到。虽然他也觉得靠罗老师能把甲成说转，可能是瞎费功夫，但甲成这个样子，如果留在自己手上也很可怕。

蔫驴终于把人送到了。

让罗甲成感到难堪的是，房前几乎拥了半院子人。他一眼看见了童薇薇，甚至还有朱豆豆、沈宁宁、孟续子和学校的几个人，东方雨老人、破锣和那个爹自以为对自家很好的街道办贺主任，郑阳娇、西门锁、金锁也在其中，家里人更是一个不落地搀着已经变得颤颤巍巍的娘，正号叫着朝汽车跟前奔跑。他想立即钻进地缝，但已经来不及了。蔫驴打开了车门，他是被娘用双手抓下去的。一刹那间，他看见娘的头发全白完了，他没有想到好好一个人竟然会在顷刻间变得这样判若两人。娘在悲喜交加中，哭得被人搀了回去。这时，朱豆豆突然上前，一把抱住了他，说了声"对不起，甲成"，双臂由于使了太大的劲儿，而让他感到有些不能承受之重。接着，孟续子也拥抱了他，仍然说了"对不起，甲成"几个字。奇怪的是，沈宁宁拥抱他时，也说的是这几个字，难道他们是商量好的？就在他极力回避童薇薇的眼神时，薇薇已经走上前，一把抱住了他。薇薇什么也没说，就哭，哭得让他不知如何是好。他不知曾经有过多少次这种拥抱的幻想，今天竟然在这种境况下实现了，他觉得有点羞耻，但这个拥抱，此时又分明有一丝暖意。他突然听到，自己内心深处似乎咯噔响了一下，好像是一种冰凌在融化的声音。

八十九

  人都走了，娘坐在门口，还在抽泣，她怕甲成再次从这个门口冲出去。爹已累得半瘫在了床上，甲秀在用热毛巾给爹敷着腰。

  罗甲成坐在墙角的一个矮凳子上，勾着头，身子一动不动，好像是在等待着一种他永远也不会服气的宣判。

  一直是娘在说话，娘一生大概都没有今天说得这么多，尽管说得声泪俱下，但罗甲成并没有什么反应。可娘还是在说："甲成，你咋能犟成这样，你说你不回去读书了，这不是把一家人的念想都断了？你说一家人这样苦苦巴巴为了啥？还不都是指望着你能有个出息。你爹为你们念书，把腰都摔断三次了，人心都是肉长的，哎，你总得捂着胸口想一想，不说念出啥名堂了，总得给你爹顾点脸，给你爹留一口活下去的气吧……"

  罗天福知道，淑惠这些话，对于罗甲成来讲，可能连耳旁风的作用都不起。罗甲成可不是两年前的罗甲成了，两年前，爹和娘的话，不是圣旨，也是金科玉律。但现在，爹娘的话，对于他，好像就是牛皮癣，是垃圾，是秦腔戏里那些插科打诨的小丑那样滑稽可笑。罗天福真不想说了，他知道，他肚子那点墨水，已经说不过儿子，也说不转儿子了，把他浑全找回来，还没死，他也就觉得自己是尽到父亲的责任了。他这阵就想放弃，放弃一切。这个西京梦，可是把他做苦了，他也不想再做了，再做也是徒劳无益的。他这阵儿就想躺到塔云山的那个大炕上，把凉飕飕的脊背焐暖和，过几天消停日子。你罗甲成爱弄啥弄啥，你就是再去死，罗天福也不找了，罗天福认卯了，罗天福投降了，罗天福是绝对给儿子投降了。罗天福就那样静静地躺着，眼泪顺着眼角一直在往下淌，甲秀始终在擦，但擦不干净。

娘还在说："……你说句话呀甲成，你说你为啥再不到学校去了？要是为找媳妇的事，就气成这样，那值得吗？你要本事有本事，要模样有模样的，还愁找不下个媳妇。去年回去过年，连乡上的领导都请人捎话，要提亲哩。你爹说你还小，等毕了业再说，你还缺媳妇吗？是人家求上咱们的事，不是咱去求人家的事！你就听你爹的话，回去上学吧，啊，娃，你一上学，这一家人，苦死累活就有劲头，就有盼头了哇！"

罗甲成终于说话了："爹，娘，我也知道我对不起你们，可你们就饶了我吧，我真的是不想上学了，那是在浪费我的青春，也是在浪费你们的血汗钱。上了真的没用，上出来还是在社会上瞎混，我何不现在就出来混呢？我现在一年花你们一万多，毕了业，一年也回报不了你们一万元，你就让我出来吧，我保证从现在起，每年给你们交一万，你们也都回去，过几天安生日子吧。我求求你们了，放了我吧！"

罗甲成说着从矮凳子上溜下来，扑通跪在爹娘面前，磕了一个响头，然后起身又要朝外跑。娘死死抱住了甲成的腿，让甲成拖出几尺远。甲秀急忙上前，一把又抱住甲成的腰。甲成还在挣脱。罗天福大喊一声："走，让他走，让狗日的走。我没有他这个儿子，我罗天福是个穷光蛋，没权没势，只能靠双手刨着吃，不配有这样的儿子，让人家走吧！天哪！我罗天福上有天，下有地，中间有祖宗父母，但我没有儿子，我永远没有儿子了。你滚！滚！"也不知哪来的那么大一股气力，罗天福突然从床上翻下来，从窗台上拿起那瓶治腰的药酒，端直抬起手，一下打掉了瓶口，仰起脖子，咕咕嘟嘟灌了下去，眼看就把一瓶灌完了，甲秀急忙上去抢夺，爹还是在灌，甲秀一下把爹推到床上，才把瓶子夺过去。

这时，突然传来了敲门声，家里立即安静了下来。甲秀问："谁呀？"

"我。"是东方雨老人。甲秀眼前一亮，似乎抓住了一根救命稻草似的，急忙整了整家里的乱象，让娘也松开了手，把门打开了。

老人走进来了，是一种十分安详的神情。老人拍了拍甲成的肩膀说：

"走，晚上跟老汉搭脚睡走。"

一家人先是愣了一下，然后突然感到一线希望，在这个已经完全绝望了的小房中出现了。

罗甲成开始还有点迟迟畏畏的，老人说："咋，还请不动啊，碎碎个人，脾气还不小，走。"老人在慈祥中略带了点命令的口吻。

罗甲成平常在这个院子最尊敬，也最觉得神秘的就是东方雨老人了，老人这样叫他，他也不好不去，就跟着走了。

罗天福突然号啕大哭起来，说不清是绝望，还是看到了希望，虽然甲秀立即关上房门，但那声音还是凄惨地传了出去。一个男人，发出这样的声音，天地似乎都被惊醒了，一院子人，几乎是在同一时间，都打开了所有的灯，并从门口、窗口探出了惊异的身子。

罗甲成也听到了这声哭号，这声哭号也同样惊动了他的某些神经。

他终于跟着东方雨老人走到了院子深处的这几间平房前。他有好几次都想走进去，但老人似乎没有邀请的意思。老人爱跟人交流，但都是在唐槐下，据说从不邀请人走进他的住处。

罗甲成终于走进去了。一进房，他不由自主地呀了一声，他惊呆了。

这三间房，里面是打通的，全是书，并且多数是线装书，很破旧，但收拾得很齐整，就跟木匠用墨斗线打过一般的齐整。他曾经在童薇薇家里，见过童教授的书房，那也是书的海洋，但还没有老人的这么多。童教授的书，有一半是外文版，并且有很多新书，包括最前沿领域的国际国内杂志。但东方雨老人的书海，全是旧的，只有进门左右两边的两架书比较新。罗甲成随便看了一下新书，很杂，好像多数是有关政治经济和"三农"方面的。也有报纸杂志，一捆一捆地，放在地上，好像是准备清理走的。一步步往深处走，书的颜色也越来越深，破旧程度也越来越高，他看书名，有《易经》《书经》《诗经》《礼记》《乐记》《春秋》《黄帝内经》，还有《论语》《大学》《中庸》《孟子》《荀子》《列子》，也有《老子》《庄子》，还有《墨子》《孙子》、什么《鬼谷子》《韩非子》之类的，大多都是木刻版，也有好多拓本。最后边的几架书，几乎都是手抄本，他看了一眼，有佛经手抄卷，有明清人笔记，也有不少清代和民国初年的话本和秦腔戏本。老人家的床就安在屋子正中间，床很矮，但比较宽大，床的四周都摆满了正翻阅着的书，有的放在地上，有的放在床上，好几个放大镜，都置放在随手可以摸到的地方。在床的右侧，有一个书桌，上面还放着几本正在打理的残破旧卷。书桌旁，有一个装订机，很明显，破书都是经过它才变得有棱有线起来的。

"坐，孩子！"老人把他让到装订机前的一个凳子上坐了下来，又给他倒了一杯水。老人说，"我就只喝白开水，咖啡、茶叶，什么都没有。"

"我不喝，谢谢爷爷！"

"我搬到这里都十三年了，房东几次想进来，都没进来过，倒不是别的，这些书需要静养，不能接受太多的外界刺激。"

罗甲成听老人说书，好像就跟说某种还活着的生命一样。

"书也是一种生命，这些书，是我家祖孙五代积攒下来的。我老觉得，这上面还留着他们的余温。孩子，你也是读书人，我想你是懂得这个珍贵的。我不让更多人进来，也是不想让人知道我有什么珍贵的东西，其实这些东西，在不读书的人看来，可能一钱不值。所以住在这个院子，我觉得还是比较安全的，就是有人知道老汉有很多书，也不咋，现在惦记书的人可不多，呵呵。"

罗甲成静静看着老人，不知道老人今天把他叫来，到底要说什么。

老人似乎并不想跟他说什么实质性的事，就是聊天，聊他自己，一层层撩开一院子人可能都觉得很神秘的那些面纱。

老人说，他家祖辈都是读书人，也没有当官的，也没有挣了大钱的，几代人都教书，有教私塾的，有教中学的，他是教的大学，后来喜欢图书馆学，还当过几年大学图书馆的馆长，那也不是个什么官，但他很喜欢。后来，他就被打成了右派，婚也离了，家也散了，现在儿女都在国外，国内就他一个人守着这摊书。女儿前几年还老回来劝他出去，但他离不开书。住进这个院子，也是为了安静地修缮这批书，也是为了看护这棵千年老唐槐。那是他在四处找房子时，无意间发现了这棵树。说不清是咋回事，他就那么爱这棵树。那天他进来时，也是有一群农民工正在树下唱秦腔，而他在被打成右派的那几年，刚好跟一个拉秦腔板胡的右派分子住在一个牛棚里，就学会了这种十分能表达他内心感情的乐器。恰好，这三间老村委会的财会房，也适合他的要求，他就租下了。那一阵，市上号召市民就近认领一些大树的监护权，村上人都觉得麻烦，郑阳娇更是不愿染手这号事。树虽然长在自己院子里,可二十世纪五十年代,这些千年大树,就归国家保护了。既不是自己的,还得掏钱防虫、打营养针、浇水、喷药,死了还要负责任,郑阳娇觉得认领这号赔钱货是有病呢。东方雨老人刚好就顺顺当当地认领到了这棵树。他说他今年八十七岁了,但估计再活十几年问题不大。他每天早晚打太极拳,一个礼拜还要出去游三次泳,身体很好。他说再有十年,他把这些老书就基本整理完了,现在每月平均两本。等整理完了,全部交给国家,他这一生的任务就算完成了。

罗甲成一直不知道老人想说什么,反正自始至终,都没提和他有关的事。聊到快两点的时候,老人家说:"孩子,咱睡。明天我带你游泳走。"老人说睡,还真的很快睡着了。鼾声很轻微,但很安详,很静谧。罗甲成却怎么也睡不着,虽然是睡在两个被窝,但翻来覆去的,还是把老人弄醒了。"还没睡孩子?我有个很好的催眠方法,就想白色,白得一尘不染的那种白,把这个白色无限放大,白得空无一物,不着半点色彩,不存半点其他痕迹,很快就能睡着了。"罗甲成就按老人的方法想白色,可咋想那白色上面都会出现杂色,想着空无一物,可所有物质还是填满了空白。老人又打了十几分钟的鼾,醒来说:"还没睡着吗孩子?看来你还是经不住事呀,你知道我被打成右派后,遭受的第一个打击是啥?妻离子散。我进牛棚的第三天,就接到了离婚协议书。我没有连累他们,在协议书上签字了。我知道一切都不能改变,我就想着空无一物的白色,这个很管用,我几十年一遇事,都是用的这个方法。你遇见比我更大的事了吗?"罗甲成没有说话。"睡吧孩子,我很喜欢你,很喜欢你们这一家人。遇事冷静一点,在我看来,世上没有过不去的事,除非你自己心冷了。睡吧,娃,你活得人生长度再长一些,就知道现在遇见的事,都不是啥事了。睡吧!"

老人那种平缓得不能再平缓的语调,让罗甲成感到很温馨,很催眠。不知什么时候,他还真的给睡着了,但绝不是想白色睡着的。早上他醒来的时候,老人不见了,他起来走到门口,见老人在打太极拳。老人让他也来比画比画,他说不会。老人说:"很简单,我先教你几个动作,几分钟就记住了,太极拳看着很复杂,其实很简单,你任意学其中的几个动作就管用。"他也不好推辞,就跟着学了几个动作。老人说:"反复打,就这几个动作就行。能坚持下去你就能活到我这个岁数。我三十几岁就被医院判了死刑，我就靠这几个动作打掉了浑身病魔的。只要坚持，没有什么事干不成的。"罗甲成就跟着老人又打了一个小时的太极拳，枯燥得想停下又不敢，直打到大汗淋漓，气血贲张。

老人又要给大树喷水、喷药。大树就在爹娘租房的门口，他不想过去，但老人已经把喷桶里的药化好了。老人就要蹲下去背桶，他只好抢着背了起来。他走在前边，老人走在后边，到了大树跟前，他看见他一家人都在房里的窗户后边朝这边瞄着，他也装作没看见，就跟老人喷起药来。喷药的时候，郑阳娇先出来看见了，然后神秘兮兮地回去了。过了一会儿，西门锁也出来看了看。他知道，都是在看他呢，他就只是仰头打药，装作什么也看不见。喷完药，老人把他带到一个门脸很窄的小饭馆吃饭。里面只有四张桌子，但一切都很精致。老人说这家餐馆开了几十年了，一直就守着八样菜，一种薄饼，一种红豆稀饭，来的也都是老主顾。生意平平常常，但味道绝对没走过样。去年老板娘去世时，所有老主顾都来送行了。现在娃把店也开得很好，大家都很放心，也很关照。这事从老人嘴里说出来，让他见了那个端菜出来的小老板，都有些肃然起敬了。

老人又把他带到了游泳池，这是一个很普通的大池子。老人说他办的月票，一个月也就十几块钱，来游泳的也都是普通市民。他开始坚决不下去，说他是旱鸭子，不会游，怕丢人。老人说："你太在意别人对你的评价，那怎么往下活呀。这么多人在这游泳，没有人关心你游得好游得坏的，只要你自己游得愉快就行。下来吧孩子！"老人就把他拉下水了。没想到老人游得那么好，那么自在，像一个运动健将。罗甲成其实学过游泳的，那是刚到大学不久，学校上体育课时学的，一下水就被呛个半死，还是童薇薇教他从水上浮起来的。好久没游了，下水依然笨得直往下沉。他老觉得有人在看他笑话，后来发现确实没有，才在浅水区扑扑腾腾游了起来。再后来，老人又把他带到了深水区，托着他的下巴和腹部，直游到完全放开手。他们整整游了两个小时，当他与老人从游泳池里走出来时，他甚至有了一种洗尽尘垢的神清气爽感。

老人说："晚上还给我搭脚。"他就又很情愿地跟着去了。

九十

自东方雨老人把甲成叫走后，罗家就升起了一点希望的曙光。

罗天福觉得自己已经把浑身的招数使尽了，喝酒，撒野，那也是迫不得已的最后疯狂。如果这一招再不奏效，那就真的只好任他去了。谁知这时出现了救命的活菩萨——东方雨老人。此前，他也曾想到过，请老人把娃劝一劝，但老不好开口，总以为自己能把娃扳转来，可一切都不是他想象的那么简单，罗甲成已经变成不是他能驾驭得了的烈马了。他觉得人老几辈子，甚至几百年、几千年的那些基本活法和真理，在罗甲成那里已经变得一钱不值了。靠双手刨食吃饭的生存方式，在他那里已经是很丢人的事情了。他去挖煤，不是因为他尊重这样的劳动，而是因为挖煤在不能见到天日的地下。他是赌气，他是破罐子破摔，他是在逃避他所厌弃的现实。罗天福一生只坚守着一个信念：以诚实劳动安身立命。反正饭得一口口吃，事得一点点做。无论吃什么饭，做多大的事，都得是自己凭双手刨来的、挣来的，而不是从别人碗里抢来的，空中挖抓来的，不择手段巧取豪夺来的。但罗甲成已经模糊了这些基本概念，只想一夜改变自己，至于用什么方法，已经不愿意去更多追究和思考了。这是他觉得自己已经彻底不能驾驭自己亲生儿子的根本所在。东方雨老人在这个时候出现，有些像神话里突然降临的那些圣贤、智者，在他心目中，这个老人也的确就跟那棵唐槐一样，是沾着些仙气的人，并且也就在夜半三更，敲响了他百结不解的柴门。他暴饮下去的酒精，是十几分钟后开始发作的，那里泡着中药，好在已经被反复浸泡过而使酒劲挥发殆尽。尽管如此，他还是觉得内心烧灼得不能自已。女儿用凉水不停地擦拭他的胸膛、脖颈、脸庞，直到几个小时后，才渐渐恢复平静。他不知是什么时候睡着的，可醒来，却是突然被自己的噩梦惊醒。他突然坐起来说："甲成呢？甲成呢？"淑惠说，甲成还在老汉家里没出来。昨晚把罗天福伺候躺下后，淑惠不放心，已经让甲秀搀着，去老汉房前屋后，转了好几个来回了。说屋里一点动静都没有，好像是都睡着了。一早，甲秀又去看，老人在打拳，老人悄悄说："睡得很香呢。"一家人才安生下来了。

罗家的两个摊子，自甲成出走后，就停下了。几个人一边帮忙找人，一边也合计着准备散伙了，只是人没找见，都不好在人家危难中离开而已。直到那天罗天福说在矿上把人找到了，才又陆续把摊子支出去。事情闹到现在这个地步，连罗天福这个一家之主，还都不知下一步该咋弄呢，更别说其余人了。据说，那两个远房亲戚，都在联系下一步的去路了。天寿媳妇说，连招弟把她那些小东小西的，都打进包里了，把偷偷塞在墙缝里的几卷钱，也都用铁丝钩了出来，塞在贴身口袋了，是一副随时都能离开的架势。一切都要取决于罗甲成的态度，罗甲成要再学了，就继续，罗甲成要翻翘了，也就只好树倒猢狲散了。不过，罗天福心中的那个梦想，始终还没有完全破灭，他还在等待，他不相信，一切就这样结束了。嘴上恶狠狠地说要结束，要回塔云山，其实心中哪里就能服了这步输棋呀！

当早上东方雨老人领着甲成给唐槐喷水、打药时，一家人看着罗甲成那副初步安定下来的神情，就都长长地舒了一口气。他们喷水、打药整整用了半个多小时，一家人就一直凑在那个又矮又小的窗前，看了半个多小时，像看最精彩的秦腔戏一样，几乎连演员的每一个眼神、动作都没放过，直到把水浇完，把药打完，老人把甲成领着离开大树。他们正在家里议论着可能发生的一切结果时，见老人又把甲成从后院领了出来，不是来他们的租房，而是向外走。罗天福看老人拿的行头，是准备去游泳的。看着儿子很乖很顺从地跟老人出去了，罗天福心里的希望之火就升腾得更高了。淑惠说："看来甲成不咋了。"罗天福虽然已经感到了希望，但还是很沉静地说："我已预料不来了。"

就在他们刚走一会儿，童薇薇又来了。最近，童薇薇到这个家，已经跑好几趟了，一切都很熟悉了。罗甲成还没到学校去，她很着急。她已经不止一次地给甲秀讲，甲成出走，她有责任。虽然甲秀一再说，是自己弟弟不成熟，但童薇薇始终觉得，罗甲成要不回学校去，她的内心就不得安宁。尤其是在彻底了解了这个家庭的实际状况后，就更觉得她必须把罗甲成劝回学校去。虽然她也担心，这种亲近，会不会再次引起罗甲成的误会，但她已经顾不了这么多。因为那个从高楼上跳下来的贫困生的惨状，让她不得不一次又一次地思考罗甲成可能出现的极端后果。她总觉得，罗甲成走到今天这一步，与自己不恰当的帮助方式有关，因此，罗甲成一日不回到学校，她的灵魂一日就不得安妥。罗甲成一直处于关机状态，其他方式也无法联系，就只能一趟趟地跑。她问了罗甲成回来后的情况,甲秀都给说了。她从甲秀对东方雨老人的敬重描述中,似乎也看到了一些希望。她说学校那边甲成一旦回去,大家都会很好对待他的。需要她做什么,她还会来。

童薇薇走后,一家人就一直在说着薇薇的好话。罗天福说,这娃跟城里好多女娃娃都不太一样,文文静静、稳稳重重的。城里女娃娃大多都瞧不起像他这样的乡下人,见人趔身子、捂鼻子、斜瞪眼是常事。开始他见人还打招呼,得到的回敬基本都是"你有病呢",后来,他就不敢了,见人都躲得远远的,尤其是女性,害怕得很,不仅嘴不饶人,而且连眼睛都不饶人。这个娃娃给了他完全不同的印象。淑惠也这样说,她觉得这个娃不一样,起码敢看人家,敢跟人家搭话么。甲秀就讲童教授咋好,人家家里咋有教养。娘就觉得,甲成要真有福气,能找下这样一个媳妇倒是好了。罗天福说:"你儿子还配人家?看看你儿子那副吃了生葱的德行。"娘说:"脾气是犟了些,可在这西京城,我还没看见过比甲成更顺眼的娃娃呢。""唉,你就护着吧,伤疤还没好你就忘了痛。你瞧着吧,我是不对他抱半点希望了。哼。"罗天福说着,又躺到了床上,他的腰这几天痛得有些要断的感觉,连两条腿往床上挪,都得用手往上托。

"回来了,甲成他们又回来了。"甲秀一喊,娘连手上正择芝麻的栲栳都差点打翻在了地上,她急忙跑到窗户跟前,向外望去。甲成果然跟老人一起又回来了。也许是洗了澡的原因,头发也毛蓬蓬的,脸就显得瘦小了许多。娘就吧嗒吧嗒地流着泪说:"娃瘦得不成样子了。"

就在淑惠和甲秀挤在窗户前看的时候,罗天福也急忙咬着牙,用双手把腿又托到地上,扶着床沿,凑到窗前向外看去。狗日的也确实瘦了。等罗甲成和老人消失在后院后,罗天福就扶着腰出去了。甲秀问干啥,他说出去活动一下。过了一会儿,他就从外面买了一只活鸡回来,忍着腰痛,把鸡杀了。鸡脖子都快割断了,还蹦跳得不行,一不小心,刀口就弄破了他的手指。甲秀用了四个创可贴,几面包着,才止住血。

爹把弄好的鸡朝案板上一撂,对淑惠说:"炖了吧,床下还有一点板栗,一起炖了,给老人家送去,感谢老人家,顺便也让那个不成器的东西补补身子。"说完,爹就又躺下了,甲秀帮忙搬腿时,爹的腰痛得牙都咧龇得咯咯响。

罗甲戌跟老人回到房裏後，老人家就坐在那个宽大的书桌前，戴上手套，拿起放大镜和镊子，像外科手术医生一样，一页页拾起一本清末残破手稿来。罗甲戌站在老人身後，才看见在桌前，老人用十分娟秀的蝇头楷写着七个字。士不可以不弘毅。反正自己也笑亲也不知这是谁的话。好像是儒家经典圣词。常念叨。

戊戌善冬 六韶庠孝

九十一

罗甲成跟老人回到房里后,老人家就坐在那个窄窄的书桌前,几乎是像外科手术医生一样,戴上手套,拿起放大镜和镊子,一点点收拾起一本清末残破手稿来。罗甲成站在老人身后,才看见,在桌前,老人用十分娟秀的小楷写着七个字:"士不可以不弘毅"。罗甲成不知这是谁的话,反正自己的父亲也常念叨,好像是儒家的经典台词。

老人边收拾边说:"你给我帮忙把那本书稿翻翻,看有没有掉字错字,看那些账都算得对不。我眼睛有些花,笔误很多,帮我校一校。"老人说着,朝茶几上一指。

茶几离门很近,茶几旁摆放着一个老帆布躺椅,躺椅的支架,已经磨得十分光滑,一看就是很有些年头的旧物。罗甲成觉得,整个磨损程度,很是像奶奶的那把枣木椅子。

罗甲成没有敢朝这把躺椅上躺,就像在塔云山,家里人除他小时候爬上去坐过以外,都不敢去坐奶奶那把椅子一样。似乎觉得,那就是家庭的某种象征。而这把躺椅的不能躺,在罗甲成看来,就是内心对老人家不可有任何亵渎的尊敬之情使然。

他拉来一个矮小的凳子,坐在茶几前,面前摆放着一厚沓用毛笔书写的文稿。虽然没有装订,但依然收拾得非常整洁。封面上写着"知行散记"四个字,打开一看,全是有关文庙村的事,从村子的历史到今天,记录得十分详细。行文是那种随笔的笔法,但很多数字,详尽得让罗甲成目瞪口呆。他从十三年前来文庙村写起,追踪了很多农民工家庭的生活琐事,大到他们的儿女上学、年收入、月收入、房租、水电开销,小到一根葱、一包烟、一个打火机的消费记录,应有尽有。他知道文庙村十三年共住过四十七万多人次的农民工,每年都有细目表,其中包括多少人带着孩子来上小学,多少人带着来上中学,多少人是为给孩子挣大学学费而来。他们都以什么方式挣钱,一年到底挣了多少,等等。罗甲成就预感到,这其中一定会有自己父亲的,果然,在散记的后半部分,《罗天福之梦》就赫然在目了:

罗天福，二〇一〇年八月二十六日与妻携子而来，入住文庙村西门家楼下西厢房。此前，房客是一河南住户，因妻随四川包工头夜逃，而含恨离去。

罗天福是陕南山区镇安人，镇安以产板栗闻名于世。文庙村住过不少镇安人，多憨厚朴实，以"不惹事，不害人，能下苦，肯背亏"著称。

罗天福进城时，五十岁，腰微驼，两鬓花白，眼神坚定，见人礼貌客气，与诸多目光游移不定的进城务工人员有很大不同。他当过十六年民办教师，兼过大队会计，做过五年村支书，至今仍有读书习惯。平常言语不多，一旦开口，其理之端，言之正，多无可辩驳。

所有进城务工人员都有一个梦想，罗天福之西京梦，是让一儿一女在西京鱼化龙、蛹化蝶。罗来西京之前，女儿已考上名牌大学，一年后，儿子步人后尘，这在西京任意一个城市家庭，也是可喜可贺之大事，更别说深居大山穷乡僻壤的罗家。两个孩子我也多有接触，都十分纯真优秀，属堪造之材。

....

罗天福夫妇靠打饼为生。他们打的是一种千层饼，饼里有很多乡间特产做佐料，核桃、芝麻、板栗、南瓜子等杂糅其间，香酥可口，老少皆宜，半年多时间，就在文庙村小有名气。但这真是一种太苦太累的活计，我观察一个饼平均需要四十多个手工动作，一天打四百个左右，也就是一万六千多个机械动作，每早从四点多亮灯，每晚都是十二点左右熄灯，一年四季，无论刮风、下雨、飞雪、降雹，几无停歇。一年下来，他们夫妇一人平均要进行二百五十万个手工动作。在打饼以外，都几乎很难看到他们直起的腰身，我怀疑，四年下来，两个孩子的腰杆扶直了，他们会不会永久成为伛偻人……

罗天福来了一年半，夫妻两人一直穿的是孩子们退下来的旧衣服。他们的穿戴，仅只是保暖、遮羞而已。但对孩子，却从不吝惜他们的收入，我看见儿子一年穿过三套新衣……我始终可贵着他们心中的信念。

罗天福在我心中的形象变化，是与这个时代的价值倒错一道与日俱增的。罗天福是一个小人物，但他也是鲁迅所说的那些民族脊梁之一。他以诚实劳动，合法收入，推进着他的城市梦想；他以最卑微的人生，最苦焦的劳作，撑持着一些大人物已不具有的光亮人格。我对他挫折频出的梦想充满期待，那两个来自乡村的孩子，如若不被城市急功近利的超级利己主义臭气所熏染，而以父亲的人格理想做依托，一点点去丰满自己的羽毛，我就觉得罗天福的西京梦是有价值的……

罗甲成没有想到，东方雨老人对自己窝囊的父亲有这么高的评价，他看写作时间是今年春节前，而不是现在。他突然觉得脸上有些发烫的感觉，这种发烫，是一种叫羞耻的东西在作祟。他在一页页朝下翻，他在读着更多的农民工和他们儿女的故事。

这时，姐姐敲门了，老人让他打开门，姐姐端来了一大钵板栗炖鸡。老人跟他静静地吃着，静静地喝着。吃完喝完，老人只说了一句话："你的爹娘可是你姐弟俩的福气呀！"就又整理他的残卷去了。

罗甲成继续读着《知行散记》，他发现，老人在这十三年中，帮村子的农民工打过很多官司，讨过很多工钱，还给政府提过很多关于改善农民工子女入托、入学的建议，甚至还有关于城市大树保护方案，等等。罗甲成虽然是粗略地翻了一遍，但那些数字的详细，一个个家庭、人物的真实生活记录，让他看到了老人生活的另一面。虽然如此详尽地记录这些名不见经传的小人物生活中毫发毕现的细枝末节，到底有什么价值和意义，他还不是十分明白，但这种真诚热切的关注，已经使他感到了亲近和温暖。

老人一直干到很晚才起身休息。还是没有什么话，罗甲成倒是想说话了，但老人回答得都很简短。

罗甲成说："爷爷，你把这些普通人的生活起居记录得这么详细，是准备发表吗？发表了有人买，有人看吗？"

"噢，我是觉得需要记录，我觉得这是我最需要记下来的一些东西。没有想过能不能发表，能不能卖，只是觉得需要记录而已。睡吧，孩子，不早了。"

然后他们就睡了。

罗甲成还是翻来覆去睡不着。他听童教授讲过"知行合一",好像是王阳明最早说出来的,后来教育家陶行知又成了知行合一的践行者,童教授还讲过陶行知很多故事。他突然发现,身边的东方雨老人,不就是这样一个知行合一的典范吗?

"睡吧孩子,明早我带你爬山去。"老人又催了,他才慢慢入睡。

第二天一大早,老人收拾起了几十斤重的爬山行李,就要背着出发。罗甲成硬是抢着背在了自己的背上。老人一边走还一边嘟哝:"人是个惰性动物,一次不背,也许以后就退化得背不动了。"任老人再说,罗甲成还是不让老人背。他们先是坐远程公交,到终南山根后,才选了一个人少的山头往上爬。罗甲成倒是不怕爬山,即使背成百斤重的苞谷、洋芋、红薯,也如履平地。让他惊奇的是,东方雨老人登山矫健得几乎跟年轻人一样,速度敏捷,而且不喘不呼。罗甲成跟在后边,有时甚至还有跟不上趟的感觉。罗甲成问:"爷爷呀,你咋练成了这样一副好身体呢?我都不相信您已经八十多岁了。"老人说:"我像你这大的时候,身体特别不好,得过肺结核,那时这可是大病。从那时起,我就每天坚持锻炼两小时,六十多年没有间断,即使当右派,蹲牛棚,'文革'坐监狱,这个习惯都不曾改变。"罗甲成从老人的坚毅性格中,似乎体悟到了许多东西。

他们终于攀上了一个山头。老人突然跟小孩儿一样,对着山下大声呼喊起来:"噢——!"那个"噢"声很长很长,像是要喊醒整个世界。老人长长地喊了几嗓子后,就要他也喊。开始他还有些不好意思,后来看老人那副童真的状态十分有趣可爱,也就跟着喊了几嗓子。老人说,还不彻底,还没透彻肺腑。他就又喊,直到脚底的气息似乎都从嘴里喊出去了,惹得老人哈哈大笑起来,他才仰卧在草坪上。这一幕,又使他想起了小时候在塔云山砍柴的情景。那时一群孩子上山砍柴,总是要玩这种喊山游戏,直到大脑缺氧,一个个喊得软瘫在地上,才肯罢休。他多么渴望人生永远定格在那种无忧无虑的生活当中啊!

老人对生活总是充满了朝气和无尽的兴趣。他竟然在旅行包里,装有可以撑开的软桌子,还带有塑料果盘,他能把梨和苹果一个个削得皮随果旋,连绵不断。在老人的世界里,似乎什么都充满了乐趣,充满了艺术。罗甲成突然觉得自己过得一塌糊涂，可能是与生活态度有关。

老人把什么都削好、切好、摆好，才给他发了筷子，与他野餐起来。

天空万里无云，一老一少坐在天地之间，一任浅浅的夏风，掀动着山头的绿草矮树。

罗甲成突然问老人："爷爷，'士不可以不弘毅'是什么意思？"

"不可以不坚定自己的信念。无论遇到什么挫折，士的心中都应该有一份对他人的责任，一份担当。一个人用什么安身立命？金钱、名誉、地位、爱情……这些是人生的全部吗？如果是，当我们拥有时，自然会很快乐；一旦失去，是不是就会万劫不复，如坠深渊？孔子讲'三十而立'。'立'什么？我想立的是信念、责任、使命，而诚实勇敢地面对自我，是士能不能永久站立并弘毅的关键。孩子，你那点挫折倒算什么呀，你想放弃，那就是放弃了士的弘毅精神。我想，什么道理你都懂，但有一个道理，你必须遵从，这是一个人心中最基本的道德律令，那就是要对得起父母的养育之恩，这也是弘毅的坚定起步……"

他们又谈了很多很多。最后老人劝他，还是应该回学校读书，这是目前最好的选择。如果说几天前，一提起回学校，他还恼羞成怒的话，那么今天，当东方雨老人第一次提及时，他倒是没有反感，但内心还是存在着对返校的诸多恐惧。老人一再讲，他一生的精神法宝就是：诚实勇敢地面对自我。这话说起来容易，做起来是何等的艰难哪！

在太阳钻进云层，他背着背包与老人一起下山时，还没有决定回不回学校。可当他回到院子，看见腰都明显直不起来的爹娘，在租房前，眼巴巴朝这边张望着的、说不清是希望还是无助的眼神，不由内心一阵酸楚，他的眼眶湿完了。就在父亲回过身，颤颤巍巍地准备进房时，面对穿得皱皱巴巴的父母，他突然决定：明天回学校。

九十二

赵玉茹的情况是一天不如一天，保姆给西门锁打了几回电话，说让赶紧找人，她家里有事，其实是嫌活太累，想加钱。西门锁专门去跟她谈了一回，要她对赵玉茹好些，钱他一月又给加了三百块。

　　赵玉茹老感到背痛，并且有时辐射到整个上半身。在西门锁眼里，赵玉茹是个十分坚强的人，一旦喊痛，那就是实在支撑不住了。他跑到医院，还专门咨询了段大姐一回。段大姐说，八成是扩散了，肺部、肝部、胰腺有癌变，都会有背部疼痛的反应。她建议给赵玉茹做个增强CT看看。西门锁就把赵玉茹拉到医院，做了增强CT，结果出来，跟段大姐说的完全一样，癌已扩散到肺部和肝部了。西门锁一下子绝望了。他没有告诉赵玉茹结果。赵玉茹问，他说，好着呢，化疗已经起作用了，一切都在向好的方向转化。赵玉茹是个精明人，咋都不相信，但也不说，就是郁闷着。西门锁怕这样更是加速病情恶化，就让段大姐再开导开导。段大姐问是说真话，还是说假话，西门锁说绝对不敢说真话，一说恐怕就完了。段大姐无奈地说："我这一辈子尽做了哄鬼的事。"

　　赵玉茹始终对生命也是抱着强烈渴望的人，段大姐的话，虽然她也将信将疑，但段大姐那丰富的护理经验还是值得信赖的。段大姐滔滔不绝地说："你知道不，痛说明药已经在起作用了，你知道不。化疗既杀癌细胞，也杀白细胞，你知道不。白细胞是人身上的免疫系统，你知道不。是免疫屏障，起消炎、抵抗疾病作用的，你知道不。一微升血里有4000到10000个白细胞，算正常，你知道不。你现在只有2000多个，正在用药物干预，你知道不。其实只要上升到4000个也就算正常值了，你知道不。在这个过程中，你的身体里始终在打仗，你知道不。是好人和坏人的斗争，你知道不。那是抗日战争的肉搏战，你知道不。那是美军对巴格达的狂轰滥炸，你知道不。那是本·拉登制造撞机事件，两座大楼稀里哗啦轰然垮塌，你知道不……"段大姐又是比喻，又是煽情的，反正中心意思是：痛是好事，痛说明药没白吃，疗没白化，罪也不会白受。要她再咬牙坚持一段时间，一切就过去了。赵玉茹倒是被段大姐说得轻松了许多，不时还忍不住发出了笑声。可背过赵玉茹，段大姐对他说："好好再经管她几天吧，赵老师的日子已经不多了，你知道不。依我看，熬不过三个月，你知道不。咱都是自己人，我给你说实话，你知道不。别再过度治疗了，那只会加重赵老师的痛苦，你知道不。医院恨不得你再上好药，再花大气力治疗呢，你知道不。要不然他们吃啥喝啥，你知道不。现在最好的办法就是减轻病人的痛苦,你知道不。该吃啥吃啥,该喝啥喝啥,你知道不。痛了就上止痛药,止痛针,你知道不。病到这份上,你就是皇帝老子,也没人救得了你的命,你知道不……"段大姐又教了一些伺候这种病人的方法,西门锁都一一记下了,然后,他悄悄跟保姆交代了一下情况。为了让保姆把这最后三个月的事做好,他又主动给保姆每月加了二百块。保姆也就比先前伺候得更精心了,他也来得更频繁了。赵玉茹虽然体质一天不如一天,但精神上似乎还比以前能好许多。她甚至坚持要自己做饭,自己洗内衣内裤。她在给映雪通话时,一再说:药起作用了,一天比一天好起来了。

郑阳娇见西门锁最近老往出跑,就不高兴。西门锁也没有隐瞒,直说赵玉茹只剩下两三个月的光景了,家里没人,他得帮着料理一些事情。一次两次还可以,去得多了,郑阳娇还是老犯病。赵玉茹虽然快死了,可赵玉茹还有女儿,这感情一旦拉扯上,啥麻烦事就都来了。在郑阳娇看来,这婚离就离了,离了就没有任何关系了,赵玉茹得了乳腺癌,就跟这个世界上任何一个陌生人得了乳腺癌一样,就说过去有夫妻关系,也就是礼节性地去看看就行了,这样大包大揽地把人家硬往怀里搂,让她咋都不能接受。但这话又不能明说,明说好像也有些不近人情。终于,她找到一个茬口,又美美地跟西门锁干了一仗。

郑阳娇她妈要过生日,本来年年都是郑阳娇拿一个红包,一家人就浩浩荡荡回去了。可今年她非说要给她妈买一套新衣服,并且还要西门锁陪着买。西门锁早已跟赵玉茹说好了,今天要陪她去一个郊县看中医。据说这个中医看好了好多乳腺癌病人。本来他还想用一下家里的宝马车,后来想着郑阳娇是绝对不会同意的,就向朋友借了一辆,他还没来得及动身,就被郑阳娇劈头盖脸地骂了一顿:

"是你丈母娘重要,还是你野妈重要,你必须说清楚,你个老不要脸的东西。这长时间了,我都睁一只眼闭一只眼地忍着受着,你还得寸进尺了。你去呀,你去跟你野妈过呀,把家里的东西都拿去,看还需要我去当老妈子不需要,需要了也都一齐吆去。"

西门锁就想打人。但他知道,跟郑阳娇无论讲道理还是动拳头都是于事无补的。郑阳娇绝对是那种软硬都不吃的人,你上软的她也是硬的,你上硬的她比你还硬,反正就是一个百事不讲理,哪怕是说任何一句话,也都要占个上风。在文庙村,即使是那些公认的能踢能咬的主,见她也都畏惧三分。就说前一段村里换届,西门锁是真的没有想法,可让她闹腾得好像也成了是非旋涡里的人,事后人们在议论这事时,把西门锁说得连臭狗屁都不如。并且还把人家新当选的也得罪了,她到处说人家不仅使钱,而且把老婆都给上边人搭上了,弄得人家见他西门锁都头不是头脸不是脸的。人家就是真的使了钱上了人,关你屁事,可她就是开不了这一窍,烂嘴不嘟嘟好像活不了命。气得西门锁有半个月牙槽都肿多大,最后是去拔了一颗,才把半边肿得跟蒸馍一样的脸消下去。西门锁这么多年就只学会了两个字:趔远。凡事赶紧回避为原则。反正啥事你也弄不过她,弄到底还是你吃亏,不如不弄。赵玉茹得病这事,她一时好像又能放人一马,一时又针扎不入,水泼不进的。他是准备好赖将就过这一阵,反正赵玉茹又活不了多久,不如硬着头皮撑过去算了。因此,郑阳娇胡撅乱骂,他只是忍着,没做任何反应。等她骂够了,他还是走了。

西门锁把赵玉茹接着去了郊县。他已提前来过这地方,给大夫把实际情况也讲了,就怕大夫说漏嘴,中心意思还是希望大夫多鼓励赵玉茹,就说这病没啥大问题,调养调养就好了。大夫扶了扶已经锈迹斑斑的硬腿石头眼镜说:"这话还用先生你教吗?中医就是医神医心的,把人心搞乱了,好人也成癌症了。"他把赵玉茹搀进老中医院子时,赵玉茹有些失望,说得这么厉害的一个中医,竟然住着这样一个破院子。一条又瘦又脏的狗,躺在门口,来人连白都懒得白一眼。一个小娃,也许是中医的孙子,一手拿个塑料碗,另一只手正抓着里面的面条往嘴里喂,屁股后边已经屙下好几堆了。赵玉茹恶心得就想吐。西门锁悄声说:"这人真的很有名,几个人都推荐的是他,不显山不露水的,也许才是真神呢。"赵玉茹被他搀进去了。进到中医的那间房里,赵玉茹才感到一点想象中的老中医的气息。墙上挂满了锦旗和各种"起死回生""再世华佗""功德无量"之类的镜框,一排排地从上往下排列,有一面墙已经排得通天接地了。有些褪了色的,又被新的覆盖上了。但主人很细心地把每个被覆盖住的锦旗、镜框,又都露出一角,顿生一种历史与厚重感。其实中医年龄并不大,至多有四十七八岁,但装扮得很沉着稳健。西门锁搀赵玉茹进来,他只是用眼睛从镜片上方扫了扫,也没理睬,也没让座。西门锁只好自己拉过一条凳子,把赵玉茹安顿在了上边。最引人注目的是,中医那过早谢顶的古铜色华盖上，盘旋着一缕用手旋上去，又掉下来，掉下来，又再次旋上去的珍贵备至的绒绒发。谁看了谁着急，与其这样艰难地护着秃顶，倒不如一剪子弄干净省去许多麻烦，也省去了人们对他秃顶的持续注目和联想。他正在给一个三十几岁的女性捏着乳房，不过他捏时，是用一块薄薄的细纱遮盖着乳房的。他一边捏，一边问痛不痛，那女的就这儿痛、那儿不痛地回答着。捏完，中医就在面前的一张白纸上，画着一个八卦图，然后用钢笔指指点点的。蹾了很多点点后，才一味药一味药地写处方，好像每一味药都是经过精确计算了似的，倒是给人一种十分敬业的感觉。开完药，中医又跟病人和病人家属聊了许久，交代了很多事情，好像已经忘了还有病人在焦急地等待。

好不容易送走了那位病人后，中医又上了一趟厕所，大概蹲了有二十分钟，才进来看赵玉茹的舌苔、手心、脚心，又号脉，用听诊器一点点在胸腔、腹腔上移来移去，再然后问吃饭情况、大小便情况、睡眠情况，几乎对生命的一切都十分感兴趣，整个看病时间用了近一个小时，后边又来了病人，可他还是不慌不忙地细察细问着，直到再问不出任何与生存有关的细节为止。最后又是在纸上画八卦图，在八卦图上蹾点点，在一个又一个点点下出药方子。一切都弄好后，又给赵玉茹交代了一席话，这些话都是按西门锁的意思来的，说病是有，但问题不大，并且是在向好的方向转化。还告诉她，不要怕疾病，用心理战胜疾病比什么都重要，药物永远只是起配合作用的。他又交代了药要怎么熬、怎么吃的一些细节，反正跟其他中医有很多不同处。然后，就准备接诊下一个病人了。

西门锁把赵玉茹搀到车上，又借故进去问了一下中医赵玉茹的情况。中医如实对他说：情况很不好，来得太晚了。首先这个病人心里窝了太多的事，释放不出来。另外，她的病已不只在乳房上，而在肝、肺、脾、胆、胰腺上。中医说："我给她开了七服药，先吃上，七天后再来看。如果这七天没有变化，那你就别再花冤枉钱了，也别让病人受罪了。这药很苦，苦到不能入口的地步，你们要有精神准备。"

西门锁把赵玉茹拉回去后，就按中医的要求，给保姆教着，把药煎了，谁知赵玉茹一口下去，就呕吐得天旋地转的。他怕药有问题，都不敢让她吃了。但赵玉茹吐完后，还是坚持把药喝了下去。他看到了赵玉茹强烈的求生欲望，他也在暗中祈祷，但愿这个中医真的是能起死回生的再世华佗。

这天晚上，他回到家里，郑阳娇几乎闹得天翻地覆了，把山寨版虎妞一脚踢得口吐白沫，差点没痛死过去。但西门锁还是忍着，他必须忍，虽然中医说吃了这七服中药，也许会有奇迹发生，但他还是有一种无法摆脱的绝望感。他这时一旦跟郑阳娇爆发战争，郑阳娇再去跟赵玉茹大闹一场，即使癌症夺不了赵玉茹的命，郑阳娇也会要了她的命。哪怕把赵玉茹伺候完了就跟郑阳娇离婚，他也得把赵玉茹先伺候到底再说。有了这样的精神准备，连郑阳娇一口唾沫唾到他脸上，他也只是擦了擦，第二天，他还是照常去照看赵玉茹了。

九十三

罗甲成硬着头皮准备回学校，倒不是看到了人生的什么希望和前景，而是觉得真的有些对不起爹娘。跟东方雨老人在一起过了几天，心是静下来了许多，心静下来了，想的好多事情也就落地了。进城快两年了，几乎很少想爹娘，想到时也多是怨气，甚至怒气。与之紧密相连的是鲁迅的那两句经典语言："哀其不幸，怒其不争"。他总觉得爹娘都活得太窝囊，太不如人，而这一切，都是逆来顺受的脓包性格造成的。没想到，爹娘在东方雨老人心目中，却是那样一种崇高的形象。虽然有些畏畏缩缩的爹娘，并没有因为东方雨老人十分推崇，而在他心中也突然变得高大起来，但老人的那笔账还是算得他心惊肉跳，心乱如麻了。他觉得不回学校是不行了，不仅需要给可怜的爹娘一个交代，也需要给东方雨老人，甚至所有关心自己的人一个交代。事情过去几天了，他还清晰地记得童薇薇的那个拥抱，还有那声哭泣。虽然他也明白那绝对不是爱情，可那种紧紧的拥抱与泪雨纷飞，也确实饱含着人生的温情与暖意。还有朱豆豆、沈宁宁、孟续子的拥抱和"对不起"，也都让他在内心引起了很多反思。他知道这次回学校，无异于一次人生的再出发，并且这次出发，是有一点明明知道自己的面部已遭灼伤，但还是要抬头挺胸，直面以对成千上万双眼睛巡礼的残酷意味。可他还是得回去，为爹娘回去，为关心自己的人回去。回去是需要巨大勇气的，但经过这几天的沉静思考，他好像已经越过了这一关，他终于回去了。

他是一早走进校园的，他特意戴了一顶黑色棒球帽，那是东方雨老人带他登山时送给他的。他故意把帽檐压得很低，尽量想避免被人认出来。

他的全班同学，为他的返校，似乎都已做好了精神准备。当他一早走进教室时，几乎没有任何人做出任何奇异的表情。离得近的，都主动跟他打个招呼；离得远的，见他已低下头在翻书本，也就像一切都没有发生过一样地进入了课前准备。朱豆豆是最后一个进来的，他没有发现罗甲成，进门就高喉咙大嗓门地喊着："唉，我昨晚梦到罗甲成回来上课了……"他正说着，有人"嘘"了一声。他朝罗甲成的座位一看，果然有个把头低得很低的人坐在那里，他有些不相信这是罗甲成，因为罗甲成没有戴过帽子，更何况这是一顶挺有品质的棒球帽。他还想走到跟前去验证一下，孟续子就使劲儿踩了一下他的脚，他才相信罗甲成是真的回来了。他正不知该不该上前打个招呼呢，上课老师就进来了，他只好回到了自己座位上。

童薇薇就坐在罗甲成前排，在罗甲成走进来的一刹那间，她兴奋得眼睛都光芒四射了。她的第一感觉是，由自己引起的这场巨大的罗甲成出走风波，终于圆满结束了。她想长长地舒一口气，但她忍住了。在罗甲成还没有回来以前，班上辅导员专门还开过一次会：一是让大家都做做工作，让罗甲成早日返校；二是罗甲成真一返校，要做好安抚工作，让他感到学校、同学之间的温暖，真正把心留住。孟续子把这一切统称为"后罗甲成时代"的工作。童薇薇为这事可以说伤透了脑筋，可罗甲成真一返校，她又有些茫然，该怎么处理好与罗甲成的关系呢？她觉得她这个班长也很难当，同学也很难当。父亲还说罗甲成回来了，他还要跟他长谈一次，会不会又再次引起不必要的麻烦呢？

晚上，朱豆豆和沈宁宁、孟续子早早就回到了宿舍。他们在商量着如何对待罗甲成的问题。反正从他们内心绝对是害怕了，害怕罗甲成再出事，一旦出事，大家一生都会良心不安。他们三个都看到了那个从七楼上摔下来的贫困学生的惨烈一幕，内心所产生的恐惧和震荡，至今挥之不去。最近，他们甚至每个人把有关马加爵事件的网帖，都反复看过好几遍。不知咋的，他们老就要不由自主地把罗甲成跟马加爵往一起联想，越联想越害怕，当罗甲成真正回来时，这种恐惧感不但没有减轻，反而加剧了。

罗甲成终于回到了宿舍，他们都表现出了一反常态的热情和尊敬，这反倒让罗甲成感到很不自在。孟续子先给罗甲成倒了一杯水，朱豆豆也破天荒地给罗甲成削了一个苹果，沈宁宁硬给罗甲成发了一个巧克力，反正一切都显得极不自然，罗甲成很是客气地一一都推掉了。其实他内心倒不是不想跟他们接触，但以这样的方式接触，他总感到有些别扭。他还是老样子，早早就上到架子床上，躺下翻了一会儿书，就装作睡了。

这一夜，宿舍再没有任何说话声，那么爱说话的孟续子、朱豆豆，都严肃得紧闭了嘴，那种宁静和压抑感，让罗甲成想假装释放点舒缓的鼾声，都有些释放不出来。

其实朱豆豆、沈宁宁、孟续子都拿着手机，正在QQ群里热烈交谈着：

朱豆豆：看来弟兄们的好日子到头了

孟续子：有那么严重吗

朱豆豆：说不成话，我就会憋死

沈宁宁：没谁不让你说话呀

朱豆豆：我这张嘴有口无心，搞不好冒犯了罗，还真得吃不了兜着走

孟续子：咱们可以聊其他话题呀

朱豆豆：聊什么？说者无心，听者有意嘛。谁知道哪句话就撞到枪口上了，这种压抑的日子我一天也过不下去

沈宁宁：罗真的会成马吗

朱豆豆：啥马

沈宁宁：马加爵呀

孟续子：沈兄，这二半夜千万别提这档事，一提人心都麻森森的

朱豆豆：孟兄可别麻，这还真是一个严峻的问题，保命要紧，我准备撤呀

孟续子：往哪儿撤

朱豆豆：点点早都让我到外面租房子了，我是舍不得弟兄们这氛围，现在氛围成这样了，我也就不守了

孟续子：朱兄，你这要放在战场，就是逃兵，知道不。你撤了，

弟兄们咋办

  朱豆豆：跟我一起撤

  沈宁宁：我撤不了，家里一再叮咛要低调，不准我到外面租房住

  朱豆豆：跟我住一起，该行吧

  沈宁宁：那也得征求家里意见，老爸管得很死

  朱豆豆：他能知道你在不在宿舍住

  沈宁宁：反正知道了总不好吧

  朱豆豆：问题是没必要让他知道。孟主席，一起撤吧

  孟续子：小弟也是家里不同意，谢谢朱兄了

  朱豆豆：你爸在山东，他又不来西京，你住哪里他能知道

  孟续子：家祖有言曰：君子言不伪，行不匿，天自晓，地自知

  朱豆豆：滚滚滚，少给我来这套。反正我撤

  …………

  第二天，朱豆豆果然就去找房，不几天就搬出去住了。这期间，沈宁宁的母亲也来了一趟。是沈宁宁打电话，征求意见，也是想搬出去住。开始他那市长父亲咋都不同意，他想，肯定还是儿子想住到外面图自由图舒服，就在电话里一再给儿子动之以情、晓之以利害地说：现在网络这么可怕，你大小惹个事，这个家就算完了，你知道不？你要懂事儿子，不是家里舍不得花这几个钱，也不是不想让你过得安逸舒适些，是你必须要服从这个家里的大局。惹不起事呀！沈宁宁也就不好再说什么，后来是母亲偷偷问他，他才把罗甲成这个人细说了一遍，母亲看问题严重，又跟市长商量了商量，也是从孩子的安全考虑，沈宁宁他妈就来全权处理这事了。他妈一来，神神秘秘地把罗甲成打量了再三，最终还是决定出去租房。沈宁宁很快也就搬出去了。剩下一个孟续子，心里也确实有些发毛，开始朱豆豆还想让孟续子去跟他住，谁知这一搬出去，翁点点就彻底占领了那块地盘，连朱豆豆自己晚上出门聊天都成了事，也就再没说让孟续子去住的话。孟续子只好一个人跟罗甲成提心吊胆地住着。有一天晚上，罗甲成突然说梦话，说要杀一个叫蔫驴的人，口口声声说蔫驴背叛了他，吓得孟续子只穿条短裤，跳起来跑到楼道转了半夜。

九十四

　　罗甲成那天早上回学校，刚一走，罗天福就跟了上去，他害怕儿子是给自己使金蝉脱壳之计。在他找到儿子以后，儿子不止一次地说过，即使把他找回去，他也是要走的，这话一直在他心头萦回。尽管东方雨老人一再说不会的，但他还是不放心，他一直把儿子跟到学校大门里，看着儿子进了那栋不高的教学楼，还不放心，就一直蹲在离教学楼不远的一个花坛后边，死死盯着那个楼门口。一个上午过去了，中午吃饭时，罗甲成是最后一个从楼门口走出来的，他好像是故意要避过人潮高峰。罗天福见他朝学校大门外走，就有些慌神，他已经做好了随时冲上去，一把抓住儿子的准备。但罗甲成并没有远去，只是买了两袋方便面，就又回去了。他又一直跟着，直到罗甲成进了那栋教学楼，才继续在远远的地方游走，守候。他看见甲秀拿着一个盛满了饭菜的饭盒，进楼里去了，过了一会儿，又端了出来。他想上去跟甲秀问问情况，但又没有去，他不想让甲秀知道他在这里守着。直到下午上课后，甲成再没出来，他才急乎乎地回去给嘴里抓拉了几口饭，又拿了几个饼，拿了一罐头瓶子水，给淑惠说，今晚是最危险的一夜，就又急急火火地回学校去了。

　　下午放学后，罗甲成还是一直没出来。罗天福见甲秀又拿了一盒饭上去了。过了大概有半小时，甲秀才下来，饭盒明显是空了，甲秀也露出了一些喜悦之情，说明甲成把饭吃了。罗天福一直就在那个楼门附近转悠着，直到晚上十一点，楼上所有的灯都熄了，罗甲成才下来。罗甲成没有朝宿舍方向走，这让罗天福又一次紧张起来。

　　罗甲成顺着一条最暗的林荫道，一直向湖边走去。罗天福不远不近地跟着。到了湖边，罗甲成继续顺着湖堤往前走，走一走，停一停，停下来时，就对着湖水发呆。罗天福就有些害怕，急忙紧走几步，躲在罗甲成身后随时可以下手抓住他的地方。罗甲成又往前走，他又往前跟。后来，他就看见甲秀从前面找过来了，甲秀一来，他心就安定了许多。他看见甲秀一直跟甲成说着，在湖边又转了一会儿，就朝宿舍楼那边走了。他终于看见罗甲成走进了公寓。

　　甲秀把甲成送进公寓后，罗天福终于忍不住，上去截住了甲秀。

　　"爹，这晚了，你咋还在这里？"

"遇见这号冤孽，爹能安宁得了吗？你没看咋样？"

"甲成心深得很，你说啥他连吭都不吭一声。"

"你说他还会跑吗？"

"大概不会吧。"

甲秀这句模棱两可的回答，把罗天福弄得更是心上心下的了。

甲秀说："爹，你回去吧，我想他不会跑的，要跑，就不会回学校来的。我也跟看楼的阿姨说了，他晚上一旦出来，阿姨就会给我打电话的。"

甲秀一再让他回去，他也只好无奈地说："天要下雨娘要嫁人，谁也没办法。跑吧，想跑就跑去，这回死了我都不管了。"说着，就准备走。甲秀一直把他陪到大门外，见他上了公交车才回去。

罗天福在公交车上咋想咋不对劲儿，罗甲成如果真的要跑，阿姨就是把电话打给甲秀了，甲秀从女生公寓赶过来，罗甲成还不早都跑掉了。这样是肯定没法阻止罗甲成逃跑的。唯一办法还是在门口死堵。他咋都觉得第一夜是最危险的。他又急忙从半路下了公交，一路朝回小跑着，在过一个十字路口时，有人飙车，差点没把他卷到车轮下。他正吓得七魂丢了三魄时，那辆汽车的玻璃摇了下来，一个小伙子伸出头来，冲他破口大骂了一阵："日你妈，你个老尻是找死呢。不想活了你吭声。贼你个妈了。"他隐约看见，车里还有几个浓装艳抹的时髦女郎在朝他张望。骂完，呜的一声车开走了。那发动机的启动声，震得罗天福脚底都在抖动。等他缓过劲儿来时，车早已飙得无影无踪了，只留下一阵山体崩塌般的轰隆声在大街小巷回荡。他勉强稳住心跳，又继续朝学校跑着。回到学校门口，保安咋都不让进，没办法，他只好说他就是前一阵从学校跑了的那个学生家长，人是找回来了，但害怕晚上再跑，他得来看着点。好在那件事大家都知道，就放他进去了。

虽然已是五月天气，但晚上还是冷得有些让罗天福撑不住，他就一直在那个公寓门口原地小跑着取暖。到天亮时，他的鼻子已经冻得实囊囊的，好像是感冒了。让他感到欣慰的是，罗甲成直到早晨吃早点前才下楼。他看见罗甲成进了饭堂，这时几乎还没有什么人进去，不几分钟，他又出来了。甲成吃饭速度一直很快。罗天福相信他是吃过饭了。然后，他就见甲成又去了教学楼。他看见甲秀拿着饭盒，饭盒上放着几根油条，也进了教学楼。过了一会儿，又拿着饭盒油条出来了。他看到甲秀的情绪很好，就一路打着喷嚏，回去睡了一觉。下午，他又给甲秀打了个电话，问了一下情况。甲秀说，中午甲成是自己进饭堂吃的饭，不过是在人都吃过以后才去的。晚上，罗天福不放心，又去值了一夜班，他带了棉大衣。昨晚感冒后，身上有些发烧，吃了药，但浑身骨节都在痛。他还是跑一跑，在背风的墙角蹲一蹲，一夜就又过去了。第三天晚上，本来说不去了，可刚要上床睡，眼皮又跳得不行，他怕出啥事，到底还是又去坚持了一晚上。一切平安无事，但他的感冒却是重得彻底使他躺在床上爬不起来了。

甲秀这几天也是特别在关注着甲成，她也怕甲成再离开。自甲成出走后，她跟童薇薇就有了密切联系。甲成返校后，她专门跟薇薇交代了一下，一旦发现甲成有反常迹象，相互就立即通个信息。几天过去了，看来一切正常，甲成除了老想避开人多的地方，过一种孤僻的生活外，似乎没有其他反常。而过去他就有些孤僻，不过现在更加不愿见人而已。甲秀最近就特别关照着甲成，管他喜欢不喜欢，反正迟早都在给他发信息，打电话，买吃的，也是借机了解他的情绪波动变化。其实最近甲秀也感到特别謷乱，一是马上就要毕业了，看来就业是彻底没戏了，报了几个单位，开始参加考试都还可以，一到面试就被刷下来了。她也听说现在的面试都是走过场，其实都是内定好的，但谁也抓不住人家程序上的把柄，也就只好无奈地忍着受着。还有就是金锁的纠缠，几乎一天要发几十条信息，错别字连篇地爱个不停，弄得甲秀把他都列入黑名单了，他还干脆到学校找她来了。其实娃也真的没有其他毛病，就是花痴得不行，在她找弟弟的那些日子，金锁也没少费心思，有几天连学校都没去，偷着满西京城网吧到处跑，甲秀再说也不听，弄得更是好像欠了金锁许多人情似的。这事她既不好跟爹娘讲，也不好给金锁的爸妈说，就这样任其发展，也不是个事，真是太让甲秀为难了。关键是马上就要高考了，她也觉得金锁可能考不上，他自己给自己估了三百分左右的成绩，恐怕危险。但不管怎样，总得让他参加考试，不然还不把郑阳娇阿姨气死呀。这几天，为高考，全城连建筑工地晚上都不许加班了，护城河岸唱戏的地摊子也都没有了响动，就好像一场战斗真的要打响了。可金锁还在满街拍什么微电影，气得郑阳娇动不动就给甲秀打电话。现在也只有甲秀说话他还听。弄得甲秀也只好约他谈话，想着不管咋样，先把高考这一节捏过去再说。

甲秀又不好约在别的地方,只好把他约到雁塔广场一个人来人往的地方,跟他郑重谈了一次话,核心是让他一定要好好参加高考,金锁偏说他没劲儿。甲秀问他要啥劲儿,他就又痴说起爱情来,整得甲秀没一点脾气。甲秀也是好心,就说,一切都等高考结束再说,这话里似乎留下了很大的空间,金锁就兴奋得手舞足蹈起来。他举起摄像机,就前后左右地又拍起电影来。他还说,他最近拍的几个微电影都发到网上了,有一部电影点击率都过了百位数了。甲秀被他整得恍恍惚惚的,也不知他都在说了些啥狂话。反正他是正拍了斜拍,斜拍了跪拍,跪拍了又是卧拍,惹得一些人围观起来,吓得甲秀急忙抽身跑掉了。

晚上,童薇薇突然来信息说,甲成没有到教室去,有些反常。她就赶紧打电话联系,甲成手机关机,吓得她浑身冷汗一下就冒出来了。

九十五

这天晚上特别热,罗甲成觉得实在憋闷得很,就没有去教室学习,他一个人到护城河边的一个临时摊点上,要了一瓶冰镇汽水,一直就那样呆坐着。

他已感到自己的生活好像被人监视着,他受不了这种被看守的生活。虽然返回学校,并没有他早先想象的那么复杂、难堪,但一切过度的关注和监视,都是他不能接受的。今晚悄悄溜出来,他甚至也有一种恶作剧的感觉,手机一关,爱找,就让他们又找去吧。

最近让他思考得最多的,还是以什么样的姿态继续在这所大学读完本科的问题。不读好像不大可能,读了用处何在?如何读下去?反正都是问题。他有时都不能理解自己的姐姐,明明一毕业就要失业,但还是活得那么忙忙碌碌,甚至是豪情满怀的样子,就好像太阳每早都是为她升起的一样。说姐姐傻吧,姐姐从小学一年级开始就是班长,就是学习尖子,直到进县城读高中,学习都老在前几名。好像老师和同学也都很喜欢她,最普遍的评价就是:朴素,真诚。在家里,爹娘一批评起他来,就拿姐姐打比方。过去他还真服姐姐。可自打进省城，发现姐姐竟然连垃圾都捡后，那个可敬而又温暖的大姐形象，在他心中就轰然坍塌了。他在想，他跟姐姐的区别到底在哪里？姐姐为什么总是活得那么有滋有味，而自己却活得这样煎熬苦涩？像姐姐那样活着他做不到，但像自己这样活着，又难以为继，那到底应该怎么活呢？他觉得他急需要一个活着的定位，不然，他可能还得出走。

罗甲成就那样呆坐了几个小时，喝了四瓶冰镇汽水，也没想出个更好的活法。继续学习，反正也没啥奔头，也没啥劲头，走，似乎也没有太多的理由，就又回学校去了。他想着他离开的这几个小时，会有人关心，会有人大惊小怪，但没想到，能大惊小怪到这种程度。

他回到学校的时候，是晚上十一点多，在他公寓楼门口聚集着许多人，他开始并不想去关心发生了什么事，低着头，正准备朝门里走时，突然有人喊叫："那不是甲成嘛！"他扭头一看，才发现，这里聚集的所有人，都是跟自己有关系的。他第一眼看见的是爹，还有姐姐，还有童薇薇、孟续子，甚至包括已经搬出去住的朱豆豆、沈宁宁，还有好多同学、老师，甚至还有穿公安制服的校警。他想，事情又闹大了，他突然有一种面皮又被人揭下一层的感觉。他真想发怒，但又不知给谁去发。他恶狠狠地盯着爹和姐姐，他想，肯定又是他们兴的风作的浪，要不然哪里又能再掀起这样的风波。说明他们一直在监视自己，这让他十分愤怒。他本来想说几句什么，但话到嘴边又卷了回去，他端直上楼去了。

很快，爹和姐姐也来到了他的宿舍。没有一个同学上来，甚至包括孟续子，都没有跟着回到宿舍，他们明显是想给他们父子之间留下一个说话的空间。

还没等罗天福坐下，罗甲成就劈头盖脸地发起火来："你们凭啥监视我？我能去死吗？你们为啥要这样折磨我？这下好了吧，再闹一次满城风雨，你们心安理得了吧？我这下真的想走，是真的待不下去了……"说着，就又收拾起了他的行李。

姐姐急忙上去拦挡。

罗天福非常平静地说："别拦他，让他去吧。"罗天福说完，扭身向门外走去。

甲秀死死拦住门："爹，求你别这样，我们都冷静下来，在一起好好说说话吧！甲成，今天这事真不是爹闹起来的，是薇薇告诉我你不在的。薇薇绝对是好心，你咋能这样去理解别人呢？也许这样关心你让你受了伤害，可关心你的人的愿望都是善良的啊！大家要是对你的一切都不管不顾，那你心里又会是咋样一种凄凉呢？"

"我连这样一点自由和空间都没有了，我还活的什么人哪我？"罗甲成还是一副不依不饶的样子。

罗天福突然扭过身，嘴巴都气得有些歪斜："我们为你把老命都快搭上了，我们活人的自由和空间又在哪里？罗甲成，你真的活得太自私了，你心里一旦有一点别人，都不至于闹出这么多事来。甲秀，让爹走吧，爹只有这么大个能力，爹肚子这点墨水，是不可能把人说转的。我承认我监视你了，一连几个晚上，我就守候在你们这个楼门口。我对不起你，罗甲成，我罗天福给你赔礼道歉了。"罗天福甚至还给罗甲成鞠了一躬。已经重感冒好几天的罗天福，在鞠躬时，头重得甚至有些再抬不起来的感觉。"我们两清了，我今天也轻松了。真的，特别轻松。我们再没有任何关系了……"罗天福说着，头也不回地走了出去，任甲秀如何喊叫，还是下楼去了。甲秀追了下去。

罗甲成瘫卧在了床上。当父亲气得脸乌青扭身离开的一刹那间，他心里也确实产生了深深的歉疚感。他也没想到，能把父亲气成这样。除了歉疚，他也在恶狠狠地想，谁叫你要监视我的生活。但很快他又欠起了身，想追下去给父亲认个错，哪怕是违心的。他也怕把父亲的身体气坏了，他能感到，父亲已经是气若游丝了。可他又没有这样做，反正把他像犯人一样看守着，是他特别不能接受的事。他就又躺下了，他觉得一切都搞成一团糟了，他甚至有一种想破罐子破摔的感觉。

这时，孟续子回来了。罗甲成发现，这家伙突然有些颤颤巍巍的感觉，进宿舍像是赴刑场，腿脚好像都有些不便利的样子。他是回来取东西的，嘴里支吾着说要去给朱豆豆帮啥忙，取了一堆东西，就慌不择路地出去了。出门时是退着走的，左脚差点没被自己的右脚绞个仰绊。罗甲成感到，他自进门到出门，都没敢把背影交给他过，最多也是侧着身子。他能感到孟续子眼睛的余光其实一直是扫在自己身上，好像是害怕自己在背后下刀子似的，他感到自己受了莫大的侮辱,他们是把自己当马加爵了。

又过了一会儿,姐姐甲秀又上来了,这在公寓制度都是不允许的,但一切好像都为他破例了。

姐姐给他买了一些苹果、橘子、香蕉、酸奶,然后一边帮他收拾宿舍卫生一边说:"甲成,你咋这么不知好歹的呢,爹为了啥?快六十岁的人了,为了你,能一连几夜地在你宿舍门口守着,都感冒成这样了,你还这样刺激他,像话吗你?爹刚出去我搀了一把,浑身烫得真的跟火炭一样,你真的得给爹回个话,要不然,爹真的能被你气死。甲成,爹娘为我们俩真的快把油捻子点尽了,我们真的得替他们想想了,真的等到他们不在的那一天,我们后悔都来不及了……"

这一晚,姐姐说了很多话,他一句都没有反驳,尽管有许多话并不入耳。在姐姐走后,他到底还是给爹发了一条短信:

爹,对不起,我可能有些激动,你别生气。我不会跑的,要跑也会告诉你们的。你要照顾好自己的身体。

他觉得也不好再说其他什么,父亲始终没有回信息。这一晚,他独自苦闷、彷徨在这个宿舍里,直到天亮。

第二天中午,他的宿舍突然又分来了一个叫白天亮的同学,是管理学院的一年级学生,人个头很矮,甚至还有一点罗圈腿,但性格火热得就跟灿烂的朝阳一样,这个有点阴森的宿舍也因此突然焕发了生机。

学校突然给宿舍安插个生人,罗甲成开始还有些不高兴,但仅仅住了两三天,他就喜欢上了这个比自己小两岁的矮个子。首先白天亮嘴很甜,开口不叫"甲成哥"不说话。另外,还特别勤快,宿舍凡能看见的活儿,他都抢着做了。罗甲成有天早晨起晚了,来不及叠被子,结果在他进卫生间刷牙时,白天亮已经爬上去帮他叠好了。尤其是这个矮个子还特别诚实,啥话都不藏着掖着,比如他说他家里穷,就说:"我大和我娘都可怜得很,一人只有一身能穿出门的衣裳,那是到镇上赶集才穿的。"每天到食堂吃饭,谁要是把馍剩下了,他都能收揽来。然后给窗台上铺一张报纸,把馍晒干,然后全都装到一个口袋里,定期就捎回乡下,说是给在镇上读初中的妹妹吃。罗甲成虽然也感到学校这种安排是针对他来的，但这个家伙也的确单纯可爱，让人不得不对他心存爱怜。你说不清他身上哪来的那么多朝气，每天五点半就爬起来，先做一百个俯卧撑，然后出去长跑一小时回来，进房先伸手上来轻轻摇着他的胳膊说："甲成哥，该起床了。"晚上下自习后，又会出去长跑一小时。回来还要在地上再做一百个俯卧撑，然后进卫生间，用凉水一冲，才把胸脯、屁股、大腿拍得啪啪嗒嗒一片响地走出来，背一首唐诗："床前明月光，疑是地上霜，举头望明月，低头思故乡。"然后就睡了。睡觉是绝对的一丝不挂，甲成说："把你那碎牛牛苫住。"他还故意把腿岔得很开地："我才不苫呢，甲成哥，你信不，我有时长跑都想裸体，你说人为啥都要把这些东西掩盖着，有啥神秘的吗？这样裸睡可舒服了，我和我大在家里就是这样睡的，我爷也是这样睡的，不信你试试，可解乏了。"话没说完他就能睡着了。早上一早起来，翻下床又是一百个俯卧撑，然后才穿个裤头往外跑。甲成老问他："天亮，你咋有那么大的劲头这样瞎折腾呢？"白天亮就说："甲成哥，这样可舒服了，不信你试试。我大、我爷身体都不咋样，我这一辈得改变他们的基因呢，你说任务重不重？"说着，双拳就握起来，哐哐地打得床框直落灰。

后来罗甲成无意间了解到，白天亮是管理学院非常优秀的学生，老师和学生一提起他，都有一串串话题，可以说人见人爱。大家的总体评价是，白天亮真诚，白天亮像玻璃一样透明。罗甲成万万没有想到的是，他竟然被这个矮个子忽悠着，晚上也开始跑起步来。白天亮每晚是顺着校园围墙跑两圈，刚好十公里。他开始实在跑不下来，白天亮就伸手拉着他往前跑："甲成哥，坚持几天就好了，锻炼上瘾呢。"几天下来，罗甲成还果然跑上瘾了。

孟续子在外面住了一个多礼拜，又回来了。开始罗甲成发现他每晚把蚊帐放下来后，不仅把边子扎得很紧，好像生怕人掀开钻进去行凶似的，而且还给蚊帐上绑了铃铛，稍有风吹草动，便会丁零当啷响起来。睡觉也很警觉，只要罗甲成一翻身，蚊帐里就会有反应。而白天亮却碎牛牛翘多高地睡得昏天黑地，那种无拘无束、无忧无虑感，让罗甲成和孟续子甚至都有些嫉妒。

一天，童教授突然在上完课后，把罗甲成叫到跟前说，他要请甲成和几个同学吃饭。罗甲成真的有些不想去，他是不愿意再面对童薇薇，但最后还是去了。

九十六

罗甲成到童教授家里时,已经来了好几位同学了。有些他不认识,他认识的只有白天亮。

童教授定期请学生吃饭,在学校是一件很有名的事,据说那是自三年前那位贵州学生自杀后开始的。与其说是吃饭,不如说是聊天。其实吃的都很简单,童教授的夫人会在厨房做几个菜,然后,童薇薇再到街上买几个菜,边吃边聊,似乎也没什么主题。但事后大家在一起回忆,好像又有主题,是青春励志?是珍重生命?还是养心化育?似乎主题又很丰富。

今天请大家来,童教授竟然摆出了好多照片,大家一边看,童教授一边讲。照片都是他和童薇薇去贵州拍的。他们去的那个地方是贵阳市修文县的一个偏僻村落,修文县曾因王阳明被贬谪到龙场三年而闻名。童教授如数家珍地说:"龙场这个地方在五百年前只是一个小小的驿站。刘瑾你们知道吗?那可是历史上宦官里最有名的'坏水'之一,大儒王阳明因反对宦官刘瑾,而被刘瑾陷害,贬到了贵州龙场这个地方,做了一个驿丞。可就在这个官卑职小的位置上,王阳明创立了他的'心学',我们今天所说的'知行合一''致良知',也是他在龙场这个地方形成的学术思想。不知你们看过王阳明在龙场写的那篇《瘗旅文》没有,《古文观止》里收录了他三篇文章,我最爱这一篇。这篇文章写了三个人的死,凄惨得很,但它写出了王阳明的人性温度。同时,这篇文章还告诉我们,王阳明被贬谪的地方,是一个生存起来多么艰难的地方。他在文章里说到龙场的环境是'连峰际天兮,飞鸟不通',称自己是'历瘴毒而苟能自全,以吾未尝一日之戚戚也'。更何况王阳明还背负着廷杖四十的巨大屈辱。你们想想,一个生在'大泽水乡'的富公子,又过惯了京华官场的生活,然后被突然发落到偏僻、荒凉的龙场,可以说是由天堂堕入了地狱。在有冤无处申的万念俱灰的日子里,生不如死地一点点煎熬过来,最终成就了一个不朽的大哲王阳明。五百年后,我的一个学生,他家离龙场仅六十公里,但因不能忍受贫困与歧视,而在这所学校割腕自杀了。三年过去了,我一想起这事仍然夜不成眠。真的,太可惜了。这个孩子是班上的优等生,我对他一直充满希望,但他竟然那样轻生。为他上学,他父亲上山采药,摔死了。他母亲一只眼睛已经哭失明了。他轻率地一走,这位孤寡老人的全部梦想破灭了。你们看看,她现在过的是一种什么样的生活……我之所以年年去看这个老人,是因为觉得自己有责任。那个孩子在临割腕前,曾经打电话,想跟我聊聊,但我说没时间,两个小时后,他就自杀了。为此,我的灵魂终生不得安妥。过去,我只是悄悄去看孩子的母亲,从来不想告诉别人,孩子自杀是跟我有关的。但现在我想告诉所有人,孩子自杀,我是重大责任人之一。你们可以把这个母亲的照片贴到网上去,也不要回避童老师的责任。让我们共同来理解和看护好这个母亲,还有与她同样艰辛的所有母亲,让我们共同去寻找自己在这个社会的责任……"

童教授在说到最后的时候,似乎忘记了这是家宴场所,而像在课堂上一样侃侃而谈起来,罗甲成突然感到了一种既温暖又深刻的东西。有人说,童教授的教育理念就是用生命来影响生命,他突然觉得这话说得好。吃饭过程当中,他始终没有说一句话,童教授一个劲儿地给他夹菜,他最怕童教授问起他出走的事,但童教授一句都没问,只说希望他以后能对哲学感兴趣,如果有兴趣,希望他将来能考他的研究生。白天亮当下就举起酒杯说:"甲成哥,还不快喝谢师酒。"大家就起哄着让他给童老师敬了酒,并且给大家也都碰了杯,好像已经成了童教授的研究生似的。

这顿饭罗甲成觉得吃得挺有意义。出门的时候,也许是觉得太热,就把最近一直戴在头上的那顶棒球帽摘了,他好像觉得不需要掩饰了,知道就知道吧,反正罗甲成在这个学校已经是大名鼎鼎了。他也突然觉得需要重新打理一下自己的生活了。这样别别扭扭,精神甚至都有些无以附着地耗损下去,自己也有些不能承受了。白天亮跟罗甲成走着走着,突然就在草坪上连着翻了几个"鹞子跟头",那种生命的阳光感和鲜活感,确实让罗甲成有点羡慕不已。白天亮拉着他的胳膊说:"甲成哥,你也来一个吧。"罗甲成就来了一个。白天亮继续忽悠着:"再来一个,再来一个,再来一个。"罗甲成果然就连住又来了几个,翻完以后,罗甲成真的觉得很轻松,很舒坦。他俩是唱着跳着走过草坪的,罗甲成自进这所大学,还是第一次有了这种一切都放下来了的轻松心态。

罗甲成又恢复了过去的生活习惯,除了进教室,就是去图书馆,不过现在他也似乎更喜欢回宿舍了。宿舍里少了朱豆豆、沈宁宁,却多了一个白天亮，真是给他带来了无尽的喜悦和快乐。这个宿舍，自白天亮来了以后，真是啥都透明起来了。连孟续子似乎也变得不怎么神秘了。晚上睡觉虽然也会放下蚊帐，但再不见把边子扎了又扎，也收起了讨厌的铃铛。后来见罗甲成老吃蚊子，还说："罗兄，小弟是不是有点太自私了，不行了我把蚊帐打开，还是给蚊子们一个更宽广的舞台吧。"说着，他还真的把蚊帐掀开了。倒是白天亮开通："甲成哥，你们把蚊子都朝我这吃，我不怕蚊子咬，我几岁就跟我大、我爷在山上看庄稼，怕果子狸和野猪晚上害人哩。半夜蚊子把人都能抬走，我爷整夜睡不着，就拿个蒲扇吃蚊子。我身上爬满了蚊子，都咬不醒。不信你们看，这身上到处都是蚊子咬的红疤，可我从来都没被咬醒过。蚊子蚊子，都过来跟我睡，我的肉香得太太。"惹得罗甲成和孟续子都笑了。

罗甲成自出走回来后，还没有跟童薇薇正面说过几句话，每次他都远远地躲开了。尽管心里仍然喜欢着童薇薇，有时看到薇薇那可爱的样子，心里甚至不时会产生一种人生的绝望感，觉得她永远都不可能属于自己。但这种绝望感很快又会过去，总之，他觉得他是基本挺过来了。有几次在图书馆，薇薇是想跟他说话，他故意装作没看见。事后，他觉得这样很好，不仅保持了那点可怜的尊严，而且也防止了自己那种十分脆弱的感情的死灰复燃，不可能的事就让它永远不可能去吧。

最重要的事是，他必须回家一趟，他觉得应该给自己的爹娘吃一颗定心丸了。爹娘虽然还没有到童教授和薇薇拍的那组照片上的那个母亲的可怜程度，因为自己毕竟还没有割腕，还苟活在这个世界上。但他知道，这一个月来，也确实把他们折腾得够呛了，他觉得他的良心需要有个交代了。

罗甲成终于在没有任何人要求的情况下，回了一趟家。

那是在一个星期六的中午。

罗甲成还从来没有在中午主动回过那个令他十分讨厌的院子。

九十七

罗天福自那天晚上被罗甲成从学校公寓宿舍气出来后，差点没吐出血来。那一刻他是彻底灰心了。他觉得罗甲成是真的没救了，是真真正正养了个冤孽。

甲秀一直把他送到学校门口的公交车上。他是强打着精神，强忍着屈辱，没有在女儿面前软瘫下来。甲秀坚持要把他送回家，他挡了。他把那只十分粗糙的手狠狠挥了一下说："去把狗日的送走，让他赶快滚！"公交车门就关上了。当然，他不让甲秀送他，而让把"狗日的送走"的那句话，其实还是希望甲秀能去把罗甲成拢住。他嘴上说不管了，放弃了，让他滚，可实际上，又哪里能放弃得了呢？

罗天福拖着疲惫的身子回到家里，一头栽在床上。淑惠急着问甲成怎么样了，罗天福没好气地说："死了。"然后就再没说一句话。淑惠急得团团转，天寿媳妇、招弟，还有那两个婆娘，也都在屋里闷着，不知如何是好。过了许久，罗天福的电话来了信息，他的信息和电话，基本都是甲秀发的或打的。他想着今晚甲秀咋都会来个电话或信息的，打开一看，竟然是甲成的。罗甲成能这样给他来个信息，这在出走回来后还是第一次。罗天福先安顿大家都睡了，然后斜靠在床上，独自一人把信息看了足有半个小时，他在分析每个字背后的含义。短信虽然只有三十九个字，但起码包含了这么两层意思：一是眼下绝不会跑了，要跑也不会偷着跑的；二是有觉得对不起这个没用的爹的地方，让自己别生气，还说要自己注意身体。要放在以前，罗天福都能感动得落下泪来，但现在，他已经哭不出来了，只有重感冒后的咳嗽声。咳得重时，甚至感觉连心肺肚肠都能咳出来。他一边咳着，一边盯着那三十九个字的信息。直到把手机里的那点蓄电快耗完时，甲秀又来了一条信息说："爹，放心吧，他不会跑的，一切都会好起来的，你赶紧休息，晚安。"罗天福才慢慢溜下去闭上了眼睛。

淑惠给他背心放了一个暖水袋，又不停地给他搓着脚心。只有淑惠能感觉到，罗天福是真的身心困乏得只剩一口气了。她使了那么大的劲掐脚心，他都毫无感觉，好像整个身体都已经不是他的了。

自罗甲成出走后，罗天福的心思几乎没有一天是操心在打饼摊子上的。两个摊子，全凭淑惠和几个婆娘还有招弟撑持着。虽然也没多大进展，但还都能应付住家里的开销，吃喝刨过，一人一月也还能挣个七八百块钱，要放到塔云山，那是把命摊上也挖抓不回这多钱的。因此，家里的主梁再摇晃，整个房子还是没有摇散架。中途甚至连招弟都做好了树倒猢狲散的准备，但也总不甘心，抱着观望的态度，一天天到底还是熬过来了。当然，人心不稳也是明显的。罗天福其实心里也一直来回着，到底还打不打饼，儿子一旦不上这个学了，他再打这个饼的意义又是什么？就在昨天晚上罗甲成发来信息后，他虽然也感到了一种暂时的安宁，但要他大张旗鼓地像过去一样埋头拼命打饼，好像也还没那个劲头。罗甲成毕竟还在游移不定中，儿子就是自己的定盘星，儿子的事一旦不稳，他做啥也还都是恍恍惚惚的。熬更守夜把儿子守了这长时间，昨晚在受了儿子一顿咆哮后，总算落下了一句"我不会跑的，要跑也会告诉你们"的话，他觉得这话还是有点可信度的，儿子虽然有这毛病那毛病，可还从来没撒过谎。只要他暂时不走，一切就有救。第二天早上醒来，淑惠咋都不让他去打饼，说感冒这重，得喝些姜汤，好好在床上用被子捂一两天。但罗天福哪能捂得住，还是蹬个三轮车出去采买去了。头晕得眼前老是几重影子，但他仍坚持着，买完了油、面，又去拉了一车焦炭回来，最后到底还是累倒了。

罗甲成回来这天，罗天福勉强能好一些，但还下不了地，感冒发烧倒是过去了，椎间盘又犯了毛病，翻身都要淑惠帮着。罗天福觉得自己浑身的零件好像都出了问题，睡在床上心里越发乱汪汪的。

他没想到罗甲成大中午能跑回来，他还害怕儿子回来是要告诉他，他要走了，他心里先慌乱起来。看着儿子，不知该用啥表情好，真是哭也不是，笑也不是，他自己都能感到自己的表情特别尴尬。前几天淑惠还一直说，让甲秀把甲成叫回来吃顿饭。他心里倒是想得很，可嘴上偏说："你犯贱呀，叫他回来做啥？不叫。"淑惠看他是真生气的样子，也就跟甲秀商量着，说再等一等，等他消了气再说。甲秀几次回来，他特别想知道甲成的情况，却始终装作不关心的样子，甲秀也就没好多说，直到走了他又唉声叹气的。没想到今天甲成是不请自到了。罗天福在等着，看他到底想说啥。他在想，如果狗日的一口说出来又要走咋办？他甚至都做好了准备，他要真的能说出这句话来，他就跟狗日的把命拼了算了。谁知罗甲成今天回来，啥话也不说，先给他倒了一杯水，然后就站到床前，给他翻过身子，一点点在背上按摩起来。狗日的按得是那样有劲、用心、到位，舒服得罗天福就想哭。他就那样静静地趴着，把脸全都埋住，享受着儿子过电一般的生命传感。突然，他脑子又闪出一个念头，狗日的该不是以这种方式来告别的吧？他的肌肉一阵阵又紧绷绷地抽搐起来，罗甲成又把那抽搐起来的肌肉，一点点摩挲下去。

这时，淑惠回来了。刚甲成回来时，她在门口一遇见，就一路小跑着去集市上割了一斤多肉，还买了鸡翅和一些新鲜菜，今天中午是咋都得做一顿像样的饭，让这爷儿俩好好在一起坐坐了。她回到房里，见爷儿俩虽然一句话没有，但那种一个按摩一个享受的样子，一下就让她心里跟流出了蜜糖似的，别人没醉，她先醉了。她也不说一句话，就那样悄悄地切菜、炖肉、做饭。小房里，只有菜刀声和炒菜声弄出一片响动，那香气从屋里飘出了好远好远，正在大门口打饼的招弟把鼻子一吸一耸地说："嗯，大姨把鸡翅焖到锅里了。"她天寿婶说："你是狗鼻子呀，这灵的。"

这天中午，甲秀也被叫回来了，淑惠让所有在外面打饼的人也都先歇了生意，招呼大家安安生生吃了一顿饭。虽然甲成还是没说一句话，但那种气氛明显是让大家都感到舒服自在了。罗天福是被甲成从床上背下来的，淑惠还弄了酒。甲成挨个给大家敬了一杯，并且特意给爹敬了三杯。罗天福把每一杯都喝得嗞儿的一声酒杯见底了。吃完饭，罗甲成又把爹背上床，然后帮着娘收拾完所有碗筷，还把房里卫生也打扫了一遍，就说，要去看一下东方雨老人。

甲成走后，一家人又有些慌乱起来，这一切好像都是要离别的样子。甲秀说不可能，她说甲成最近好像一切都安定下来了，没有任何要走的迹象。罗天福还真有些心上心下的，他躺在床上，顺手摸到了放在床头的一枚一元硬币，悄悄在手边掷起来，他心里想着，正面是不走，反面是走。结果一看，是反面，他心里就咯噔一下，难道又要折腾起来了？可千万别应验了啊。

罗甲成从东方雨老人那里很快就回来了，回来后他才说了一句话："爹，娘，我回学校去了，马上要期末考试了，我得回去复习。"

罗天福有些不相信自己耳朵地瞪大了眼睛。淑惠急忙说："你儿子说，他要回学校去看书呢，要考试了。"罗天福到底没好表现出激动的样子，尽量掩饰住内心的巨大喜悦，只是些微地点点头，点头的动作几乎都让人察觉不出来，看上去，仍是很平静地躺在那里。

甲成出门了，淑惠一巴掌拍在他脊背上，说："你今天一回来，就把刚那句话说了,该有多好,看把你爹吓的,你再吓一回,你爹的老命就不在了。你个不省事的东西。"

罗甲成走了,甲秀也跟着走了。罗天福还静静地躺在那里,淑惠说:"这下你就安心养病吧你。"一家人又都去打饼摊子上去了。

人全都走后,罗天福的眼泪哗哗地流了下来,他也不去擦,就一任眼泪自由奔涌着。他再也躺不住了,他试着自己往地上站,竟然能站住,也能走几步了。

这天晚上,他给大家召开了一个会议,会议是罗天福经过大半天思考,做了充分准备的,核心内容就是分析形势,理清思路,让大家明确方向,下一步路怎么走的问题。

也许是一种领导力的需要,罗天福这天晚上的一举一动,都特别像前几年当村支书的神情。尽管天很热,他还是给背上披了一件衣裳。他说得很慢,但每一句话都很有分量,连招弟都觉得这个会开得扎实,把她脑子反正是开明白了。招弟毕竟也是上过学的人,会后还开了一句玩笑说,大姨夫今晚开的是遵义会议。

罗天福讲了一个多小时的话,但没有任何人觉得时间长,他不仅实实在在摆了自己家里的情况,而且也分析了天寿媳妇周芙蓉家里的现状,还分析了那两个远房亲戚家里的情况,连招弟的一切也都说得清清楚楚、明明白白的。终归一句话,就是这个饼还得打,并且得好好地打,因为截至目前,在座的所有人,还都找不下比打饼更好的来钱路。虽然最近一个时期,因甲成的事,还有那些匿名信的事,给打饼造成了很大的困难和损失,甚至个人月收入由一千多元,跌到了七八百元,但还是只能前进,不能后退,想后退,那就是退回到塔云山去。反正在文庙村能开辟下这么几个摊子不容易,他觉得,目前还是得坚定不移地继续开辟打饼事业。罗天福也没有搞一言堂,讲完话后,让大家也充分发表了意见,大家的意见还真的很一致,谁也不想丢下这个现成饭碗,再去瞎子夹毡——胡扑(铺)。

运势来了,有时真是门板都扛不住。也就在罗天福开完会的第三天,那个到处张贴他匿名信的诬陷案告破了。原来就是文庙村另一家卖菜盒子的朱大头干的,他的菜盒子里还真下了大烟壳粉末,派出所把人带走了,这在文庙村震动很大，算是无形中给罗天福做了一次活广告。

罗天福的千层饼又火起来了。

九十八

金锁高考这两天，郑阳娇不仅拉着西门锁，而且还硬拽着甲秀，在考场门口陪了两天。金锁每一场考出来，郑阳娇先急着问考得咋样，估计能有多少分。金锁都不正面回答，只说反正答完了。答完了就有希望。郑阳娇这几天不仅去八仙庵叩了头，烧了香，而且还给金锁请了一个镀金"文曲星"挂在脖子上。为了让金锁中午休息好，郑阳娇提前在考场附近的一个五星级酒店订了房子，吃饭都是送到房间。金锁也毫不客气，每顿端直就要鲍鱼，要冬虫夏草汤，算是吃得香，睡得实，完全是一种临阵不乱的样子。郑阳娇听说，有考生进考场前就吓得尿湿了裤子，咋看金锁却是一副刀架到脖子上都面不改色心不跳的神情。几天后估分，他也没谦虚，直接估了个五百分左右。甲秀一听都有些傻眼，虽然不信，但也没敢多说话。乐得郑阳娇见人就说，今年题难，金锁才考了五百来分。文庙村能考上五百多分的人也不多，一村人就忽悠着郑阳娇请客。郑阳娇说到时在喜来登大酒店请。结果，最后分数一公布，金锁才考了二百一十八分，数字听着倒是蛮吉利，气得郑阳娇直说要去查。金锁吓得溜在外面，几天都没敢回来。西门锁看郑阳娇闹腾得不行，就制止说："算了吧，金锁能考五百来分吗？你也没想想，你是怕不闹腾别人不看咱笑话咋的？"郑阳娇哪里能忍得住，终究还是把改卷子的骂了个狗血喷头。那股邪火发不尽，又把在院子到处乱尿的农民工骂了好几天，直到金锁飙车出事。

金锁参加高考的第一天，当卷子发到面前，大概浏览了一遍，就傻眼了。一切都只能靠蒙，几乎没有几道题是有绝对把握的。但他心里很平静，自打说要高考，他就知道自己考不上，但高考好像就跟必须吃饭睡觉一样，这一趟不过，似乎朝下活命都成了问题。过就过吧，金锁想，反正考不上也得让它过去。他其实非常讨厌谁问考得咋样这个话题，但他妈偏爱问，爱问他就胡诌。没想到，他妈把这些胡诌的话还当了真，但他也没办法。反正总是要失望的，干脆就在最后一关让她彻底失望去。当分数公布那天，他早早就跑了，拿了摄像机，跟几个考得和他差不多的同学，跑到秦岭半山上的农家乐里，拍了几天电影，吃住都在那里。他妈打电话也懒得接，害怕接了招骂，就只发信息，说自己在外拍电影，让她别咸吃萝卜淡操心到处瞎找就行。气得他妈到底还是在信息里把他臭骂了一顿，说把她的脸丢尽了。晚上，他们几个一边在河滩上吃烧烤，一边还把自己父母臭骂自己的信息拿出来资源共享，甚至还进行了"臭骂水平"评比，结果，金锁他妈才落了个第三名。

在山上晃悠了几天，好像也再没啥镜头要拍了，金锁就想回去看甲秀了。

他心里对甲秀的那些依恋和牵挂在与日俱增，本来也有人建议，干脆翻过秦岭，到三峡那边逛去。但金锁好几天没见甲秀，心里挠搅得很，说啥都要回西京城。最后，他跟另一个胆小一些的回来了，其余几个到底还是翻过秦岭，向重庆方向"逍遥游"去了。

金锁一回到城里，端直就去了学校，他知道靠发短信和打电话，是永远约不上甲秀的。打电话，她不接，发短信，她不回，即使回，也是冷冰冰的一两个字："忙。"或者："不行。"或者："胡说。"或者："打嘴。"你休想在她嘴里得到半句暧昧的话。甲秀越是这样，他就越发地爱甲秀，想甲秀，约不上，就只好在学校她经过的地方死等。死等还害怕让罗甲成撞见了，总之，爱甲秀在他看来是一件很麻缠的事，但却是那样有味道，一阵阵想得来了，直想发疯。

他觉得甲秀对他还是有些意思的，要不然，咋能在他高考的那几天天天去陪他呢。虽然是他妈叫的，可人家要真不来，也有一千个理由哇。在甲秀第一天来陪他时，可把他兴奋坏了，他以为爱情能使他超常发挥呢。谁知面对那些黑心老师出的那些良心大大坏了的黑心题，该傻眼还是照傻眼。他之所以没告诉他妈实话，也是觉得那几天家里特别安宁，他老子也不跟他妈拌嘴了，尤其是甲秀的加盟，让这个高考啦啦队看上去是那么顺眼，遂心。在他的记忆里，好像还没有过这样美满称心如意的日子。他必须让纸先包住火，等享受完了再说。

自高考结束后，他就再没见过甲秀。听说她也进入毕业考试阶段了。他约了几回，约不上。在山里那几天，有一天，他简直想得不行，甚至发了整整一百条信息。可甲秀一条都没回,也确实关机着的。他想,总有开机的时候,可直到他回西京城,都没见她回一条信息,这种失去联系的纠结,让他更是欲罢不能。他终于在甲秀回宿舍的路上,把她给逮住了。

甲秀特别害怕金锁到学校来找她,金锁做任何事从来都是无所顾忌的。见了她,也不管身边有多少人,就敢胡乱喊叫:"姐呀,你的手机得是让雷打瓜了,我连住给你发一百条信息都不回。"弄得四周人都瞪大眼睛看他,她好像还听有人在嘀咕着说她姐弟恋哩。她也不敢怠慢金锁,就急忙跟他走到一边,好说歹说,说自己确实有事,并答应说星期六见他,金锁才悻悻然走了的。

星期六甲秀本来说中午准备回家去,一回去金锁也就没办法了。谁知金锁今天倒是起了个早,还不到十点就在甲秀宿舍门口等着了。甲秀一出楼门,看见他在那里,想折回身都来不及了。

金锁今天特别收拾了一下,头发染成了金黄色,并且梳成了莱昂纳多在《泰坦尼克号》里第一次出现在贵族船舱里的头式,还开着他家的宝马。

甲秀说:"你啥时学会开车的?"金锁说:"早都学会了。"甲秀坚持不上车,说就在校园里走走,但金锁咋都不行。甲秀也是害怕僵持着招眼,只好先上车,想着等离开了校园再说。谁知金锁硬要拉她到终南山脚下兜风,甲秀咋都不去,最后只好在南郊的一个湖边停了下来。

刚一停下,金锁就听见一棵柳树上有蝉叫,停下车,他就哧哧溜溜爬到了树上。连甲秀都没想到,城里的孩子还会爬树。金锁是上去捉蝉去了。蝉倒是捉住了,谁知他只顾护蝉了,从树上下来时,险些一个倒栽葱,就从树上跌了下来。要不是甲秀一把接住,金锁还不知要摔成什么样子。

金锁只顾死死地护着那只金蝉,脸上、身上都被树枝划破了。

"姐,给你逮的。"

"我要这干啥?"

"我第一次见你时,你听见咱家院子那棵大树上有只金蝉叫,你听了好久,说像你老家的蝉叫,你说一听到这叫声,你就有一种回家的感觉。我一直记着你的话呢。呵呵,终于给你逮住了。哟唏,咋给捂死了。讨厌。"

甲秀突然有一种深深的感动从心头掠过。她把金锁扶到湖边的一个椅子上,坐在旁边,给金锁轻轻擦了擦伤口。金锁眼睛微闭着,有一种想依靠到甲秀身上的感觉。甲秀急忙用话支开了："金锁，你咋还会爬树呢？"金锁说："咱家院子那棵大树，小时候我们都爬美了。后来那个老汉来就不让爬了。""噢，难怪呢。"

甲秀本来想把话引开，谁知金锁跟个傻子一样，直勾勾盯着甲秀的脸庞一动不动的，吓得甲秀急忙站了起来。甲秀跟他拉开距离后，倚靠在一棵柳树上说："金锁，今年没考上，我觉得你明年再复习一年，还有希望。"

"我脑子没进水，明年还复习呢？我一听说谁让我复习，我就想吐。"

"我想不通，你咋这厌学的？"

"学了又能咋吗？你上了大学，不是也找不下工作么。姐，你放心，有我呢，我家有的是钱。哎，我告诉你一个秘密，我妈存钱的密码让我发现了。姐，你只要跟我走，啥都不用愁，我先从账上取一百万，咱直接到国外逛走。我想到好莱坞拍电影呢。"

"你看你这孩子，也是十七八岁的人了，还说这些没头没脑的话。快别瞎折腾了，好好听爸妈的话，明年再复习一年，咋都得受个大学教育吧。你就是想到好莱坞拍电影，那起码也得学好英语吧。"

"姐，说啥都行，你可千万别说复习的话，你要再说我就跟你急。我就是上刀山，下火海，也绝不到学校那种鬼地方去了。我要再去，我都不是人生父母养的。"

金锁说着，从凳子上站起来，也朝柳树上靠。甲秀就又假装散步，走到另一棵柳树旁站下说："那你一直就像现在这样混下去？"

"那你说要我咋，姐？你说上学还不是为找工作，找工作还不是为了挣钱，我家里的钱，多得就花不完，见月睡着躺着，都有几十万的进账，你说还需要干啥？姐，你就跟我吧，从此命运就彻底改变了。连你爹你娘都不用打饼了，他们的生活我全都包了……"

甲秀突然大声地说："金锁，你住嘴。你把我当啥人了？你再胡说，我立马就走人了。"

"姐，真的，我真的很爱你，我就喜欢你这种村姑型的……"

还没等金锁说完，甲秀真的扭身走了。金锁急忙开车去追，甲秀向湖岸一溜卖饮料和小食品的矮房后跑去，等金锁把车拐到房后那条路上时，甲秀早已脱身了。

当天晚上，甲秀就听爹来电话说，金锁醉酒开车，可能把人撞死了。

九十九

甲秀接完电话，浑身有一种直往下沉坠的感觉。她想，今天金锁醉酒，绝对跟自己有关。爹说，金锁自己也受伤了，现在还在西京医院躺着，问她要不要跟他一起去看看，爹说他坐公交都快到医院了。甲秀二话没说，跑到门口，端直挡了辆出租，就往医院赶。到了医院门口，甲秀下车就朝里面跑，直到被司机喊住，她才想起是忘了付钱。

她爹也刚到，两人就去急诊室。急诊室门口，围了一堆人。两个交警把金锁用手铐铐着，正准备带走，金锁的额头包着一块纱布。郑阳娇跪在地上给警察磕头如捣蒜地求着情："求求你们了，求求你们了，求你们别把我金锁带走，我娃不是故意的呀，要带把我带走，我娃还小呀……求求你们了！"

一个警察说："我们也不想带，可他触犯法律了，谁也没办法。那个老人你们必须照看好，要是真的死了，对你娃更不利。"

西门锁连连点头说："知道，这个我们知道。你放心，我们会照看好的。"

郑阳娇继续拦着警察，不让把金锁带走，两个警察还是强行把金锁带走了。说时迟那时快，只见郑阳娇就跟疯了一样，忽地站起来，像老鹰扑食一般，一下扑上去，紧紧抱住了金锁，一副要跟人拼命的样子。西门锁见状，急忙上去又一把抱住失控的郑阳娇。就在这个时候，金锁一眼看见了甲秀，他看她的眼神，还是那种痴呆呆的样子。在那一瞬间，甲秀甚至觉得金锁有点像贾宝玉，她对这个始终在纠缠自己的"小男孩儿"，突然有了一分深深的悲悯和爱怜。金锁比自己小四岁，但由于那种衣食无忧的生活，而使他在她眼中，好像始终处在乡下孩子十一二岁的感觉。因此，无论金锁怎么纠缠，她都觉得是小孩子的游戏。但今天，这个游戏竟然玩出了这么大的事来，把她也吓傻了。她都不知该怎么办了。就在金锁傻乎乎看着她的时候，她突然也鼓起勇气，走到了金锁和郑阳娇跟前，一手抱住郑阳娇阿姨，一手抱住了金锁的肩头。她对这么大的事回天无力，但她想给金锁一个精神慰藉，她强烈地想把这个慰藉传递给这个痴情的"小男孩儿"。就在交警最后硬性带走金锁的时候，她又再次深情地看了金锁一眼。她从金锁的目光中，似乎体味到了一种叫满足和安详的东西。至此，她也稍稍有了一点释然的感觉。

金锁都带走好半天了，郑阳娇还卧在警车开走的地方不起来。她都哭得快昏死过去了，嘴里一个劲儿地说："西门锁，你要赶紧找人把娃往出捞哇，娃可是没经见过这号事呀，听说里面把人往死的打呢，捞晚了我金锁就完了……"

是甲秀和西门锁两个人勉强把郑阳娇弄到一辆出租车上，甲秀爹也跟着，才把郑阳娇拉回去。

回到家里，郑阳娇要西门锁连夜就去找关系捞人。西门锁啥话也没说，只安顿她先躺在了床上。甲秀和她娘就坐在床边，一直安慰着郑阳娇。郑阳娇就是哭，说金锁这回要遭大罪了。郑阳娇见西门锁还在房里不动，就又骂开了："金锁不是你的儿子呀，你还不去捞人，那里面是金锁待的地方吗？听说就是警察不打，叫那些牢头狱霸也能把人打死啊，我的金锁呀……"西门锁就准备出去，郑阳娇又喊："你不拿钱，你去是死呀。这年月没钱人家能给你办事呀。"西门锁就又站住了。郑阳娇起身准备找钱，却又躺下了，说："你还是先探探口风吧，可不敢肉包子打狗了，听说现在拿钱不办事的也有的是，这些狗日的呀……"西门锁就又出去了。到夜里两三点的时候，西门锁才回来。郑阳娇嗓子也哭哑了，甲秀和她娘见人家夫妻有话要说才离开。

这天晚上，甲秀睡在娘的旁边，一夜没合眼。她特别后悔白天走得太匆忙，可能给了金锁太大的刺激，而使金锁醉酒飙车，才闯下大祸的。她现在一想到金锁对自己那份傻乎乎的感情，心里就特别难过。如果说过去是讨厌，那么今天已完全变成歉意和感动了。她觉得这个"小男孩儿"对自己是动了真情了。尽管她觉得这一切都是不可能的，但她的眼角还是有泪在溢出。她不愿让任何人看到她内心的这种漾动，虽然睡不着，可她还是装作发出了一点轻微的鼾声。

又过了几天，甲秀就完全毕业了。

毕业典礼学校搞得特别隆重，爹一直说不知大学毕业典礼是个什么样子，甲秀从爹的眼神中，看出了爹的渴望，还真把爹接去看了一回。

毕业典礼是在学校体育馆举行的，大概有一万多人参加。主要是老师、学生，也有自愿来参加的家长。罗天福叫甲秀不要告诉甲成，说自己找个拐角，见见世面就行了。甲秀把爹安排好后，就去找她们班的位置去了。

甲秀今天穿的是学士服，走进体育馆的所有老师和毕业班的学生也都穿了特别的服装，戴了特别的帽子。虽然甲秀给罗天福讲了，但他还是有些分不清哪些是博士，哪些是硕士，哪些是学士，反正穿得很复杂，但在罗天福看来，都特别的庄严，特别的神圣，真是有一种走进殿堂的感觉。他突然想起了他的塔云山小学，几根撑持教室的柱子，都是他亲自领人上山去砍的。孩子们就在这种四面透风的墙里，做着走进这个圣殿的梦。许多孩子都穿着爹娘的衣服，宽大得很是有些像这些博士、硕士、学士服。他还清楚地记得，甲秀小时候扎个小辫子，穿着她娘嫁到罗家时穿的那件红花袄子读书的情形。几乎是眨眼间，孩子就真的长大了。他看着上万的孩子，簇拥在这个殿堂，那种井然的文明秩序感，与同样是年轻人居多的文庙村的那个群体之间，是有了多么大的差别呀！这也许就是读书的价值和意义吧。一个孩子的成长，在他罗天福心中是一个很长很长的路途，他从大山的那头，把穿着父母宽衣大袖的孩子送到这头，直到穿上又一种代表着学识水平的学士、硕士、博士的宽衣大袖，那是怎样一种艰辛的历程哪！不知咋的，他老想落泪。

昨天晚上，甲秀跟他在大槐树下纳凉，父女俩说了半夜体己话。最后主要还是说工作的事。没想到甲秀那么坚定，说她就回来帮他打千层饼。她说她想把千层饼的生意做大，她有这个信心。他也知道孩子为工作找过很多单位，也考过很多试，但最后都是石沉大海。她这样选择，也有无奈的成分。既然孩子这么决定，他也不好再说什么。倒是她娘觉得孩子苦苦巴巴读了这么多年书，最后还是跟她一样，跟锅灶打交道，心里咋都不痛快。罗天福就说，你要相信甲秀，这孩子是只要能往前推一步，就不会退一步的人。他让淑惠不要再给女儿心理增加负担了。

他从甲秀的毕业典礼现场出来，甲秀就让他帮着把学校里的一切东西都搬到文庙村的家里了。

甲秀正式上班的第一天，并没有参与打千层饼，而是出去跑推销去了。连着跑了十几天，每天又固定增加了二百多个饼的销售量，忙得几个人见天起早贪黑地加班，连招弟都有了怨气，发牢骚说："还让人活不让人活了。"

甲秀也觉得让大家长期这样打疲劳战不行，但生意刚红火起来，塌下去也不行，她就跟爹合计着，想正式租一间门面房，并且再雇两个人，干脆把生意往大的做。罗天福毛算了一笔账，还不说到正街上，就是在文庙村内，租一间门面，一年也得一万多块，要按现在这样的生意，咋都是赔钱的买卖。但甲秀坚持说，千层饼的生意要做大，迟早都得有一间正式门面房。罗天福看女儿是要下势做事的样子，就同意了。甲秀说在新店投资上，实行股份制。一连几个晚上，她在家里反复宣讲了股份制的好处，但到底没人舍得投钱。甲秀知道这个家里的人，包括招弟在内，其实每人手头都存着几千块钱着的，但要她们把这些钱再拿出来投资，却是比登天还难的事。天寿婶看娃讲几个晚上了，也不好不出一点水，就说自己赞助三百块，算是支持娃干大事。招弟说她也赞助一百块，支持表姐创业。那两个远房亲戚，见别人都"放血"，也说一人赞助一百块。甲秀只好说谢谢大家，她不收赞助费，股份制的事就算泡汤了。最后还是罗天福拿了一万块，甲秀靠自己的人脉又从同学那里借了一万多块，那间门面房才算开业了。这样，罗家的千层饼摊子就成三摊了。

甲秀虽然这阵忙得两头不见天，但她也一直在约郑阳娇阿姨，说要去看看金锁。郑阳娇阿姨自金锁走后，确实瘦得脸颊都塌陷了下去，她自己说是光头二十几天就瘦了三十多斤。甲秀看见，她过去穿得紧绷绷的衣服，现在都是松垮垮地耷拉在身上。她已活得没兴致，连一院子人都被整得不敢大声说话了。本来一到夏天，院子的秦腔纳凉晚会几乎是天天晚上都要进行到十一二点的，可自金锁被警察带走后，这个摊子就暂时散伙了。有一天晚上，几个农民工无意间吼了几句，郑阳娇立马从房里蹦出来，破口大骂道："唱你妈的×唱，嘴痒了回去对着你妈的×唱去。"吓得最近一段时间，院子里真的没人再敢唱戏了。有那嘴实在痒得不行的，就到其他院子凑热闹去了。只有东方雨老人还在大槐树下拉着他的板胡，那声音特别苍凉，郑阳娇也就不觉得是在看她的笑话了。

这天，郑阳娇突然一把鼻涕一把泪地来到甲秀的千层饼店说，金锁判了，可以去看了。

金锁被判了两年，好在那个被他撞伤的孤寡老人没死，要是死了，恐怕麻烦就更大了。

甲秀、郑阳娇还有西门锁是在郊县一个劳改场见到金锁的。金锁被理了光头，穿着囚服，与他们见面时，一直低着头不说话。郑阳娇抱着他就是哭。甲秀也哭了，哭得不能自持，她也紧紧抱了抱金锁，就像抱着自己的亲弟弟一样。但金锁好像没有任何情感回应，就一任她们抱着，放开，放开，又抱着。见面时间是十五分钟，郑阳娇和甲秀就整整哭了十五分钟。分手的时候，郑阳娇一再问金锁需要啥，金锁一直不说。最后甲秀也跟着问，金锁才说，要几本电影方面的书。郑阳娇说这几天妈就给你送来。

回来后，甲秀一想到金锁的样子，就想哭。一连几天，做梦都梦见了金锁。连在梦中，金锁都变得蔫不出溜的了，见她也没话，就是呆坐着。她也不知道该给金锁一种什么样的安慰。郑阳娇再去送书的时候，她又跟着去了一趟，还精心给金锁打了十个千层饼带着。本来她还想给金锁说几句宽心的话，可惜这次没见上人，只是把东西放下就让她们离开了。管理人员一再强调，探监是有规定的，犯人不是啥时想见就能见的。郑阳娇给人都跪下了，人家也没通融一下，她们只好快快地回来了。回来的路上，郑阳娇一直伏在她身上哭，甲秀从郑阳娇对儿子的感情上，更深切地读懂了什么叫母爱。说实话，她一直对郑阳娇是没有什么好印象的，但自金锁出事后，她好像无形中跟这个女人的距离拉近了。她都难以想象，郑阳娇身上竟然也有那么柔软的东西。

一〇〇

西门锁连着这两个多月差点没累死。本来赵玉茹的病情就在加重，金锁又闯下那么大的祸事，他就被两边拉扯着，骨头都快跑散架了。

金锁没考上大学，这一直在他的预料之中。但没想到，紧接着就出了这么大的事。他一直叮咛郑阳娇，千万不敢让金锁胡动车，可郑阳娇偏偏就敢把钥匙交给金锁，让他早晚去练车。还没练几天，就一顿烂酒喝得把人卷到了车轮下。

那个差点被金锁轧死的老头，是个退休工人，还是个老肺气肿病号，老伴不在了，儿子生活也很艰难，平常基本不管老人，但车祸一出，儿子、儿媳，甚至连孙子，都一齐上手，全都围在了医院，摆出一副要讨个大价钱的势头。老头的命是保住了，但一条腿到底还是截了。

出事后，西门锁也去找了那个交警同学王国辉，王国辉对他依然是过去那么客气，但客气归客气，事归事。王国辉说："这事谁也通融不了，你儿子是一连串犯了三项罪，一是无照驾驶，二是酗酒醉驾，三是肇事致人伤残。可千万不敢让人死了，死了麻烦更大。你说这样大的事，谁敢出面保了？现在网络这么厉害，我们都活得提心吊胆的。你也要理解老同学的难处，我就是硬给你办，最后还会栽进去。我的意思是，你现在只有把那个老头先抢救过来，然后做他的工作，多承担一点经济责任。将来在量刑时，也许会轻一点。别的真的没办法。还请你原谅老同学。"西门锁见人家说得也很实在，就再没为难人家。后边的事，他也就按王国辉的意思办了，先是想尽一切办法把那老头救过来了。虽然郑阳娇在赔偿问题上跟他闹得不可开交，但在舍财与救儿子的问题上，还是不得不以救儿子为重。出了钱，郑阳娇也没少诅咒那个截了腿的老头不得好死，但毕竟因此给儿子减轻了罪责，最后只判了两年。据说，这种罪是可以判五年以上的。

也就在金锁这件事发生的同时，赵玉茹的生命也到了垂危阶段。整整两个月，西门锁就穿梭在西京医院的几个楼层间，头发也没时间理，有时连澡都没法洗。段大姐一见他，就用手扇鼻子说："你离我远点，浑身臭得快让我发呕了，你知道不。"

也算凑巧，这次金锁肇事后，交警端直把受伤的老人和金锁送到了西京医院急诊室。那天西门锁也刚好在住院部的十七楼看护赵玉茹。在以后的一个多月时间里，两个病人，其实是他一人照顾着。他雇了段大姐，上下楼跑着。段大姐的看法倒是不跟别人一样，段大姐说，把那个老头救活，还不如让死了算了，哪怕一次多赔点钱，也比这样无底洞似的纠缠下去强。可人毕竟已经救活了，老头活着，毕竟能给自己儿子减轻一些罪责，他就尽力抢救着老头，直到截腿保命。

赵玉茹是彻底不行了，在最后十几天里，医生连着下了三次病危通知。段大姐几乎非常准确地预测到了赵玉茹的死亡时间，说还能活十一二天左右，要他该准备什么都得准备了。西门锁首先给映雪打了电话。他怕映雪着急，只说她妈住院了，让她回来一下，再没说多余话。映雪是他到车站接回来的，在进病房前，他给孩子全部交了底。映雪当下就软瘫下去了。他一把抱住孩子，反复劝说："不敢这样，娃，你这样，你妈一下就完了。要坚强些，再给你妈一点希望……"西门锁直到把映雪劝得平静下来了，才让她进去。映雪见到已经骨瘦如柴的母亲，还是忍不住放声大哭起来。赵玉茹其实已经完全明白自己的病情了，最近话也明显少了许多，过去那股坚韧不拔的气力，也在逐渐耗散。她知道自己的生命已经不可挽回了，一切都由抗争在转向静静地等待。见到映雪的那一刻，她在极力克制自己的悲凉情绪，想尽量显得平静一些。但她没能做到，还是绝望地抱住孩子泣不成声。尽管浑身已经只剩下一丝气力了，但她还是把映雪抱得很紧，好像生怕失去了似的。那一刻，映雪看见母亲的眼珠已经完全眍䁖进去，死神已紧紧攫住了她的咽喉，她觉得，母亲是再也逃不脱被死神掳走的噩运了。

　　就在她们母女抱头恸哭的时候，段大姐正在外面给西门锁交代着更可怕的预言，她说："你知道不。赵老师今天晚上就是人生最后一次说话了，明天就渐渐迷糊了，你知道不。要说啥，今晚你们就得抓紧说，你知道不。女子不回来，也许还能拖两天，你知道不，这一回来，一点气力就耗尽了，你知道不。我晚上去伺候那个断腿老汉，你就安心跟她说说话，你知道不。最后一次了，说点暖心的事，让她走好，你知道不。"

　　段大姐的话，说得西门锁突然浑身有些麻森森的。他在过道站了好久，真想抽一支烟，可实在找不到地方，不得不到楼下，连住抽了几根，才返回病房。他轻轻推开门，听见里面母女俩正在说话，他想退出去，但赵玉茹好像正在说他，他就在门口静静站住了。

　　"你爸这个人……现在对我……没说的，有些事……真夫妻……也做不到。不管我咋对他……你自己看……妈妈……再照顾不了你了，可惜……我可能照顾不到你……大学毕业了……"

　　"妈你别说了，你会好起来的，医生都说你的病情在好转，你一定会好起来的。"

"人总是……会有这一天的,其实,妈并不怕……就是可惜把你……撂在半路上了。还有你姥爷、姥姥,还有口袋和布丁……这两个可怜的孩子……"

"妈,你不要再想那么多,都有我呢。再说,你会好起来的,你就别胡思乱想了……"

西门锁合上门,又轻轻退了出来。

赵玉茹刚才那几句话,他已听清了,心里感到一种特别的宽慰,他真想跟这个女人说说话,在她即将离开人世的时候,让她感到一个男人的愧疚自责。但他又不想打断她们母女的说话,他想还有时间,现在才晚上九点多钟。如果段大姐的预言是真的,也还有十几个小时,足够他说话的时间了。

大概在十点钟的时候,映雪突然出来说,她妈不会说话了。他进去一看,赵玉茹真的完全进入昏迷状态了。他急忙叫来医生护士,几个人进行了一番抢救处理。赵玉茹还是彻底不会说话了,好像也不认识人了,连映雪再呼唤,也无动于衷了。西门锁急忙把段大姐叫上来,段大姐一看,说:"比我预计的还早了一个晚上,你知道不。闺女回来了,太兴奋了,你知道不。还要迷糊好几天,就好好陪陪她吧,你知道不。"

西门锁一直后悔着没有在赵玉茹清醒的时候,给她再说几句安慰的话。那几句话,其实他在刚下去抽烟时已经想好了:一是想说对不起她;二是想让她放心,两个老人他会养老送终的,那两个名叫口袋和布丁的残疾孩子,他也会照顾好的,权当是赎罪;三是映雪不用她操心,只要孩子需要的一切,他都会满足的。可惜,这一番话,赵玉茹到底没听见,就永远也听不见了。

现在最大的事,就是怎么告诉赵玉茹父母的问题了。为这件事,西门锁和映雪,还有段大姐商量了很长时间。映雪坚持说,姥姥、姥爷可能承受不了,先不要告诉他们。但段大姐说:"一定要告诉老人,知道不。如果说老人都糊里糊涂不省事,可以哄一哄,你知道不。人都明白着的,你瞒到啥时候,知道不。这是人家的女儿呀,人家身上落下来的肉呀,你知道不。你不让人家知道算咋回事?命,这是命,知道不,是命逃不脱你知道不。老来丧子丧女,他也得接受,你知道不。我见的这号事多了,你知道不。瞒不得,你知道不。"西门锁觉得段大姐说的确实有道理,就做映雪的工作,由映雪回去跟姥爷先商量,再由姥爷定,让不让姥姥知道,因为姥姥的身体特别弱。赵玉茹的父亲其实对女儿的病情不是没有察觉，当映雪红着眼睛把他叫出去说这事的时候，他已猜出了七八分。他强忍着内心的悲凉，但老泪还是溢出了眼角。映雪又忍不住一声"姥爷"就哭晕过去了，西门锁急忙抱着女儿，又安慰着老人。他把他以后想尽的责任全说了一遍，老人似乎一句都没听进去，他脑子里只有自己行将就木的女儿，他只想着这阵儿该怎么告诉老伴事实真相。他说："还是要让她妈知道，这事瞒不过去，让她们母女再见一面吧，你们安排，我回去就慢慢给她说。"

又过了两天，映雪说，姥爷给姥姥说好了，可以来看了。西门锁就打个出租，去把两个老人接来了。两人虽然已经有了充分的精神准备，但面对已完全失去人形的植物人一般的女儿，还是抑制不住内心的巨大悲痛，姥姥当下就抽搐得人事不省了。医护人员急忙就实施了抢救。晚上，西门锁和映雪将两个可怜的老人送回去了，那两个孤儿还在家里垒着积木。在从家里退出来的一刹那间，西门锁到底还是忍不住暗自落泪了。

一切都照段大姐的预言来了，在赵玉茹昏迷了七天后的一个晚上，段大姐说："你知道不，人熬不过今晚了，你知道不。"果然，在半夜三点的时候，赵玉茹的心脏永远停止了跳动。西门锁就跟看着巫师一样看着神秘莫测的段大姐，整个脊梁都透着一股凉气。映雪怎么都不能接受这个现实，死死地抱着妈妈，哭得一层楼的病人都爬起来了。也就在这时，映雪突然喊了一声："爸，再救救我妈吧！"西门锁的心都快被女儿呼唤出来了，他再一次恳请医生和护士，救救赵玉茹。医生说："病人的心脏其实停跳已经一个小时了。"段大姐说："顾活人要紧，知道不。赶快把女子招呼好，女子太可怜了，知道不。"他只好一切听段大姐安排，把哭得死去活来的映雪，抱到了护士值班室，他让段大姐劝着女儿，自己和护士处理起了赵玉茹的遗体。

赵玉茹的衣服是西门锁给穿的，他按西京城的规矩，早早给赵玉茹准备了老衣。本来穿老衣也是有专门从事这种手艺的人，其实在赵玉茹一咽气的时候，段大姐就问过要不要穿老衣的，穿一个一千块，她说她有熟人，只要六百块。西门锁说不要，他倒不是舍不得花这个钱，他是觉得自己应该再为赵玉茹做点什么。他向护士要了些酒精，从赵玉茹的脖子到脚心，认认真真擦洗了一遍。这是他太熟悉的身体，如今已消瘦得只有二三十公斤了，活像一具木乃伊。他已经把这个身体和二十几年前走进自己新婚洞房的那个身体,无法联系到一起了。面对这具丑陋不堪的女尸,他深深感到了一种罪恶。他想,如果赵玉茹没有经历那场婚变,她会得乳腺癌吗?他在深深地问责自己。他是按赵玉茹过去的体形定的老衣,一件件穿起来,却像一个儿童在玩耍时突然穿了自己父母的衣服一样充满了滑稽感。他轻轻抱起赵玉茹,就像抱着一个孩子一样,慢慢放在了一辆平车上。他一直跟随一个护工,把赵玉茹送到了太平间。看守太平间的竟然是一个跟段大姐年龄差不多的妇女,声音很粗,是被叫醒的。她打开墙壁上一个十分昏暗的壁灯,掀起白布单看了看赵玉茹的脸,嘟哝了声:"咋今晚死了几个都是女的。"西门锁胆怯地向四周看了一眼,发现有一具尸体的长发还飘散在平车外。他突然感到一阵恐惧。那看尸体的女人签了字,就让他和护工出来了。随后,他听见太平间的铁门哐哐啷啷就划拉上了。他回头看了看,心里在说:"别怕,玉茹,里面还有一个活人给你做伴着哩,别怕。"

一〇一

放暑假了。白天亮给朱豆豆打工去了,听说朱豆豆他爸给他买了一套复式房,二百多平方米。朱豆豆和翁点点准备自己设计装修,翁点点要把自己的新房,搞到海德格尔所说的"人,当诗意地栖居"这样一个水平,怕别人装俗了。但装修工人总得有人管理,采购总得有可靠的人把控,孟续子就把白天亮推荐去了。本来白天亮是准备去一个西瓜摊子,给人家卖西瓜带晚上看摊子的,说好管吃管住,一月一千二百块。结果朱豆豆答应一月给两千,还说另有奖励。白天亮高兴得在床上打了几个滚,就上班去了。孟续子也回他山东老家了。宿舍就又只剩下罗甲成一人了。

罗甲成觉得让自己现在内心最痛苦的,还是跟童薇薇的关系问题。他努力不去想童薇薇,但童薇薇老在他心里晃悠。自他出走回来后,童薇薇确实不像过去那样关心他了,有些事,好像还特别绕着他,越是这样,他越发觉得薇薇对自己有一种不同于对别人的感情。但这种想法也都是一闪念,立即,他就会想到扶贫、帮困、救助这些让他脑子几欲爆裂的词汇。薇薇还是老到图书馆去，他就尽量不去，但有时又忍不住想去看看，去了又后悔。总之，他觉得自己还沉浸在这种梦幻中，没有完全拔出来。他现在最需要做的事，就是彻底离开童薇薇，一个暑假，也许够了。他觉得这个暑假他要做的最大的事情，就是从童薇薇的阴影中走出来。

他决定一个暑假都要关掉手机，也不在学校住，也不到外面打工，就带几本书，回到爹娘身边，帮他们打两个月的饼。东方雨老人也说了，让他放暑假回来跟他住，也好帮他做些事。因此，罗甲成在放假的当天下午，就回文庙村去了。

在进西京城的两年当中，他最讨厌的就是这个村子。不仅仅是讨厌郑阳娇一家人，更讨厌住进这个村子的爹娘，是那么赤裸裸地把自己死死钉在了这个城市最底层的台阶上。每当他从这个都市的整洁光滑面，走进这个斑痕点点的皱褶里时，一种生命的绝望情绪就不由自主地袭上了心头。他不愿意回到这里，也是不想一次次受刺激，他想尽量从远离这种生活的麻醉中，修复诸种失衡，找到一种平衡。两年中，他已做过各种努力，不仅无济于事，而且每每自取其辱。他知道，他再怎么努力，都不能成为朱豆豆、沈宁宁，甚至连孟续子也够不着，爱童薇薇那更是痴心妄想。他只能回到这里，他是这里的孩子，如果说过去不情愿走进这里，经过了两年的折磨，今天是心甘情愿地走进来了。只有这里，才是属于自己的。他感到自己是走在了实实在在的土地上。双脚落地了，走得也就平稳了，脚下好像也不像过去那么坑坑洼洼的了。他甚至突然发现，这里也不像他以前看到的那么糟糕，那么丑陋了。在一片生意的吆喝声中，他甚至感到了一种不同于村外的生命的真诚律动。

罗甲成这回是塌下身子帮他爹娘打饼了。甲秀说让他去店里帮忙，那里毕竟在室内，还有空调，爹和娘也鼓动他去，但他拒绝了，他这回是一门心思地要帮爹娘打一个暑期的饼。

爹娘的意思，是让他帮忙打打杂就行了，但他执意要学打饼，娘还是不想让他在大众场合干这种事，害怕贱了儿子的心志，但甲成一旦犟起来，那是谁也改变不了的。爹就说："学门手艺也好，反正天底下饿不死手艺人么。将来成家立业了，也总还要烧火做饭么。"罗甲成就正正经经学起了打千层饼的手艺。

手艺倒也不难学，难的是这蒸笼一样的日子，从早熬到晚。没想到第一天，他就中暑了。爹赶紧去给他买了些药，晚上，也没让他到东方雨老人那里睡觉。爹娘就一个劲儿地用土办法，给他揉搓手心、脚心、太阳穴。还真管用，到后半夜就退烧了。爹为了让他好好睡一觉，就把他安顿在床上，自己弄一张席，卧在了地上。娘又是拿蒲扇吆蚊子，又是用凉毛巾敷额头，擦汗的，整整折腾了一晚上。天亮的时候，爹早早就出去支摊子去了。娘几乎一夜没合眼皮，但还是起早打饼了。他在床上躺了一会儿，咋都躺不住，就撑起来，也摇晃到摊子上，娘拿擀面杖撵都没撵回去。

罗甲成头重脚轻地又坚持了一天，到晚上歇下来，还反倒能好些了。他知道爹娘有病时都是这样熬过来的。晚上，住在楼上的破锣媳妇，把儿子领下来，说是娃想奶奶了，罗天福和淑惠都清楚是咋回事，反正几乎每个星期，他们至少都要把娃塞下来住一晚上。孩子也习惯了，他们也习惯了。但罗天福咋都不想让甲成听到这种声音。把甲成叫到外面睡吧，甲成正中暑着的。不叫出去，这声音一出现，又确实让一家人难堪。还没等他想好呢，上面就弄出了响动。旺夫嫂几乎是把娃一撂下，上去三两分钟的事，床就咯吱咯吱压得一片响了，一会儿，好像又翻腾到了地板上。罗天福就赶紧夹起席，把儿子叫出去了。

罗甲成虽然没有经见过这事，但他也知道上面是在干啥。

爹把他叫出来，他才发现，这个院子的多一半住户，晚上都是在院子打地铺的。实在热得憋闷，有些人甚至打了一盆水放在旁边，不时给胸脯上浇一下淋一下地降着温。都快半夜了，有人还拿水龙头在冲澡。就听郑阳娇从窗户里伸出头来喊："你是洗你妈的×吧，这半夜还把水龙头开那么大的糟蹋水哩，是谁？"吓得那声音当下就停了。郑阳娇嘭地关上窗户，还在里面骂："妈卖×的货，半夜还糟蹋水呢。"

罗甲成每听到这种声音，就有些热血涌顶，罗天福无奈地轻声哀叹着。父子俩就那样躺在那张篾席上，一句话也没说。倒是睡在旁边的几个人，在低声回骂着："这婊子×又咬人了。""等你去×哩。""哼，我宁愿自欺。"

要放在过去，罗甲成听到这些下流话，就会有直犯恶心的感觉，但完全置身于他们的生活场景中，又觉得这种反抗是那么的自然、解气、解恨，也那么的无助、无奈。他知道爹娘这样苦苦巴巴把自己往起挡，就是为了活得不再像他们。但今晚，自己又明明跟他们一样活着，他也想骂人，只是没骂出口而已。他不甘心这种生活，可生活又处处在提醒他，一切都只能从这里开始，你罗甲成别无选择。好在他已经"认卯"了，塔云山的这句土话很结实，人活在世上，"不认卯"其实就是"撞南墙"，就是"横扛竹竿进城"，就是"一根筋走到黑"。他回到这里，不是服软、服输，而是调整，是蓄能，他绝不会再像他们那样活一辈子了，绝不。他是想获得更大的生命能量，去管住像郑阳娇这样的恶人，而不是被人家伤害了，只在背后阿Q一下。双脚踩在实在的土地上，是为了更好地起跳，不是为了下陷、沉沦。罗甲成一边听他们说脏话，过嘴瘾，一边在想着自己的心思。罗天福看这几个光棍男人，说得实在太不像话了，就起身要甲成跟他一起回房里睡。结果回到房里，楼上破锣和旺夫嫂翻腾得还没完没了，两人又只好出门在几个睡得呼哧大鼾、放屁磨牙的男人身边躺下了。

  罗甲成知道爹娘辛苦，但没想到打饼有这样辛苦，尤其是夏天，气温本来就高，还围着炭火炉子。几乎从早到晚，身上衣服都是湿的，中午甚至能拧出水来。头发也一缕一缕地贴在头皮上，不舒服。罗甲成索性去削了个光葫芦，气得娘还说了他几句，说："弄得像个犯人似的。"罗甲成光笑。似乎直到这几天罗甲成才发现，爹的头发都快掉完了。也就这几个月的事，娘的头发不仅白的多于黑的，而且也大量脱落，洗头时一抓掉一把。娘和面、打饼，都是戴着白帽子，生怕一动头发就掉到了面里、锅里，而娘今年还不到五十岁。郑阳娇比娘才小几岁，但看上去绝对像两代人。爹的腰还是不好使，有时不得不靠拐棍支撑，但他咋都歇不下。娘勉强把他劝回去，躺一会儿，他又拄着拐出来了，说："哪有大中午睡大炕的，急都把人急死了。"他宁愿换招弟、天寿婶和那两个亲戚回去歇一下，自己都闲不下，他说一闲下腰反倒疼得撑不住。

  大概干了一个礼拜，罗甲成浑身就起满了痱子。尤其是裆里见不得人的地方，都溃烂完了。他几乎一个小时去一回厕所，给裆里夹一些卫生纸，一个小时以后去换时，纸全都湿得抠不下来了。他也没好给爹娘说，但爹娘看出来了，硬让他歇了两天。躺在床上，看着爹娘忙成那样，也躺不住了，勉强好一些，就又干上了杂活。先后二十几天，罗甲成就把打饼完全学会了，并且速度不在爹娘之下。有一天，人少的时候，他跟爹娘还比赛了一次，招弟做裁判，娘第一，他第二，爹第三。那天他明显感到爹的双手已显得十分笨拙了，他也是第一次发现，爹左手的中指和无名指都残疾了，僵硬得完全弯不回去了。他问是咋回事，爹没事一样地说："没啥，老化了么。"娘说："前一阵你爹搬打饼炉子的时候，让炉子砸了。你爹不让给你们说，也没去看，忍着忍着，就成这样了。"罗甲成眼泪唰地就下来了。罗天福急忙说："这有啥，爹总是老了么，好在这两个指头坏了也不碍事。"

这天晚上，罗甲成跟他爹早早在院子找了一块地方，铺了张席，还点了一盘蚊香，两人说了半夜话。其他人知道老罗不爱说骚话，不会讲黄段子，加之身边还睡着一个大学生，也不好说得太过，也就不朝他们身边靠，还反倒留出了一块清静的地方。

爹说："我知道你的苦处，咋不苦吗，读书本来就是苦差事，要不然咋叫个寒窗苦读呢。再加上我们的家境就是这个样子，在塔云山不显得，在这儿，那真是哪儿都不能跟人比呀。我知道你心里的苦水比啥都苦，但得忍住，忍住了，撑住了，一切都能过去。忍不住，撑不住，一切就烂包了。这过程会很漫长，得熬，得有耐心熬，熬过去了，你也可能就熬成了。"

甲成看爹在席子上挪动时，腰疼得嘴咧了一下，就让爹趴着，给爹一点点按摩起腰来。

爹说："爹墨水喝得少了些，但爹总想，人都这样急头半脑地活着恐怕不行哪。我看文庙村口，立了一块广告牌子，说：'以最小投入，获取最大回报。'那都想投入一点点，获取一大片，那到底都是把谁的刨到自己碗里了呢？哎哟，轻一点。爹是说不上话，过去当老师，能给学生说，当村支书，能给村里人说，现在也只有跟你娘说，跟家里这几个人说，我是觉得现在社会的总病根，在轻视诚实劳动上。"

罗甲成怔了一下，没想到被生活担子压成这样的老爹，还思考着这样重大的问题。他继续给爹捏着腰，爹的腰由于三次骨折，三次接拢，已经是一块十分凸凹不平的地方了，哪一块稍稍使点劲儿，都会给他带来钻心的疼痛感。

爹继续说："当然，诚实劳动弄点钱很难，都不想受这个难场，还都想过好日子，那不就要贪，就要占，就要造假，就要使坏么。爹对你和你姐都没有过高要求，把大学念完，活个文明人，能做多大的事，做多大的事，但绝对不做坏事，不损人利己就行。孟子说：'穷则独善其身，达则兼济天下。'这句话说得多好。你和你姐一辈子只要能按这句话做，我和你娘也就算没白送你们来西京读一趟书。包括将来，如果你们不是靠本事，不是靠诚实劳动，即使有了人生富贵，爹娘宁愿穷困潦倒，也是不会沾你们这些东西的。你放心，我和你娘只要有这一双手在，就绝对饿不死。我让你们上大学，就是希望你们活得周周正正的。人哪，不敢有太多的欲念，生不带来，死不带去，够吃够喝就行了，心里有个目标，有个念想，实实在在地朝那儿奔着，就能活踏实了……"

罗天福这一晚上说了很多很多，到西京两年，给甲成说的所有话加起来，恐怕都没有今晚上说得多。罗甲成也是第一次这样认认真真地听父亲说话，过去一说他就躁，总觉得父亲说的都是与社会完全脱节的话。可今晚都听了，并且还听进去了。他突然想起了东方雨老人对父亲的那些评价，东方雨老人说："你父亲是一个乡村知识分子，他身上有许多中国古代圣贤身上的东西。所谓圣贤，就是那些始终在持守社会常道，一旦发现人类恒常价值、恒定之规遭到歪曲、肢解和破坏时，就站出来说几句话，提醒人们不要有狂悖心理，要守常、守恒、守道，要按下数出牌的那些人。"父亲是这样的人吗？好像还真是这样的人。他也渐渐认识到了自己这个活得很卑微，但很淡定、很坚毅的父亲的可贵，想着想着，他甚至还产生了一个幻觉，自己到了父亲这个年龄时，竟然完全变成了父亲这样一种形象，一个地地道道的老农民，但肚子里却有着比童教授和东方雨老人更大的学问。他走在大学校园，风度翩翩的童薇薇教授也走在大学校园，但他这个老农民却是这所大学的饱学之士，是灵魂式人物，童薇薇向他投来了敬重的一瞥……他突然扑哧笑了。父亲问他笑啥，他说没笑啥。罗天福以为儿子的对抗情绪又抬头了，就不说了。罗甲成却始终没有停止对父亲的按摩，他甚至给父亲从头顶按到了脚心，让罗天福有些丈二和尚摸不着头脑。

整个暑期，罗甲成都没有走出文庙村一步，一直在踏踏实实跟爹娘打饼。有时晚上跟东方雨老人睡，更多的时候，都是跟父亲在院子里打地铺。院子里光线很暗，两人都光着膀子，只穿一条短裤，一人给肩上搭一条毛巾，说话，擦汗，呹蚊子。他几乎每晚都要给父亲按摩一遍。两个月下来，父亲竟然说他的腰一点都不疼了。他觉得自己长到二十岁，都没有跟父亲有过这么深刻的交流。他觉得好像是回到了在塔云山上小学时对父亲的那种敬重，不过那时更像严父与稚子的关系，而现在更像是朋友。

这期间，童薇薇竟然来了一次文庙村，说是来看望他的。他有一天打开手机，也确实看到过童薇薇的短信，先是问候，见没回，又问干什么呢，咋不回信息，他还没回。童薇薇就来了。童薇薇来的那天，他特别狼狈，刚好中午蹬三轮车去拉面拉油，回来时，不仅汗湿了背心、短裤，而且还满脸的白面。特别凑巧的是，那天早晨他又一次刮了光头，真是亮得放光。童薇薇见他先笑出声来了。但他也没有做任何掩饰，就那样自自然然地接待薇薇到家喝了一杯水。薇薇让他擦擦脸上的面粉，他还故意没擦，直到把童薇薇送走。他第一次这样勇敢、这样真实地面对童薇薇，觉得很踏实，很自在，很开心。

收假那天，他回学校时，爹娘一再不让他刮光头，但他还是刮了个光头回去的。

一〇二

郑阳娇是西门锁把赵玉茹骨灰安放好后好多天才知道这事的。尽管对西门锁借故照看被金锁撞伤的老头，而实际在伺候他的前妻有意见，但那个女人毕竟已经死了，那些醋意也就不好再泼洒。让她郁闷的是，西门锁又跟已经好多年不来往的女儿拉扯上了，这不能不让她浑身的神经高度紧张起来。虽说家里所有存折都由她保管，西门锁的零花钱她也控制得越来越死，但男人这个动物，你说不清他就能在哪里刨些钱装在口袋里。一旦口袋有了钱，那花花肠子也就跟着流出来了。她几次想问，可西门锁最近一直情绪很低落，一回来，就跟死猪一样瘫在沙发上，任她把家里什么东西摔得一片响，他连理都懒得理一下。终于，郑阳娇还是忍不住，借那个断腿老头的事，跟西门锁歇斯底里地爆发了一回。

那天西门锁回来要钱，那个老头的儿子好不容易同意出院了，但没想到要价那么高，住院费花了两万七，这就不说了。安假肢要了三万五，这钱也给过了。关键是伤残费、养老金、护理费开口就要了八十万，西门锁通过中人磨了半个月，才磨到五十万，好像是再也降不下来了。西门锁就把这个情况给郑阳娇说了。郑阳娇一下火冒三丈，说让把金锁枪毙了算了，这钱一分也没门。捎带着，郑阳娇就把西门锁伺候赵玉茹和认女儿的事，也一股脑儿抖搂了出来。郑阳娇觉得，这个家眼看就要败完了，她也不想活了，她还真拿了把菜刀，就要朝脖子上抹。西门锁见这次动刀好像是真的，也有些害怕，就急忙扑上前，把刀夺了下来。夺刀时不小心，手上还拉开了一道上寸长的血口子。

  郑阳娇又是哭得死去活来的。要放在过去，西门锁的办法就是一走了之。但这次没有，他也突然体味到了这个恶女人的可怜。她娇宠坏了的儿子蹲牢了，几乎是在一夜之间，他发现，郑阳娇苍老了。那家人那样狮子大张口，别说郑阳娇心疼，就是他心里，也窝着一肚子火，要放在年轻时，他哪里是受得了这种诡诈、欺辱的，可能早把那个一肚子坏水的儿子的腿都卸了。可现在，他是真的懂得忍了，有时忍得嘴里能吐出一口黑血来。郑阳娇再哭再闹，他也不急不恼。本来赵玉茹住院和认映雪的事，他也是准备找个机会，要跟郑阳娇说的。既然她已知道了，他也就把过程说了一遍。他说，赵玉茹住院费用人家单位都报销了，不存在别人花钱的问题。人家是吃公家饭的，连骨灰盒都由单位买。女儿映雪确实开口把他叫爸了，但那是一个跟她妈一样的烈性女子，是不可能要他钱的，起码现在还没有要。可任西门锁怎么解释，郑阳娇都不信，都要闹，甚至在地上打起滚来，吓得山寨版虎妞，一直倒退到墙角，拉了一地稀屎，气得西门锁毫无办法。

  西门锁在家窝了几天，哪儿也没去，那断腿老头的儿子一天几个电话地催钱，甚至威胁说他黑白两道都有人，看是要白的，还是要黑的。西门锁想，这一套自己年轻时玩得多了，都玩腻了才懒得玩的，就你那傻样，还黑白两道呢。他也没好气地说："你玩，我奉陪到底。不过要五十万，没门。十万一堵墙，要了要，不要了拉倒。"然后他干脆把手机关了。他心里能接受的价位不超过二十万。这事，他也打问过很多人，都说没下数，人家知道你家有钱，就会多要一些，要是没钱，一两万，也勒索不出来。问题是对方已经知道自己是文庙村的大户，所以就张开了血盆大口。谁知他把手机关掉的当天晚上，那个蛮横不讲理的儿子，就带着一帮地痞二流子找上门来了。西门锁倒是不怯火这种阵仗，冷静得比潭水还静，话硬得比生铁还硬。倒是郑阳娇吓得不行，偷偷给村上关系好的和110都打了电话。村里很快来了几十号人，阵势远大过那帮闹事的，并且越围越多，情势一触即发。但最终并没打起来，那是因为西门锁始终冷静地控制着局势，他不愿意再惹这种事，这种群架他年轻时指挥参与得太多了，费力耗人，就是赢了，也得脱几层皮，咋都不划算。不过，给那小子一点颜色看看也好，让他知道胡乱讹诈不会有好结果就行。双方僵持了很长时间，对方也看到了西门锁掌控这种局面的能力，心里就越来越毛。好在110到了，十几个警察把那不看向的，见警察来了还一脸怒相、扎势不倒的，都一回弄到派出所去了。这事最终还是通过法院裁决的，一共让西门锁家赔偿了二十万，西门锁也没上诉，就算把这事彻底了结了。郑阳娇给拿钱的那天，气得一天都没吃饭，而且把山寨版虎妞的一条腿都给踏瘸了。

也确实怪，山寨版虎妞那天不知怎么翻腾的，竟然把郑阳娇那双意大利真皮拖鞋给翻出来了。翻出来就翻出来了吧，它还竟然把鞋一只一只的，都叼到了罗天福的家门口。鞋是罗天福给送回来的，确实把郑阳娇弄得很没意思。至于罗天福知不知道，这就是先前赖他拿去的那双拖鞋，就不清楚了。但这事让郑阳娇大动了肝火，连同最近发生的一系列事，使她终于当着西门锁的面，暴怒地将山寨版虎妞的一条腿彻底踢断了，并且还狠狠踩了一脚。狗痛得满嘴都咬出了血水，浑身颤抖得跟筛糠一样。西门锁抱在怀里，眼泪也不由自主地跟狗的眼泪一起流淌着。郑阳娇见他只顾摩挲狗，心疼狗，不顾自己，更是号啕痛哭，暴跳如雷，一凳子踢过去，电视机差点开了屏。她逼着西门锁必须立即把这条吃里爬外的臭狗扔掉，要不然，今天是有狗没她，有她没狗。西门锁害怕她再撒野，不得不无奈地把可怜的断腿狗抱出了门。

他也没想到，这条狗，最后能落到这样凄惨悲凉的下场。当初真虎妞死后，郑阳娇寻死觅活的，是他赶紧去狗市买了条跟虎妞一模一样的贵宾狗，想着能缓解转移一下郑阳娇的悲痛。谁知买回来，咋都不贴郑阳娇的心，只一个劲儿地跟他套近乎。越不贴郑阳娇，郑阳娇就越发恨它，动不动就骂，动不动就踢，吓得它在西门锁没在家时，基本都卧在墙角或沙发下这些郑阳娇轻易够不着的地方。只有他回来后，才摇头摆尾地跑出来，忽地钻进他怀里，像是找到了亲爹娘一样。郑阳娇就一个劲儿寻思要让西门锁把狗抱走。他有时看郑阳娇把狗打得可怜，也曾想过把狗送人算了，这一阵也确实忙，忘了这事，没想到最终是以这种凄惨的方式扫地出门的。他用下巴紧紧贴着伤痛不已的狗，不知该向何处去。如果没受伤，送人还不是难事，可伤成这样，他一摸，腿骨明显成了莲花落，谁还会要这样可怜兮兮的残疾狗呢？他先去了一家宠物医院，大夫明确讲，这狗就是把腿骨接上，好了也是瘸子。西门锁说瘸子就瘸子，无论如何得先缓解它的痛苦。手术进行了一个多钟头，西门锁是在山寨版虎妞手术完清醒后才离开的，狗得住一个礼拜医院。西门锁一共交了三千块钱手术费和住院费。离开时他看见，狗一直在冲他落泪。

他刚从宠物医院出来，就接到了温莎的电话。温莎说她病了，最近温莎一直在给他打电话，嫌不该不去看她。他也的确忙，另外，也确实不想再染这个女人，可当温莎可怜巴巴地在电话里哭泣时，他的心又软了。他想，去就得给点钱，可自己身上真是分文没有了。说着别人可能都不相信，但西门锁最近确实为钱伤透了脑筋。赵玉茹住院的花费，并不像他跟郑阳娇说的那么轻松，单位是能报销，但一些进口药和外买药，都无法入账，这一摊子就有五六万块钱。加上赵玉茹最后用的骨灰盒，也是他特殊买的。他想赵玉茹跟自己一场，落了这么个下场，最后总得给弄一间像样的"房子"，他端直买了一个价值三万多块钱的紫檀木骨灰盒，连映雪都不同意他这样做，但他还是执意买了。他想郑阳娇一件貂皮大衣都三万多块，给赵玉茹买一间永久性"住房"，咋也得像个样子。这几个月他不仅花光了身上攒下的那点私房钱，而且还到朋友那里借了好几万。他这样的大户，倒是没人害怕借钱还不了。但他知道，要想从郑阳娇身上抠出几万块钱来，那真是比登天还难的事。他在想，郑阳娇有心计就在这里了，赶走赵玉茹后，她进家门的第一件事，就是掌管家里的全部钱财。开始对他手还比较松，打牌的零花钱从来没缺过，不过那几年自己手气也红，动不动一夜就赢好几万。这几年，见上场就输得遗鞋掉帽子的，加之郑阳娇的管理绳索也越勒越紧，他就有一种快窒息的感觉。而赵玉茹跟他过的那几年，连问都不问钱的事。回想起来，真是傻得可以，让他难过也正是难过在这里了。

他不得不又去朋友那里借了一些钱装在身上。温莎确实很可怜，这个年龄了，过气了，所有娱乐场所都不要了，身体又不好，生活就没有了着落。西门锁去看她时，见她确实病了，浑身发烧，满嘴唇都是泡。她硬要西门锁抱抱她，西门锁倒是抱了，但那种不冷不热的拥抱，更使温莎心里冷了三分。西门锁坐了一会儿，给了五千块钱，就想起身，温莎失声痛哭起来。西门锁只好停下脚步。西门锁给她擦了擦眼泪，她一下箍住西门锁的脖子，像是在无边大海上捞到了一根稻草一样，再也不想放手了。过了许久，西门锁慢慢抠开了她的膀子，说还会看她来的。她就单刀直入地说，再没人觉得她可以娱乐了，已经没有了一分钱的进项了，在西京城再也混不下去了。西门锁说实在不行，回老家不也一样生活吗？温莎说，她尝试过，但她已经不能忍受那样的生活了，恐怕死也都只能死在西京了。西门锁想到了段大姐，他想，也许段大姐能在医院给她找到一个陪护病人的饭碗。他把这个想法给温莎说了，温莎虽然不太乐意，但也只好答应先去试试。西门锁还真把段大姐说服了，段大姐说看在他的面子上，就给她安排一下，她说只要舍得吃苦，这里不缺躺着等人伺候的主儿。几天后，温莎就去医院做陪护了。

本来西门锁想让温莎把那条残疾狗养着，可一看那情况，他连提都再没提这事。眼看狗就要出院了，把狗领到哪里去成了大事。他也曾想过，把狗领到赵玉茹他爸妈家里养着，可一想，两位老人对自己本来就隔阂着的，并且已经领着两个孤残孩子，再领一条残疾狗去，是什么意思？他干脆打消了这个念头。想来想去，最后想到了伍疤子，也只有伍疤子他才能下命令，说让他养他就得养着。他终于把狗抱到伍疤子那里去了。

伍疤子是个孤儿，他母亲死时，还给他留着一间半的房产，在二十多年前，就被他赌博抽大烟败葬完了。他一直到处租房住，神出鬼没的，多数时间是黑白颠倒，昼伏夜行。西门锁勉强找到他的住处，都中午一点了，他还睡得跟死人一样，西门锁把门快敲烂了都敲不醒。勉强敲醒，气得他还想打人，见是西门锁，才服软下来。西门锁也没跟他多废话，就直说了狗的事情，并且答应一月给五百块钱，伍疤子听说一月还给五百块钱，就满口答应下来，并保证他在狗在。西门锁要走，他咋都将着不让走，说又有几个月没见过女人了。气得西门锁又给撒下五百块，说让他自己解决去。

出了伍疤子门很远了，他还听到狗在汪汪地叫着，几乎像是在哭。但他也毫无办法，在西京城，他也只能把一条残疾狗，交给这样一个十分不靠谱的人去喂养了。不过他想，一旦有办法，他还是会把它领走的，他觉得这条狗都是他害的，要不是当初他买它回来，兴许在别人家这阵儿生活得正幸福呢。

一〇三

连罗天福都没想到，甲秀把这个店做成了，仅几个月时间，生意就红火得把隔壁一个更大一点的煎饼铺子给兼并了。甲秀用了四个大学生，都是她那些没有找到工作的同学，其中一个同学还到大学门口开了"罗家千层饼"分店。罗天福和那几个亲戚的饼摊子，也都有了供应总店的任务。娃娃们营销搞得好，据说已经在给二十几家酒店供货了，并且还开发了新包装，看上去像卡通玩具，连孩子们也都喜欢上了这种食品，在几家幼儿园门口，每天早晨能卖好几百个。罗天福终于能松一口气了，感觉担子已不在自己肩上了。这下他还真能静下心来翻翻书、听听戏了。

自进入秋季后，院子里的秦腔自乐班又开始了。开头郑阳娇也骂过几回，有一次东方雨老人端直把她批评了一顿，她才没敢再公开喊叫。罗天福现在是真的把戏听进去了，过去是老有心事，听着听着就走神，现在是一门心思听戏，无形中，还学会了好多唱段。有一天，硬让破锣把他挡上去还现了一回丑，唱了一段《辕门斩子》，大家还给了个通堂好。

让罗天福万万没有想到的是，去年一个人来，说是写戏的，把他盘问了好几次，还跟着他进进出出晃荡了几天，据说还打问了村里好几个打饼的。后来又来过几趟，他也没心思好好接待人家，日子过烂包了，他把这事也早都忘了。谁知最近那人突然来说，戏出来了，想请他去看看，提提意见。他和淑惠是被人家用小车接去的。招弟也嚷嚷着要去，就一同拉上了。人家把他们专门安排在了一排中间位置，戏一开始，他心里就慌乱起来，他想不来自己在戏里会是个啥样子。戏名叫《西京故事》，一开始就是破锣那样的破嗓子，先唱出了这么几句词：

我大，
我爷，
我老爷，
我老老爷，
就是这一唱，
慷慨激昂，
还有点苍凉。
不管日子过得顺当还是恓惶，
这一股气力从来就没塌过腔。

灯亮了，演员出来了，他和淑惠都觉得像文庙村。招弟突然笑出了声，说有个婆娘长得像旺夫嫂。罗天福和淑惠仔细一看，真个像神了。招弟还想笑，就让大姨一把捂住了嘴巴。戏里叫罗天福的人终于出来了，挑着担子，领着妻子儿女，到西京城打饼来了。那个编戏的竟然把他当初讲的那些东西，一股脑儿都写到戏里了。看得淑惠和招弟都哭得稀里哗啦的。罗天福尽量忍着，忍着，但最后到底还是忍不住，眼泪掉下来了。那个写戏的就一直坐在他们不远处，并且不看舞台，专看他们的表情，弄得罗天福还有些不好意思。戏是写得挺实在的，但说实话，他所受的苦，所遭的罪，连十分之一都没表现出来。也难怪，戏才两个多小时，而他已经在这个城市里生活两年多了，就是几十集电视剧，也演不完他这两年多的故事。他一直盯着那个演他的演员，觉得演得太好了，唱得句句都在挠他的心窝子。戏完了，观众鼓了好长时间的掌不走。那个写戏的，又把他们请到休息室，说想听听意见。他和淑惠就是一个劲儿地说好，坐了一会儿，人家见他们也提不出啥意见，就把他们送回家了。一回到屋里，招弟就唱起了戏里那首"我大，我爷，我老爷，我老老爷，就是这一唱……"的主题歌，两个多小时的戏，连谢幕，这几句总唱了有十几遍。招弟说特别像破锣叔的声音，是不是那些人听过破锣唱戏？罗天福记得好像听过。这天晚上，一家人兴奋得把戏说了整整一夜。后来这戏村里还有人去看过，一传十，十传百的，对罗家千层饼还确实起到了不小的宣传作用。

也就在这当口，文庙村古戏楼修复工程也开工了。据说这事东方雨老人和街道办的贺冬梅主任出了大力。上边给拨了一百万，村民们还赞助了一些，都说这一块拆迁，将来几棵大树和古戏楼都是不能动的。可惜古戏楼上那个戏神的眼睛到现在都没找到。就在戏楼修复工程要动工时，有人又传出，戏神的那对眼睛找到了，说是在村里早已废弃的古井中。很快，公安维护现场，先后在井里打捞了好几天，金眼睛倒是没捞着，却打捞起一具高度腐烂的人的尸骨来，经鉴定，是去年文庙村失踪的一个钉鞋的四川人。案子很快破了，是另一个钉鞋的干的，为四川修鞋匠有一天抢了他一双鞋的生意，那双鞋修理费高达五十块。大家听了都感到阵阵毛骨悚然。

看来戏神的那对金眼睛是彻底找不到了。有人说将来会做一对铜眼睛，大家就都觉得没意思，铜眼睛能看清什么，还是盼着文庙村的戏神是应该有一对金眼睛的。私下里，就有人鼓捣捐款。连罗天福都给了三百块。可有人找到郑阳娇那里，硬是生生被郑阳娇臭骂了一顿。郑阳娇说："脑子没进水吧，给戏神安金眼睛，我还想给我安一对金眼睛呢，老娘把啥都看不清，啥事都蒙在鼓里，将来让人家包着烧吃了，还给人家帮着撒盐、撒胡椒面呢。你歇着去吧。"说这话的时候，西门锁也在场。西门锁知道是给他亮耳朵的，他一句没吭声。

他跟郑阳娇在家里已经僵持好几个月了，郑阳娇待在卧室，他待在客厅的沙发上，几乎是井水不犯河水。吃饭也都是从外面往回叫，好在西门锁叫的账她都认了。不知道的人，还以为他西门锁的日子过得都快成神仙了，钱多得闭起眼睛往出撒都撒不完，可实际上，他在外面已经拉下快十万的烂账了。他本来想美美跟郑阳娇干一仗，彻底夺回财权，这一切都是他西门家的财产啊，现在还弄得完全业不由主了。也有人给他出点子说，砖头怕码，女人怕打，几回揍得就教乖了。可他到底没有动手，他也知道郑阳娇不是吃硬的人，你越硬，她越能跟你拼命。西门锁还不想拼这条命，甚至连离婚都没有想过，一切只要能往过磨，他都还在努力朝前磨着。

郑阳娇好像也在做着各种对抗准备，最近突然买回一条大藏獒，威猛得吓人。他窝在沙发上，那家伙来巡察时，明显高过自己一头。从他身边走过，有一种森林中的狮子王君临自己领地的感觉，把他完全不放在眼里。看着让他的脊梁骨都瘆瘆的。他也给郑阳娇提出过严正抗议和交涉。郑阳娇说，虎妞不咬好人。这条狗还叫虎妞。气得他一点办法都没有。他觉得这个破家迟早会爆发一场革命,就看什么时候爆发就是了。

一天,他突然接到一个电话,说是法院的,有一个叫伍疤子的死刑犯临刑前交代,说想请你把他的尸体帮忙火化一下,然后把他埋到他母亲的墓穴里。他听了吓得浑身突突突直战。他赶忙去了,果然是伍疤子,并且已经执行死刑了,是注射药物死的,身体很完整,就跟睡着了一样,而且显得比活着时顺溜、善良、安详。原来伍疤子带着一个少年半夜入室抢劫,无奈中,杀了被惊醒的主人,他被判了死刑,那个不满十六岁的孩子判了十五年。据说那孩子跟伍疤子一样凶残,人杀死了,他还补了二十多刀,割断了人家的喉管。西门锁听得两条腿沉重得连路都走不动了,但他还是使出浑身力气,把伍疤子的尸体弄到了火葬场的灵车上,一拉去就火化了。伍疤子母亲去世时,他们几个同学曾经去送过葬,因此,他很容易就找到了那个地方。给人家塞了钱,管墓园的人才同意把墓地掘开,把骨灰安放下去。西门锁在伍疤子和他母亲的墓前,坐了很久很久。他在想他们最后一次见面,那是把残疾狗送去的第二个月,他去看狗带送钱,发现伍疤子跟狗相处得很好,他就放心了,并且一次放下了半年的养狗生活费。谁知半年还没到,人就不在了。他从墓地回去,还专门去伍疤子租住的地方看了一次,就是想问问狗的下落。主东气得骂骂咧咧地说:"那狗日的让人家公安逮走了,还欠我一年多房费呢。狗?那号瘸腿狗谁能要,人一抓走,早跑到爪哇国去了。"

西门锁从那个地方出来时,突然想到了还关在监狱的儿子金锁,不禁浑身打了个冷战。他忽然觉得压在自己身上的事情还很多很多,女儿映雪还没上完大学,还没给赵玉茹的两个老人养老送终,赵玉茹收养的那两个残疾孤儿还无着落,尤其是金锁出狱以后咋办。如果他跟郑阳娇再僵持下去,金锁出来,会不会二进宫,三进宫?进得多了,会不会再成一个伍疤子?他的身上突然冒出了阵阵虚汗,他在硬着头皮往回走,那是回家的路。

一〇四

冬至刚过的一天早上,西京城还飘着雪花,罗天福和淑惠刚把摊子支出去，还没卖几个饼呢，罗天福的弟弟天寿就从塔云山打来电话，说娘昨晚上不在了。有人偷紫薇树，娘拿个铁锨去撵，结果一头栽下去，就再没起来。人是今早才发现的，发现时已冻硬了。罗天福手中正捏着一个准备下锅的饼，啪地跌在了地上。他嘴唇颤抖着，急忙让甲秀通知甲成，一家四口，还有天寿媳妇、招弟，都一齐慌乱不堪地奔了车站。当天晚上，一家人就回到了塔云山。山上尽管下着鹅毛大雪，但罗家院子还是聚满了人。棺材是早些年罗天福就给娘准备好了的，天寿和村上的老者，把一切都收拾停当了，就等着大儿子罗天福回来入殓了。

罗甲成拿着一个手电筒，去仔细察看了昨晚的现场。那棵离奶奶房子比较远的紫薇树，已经被人把根挖断了半边，大小树枝也都剪完了。据说昨晚塔云山的风很大，吹得漫山遍野都是山鬼磨牙，一片爆响，一家人在屋里相互说话都听不清，加之天气冷，都紧闭着门窗，外面就是杀人了，也没人知晓。偷树贼就起了歹心。谁知还是被奶奶发现了，奶奶出来撵贼呢，一跤子摔得就再没爬起来。贼也没逮着，今天派出所来弄了一天，也没个眉目。关键是后半夜一场雪把啥痕迹都掩盖完了。

甲秀和甲成在帮忙整理奶奶遗物时，发现奶奶是真的一无所有，她只有房前屋后这一圈圈树，还有一群鸡、两头猪、一条大黄狗。而两棵紫薇树现在能卖到一百多万。

罗天福从西京城专门带回了那块银圆，那是甲成奶奶那次拿出祖传的十块银圆，要他变钱给甲成顶债时他特意留下，等母亲百年后用的。塔云山死了人有个讲究，必须给亡人嘴里衔个金银珠宝之类的东西，说是好让亡人在进天堂和地狱门口时"行人情"用的。这个"人情"行得好，就让上天堂了，行不好，就下地狱了。说是阴曹地府才不管你谁好谁瞎呢，再善良，再好人，不给拿事的"卯货"，照下地狱。但愿奶奶能衔着这块真"袁大头"进天堂。

埋了奶奶，爹说他暂时不能去西京城了，现在正是山里丢树的季节，两棵紫薇树不看护是保不住了。娘也留下来招呼爹了。爹说，等开春种树的季节过去了，也许他还去西京打饼。姐说："你们放心吧，甲成的学费我全包了。"

奶奶过了头七，爹就催甲秀和甲成离开塔云山了。

罗甲成坐在长途汽车上，不停地想着奶奶，想着那两棵紫薇树，也想着学校的那摊事。沈宁宁开春就公派留学走了，说是去美国。孟续子和白天亮都很羡慕，但他好像也就那么回事，反正自己也去不了，多想也无益。朱豆豆马上要结婚了，大学允许结婚，说是翁点点闹着非结不可的。那天朱豆豆还把他和童薇薇、孟续子等一帮同学叫去看了新房，本来他不想去，但想想还是去了。那真是一个阔气，光一套进口音响都七八万。但他那天好像心里还算平和，看完回去就进图书馆看书去了。童薇薇现在似乎还是有种想走进他心灵的意思，但他不太想给她这个机会了，他觉得自己再伤不起了。他的这种自尊，好像反倒让童薇薇受到了伤害，在他回老家奔丧的路上，甚至还收到了童薇薇一条短信，问他为何不辞而别。

客车终于又出山了，罗甲成清楚地记得第一次出到这里时把他惊呆了的情景，原来天底下还有这么宽阔的地方。不过那是初秋，而现在是隆冬，关中大地正飘着漫天雪花。西京城被包裹在一片银白中。客车趔趔趄趄向西京城驶去。罗甲成分明已闻到了西京城的气味，是寒气？是暖气？是香气？是废气？还是冬天腐殖质遭遇暖流时所散发出的那种霉变之气？在这复杂难辨的气味中，他似乎也闻到了属于罗家千层饼的那一息气味。

他想好了，这个礼拜六、礼拜天还去帮姐姐打饼。

后　　记

　　这本来是一个戏剧故事，我写了很长时间，也改了很长时间，搬上舞台后，演出效果连我自己都没想到，能赢得那么多掌声和热评，甚至包括时尚的网络，也都跟着加热、传热，确实让一个写作者受到了堪称热切的鼓舞。在短短两年多、二十几个省市的数百场巡演中，最大的观众群是当代大学生。他们利用微信、微博随看随发的即兴评论，为这个戏奠定了"民间"认同的基础，这种认同与主流声音汇合后，更显出让人放心的评价真实来。

　　我之所以要把这个故事写成长篇小说，是因为在这部戏的构思剪裁中，十分不舍地割去了很多有意味和有价值的东西，因为戏剧的长度总是被控制在两个小时多一点，过了这个时间段，再文明的观众，也得考虑脊柱和屁股的物理抗议，因而，在戏剧文本尚未完成之时，我就一直有侍弄小说弥补缺憾的冲动。

　　我不知多少次说过，写这个故事，源自我居住的西安文艺路的那个农民工群体。他们也可能天天都不是昨天的那帮人，但那种形态，在我眼中，又分明是好多年都没有改变的一个古旧群落。这是一个自发的劳务市场，所谓自发，就是政府并不希望他们这样一日一两千人发散式地占据着半边街道，任喇叭喊、人驱赶地挥之不去。有时下硬手，也见驱赶者把现场能清理得一干二净，可过几小时，那地方又会人头攒动，聚成一个又一个涡流，在与驱赶者躲猫猫、捉迷藏、打巷战、游击战。久而久之，这个市场也就绳锯木断、水滴石穿、铁杵磨成针地顽强生存下来了。

　　我开始细心关注他们的生活，应该是在这个市场存活十几年后的事了。我家也请他们干过活儿，话都不多，很难问出点什么来。城市人对他们在尽量封锁着很多秘密，其实他们对城市人也从不想敞开信任的胸怀。埋头干活，低头吃饭，饺子一人能吃一斤六两，干完活拿钱走人。动作都很机械、畏缩，哪怕是瞒着年龄的十几岁的打工孩子，几乎感觉不到一颗心活蹦乱跳的搏动，这是我对他们最初的印象。但我总觉得他们有故事，有很多鲜活的、感人至深的故事，能对我的戏剧创作生命有所破题和帮助。何况自己近二十年来每天从他们身边走过，总有一些情结，想弄懂一点他们的心思。这样，我放下了手头正研究的司马迁、唐玄奘，他们都是我准备搬上舞台的历史人物，端直走进当下，在西安好几个农民工集散地，开始了可以叫作深入生活的采访工作。

在西安西八里村，我先后访问过数十户人家，有些是当地的安排，有些是私下串访。只有深入进去，触摸到了那一家一户、一摊一店地形复杂的生存河床，才能真实感受到这个特殊群落的人性温度与生命冷暖。很难想象，一个当地居民仅三千多口的东、西八里村，竟然居住着近十万农民工和在附近上学的大学生。还有一个叫木塔寨的村子，一千五百多口所谓土著，却容纳了五万多农民工的密集充塞。每到上下班时，所有进出口，都有一种面临出海与入海口的感觉。人流放胆恣肆地汪洋着，永远也无法测出广度与深度，就像在一张张木讷表情背后，永远也测不出他们内心的广度与深度一样。在巷内，人与人之间的进退避让，是需要提气收腹、侧身打转的。有些租房，床是错落无序的叠加状态，一家几口挤在一个四面不透风的也叫房的密室中，即使外面阳光当顶，进房不开灯，也是伸手不见五指的。我曾经问过几个农民工的性生活问题，他们总是羞于开口，问得多了，也会抖搂两句：累得要死半活的，哪还有心思朝那儿想。其实更多的，我觉得是没有条件，不是集体租房，就是举家迁徙而来，在一间房里，胡乱叠架几张板床，哪里还容许弄出那种"失却人伦"的响动来呢。

我的故事主人公罗天福，带着一家四口，就住在这样一个环境中，开始了他们的西京故事。罗天福进城打工，完全是为一双儿女上大学的学费在劳碌奔波。当儿子由信心满满进城，到彻底绝望，自沉数千米深的矿井，意欲逃离现实，自毁人生长城后，这个故事的残破，就拽起了一嘟噜一嘟噜的家庭与社会难题。而像罗天福这样的家庭故事，还带有很大的普遍性，这就是我要反复讲述这个故事的原因。

我在写城市农民工，随之与他们产生对应关系的各色人等，也就不免要出来与他们搭腔、交流，共同编织一种叫生活的密网。我在这个城市生活了二十五年，到现在也不敢说就融入了这个城市，但我在努力与他们交往。我把这种交往认知，也都付与了这里面的故事和人物。这部作品因为涉及教育问题，因此，大学校园也就成了不得不反复涉足的地方。我那在大学读研的女儿，总是会在我写出的这些段落里面，增添进她认为更真实的资料，并且提供了大量属于他们这个年龄段的时尚语汇与生活细节。妻子也会在城市平民生活状态中，帮忙找到更真实的生命情感铺陈。

城市与乡村，永远都是两个相互充满了神秘感的"不粘锅"营垒，城市人偶尔会向往田园风光，但终究是去转一圈，对乡村的亲戚发几声嗲、拍几张照片、发几条微信就拍屁股走人了事，那种蓦然回首，那种惊诧和爱怜，始终充满了居高临下的优越感。而乡村人对城市既充满好奇，又充满了恐惧、茫然与不安，几乎不知道摊得那么大的煎饼，该从哪里下口。上了年岁的人，转一圈，新鲜一下，就能找到一百条理由急于逃离，只唯恐撤退的速度慢过了心理与生理的最后承受能力。唯有年轻人，才染了红发、黄发、绿发和彩色指甲，穿了迷你裙，背了假名牌包，尽量尝试着外表的时尚、接近与乱真，一次次向城市的中心地带抑或主流舞台冲去，但最终还是被心理与实际距离，阻挡在了一个又一个城市的边缘，甚至灰色地带，做着一个又一个欲罢不能的梦。罗天福与他的儿女，都面临着这样的生存与精神困境，其实，我们谁又不面临这样走向各自的现代的困境呢？他们在努力往出走，并且不希望以变形的人格获取幸福，因而，他们便付出了更大的人生艰辛，以持守做人的本分与尊严。

在现代化进程中，城市与乡村"二元结构"的打破与融会贯通，将是一个长久的话题，因此，乡村的罗天福们，包括他们的后代，还无法回避这种融合中的精神撕裂甚至肉体的植皮、切腹、换肝……

故事没有结尾。

一件事结束了，夹杂着这件事的事情有很多，好在好天气、好心情总是占了多数，这是我对生活始终抱有信心的原因。

陈彦

2013年4月30日 于西安